Markus Heitz
Brennende Kontinente

Zu diesem Buch

Ulldart kommt nicht zur Ruhe. Diejenigen, die vor dem Krieg gegen Govan auszogen und sich in Sicherheit brachten, kehren zurück. Auch die skrupellose Alana II., einstige Herrscherin über Tersion, erhebt Ansprüche auf Ländereien und Macht. Da landen fremde Kriegsschiffe an der Westküste des Kontinents und vernichten das kensustrianische Heer, das die Freie Stadt Ammtára belagert. Doch die scheinbaren Retter in der Not verfolgen ihre eigenen düsteren Ziele: Sie trachten danach, die auf Ulldart lebenden Kensustrianer zu vernichten. Der Kontinent droht in den Krieg der Fremden hineingezogen zu werden. Unterdessen soll Norina, die Herrscherin Tarpols, das Opfer einer Verschwörung werden. Aljascha und Zvatochna haben es auf das Leben der Herrscherin abgesehen. Und Norina läuft direkt in die vorbereitete Falle. Kommen Lodrik und ihre Freunde rechtzeitig, um sie zu retten?

Markus Heitz, geboren 1971, studierte Germanistik und Geschichte und lebt als freier Autor in Zweibrücken. Sein Debütroman »Schatten über Ulldart« wurde mit dem Deutschen Phantastik Preis ausgezeichnet. Seit den sensationellen Bestsellern »Die Zwerge«, »Der Krieg der Zwerge« und »Die Rache der Zwerge« gehört Markus Heitz  zu den erfolgreichsten deutschen Fantasy-Autoren. Weiteres zum Autor und zum »Ulldart«-Zyklus: www.mahet.de und www.ulldart.de

Markus Heitz

BRENNENDE KONTINENTE

ULLDART – ZEIT DES NEUEN 2

Piper München Zürich

Zu den lieferbaren Büchern von Markus Heitz bei Piper siehe Seite 463.

Dieses Taschenbuch wurde auf FSC-zertifiziertem Papier gedruckt.
FSC (Forest Stewardship Council) ist eine nichtstaatliche, gemeinnützige
Organisation, die sich für eine ökologische und sozialverantwortliche
Nutzung der Wälder unserer Erde einsetzt (vgl. Logo auf der Umschlagrückseite).

Originalausgabe
1. Auflage Juli 2006
3. Auflage Januar 2007
© 2006 Piper Verlag GmbH, München
Umschlagkonzept: Büro Hamburg
Umschlaggestaltung: Nele Schütz Design, München
Karten: Erhard Ringer
Autorenfoto: Steinmetz
Satz: C. Schaber Datentechnik, Wels
Papier: Munken Print von Arctic Paper Munkedals AB, Schweden
Druck und Bindung: Clausen & Bosse, Leck
Printed in Germany
ISBN-13: 978-3-492-26585-0
ISBN-10: 3-492-26585-5

www.piper.de

 **Danksagung**

Mit gesetzten Segeln ins Ungewisse, so könnte man das Schicksal der Personen in diesem Band umschreiben.

Ich bin mir sicher, dass meine Figuren mir schon mehr als einmal Pest und Cholera an den Hals gewünscht hätten, wenn sie es könnten. So manches Autorenleben wäre durch die Buch-Protagonisten schon sehr früh beendet worden.

Aber Spannung muss sein, wo gehobelt wird, fallen Finger. Wie viele im vorletzten Band fallen? Das verrate ich an dieser Stelle nicht.

Mein Dank geht an die Testleserinnen und Testleser Tanja Karmann, Dr. Patrick Müller, die Familie Rüther und nicht zuletzt an Nicole Schuhmacher, die das Manuskript bestimmt gelesen hätte, wenn ich es auch abgeschickt hätte. Danke auch an Lektorin Angela Kuepper und den PIPER Verlag.

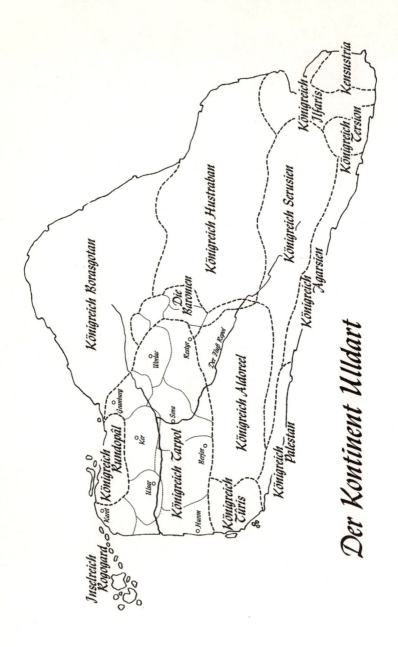

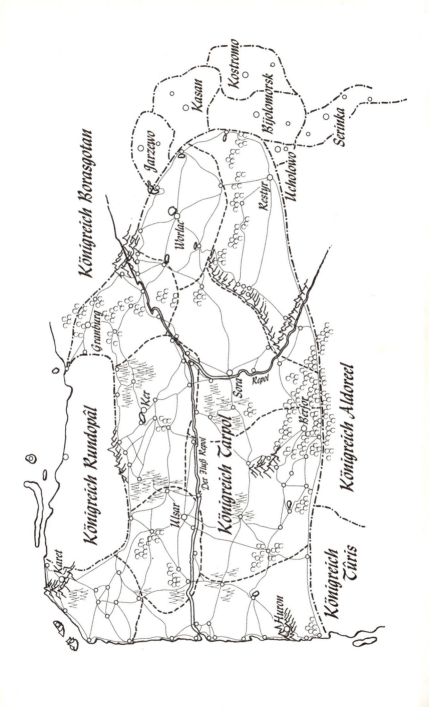

Prolog

**Kontinent Kalisstron, Bardhasdronda,
Späterbst im Jahr 1 Ulldrael
des Gerechten (460 n.S.)**

Die Bleiche Göttin beschütze ihn.« Jarevrån blickte dem Schiff hinterher, dessen Segel zwischen dem dunkelgrauen Himmel und den sich auftürmenden Wellen klein und verloren aussahen. Es wirkte wie eines der Spielzeugboote aus Holzplättchen und dünnen Pergamentsegeln, mit denen sich die Kinder am Strand die Zeit vertrieben. Klein, zerbrechlich, ausgeliefert.

Der Sturm sandte eisige, salzige Gischtschleier gegen die junge Frau, die immer dann entstanden, wenn die mächtigen Wogen mit ungestümer Kraft gegen die Hafenmauer trafen. Sie hörte das dumpfe Rumoren der Wassermassen und bildete sich ein, die Erschütterungen im Boden zu spüren. Es war aber wohl eher die Sorge um ihren Mann, die ihr das Beben unter den Füßen vorgaukelte.

»Sie wird ihn beschützen.« Fatja, in mehrere Lagen aus Kleidern gehüllt, trat neben sie und legte ihr einen Mantel um die Schultern; die dünne Wolldecke war schon lange durchnässt. »Mach dir um ihn keine Sorgen. Aber du solltest ins Haus kommen.«

»Nasser kann ich nicht mehr werden«, erwiderte Jarevrån, ohne die grünen Augen von dem Schiff zu nehmen, so als könnten ihre Blicke es vor dem Kentern bewahren. Der Segler stürzte in ein Wellental und verschwand. Ihr Herz geriet ins Stolpern. »Er muss verrückt sein«, wisperte sie.

»Meinst du den Kapitän oder deinen Mann?« Fatja verharrte neben ihr.

Die beiden sahen ein wenig aus wie Schwestern. Fatja war die Ältere; ohne die braunen Augen hätte man sie wegen ihrer langen schwarzen Haare für eine Kalisstronin halten können. Tatsächlich war sie eine Borasgotanerin, die sich vor einer ganzen Weile wegen ihrer Liebe zum Geschichtenerzähler Arnarvaten zum Verbleib auf Kalisstron entschieden hatte.

Endlich, endlich erschien die schaukelnde Mastspitze wieder über dem tosenden Meer.

Jarevrån atmete auf, doch ihre ineinander verkrampften Hände wollten sich nicht lösen. Die Gefahr war noch lange nicht vorüber. »Sie hätten niemals auslaufen dürfen. Sie haben den ganzen Vormittag gebraucht, um sich diese kleine Strecke vorwärts zu kämpfen, und wenn ich es richtig gesehen habe, ist bereits ein Mast gebrochen.« Jarevrån schluckte, zitterte vor Kälte. »Sage mir, dass ich ihn in meinen Armen halten werde, Fatja. Du bist die Schicksalsleserin. Hattest du eine Vision?«

Fatja legte einen Arm um sie und schwieg.

Die Eindrücke ihrer letzten Hellseherei wollte sie nicht preisgeben, sonst hätte sich Jarevrån ohne zu zögern ein Ruderboot genommen und wäre hinter dem Schiff hergefahren.

Fatja besaß die Gabe der Hellsicht seit ihrer Kindheit. Mal hasste sie die Bilder, die ihr gezeigt wurden, mal liebte sie es, in die Zukunft zu schauen. Nicht immer stimmten ihre Eindrücke mit dem Kommenden überein, manches Mal entging ihr etwas. Doch das Gesehene gab ihr so manchen Anhaltspunkt und half, sich auf Widrigkeiten vorzubereiten. Einiges von dem, was auf Ulldart geschehen war, hatte sie hellgesehen.

Bei den Qwor, den Ungeheuern, die den Klingenden Steinen entsprungen waren und seitdem durch die Umgebung der Stadt streiften, hatten ihre Visionen allerdings versagt und sie nicht gewarnt.

Bis zum heutigen Morgen.

Fatja hatte einen toten Qwor gesehen, der auf einem Scheiterhaufen verbrannt wurde. Menschen sprangen um ihn herum und freuten sich über seinen Tod. Das bedeutete, dass es die Miliz aus Bardhasdronda schaffen würde, wenigstens eines der Ungeheuer zu vernichten.

Was erlösend klang, hatte jedoch einen schwer wiegenden Makel: Sie hatte in all ihrer Begeisterung weder Lorin, der aufgebrochen war, um seinen Halbbruder Tokaro aus Ulldart zu holen, noch den jungen Ritter gesehen. Seither fragte sie sich, wo die beiden jungen Männer nur blieben.

Jarevrån schaute sie an. »Warum schweigst du, Fatja?«

»Ich habe nachgedacht«, antwortete sie wahrheitsgemäß.

»Du hattest demnach eine Vision?« Jarevråns Blick wurde fordernd. »Und du schweigst? Ich bitte dich, sag mir, was du weißt ...«

Fatja nahm rasch ihre Hand, und ihre braunen Augen ruhten warm auf ihrer Schwägerin. »Beruhige dich. Es wird sich alles zum Guten wenden. Ich weiß zwar nicht, wie es gelingen wird, diese Kreaturen zu bezwingen, doch ich habe eine davon tot und brennend gesehen«, verriet sie.

»Kalisstra sei Dank! Dann ist die Reise nicht vergebens«, flüsterte Jarevrån erleichtert, und ihre Hände lösten sich. Fatjas Bemerkung genügte ihr, um das Schiff ziehen zu lassen, auch wenn die Sorgen sich nicht gänzlich legten. Sie nahm wie selbstverständlich an, dass Lorin und Tokaro an dem Sieg über den Qwor beteiligt waren. »Nun weiß ich, dass er zu mir zurückkommt.« Sie hakte sich bei Fatja ein. »Komm, wir gehen zu mir und machen uns einen Tee. Mir ist furchtbar kalt. Arnarvaten soll uns eine Geschichte erzählen, die uns auf andere Gedanken bringt, und danach kannst du ihm von deiner Vision …«

»Nein«, lehnte Fatja ab, der das Vertrauen in ihre Worte Unwohlsein und ein schlechtes Gewissen bereitete. »Nein, niemand soll davon erfahren. Du musst schweigen.«

Jarevrån wischte eine lange, schwarze Haarsträhne aus ihrem Gesicht, die Wind und Wasser auf die Haut geklebt hatten. »Aber sie macht den Menschen Mut.«

»Und es verführt sie dazu, sich zurückzulehnen und bis zur Rückkehr von Lorin und Tokaro zu warten, ohne etwas gegen die Qwor zu unternehmen«, hielt Fatja dagegen und grub sich aus ihrer Lüge aus eigener Kraft heraus. Sie wusste nicht, ob die Bleiche Göttin ihrem Bruder Schutz gewährte.

So gingen sie Seite an Seite durch die Straßen der Stadt; in der feuchten Luft hing der Salzgeschmack und legte sich auf die Lippen.

»Du hast Recht«, sagte Jarevrån, als sie vor der Tür ihres Hauses standen. »Ich verrate keinem etwas.« Sie lächelte Fatja an und öffnete ihr den Eingang. »Danke, dass du es mir gesagt hast. So kann ich wenigstens ruhig schlafen.«

Fatja trat ein und hing den nassen Umhang an den Ofen zum Trocknen. Während Jarevrån in die Küche ging und den Tee zubereitete, setzte sie sich und blickte auf die abperlenden Tropfen, die sich auf dem Boden neben dem Ofen sammelten und eine kleine Lache bildeten. Fatja stellte ein Glas darunter und lauschte auf das stete Tropfen, das gleich darauf erklang.

»Ich ziehe mir rasch trockene Sachen an«, rief Jarevrån durchs Haus. Ihre Schritte erklangen auf der Treppe, die nach oben führte. »Ich bin gleich wieder zurück.«

»Ist gut. Ich kümmere mich um den Tee«, antwortete Fatja halblaut, erhob sich und ging in die Küche. Sie wusste, dass ihr die Vision im Gegenzug schlaflose Nächte bescheren würde. Bis das Geheimnis um das Verschwinden von Lorin und Tokaro gelüftet war.

I.

»*Wir sind den Spuren der Qwor gefolgt.
Sie streifen anscheinend sinnlos umher, es gibt
kein Muster in ihren Bewegungen. Ich habe
angeordnet, dass Arbeiten im Wald nur unter
dem Schutz von zehn Bewaffneten erlaubt sind.
Nachts sehen die Wachen von der Mauer aus
blaues Leuchten im Wald.
Ich erachte es als sicher: Die Qwor belauern uns.*«

Aufzeichnungen des ehrenwerten Sintjøp,
Bürgermeister Bardhasdrondas,
gesammelt in den Archiven zu Neu-Bardhasdronda

Kontinent Ulldart, Königreich Tersion, Hauptstadt Baiuga, Winter im Jahr 1/2 Ulldrael des Gerechten (460/461 n.S.)

Die Luft wehte durch Prynn Caldúsins lange schwarze Locken, in denen sich kein graues Haar fand. Er stand an der Balustrade des weißen Marmorbalkons und blickte von der höchsten Stelle des Palasts nach Südwesten.

Der Nachmittagswind strömte von der See her; er trug Kühle mit sich und brachte den alten Mann trotz des dicken Überwurfs aus weißer Terawolle zum Frösteln. Die hellblauen Stickereien und schwarzen Embleme auf dem Stoff wiesen ihn als Ältesten des Hauses Iuwantor aus.

»Ich habe es befürchtet«, raunte er, die Augen aufs Meer gerichtet.

Die Umrisse von vier großen Schiffen zeichneten sich weit draußen auf dem Wasser ab. Das Äußere der Schiffe war für einen älteren Tersioner wie ihn unverkennbar: Drei Ruderbänke lagen übereinander, zwei kleine Segel schwebten geisterhaft am Bug; auf die große Entfernung waren die Taue, mit denen sie an dem kurzen Frontmast befestigt waren, noch nicht zu erkennen.

Ihr Fortkommen war bewundernswert, eine Meisterleistung von Ruderern und Trommlern gleichermaßen. Die Riemen hoben und senkten sich im Wechsel, sodass die hölzernen Blätter ohne Unterlass ins Wasser stachen. Die Galeeren schossen mit gleich bleibender und vor allem hoher Geschwindigkeit über die Wasseroberfläche. Noch vor Einbruch der Dämmerung würden sie die Hafeneinfahrt erreicht haben.

»Was tun wir nun, Furanta?« Prynn rieb sich über den kurzen schwarzen Bart und schaute über die Stadt zum künstlich angelegten Hafen von eineinhalb Meilen Breite und einer halben Meile Tiefe. Davor lagen mächtige Mauern, die bogenförmig errichtet worden waren und die Hauptstadt vor zu hohen Wogen und Angreifern schützten. Auf zwei künstlichen Inseln standen Wachtürme, steinerne Hüter der Hafenpforte, zwischen denen sich knapp unterhalb der Wasseroberfläche eine mächtige Kette spannte.

Im Grunde gab es wenig, was Baiuga und er fürchten mussten. Bis auf das, was die Galeeren brachten: eine kleine, zierliche Frau.

Seine Nichte stellte sich neben ihn. »Ach, Onkel Prynn«, seufzte sie und legte ihm eine zusätzliche Decke um die dünnen Schultern. Ihre zu Zöpfen geflochtenen blonden Haare waren selten für eine Tersionin; ihr Vater, so erzählte man sich, gehörte zu den rogogardischen Freibeutern, der in Baiuga nichts außer dem Herz ihrer Mutter geraubt und ihr ein lebendiges Andenken an eine gemeinsame Nacht hinterlassen hatte. Furanta war stolz auf ihre besondere Haarfarbe. »Alle Häuser wussten, dass ihre Abwesenheit nicht ewig währt.« Sie richtete das hellblaue Seidengewand, in das raffinierte Schlitze auf dem Rücken und von der Taille abwärts eingearbeitet waren.

»Aber beinahe jeder hat es sich gewünscht.« Prynns Lippen wurden schmal. Viele Errungenschaften und Freiheiten gerieten in Gefahr, und die Sklaverei, die Lodrik Bardriç während der Zeit der Eroberung abgeschafft hatte, würde zurückkehren. Ein Land ohne Unfreie – so hätte er Tersion gerne weitergeführt, und die Mehrheit der Häuser folgte Prynn auf diesem Kurs. Nicht zuletzt gefiel ihm die Macht, die er und damit das Haus Iuwantor ausübte. Niemals hätte er gedacht, dass er sich so rasch daran gewöhnen würde. »Ein schöner Traum geht zu Ende«, sagte er vieldeutig.

Furanta ließ den Blick über die Befestigungsanlage schweifen. Prynn erkannte in ihren Augen, woran sie dachte. »Nein, wir werden sie gewiss nicht versenken. Die Folgen wären unabsehbar. Für unser Haus, für Tersion. Und für Ulldart.«

Sie setzte sich auf die weiße Balustrade und lehnte den Rücken an eine Säule. »Ich hätte dir dergleichen niemals unterbreitet«, sagte sie leise und meinte damit das Gegenteil.

Prynn wandte sich zu ihr und legte eine faltige Hand auf ihren Kopf. »Es ist vorbei. Wir waren Verwalter und keine Regenten.« Es waren Worte der Aufgabe, des Rückzuges, und sie fielen ihm schwer.

Er betrachtete die Stadt, die weiß getünchten Häuser, in

denen so viele Menschen wie in etwa zwanzig Dörfern zusammenlebten. Die breite Prachtstraße, die in gerader Linie vom Hafen zum Palast führte, hatte er immer gemocht. Jetzt betete Prynn, dass sie sich auftun und verschwinden würde, damit auf ihr niemand zu dem Hügel gelangte, auf dem sich der Palast befand.

In den Straßen und Gassen herrschte vielfältiges Treiben. Die Menschen ahnten noch nicht, was ihnen die Schiffe brachten; dass die Vergangenheit zurückkehrte und einige Tausend Bewohner in Ketten legen würde.

Darf ich es zulassen? Muss ich weichen? Prynn hörte das aufgeregte, begeisterte Rufen, das aus der Arena herüberklang. Die Tersioner jubelten den Shadoka zu, Kämpfern, die für das Geld und die Ehre der tersionischen Herrschaftsfamilien ihr Leben aufs Spiel setzten.

Schlagartig wurde es still.

In einem Augenblick der unheilvollen Ruhe vernahm er das Klirren von Waffen, danach einen langen Schrei. Einen Todesschrei. Gleich darauf brandete lauter Beifall auf, ein Kampf war zu Ende gegangen. Prynn verstand es als Zeichen: Seine Zeit als Regentschaftsverwalter war vorüber. Er musste sich fügen, um noch größeres Leid zu vermeiden. Nicht noch ein Krieg.

»Was bleibt uns also?«, meinte Furanta niedergeschlagen.

»Die Hoffnung, dass sie sich umstimmen lässt und unseren Weg geht. Überall auf Ulldart sind Neuerungen im Gange.« Er fuhr ihr über das Haar und lächelte; aus den dünnen Fältchen auf seinem sonnengebräunten Antlitz wurden dunkle Linien, die endlos tief wirkten. Sie zerschnitten das Lächeln, zerstörten es und offenbarten einen Teil seiner wahren Gefühle. »Warum nicht auch hier?«

Die junge Frau lehnte den Kopf gegen die Brust des alten Mannes und schwieg, während sie Baiuga betrachtete. Das rogogardische Blut in ihr wallte, sie dachte nicht daran, die Macht ihres Hauses aufzugeben. Sie hasste die Regentin, ohne sie gesehen zu haben, und ihre Augen schleuderten all ihre Empfindungen aufs Meer zu den Schiffen, die schneller und schneller wurden. Leider besaß sie nicht mehr als ihren Hass. »Du hast Recht«, sagte sie schließlich, als füge sie sich vorerst. »Warum nicht auch hier?«

Stumm beobachteten sie die Galeeren, dann verkündete der linke der beiden Wachtürme der Stadt mit lautem Schlagen der Signalglocke das Nahen der vertrauten Fremden. Furanta schlang bei den durchdringenden Klängen die Arme Hilfe suchend um ihren Onkel.

Auch woanders wurde das Signal gehört.

Tief in den Schatten von Baiuga lauerte eine andere Vergangenheit, die weder vergab noch vergaß. Sie hatte sich wie ausgelaufene Tinte in den dunkelsten Ritzen der Stadt verteilt, war unsichtbar und doch allgegenwärtig geworden. Und sie lauerte.

Der Schlag der Glocke erweckte sie, brachte sie dazu, sich an einem Ort zu sammeln und zu einem Hort der Finsternis zu werden.

Dieser Hort sandte seine Schatten aus.

Alana die Zweite stand an Deck und achtete darauf, noch nicht gesehen zu werden. Ihr Erscheinen musste inszeniert und voller Wirkung sein, als bräche die leuchtende Sonne durch finstere Wolken. Ihre Dienerinnern umringten sie und schirmten sie vor den Blicken der Wartenden ab, die sich im Hafen versammelt hatten.

»Wie merkwürdig.« In ihrem Kopf rangen die Gedanken mit den aufsteigenden Gefühlen. Der Anblick ihrer geliebten Stadt, aus der sie die Truppen von Bardri¢ vertrieben hatten, ließ ihr Tränen der Rührung und der Freude in die Augen treten. Gleichzeitig war ihr nicht entgangen, dass Baiuga sichtlich in zwei Lager gespalten war.

»Was ist merkwürdig?«, fragte ihr Gatte, Lubshá Nars'-anamm. Er überragte sie sowohl in der Breite als auch in der Länge um einiges und war die Verkörperung des mächtigen Kriegers, trotz seines fortgeschrittenen Alters. Er trug wie seine Alana einen dünnen Überwurf aus weißer Seide, darüber lag die wertvolle Rüstung aus Iurdum und kleinen Eisenplättchen. Die langen schwarzen Haare fielen mähnengleich auf seine breiten Schultern. Auch wenn Lubshá es nicht musste, er achtete darauf, dass die Schiffe anlegten, ohne sich zu berühren oder mit ihren langen Rammspornen die Mauern zu beschädigen.

»Die Art, wie ich empfangen werde.« Als die vier Galeeren langsam durch den Hafen manövrierten und in dem Teil vor Anker gingen, der für die Streitkräfte vorgesehen war, hatten Alana die etwa zweitausend Bewohner flüchtig am Kai gesehen. Sie hatten Blumen geschwenkt, Blüten ins Wasser gestreut, den Namen ihrer Regentin gerufen und Ulldrael den Gerechten gepriesen.

Für eine Fünfzigjährige besaß Alana immer noch gute Augen. Sie spähte mit Hilfe eines Spiegels über die Reling. »Ich vermisse die Vertreter der wichtigsten Häuser unter meinen Bewunderern. Entweder sind die Familien von einem der Bardri¢s ausgerottet worden, oder«, sie senkte den Spiegel und spürte Empörung in sich aufsteigen, »sie haben die Frechheit besessen und sind einfach nicht erschienen!«

Alana hatte sich so manchen Tag und manche Nacht Gedanken über ihre Rückkehr gemacht und sich dabei keineswegs der Illusion hingegeben, von allen freudig begrüßt zu werden. Und ihre Befürchtungen wurden wahr. Ganz mutige Einwohner taten ihre Meinung kund, indem sie die Läden ihrer Fenster schlossen. Nicht überall wurden Fahnen gehisst, nicht jeder stimmte in die Rufe ein. Aber auch wenn sie sich darauf vorbereitet hatte, blieb die Empörung.

Um keinen schlechten Eindruck zu machen, bemühte sie sich, Verständnis für die Ablehnung aufzubringen. »Ich war zu lange auf Angor«, raunte sie nachdenklich. »Sie haben es mir übel genommen, dass ich Tersion in der Zeit der Not verließ.« Sie winkte zwei Dienerinnen zu sich, die ihre halb durchsichtigen Seidengewänder richteten. Die mit Edelsteinen besetzte Kappe, das Zeichen ihrer Herrschaftsgewalt, glänzte in den letzten Strahlen der untergehenden Sonnen.

»Du musstest flüchten, Alana. Es war kein langjähriger Ausflug, den du aus einer Laune heraus unternommen hast«, verbesserte sie Lubshá. Die Galeeren waren vertäut, und er gab das Zeichen, die Rampen auszufahren. Die ersten Garden gingen von Bord und sicherten die Stelle, an der Alana tersionischen Boden betreten würde. »Welchen Sinn hätte es gemacht, dich von Bardriȼ in ein Gefängnis werfen zu lassen?« Er fasste ihre Hände, die zwischen seinen dunklen, breiten Fingern beinahe vollständig verschwanden. Wie die Mehrheit der Angorjaner war seine Haut tiefschwarz, was seine weißen Zähne besonders hervorhob. »Du warst in Angor besser aufgehoben.«

Alana verzog den Mund und scheuchte ihre Dienerinnen fort. »Ich fürchte, Lubshá, dass das Volk und vor allem die Häuser dies anders sehen.« Sie hatte erfahren, dass König Perdór von Ilfaris es nach der großen Versammlung den Adelsgeschlechtern von Tersion überlassen hatte, wer das Land regierte. Bis zu ihrer Rückkehr. »Was ist, wenn es kommt wie in meinen schlimmsten Träumen und sie es wagen zu beschließen, dass sie mich nicht mehr als Regentin haben wollen?«

Sie atmete tief ein, die furchtbaren Albdrücke stiegen einmal mehr in ihr auf. Sie hatte gesehen, dass das Pack sie unmittelbar nach ihrer Ankunft ergriff, ins Hafenbecken stieß und mit langen Stangen ertränkte. Allen voran gierten die Häuser nach ihrem Leben, Seite an Seite mit den Ärmsten der Stadt. »Ich möchte auf den Thron zurückkehren, auch wenn ich auf Teile meiner Macht verzichten muss.«

Lubshá sah die aufrichtige Sorge in Alanas braunen Augen, um die sich Fältchen gebildet hatten. »Du sagtest mir, dass das Haus Iuwantor dir gegenüber treu war. Gibt es einen Grund, nun daran zu zweifeln? Glaubst du, sie würden sich gegen dich stellen?« Er ließ ihre Hand los, grinste und deutete zur nächsten Galeere links von ihnen. »Selbst wenn es so käme: Mein kleiner Bruder würde sie rasch zur Vernunft bringen.« Er wurde wieder ernst. »Vergiss nicht, wen du an deiner Seite hast, geliebte Gemahlin.«

Alana dankte ihm mit einem Kuss auf die Hände, schaute zum Palast auf den Hügel hinauf. Sie konnte es kaum mehr erwarten, endlich wieder von dem rein weißen Marmor umgeben zu sein. Die Gold- und Silberornamente an dem Gebäude warfen das Licht zurück, als lüden sie sie ein und riefen sie. In ihrer Vorstellung sah sie ihre Springbrunnen und die weitläufigen Gartenanlagen vor sich, die Vogelhäuser mit den prächtigen Tieren, deren Gesang und Gefieder sie gleichermaßen faszinierten. Alana atmete ein und meinte, den Geruch der vielen Blumen riechen zu können. »Lass uns nach meinem Thron sehen«, bat sie ihren Gatten und bedeutete ihren Dienerinnen, zur Seite zu treten.

In ihrer berühmten Anmut schritt sie nach vorn, zeigte sich vor der hohen Rampe und hob die Arme. Die begeisterten Rufe steigerten sich zu einem Orkan an Stimmen, der ihr zeigte, dass es wirklich Tersioner gab, die sie vermisst hatten. Ihre Empörung legte sich.

Sie hob die Arme. »Volk von Tersion«, rief sie bewegt und konnte nicht verhindern, dass ihr ein wohliger Schauer über den Rücken lief. »Es erfreut mein Herz, dich zu sehen.« Sie hob ihre Augen, ließ sie über die Dächer schweifen. »Und du, sehnsüchtig vermisste Heimat, sei gegrüßt. Die Regentin ist aus ihrer Verbannung zurückgekehrt, um dein Schicksal mit neuer Kraft zu bestimmen. Ulldrael sei gepriesen!« Sie senkte die Arme und schaute nach hinten.

Das war das Zeichen für Lubshá Nars'anamm, vorzutreten und Seite an Seite mit ihr zusammen den Steg hinabzuschreiten. Der Wind hatte ihnen zu Ehren gedreht und trug ihnen die gestreuten Blüten entgegen. Nun setzte ein Chor aus dem Hintergrund ein, der eine alte tersionische Weise sang; Musikanten begleiteten ihn dazu. Ein beeindruckendes Paar kehrte zurück, Kraft und Grazie betraten den Boden.

Die Garde schirmte Alana und Lubshá vor den Menschen ab. Alana erkannte Prynn, der versuchte, zu ihr vorzudringen. Auf ihre Geste hin ließ man ihn durch. Ihm folgte eine Abordnung der Herrschaftshäuser, doch nicht alle hatten sich blicken lassen. »Du bist spät«, sagte sie hochmütig. »Mein Volk freut sich demnach mehr, mich zu sehen, als die Häuser.«

»Verzeiht, wir wurden aufgehalten.« Der alte Mann verbeugte sich vor ihr, so gut es ging. An seiner Seite stand eine junge unbekannte Frau mit langen blonden Haaren. »Ich heiße Euch im Namen der Häuser Tersions willkommen, allerhöchste Regentin«, sagte er und musste beinahe schreien, um den Lärm der Massen zu übertönen. Immer noch gebückt, deutete er auf die Prachtstraße und die beiden hohen Torbögen, die symbolischen Eingänge zu Baiuga. »Euere Residenz erwartet Euch.«

Innerlich atmete Alana auf, ihr Albtraum vom Hafenbecken und ihrem Wassertod bewahrheitete sich nicht. »Ich danke dir, Prynn Caldúsin, Ältester des Hauses Iuwantor«, erwiderte sie etwas freundlicher. »Ich freue mich, dass dir Ulldrael ein langes Leben verliehen hat. Dir gebührt Lob, dass du mein Land sicherlich hervorragend verwaltet hast.«

»Er hat es nicht verwaltet, er hat es geleitet, allerhöchste Regentin«, sagte die junge Frau an seiner Seite giftig. Ihr hübsches blaues Kleid zeigte und verhüllte gleichermaßen, das reizvolle Spiel einer jungen tersionischen Frau, die darüber hinaus unglaublich viel Mut besaß.

»Verzeiht meiner Nichte Furanta ihre unbesonnenen Worte«, warf Prynn rasch ein, der kalkweiß im Gesicht geworden war.

Alana bedachte sie mit einem langen, verwunderten Blick. »Wenigstens ist sie offen und spricht aus, was sie denkt. Andere haben es offensichtlich vorgezogen, mir nicht gegenüberzutreten und mich im Unklaren zu lassen, ob sie meine Rückkehr gutheißen oder nicht.«

»Es wird davon abhängen, was Ihr zu tun beabsichtigt, allerhöchste Regentin«, sagte Furanta. Prynns mahnender Blick hielt sie nicht auf, rogogardischer Eifer schoss in ihre Zunge. »Euch zu Ehren würden Tausende freiwillig die Straßen säumen, würdet Ihr Euch ihren kleinen Bitten nicht verschließen. Da sie nicht zu sprechen wagen, tue ich es an ihrer

Stelle: Folgt den Neuerungen, die auf dem Kontinent vonstatten gehen, allerhöchste Regentin, und sie werden Euch lieben wie keine Herrscherin jemals zuvor«, bat sie eindringlich. »Wir ...«

»Lasst uns das im Palast besprechen«, unterbrach sie Alana und immer noch erstaunlich ruhig in Anbetracht der Anmaßung, die von der jungen Adligen ausging. Empörung meldete sich zurück, wurde jedoch von der Vernunft unterdrückt, denn: »Es gibt einige Dinge zu erzählen«, sagte sie verheißungsvoll und warf Lubshá einen langen Blick zu.

»Sehr wohl, allerhöchste Regentin.« Prynn zeigte auf die prächtigen Sänften, deren Sitz- und Liegeflächen über kleine Treppen erklommen wurden. So schwebte man, getragen von zehn kräftigen Männern, auf federweichen Kissen vier Schritte über dem Boden. Bestickte Baldachine bewahrten die Reisenden vor der Macht der Sonnen oder vor einem seltenen, dafür umso heftigeren Regenguss.

Unter dem anhaltenden Jubel der Menschen bestiegen Alana und Lubshá ihre Sänfte an der Spitze des Trosses. Umringt von Garden aus Angor und Tersion und gefolgt von den Adligen, begann der Zug durch Baiuga.

Alana betrachtete die mit bunten Lampen und Fackeln geschmückten Häuserfronten, die Menschen unter ihr, die Dächer und den Weg zum Palastdistrikt, dessen Mauer sich nach wie vor abwehrend gegen jeden Angreifer erhob. Dahinter wartete ihr geliebtes Heim mit den vielen Türmen und den bunten Fenstern, das sie auf Angor schmerzlich vermisst hatte. Gedankenversunken nahm sie sich eine Frucht aus der Obstschale, die in der Mitte der Sänfte ruhte.

»Du siehst, man hat dich besser empfangen, als du geglaubt hast.« Lubshá blickte zurück. Sie hatten sich bereits gut dreißig Schritte vom Kai entfernt. Die Masten und Bordwände seiner Galeeren zeigten sich in den Häuserschneisen, als wollten sie ihm sagen, dass sie ihn mit ihren Geschützen und Katapulten bewachten.

»Aber du hast die Kleine gehört. Es wird kommen, wie ich es befürchtet habe: Ich werde einen Teil meiner Macht abgeben müssen«, erwiderte sie. »Doch alles ist besser, als sie vollständig zu verlieren.«

Lubshá lachte und berührte sie aufmunternd an der Schulter. »Wir werden sehen, was ich für dich zu tun vermag. Meine Stimme hat ...« Aus den Augenwinkeln bemerkte er einen Schatten, der neben ihnen hinter einem Kaminschlot hervorschnellte und sich vom Dach abdrückte. »Vorsicht, Alana!« Er langte nach seinem Schwert.

Die schwarz gekleidete, maskierte Gestalt flog mit einem waghalsigen Sprung heran, landete auf dem Baldachin und brachte ihn zum Einsturz. »Lang lebe ein freies Tersion!« Die Regentin und ihr Gemahl wurden unter dem schweren Stoff begraben, während ein entsetzter Aufschrei aus Hunderten Kehlen ertönte.

Drei weitere Angreifer sprangen hinzu. Auch sie waren bewaffnet und stießen ihre Klingen mit schnellen, kräftigen Bewegungen durch den Baldachin.

»Nieder mit der feigen Unterdrückerin!«, erklang der Ruf. Blut floss an den Seiten der Sänfte hinab und rann die Streben entlang.

Die Sänfte wurde rasch abgesetzt. Gardisten aus Angor stürmten die schmale Treppe hinauf, um ihrem Herrn und ihrer Herrin zu Hilfe zu eilen.

Die Angreifer teilten sich auf. Zwei von ihnen sicherten den Aufgang, die anderen beiden stachen nach wie vor immer wieder durch den Stoff; die Klingen hatten sich längst rot gefärbt.

Angorjaner vermochten sehr gut zu kämpfen, aber die Unbekannten waren ihnen dennoch überlegen. Vierzehn Gardisten stürzten verletzt oder tot rechts und links die Stufen hinab, ehe einer der Angreifer einen Pfiff ausstieß und das Zeichen zum Rückzug gab.

»Alle Macht Iuwantor!«, erschallte es. Die Maskierten nahmen auf der Liegefläche einen kurzen Anlauf. Zwei von ihnen sprangen durch die geschlossenen Fenster im oberen Stockwerk des gegenüberliegenden Hauses; Glassplitter regneten auf die Köpfe der Wartenden. Die anderen zwei sprangen auf die Sonnensegel, die vor den Häusern hingen; Armbrustbolzen und Pfeile verfehlten die Mörder, die sich zu schnell und abrupt bewegten. Sie flüchteten um die Ecke und verschwanden.

Der Spuk war vorüber.

Die Menschen am Straßenrand schwiegen bestürzt, während Gardisten den durchlöcherten Baldachin anhoben und nach Alana und Lubshá sahen. Entsetztes Stöhnen erklang aus den Kehlen der Männer, die in ihrem Leben viel Tod und Verderben gesehen hatten.

Aus den Schiffsleibern der Galeeren ergoss sich unterdessen ein waffenstarrendes Heer, angeführt von einem jugendlichen Angorjaner, der große Ähnlichkeiten zum Gemahl der Regentin aufwies. Er rannte an den Trägern vorbei, stürmte die Treppe der Sänfte hinauf – und blieb stehen.

»Angor!« Langsam sank er vor seinem älteren Bruder auf die Knie, dessen Leib von Stichwunden übersät war. Mit bebenden Händen suchte er eine Stelle, an der er die Blutung aufhalten könnte, aber es gab zu viele Wunden. So schwebten seine Finger hilflos über dem geschundenen Körper. Selbst ein Cerêler hätte nichts mehr zu tun vermocht. Lubshás Herz schlug nicht mehr.

»Angor, sieh, was sie mit deinem edelsten Geschöpf getan haben«, wisperte der junge Mann fassungslos. Erst dann wandte er seinen Kopf Alana zu. Ihre Brust hob und senkte sich schwach, Ulldrael hatte sein Geschöpf anscheinend besser geschützt.

Er sprang auf. »Ich schwöre, dass ich seinen Tod rächen werde. Mein Schwert wird das Blut aller Schuldigen trinken, wie es Brauch ist.« Er zog seine Waffe. »Schwärmt aus«, befahl er seinen Kriegern. »Durchsucht jedes Haus, bis ihr die vier Attentäter gefunden habt. Und nehmt keine Rücksicht.«

Die Soldaten taten, was er ihnen auftrug, stürmten durch die Türen und begannen mit der Suche. Durch die Fenster und Eingänge erklangen das Splittern von Holz, das Klirren von zerbrochenem Geschirr und die entrüsteten Rufe der Bewohner.

Niemand wagte es einzugreifen, weder die Abgeordneten der Herrschaftshäuser noch die Einwohner, noch Baiugas Soldaten.

Noch nicht.

Prynn, der ebenso wie Furanta aufgesprungen war, ahnte, dass die Lage auf Messers Schneide stand. Ein falsches Wort, eine falsche Geste konnte ein Gefecht auslösen. »Wer immer Ihr seid, ich bitte Euch ...«

»Wer *ich* bin?« Der junge Angorjaner schaute zu ihm. »Mein Name ist Nech Fark Nars'anamm, siebter Sohn von Ibassi Che Nars'anamm und Bruder des ermordeten Kaisers von Angor, Lubshá Nars'anamm«, grollte er wütend. »Und dank der Gastfreundschaft der Tersioner gegen meinen Willen neuer Kaiser Angors.«

Prynn verschlug es die Sprache. Niemand hatte gewusst, dass Alanas Gemahl zwischenzeitlich Herrscher des Nachbarkontinents geworden war. Damit wog der Mord mehr als schwer. Er hörte das Raunen um sich herum, die Nachricht wurde von den Menschen mit Sorge vernommen.

»Wie ist dein Name?«

Prynn verbeugte sich und stellte sich vor. Ein Gardist neigte sich an Nechs Ohr und flüsterte ihm etwas zu. »Iuwantor? Verlangten die Mörder nicht, dass *dir* alle Macht gebührte?«

Prynn wurde heiß und kalt. »Ich verstehe es selbst nicht. Ich ...«

Nech wies auf die bewusstlose Alana. »Da liegt die Regentin. Bete, dass ihr Leben von einem Cerêler gerettet werden kann und sie über dein weiteres Schicksal entscheiden wird! Sonst tue ich es.« Er ließ die Sänfte anheben und verlangte, zurück zum Hafen getragen zu werden. Als er sich auf Prynns Höhe befand, warf er ihm einen zornigen Blick zu. »Meine Schwägerin wird auf der Galeere bleiben, bis wir die Mörder und die Anstifter gefunden haben«, verkündete er. »Bis sie von ihren Verletzungen genesen ist, herrsche ich über ihre Stadt und ihr Land. Als der Bruder ihres Gemahls sehe ich es als mein Recht an.«

Prynn war klug genug, nichts zu entgegnen. Seine Nichte jedoch nicht.

»Ihr?«, stieß Furanta hervor. »Ihr seid der Kaiser von Angor, nicht von ...«

Nechs Augenbrauen zogen sich zusammen. »Legt sie in Ketten«, befahl er seiner Garde und deutete mit dem Schwert auf sie. »Legt jeden in Ketten, der aus diesem verdammten Land kommt und es wagt, mir zu widersprechen oder meinen Anordnungen nicht Folge zu leisten!«

Das Raunen wurde leiser, niemand wollte sich der Gefahr aussetzen, in Gefangenschaft zu geraten.

Prynn schloss die Augen, er bebte vor Sorge um Furanta, und sein altes Herz geriet aus dem Takt. »Allerhöchster Kaiser«, begann er vorsichtig, »in Euerem Schmerz um Euren Bruder ...«

»Die Drohung von Ketten schreckt wohl nicht genug?« Nech ließ die Sänfte anhalten, hob sein Schwert und schleuderte es geradewegs nach dem alten Mann.

»Nein!« Furanta warf sich mit einem Schrei in die Bahn der wirbelnden Klinge. Die Spitze bohrte sich durch ihr dünnes Kleid, durch ihre weiche Haut und die Knochen darunter. Rücklings fiel sie gegen ihren Onkel, der mit ihr zusammen in die Kissen der Sänfte stürzte. Ein lauter, von der Menge ausgestoßener Schrei brandete gegen die Hauswände und brach abrupt ab. Das Grauen hielt die Menschen gepackt.

»Lasst es euch eine Lehre sein«, rief Nech laut über die Köpfe der erschütterten Einwohner hinweg. »Ich bin der Herrscher von Tersion, bis Alanas Augen sich wieder öffnen. Ich erwarte Unterwerfung und Gehorsam, wie es sich gebührt, oder ich flute die Plätze dieses Ortes mit eurem Blut und lasse das Hafenbecken davon überquellen.« Er bedeutete den Trägern, dass sie weitermarschieren sollten.

Diener sprangen Prynn zur Seite und halfen ihm. Aus eigener Kraft hätte er sich nicht unter Furanta hervorwinden können. Seine Nichte war tot. Ihre braunen Augen starrten gläsern an die Unterseite des Baldachins; rotes Blut sickerte aus der Wunde in ihrem Unterleib und tränkte Prynns Robe.

Er schlug die Hände vors Gesicht und wurde sich mit einem Mal der Stille bewusst, die auf der Prachtstraße herrschte. Die

Spannung war greifbar, es fehlte die Winzigkeit, um die angestauten Gefühle der Bewohner ausbrechen zu lassen.

Auch wenn er Nech für seine sinnlose Tat den Tod wünschte, sammelte sich Prynn und ließ die Finger sinken, die wie Gitterstäbe vor seinen Augen lagen. »Volk von Baiuga«, krächzte er, dann räusperte er sich. »Volk von Baiuga! Geht nach Hause. Kehrt in die Häuser zurück oder sucht nach den Mördern des Kaisers, die auch meiner Nichte den Tod brachten«, beschwor er sie. »Unternehmt nichts gegen die Angorjaner. Es würde uns allen den Untergang bringen.«

Die Masse schwieg ihn an, rührte sich nicht.

Schließlich trat eine Frau vor und rief mutig: »Alle Macht Iuwantor!«

Kontinent Ulldart, Königreich Tûris, Ammtára, Winter im Jahr 1/2 Ulldrael des Gerechten (460/461 n.S.)

Pashtak stand auf dem Turm des Versammlungsgebäudes, die roten Augen schweiften beunruhigt über Ammtára. Sie nannte sich Freie Stadt und befand sich dennoch in den Händen von ungewollten Gästen.

In den Straßen, auf den Plätzen, in den kleinsten Gässchen wimmelte es nur so von den grünhaarigen Fremden. Sie liefen umher, erkundeten jeden Winkel und freuten sich wie kleine Kinder über das, was sie sahen. Vereinzelt erklangen merkwürdige Gesänge und Töne von unbekannten Musikinstrumenten, die in seinen empfindlichen Ohren schmerzhaft fiepten und quäkten. Anscheinend fanden sie in Ammtára einen Ort, nach dem sie lange gesucht hatten.

Sie verhielten sich friedlich, wirkten glücklich und gaben keinen Grund zur Sorge, wenn man dabei eines nicht vergaß: Sie hatten bei ihrer Ankunft das Heer der Kensustrianer zerschlagen, das vor Ammtáras Toren gelagert hatte, und betrachteten sich als deren Todfeinde. Obwohl sie ihnen buchstäblich bis aufs Haar glichen.

Um Ammtára war ein Streit ausgebrochen, der viel weitere Kreise zu ziehen drohte. Zahlreiche Menschen oder, besser gesagt, Kreaturen würden mitreden wollen, und es sollte unzählige Treffen mit Leuten geben, die weder Ammtára noch die Fremden kannten und sich dennoch erlauben wollten, einen Beschluss zu fassen. Einen Beschluss, der sie gar nicht betraf, was Pashtaks Unwohlsein noch mehr steigerte.

Das alles schmeckte ihm nicht. In seinem Magen lag ein Klumpen, als habe er zu viel von Shuis köstlicher Faduchschwanz-Suppe gegessen, und ähnlich schwer drückten ihm die Grünhaare auf die Seele. Er musste die Fremden loswerden, doch es wollte ihm keine Möglichkeit einfallen, sie ohne Gewalt zu vertreiben.

Pashtak wünschte sich Estra, die Inquisitorin, an seine Seite. Sie hätte ihm die Sprache der Fremden übersetzen und ein Stück ihrer Rätselhaftigkeit nehmen können, aber sie befand sich irgendwo in Kensustria, das von den Neuankömmlingen gesucht wurde. *Um was zu tun? Es zu überfallen?*

Er brummte ungehalten und fand ein graues Haar in seinem Armpelz; es stammte sicherlich von dem neuesten Ärger.

Er roch Simar, den Anführer der Fremden, hinter sich. Es war ein intensiver, süßlicher und sehr bekannter Duft, in dem eine Spur Verfall und Verwesung schwebte. Er verband nichts

Gutes damit. Pashtak wandte ihm den flachen, knochigen Schädel zu. »Kann ich helfen?«

Simar überragte ihn mit seiner Länge von zwei Schritten um einiges. Unter seinem grauen Umhang trug er eine Rüstung aus einzelnen Metallplättchen, die durch kleine Kettenglieder verbunden waren; an seiner Seite hing ein geschwungenes Schwert. Die bernsteinfarbenen Augen richteten sich auf Pashtak. »Ich grüße dich. Nein, alles ist gut. Aber du siehst besorgt aus. Wir doch vernichtet haben die Kensustrianer für euch.«

Ja, und wie sie das kensustrianische Heer vor den Toren der Stadt vernichtet hatten!

Pashtak hatte das Totenfeld und vor allen Dingen die unglaublichen Wunden der Gefallenen gesehen. Kensustrianische Krieger galten als die meisterhaftesten Kämpfer Ulldarts und hatten sich beim Kampf gegen Govan einen unsterblichen Namen gemacht. Hier waren sie allem Anschein nach an einen Gegner geraten, der ihnen mindestens ebenbürtig war. Mindestens, wenn nicht sogar überlegen. Noch ein Grund, sich ernsthafte Sorgen um die Stadt zu machen. »Ich frage mich, was ihr hier wollt«, sagte er zu Simar und bleckte die Reißzähne, was ein Lächeln bedeutete.

»Wir suchen Kensustria, und du schuldest mir die Antwort.«

»Nein, nicht auf Ulldart. In Ammtára.«

Simar lächelte zurück und zeigte dabei kräftige Eckzähne. »Wir wollen einfach bleiben. Bewundern. Schauen«, zählte er auf. »Und suchen.«

Pashtak grinste weiter. Im direkten Vergleich ihrer Gebisse hatte er eindeutig gewonnen. »Suchen?«

»Nach denen, welche Stadt errichtet haben.« Er ging zum

Geländer und deutete auf das Häusergewirr. »Ihr habt abgerissen!«

»Die Kensustrianer verlangten es von uns, wie ich schon sagte.«

»Aber du hast auch nicht mehr verraten«, erwiderte Simar mit einem Augenzwinkern. »Sage mir, wer hat Stadt verändert. Führe uns zu ihm.«

Pashtak atmete tief ein und bemühte sich, nicht zu viel von Simars Ausdünstungen in die Nase zu bekommen. Er zupfte an seiner Robe herum, an der ausnahmsweise kein Fleck und kein Riss zu finden waren. Warum sollte er ihm nicht die Wahrheit erzählen?

»Es war eine *Sie*. Und sie ist tot«, eröffnete er ihm. »Ihr Name war zunächst Belkala, danach nannte sie sich Lakastre. Sie kam zu uns und gehörte der Versammlung der Wahren an, die über alles berät, was in der Stadt geschieht. Ohne dass wir es bemerkten, hat sie die Veränderungen vornehmen lassen.« Pashtak musterte Simars Antlitz, dessen Augen beglückt glänzten. »Was steckt hinter all dem, das uns die Feindschaft der Kensustrianer brachte? Und wer seid ihr? Woher kommt ihr? Was möchtet ihr?«

»Viele Fragen habt ihr, viele Fragen haben wir«, nickte Simar, und eine lange grüne Strähne des offenen Haars rutschte ihm über die Schulter auf die Brust. »Wir antworten abwechselnd?«

»Ich weiß nicht, wo Kensustria liegt«, nahm es Pashtak vorweg und hoffte, dass man ihm die Lüge nicht anmerkte. Aber er wollte den Fremden, von denen er gar nichts wusste, erst unter den Pelz schauen, wie man so schön in Ammtára sagte. Wer mochte sagen, was sich darunter verbarg? Dass sie den Kensustrianern Tod und Verderben bringen würden, konnte ein Blinder erkennen. Darüber wollte und durfte er nicht allein entscheiden, diese Angelegenheit betraf alle Königreiche Ulldarts, und diese mussten erst von ihrer Ankunft erfahren. »Aber ich habe Boten ausgesandt, um danach suchen zu lassen.«

»Hm.« Simar gab sich damit nicht zufrieden und schwieg.

Ein schwer gerüsteter Nimmersatter, einer der großen, gehörnten Wächter Ammtáras, der über unglaubliche Kraft verfügte, geleitete einen Menschen die Stufen hinauf.

Es war ein braunhaariger Soldat in der turîtischen Uniform, der auf Pashtak zuging und ihm zunickte. Man sah, dass es sich um einen Boten handelte: eine dünne Lederpanzerung, keine schweren Waffen, kein Schild und ein leichter Helm unter dem Arm. Er hielt Pashtak eine Schriftrolle entgegen. »Ich bringe den Gruß von König Bristel«, sagte er und schaute zu dem Kensustrianer. »Mein König lässt fragen, was es mit den Ereignissen an seiner Küste auf sich hat, welche Ziele die Kensustrianer verfolgen«, er blickte zu Pashtak, »und ob Ammtára Beistand wünscht.«

»Welche Ereignisse an der Küste?«, wunderte sich Pashtak.

»Er meint sicher unsere Anlandung«, half Simar. »Sind keine Kensustrianer. Sind Ničti.«

Damit war eine Frage geklärt. Eine von geschätzten einhundert. Bevor Pashtak einhakte, sprach der Bote weiter.

»An unserer Küste landeten zehn Schiffe von einer Größe an, wie sie noch kein Mensch in Tûris zu Gesicht bekommen hat. Danach wurden Gefährte und Truppen ausgeladen, die sich mit ungeheurer Geschwindigkeit nach Osten bewegten, ohne dass wir sie einholen konnten. König Bristel ist sehr besorgt und hat den Strandabschnitt abriegeln lassen ...«

Simar winkte ab. »Keine Sorge, sage das deinem König.

Wir nicht hier wegen ihm.« Er deutete mit dem Daumen hinter sich, wo das Schlachtfeld lag. »Wegen Kensustrianern. Wir haben sie ... bemerkt und sind gekommen, um Stadt zu helfen.« Er streckte die flache Hand aus. »Ohne uns Ammtára flach wie Ebene und tot wie Stein.« Er trat an die Seite des Boten. »Du vielleicht weißt, wo wir Kensustria finden?« Die Bernsteinaugen veränderten schlagartig ihre Farbe, wurden heller, greller.

Pashtak gab dem verunsicherten Mann ein Zeichen, nichts zu sagen.

»Ich ... war noch nie dort«, stammelte er und wich vor dem Ničti zurück. Sein Gesicht wurde grau wie Asche. »Ich kann es nicht ... sagen.«

Simar schnalzte mit der Zunge. »Sehr schade.« Von einem Lidschlag auf den nächsten war das Bedrohliche wieder verschwunden. »Berichte König, dass wir Freunde sind. Nichts Böses im Sinn, nur gegen Kensustria. Aus gutem Grund.«

Der Bote suchte Pashtaks Blick. »Soll ich das ausrichten?«

»Ja. Und bestelle Bristel, dass ich mich über sein Angebot gefreut habe, wir es jedoch nicht benötigen. Ich habe ihm schon eine Nachricht geschickt«, sagte er und überflog die Zeilen, die ihm der König gesandt hatte. Es stand noch etwas mehr darin, als der Mann vorgetragen hatte, doch das Wesentliche war ausgesprochen.

Der Bote verneigte sich und verließ die Plattform. Der im Hintergrund wartende Nimmersatte geleitete ihn die Treppen hinab.

»Wo ist Grab von Lakastre?«, fragte Simar. »Möchte es sehen.«

»Das ist kein Geheimnis.« Pashtak führte den Ničti nach unten, aus dem Gebäude und durch die Straßen zu dem Teil der Stadt, in dem sie die Toten beisetzten. Dabei entging ihm nicht, dass Simar jeden und jede Nič̌ti, denen sie begegneten, ansprach und sich diese ihnen anschlossen.

Bald war eine regelrechte Prozession entstanden. Pashtak hielt den Geruch beinahe nicht mehr aus. Er witterte Spannung, Aufregung und noch mehr Verwesung.

Schon lief er über das Grabfeld, vorbei an Gedenktafeln, Statuen und Glaubenssymbolen, die sowohl Ulldrael als auch Tzulan gewidmet waren. Dann hatte er das eindrucksvolle Mausoleum erreicht, in dem die ehrenhaftesten Einwohner der Stadt bestattet wurden.

»Hier liegt sie. Neben ihrem Mann«, erklärte er und betrat die marmorne Halle, in deren Wänden die Grabkammern eingelassen waren. Seine krallenbewehrte Hand deutete auf eine hellgrüne Steinplatte, auf der mit goldener Schrift BOKTOR UND LAKASTRE geschrieben stand.

Simar näherte sich ehrfürchtig und sank auf die Knie, die übrigen Ničti folgten seinem Beispiel. Einer von ihnen begann etwas zu murmeln, die anderen stimmten ein.

Dem Klang nach vermutete Pashtak, dass es sich um ein Gebet handelte. Mehr und mehr beschlich ihn das Gefühl, dass Lakastre mehr Geheimnisse mit ins Grab genommen hatte, als es für Ammtára gut sein würde.

Simar erhob sich und ging zur Grabplatte, er berührte sie vorsichtig. »Hoffe auf dein Verständnis«, sagte er zu Pashtak, dann drehte er sich zu seinen Begleitern um und rief etwas.

Zwei Ničti standen auf, zogen ihre hammerähnlichen Waffen und schlugen auf die Abdeckung der Grabkammer ein. Splitter trudelten davon, der Namenszug fiel heraus und landete klirrend auf dem Boden.

Pashtak starrte sie an. »Was erlaubt ihr euch?!«, rief er und pfiff aufgeregt. Dann stellte er sich mit ausgebreiteten Armen vor die Platte. »Halt, sage ich!«

Die Ničti machten keinerlei Anstalten, ihre Versuche einzustellen, und hoben die Waffen, als wollten sie zuerst seinen Schädel und danach den Stein zerschmettern.

Pashtaks Nackenhaare richteten sich auf, er grollte unwillkürlich. »Das könnt ihr nicht ...« Im letzten Augenblick tauchte Pasthak unter dem heranzischenden Metallkopf hinweg, der über ihm in die Platte krachte. Anscheinend konnten sie doch ...

Simar zog ihn zur Seite, damit er nicht von den schweren Trümmern getroffen wurde. Die Kammer lag frei. »Verzeih ihnen. Ist meine Schuld.« Er ging nach vorn und zog die Bahre heraus, auf der Lakastres verweste Überreste ruhten. Von ihrer Leiche und den Kleidern war kaum mehr etwas übrig. Er betrachtete den Kadaver, dann schob er ihn zurück. »Wo ist Amulett?«

Pashtak war noch viel zu aufgebracht, um klar zu denken. Er wischte sich den Staub vom Kopf, schüttelte sich, um ihn aus dem linken Ohr zu bekommen. »Ihr seid ...«

Der Ničti machte einen Schritt auf ihn zu, die Augen wurden schlagartig zu gelben, leuchtenden Kugeln. »Das Amulett! Wo?«, verlangte er drohend zu wissen.

Pashtak knurrte und duckte sich kampfbereit, die Linke griff nach dem Kurzschwert. »Ich weiß nicht, wovon du sprichst.« Wieder eine Lüge aus seinem Munde, denn er erinnerte sich genau an das Schmuckstück, das sie ihm kurz vor ihrem Tod gezeigt hatte. Und er erinnerte sich, wer es nun um den Hals trug. So gab er sich absichtlich unfreundlich und enthielt sich jeder Höflichkeit, in der Hoffnung, Simar damit ablenken zu können.

Der Ničti beugte sich nach vorn und fauchte ihn an; sein Gesicht verzerrte sich zu einer unheilvollen Fratze, die selbst bei Pashtak Schrecken verbreitete. Dann schloss er die Eckzähne wieder hinter den Lippen ein und richtete sich auf. Die Wildheit verflog. »Ich entschuldige mich«, sprach er mühsam und peinlich berührt. »Ist wegen ... Wichtigkeit für uns. Ist ein Geschenk von ...« Er suchte nach einem Ausdruck oder einem Namen. »Heilig«, wich er aus, »ist heilig für uns.«

»Und was wollt ihr damit?« Pashtak blieb angespannt, nahm die Finger noch nicht von der Waffe.

»Es haben. Wollen es verehren, wie wir sie verehrt hätten, wenn noch lebendig.« Simar senkte den Kopf. »Ist es erlaubt, Lakastre zu nehmen? Sie ist eine von uns.«

Was hat das nur wieder zu bedeuten? Pashtak schüttelte den Kopf. »Erklär es mir, Simar.«

»Eine von uns. Eine Ničti.«

Er gestand es sich ungern selbst ein, aber er verstand immer weniger. Er musste dringend nachdenken, und dazu benötigte er Zeit. Und Estra, die ihm mehr über ihre Mutter erklären müsste. »Das kann ich nicht allein entscheiden. Darüber muss abgestimmt werden.« Er war nicht stolz auf seine einfallslose Notlüge und wunderte sich umso mehr, dass Simar einwilligte, auf die Entscheidung zu warten.

»Danke. Sind glücklich, Ammtára gefunden zu haben«, sagte er bewegt. »Viele Gefühle, starke Gefühle. Wird Heimat freuen und viele hierher führen.«

»*Viele?*« Pashtak hatte so etwas beinahe befürchtet.

»Zehn Schiffe nur Anfang«, nickte Simar. »Haben Kontinent um Kontinent untersucht. Niemals gedacht, dass es sie hier gibt, auf Land mit Abtrünnigen. Wird neue heilige Stätte von Ničti, wenn Ammtára wieder errichtet ist wie von

Lakastre vorgesehen.« Er kratzte sich über der Augenbraue. »Ihr zu sehr von eurem Glück benommen, nicht wahr? Ich sehe das.«

»Glück mag man es nicht nennen«, grummelte Pashtak.

Simar hatte inzwischen gemerkt, dass er über die Köpfe derer hinweg entschied, welche die eigentlichen Bewohner waren. »Ihr seid auch heilig. Von Lakastre geführt und berührt«, versicherte er rasch. »Es wundert uns, dass ihr euch nicht freut. Ganz, ganz hohe Ehre!«

Es wurde allerhöchste Zeit für eine Einberufung der Versammlung. Pashtak lächelte in die Runde der verzückten Ničti, die seine Vorbehalte gar nicht verstanden. »Wir beraten noch darüber, ob wir uns freuen«, sagte er beschwichtigend und sah eine Invasion von Pilgern vor sich, die sich in die Straßen Ammtáras ergossen. »Ich lasse es euch wissen, wie wir entschieden haben.« Er schritt zum Ausgang. Nein, er vermochte es beim besten Willen nicht, sich über derart viel Heiligkeit zu freuen.

Die Ničti blieben im Mausoleum zurück und knieten erneut vor der Grabkammer Lakastres nieder.

»Boktor«, traf Pashtak die Stimme Simars in den Rücken. »Sie hatte Mann. Hatte sie auch Nachkommen?«

»Ich … muss weg. Wir reden morgen weiter.« Er eilte hinaus. Noch eine Lüge aus seinem Mund … Ihn beschlich die Ahnung, dass er in nächster Zeit zum Schutz der Stadt und ihrer Bewohner noch viele Male die Unwahrheit würde sagen müssen.

Kontinent Ulldart, Königreich Tarpol, 81 Warst östlich von Granburg, Winter im Jahr 1/2 Ulldrael des Gerechten (460/461 n.S.)

Waljakov kehrte aus dem Haupthaus des Gehöftes zurück, während Stoiko und Lodrik ungeduldig im Schlitten gewartet hatten. Die weiten Schritte des Hünen ließen den Schnee fliegen, und obwohl er tief darin einsank, kam er rasch voran; die vielen Muskeln, sein künstlicher Unterarm aus stabilem Eisen und sein Brustharnisch machten ihn schwer, aber nicht unbeweglich oder gar hilflos.

Waljakov ergriff die Zügel seines Rappen, den er neben dem Eingang angebunden hatte. Seine eisgrauen Augen wanderten zwischen den beiden Männern hin und her. »Sie kam hier durch. Vor etwa vier Tagen, sagt der Mann«, erstattete er Bericht. »Sie wollte weiter nach Südosten. Mehr wusste er nicht.«

Lodrik nickte ihm zu und zeigte seinen Ärger nicht. Es ging ihm alles zu langsam.

»Immerhin sind wir auf ihrer Spur«, warf Stoiko ein, um das Gute an den Neuigkeiten aufzuzeigen, und wickelte sich eine weitere Decke um. »Wir werden schon bald Genaueres über ihr Ziel erfahren.«

Waljakov streichelte die Nüstern des Rappen und wischte das feine Eis darunter weg, das sich durch die ausströmende Atemluft gebildet hatte. »Mir kommt es so vor, als wüsste sie genau, dass sie verfolgt wird. Sie steigert die Geschwindigkeit ihrer Reise mit jeder Etappe. Vielleicht haben wir uns in Granburg durch etwas verraten.«

»Ich weiß, was es ist.« Lodrik sank in den Sitz und flüchtete vor dem Licht der Sonnen, das durch das Fenster in den Innenraum fiel. »Sie spürt mich.« Am liebsten hätte er die Vorhänge zugezogen und nur durch den Stoff mit Waljakov geredet. »Sie weiß, dass ich ihr auf den Fersen bin, und versucht einen Ort zu erreichen, an dem sie sicher ist.«

»Oder wo sie einen besseren Ausgangspunkt hat, wenn es zum Kampf kommt.« Waljakov schwang sich in den Sattel und beugte sich nach vorn, um besser mit seinen Begleitern sprechen zu können; sein dünner grauer Bart entlang des Unterkiefers und um den Mund sah aus wie Frost. »Gibt es einen Platz, an dem sich ein Nekromant besonders wohl fühlt?«

Lodrik fiel sein eigener, zerfallener Palast in der Nähe von Ulsar ein. Dort war er gern, umgeben von Einsamkeit, ohne die störende Nähe zu Lebenden, die ihn mit aller Macht aus seinem kleinen, verbliebenen Königreich zu reißen versuchten. Er wollte allein sein, aber das kümmerte weder Stoiko noch Norina noch Krutor. Sie belästigten ihn unentwegt. »Schwierig«, lautete daher seine Antwort.

»Oder an dem seine Macht steigt?«, warf Stoiko ein.

Lodrik erinnerte sich nicht, etwas in seinem Buch über Nekromantie darüber gelesen zu haben. Vermutlich schufen sich Wesen wie er und seine Tochter solche Orte selbst, indem sie – wo auch immer sie länger verweilten – den Hauch des Todes verbreiteten.

Er schüttelte den Kopf. »Weiter«, befahl er. »Je eher wir sie haben, desto besser.«

Waljakov nickte und ritt voran, der Schlitten fuhr los. Mit ihm zusammen setzte sich eine Gruppe von dreißig Reitern in Bewegung, alle schwer bewaffnet und gut ausgebildet. Lodrik hatte sie dem Gouverneur von Granburg mit der Auflage abgerungen, dass keiner von ihnen eine Uniform oder ein Abzeichen trug, die auf die Herkunft schließen ließen. Ein Beobachter des Zuges hätte einen Adligen vermutet, der eine Reise unternahm.

Stoiko betrachtete Lodriks eingefallene Wangen und die bleiche Haut, die sich über dem skeletthaften Gesicht spannte. Er würde sich niemals an den Anblick gewöhnen. Sein Schützling hatte sich im wahrsten Sinne des Wortes furchtbar verändert.

»Tamuscha und Håntra sind vermutlich an der Grenze zu den Baronien«, sagte er, schluckte und rieb sich über den Schnauzbart. »Es ist gut, dass wir Waljakovs Gemahlin mit der einstigen Dienerin Aljaschas zu König Perdór geschickt haben. Tamuschas Aussage zu Aljaschas Kind wird dem König sehr viel helfen.«

Lodrik erwiderte nichts und starrte ins Freie; seine Augen nahmen die Umgebung, die an ihnen vorbeizog, dennoch nicht wahr. Er grübelte unentwegt.

Stoiko riss sich von Lodriks Antlitz los und widmete sich dem Reisesamowar, legte eine der kleinen Kohlen nach und hielt das Feuer am Brennen.

Es ging ihm weniger um den Tee, sondern mehr um die Wärme, die von dem Kessel ausging. Ihm kam es vor, als täte sich die Glut gegen die Ausstrahlung des Nekromanten schwer. Sie leuchtete weitaus weniger intensiv als gewöhnlich, so als dämpfe Lodrik Licht und Hitze gleichermaßen.

»Nicht, dass ich es Håntra nicht zutrauen würde, einen Kampf zu bestehen, aber in ihrem Zustand ...« Er reckte die Hände gegen den tickenden Behälter und wartete vergebens auf eine Reaktion. »Herr, habt Ihr gehört, was ich sagte? Unser Eisblick wird Vater.«

Erst jetzt wandte Lodrik ihm den Blick zu, fuhr sich mit der Rechten durch die halblangen blonden Haare und zwang sie nach hinten. »Vater, ja?« Die dürren Finger in den schwarzen Handschuhen glichen schmalen Krallen. »Hätte ich das gewusst, wäre er nicht mitgekommen.«

»Dann vergesst, dass ich es erwähnte. Es ist mir aus dem Mund gerutscht. Er würde es mir niemals verzeihen, wenn ich die Schuld an einem versäumten Abenteuer trüge.« Er lächelte Lodrik zu und fuhr sich erneut über den graubraunen Schnauzbart. »Wir passen umso besser auf ihn auf.«

»Ja, das müssen wir wohl.« Für Lodrik bedeutete das Wissen eine zusätzliche Belastung. Nicht nur, dass er mit zwei greisen Freunden einer Nekromantin auf der Spur war und ihr Leben damit in höchste Gefahr brachte. Jetzt wusste er auch noch, dass ein ungeborenes Kind auf die Rückkehr seines Vaters wartete. Er entschloss sich, Stoiko und Waljakov bei passender Gelegenheit abzuschütteln und Zvatochna auf eigene Faust zu verfolgen.

»Ihr plant nicht zufällig, uns abhängen zu wollen?«, fragte Stoiko mit einem schelmischen Blick aus seinen braunen Augen.

»Ich vergesse immer wieder, wie sehr du mich kennst«, seufzte er. »Was ich euch beiden angetan habe, ist unverzeihlich. Und geschähe einem von euch meinetwegen jetzt noch ein Leid, könnte ich das Leben nicht mehr ertragen.«

Stoiko räusperte sich. »Um es offen zu sagen: Ihr könnt das Leben ohnehin nicht mehr ertragen. Was soll es also?« Er sprach sanft und ohne Bitterkeit, was Lodrik aufhorchen ließ. »Es ist nicht schwer, in Eurer Miene zu lesen. Ihr seid zu einem Nekromanten geworden, Herr, und verabscheut das Leben um Euch herum. Unsere Begleitung ist Euch ein Graus, eine Belastung.« Er warf noch ein Stück Kohle nach. »Was Ihr mit Eurem abweisenden Verhalten der Kabcara antut, muss ich Euch nicht sagen, oder?«

Lodrik betrachtete das Aufflackern des Feuers, das hinter der Schürklappe zu sehen war. »Weil ich dir viel verdanke und dir zu viel angetan habe, Stoiko, höre ich mir deine Worte an. Aber denke nicht, dass sie mich berühren oder mich verändern werden.«

»Es wäre an der Zeit, sich zu verändern, Herr«, gab Stoiko freundlich zurück. »Die Toten ziehen Euch immer mehr in ihren Bann, das wisst und spürt Ihr. Wenn es der Preis ist, den Ihr für Eure Nekromantie bezahlt ...«

»Tot, Stoiko.« Er richtete die blauen, von schwarzen Einschlüssen durchzogenen Augen auf das Gesicht seines Vertrauten. »Ich bin tot. Ich weiß es. Mein Leben währte bis zu dem Verrat meiner Kinder. Ich bewege mich wie einer von euch, ich esse und trinke, aber eure Welt bereitet mir keinerlei Freude.« Er zog den Ärmel seiner Robe in die Höhe und zeigte ihm die Einschusslöcher. »Sie stammen von Armbrustbolzen. *Vergifteten* Armbrustbolzen. Mein Körper war übersät davon. Aber ich sitze vor dir und rede mit dir.« Er streifte den Stoff nach unten. »Meine Wunden verheilen langsam, meine Wunden verheilen schnell, mal muss ich sie nähen und warten, bis sie sich geschlossen haben, mal verschwinden sie so rasch, wie sie entstanden sind.« Er schluckte. »Ich bin von Vinteras Fluch getroffen, Stoiko. Aber der Fluch ist nicht die Nekromantie. Der Fluch ist, nicht mehr zu empfinden. Nicht mehr so wie früher. Alles ist grau und belanglos.«

Stoiko blickte ihn an und lächelte. »Es ist noch nicht so schlimm, wie Ihr denkt, Herr.« Er deutete auf Lodriks linke Wange.

Verwundert tastete er danach.

»Eine Träne, Herr. Ihr grämt Euch, und das ist für mich sehr wohl ein Beweis, dass in Euch etwas Lebendiges steckt.« Stoiko berührte ihn am Unterarm. »Lasst zu, dass das Lebendige in Euch häufiger zu Tage tritt. Ich helfe Euch dabei, die Menschlichkeit zu bewahren und sie vor anderen zu zeigen.«

Lodrik versuchte sich an einem Lächeln. »Menschlichkeit. Ich werde sie mir erst erlauben können, wenn wir Zvatochna getötet haben. In diesem Kampf brauche ich alles Mögliche, aber gewiss keine Menschlichkeit.« Er drückte die Hand seines Freundes. »Danach komme ich sehr, sehr gern auf dein Angebot zurück.« Mit dieser Lüge verschaffte er sich Ruhe, das wusste er.

»Das freut mich aufrichtig. Ich hatte die Befürchtung, dass Ihr keinerlei Willen in Euch tragen könntet, an Eurem Zustand etwas zu ändern.« Stoiko ließ nicht von ihm ab. »Wie sehr haben die Geister Euch im Griff?«

»Ich halte die Geister in *meinem* Griff, Stoiko.«

»Seid Ihr Euch sicher, Herr? Ich entsinne mich an die Geschichten über die Seelen der Verlorenen und welche Macht sie über Menschen ausüben. Bislang hielt ich sie für ein Märchen, bis Ihr und anscheinend Zvatochna mich eines Besseren belehrtet.« Er drückte seine Mütze tiefer auf seinen Kopf, die halblangen, graubraunen Haare verschwanden fast ganz darunter.

Lodrik dachte nach, ging im Geiste seine bisherigen Erlebnisse durch. »Sei unbesorgt. Sie können mir nichts anhaben«, versicherte er – und klang trotzdem nicht überzeugend.

»Versprecht mir eines.« Stoiko suchte Lodriks Blick. »Falls Ihr jemals aus einer grausamen Laune heraus getötet haben solltet, weil es Euch als Nekromant gefiel, das Sterben zu sehen, bitte ich Euch: Lasst davon ab. Verschont Unschuldige!«

Einen Augenblick lang glaubte Lodrik, dass Soschas Seele einen Weg gefunden hatte, mit Stoiko zu sprechen und ihm von dem Ereignis in Granburg zu berichten. Dort hatte er ein paar Bettler getötet, um ihre Seelen als Spürhunde zu gebrauchen. Er sah nach dem türkisfarbenen, leuchtenden Ball, der Soschas Seele darstellte und den nur er wahrnehmen konnte. Soscha befand sich nicht in der Kutsche. Wahrscheinlich umkreiste sie das Gefährt, um seine Anwesenheit nicht ständig ertragen zu müssen.

»Ich ... kann es dir nicht versprechen«, erwiderte er schwach. »Zudem sind Geister zu gute Verbündete, und ich werde jede Menge davon benötigen, um Zvatochna zu besiegen.«

»Herr!« Stoiko sah ihn ernst und aufgebracht an, langte nach seiner Schulter. »Ihr nehmt die Leben von Unschuldigen!«

»Um Unschuldige zu retten! Wenn ich töte, suche ich meine Geister sorgfältig aus. Es geht darum, Schlimmeres zu verhindern. Es macht für mich keinen Unterschied, ob ich einen Familienvater als Soldat aufs Schlachtfeld in den Tod führe oder ich mir seine Seele nehme.« Er sah den Vorwurf in den gealterten Zügen seines Freundes, und es traf ihn. »Verstehe doch: Es geht nicht anders, Stoiko. Ich beherrsche die andere, die bessere Art der Magie nicht mehr.«

»Dann versucht, einen anderen Weg zu finden«, drängte Stoiko. »Für mich klingt es, als übernähme das Tote mehr und mehr die Herrschaft über Euch und machte Euch zu einer Hülle mit einem Inhalt aus Eis.« Er lächelte ihn mitleidig an. »Die Menschlichkeit, Herr. Erinnert Euch ihrer.«

Es war genug für den heutigen Tag, dachte sich Stoiko.

Lodrik hatte nun einiges zum Nachdenken und vermutlich in den wenigen Augenblicken mehr über sein Verhalten zu hören bekommen als in all der Zeit zuvor. Stoiko wusste, dass er sich längeren Gesprächen mit Norina entzogen hatte. Er schenkte sich einen Tee ein und blickte aus dem Fenster.

Lodrik stützte die Stirn mit seiner Linken, schloss die Augen. Die Unterredung zwang ihn dazu, sich mit seinem Dasein auseinander zu setzen.

Er stellte es sich sehr schwer vor, auf diese schrankenlose Autorität, die ihm die Nekromantie über das Leben verlieh, zu verzichten. Gleichzeitig waren die Worte seines Freundes tief in ihn vorgedrungen. Vielleicht hatte ihnen das Schuldgefühl, das er gegenüber Stoiko und Waljakov immer noch hegte, dabei geholfen und wie ein Bohrer durch seinen Panzer aus Gleichgültigkeit gewirkt.

Beinahe hätte er Stoiko offenbart, wie sehr er das Gefühl von Macht genoss, Herrscher über Leben und Tod zu sein. Über Menschen und Seelen. Niemand konnte sich ihm mehr entziehen, weder in dieser noch in der jenseitigen Welt. Die überragende, allgegenwärtige Kontrolle ...

»Zeigst du so etwas wie Reue, Bardriç?«, hörte er Soschas Stimme neben sich. »Ich bin beeindruckt.«

Er ließ die Augen geschlossen. Er wollte die Seele nicht sehen und nicht mit ihr sprechen.

»Stoiko hat dich getroffen? Dann gibt es noch Hoffnung, auch wenn ich die Vorstellung bedauere«, fuhr Soscha ungerührt fort. »Glücklicherweise weiß niemand, wie diese Hoffnung aussehen wird. Dein Tod würde mir am besten gefallen.« Soscha hielt sich nicht zurück. Sie hasste ihn für das, was er ihrer Familie und ihr selbst einst als Kabcar angetan hatte. Auch dass sie ihr Leben verloren hatte, kreidete sie ihm an.

Seinetwegen hatte sie nach Ulsar reisen müssen und war auf Zvatochna gestoßen, die sie mit ihren nekromantischen Fähigkeiten umgebracht hatte. »Oder noch besser: Deine Seele wird gefangen sein. Wie meine. Das ist das Schlimmste, was ich mir vorstellen kann.«

Lodrik hob den Kopf, öffnete die Lider und setzte zu einer Entgegnung an, aber da war Soscha bereits wieder aus dem geschlossenen Schlitten verschwunden.

Ein weiterer Nadelstich in seinem Gemüt, dem er mit Trotz begegnete. Sein brüchig gewordener Panzer aus Gleichgültigkeit erhielt auf diese Weise festigendes Balsam aus Starrsinn, das in die Lücken seiner Deckung sickerte und dort aushärtete. Der Panzer fügte sich wieder zu seiner ursprünglichen Härte.

Es dauerte sieben Tage, dann hatten sie Elenjas Tross beinahe eingeholt. Am Morgen des folgenden Tages, vermutlich am späten Nachmittag, würde es so weit sein. Daher beschlossen sie, in der kleinen Stadt Labindarsk zu rasten und noch einmal auszuruhen.

Sie fanden einen Gasthof am Südtor, der ihren Ansprüchen gerecht wurde, und ließen sich das Essen auf ihr Zimmer bringen. Was sie zu besprechen hatten, ging niemanden etwas an. Die Wachen schliefen derweil in den Stallungen und in den übrigen freien Räumen des Hofes.

»Was wird aus Borasgotan, wenn seine Herrscherin gestorben ist?«, fragte Waljakov, während er sich von dem Gemüse und dem gekochten Fleisch nahm.

»Ich habe mir darüber ein paar Gedanken gemacht.« Stoiko goss den heißen Honigwein aus und streute sich eine Prise Gewürze hinein. »Es gibt leider einen Nachfahren des wahnsinnigen Arrulskhán, ein Großcousin vierter Linie, der Anspruch auf den Thron erheben könnte. Ansonsten bin ich mir sicher, dass sich genügend Edle finden, die gern über das Reich herrschen würden.«

Waljakov kostete von seinem Mahl und befand es mit einem zustimmenden Brummeln für gut. »Es ist für das Land nicht gut, wenn in Borasgotan ein Krieg um den Thron ausbricht. Und auch nicht für Tarpol.«

»Ganz recht. Aber es führt kein Weg am Tod von Zvatochna in ihrer Rolle als Elenja vorbei«, sagte Stoiko. »Wie werden wir gegen sie vorgehen, Herr? Es ist Vorsicht angebracht. Erkennt man uns als Tarpoler und werden wir in Verbindung mit ihrem Tod gebracht, kann es zu heiklen Verwicklungen kommen. Unter Umständen sogar zu einem Krieg.«

Lodrik betrachtete das Essen auf dem Tisch und empfand keinen Appetit. Nur widerwillig schaufelte er sich ein wenig auf den Teller und aß, ohne zu kauen, um den Geschmack nicht zu sehr im Mund zu verteilen. »Wir wechseln den Schlitten. Waljakov wird zu uns ins Innere steigen, danach schließen wir zu ihr auf, und ich werde sie mit … Ich werde sie töten.« Er ersparte seinen Freunden Einzelheiten. »Mit dem Beistand des Schicksals geht es schnell. Wenn es so läuft, wie ich es mir vorstelle, erliegt die kranke Kabcara einer Herzschwäche.«

»Und wenn es nicht so läuft, versuchen wir es auf die bewährte Methode.« Waljakovs mechanische Finger legten sich klickend an den Säbelgriff. »Es ist gut, dass wir noch einige kräftige Arme für einen Überfall zur Verfügung haben.«

Lodrik erhob sich. »Ich vertrete mir die Beine. Das lange Sitzen in der Kutsche hat mir nicht gut getan«, entschuldigte er sich und warf sich den schwarzen Mantel über, schlug die Kapuze hoch und wurde zu einem schmalen, schwarzen Schatten. »Eine gute Nacht euch beiden.« Er ging hinaus.

Als er auf der nächtlichen Straße stand, genoss er die Einsamkeit, die Kälte und die Stille, die herrschte. Er war das lange Zusammensein mit Menschen nicht mehr gewohnt und hatte sich in den letzten Tagen nach der bewährten Abgeschiedenheit seines Palastes nahe Ulsar gesehnt.

Das winterliche, verschneite Labindarsk kam dem Ganzen recht nahe. Der Anblick von erleuchteten Fenstern, der Geruch der Feuer in den Kaminen, vereinzelte Rufe von Nachtwächtern und ansonsten nur das Geräusch von knirschendem Schnee unter seinen Sohlen ließen Lodrik ruhig werden.

Er blickte nach den Dächern, ob er einen Beobachter entdeckte. Er sah keinen.

Die Verbündeten von Aljascha und ihrem Sohn Vahidin machten andere Gebiete des Kontinents Ulldart unsicher und spähten dort Geheimnisse aus. *Umso besser.* So blieb sein Vorhaben tatsächlich unbemerkt.

Lodrik streifte durch die Straßen und erlaubte dem Grauen, ihn wie ein dezenter Geruch zu umspielen, der Menschen dazu brachte, die Straßenseite zu wechseln oder zurück in ihre Häuser zu gehen. Die schwarze Gestalt sah nicht nur unheimlich aus, sie verströmte Angst. Er genoss es.

Es gab einen Grund, weswegen er durch die Stadt wandelte.

Weil er nicht ohne unsichtbare Verbündete gegen Zvatochna antreten wollte, würde er sich ein paar Seelen brechen. In seinem Hinterkopf hörte er Stoikos Stimme, die unablässig Menschlichkeit anmahnte. Aber wie er bereits gesagt hatte: Wenn überhaupt, so wäre nach dem Tod seiner Tochter dafür Zeit. Nicht jetzt.

Labindarsk erwies sich als größer denn gedacht. Lodrik fand viele kleine Plätze und Hinterhöfe, alle menschenleer und sogar von Tieren verlassen. Keine Katzen oder Hunde, nicht einmal Ratten sprangen umher. Der Frost hatte sie in Scheunen, Häuser und Keller gezwungen.

Ebenso verhielt es sich mit den Ärmsten, den Bettlern und Ausgestoßenen. Auch sie waren vor dem Winter geflohen. Lodrik fand kein Opfer, das er einem höheren Ziel zuführen konnte.

»Ich weiß, was du planst«, sagte Soscha neben ihm. »Du wirst das tun, was du bereits den Bettlern in Granburg zugefügt hast.«

Er wandte sich zu ihr – und machte vor Erstaunen einen Schritt rückwärts.

Die hellblaue Kugel war verschwunden. Stattdessen stand eine durchsichtige, flirrende Soscha vor ihm, wie er sie das letzte Mal in Ulsar bei ihrem Tod gesehen hatte. Die junge Frau trug sogar die gleichen Kleider wie an diesem Tag an der Kathedrale.

»Ich mache Fortschritte«, sagte sie. »Man kann das Aussehen verändern, wenn man möchte und sich stark darauf konzentriert. Vielleicht gelingt es mir sogar, mich einem gewöhnlichen Menschen zu zeigen und mit ihm zu sprechen.«

»Du denkst an Stoiko. Er würde sich freuen …«

»Ich denke an alle, die um mich trauern. Mit dir rede ich, weil ich es muss«, lautete ihre harsche Antwort. »Was ist, Bardri¢? Hast du heute noch keinem Unschuldigen den Tod gebracht?«

Lodrik ersparte sich eine Erwiderung und setzte seinen Weg fort. Soscha schwebte neben ihm her. Sie glitt über den Schnee, ohne ihre Füße zu bewegen oder jegliche Art von Spuren zu hinterlassen.

»Wen wird es dieses Mal treffen? Was tust du, wenn es hier keine Bettler hat, Bardri¢? Es wird schwer werden, ähnliche

Kreaturen zu finden, bei denen du dir einreden kannst, dass der Tod eine Erlösung für sie sei.« Sie schwebte vor ihn. »Ich habe mich in der Stadt umgesehen: Es gibt keine Bettler. Was wirst du nun tun?«

Er ging einfach durch sie hindurch.

»Nimm doch Kinder. Sie sind aus deiner Sicht sicherlich wertloser als Erwachsene, weil sie über weniger Wissen verfügen. Vielleicht sind ihre Seelen sogar reiner und damit mächtiger?«

Blitzschnell wirbelte Lodrik herum und wollte Soscha berühren, aber sie wich ihm aus. »Möchtest du vernichtet werden, Soscha? Ist es das, was du mit deinem Gekeife erreichen willst?«, knurrte er drohend und hob den rechten Arm. Sein Zeigefinger zielte auf die fahlblau leuchtende Gestalt.

Sie lachte. »Nein, Bardriç. Ich möchte nicht vergehen. Mein Ziel ist es, dir das Leben unerträglich zu machen. Ich will dich leiden sehen, dein Gemüt zertreten und dich in die eigene Vernichtung treiben.« Soscha kreiste um ihn herum. »Stoiko hat hehre Absichten, weil er dich retten will und nach einem Ausweg sucht. Aber ich bin nicht damit einverstanden. Du *musst* vergehen!« Mit diesen Worten schnellte sie davon.

Es war Lodrik nur recht. Vor dem Eingang zur Garnison der Stadtwache blieb er stehen. Die Seelen von Kämpfern eigneten sich gewiss gut, um gegen eine Nekromantin anzutreten; außerdem hatten sie ein Handwerk erwählt, bei dem sie wussten, dass sie ihre Leben verlieren konnten.

Er betrachtete die beiden Wärter vor der Hofeinfahrt, die wiederum ein wachsames Auge auf ihn geworfen hatten. Langsam schritt er auf sie zu.

»Guten Abend«, grüßte er sie aus dem Dunkel der Kapuze heraus. Die Männer packten die Stiele ihrer Hellebarden, sie verspürten Angst. »Ich müsste dem Gebäude einen Besuch abstatten.« Es bedurfte geringer Anstrengung, die Männer durch schreckliche Furcht zum Zurückweichen in die Einfahrt zu zwingen.

Kaum befanden sie sich im schwärzesten Schatten, steigerte er ihre Ängste. Trugbilder brachen aus der Dunkelheit hervor und warfen sich kreischend in ihren Verstand, tauchten ein und wühlten darin herum. Sie kehrten alles um, was sie fanden, und formten groteske Vorstellungen von dem, was die Männer kannten.

Keuchend brachen die Wärter zusammen, ließen die Waffen fallen und bedeckten die Augen mit den Händen, als könnte sie dies vor dem Grauen bewahren, das sich auf sie stürzte und sie peinigte. Sie vermochten nicht zu schreien, auch wenn ihre Münder weit offen standen und ihre Halsadern dick hervorgetreten waren. Fische auf dem Trocknen.

Das Grauen peitschte die Körper, um die Seelen aus ihnen zu treiben. Lodrik hätte sie innerhalb eines Lidschlags töten können, diese Macht besaß er. Aber er wollte nicht.

Das Herz des ersten Wächters setzte aus, die Seele fuhr aus der menschlichen Hülle und wurde von Lodrik abgefangen: ein leuchtendes, verstörtes bläuliches Ding, das in seinem Griff zappelte und zuckte. »Du bist die Erste von vielen weiteren«, sagte er zu ihr und ergötzte sich an dem Leiden des zweiten Wächters. »Du wirst nicht lange allein sein.«

Vor Sonnenaufgang verließen sie Labindarsk und folgten dem Weg, den hoffentlich bereits Zvatochna – oder besser gesagt Elenja der Erste genommen hatte. Die Kutscher trieben die Pferde erbarmungslos an, und Lodrik half mit einer Prise Furcht nach, die besser wirkte als jeder Hieb mit der Peitsche.

Beides zusammen sorgte für eine unglaubliche Geschwindigkeit, mit der sie im Laufe des Tages tatsächlich zu einer Gruppe aufschlossen, deren Beschreibung auf diese Entfernung durchaus zu Zvatochnas Tross passte.

»Da vorne sind sie.« Waljakov zog den Kopf zurück, den er mit schöner Regelmäßigkeit aus dem Fenster des Schlittens steckte, um nach der Gruppe vor ihnen zu sehen. »Ein geschätzter Warst, mehr ist es nicht.« Er zog seinen Säbel und hielt ihn so, dass man ihn von außen nicht sah.

Lodrik nickte. »Wir gehen vor, wie wir es gestern Nacht besprochen haben. Wir passieren die Kutsche und sorgen dafür, dass sie sich am Fenster zeigt. Ich töte sie, ohne dass es jemand merkt, und wir kehren nach Tarpol zurück.«

Stoiko war nicht entgangen, dass Lodrik blass aussah. Blasser als sonst. »Etwas hat Euch in der Nacht schwer mitgenommen und angestrengt, Herr«, sagte er. »Ich fürchte, dass der Grund dafür schrecklich ist.«

Lodrik wich seinem Blick aus.

Stoiko meinte, so etwas wie Schuld in den blauschwarzen Augen erkannt zu haben. »Kurz vor unserer Abreise aus Labindarsk war die Rede von vergiftetem Essen im Quartier der Stadtwache, bei der nicht weniger als zwanzig Männer gestorben sind.«

»Ich habe es auch gehört«, meinte Waljakov, der nicht gemerkt hatte, welche Befürchtungen sein Freund hegte. »Ein Anschlag und eine Warnung an den Bürgermeister, vermutete man.«

Lodrik wusste, dass es keine Ausrede gab, und entschloss sich zur Flucht nach vorn. »Ich habe mir die Seelen genommen. Sie dienen dem Guten, Stoiko«, verteidigte er sich und sah ihn an. »Ich werde sie danach entlassen.«

Betrübt senkte sein Vertrauter den Kopf. »Es gibt kein Wort, mit dem ich meinen Kummer umschreiben kann. Herr, lasst von den Toten ab, ehe sie Euch zu sich ziehen.« Er hob das Kinn, schaute Lodrik an. »Für immer. Bitte, lasst es das letzte Mal gewesen sein!« Auch Waljakovs Blicke ruhten ohne Vorwurf auf ihm, aber voller Drängen.

»Ja«, stieß Lodrik hervor und fühlte sich plötzlich in die Zeit zurückversetzt, als er mit fünfzehn Jahren und als weiches Bübchen bei den beiden Männern in die Lehre gegangen war. Eine harte, aber wirkungsvolle Lehre, wie es zunächst den Anschein gehabt hatte. Bis die Verführung und die Einflüsterung in Gestalt von Aljascha und Mortva aufgetaucht waren. »Ja, ich verspreche es.«

Der Lenker klopfte dreimal gegen das Kabinendach. Das war das Zeichen, auf das sie gewartet hatten. Der Schlitten vollführte eine sanfte Seitwärtsbewegung und bereitete sich auf das Überholen vor.

Sie sahen Berittene an sich vorbeigleiten, welche die Farben Borasgotans trugen. Waljakov zählte zwei Dutzend, bis das Heck des ersten Schlittens auftauchte; auf der Seite prangten die Krone und das Wappen.

Waljakov schaute rasch hinaus. »Es sind drei Schlitten«, berichtete er. »Alle haben die Vorhänge zugezogen. Daneben reiten jeweils zwei Mann auf jeder Seite.«

»Sie ist in der mittleren«, schätzte Stoiko. »Ich würde es so halten, wenn ich Kabcara wäre und mich schützen wollte.«

Lodrik wusste, wie er es herausfinden konnte. Er schickte den vier Pferden des hintersten Gespanns eine Woge Furcht, woraufhin die Tiere wiehernd zur Seite ausscherten und in ihrer Verzweiflung in den Tiefschnee galoppierten, wo sie nach einigen Schritten bis zu den Bäuchen feststeckten. Einer der Berittenen schrie Befehle, der Tross setzte seinen Weg fort. Zehn Gardisten blieben, um dem Schlitten aus seinem weißen Gefängnis zu helfen.

»Herr, wart Ihr das?«, knurrte Waljakov.

»Ja.«

Er öffnete die eisernen Finger und schloss sie gleich wieder. Ihm war nicht wohl bei der Unterstützung. »Meint Ihr nicht, dass Zvatochna es bemerkt, wenn Ihr Eure Kräfte einsetzt? Sagtet Ihr nicht, dass sie Euch spürt?«

»Nun, in dieser Kutsche saß sie schon mal nicht, sonst hätten wir ihren Zorn zu spüren bekommen.« Lodrik wartete, bis ihr Gefährt mit dem zweiten borasgotanischen gleichauf war, dann lehnte er sich nach vorn. »Ich kann es dir nicht sagen, Waljakov. Vielleicht ist sie abgelenkt oder schläft.«

Er sah, dass zwei neugierige Frauengesichter halb verborgen hinter dem Vorhang nach draußen spähten, um zu sehen, von welchem Adligen sie überholt wurden. Es war nicht alltäglich, dass sich zwei Herrschaften in der Einsamkeit begegneten. Keines glich dem von Zvatochna auch nur im Geringsten.

»Sie ist in der ersten«, sagte er sicher und bückte sich nach den Eiszapfen, die in einem Eimer auf dem Boden des Schlittens auf ihren Einsatz warteten. Sie hatten sie nach dem Aufbruch aus dem Gasthof gesammelt. Sie waren zwar größtenteils getaut, aber sie würden gute Dienste verrichten.

Waljakov öffnete das Fenster, Lodrik holte zum Wurf aus. Kraftvoll schleuderte er das fingerdicke und -lange gefrorne Stückchen Wasser zwischen den Wachen vorbei gegen die Seitenwand.

Der dumpfe Laut war im Inneren gehört worden.

Der Vorhang wurde beinahe sofort zurückgezogen, und sie

erkannten eine zierliche Gestalt, die ihr Antlitz hinter einem schwarzen Schleier verbarg. Schwarze Handschuhe machten sich an der Verriegelung zu schaffen, das Glas wurde nach unten gedrückt. Anscheinend wollte Zvatochna sich bei dem Gardisten nach dem Geräusch erkundigen.

Lodrik zögerte nicht einen Lidschlag. Er setzte seine gesamte Kraft ein, um ein intensives Grauen zu schaffen und zu einem unsichtbaren, kugelgroßen Geschoss zu formen. Er hörte Stoiko und Waljakov aufstöhnen, dabei war das, was sie als schwache Ausläufer fühlten, nur ein minimaler Teil Angst von dem, was Zvatochna gleich traf. »Vernichtet sie«, befahl Lodrik und sandte die Angst gegen die Frau.

Eine Windböe spielte mit dem Schleier, fuhr unter ihn und lupfte ihn an. Lodrik sah die untere Gesichtspartie, Kinn, Lippen, Nasenspitze. Nichts davon zeigte Anzeichen einer Krankheit, einer Entstellung. Oder Ähnlichkeit mit Zvatochna.

Nichtsdestotrotz wirkte die Macht der Geister und der gebündelten Furcht. Aufschreiend zuckte sie ins vermeintliche sichere Innere der Kabine zurück, griff sich an Hals und Brust, als könnte sie sich gegen die unsichtbaren Mächte abschirmen, die auf sie eindrangen. Ihre Schreie gellten wie wahnsinnig aus dem Schlitten, ehe sie abrupt verstummten.

»Sie ist es nicht«, wisperte er ungläubig. »Bei Vintera, sie hat uns zum Narren gehalten!«

Sowohl der Schlitten der falschen Zvatochna als auch der von Lodrik und seinen Freunden hielt an.

Stoiko stürmte ins Freie. »Was ist geschehen?«, rief er den Gardisten entgegen, die ihn abdrängen wollten. »Können wir der Kabcara helfen?« Er deutete auf Lodrik, der eben ausstieg. »Wir haben einen Heiler bei uns.«

Der borasgotanische Hauptmann sprang von seinem Pferd und öffnete den Verschlag.

Die Kabcara lag ausgestreckt auf dem Boden, ihre Begleiterinnen kauerten tot auf den Polsterbänken. Die Geister hatten in ihrem Hass auf die Lebenden niemanden verschont. Wozu auch? Sie hatten keine entsprechende Anweisung von ihrem Meister erhalten.

»Rasch«, winkte der Hauptmann Lodrik herbei und zog seinen Säbel. »Aber denkt daran, um wen Ihr Euch kümmert. Erklärt mir jede Eurer Handlungen, oder Ihr werdet meine Schneide zu spüren bekommen.«

»Zurück«, wies Lodrik den Mann an und schob ihn mit einem Quäntchen Furcht in die andere Ecke des Schlittens. Er kniete sich neben die unbekannte Tote und fühlte nach ihrem Puls. Noch schlug das geschundene Herz, was er in diesem Fall nicht gebrauchen konnte. »Sie stirbt«, sagte er und täuschte Aufregung vor. »Sie ist gestürzt und hat sich den Kopf schwer angeschlagen.«

Lodrik sah die Geister der getöteten Gardisten aus Labindarsk wie Aasvögel um die Leichen streifen. Auch sie warteten, dass sich die Seelen derer zeigten, welche sie ermordet hatten.

Er tötete Zvatochnas Doppelgängerin mit einer kleinen Dosis Angst, strich über die Augen und fing die Seele auf, als sie aus dem Körper stieg. Seine Mächte steckten sie in ein Gefängnis aus Grauen, aus dem sie nicht entkam. »Ich kann nichts mehr für sie tun.« Er richtete sich auf. »Die Kabcara ist ...«

Der Hauptmann schüttelte den Kopf und zog den Schleier der Toten zurück. »Nein, es ist nicht Elenja die Erste. Ich darf Euch nicht mehr darüber sagen, aber seid versichert, dass es der hochwohlgeborenen Kabcara gut geht und sie in Sicherheit ist.« Er stand auf und salutierte vor Lodrik. »Meinen Dank für den Versuch, das Leben der Dame zu retten. Und nun kehrt wieder in Euren Schlitten zurück und setzt Eure Reise fort. Zu niemandem ein Wort, wenn ich bitten darf.«

Lodrik täuschte großes Erstaunen vor, auch Stoiko spielte die Posse mit. Sie begaben sich in ihr Gefährt, die Fahrt ging weiter. »Gebt mir ein wenig Zeit«, bat er die Freunde und widmete sich seinem Fang.

Nachdenklich betrachtete er die Seele, das schimmernde fahlblaue Etwas, das sich verwirrt und ängstlich zusammenzog. Er liebte diesen Anblick. »Wer bist du?«

»Was ist geschehen?«

»Du bist gestorben.«

»Gestorben? Dann war dieser kalte Schmerz um meinen Verstand und mein Herz …«

»… der Tod«, kürzte Lodrik es ab. Mitleid gab es keines. »Und ich bin der Wächter, der entscheidet, wann deine Seele an einen besseren Ort gelangt. Wo ist Elenja?«

Die Seele schwirrte zwischen den Wänden aus Furcht auf und ab. »Ich …« Sie schwieg.

»Sage mir, wohin sie gereist ist«, befahl er ihr und umfasste die Kugel mit seiner rechten Hand. Die Fingerspitzen bohrten sich in sie, danach setzte er Grauen frei.

Sie kreischte vor Schmerz, wie kein lebendiges Wesen mit einer Stimme zu kreischen vermochte. Die schlimmste Folter, die ein Körper aus Fleisch und Blut erdulden konnte, war nichts im Vergleich zu dem, was diese Seele durchlitt.

»Du hast ihr gegenüber keine Verpflichtungen mehr. Ich bin derjenige, der über dich entscheidet. Niemand sonst. Weder Vintera noch Ulldrael.« Er zog die Seele zu sich und hielt sie vor seine kalten Augen. »*Ich* bin dein Gott.«

»Croshmin«, schrie sie. »Oh, ich bitte Euch, tut mir nicht mehr weh! Elenja ist auf dem Weg nach Croshmin, einer Hafenstadt im Nordwesten. Und danach wollte sie nach Amskwa, um sich mit Miklanowo zu treffen. Das ist es, was ich gehört habe! Ich schwöre es!«

Lodrik war sich sicher, dass sie ihn nicht anlog. Keine Seele belog ihn. Aus Angst. Er öffnete die Hand und gab sie frei. »Flieg zu den Sternen«, sagte er verächtlich. »Flieg, bis du deine Götter und das Jenseits gefunden hast.«

Die Kugel floh auf der Stelle vor ihm und schoss in den Himmel.

Stoiko und Waljakov starrten ihn an, die Ungeduld sprang ihnen aus den Gesichtern. Sie hatten gehört, dass er sich mit etwas für sie Unsichtbarem unterhalten hatte.

»Wir haben ein neues Ziel«, sprach Lodrik düster und lehnte sich aus dem Fenster. »Nach Amskwa. Und zwar so schnell, wie es geht«, schrie er den Lenker an. Die Peitsche knallte, der Schlitten beschleunigte. »Zavtochna hat es auf Norina abgesehen«, grollte er. »Wenn sie meiner Frau etwas antut, werde ich dem Begriff ›unendliche Schmerzen‹ für meine Tochter eine neue Bedeutung geben.«

Er zog die Kapuze tiefer ins Gesicht und sank in seinen Sitz. Er musste endlich schlafen und sich von den Anstrengungen erholen. Erklärungen durften warten.

II.

»Es wurden Spuren gefunden, anscheinend haben sich die Qwor aufgeteilt.
Noch haben sie sich nicht vor den Mauern der Stadt gezeigt, aber sie sind da. Ihr verdammter, seltsamer Schuppenpanzer macht sie unsichtbar. Das Erschreckende ist: Die Abdrücke der Klauen, die wir im Wald finden, sind größer geworden. Rasend schnell größer.«

Aufzeichnungen des ehrenwerten Sintjøp,
Bürgermeister Bardhasdrondas,
gesammelt in den Archiven zu Neu-Bardhasdronda

**Kontinent Ulldart,
Königreich Borasgotan,
Winter im Jahr 1/2 Ulldrael
des Gerechten (460/461 n.S.)**

Eine spindeldürre Frau in einem prachtvollen schwarzen Zobelmantel kam auf Torben Rudgass und Sotinos Puaggi zu. Der schwarze Schleier, der von der Pelzkappe herabhing, verbarg ihr Gesicht. »Wen haben wir denn hier?« Ein dünner Finger, umgeben von einem schwarzen Lederhandschuh, streckte sich und fuhr hart über die bärtige Wange des Rogogarders. »Wisst Ihr, wen Ihr mir da gebracht habt, Dä'kay?«, krächzte sie.

»Diese verhungerten Gestalten haben nicht etwa Wert?«, staunte der Tzulandrier, der hinter ihr gestanden hatte und sich jetzt neben sie stellte. Ein dicker, schwerer Mantel aus Pelzen lag über der Lederrüstung, zwei leichte Beile, die sich sowohl zum Werfen als auch zum Kämpfen eigneten, staken in seinem Gürtel.

»Zumindest dieser hier.« Sie neigte sich nach vorn, und eine Woge aus Kälte strömte Torben entgegen, schwappte über ihn und raubte ihm ein Blinzeln lang die Luft, gerade so als sei er in Eiswasser gesprungen. »Wenn ich mich nicht sehr täusche, habe ich das Vergnügen mit Kapitän Rudgass, nicht wahr? Der Mann mit dem Herzen und den Zähnen aus Gold.«

Torbens Stolz verbat es ihm zu lügen. »Ja, das habt Ihr«, gab er zurück.

»Und wie kam ich zu dieser Ehre?«

»Ich dachte, die Tzulandrier trachteten danach, Rogogard anzugreifen, nachdem sie sich aus Tûris zurückgezogen haben.« Er hatte nicht vor, ihr die ganze Wahrheit zu erzählen, und verschwieg, dass sie nach seiner Gefährtin Varla suchten. »Ich konnte nicht ahnen, dass sie nach Borasgotan wollten.«

»Wir haben sie in unserem Kielwasser bemerkt und gestellt«, erklärte ihr ein Tzulandrier mit den Insignien eines Magodan, der sich im Hintergrund gehalten hatte. »Es war ein leichtes Unterfangen«, fügte er mit einem Grinsen hinzu.

»Du hast jedenfalls einige Schiffe bei dem leichten Unterfangen eingebüßt«, gab Torben furchtlos zurück.

»Da Ihr wisst, wo Ihr seid, wisst Ihr auch, wer ich bin?«, kam es raschelnd unter dem Schleier hervor.

»Ohne Frage eine Geisteskranke. Eine mächtige Geisteskranke, wenn Ihr es wagt, diesen hässlichen Seegurken ...« Torben hielt inne, weil er auf einen Schlag begriff, wen er vor sich hatte. Nur zu gut erinnerte er sich an die verhüllte, geheimnisvolle Herrscherin Borasgotans, von der des Öfteren die Rede gewesen war. »Nein, Ihr seid Elenja die Erste!«

Sie richtete sich auf und wirkte neben dem Magodan trotz des dicken Mantels noch zarter, zerbrechlicher. »Sehr klug, Kapitän. Ich habe meine tzulandrischen Freunde nach Borasgotan eingeladen, um ihnen die Gastfreundschaft zu entbieten, die ihnen leider vom Rest Ulldarts verwehrt worden ist.«

»Es sind tollwütige Hunde!«, rief Sotinos aufgebracht, und sein spitzes Gesicht verzog sich. »Was wollt Ihr von ihnen? Schickt sie zurück in ihre Heimat, wie es ihnen der Vertrag vorschreibt.«

Elenja lachte hustend, hob ein Taschentuch unter den Schleier und spie leise aus. »Nein, ich benötige meine Freunde noch dringend. Wir verfolgen ein gemeinsames Ziel. Und es gilt, einige Jengorianer auszulöschen, die meinen Plänen und meinem Reichtum im Norden des Landes im Weg stehen.« Sie warf das Tuch auf den Boden des Gebäudes, Torben und Sotinos sahen das tiefrote Blut darin. »Wie Krieger nun einmal sind, haben sie sich ein wenig weibliche Gesellschaft mitgebracht. Ich gab ihnen eine eigene Stadt, in der sie sich mit ihresgleichen niederlassen können, ohne behelligt zu werden.« Das verschleierte Antlitz wandte sich dem Dä'kay zu. »Bringt Rudgass zu meinem Gefolge. Ich nehme ihn mit.«

Torben wertete es zu seinem Nachteil, dass Elenja ihm von ihren Mordplänen an den Jengorianern berichtete. Er sollte wohl keinerlei Gelegenheit erhalten, das Volk zu warnen.

»Sehr wohl, Gebieterin.« Der Tzulandrier gab die Anweisung an ein paar Wärter weiter, die den Freibeuter packten und zur Tür des Lagerhauses schleiften. »Was machen wir mit den anderen?«

Sie verharrte; der Schleier bewegte sich nicht, sie hielt anscheinend den Atem an. »Ihr nanntet sie Beifang, Dă'kay«, sprach sie leise und heiser, gleich einem Echo aus dem Jenseits, wie manche es in finsteren Nächten an verfluchten Orten zu hören glaubten. »Was macht man in Eurer Heimat mit Beifang?«

»Wir zerschneiden ihn und nutzen ihn als Köder für die großen Fische.«

»Sehr schön. In diesem Fall belassen wir es dabei, sie zu zerschneiden. Es sei denn, Ihr wollt Euren Kriegern ein paar Sklaven gewähren, die ihnen lästige Arbeiten abnehmen.« Elenja wandte sich zum Ausgang.

Torben beobachtete sie genauer und meinte zu erkennen, dass sich ihre Brust tatsächlich weder hob noch senkte. Sie atmete wohl sehr flach. Er schob es auf ein enges Korsett, das sie vermutlich trug.

»Nein. Sklaven bedeuten, dass man stets ein waches Auge auf sie haben muss.« Der Dă'kay wies seine Männer an, die Gefangenen zu entkleiden, sie vor die Tore der Stadt zu jagen und in den Schnee zu treiben.

»Halt«, rief Torben von der Schwelle aus und stemmte sich gegen seine Bewacher. »Elenja, ich bin nicht der Einzige, dessen Leben Euch mehr bringt als der Tod.« Er nickte zu Sotinos. »Er da, der Kleine, ist eng mit dem König von Palestan verwandt. Man wird Euch viel Geld zahlen, um ihn unversehrt zurück bei Hofe zu haben.«

»Ach, ein Mitglied der königlichen Familie?« Sie blieb stehen, und zum ersten Mal glaubte Torben, die Konturen eines Gesichts und ein Paar heller Augen hinter dem Schleier zu erkennen. Es konnte sich alles Mögliche hinter dem Stoff verbergen, ohne dass man es sah. Merkwürdigerweise musste er an einen Geist denken. Elenja zeigte auf den Palestaner. »Dǎ'kay, lasst auch ihn zu mir bringen. Gebt ihnen etwas gegen die Temperaturen im Freien. Ich benötige sie lebend. Es bleibt Euch immer noch genügend Beifang für Euren eigenen grausamen Spaß, hoffe ich.« Sie eilte an Torben vorbei hinaus in die Kälte.

Sotinos wurde neben Torben geschoben, gemeinsam verließen sie die Lagerhalle. Ihre Begleiter warfen ihnen stinkende alte Mäntel über, die mit großen braunen, getrockneten Flecken übersät waren. Den Vorbesitzern waren sie augenscheinlich mit Gewalt genommen worden. »Ich weiß noch nicht, ob ich Euch danken soll oder nicht, Rudgass«, murmelte er auf dem Weg durch die verschneiten Straßen. Sein Atem driftete als weißes Wölkchen davon.

»Solange wir am Leben sind, kann es nur besser werden«, erwiderte Torben und schwieg, weil ihm einer der Tzulandrier die Faust in den Nacken hieb.

Unterwegs begegneten ihnen regelrechte Ströme von Tzulandriern, die in die Häuser einrückten. Die Luft füllte sich mehr und mehr mit dem Geruch von Holzfeuern, die verwaiste Stadt erhielt ihr Leben zurück.

Torben versuchte, nicht an das Schicksal der verschleppten Frauen zu denken – und scheiterte. Er war beinahe froh, Varla nicht unter den Entführten gesehen zu haben. Ungewissheit bedeutete auch immer Hoffnung, dass das Schlimmste nicht eingetreten war.

Sie wurden in ein großes Gebäude in unmittelbarer Nachbarschaft zum Stadttor gebracht, dessen Fenster hell erleuchtet waren. Ein Tzulandrier öffnete eine breite Bodenklappe abseits der Eingangstür, die nach unten führte und durch die gewöhnlich Vorräte und Kohlen in den Keller geschafft wurden.

Sotinos und Torben stiegen die schmale Treppe hinab, und schon wurde die Klappe über ihnen zugeworfen. Es fehlte weniger als eine Dochtdicke, und sie hätte den Palestaner am Kopf getroffen.

Schweigend standen sie im Dunkel; es war warm, roch nach erdigen Süßknollen und reifen Äpfeln.

»Ertasten wir unsere Umgebung«, empfahl Torben und begab sich mit ausgestreckten Händen auf Erkundung. Er stieß tatsächlich auf einen Berg Süßknollen, fand viele Gläser und befingerte ein Regal, als es hinter ihm mehrmals klackte und plötzlich hell wurde.

»Ich habe eine Lampe entdeckt«, grinste Sotinos, der den Docht entzündet hatte. Der helle Schein tanzte über die blanken Wände, beleuchtete randvolle Vorratsregale und eine äußerst stabile Eichentür, durch die es dem ersten Anschein nach kein Entkommen gab. »Sieht gar nicht gut aus.« Er betastete die Bohlen. »Seid Ihr firm im Schlösserknacken?«

»Üblicherweise habe ich eine Mannschaft für so etwas, die gleich die ganzen Türen knackt und sich nicht mit Schlössern aufhält«, gab Torben zurück und setzte sich, nahm sich einen Apfel und warf auch Sotinos einen zu. »Wenigstens haben wir etwas zu essen. Und es ist wärmer als in der Scheune.«

Sie verzehrten jeder einige Äpfel und hingen ihren Gedanken nach, die sich um zwei Frauen drehten: Varla und Elenja.

»Wir werden fliehen«, sagte Torben nach seinem fünften Apfel und sehnte sich nach einem Grog und einem ordentlichen Stück Fleisch. »Ihr müsst aus Borasgotan entkommen und die anderen Königreiche warnen. Am besten geht Ihr zu König Perdór.«

»Und Ihr werdet versuchen, Varla zu befreien.« Es war nicht schwer, die Gedankengänge zu erraten. »Dabei kann ich

Euch nicht allein lassen, Kapitän. Ihr habt bereits gesehen, dass ich ein guter Fechter bin, auf den Ihr schwerlich verzichten könnt.« Er warf den abgenagten Apfel zur Seite, zog den Mantel mit einer ruckartigen, energischen Bewegung enger um sich. »Darüber wird nicht verhandelt.«

Torben grinste. »So, wie Ihr das eben sagtet, klangt Ihr wie ein Rogogarder an Deck eines geenterten Palestanerschiffes.«

Sotinos schenkte ihm ein hinreißendes Lächeln, das Wissen, eine Spur von Hohn und Spaß in sich barg. »Nachdem wir geklärt haben, was wir als Nächstes tun, kommen wir zur Umsetzung unserer Vorhaben.« Er blickte sich betont langsam im Keller um. »Wie entkommen wir? Und vor allem: Wo ist Eure Gefährtin abgeblieben?« Er gab sich Mühe, das Schwanken in seiner Stimme zu verbergen. Seine Lüge verunsicherte ihn, denn die Geschichte, dass er Varla bei den Tzulandriern gesehen habe, war erstunken und erlogen, wenn auch für einen guten Zweck: um dem Rogogarder die Hoffnung und damit das Leben zu bewahren. Andernfalls wäre er auf See das Opfer seiner schwärenden Wunde geworden, und das hatte Sotinos unter keinen Umständen erlauben dürfen.

Torben hatte die Lüge nicht bemerkt. »Mir ist da eben etwas in den Sinn gekommen.« Er stand auf und suchte in den Regalen nach etwas zu trinken. »Was haltet Ihr davon: Wir geben uns gefügig und verlassen die Stadt mit Elenja zusammen. Dann werden wir uns befreien und uns die Herrscherin vornehmen. Sie wird unsere Fragen beantworten, wenn wir sie höflich mit einem Messer in der Hand befragen.« Er lachte leise und schlug sich mit einer Hand auf den Schenkel. »Oh, das wird Spaß machen. Sie hängt sicherlich an ihrem Leben, sodass sie uns alles sagen wird, was wir wissen möchten.«

»Ihr meint das ernst? Dass wir Elenja in unsere Finger bekommen?«

»Sicher. Was soll sie schon gegen zwei Mannsbilder, wie wir es sind, ausrichten? Habt Ihr gesehen, wie dürr und schwach sie ist?« Torben gefiel sein Einfall. »Sie wird kaum Widerstand leisten können.«

»Ihr seid aber sehr zuversichtlich«, meinte Sotinos. »Mal angenommen, die zarte Elenja würde uns alles sagen: Das Gefolge einer Kabcara besteht im Allgemeinen aus mehr als nur vier Zofen.« Er grinste. »Gut, ich übernehme gern mindestens fünf ihrer Leibwächter, aber ich bin mir nicht sicher, ob Ihr in Eurem Alter mit den Zofen fertig werdet.«

»Ihr wart zu lange in meiner Nähe«, lachte Torben. »Euer Mundwerk ist ebenso spitz wie Euer Rapier.«

»Es ist von Vorteil, wenn man mit beidem kämpfen kann.« Er nahm die fast leere Apfelkiste und hielt sie ihm anbietend hin. »Esst, Kapitän. Wir brauchen unsere Kraft.«

»Das bedeutet, Ihr seid mit meinem Plan einverstanden?«

»Er ist absolut wahnwitzig, voller unwägbarer Risiken, und der Erfolg ist nicht garantiert.« Sotinos biss in einen weiteren Apfel. »Das gefällt mir.«

Torben sah ihn misstrauisch an. »Ihr seid sicher, dass Ihr nicht ein verschleppter Rogogarder seid?«

»Ich bin ein Palestaner, Kapitän. Durch und durch. Nur ein wenig mannhafter, als es in meiner Heimat für Offiziere schick und üblich ist. Im Herzen aber sind alle Palestaner so wie ich.«

»Dann danke ich Ulldrael und Kalisstra, dass es wenige von Eurer Sorte gibt. Sonst befände sich Rogogard in wirklichen Schwierigkeiten.« Torben blinzelte und nahm sich den sechsten Apfel. Sie rückten näher um die kleine Lampe und genossen das bisschen Wärme, das von ihr ausging, als sei es ein Freudenfeuer.

Nach kurzem Schlaf wurden Torben und Sotinos von einem Tzulandrier geweckt, ohne Erklärung nach oben getrieben und ins Freie gescheucht.

Die Wintersonnen schienen vom stahlblauen Himmel herab und wärmten dennoch kaum, denn der Frost regierte unnachgiebig. Ein Tross von sieben Schlitten stand bereit, es würde – das hörten sie zufällig – schnellstmöglich nach Amskwa gehen.

»Keines der Gefährte trägt das hoheitliche Emblem auf seiner Seite«, bemerkte Sotinos. »Elenja legt Wert darauf, dass man sie nicht mit der Stadt und den Besuchen in Verbindung bringt.«

Sie wurden an den Beinen gefesselt und auf den vorletzten Lastenschlitten gesetzt, bekamen zwei Decken gegen den Fahrtwind gereicht, und die Reise begann.

In schneller Fahrt verließen die Kutschen die Stadt. Die Hufe der Pferde schleuderten den gefrorenen Schnee in kleinen Klumpen in die Höhe, ab und zu wurden Sotinos und Torben getroffen. Die schneidende Luft trieb ihnen die Tränen in die Augen, die geflochtenen Bartsträhnen des Freibeuters flogen hin und her, die kleinen Muscheln stießen klickend gegeneinander. Die Kälte fuhr unter die Decken und die Kleidung, sodass diese Art der Fortbewegung keinen Spaß bereitete. In einem der vorderen, geschlossenen Schlitten saß Elenja, sicherlich bestens mit Gebäck und heißem Tee versorgt.

»Wir haben zwanzig Leibwächter auszuschalten, dazu kommen vierzehn Kutschleute und zehn Knechte.« Torben hatte die Anzahl der Gegner errechnet. Er war sich nicht mehr sicher, die richtige Entscheidung getroffen zu haben. Wenn Varla nun doch in der Stadt gewesen und einfach nicht von ihm bemerkt worden war? Er schaute über die Schulter und sah die Stadtmauern kleiner und kleiner werden. Sie entfernten sich unglaublich schnell. »Wir haben nicht viel Zeit«, sagte er leise. »Wir werden die erstbeste Gelegenheit wahrnehmen, die sich uns bietet. Falls wir wieder zurück müssen.«

»Einverstanden.« Sotinos ließ sich nichts anmerken und wagte es nicht, Torben die Wahrheit zu sagen. Nicht jetzt.

Sie brausten über das Land, vorbei an Dörfern, an Köhlerhütten, Einsiedlerhöfen und menschenleeren Ebenen, deren Schneeflächen unberührt wie ein weißer Teppich rechts und links der Straße lagen. Gegen Nachmittag erreichten sie ein Gehöft, und es wurde eine Rast befohlen, um den Pferden Ruhe und den Menschen eine warme Mahlzeit zu gönnen.

Nur Torben und Sotinos ließ man hocken. Zwei Wärter bewachten sie, standen vier Schritte von ihnen entfernt, unterhielten sich dabei leise und für die beiden unverständlich.

»Ist das die Gelegenheit, von der wir gesprochen haben?«, wisperte Sotinos Torben mit blauen Lippen zu.

»Ich denke, ja.« Er grinste. Sein Verstand hatte einen freibeuterwürdigen Plan ersonnen. Er schaute auf die Fußfesseln, die ihnen wenig Bewegungsfreiheit erlaubten, doch es würde genügen. »Auf drei springen wir gegen sie und reißen sie um.«

Sotinos blickte zu den Männern. »Und dann?«

»Sehen wir weiter.« Torben spannte seine Muskeln an. »Drei.«

Sie drückten sich gleichzeitig von dem Wagen ab und flogen auf die überrumpelten Männer zu, warfen sie um und drückten sie mit den Gesichtern nach unten in den Schnee; nach ein paar kräftigen Faustthieben lagen sie still.

Noch hatte keiner etwas von ihrem Fluchtversuch mitbekommen – dabei genügte ein zufälliger Blick aus dem Fenster, und alles wäre zu Ende.

»Hier, die Schlüssel!« Sotinos hatte sie gefunden und öffnete die Fesseln.

Torben zog die Männer näher an den Schlitten. Er hätte vor Schmerzen schreien können, sein vom Kampf gegen die Tzulandrier verletzter Arm war noch lange nicht wieder geheilt. »Los, zieht ihnen die Mäntel aus. Sie bekommen unsere, und wir nehmen ihre.«

»Weswegen?«

»Werdet Ihr gleich sehen.«

Hastig nahmen sie den Tausch vor, danach wuchteten sie die Ohnmächtigen auf die Pritsche des Schlittens und trieben die Pferde mit Schlägen und Schreien an. Das Gefährt scherte aus der Schlange aus und raste über die offene Fläche, hielt auf einen kleinen Wald zu.

»Haltet sie!«, schrie Torben aus vollem Hals und bedeutete Sotinos, sich in den Schnee zu legen. »Sie haben uns überwältigt!« Die Türen des Gehöftes flogen auf, Wächter rannten hinaus und starrten dem flüchtenden Schlitten nach. »Da! Los, ihnen nach!« Torben tat so, als sei er verwundet und könne sich nicht an der Hatz beteiligen. Das Pochen und Reißen in seinem Arm machte sein Schauspielern glaubwürdiger.

Fluchend bestiegen die Wärter Schlitten und Pferde und jagten dem Köder, den Torben und Sotinos ausgelegt hatten, hinterher. Die Ablenkung war gelungen.

Niemand achtete auf die beiden, als sie mit gesenkten Köpfen ins Haupthaus humpelten und in der Küche verschwanden.

»Die Götter sind auf unserer Seite«, raunte Sotinos. »Das Mädchen am Herd sieht aus wie eine von Elenjas Zofen.«

»Fragen wir sie einfach.« Torben trat rechts, Sotinos links neben die Zofe, die gerade damit beschäftigt war, Tee für ihre Herrin zuzubereiten. Er zog seinen Schal etwas nach unten. »Keinen Laut, oder du wirst es bereuen«, sagte er leise zu ihr. »Wir suchen die Kabcara.«

Erschrocken fuhr das Mädchen herum. Sotinos fing die Teetasse, die ihren Fingern entglitten war, gerade noch rechtzeitig auf. »Ihr? Ihr seid doch die ...«

»Wo?«, knurrte Torben und sah durch sein heruntergekommenes Äußeres sehr gefährlich aus. Gefährlich genug, um eine verwöhnte, weiche Zofe einzuschüchtern.

»Im obersten Stock, das letzte Zimmer links am Ende des Ganges«, stammelte sie kreidebleich.

»Sehr schön.« Er zog seinen Schal nach oben. »Wir begleiten dich. Einer muss der Kabcara doch von der Flucht ihrer Gefangenen erzählen.«

Sotinos stapelte das Tablett voll, sie nahmen die Zofe in ihre Mitte und achteten nach wie vor darauf, dass man kaum etwas von ihren Gesichtern sah. Die Leibwächter auf dem Gang schlugen sie rasch nieder und fingen sie auf, damit das Poltern der kraftlosen Körper nicht neue Wärter nach sich zog.

Die Zofe pochte gegen die Tür und betrat nach der gehusteten Aufforderung das Zimmer.

Elenja, die ein hochgeschlossenes schwarzes Kleid an ihrem dürren Leib trug, saß am Fenster und verfolgte anscheinend die Bemühungen ihrer Leute, den Schlitten einzuholen. »Stell den Tee auf den Tisch«, befahl sie schnarrend, ohne sich umzudrehen.

Sotinos schob sich vor die Tür und schloss sie, dann drückte er die Zofe auf einen Stuhl; Torben näherte sich der Kabcara. Ihr schwarzer Schleier wurde durch das Licht, das von außen herein fiel, durchsichtig. Dieses Mal glaubte er, eine wie von Fäulnis zersetzte Nase zu erkennen und zu sehen, dass von den Lippen sowie von der rechten Wange Hautfetzen weg standen. Ihn überlief ein eisiges Schaudern.

»Auch wenn Ihr krank und entstellt seid, ich schrecke nicht davor zurück, Euch Gewalt anzutun, wenn Ihr mir nicht Auskunft über den Verbleib einer ganz bestimmten Frau gebt«, sprach er sie an und stellte sich vor sie. »Wenn Ihr schreit, töte ich Euch.«

»Ihr enttäuscht mich nicht im Geringsten, Rudgass«, krächzte sie hinter dem Schleier hervor. »Ihr seid in der Tat so findig, wie ich es immer über Euch gehört habe. Und auch der Mut passt zu Euch. Ein bisschen zu viel Mut. Ihr hättet fliehen sollen, als Ihr und Euer Freund die Gelegenheit dazu hattet.«

Torben beobachtete sie. Von einer Kabcara durfte man eine gewisse Selbstbeherrschung in Ausnahmelagen erwarten, doch dass Elenja derart ruhig blieb, schürte das ungute Gefühl, das er seit dem ersten Anblick empfand. Sie atmete wieder nicht. »Ich gehe erst, wenn ich weiß, wo meine Gefährtin ist.« Er zeigte auf Sotinos. »Er hat sie gesehen. Sie war zunächst auf einem der tzulandrischen Schiffe, die zur Stadt segelten. Dann war sie verschwunden. Demnach steckt sie irgendwo bei Euch und wird gefangen gehalten.« Er trat dicht an sie heran. »Gebt sie frei und behaltet Euer Leben.«

Elenja bewegte sich nicht. Diese statuenhafte Ruhe besaß mehr Wirkung als jedes Geschreie und jede Drohung. Es zeigte Überlegenheit, welche die Männer verunsicherte. Nach ihrem Plan hätte die »zarte Elenja« sofort jeder Forderung zustimmen müssen, anstatt kühl wie die Eiszapfen vor den Fenstern zu bleiben.

Sotinos schaute sich in dem Zimmer um und arbeitete an einem neuen Plan.

»Ich fürchte, Rudgass, Euer Freund Puaggi hat Euch belogen«, kam es nach langem Schweigen von ihr. »Außer Euch und ihm habe ich niemanden aus der Stadt mitgenommen.« Sie hob den Kopf. »Wie heißt sie, und wie sieht sie denn aus?«

»Ihr Name ist Varla.« Rasch beschrieb er sie.

Elenja nickte. »Dann werde ich sie bei den Tzulandriern suchen lassen, Kapitän, und gebe ihnen die Anweisung, sie noch härter als alle anderen Frauen zu behandeln.« Ein heiseres, boshaftes Lachen erklang.

Torben packte sie bei den Schultern. Er wunderte sich noch, wie knochig ein menschlicher Körper sein konnte, als ihn das unsägliche Grauen packte.

Niemals zuvor hatte er ein solches Gefühl empfunden, weder in einem tosenden Sturm noch auf dem Schlachtfeld. Ja, nicht einmal die Furcht um Varla reichte an diese Qual heran, die ihn lähmte und sein Herz schmerzen ließ.

»Mir ist wieder eingefallen, wen Ihr meint. Sie wurde mir von den Tzulandriern überlassen, als Geschenk. Und ist in meinen Diensten.« Elenja glitt aus seinen verkrampften Fingern und stellte sich vor ihn. »Oder nein, wartet: Habe ich sie etwa doch bei mir?« Sie näherte sich seinem Ohr, spielte mit einer Bartsträhne. »Spürt Ihr meine Macht, Rudgass? Mit der gleichen Macht habe ich Eure Gefährtin in der Hand. Und sie tut alles, was ich ihr sage. Ihr ...«

Sotinos stand unvermittelt neben ihr, schwang einen Kerzenständer und führte einen Hieb gegen ihren Kopf. Es knackte hörbar. Elenja wurde gegen den Stuhl geschleudert, stürzte darüber und fiel durch die Scheibe nach draußen.

Schlagartig war die Angst aus Torben gewichen. Er sah die Absätze der Kabcara zusammen mit Teilen des Rahmens und dem Glas verschwinden. Gleich darauf erklangen der dumpfe Laut des Aufpralls und die Rufe der überraschten Knechte.

»Ich hatte nichts anderes zur Hand«, meinte Sotinos entschuldigend und betrachtete den kantigen Fuß des Ständers. »Wir wissen, was wir wollten. Habe ich ihr nun das Genick oder den Schädel gebrochen?« Er dankte den Göttern stumm, dass sich Varla hier befand und aus seiner Lüge unvermittelt die Wahrheit machte. Jetzt war er sich sicher, dass ihr Abenteuer ein gutes Ende nahm.

»Bei der Bleichen Göttin!« Torben riss sich zusammen, auch wenn seine Beine weich wie Meeresschlick waren. *Was hat sie mit mir getan?* In diesem Augenblick rannte die Zofe schreiend hinaus.

Sotinos schwang sich auf das Fensterbrett. »Auf, Kapitän. Wir nehmen den gleichen Weg wie die Kabcara.« Er packte ihn am Ärmel und zerrte ihn zu sich. »Kommt zu Euch!«, rief er und sah, dass drei Leibwächter ins Zimmer rannten. »Wir sehen uns im Schnee.« Er stieß sich ab.

Torben gelang es mit Mühe, die Lähmung abzuschütteln, und sprang ebenfalls hinaus; ein geschleuderter Säbel verfehlte ihn nur um eine Fingerkuppenlänge.

Er landete neben Sotinos, der sich verwundert umschaute. Auch er sah den zierlichen Abdruck im Weiß, aber von der Kabcara war nichts zu entdecken.

»Da sind sie! Haltet sie!«, schrie der Wächter am Fenster und sprang nach unten. Torben versetzte ihm noch in der Luft einen Fußtritt in den Schritt, sodass der Mann keuchend zusammenbrach.

»Ein Schlitten«, rief Sotinos und eilte dorthin, wo die Gefährte ausgespannt wurden. »Haltet Euch bereit!«

»Ich gehe nicht ohne Varla.« Er hob die Waffe des Wächters auf. Noch immer bewegte sich der Rogogarder langsam, behäbig, als müsste er über jede Bewegung genau nachdenken, ehe er sie tat. »Wir ...«

Die Tür öffnete sich, und sie trat ins Freie: Varla, Seite an Seite mit Elenja. In der Linken hielt sie einen schlanken Degen, in der Rechten führte sie einen überlangen Dolch. Sie trug einen langen, hellbraunen Ledermantel, der offen stand; darunter war eine dunkelrote Lederrüstung zu sehen.

»Ihr werdet bleiben, Rudgass«, krächzte Elenja, an deren Kleidung noch Schnee haftete. Der Sturz hatte ihr keinerlei Schaden zugefügt. »Oder ich befehle Eurer Gefährtin, Euch aufzuhalten.«

Sotinos hatte den Schlitten erreicht und stieß den Knecht, der mit der Peitsche nach ihm schlug, einfach vom Bock. Danach sprang er hinauf und lenkte ihn zu Torben. »Macht schon, Kapitän«, rief er.

»Varla«, sagte Torben verunsichert und sah auf das entschlossene Gesicht seiner Gefährtin. Er streckte dennoch die Hand aus, während neben ihm der Schlitten zum Stehen kam. »Schnell!«

»Halte ihn auf«, ächzte Elenja, »und den Palestaner gleich mit.«

Varla hob die Waffen. »Torben, tu, was sie sagt«, bat sie ihn ohne ein Gefühl in der Stimme.

Er schluckte und erinnerte sich an die grenzenlose Furcht, die er vorhin empfunden hatte. Er konnte sich sehr gut vorstellen, dass Elenja – wie auch immer sie das bewerkstelligte –

Menschen sich so gefügig machte. »Komm mit mir! Stemme dich gegen die Angst, die sie verbreitet.«

Immer mehr Knechte eilten herbei, sie schwangen Mistgabeln und Dolche, um die Gefangenen zu stellen. Noch gab es ein Entkommen.

»Kapitän!« Sotinos schwang die Peitsche und traf einen Knecht, der Torben von hinten überwältigen wollte, mitten ins Gesicht. Kreischend stürzte der Mann in den Schnee, er hielt sich das Gesicht, und rotes Blut quoll zwischen den Fingern hervor.

Sotinos entdeckte neben dem Bock ein handliches Beil, das der Fahrer hier gelagert hatte, um sich gegen Angreifer zur Wehr zu setzen. Ohne lange zu überlegen, packte er die Waffe und schleuderte sie nach Elenja.

Ihr Versuch, der Gefahr auszuweichen, kam zu spät. Das Beil traf sie mit der Klinge voran in die linke Schläfe. Die Wucht des Einschlags warf sie nach hinten, sie fiel in den weichen Schnee. Die Knechte eilten zu ihrer Herrin.

Torben schrie vor Freude auf. »Rasch!« Er sprang in den Schlitten und streckte die Hand nach Varla aus.

Sie eilte lächelnd zu ihm – und stach zu!

Ihr Degen fuhr ihm unterhalb der letzten linken Rippe durch den Leib und brannte wie Feuer. Den heranzuckenden Dolch fing er mit Mühe ab, bekam die Klinge durch die Hand gestoßen.

Vor Schmerz und Überraschung aufstöhnend, sank er auf den Boden des Schlittens und sah, wie Varla sprang; ihr Degen zielte auf sein Herz.

Da fuhr das Gefährt mit einem harten Ruck an.

Varla prallte gegen die Aufbauten und versuchte, sich daran festzuhalten. Der Schlitten jagte über die Ebene und hielt auf ein Wäldchen zu, durch das ein schmaler Weg führte. Noch gab es keinen Verfolger, die Knechte waren zu sehr mit der verletzten Elenja beschäftigt, und die Leibwächter und Gardisten verfolgten immer noch den Köder.

Torben starrte die schwarzhaarige Frau an, für die er sein Leben gegeben hätte und die aus unerfindlichen Gründen nun nach dem seinen trachtete. Als sie sich mit einem Bein über das Holz schwang, rührte er sich noch immer nicht. Der Schreck saß zu tief.

»Varla«, flüsterte er abwesend und spürte warmes Blut unter dem Mantel an seinem Bauch herabrinnen. »Was ...«

Es knallte laut, die Peitsche zerschnitt die Haut und zeichnete eine breite rote Linie in Varlas Antlitz.

Sie wandte den Kopf und hob den Arm mit dem Dolch, um ihn nach dem Commodore zu werfen.

»Weg!« Sotinos schlug wieder nach ihr, der Lederriemen wickelte sich um ihren Hals.

Sie stemmte sich dagegen und wollte die straffe Leine, an der sie wie eine störrische Sklavin hing, gerade zerschneiden, als Sotinos den Griff losließ. Überrascht kippte sie rückwärts, der Griff flog in die Höhe und verfing sich an einer Astgabel

Ruckartig wurde Varla nach hinten gerissen, es knackte hörbar, als die Wirbel ihres Halses sich überdrehten und brachen, dann verschwand sie aus Torbens Sicht.

Mühsam stemmte er sich auf die Beine und sah zu dem Baum, an dessen Ast sie schwungvoll vor und zurück pendelte. Sie starrte ihnen aus toten Augen hinterher; ihre Hand hatte sich noch immer um den Degen geschlossen.

Für Torben verschwand die Welt und wurde durch Schwärze ersetzt. Er hörte sich selbst schreien, dann verlor er das Bewusstsein.

**Kontinent Ulldart,
Königreich Borasgotan,
Amskwa, Winter im Jahr 1/2 Ulldrael
des Gerechten (460/461 n.S.)**

Norina und ihre Leibwache schritten hinter dem Bediensteten durch die Korridore des Gouverneurspalastes, der Elenja der Ersten als Regierungssitz diente. Die Anspannung machte ihr schwer zu schaffen.

Sie fühlte sich hinter den Mauern eingesperrt und war keineswegs erleichtert, von ihren eigenen schwer gerüsteten Wachen umgeben zu sein. Während ihrer Reise von Tarpol nach Borasgotan hatte sie sich sicherer geglaubt als in diesem Gemäuer.

Der Stoff ihres bestickten hellbraunen Kleides raschelte leise, der dicke Teppich schluckte die Trittgeräusche ihrer Stiefel. Norina verzichtete wie stets auf großspurigen Schmuck; eine schlichte Silberkette mit einem Anhänger aus grünem Bernstein lag um ihren Hals, dazu trug sie die passenden Ohrringe. Die langen schwarzen Haare hatte sie hochgesteckt.

Der Bedienstete blieb vor einer drei Schritt großen Tür stehen und legte die Hand auf die Klinke. »Bitte sehr, hochwohlgeborene Kabcara«, sagte er und öffnete den Eingang für sie.

Dahinter erwartete Norina düstere Pracht.

Die Fenster des hohen Raumes waren mit dunkelroten Gardinen verdunkelt. Einige wenige Lampen brannten, deren Licht durch blau gefärbte Kristallscheiben abgeschwächt wurde. Lediglich dem prasselnden Feuer im mannsgroßen Kamin hatte man gestattet, ungehindert zu leuchten.

»Eure Leibwächter werden bitte vor der Tür warten. Die

Angelegenheit ist nur für Eure Ohren bestimmt. Wenn Ihr Platz nehmen möchtet, hochwohlgeborene Kabcara?«, sagte der Bedienstete neben ihr und deutete auf den schwarzen, langen Tisch in der Mitte des Raumes, auf dem Teegedecke arrangiert worden waren. Ein Samowar stieß kleine Dampfwölkchen aus, sein eiserner Bauch mit dem kochenden Wasser darin tickte leise. »Die hochwohlgeborene Kabcara Elenja die Erste wird bald zu Euch kommen.«

Norina nickte ihm zu und trat ein; die zwanzig Gerüsteten folgten ihr, ohne sich um die Anweisung des Bediensteten zu kümmern. Hinter ihnen wurde die Tür geschlossen; das hallende Geräusch, das dabei entstand, erinnerte Norina an eine Gruft.

Sie nahm an der langen Seite und nicht am Kopfende des Tisches Platz und betrachtete die Gebäckauswahl, die Elenja hatte auffahren lassen. Sie konnte sich mit der von König Perdór messen. Kleine Kuchen und Kekse, mit Schokoladenüberzug und getrockneten Früchten, flüssige Schokolade zum Bestreichen, dazu verschiedene Tiegel mit gemahlenen Gewürzen und den unterschiedlichsten Marmeladen. Elenja besaß eine Vorliebe für Süßes und war dennoch ein schwarzer Strich in der Landschaft.

Unter anderen Umständen hätte sich Norina auf das Zusammentreffen gefreut. Wer nichts von dem wusste, was Lodrik ihr in Ulsar erzählt hatte, hielt Elenja für eine mutige Frau mit dem Willen, Reformen für Borasgotan durchzusetzen. Aber Lodrik war der festen Überzeugung, es mit seiner Tochter Zvatochna zu tun zu haben, die durch die Kraft der Magie nach ihrem Tod zur Nekromantin geworden war.

Dann hatte Norina den Brief erhalten, in dem Elenja sie dringend um ein Treffen in Amskwa gebeten hatte. Es gehe um das schreckliche Geheimnis, welches sie und Lodrik teilten …

Steht mir bei und hört mich an, liebe Freundin, stand darin zu lesen. *Es geht um das Schicksal Eures Gemahls, der allein dem äußeren Anschein nach noch der Lodrik ist, den Ihr kanntet.*

Er befindet sich bei mir, und ich fürchte, er und ich werden nicht mehr lange zu leben haben, wenn Ihr nichts dagegen unternehmt.

Grauenvolle Mächte sind am Werk. Mein und sein Leben sind in Eurer Hand. Eilt herbei!

Sie hatte seit Lodriks Abreise aus Ulsar nichts mehr von ihm gehört und sorgte sich wegen des Briefes so sehr, dass sie die Reise nach Borasgotan angetreten hatte.

Für ihre eigene Sicherheit war gesorgt. Vor dem Palast warteten weitere einhundert tarpolische Soldaten, die das Gebäude nach Ablauf einer bestimmten Frist stürmen würden, wenn sie nicht zurückkehrte. So viel Schutz hatte sie sich erlaubt.

Die Tür in ihrem Rücken wurde geöffnet, und Norina erhob sich, um die Gastgeberin zu begrüßen. Das diplomatische Lächeln auf ihren Zügen entgleiste, ihre Augen starrten auf die rothaarige Frau, die in einem prunkvollen weißen Kleid und mit Diamanten behängt erschienen war.

Der Schnitt betonte ihre Figur und ihr Dekolletee gleichermaßen; für die vielen raffinierten Falten waren sicherlich mehr als zehn Schritt beste weiße Seide verwendet worden. Für jeden einzelnen der zahlreichen Diamanten in ihrem Ring, an ihrer Kette und ihrem Diadem hätte man als Gegenwert zehn Dörfer erhalten. An ihrer Hand führte sie einen

Jungen mit langen silbernen Haaren in der Uniform eines tarpolischen Tadc; er trug ein Schwert an seiner Seite.

»Aljascha?«

»Du Throndiebin«, erwiderte sie lächelnd und beugte sich zu dem Jungen. »Schau, das ist die Hure, die deiner Mutter den Titel gestohlen hat.« Sie zeigte auf Norina. »Sie wird uns nicht mehr lange daran hindern, Vahidin, unser Recht zu erhalten.«

Norina schluckte und musterte den Jungen, den sie auf zwölf Jahre schätzte. Es konnte aufgrund des Alters unmöglich Aljaschas Sohn sein. Die silbernen Haare, die im Schein des Kaminfeuers glänzten, weckten unangenehme Erinnerungen. Erinnerungen an Mortva Nesreca, der für das meiste Unheil der letzten Jahrzehnte auf Ulldart verantwortlich gewesen war. Nicht nur die Haare, auch das Antlitz des Jungen glichen dem einstigen Berater ihres Gatten Lodrik.

Aljascha richtete sich langsam auf. Die Überheblichkeit quoll aus jeder ihrer Bewegungen und schoss aus ihren grünen Augen. »Du und Lodrik trachten also nach meinem Leben, wurde mir gesagt?«

»Was tust du hier?«, raunte Norina, die sich von ihrer Überrumplung noch nicht erholte hatte.

Aljascha erhob sich und wanderte um sie herum, musterte sie von oben bis unten. »Ich komme dir zuvor, Norina. Das tue ich hier.« Sie blieb stehen, legte den Kopf in den Nacken und stieß glockenhelles Gelächter aus. »Es ist schön, dich zu sehen. Und dich zurück in die Ecke zu stoßen, aus der du gekrochen kamst. Wieso möchtest du mich ausgerechnet jetzt umbringen? Weil ich im Begriff bin, meine alte Macht zu erlangen?« Sie setzte sich an den Tisch, genau gegenüber von Norina, Vahidin begab sich auf den Stuhl neben ihr. Der Junge schaute Norina zornig an.

»Wie kommst du darauf, dass ich dein Leben will?«, fragte sie verwirrt und fühlte einen leichten Schwindel. In ihrem Kopf pochte es schmerzhaft, sie musste sich setzen. Norina blickte zu Vahidin, dessen braune Augen sich geradewegs durch die Stirn zu bohren schienen. »Du bist bedeutungslos, Aljascha.«

»Glaubst du?«, gab Aljascha lachend zurück. »Ich sehe das anders. Das Recht ist auf meiner Seite, und ich bedeute eine Gefahr für deine Macht. Ich bin die ehemalige Gemahlin des Kabcar und eine geborene Bardriç. Tarpol wird bald mir gehören. Elenja hat es mir versprochen.«

»Elenja?« Norinas Gleichgewichtsgefühl verlor sich mehr und mehr, sie hielt sich an der Tischkante fest, um nicht vom Stuhl zu rutschen.

Die Tür öffnete sich, und eine schwarz gekleidete, dünne Gestalt trat ein. Auf dem Kopf trug sie einen schwarzen Hut, ein schwarzer Schleier verbarg ihre Züge vor den beiden Frauen. »Verzeiht meine Verspätung«, krächzte Elenja. »Ich fühlte mich ein wenig schwach und musste warten, bis mir meine Medizin gebracht wurde.« Mit ihr breitete sich Kälte in dem Raum aus, die Lohen aus den kindgroßen Holzscheiten im Kamin verloren ihre Hitze.

Zwei Bedienstete begleiteten sie. Einer schenkte den starken, schwarzen Tee des Samowars aus, der andere legte den Frauen Gebäckstücke vor, dann zogen sie sich bis an die Wand zurück.

Elenja glitt lautlos heran und reichte Norina die dürre Hand, die von einem schwarzen Handschuh umgeben war.

Aus einem unbestimmten Grund verweigerte sie die Begrüßung. »Was wird hier gespielt, Elenja?«, fragte sie. »Was will Aljascha hier? Und was sollte die Andeutung über Lodriks Schicksal? Wo ist er?«

Elenja zögerte, zog die Hand zurück und setzte sich. »Meine liebe Freundin, was ist mich Euch?«, erkundigte sie sich besorgt. »Habe ich Euch etwas getan?«

Norina versuchte vergebens durch den Schleier zu blicken. »Ihr wisst, wie die Vasruca von Kostromo und ich zueinander stehen, und dennoch ladet Ihr uns nach Amskwa an den gleichen Tisch ein?«

»Ich verstehe nicht«, kam es heiser von ihr hinter dem Schleier hervor.

»Ihr versteht sehr gut.« Norina lehnte sich nach hinten und brachte den Samowar zwischen sich und Vahidin. Sofort ließ der Schmerz in ihrem Verstand nach. Wie machte der Junge das? »Es ist besser, wenn ich gehe. Ruft meinen Gemahl.«

Aljascha legte die Hände zusammen und lächelte glücklich. Sie amüsierte sich offensichtlich ganz ausgezeichnet. »Du glaubst immer noch, dass Lodrik hier ist?«, fragte sie belustigt, wählte für sich ein Schälchen mit flüssiger Schokolade und beträufelte den Keks vor sich. »Er ist bald nur noch Geschichte. Wie du.« Genussvoll kostete sie.

»Du bist noch wahnsinniger als früher. Die Menschen in Kostromo haben mein tiefstes Mitgefühl«, befand Norina kopfschüttelnd und wandte sich an Elenja. »Habt die Güte und klärt dieses Zusammentreffen und Euren merkwürdigen Brief auf, Elenja, oder ich lasse den Palast auf der Stelle stürmen!« Sie hob die Hand, die Leibwächter traten nach vorn und zogen ihre Waffen. »Wo ist Lodrik? Ich schrecke nicht davor zurück, Eure Gemächer durchsuchen zu lassen.«

Elenja goss sich Milch in den Tee und rührte einen Löffel Kirschmarmelade hinein. »Ich schrieb, dass es um das Leben Eures Mannes gehe.« Sie lehnte sich zu Norina. »Und um meines.« Sodann beugte sie sich zu Aljascha. »Aber es betrifft auch die Zukunft der anwesenden Vasruca. Und Eure.« Sie hob den Schleier leicht an, damit die Tasse darunter passte, und trank, ohne ihr Gesicht zu zeigen. »Wir sind drei Frauen, die eng miteinander verbunden sind. Durch Lodrik.«

Norina runzelte die Stirn. Ihre Kehle war vor Aufregung trocken, sie trank etwas von dem Tee. »Also ist Lodrik nicht hier?«

Vahidin nahm sich einen Nusskeks und schielte an dem Samowar vorbei, suchte den Blick Norinas. Er glich Mortva tatsächlich sehr und würde zu einem gut aussehenden Mann werden. Eine hübsche Schale für einen faulen Kern.

Elenja stellte die Tasse langsam ab und schickte die Bediensteten mit einer Handbewegung hinaus. »Ihr habt Recht, geschätzte Freundin.« Sie legte ihre Hand auf die von Aljascha. Das Schwarz des Handschuhs und die helle Haut der Frau bildeten einen starken Kontrast, der durch das Funkeln des Diamantarmbandes der Vasruca unterstrichen wurde. »Wir haben ein Bündnis geschmiedet, Aljascha und ich. Gegen Euch und Lodrik. Denn wir beide sind der Meinung, dass Ihr stört und den Tod verdient habt. Mit Euch wollen wir beginnen.«

Urplötzlich wurde Norina von Eis umgeben. Dutzende kalte, unsichtbare Hände hielten sie an den Schultern, Armen und Beinen fest, pressten sie auf den Stuhl. Ihr Aufbäumen fruchtete nicht. Gegen die Kräfte blieb sie machtlos.

Hinter und neben ihr erklang das Röcheln und Gurgeln ihrer Leibwächter, es rumpelte und schepperte, als einer nach dem anderen auf den Boden stürzte; ein Helm rollte über den Teppich und an ihren Füßen vorüber, dann war es still.

Vahidin lächelte böse. Er goss sich Zuckerguss über seinen Keks und schaute suchend über den Tisch, dann öffnete er die Finger. Vom anderen Ende des Tisches erhob sich der Tiegel mit den Krokantstückchen und flog in seine Hand. Er zwinkerte Norina zu und zeigte ihr dabei kurz magentafarbene Augen mit dreifach geschlitzten Pupillen.

Elenja blieb ungerührt. »Ihr werdet hier sterben und den Thron für uns frei machen.«

Längst war sich Norina sicher, Mortvas Spross vor sich zu sehen. »Nein«, keuchte sie verzweifelt. »Das Volk Tarpols wird sich niemals ...«

»Das *Volk*?«, lachte Aljascha sie aus. »Zu Tzulan mit dem Volk! Es gehorcht den Befehlen der Mächtigen. Mehr soll es nicht.« Sie fuhr Vahidin über den Nacken. »Du hast es dir bereits gedacht, wie ich an deinem Gesicht sehe. Ja, er ist der Sohn eines Gottes. Die Modrak folgen seinen Worten, und die Tzulani verehren ihn. Seinen Kräften ist niemand auf Ulldart gewachsen. Nicht einmal Lodrik. Und das *Volk* wird ihm gehorchen. Du wirst es jedoch nicht mehr erleben.«

»Arme Norina. Ihr gutgläubige Frau seid weit fort von zu Hause und umgeben von Feinden. Ihr habt bemerkt, dass die Leibwächter mich nicht schrecken. Und auch nicht die einhundert Mann draußen. Sie werden ebenso sterben, wenn es erforderlich sein sollte.« Elenja nickte Aljascha zu. »Aber es kommt noch schlimmer für sie.« Sie hob die Linke und streifte den Schleier behutsam nach oben. Gealterte, straff über dem Knochen liegende Haut kam darunter zum Vorschein, rissige Lippen, eine dürre Nase, bis der totenschädelähnliche Kopf ganz zu sehen war.

»Bei Ulldrael«, rief Aljascha erschrocken von dem Furcht erregenden Anblick und sprang auf. »Zvatochna?«

Das Entsetzen verschloss Norina den Mund. Vor ihr saß eine Greisin, die etwa siebzehn Jahre zählte. Lodrik hatte Recht behalten: Seine Tochter war nach dem Tod durch ihre Magie ins untote Leben gerufen worden, genau wie er selbst. Deswegen die Kälte, der dürre Leib, die veränderte Stimme. Sie war tatsächlich eine Nekromatin und hatte sich als Elenja im Nachbarreich Borasgotan zur Kabcara emporgeschwungen. Norina zweifelte nicht daran, dass der frühe Tod ihres Gatten, des Kabcars Raspot von Borasgotan, auf ihr Zutun zurückging.

Zvatochna lehnte sich nach vorn und kam Vahidin ganz nahe, der sie gleichmütig anblickte und eben vom Keks abbeißen wollte. Er fürchtete sich keinen Deut und ließ sich den Appetit nicht verderben. »Guten Tag, kleiner Bruder. Ich bin deine große Halbschwester.« Ihre Hand reckte sich nach dem Gebäckstück und entwand es den kindlichen Fingern. »Iss das nicht, kleiner Bruder. Zu viel Zucker bringt einen um.« Dabei wandte sie den Kopf zu ihrer Mutter. Und lächelte. »Es sei denn, du bist schon tot.«

Aljascha griff sich an die Kehle, keuchte und schwankte zur Seite. »Was hast du …?«, hustete sie, in ihren grünen Augen standen Unverständnis und Angst. Sie stand auf, reckte die Arme und suchte verzweifelt nach Halt, während sie geradewegs auf den Kamin zustolperte.

»Mutter!« Vahidin hüpfte vom Stuhl und rannte zu ihr. Er konzentrierte sich und bewahrte sie mit seiner Magie davor, in die Flammen zu stürzen.

Sie brach schwer atmend auf dem Teppich zusammen, der Schweiß rann aus ihren Poren und tränkte ihr Kleid. »Vahidin … du …« Aljascha rang wie eine Ertrinkende nach Luft. Es waren grauenvolle Geräusche, ihre Hände krallten sich in den Teppich, zogen ihn zusammen.

»Nein. Hör auf, Mutter!«, weinte Vahidin hilflos und kniete sich neben sie. Er streichelte die roten Locken und wusste nicht, was er unternehmen konnte, während sie Blut und abgebissene Zungenstückchen ausspie; sie zuckte am ganzen Leib.

»Gift?«, keuchte Norina und dachte an den Tee, von dem sie getrunken hatte.

»Seid unbesorgt. Es traf nur sie.« Zvatochna wandte ihr mumifiziert wirkendes Gesicht Norina zu. Die Schönheit, die sie einmal besessen hatte, war vertrocknet und vergangen. Die Nekromantie verzehrte sie rascher als Lodrik. »Sie war niemals eine gute Mutter, aber nach ihrem Tod wird sie endlich zu etwas taugen. Ebenso wie Ihr, Norina. Ihr beide seid meine vollkommensten Puppen auf einer echten Bühne, auf der mein Stück aufgeführt wird. Und Ihr werdet nicht meine einzigen Puppen bleiben.«

Zwei eiskalte Hände berührten Norinas Schultern, glitten liebkosend über ihren Oberkörper und über die Innenseite ihrer Schenkel; sie hörte ein leises Frauenlachen an ihrem linken Ohr.

»Das ist Eure Henkerin, Norina. Sie freut sich sehr, Eure Seele streicheln zu dürfen«, erklärte Zvtochna und zog den Schleier wieder herab. »Ihr werdet Euch wundern, was man mit Seelen alles anstellen kann.«

Die unsichtbaren Finger wanderten wieder nach oben und legten sich um Norinas Hals. Sie pressten sanft zu und erhöhten den Druck langsam, quälend.

Zvatochna stand auf und ging hinüber zu Aljascha, die im Todeskampf lag. Ihr roter Speichel hatte das weiße Kleid und die Diamanten beschmutzt, rote Haarsträhnen hingen in ihre verzerrten Züge. »So, Mutter. Ich verlasse dich jetzt.« Sie fasste Vahidin am Oberarm. »Meinen Halbbruder nehme ich mit. Ich werde gut für ihn sorgen, das verspreche ich dir. Lebendig nutzt er mir mehr als tot. Sind seine Kräfte wirklich so stark, kann er es unter meiner Führung weiter bringen als mit dir.«

Aljaschas Atmung verlangsamte sich, die Lunge arbeitete nicht mehr, wie sie sollte. »Vahidin«, hauchte sie würgend, Blut rann über ihre Lippen.

»Nein! Ich will das nicht!«

Der Junge hatte seine Kopflosigkeit besiegt und beugte sich über sie, legte eine Hand auf ihre Brust. Ein dunkelrotes Leuchten schoss aus seinen Fingern und breitete sich über seine Mutter aus. »Ich lasse dich nicht sterben.«

Zvatochna packte ihn im Genick. »Nein, Vahidin. Sie ist verloren. Du kannst nichts mehr für sie tun.« Sie versuchte, ihn von Aljascha wegzuziehen und damit eine Heilung zu verhindern. Das hätte ihr noch gefehlt! Sie befahl zwei ihrer Geister, sich bereitzuhalten, um ihrer Mutter das Ende zu bescheren, falls das Gift nicht wirken sollte.

Vahidin schaute über die Schulter und zeigte ihr seine Magentaaugen. »Lass mich!«, grollte er. Ein silbernes Schimmern sammelte sich drohend in den Pupillen, und Zvatochna wich zurück. Die Warnung war eindeutig; dann wandte er sich wieder seiner Mutter zu.

Norina zwang sich dazu, tief Luft zu schöpfen, trotz der Umklammerung. Ihr fiel kein Ausweg ein. Die Geister bannten sie auf den Stuhl, sie konnte sich nicht bewegen.

Eine schreckliche Vorstellung befiel sie: Sie würde in Amskwa sterben und ihr Leib unter der Kontrolle von Zvatochnas nekromantischen Kräften nach Tarpol zurückkehren, wo er Schlimmstes anrichtete. Ihr gesamtes Werk geriet in Gefahr. Ganz Ulldart geriet in Gefahr!

Ich darf nicht sterben, dachte sie immer und immer wieder. »Ulldrael, rette mich!«, schrie sie voller Inbrunst.

Ihr Ruf wurde gehört.

Die Türen wurden mit solcher Macht aufgestoßen, dass die Angeln aus den Wänden rissen, Steinbröckchen flogen umher; krachend stürzten die schweren Flügel auf den Boden.

Ein starker Wind fegte durch den Raum, löschte die Lampen und riss die Vorhänge von den hohen Fenstern; Tageslicht fiel in breiten, hellen Strahlen herein. Die Hoffnung kehrte zurück.

Die Umklammerung um Norinas Kehle endete abrupt, und sie vernahm einen wütenden Ruf. Schlagartig wurden die eisigen Hände von ihr genommen, sie konnte wieder atmen und sich bewegen.

Sie sprang auf und blickte zur Tür, in der ein blonder, schlanker Mann in einer nachtblauen Robe verharrte. Es dauerte, bis sie im Gegenlicht ihren Gemahl Lodrik erkannte, neben dem Stoiko und Waljakov mit gezückten Waffen standen.

»Ich glaubte, ich hätte Ulldart von allem Übel erlöst, das ich ihm brachte«, sprach Lodrik finster zu Zvatochna. »Was ich versäumte, werde ich nun nachholen, *Tochter*.«

Der Wind hatte sich indes nicht gelegt. Er schwoll zu einem Sturm an, der alles im Raum umherwirbelte, was nicht schwer oder befestigt war. Die Geister der Nekromanten rangen miteinander, tobten und tosten umher.

»Ich bin noch nicht bereit, *Vater*«, erwiderte sie. Sie ahnte, dass Lodrik ihr überlegen war, und verschaffte sich Beistand, mit dem er nicht rechnen konnte. Mit einem harten Griff zog sie Vahidin in die Höhe. Seine Finger lösten sich von Aljascha, und das rote Leuchten erstarb.

»Lass mich!«, schrie er außer sich. »Mutter …!«

»Er trägt die Schuld an ihrem Leiden!« Zvatochna deutete zur Tür. »Da, das ist Lodrik! Da steht der Mann, den unsere

Mutter tot sehen möchte. Seine Macht ist es, die sie umbringen wird«, rief sie und deutete auf ihren Vater. »Vernichte ihn, und sie wird gesund.«

Zuerst hatte Vahidin sie angreifen wollen, aber er besann sich anders. Den Namen Lodrik kannte er aus den unzähligen Erzählungen seiner Mutter. Wie sehr er sie verletzt hatte! Und er wusste, dass sie ihn unter allen Umständen tot sehen wollte.

Mit einer Hand zog Vahidin die Kappe von den silbernen Haaren, mit der anderen deutete er auf die brennenden, großen Scheite des Kamins, die sich gehorsam erhoben und auf die drei Männer zuschnellten.

Norina nahm ein Kuchenmesser vom Tisch und sprang auf Zvatochna zu. Solange die Nekromantin ihre Aufmerksamkeit auf Lodrik richtete, bekam sie die Gelegenheit für einen Angriff.

Da wandte sich Zvatochnas verschleiertes Gesicht zu ihr um.

III.

»*Ein Jäger hat den Kadaver eines Schwarzwolfs und eines ausgewachsenen Bären gefunden. Den Spuren nach wurden sie von einem der Qwor gestellt und getötet; der Jäger schwört, dass er noch niemals solche Wunden an einem Tier gesehen hat.*
Bei Kalisstra – ein ausgewachsener Bär, zerfleischt wie einer zahmer Schneehase!
Ab heute werden für den Schutz derjenigen, die sich außerhalb der Stadtmauern begeben, nur noch nur Freiwillige genommen. Keine Familienväter.«

Aufzeichnungen des ehrenwerten Sintjøp,
Bürgermeister Bardhasdrondas,
gesammelt in den Archiven zu Neu-Bardhasdronda

Kontinent Ulldart, Kensustria, 92 Meilen südwestlich von Khòmalîn, Winter im Jahr 1/2 Ulldrael des Gerechten (460/461 n.S.)

Estra erwachte.

Sie lag auf dem Boden, auf einem Laubhaufen. Es roch nach Feuchtigkeit, Moos und seltsamerweise nach Meer; ganz in ihrer Nähe rauschte Wasser, sie hörte das Schnauben eines Pferdes. Ihr Kopf schmerzte, und ihr Kinn fühlte sich geschwollen an.

Abrupt richtete sie sich auf und schaute sich um.

Tokaro saß neben dem kleinen Feuer am Ufer des Baches, an dem sie ihr Lager bezogen hatten. Er lächelte ihr zu.

»Hast du Hunger?« Über den Flammen drehte sich ein geschnitzter Spieß, auf dem kleine Vögel steckten. Estra schaute zu der schützenden Krone eines immergrünen Baumes auf, der sie vor dem niederprasselnden Regen bewahrte. »Sie sind gleich gar.«

»Du!«, rief sie wütend und sprang in die Höhe, eilte auf den jungen Ritter zu. Blätter fielen ihr aus den halblangen, dunkelbraunen Haaren. »Du hast mich niedergeschlagen und entführt!« Sie holte aus und drosch ihm die Faust auf die Nase.

Tokaro wehrte den Schlag nicht ab. Der Knochen gab knirschend nach. Ein heißes Gefühl breitete sich aus, als Blut aus seiner Nase schoss, in das sich Tränen mischten.

»Jetzt sind wir quitt«, sagte er und raffte einige Blätter zusammen, um das Blut aufzufangen. »Ich habe dich geschlagen, du hast mich geschlagen.«

»Wir sind noch lange nicht quitt, Tokaro!«, schnaubte Estra zornig. »Wie konntest du mich entführen, obwohl ich dir sagte, was für meine Heimat auf dem Spiel steht?« Sie trat ihm in die Seite, aber die Rüstung verhinderte, dass ihm Rippen brachen. Dafür verzog sie den Mund und hielt sich den Fuß.

»Hör auf, Estra!«, nuschelte Tokaro, weil er durch die anschwellende Nase kaum mehr Luft bekam. »Ich musste es tun.«

»So?« Sie stand neben ihm. »Weswegen?« Ihre karamellfarbenen Augen sprühten vor Aufgebrachtheit. »Und sag nicht, dass du mich vor den Kensustrianern retten wolltest.«

»Habe ich das nicht?«, gab er trotzig zurück und legte den Kopf in den Nacken, damit das Bluten aufhörte. Er hatte damit gerechnet, dass sie wütend auf ihn war, sobald sie erwachte, aber dass sie sich dermaßen aufregte, hätte er niemals geglaubt. »Ich bringe dich …«

»… zurück nach Khòmalîn«, führte sie seinen Satz zu Ende. »Was genau hast du nicht verstanden, als ich dir sagte, dass sie Ammtára angreifen und vernichten werden, wenn ich nicht bei ihnen bleibe?«

»Das ist eine Erpressung, die ich nicht dulde«, entgegnete Tokaro und spuckte Blut aus. »Es ist ungerecht. Außerdem werden sie es nicht wagen, die Stadt anzugreifen. Sie hätten ganz Ulldart gegen sich.«

»Hast du auch nur einen Augenblick darüber nachgedacht, wer es wagte, sich mit den Kensustrianern anzulegen? Oder es überhaupt wollte?« Estra achtete nicht auf das Blut, das der Ritter von sich gab, die Schmerzen hatte er sich verdient. Sie ging hinüber zu Treskor und hob den Sattel vom Boden auf, um ihn dem Schimmel auf den Rücken zu legen. »Ammtára ist die Stadt der Sumpfwesen, Tokaro, ein einstiger Ort der Finsternis. Bei aller Freundschaft, die zwischen den Bewohnern und Menschen herrscht, glaube ich nicht, dass auch nur ein Königreich dafür in den Krieg ziehen würde.«

Tokaro stieß einen leisen Pfiff aus, und der Hengst tänzelte zur Seite, als sie ihn satteln wollte. »Wir gehen nach Tarpol«, sagte er. »Ich kenne ein Versteck, in dem du vor den Priestern sicher bist.«

»Ich darf nicht flüchten, du verbohrter Ritter!«, tobte Estra. »Du hast es nicht begriffen.«

»Ich habe begriffen, dass die Kensustrianer Unrecht tun

und du darunter leiden musst«, sprach er und stand auf. »Dass wir darunter leiden müssen.« Er fing eine Hand voll von dem Wasser auf, das an einigen Stellen durch das Astwerk rann, und wusch sich das Blut von Mund, Kinn und Nase. »Das lasse ich nicht zu. Und schon gar nicht lasse ich es zu, dass sie dir etwas antun. Ich glaube nicht, dass sie dein Leben verschonen.«

Estra warf den Sattel auf die Erde, Laub flog auf. Sie setzte zu einer harten Erwiderung an, dann schwieg sie und starrte hinauf zur Baumkrone. Schließlich kam sie langsam auf ihn zu und schlang die Arme um seinen Hals. »Verzeih mir. Ich weiß, welche Gefühle du für mich hegst. Und ich teile sie«, sagte sie äußerlich ein wenig ruhiger, auch wenn ihr Herz noch immer raste. »Aber uns bleibt keine Wahl.«

»Doch.« Er küsste sie auf die Stirn und schob sie sanft von sich. »Wir lassen es darauf ankommen.«

Sie starrte ihn wie einen Wahnsinnigen an. »Du würdest allen Ernstes eine Stadt mit Tausenden von Kreaturen aufs Spiel setzen, und das nur wegen mir?«

»Gibt es einen besseren Grund?« Er kreuzte die Arme vor seiner Brust, eine Geste der Bekräftigung seiner Worte. Sie sah es an seinen blauen Augen: Er würde nicht weiter mit ihr darüber streiten.

»Das kann nicht sein.« Sie lachte ungläubig. »Ist das bei allen Rittern so? Diese Selbstgerechtigkeit und Überheblichkeit?« Estras mühsam niedergerungener Ärger flammte auf, und sie bewegte sich auf den Hengst zu, packte mit einer Hand in die Mähne. Sie hasste ihn dafür, dass er sie aufs Neue herausforderte, und sich selbst, weil sie es immer wieder zuließ. »Ich brauche keinen Sattel«, sagte sie und drückte sich vom Boden ab.

Tokaro pfiff wieder, und Treskor wich der jungen Frau aus, die beinahe gestürzt wäre.

Sie blitzte ihn an. »Gut, dann laufe ich eben nach Khòmalîn«, verkündete sie und versuchte, sich an irgendetwas zu orientieren, das ihr einen Hinweis gab, in welche Richtung sie zu gehen hatte.

»Ich habe uns weit abseits von allen möglichen Behausungen gebracht«, rief er grinsend. »Du wirst keinen Weg finden.«

Estra deutete auf Treskors Hufe. »Da du kein fliegendes Pferd besitzt, kann ich einfach seinen Spuren folgen.« Sie marschierte los, trat in den Regen hinaus. »Kehre nach Ammtára zurück«, verabschiedete sie sich. »Stehe Pashtak bei und sage ihm, dass es mir gut geht.« Sie suchte sich einen Weg durch das Gebüsch und verschwand aus seiner Sicht.

Die Unterredung war nicht so verlaufen, wie Tokaro es sich gewünscht hatte. »Estra, warte!« Er eilte ihr hinterher, packte sie am Arm. »Überzeuge mich, dass dir nichts geschehen wird, und ich lasse dich gehen. Sage mir, was sie von dir wollen.«

»Oder was? Schlägst du mich vielleicht ein weiteres Mal nieder?«

»Wenn es sein muss.« Tokaro hielt sie eisern fest, Regenwasser lief über die braunen Haarstoppeln und über seine Wangen. »Vertrau mir, Estra«, bat er sie eindringlich. »Bitte! Ich würde mein Leben für dich geben!«

Ihre Entschlossenheit und ihre Wut gerieten ins Wanken. Sie sah in das beinahe hilflose Gesicht. Die blauen Augen mit der aufrichtigen Sorge darin wirkten merkwürdig mildernd auf sie.

Seufzend nahm Estra Tokaros Hand und kehrte mit ihm

unter den Baum zurück, setzte sich ins Laub und zog ihn zu sich hinab. Sie streichelte seine Wange. »Es tut mir Leid, dass ich dir die Nase gebrochen habe«, meinte sie leise. »Ich wollte nicht so hart zuschlagen.«

»Wenn du dein geschwollenes Kinn und den Bluterguss sehen könntest, hättest du das nicht gesagt«, gab er lächelnd zurück. Der Geruch von verbranntem Fleisch stieg beiden in die Nase. »O nein!« Hastig nahm er den Spieß aus dem Feuer, betrachtete die verkohlten Überreste dessen, was er erlegt hatte, und warf sie dann achtlos in den Bach. »Verdammt, das war unser Abendessen.«

»Wir werden schon noch etwas finden.« Estra lehnte sich an den Baumstamm. Sie wusste nicht, wie sie anfangen sollte. »Meine Mutter war eine Priesterin, welche die Lehren ihres Gottes veränderte und dem Glauben viel Schaden anrichtete«, begann sie. »Sie erwarten nun von mir, dass ich mich dem Kult von Lakastra anschließe und Buße für die Taten meiner Mutter tue. Danach wird Lakastra mit mir und Ammtára versöhnt sein. Ich habe es meiner Tante versprochen.«

Tokaro nickte. »Das klingt noch harmlos. Aber wie soll diese Buße aussehen?«

»Ich soll neu errichten, was sie eingerissen hat.«

»Also sollst du ebenfalls Priesterin werden?« Voller Schrecken sah er die erträumte gemeinsame Zukunft mit Estra auf seiner Burg Angoraja zu Staub zerfallen. »Wann hast du deine Aufgabe erfüllt?«

Estra schüttelte den Kopf. »Meine Aufgabe wird es nicht sein, Lakastras Glaube zu verbreiten.« Sie schaute ihn an. »Ich muss seinen ersten Tempel, den es auf Kensustria gab und den Belkala schändete, neu errichten. Alleine.«

»Alleine?« Er stieß die Luft aus. »Aber das … ist doch … Du wirst Jahre benötigen!«

»Ja. Sie haben errechnet, dass ich – wenn alles gut verläuft – etwa vierzig Jahre brauchen werde. Sie liefern mir die Materialien. Ich werde Stein auf Stein und Balken auf Balken setzen, bis er sich wieder erhebt. Danach ist die Schuld abgebüßt.«

»Vierzig Jahre«, wiederholte er schockiert. Er wusste nicht, was er auf diese Eröffnung sagen sollte. Tausend Gedanken schossen ihm durch den Kopf, der Orden, seine Liebe zu Estra, die Unmöglichkeit, für immer bei ihr zu bleiben. Nicht, solange sie in Kensustria lebte und einen Tempel errichtete. Sollte er vierzig Jahre in einer Hütte nebenan wohnen und warten, bis die Mauern standen?

Estra erahnte, was ihn plagte. »Fast wäre es besser, du glaubtest, ich sei tot, nicht wahr?«, sagte sie bedächtig. »Jetzt weißt du nicht, was du tun sollst.«

Tokaro stützte den Kopf auf die Hände. »Lass mir Zeit. Vielleicht finden wir einen Ausweg. Ich werde mit den Priestern sprechen und sie eine Aufgabe finden lassen, die dich weniger lange beschäftigt.«

Sie grinste. »Du willst mit einem Gott verhandeln?«

»Ja«, grinste er zurück. »Für dich werde ich auch mit einem Gott verhandeln, Estra. Die Priester müssen mir nur sagen, wo ich Lakastra finde.« Er küsste sie auf den Mund, und sie erwiderte die Zärtlichkeit.

Aus dem Kuss wurde bald stürmische Leidenschaft. Sie vergaßen alles um sich herum, liebten sich ausgiebig auf dem Laub zur Melodie des Regens und des Baches.

Danach entfachte Tokaro das Feuer von neuem, damit sie es in der Nacht warm hatten. »Morgen reiten wir zurück«, sagte er und suchte unter dem Laub nach trockenem Holz. »Ich werde sehen, ob die Priester ...«

Sie schaute ihn verwundert an, während sie ihre Kleider richtete. »Du hast es wirklich vor?«

»Sicher. Ich werde ihnen klar machen, dass ihre Forderungen unsinnig sind.«

»Oh, da ist sie wieder, diese Selbstgefälligkeit«, merkte sie halblaut an. »Der Ritter der Selbstüberschätzung reitet los.«

»Und wird zu unser beider Wohl obsiegen.« Tokaro zog die aldoreelische Klinge, kniete nieder und betete zu Angor, um seine Hilfe zu erlangen. Danach küsste er die Blutrinne und verstaute das Schwert wieder in der Scheide. Als er sich zu Estra umwandte, war sie bereits eingeschlafen. Vorsichtig rückte er an sie heran, schlang einen Arm um sie und schloss die Augen.

Tokaro schlief nicht tief und erwachte von dem leisen Platschen. Im Mondlicht erkannte er, dass Treskor die Ohren aufgestellt hatte und die Nüstern blähte, den Kopf in Richtung Strand gereckt.

Tokaro hatte es für einen guten Einfall gehalten, nicht, wie es die Kensustrianer erwarten würden, in Richtung Norden zu flüchten, sondern sich in den Süden zum Meer abzusetzen. Von dort wollte er an der Küste entlang einen Bogen schlagen und den Suchtrupps entkommen. Anscheinend hatten die Kensustrianer seinen Plan durchschaut.

Lautlos erhob er sich, um Estra nicht zu wecken, und pirschte sich geduckt zu dem Gebüsch, hinter dem sich die Dünen und das Meer erstreckten. Da er seine Eisenrüstung nicht trug, gelang es ihm recht leise.

Das Schleichen war im Grunde unnötig, denn die Geräusche wurden lauter und lauter. Waffen klirrten, Männer schrien, und Holz barst splitternd. Ohne Frage fand ein heftiger Kampf statt!

Er staunte nicht schlecht, als er über den Sand hinweg auf den Strand schaute. Das leise Platschen war nichts anderes als der Tod eines Schiffes gewesen. Gewaltige Trümmerteile trieben auf dem Wasser, teilweise brannten sie und beleuchteten, was dort geschah.

Zwei kensustrianische Schiffe durchschnitten die auseinander driftenden Bruchstücke. Tokaro hörte das wohl bekannte Klacken von Katapulten und das Schwirren von Pfeilen und Speeren.

Weiter unterhalb von seinem Versteck landeten mehrere Beiboote an, Krieger sprangen heraus und eilten den Strand entlang, drehten jedes Stück Treibgut um und stocherten in den Algennestern, die angeschwemmt worden waren. Allem Anschein nach sollte es keine Überlebenden geben.

»Angor, was bedeutet das?«, murmelte er.

»Das kann ich dir auch nicht sagen«, meinte Estra leise neben ihm, und Tokaro musste sich sehr beherrschen, nicht vor Überraschung einen Laut von sich zu geben. Sie bleckte die Zähne. »Ich kann besser schleichen als du. Als Inquisitorin muss man unvermittelt an Orten auftauchen können, ohne sich vorher zu verraten.«

»Dann lass mich dir sagen: Du beherrscht es sehr gut.« Er zwang sich ruhiger zu atmen. »Du bist genauso ratlos wie ich?« Er nickte zum Strand.

»Ziemlich.« Das Licht der sterbenden Schiffe beleuchtete ihr hübsches Gesicht, und er hätte sie am liebsten geküsst.

Dann verengten sich ihre Augen; sie hatte entdeckt, wie

Kensustrianer auf einen Mann einstachen, der versucht hatte, sich unter angeschwemmtem Holz zu verbergen. »Schau! Die Kensustrianer töten sich gegenseitig!«

Tokaro folgte ihrem Blick. Der Statur nach töteten Krieger soeben einen Krieger. »Ich hätte eher angenommen, dass sie einen Aufstand gegen die Priester und Gelehrten anzetteln«, flüsterte er.

»Ich bin genauso unwissend wie du«, raunte sie zurück.

»Aber deine Mutter war eine Kensustrianerin.«

»Bedeutet das, dass ich alles verstehen muss, was in diesem Land geschieht?«

Mit großer Sorge beobachtete Tokaro, wie sich eine Abteilung Krieger anschickte, die Dünen hinaufzuklettern. »Weg von hier«, wisperte er und nahm sie an der Hand. »Wir verschwinden.«

»Ein Ritter Angors ergreift die Flucht?«, neckte sie ihn.

»Nein, ich verzichte darauf, mich mit einem zahlenmäßig hoffnungslos überlegenen Gegner zu messen, und warte auf eine bessere Gelegenheit«, erklärte er. »Außerdem traue ich den Kriegern nicht. Haben sie dir auch geschworen, dir nichts zu tun, oder waren es nur die Priester?«

Estra erbleichte. Das war ihm Antwort genug.

Sie eilten zu ihrem kleinen Lager zurück. Sie löschte das Feuer, während Tokaro den Hengst in aller Eile sattelte.

Wie aus dem Nichts stand plötzlich ein Kensustrianer neben Tokaro. Eine tiefe Wunde klaffte in seiner Seite, und das Blut sickerte in einem breiten Strom aus seiner Rüstung. Die Art von Körperschutz kannte der junge Ritter nicht; auch dass die Kensustrianer schwere gekrümmte Schwerter führten, war ihm neu.

Tokaro sprang zurück und zog die aldoreelische Klinge.

»Verschwinde«, befahl er hart, und die Spitze zielte auf die Kehle des Gegners.

Vier weitere Krieger brachen aus dem Gebüsch hervor, auch sie trugen die ungewohnten Rüstungen am Leib. Keiner war ohne eine Verletzung entkommen. Sie hatten ihre Schwerter gezogen und wirkten sichtlich erleichtert, es mit einem Menschen zu tun zu haben.

Dann entdeckten sie Estra.

Zwei packten sie, ehe sie oder Tokaro etwas unternehmen konnten, und drückten sie auf den Boden.

»Weg von ihr!« Tokaro attackierte ohne Gnade. Den Verletzten vor sich spießte er auf, danach rannte er zu Estra und wollte die Arme der Angreifer eben zerschneiden – da fuhren die vier zurück, als habe die Kensustrianerin eine ansteckende Krankheit; dabei stießen sie laute Rufe aus.

Estra, das Hemd halb zerrissen und die Haare völlig zerzaust, stemmte sich hoch. »Was ist geschehen? Ist es wegen deines Schwertes?«

»Nein.« Er hatte die Blicke der Kensustrianer genau verfolgt. Sie starrten auf das Amulett, das vor Estras blanker Brust baumelte. »Ich glaube, es ist deinetwegen.«

Einer der Kensustrianer zeigte auf das Schmuckstück, dann zeigte er auf sich.

»Nein!«, rief Estra und umfasste es mit der Rechten. »Es gehört mir. Ich gebe es euch nicht!« Tokaro begab sich an ihre Seite, das blutige Schwert halb erhoben. »Verschwindet!«

Der Kensustrianer wiederholte die verlangende Geste, dieses Mal fordernder und angriffslustiger. Seine Begleiter warfen sich Blicke zu.

»Gib Acht«, sagte Tokaro und hob das Schwert zum

Schlag. »Sie werden versuchen, uns anzugreifen. Ich halte dir den Rücken frei.«

Die Kensustrianer sprangen auf die Füße und näherten sich Estra. Da begannen ihre Augen grellgelb zu leuchten. Sie reckte sich, streckte ihnen eine Hand entgegen und fühlte eine unbändige Wut gegen diejenigen, die ihnen das Andenken an ihre Mutter rauben wollten. Mit der anderen hielt sie das Amulett umklammert. »Verschwindet!«, schrie sie auf Kensustrianisch. »Das bekommt ihr nicht!«

Wieder erstarrten die Angreifer und fielen sodann vor ihr auf die Knie. Sie drückten die Gesichter in den Staub, lachten ungläubig und beugten immer wieder die Häupter vor Estra.

»Sie haben die Zeichen gesehen«, sprach eine Stimme hinter ihr nüchtern. Estra wirbelte herum und sah einen kensustrianischen Priester in einer hellbeigen Robe mit eingestickten Zeichen auf den Schulterstücken, der soeben aus dem Gebüsch trat. Begleitet wurde er von etlichen kensustrianischen Kriegern. Diese sahen genau so aus, wie Tokaro sie vom Schlachtfeld her kannte. »Sie haben das Amulett und dich gesehen.« Der Priester nickte den Kriegern zu, die hinzusprangen und die vier, die immer noch im Laub knieten, ohne Zögern niederstachen. »Wir dürfen ihnen nicht erlauben zu entkommen und die Nachricht zu ihresgleichen zu tragen.«

Tokaro hatte seine aldoreelische Klinge nicht gesenkt. Er verstand nichts, aber auch gar nichts von dem, was hier geschah. Aber er ahnte, dass Estra darin eine Rolle spielte, die weder ihm noch ihr gefiel. »Niemand rührt sich von euch«, befahl er, zog Estra hinter sich und ging langsam auf Treskor zu. »Es ist keine Gewalt gegen Estra notwendig. Ich schwöre, dass ich sie zurück nach Khòmalîn bringen werde.«

Der Priester verfolgte sie Schritt um Schritt. »Das spielt nun keine Rolle mehr. Es ist zu viel offenbart worden.« Er reckte Estra die flache Hand entgegen. »Gib mir das Amulett.«

Sie hatte es noch immer nicht losgelassen, klammerte sich daran. »Niemals«, zischte sie und fühlte sich unglaublich aufgekratzt. Eine Wildheit rauschte durch ihre Adern, die sie oft gespürt und mindestens ebenso oft unterdrückt hatte. Sie fühlte sich stärker, mächtiger, so als wäre sie drei Schritt groß und mit der Kraft von zehn Männern ausgestattet. In ihr drängte alles, sich mit den Kriegern zu messen und sie gnadenlos zu zerreißen. Angesichts der Gefahr, in der sie und ihr Geliebter schwebten, stand sie kurz davor, dem Ungestüm freien Lauf zu lassen. Was immer danach geschah, sie war neugierig darauf.

Tokaro schaute sich um. Er hatte mehr als ein Dutzend Gegner gegen sich. Bei allem Vertrauen auf die verheerende Wirkung seiner Klinge würde es mehr als schwer werden, aus der Falle zu entkommen. Vier, vielleicht fünf Kensustrianer würde er mit in den Tod nehmen. »Angor steh mir bei«, bat er. »Estra, steig in den Sattel.«

»Das ist meine letzte freundliche Bitte.« Der Priester zog einen langen Dolch, dessen Spitze feucht schimmerte. »Das Amulett. Oder ihr werdet sterben.«

Der kalte Ausdruck in den bernsteinfarbenen Augen warnte Tokaro davor, auf die Forderung einzugehen. Der Kensustrianer hatte es mit seiner Formulierung deutlich gemacht: Er würde Estra töten lassen, so oder so.

Ein dröhnendes Brüllen, höchstens vergleichbar mit dem eines wütenden Stieres, erschallte, und ein breiter Körper landete im Rücken der Krieger. Der am nächsten Stehende erhielt einen brutalen Tritt und prallte gegen seine Kampfgefährten, der Kensustrianer rechts neben ihm wurde von einem Hieb getroffen und flog zwei Schritte durch die Luft, ehe er auf dem matschigen Boden aufschlug und liegen blieb.

»Gàn!«, rief Tokaro freudig und begann seinen Angriff. Die aldoreelische Klinge teilte den Oberkörper des Priesters samt der Robe vom Scheitel bis zum Becken; die Hälften klafften auseinander, ehe der Kensustrianer nach hinten kippte. Sofort stürzte Tokaro sich auf den nächsten Gegner, bevor sich die Krieger von ihrer Überraschung erholt hatten.

Gàn überragte die Angreifer in Länge und Breite; sein schwerer eiserner Spieß wütete unter ihnen und schlug zur Abwehr erhobene Schwerter ebenso zur Seite wie die Männer, die sie hielten. Er setzte sogar seine beiden langen Hörner geschickt ein, um Stöße und Stiche auszuteilen. Seine brachiale Urgewalt war selbst für einen kensustrianischen Krieger zu heftig. Zusammen mit Tokaros Attacken lagen die Kensustrianer bald darauf regungslos auf dem Boden.

»Angor sei Lob und Ehre.« In Gàns Rüstung zeigten sich Dellen und kleine Einschnitte, aber ihm war keine ernsthafte Verwundung zugefügt worden. »Ein aufregender, wenn auch kurzer Kampf.« Er wirbelte den langen Spieß herum; dunkel surrte die Waffe.

Estra starrte die Kreatur an, die gewiss drei Schritt lang und sehr breit gebaut war; mit den zwei kleinen und zwei großen Hörnern auf der Stirn war er ein klassischer Angehöriger der Nimmersatten, der Wächter von Ammtára. Sie waren sowohl für ihre Schlagkraft als auch für ihren Hunger bestens bekannt. »Wie hast du uns gefunden?«

»Ich habe euch niemals verloren, Inquisitorin. Pashtak ist nach Ammtára zurückgekehrt, aber ich wollte sichergehen, dass euch beiden nichts geschieht. Und falls doch«, die weißen Augen mit den jeweils zwei schwarzen Pupillen richteten sich auf Tokaro, »stehe ich euch bei. Ich war mir sicher, dass ich einen guten Kampf haben würde.«

Tokaro grinste. Er kannte mindestens einen weiteren Grund, weswegen Gàn auf ihn und Estra aufgepasst hatte. Der Nimmersatte wollte in den Orden der Schwerter aufgenommen werden und hoffte sicherlich, auf diese Weise in Tokaro einen guten Fürsprecher zu finden. »Wir sollten gehen, bevor noch andere Kensustrianer oder …«, er schaute dahin, wo die Krieger in den unbekannten Rüstungen lagen, »noch mehr von diesen auftauchen.« Er gab Estra einen Kuss auf die Wange. »Hast du gesehen? Sie wollen dich umbringen.« Etwas Besserwisserisches schwang in seiner Stimme mit.

Sie überhörte es und nickte. »Ich bin enttäuscht. Wütend und enttäuscht«, gestand sie und schwang sich auf Treskors Rücken, Tokaro setzte sich hinter sie. »Dabei hatten sie es mir und Pashtak versprochen, dass sie mir nichts antun würden.«

»Vermutlich haben sie auch schon lange Ammtára angegriffen«, mutmaßte Tokaro. »Ich nehme an, du hast jetzt nichts mehr dagegen, dass ich dich in ein Versteck nach Tarpol bringe?« Sie schüttelte den Kopf und rückte die Kleider zurecht, verbarg das Amulett. »Weißt du, was es mit dem Schmuck auf sich hat? Anscheinend wollen es beide Parteien.«

»Meine Mutter hat mir nichts dazu gesagt. Nur, dass es das Amulett ihres Gottes ist.«

Tokaro lenkte den Schimmel durch das Gestrüpp und folgte einem keinen Trampelpfad, der hinter dem Strauch verborgen gewesen war. »Aus irgendeinem Grund hat man es in Kensustria darauf abgesehen.« Er drückte sie zärtlich an sich. »Und auf dich. Dann dieses Gefasel von Zeichen, welche gesehen worden seien.«

Estra schwieg und konzentrierte sich darauf, ihre Unruhe und Aufgebrachtheit zu besänftigen. Gàn lief schräg vor ihnen und übernahm die Sicherung des Pfads, der nach nicht allzu langer Zeit in einen breiten Weg mündete. »Sagtest du nicht, dass wir in Abgeschiedenheit wären?«, rief sie über ihre Schulter nach hinten zu Tokaro.

»Dann habe ich mich anscheinend geirrt«, grinste er. »Wie gut, dass du das nicht wusstest, sonst wärest du sicher vorhin abgehauen.«

Sie rempelte ihm den Ellbogen in den Magen, und weil er noch immer nicht die Rüstung trug, tat ihr Treffer wirklich weh; dennoch lachte er, und Estra stimmte ein. Die Anspannung fiel von ihnen ab, je weiter sie sich vom Strand entfernten.

Nur Gàn blieb stumm. Er wusste genau, was der Priester mit Zeichen gemeint hatte, aber er wagte nicht, es Tokaro zu sagen. Irgendwann müsste er es tun.

**Kontinent Ulldart, Palestan,
81 Meilen nordwestlich von der Küste,
Winter im Jahr 1/2 Ulldrael
des Gerechten (460/461 n.S.)**

Lorin stand an Deck und war in Gedanken wie nahezu immer bei seiner Gemahlin Jarevrån, dann bei Fatja, bei Rantsila und überhaupt bei seiner Heimat.

Die Überfahrt hatte sich sehr gezogen; manches Mal hatte sein Leben auf der Kippe gestanden, so sehr hatten die Stürme den Segler in Bedrängnis gebracht. Wenn Lorin nicht gerade damit beschäftigt war, den Seeleuten zur Hand zu gehen, grübelte er.

Er hatte Angst um seine Gemahlin, Angst um alle, die er zurückgelassen hatte. Seine Träume wurden wirr, fachten seine Befürchtungen an und ließen ihn zweifeln, ob die Entscheidung, die er getroffen hatte, die richtige gewesen war. Doch es gab keinen einfachen Weg, um die Qwor zu vernichten: Er brauchte Tokaro.

Sein Blick schweifte über das Meer zu der Galeere mit den drei Decks, deren Riemen nacheinander ins Wasser eintauchten und ihr einen unablässigen Vortrieb gaben. Sie näherte sich dem behäbigen, voll beladenen Segler von Süden her.

»Kann es sein, dass dieses Schiff etwas von uns will?« Lorin nahm sich eine Kelle voll aus dem Eimer mit dem Salzwasser und goss sie sich über den schwarzen Schopf, dann wischte er sich das Nass aus dem Gesicht. Das genügte auf See an Reinlichkeit; kurz nach dem Anlegen würde er im Hafen von Tirema einen Bader aufsuchen.

»Warum sollte es?« Kapitän Fabok, ein eher schmächtiger Mann mit sehr brauner Haut, kurzen dunkelblonden Haaren und einem Backenbart, ließ nach Backbord steuern. Über Hemd und Hose trug er einen dicken braunen Pelzmantel, um sich gegen den Wind zu schützen. »Das ist eine angorjanische Galeere. Scheint, als wäre sie ein wenig vom Kurs abgekommen.« Er deutete nach Süden. »Die gehören in die wärmeren Gefilde.«

Lorin glaubte ihm. Eine solche Konstruktion sah er zum ersten Mal, sie konnte sich von ihren Ausmaßen her fast mit dem Schiff der Kensustrianer messen. »Sie rücken dichter ran«, rief der Steuermann.

Fabok schaute besorgt zu dem recht schlaffen Segel. Mit dem bisschen Wind war es unmöglich, dem Angorjaner zu entkommen. »Mir ist nicht bekannt, dass sie unter die Piraten gegangen sind«, murmelte er. »Warum sollten sie auch? Sie herrschen über einen Kontinent.«

»Es sind die südlichen Nachbarn von Ulldart, richtig?«

»Genau. Es ist dort heiß, sie haben alle irgendwie dunkle oder schwarze Haut und keinerlei Humor, sagt man sich. Ein entfernter Verwandter von mir war einmal dort und ist beinahe von den Angorjanern im Hafen versenkt worden, weil er und seine Mannschaft sich nicht an die Kleiderordnung gehalten haben.« Er ließ die Mannschaft in die Wanten steigen und Vollzeug setzen, dann befahl er dem Steuermann, einen neuen Kurs anzulegen. »Mal sehen, ob sie uns folgen.«

»Wann werden wir Tirema erreicht haben?«, wollte Lorin wissen.

»Wenn alles gut geht, heute bei Einbruch der Dämmerung. Danach werdet Ihr einen Segler finden, der Euch nach Tarpol bringt.« Fabok ließ, angesteckt von Lorins Unruhe, die Galeere nicht mehr aus den Augen. »Es tut mir Leid, dass ich Euch nicht selbst dort absetzen kann, aber meine Route und meine Vorgaben erlauben es nicht, einen Umweg zu fahren.«

»Dennoch meinen Dank.« Lorin nickte ihm zu. Gedanklich befasste er sich mit der Unterhaltung, die er mit Tokaro zu führen hatte. Es würde nicht leicht werden, seinen Halbbruder davon zu überzeugen, nach Kalisstron zu kommen und gegen die Qwor anzutreten. Zumal er ihm keinerlei Gewähr geben konnte, dass die merkwürdige Form von gegenmagischer Begabung auch bei diesen Wesen griff. Das Einfachste würde sein, Tokaros ritterlichen Kampfsinn zu wecken und ihn mit der Aussicht zu locken, ein Held zu Ehren Angors zu sein.

Lorin hob die Augen und sah nach den Seeleuten, die über ihm in den Seilen turnten. Der Segler *Braggand* stammte aus Tûris. Fabok Seilmeister, ein Gesandter im Namen von König Bristel, hatte Gespräche über den Handel mit Bardhasdronda geführt; sein Schiff kehrte zurück, um weitere Waren in Palestan zu laden, die für die kalisstronische Stadt von Bedeutung waren. Lorin war sofort mitgenommen worden, ohne auch nur eine einzige Münze auf den Tisch legen zu müssen. Im Frühjahr, wenn die Passage ein Leichtes war, würde Fabok zurückkehren. Die späte Überfahrt aber war hochgefährlich gewesen. Nicht nur wegen der Stürme. Eine harmlos aussehende Eisscholle hätte ihnen beinahe den Bug aufgerissen.

»Sie folgen uns«, rief der Ausguck. »Sie schwimmen in unserem Fahrwasser und holen auf.«

»Frag, was sie wollen!«, brüllte der Kapitän zurück.

Mit Wimpeln und Zeichen erkundigte sich der Mann im

Krähennest mehrmals bei den Angorjanern. »Sie antworten nicht.«

Fabok fluchte. »Weit und breit kein Schiff und kein Hafen. Das sieht übel für uns aus.«

»Falls sie uns wirklich aufbringen möchten.« Lorin fehlte das Wissen, um die Lage einordnen zu können.

»Ein riesiges Segel Steuerbord voraus«, schrie der Mann von oben erneut. »Es nähert sich schnell.«

Fabok befahl, genau darauf zuzuhalten. »Die Galeere wird uns zwar vorher erreichen, aber vielleicht genügt es, um sie von Dummheiten abzuschrecken. Ich überlasse ihnen sicherlich nicht meine wertvolle Ladung.«

Lorin sah nach dem zweiten Schiff. »Kensustrianer«, sagte er zum Kapitän. »Ich erkenne es an dem Segel.«

»Was? Die Grünhaare *und* die Angorjaner?« Fabok nahm das Fernrohr zur Hand, das an seinem Gürtel hing, und schaute hindurch. »Ihr habt Recht. Was ist in die ganzen Südländer gefahren, dass sie plötzlich alle nach Norden wollen?« Aber er sah schon ein wenig beruhigter aus als vorher, und Lorin wollte wissen, aus welchem Grund. »Die Kensustrianer und Tersioner führten einst Krieg gegeneinander. Soweit ich weiß, wurde er nur durch einen Kompromiss beigelegt, sonst wäre Alana die Zweite trotz der Macht ihres Schwiegervaters sang- und klanglos untergegangen. Also denke ich, dass sich die Angorjaner hübsch benehmen werden, wenn sie die Grünhaare sehen.«

Lorin bekam ein ungutes Gefühl. Er kam sich vor wie eine Robbe, die von einem Blutwal und einem Schneebären gejagt wurde. Es machte keinen Unterschied, welcher Gegner zuerst ankam. So oder so war die Robbe tot.

»Versuchen wir einen anderen Trick.« Fabok befahl, die

tersionische Flagge setzen zu lassen.« Vielleicht werden sie dadurch getäuscht und lassen uns in Ruhe.« Er schrie zum Ausguck hinauf, dass er etwas von einer geheimen Mission im Auftrag von Regentin Alana übermitteln solle.

Das hatte zur Folge, dass die Riemen des verfolgenden Schiffes die Schlagzahl erhöhten. Der Rammsporn schnitt durch das Wasser und schwenkte auf das Heck des Seglers. Das Loch würde ausreichen, um sie auf den Grund des Meeres zu schicken.

»Ich fürchte, es war kein guter Gedanke.« Lorin fluchte. »Bleiche Göttin, steh mir bei! Ich muss Tokaro sprechen, oder dein Kontinent ist größter Gefahr«, bat er leise. »Sende einen Sturm oder ein Ungeheuer, um die Angorjaner zu vernichten.«

Kalisstra unternahm nichts. Angors Macht schien in den Gewässern vor Ulldart stärker zu sein.

»Schiff klar zum Gefecht!«, brüllte Fabok und zog seinen Säbel. »Steht Ihr uns bei, oder wollt Ihr Euch neutral verhalten, was ich verstehen könnte?«, rief er, an Lorin gewandt.

»Nein. Ich helfe Euch.« Er dachte an Jarevrân und schwor sich, alles zu tun, um sie wieder zu sehen. Seine Mission durfte nicht auf dem Grund der See enden.

Dann krachte der Angorjaner in das Heck des Seglers; der Ruck des Zusammenpralls schleuderte einige Matrosen zu Boden, eine Rahe löste sich und polterte auf Deck, ohne Schaden anzurichten.

Gleich darauf sirrten die ersten Pfeile auf die Mannschaft nieder, abgefeuert von angorjanischen Schützen, die von einem eisenblechverkleideten Turm am Bug aus schossen.

Enterplanken, an deren vorderem Ende lange Eisendornen saßen, wurden ausgefahren und vereinigten die beiden

Schiffe miteinander. Im Deckungsfeuer der Bogenschützen kamen die Angorjaner über die schräg nach unten verlaufenden Planken aufs Heck gesprungen.

Lorin hatte sich hinter ein Vorratsfass vor den Geschossen in Sicherheit gebracht und beobachtete die Angreifer.

Er hatte noch nie einen echten Angorjaner gesehen. Diese hier trugen weiße dünne Lederrüstungen, was ihre dunkle Hautfarbe unterstrich und sie dadurch noch eindrucksvoller wirken ließ. Ihre Gesichter lagen hinter den Totenkopfvisieren der schwarzen Helme; weiße Schmuckborsten darauf und Bemalungen vollendeten den kriegerischen Eindruck. Als Waffe schwangen sie dünne Stäbe, an deren oberen Enden jeweils eine fingerdicke und an den Rändern sich verjüngende Metallscheibe saß.

Lorin hatte die Schrecken des Schlachtfeldes miterlebt und war nicht mehr so leicht aus der Fassung zu bringen, aber dem einen oder anderen Seemann wurde der Arm angesichts der heranstürmenden Angreifer schwer.

»Noch eine Viertel Meile«, schrie der Ausguck die Position des kensustrianischen Schiffes durch. »Sie kommen uns zu Hilfe.«

»Haltet durch!«, schrie Fabok anfeuernd. »Wir werden überleben, wenn ihr nicht nachlasst, verstanden?!«

Die erste Welle des Enterkommandos erreichte die Linie der Verteidiger auf dem Hauptdeck. Lorin erhob sich aus seiner Deckung, zog das Schwert und sah sich sofort einem Angreifer gegenüber.

Der Angorjaner hob die Waffe und führte sie mit beiden Händen gegen Lorin, der dem Hieb auswich. Die Eisenscheibe traf gegen die Oberseite des Fasses, zerschnitt das Holz und ließ es bersten.

Sofort trat der Gegner nach Lorin und erwischte ihn im Bauch, sodass dieser zwei Schritte nach hinten taumelte. Das genügte seinem Feind, zu einem neuen, einhändigen Angriff anzusetzen.

Lorin parierte den Schlag unterhalb der geschliffenen Eisenscheibe und zog sein Schwert mit viel Kraft nach unten, exakt gegen den Griffschutz der Waffe. Zwar gelang es ihm nicht, ihn zu durchschlagen, doch es genügte, um den Angorjaner aufschreien zu lassen und ihm die Waffe zu entwenden.

Lorin zögerte, dem Mann einen tödlichen Hieb zu versetzen; stattdessen stach er ihm tief in den nackten Oberschenkel und sandte ihn auf den Boden. »Bleib, wo du bist, und du wirst den Kampf überleben«, sagte er warnend und sprang Fabok bei, der sich gleich mit drei Gegnern angelegt hatte.

Lorin hatte sich entschlossen, keinen Angorjaner zu töten, sofern sie ihm die Wahl ließen. Daher begnügte er sich damit, die Feinde kampfunfähig zu machen. Dem Ersten durchschnitt er die Kniesehne, bevor sich der Zweite um ihn kümmerte.

Der Mann war schneller als Lorins erster Gegner und traf ihn prompt am rechten Oberarm. Die Metallscheibe zerteilte die Rüstung und das weiche Fleisch, seine Kraft wich. Lorin wurde zur Seite geworfen, stolperte über etwas und fiel seitlich aufs Deck.

Der Angorjaner stand über ihm und nahm das gesamte Gesichtsfeld ein. Er holte zum Schlag aus – und verharrte in der Bewegung. Dann kippte er nach hinten und blieb regungslos liegen.

Lorin erkannte nun, da ihm sein Feind nicht mehr die Sicht raubte, dass das kensustrianische Schiff langsam an dem Segler vorbeiglitt; an der Reling standen Bogenschützen und erledigten einen Angorjaner nach dem anderen. Die Katapulte auf dem Hauptdeck behakten gleichzeitig die Galeere, deckten sie mit Steinen und Speeren ein. Lorin stellte fest, dass die Todesschreie sowohl auf Angor als auch Kalisstron und Tûris ähnlich klangen. Es gab wenig Unterschied beim Sterben.

Damit hatte sich das Blatt gewendet. Die Galeere war vom Eingreifen der Kensustrianer vollkommen überrumpelt worden und leistete schwache Gegenwehr. Bald bekam sie Schlagseite – der turîtische Segler allerdings auch.

»In die Boote«, schrie Fabok und schüttelte die Faust hinüber zur Galeere. »Das wird die Idioten teuer zu stehen kommen. König Bristel wird mehr als eine Entschuldigung fordern.«

»Bringen wir uns zuerst in Sicherheit«, empfahl Lorin und half den Matrosen, die beiden großen Boote zu Wasser zu lassen. Da es nur die Hälfte der Mannschaft geschafft hatte, den Pfeilen und Waffen der Angorjaner zu entkommen, genügte die Anzahl der Plätze vollkommen.

Die Kensustrianer hatten die Geschwindigkeit gedrosselt und ließen lange Seile und Fallreeps hinab; außerdem wurde eine Lastenplattform an einem Schwenkkran herabgelassen, um Schwimmende aufzunehmen. Zu Lorins Erstaunen machten sie dabei keinen Unterschied zwischen Angorjanern und Turîten.

Fabok nahm das Angebot der Kensustrianer, an Bord zu gehen, notgedrungen an, da sie sich zu weit abseits der Küste befanden; die Zeichen am Himmel standen auf Sturm.

Auch an Deck, wo sich dreißig Angorjaner und siebenundzwanzig Turîten gegenüberstanden, braute sich etwas zusammen. Die Blicke, die den zehn kensustrianischen Soldaten zugeworfen wurden, konnte man schwerlich als freundlich titulieren. Sie hatten die Aufgabe erhalten, die Gestrandeten zu bewachen, während um sie herum die Nachbereitungen des Gefechtes abliefen. Katapulte wurden entspannt und entleert, die Magazine für die Speerschleudern mit neuen Geschossen versehen und die Segel gesetzt.

Lorin erkannte die Art der Rüstungen sofort wieder, es war die gleiche, wie er sie bei Simar und seinen Kriegern gesehen hatte. Innerlich atmete er auf. Vielleicht war es sogar Simars Schiff.

Der Befehlshaber der Angorjaner beruhigte seine Leute mit einer raschen Geste, dann ging er auf den Kensustrianer zu, von dem er anhand der etwas auffälligeren Verzierung am Helm annahm, er habe den Befehl an Bord.

»Was soll das?«, tobte er und rollte mit den Augen. »Ihr habt Euch in eine Auseinandersetzung eingemischt, die Euch nichts angeht!«

»*Wir* baten sie um Beistand«, sagte Fabok. »Ihr hattet keinerlei Grund, uns anzugreifen. Wir sind harmlose turîtische Händler, die im Auftrag von König Bristel unterwegs waren.«

»Was?« Der Angorjaner drehte den Kopf, zog den Helm ab und zeigte sein schwarzes Haar. »Eure Flagge und Euer Mann im Ausguck vermittelten uns aber etwas ganz anderes.«

»Wie lustig! Dann habt ihr euch geirrt wie wir! Wir dachten«, sagte der Kensustrianer zu dem Angorjaner, »ihr gehört zu Schwarze Flotte. Wegen großem Schiff, dass ihr gefahren habt. Wir uns vertan, aber zu spät gemerkt. Daher Entschuldigung.« Er verneigte sich und entledigte sich ebenfalls seines Kopfschutzes. »Wegen Tote tut es Leid, wir machen es gut.«

Lorin, Fabok, der Angorjaner, eigentlich alle starrten auf den Kensustrianer, der mit grauenvollem Akzent sprach.

»Verzeihung.« Er verneigte sich. »Bin Arbratt und mit meinen Leuten auf Suche nach Kensustria. Soll irgendwo hier sein.«

Der Angorjaner runzelte die Stirn. »Nein, Ihr seid viel zu weit nördlich. Ihr ...« Er stockte. »Einen Augenblick. Ihr seht aus wie ein Kensustrianer, aber Ihr dachtet, wir wären die Schwarze Flotte. Seit wann greifen sich Kensustrianer gegenseitig an?«

»Wir sind keine Kensustrianer. Wir sind Ničti.«

Lorin erinnerte sich an die warnenden Worte seiner großen Schwester. Sie hatte von Anfang an nicht daran geglaubt, dass Simar und die fremden Besucher in Bardhasdronda echte Kensustrianer waren. »Was wollt Ihr von den Kensustrianern?«

»Sind Abtrünnige. Wir sie vernichten«, verkündete Arbratt selbstverständlich.

Lorin wurde schlecht. Er hatte einem ihm unbekannten Volk einen Todfeind auf den Hals gehetzt, auch wenn er es nicht hatte ahnen können. Jetzt wog Fatjas Warnung doppelt schwer.

»Das sind doch mal Neuigkeiten«, grinste der Angorjaner. »Endlich bekommen die Grünhaare eine Abreibung, die sie verdient haben.«

»Die Grünhaare haben uns vor Bardric gerettet, nachdem das Kaiserreich Angor versagte«, rieb ihm Fabok unter die Nase. »Und wieso greift Ihr eigentlich an, wenn Ihr glaubt, ein Tersioner schwimme vor Euch?«

»Wir befinden uns in einer ernsthaften Auseinandersetzung mit Tersion.« Der Angorjaner verkündete dies mit der gleichen Selbstverständlichkeit, wie der Ničti die Auslöschung der Kensustrianer verkündet hatte.

Fabok machte große Augen. »Was denn? Hat Alana die Zweite ihren Mann aus dem Palast geworfen?«

»Nein. Unser Kaiser wurde in Baiuga von einem Tersioner ermordet, und der neue Kaiser befahl, dass wir jedes tersionische Schiff aufbringen sollen. Wir wollten Euch überprüfen, und als Ihr die Flagge gehisst habt ...« Der Angorjaner zuckte mit den Achseln und wandte sich an den Ničti. »Was ich höre, soll auch mein Kaiser hören, Abratt. Ich führe Euch nach Kensustria, und Ihr versprecht im Gegenzug, dass Ihr eine Unterredung mit meinem Herrn führt.«

»Ach du heilige Walscheiße«, murmelte Fabok, dem die Neuigkeiten die Farbe aus dem braunen Gesicht gewischt hatten. »Hör zu, Angorjaner. Was immer du bezweckst, lass es sein.«

»Schwimm nach Hause, Turît.«

Lorin hielt sich zurück, es war nicht sein Streit, auch wenn er gern für Ulldart Partei ergriffen hätte und eigentlich sogar müsste, weil er den Ničti die Karte überlassen hatte. Andererseits, so sagte er sich auch, hätten sie Ulldart früher oder später trotzdem gefunden.

Fabok deutete auf den Ničti. »Sie wollen einen Krieg anzetteln, Angorjaner. In *meiner* Heimat, nicht in deiner. Also überlass gefälligst mir die Entscheidung, ob wir Kensustria verraten oder nicht.«

»Sind Abtrünnige. Verbrecher. Ist nur gerecht«, schaltete sich Abratt ein. »Keine Sorge wegen Ulldart – es sei denn, stellt sich in Weg.«

»Da siehst du es«, fuhr Fabok den Angorjaner an. »Ich bitte dich, auch im Namen von Tersion ...«

Der Nični machte einen Schritt nach vorne, zog sein geschwungenes Schwert und schlug dem Kapitän den Kopf vom Hals. Der Schädel rollte dem Angorjaner vor die Füße, der Torso brach zusammen und verspritzte Blut auf das Deck.

Lorin starrte auf die Leiche und spürte, wie noch mehr Schuld auf seine Schultern geladen wurde. »Hört auf damit!«, sagte er und trat einen Schritt vor. »Ich kenne Simar und möchte ...«

Arbratt hob die Klinge und schaute zu Lorin. »Du kennst Simar? Dann du bist Lorin, der Mann aus Kalisstron mit Seekarte.« Er deutete eine Verbeugung an. »Meinen Dank für deine Hilfe. Was machen die Qwor?«

Lorin zeigte auf Farbok. »Sein Tod war unnötig! Er ist kein Kensustrianer.«

»Aber hat ihnen beigestanden, für sie gesprochen und neuen Freund mit der schwarzen Haut verunsichert.« Arbratt betrachtete zufrieden den sauberen Schnitt. »Genug geredet. Nicht gut, alles Unfug«, meinte er und sagte etwas in einer unbekannten Sprache. Seine Krieger eilten heran und stürzten sich auf die Turîten, die den Tod ihres Kapitäns nicht überwinden konnten. Noch während die Seeleute niedergemetzelt wurden, wandte sich Abratt lächelnd an den Angorjaner und zeigte dabei Eckzähne, die spitz, lang und kräftig waren. »Wo ist Kensustria?«

»Sagt es ihm nicht!«, bat Lorin.

Arbratt hob die Hand, ohne sich ihm zuzuwenden. Ein Nični kam auf Lorin zu, zog seinen Dolch. Er ahnte, dass der Junge nicht zu denen gehörte, die überleben sollten. Lorin sprang ansatzlos durch den Pulk der Kämpfenden und hechtete über die Reling.

Nach einem langen Sturz schlug er neben einem Boot ins Wasser ein und tauchte, suchte Wrackteile der zerstörten Schiffe, um sich darin zu verbergen. Rechts und links von ihm schlugen Pfeile ein, verfehlten ihn glücklicherweise.

Kurz bevor ihm der Atem ausging, rettete er sich unter ein umgedrehtes Rumpfteil, das einmal zur Galeere gehört hatte.

An den Geräuschen erkannte er, dass die Ničti zunächst nicht verschwanden. Leises Sirren und Gluckern zeigte an, dass sie noch immer schossen, ohne zu wissen, wo er sich befand. Bald vernahm er ein leises Plätschern und laute Rufe.

Schließlich spähte er durch einen Spalt in seiner Deckung hinaus und sah, wie das Schiff der Fremden gen Süden davonfuhr. Sie hatten die Suche nach ihm aufgegeben und ihn den Raubfischen überlassen. *Danke, Bleiche Göttin*, betete er erleichtert. Er schwor ihr, dass er die Kensustrianer vor der drohenden Gefahr warnen wollte, falls es nicht zu spät dazu war.

Mit einem Mal roch es intensiv nach Petroleum.

Lorin erkannte einen Bogenschützen, der auf dem Heck erschien, einen Brandpfeil auf die Sehne legte und ihn ins Trümmerfeld sandte.

Kaum berührte das Geschoss die Wasseroberfläche, entzündete es ein Inferno. Fauchend loderten Flammen in die Höhe, dunkle Qualmwolken stiegen auf und raubten Lorin die Sicht auf das, was um ihn herum geschah.

IV.

*»Ich habe eine Anfrage aus Vekhlahti bekommen.
Man will wissen, ob sich in unserem
Stadthinterland merkwürdige Dinge ereignen.
Die Rede ist von Wilderern und einer über-
fallenen Köhlerhütte, ein Mann wurde grausam
getötet. Die Beschreibung der Wunden passt
auf einen Qwor.
Ich weiß nicht, was ich antworten soll.«*

Aufzeichnungen des ehrenwerten Sintjøp,
Bürgermeister Bardhasdrondas,
gesammelt in den Archiven zu Neu-Bardhasdronda

**Kontinent Ulldart,
Königreich Borasgotan,
Amskwa, Winter im Jahr 1/2 Ulldrael
des Gerechten (460/461 n.S.)**

Lodrik duckte sich unter den heranfliegenden brennenden Scheiten weg. Waljakov hechtete zur Seite, und Stoiko sprang zurück in den Flur. Keiner der drei wurde von der Attacke getroffen, die Holzstücke prallten gegen die Wand und polterten zu Boden; die Flammen setzten den dicken Teppich auf der Stelle in Brand.

»Vernichtet sie!«, befahl Lodrik seinen Geistern und erkannte die toten Soldaten auf dem Boden des Zimmers. Er konzentrierte sich auf die Leichen und gab ihnen durch seine Kräfte unwahres Leben zurück, dann hetzte er sie ebenfalls auf Zvatochna, die sich gerade zu Norina drehte. Seine Gemahlin schwebte in allerhöchster Gefahr.

Und dennoch musste er sich zunächst um eine weitere Bedrohung kümmern. Aljaschas und Mortvas Nachkomme durfte nicht einen Lidschlag länger leben. Nach dessen Tod würde er dafür sorgen, dass nicht einmal eine Seele übrig bliebe. Falls dieses Geschöpf überhaupt eine besaß.

Vahidin starrte ihn mit den magentafarbenen Augen seines Vaters an, jenes Ungeheuers, jenes Zweiten Gottes und Gesandten Tzulans, der die meiste Verantwortung an dem Unheil trug, das Ulldart getroffen hatte. »Hast du Mutter getötet?«

»Ich *hätte* es«, erwiderte er. Es war sehr anstrengend, Untote zu leiten und gleichzeitig Kraft für einen zweiten Angriff zu schöpfen.

Der Junge zog sein Schwert. »Dann hast du den Tod verdient.« Er hob den Waffenarm und richtete die Spitze auf ihn. Schwarze Blitze lösten sich und jagten auf Lodrik zu, der von dem Angriff überrascht wurde. Die Energie traf ihn mitten in die Brust, schleuderte ihn nach hinten gegen die Tür und drückte ihn dagegen. Aber sie vermochte nicht, ihn zu töten.

Vahidin glotzte ihn an. »Was ist mit dir?«

Lodrik antwortete trotz seiner Schmerzen, welche die Magie ihm zufügte, mit einer turmhohen Welle aus Grauen, die er gegen den Jungen warf.

Vahidin keuchte erschrocken auf, wandte sich eilends von Lodrik ab und senkte das Schwert; die schwarzen Strahlen erloschen. »Was tust du?«, rief er und zitterte. »Hör auf!« Er wich auf die andere Seite des Raumes zurück. Nach einer raschen Geste flammte eine flirrende Kugel um ihn herum auf. Er versuchte, sich mit seiner Magie zu schützen.

Lodrik atmete auf. Vahidin war sich seiner Macht noch nicht bewusst, sonst hätte er die Attacke fortgeführt und womöglich gesiegt. Auf seiner Brust war die Robe zerfetzt, darunter sah und roch er verbrannte Haut, die sich in trockenen Fetzen abschälte und aschengleich auf den Boden schwebte. Die schwarzen Blitze hatten ein Loch von der Länge eines Fingers in ihn gefressen; diesen Schmerz wiederum fühlte er nicht einmal.

Er sandte Vahidin eine zweite Flut aus Ängsten. Um keinerlei Risiko einzugehen, steigerte er sie im Vergleich zu seinem ersten Angriff, ließ sie über ihn hereinschwappen und auf ihm zusammenbrechen. Diese Flut wog so schwer wie ein Berg und war bodenlos abscheulich, beinhaltete die unvorstellbarsten Schrecken, die selbst das härteste Gemüt zerschmetterten und das Herz drückten, bis es platzte.

Der Knabe hielt sich die Brust und bäumte sich auf, dann brach er schreiend hinter seinem magischen Wall zusammen und lag still. Die Lider waren halb geöffnet, die Augen starrten gegen die Wand. Nekromantie und Magie funktionierten unterschiedlich, was Vahidin zum Verhängnis geworden war. Wasser ließ sich nicht mit einem Netz aufhalten, so eng die Maschen auch gewoben waren.

Ehe Lodrik sich um Vahidins Seele kümmern konnte, musste er nach Zvatochna schauen. Sie hielt plötzlich ein Schwert in der Hand – *sein* Schwert, das Henkersschwert aus Granburg! Sie drosch damit auf die eindringenden toten Soldaten Norinas ein. Bannsprüche und Verzierungen leuchteten auf der breiten Klinge, und jeder Treffer streckte einen Krieger nieder. Norina selbst lag am Boden, etwas abseits vom

Gefecht. In ihrer Hand hielt sie ein Messer, ihre Augen waren geschlossen. Aber sie atmete noch.

»Waljakov, Stoiko!«, rief Lodrik den beiden zu, die sich einen Kampf mit borasgotanischen Wachen lieferten. Der Lärm hatte sie zu den Waffen gerufen, nun wollten sie ihrer Kabcara Elenja gegen die Eindringlinge beistehen. »Nehmt Norina und tragt sie hinaus. Ich kümmere mich um meine Tochter.«

Der glatzköpfige Hüne nickte, rannte an Lodrik vorbei und warf sich Norina über die Schulter. Gleich darauf eilte er hinaus, Stoiko lief neben ihm her.

Zvatochna war in Bedrängnis geraten. Die Untoten hatten sie eingekeilt und ihre Angriffe dabei ununterbrochen geführt. Gleichzeitig griff ihre Macht nicht. Was kein Leben besaß, konnte sie nicht zu Tode erschrecken. Lodriks Macht war der ihren überlegen, somit gelang es ihr nicht, den Leichnamen ihren Willen aufzuzwängen. Die Schneiden fügten ihr Schnitte in die Arme und in die Brust zu, ihr schwarzes Kleid klaffte auseinander, und aus den Wunden sickerte Blut. Viel Blut.

Lodrik nahm es mit Erstaunen zur Kenntnis. Sie musste einen Weg gefunden haben, die Seelen für ihre Dienste zu entlohnen, ohne sich dabei so zu schwächen wie er. Seine mitgebrachten Seelen und die von Zavtochna beschworenen waren unterdessen verschwunden. Anscheinend hatten sie sich gegenseitig vernichtet.

»Wie fühlt es sich an, gegen jemanden zu kämpfen, der dir mindestens ebenbürtig ist?«, fragte er und beschränkte sich darauf, sie bei ihrer letzten Schlacht zu beobachten. Er labte sich an ihren Qualen, die er in dem alten und zugleich jungen Gesicht erkannte.

Zvatochna sandte einen weiteren Leichnam auf den Marmor, es blieben noch elf Gegner zu überwinden, ehe sie gegen ihren Vater antreten musste. »Ebenbürtig?« Sie sprang zur Seite, brachte den Tisch zwischen sich und die Angreifer und hielt das Schwert hoch. »Es endet heute für dich, nicht für mich!«

Unerwartet flogen neue Seelen aus dem Kamin hervor und warfen sich gegen Lodrik. Es waren kein Dutzend, auch nicht zwanzig oder dreißig. Plötzlich stand er einhundert Essenzen von Menschen gegenüber, die ihn wie wütende Insekten umkreisten, ihn anschrien und beschimpften.

Sie wirbelten um ihn herum und wagten es nicht, ihn anzugreifen, weil sie erkannten, dass er starke Kräfte besaß. Eine Berührung, und ihre zerbrechliche Existenz wäre vernichtet.

Lodrik wich zurück. So etwas hatte er noch niemals erlebt, das Stimmengewirr brach über ihn wie ein Unwetter herein. Das allgegenwärtige Jammern überlastete seinen Verstand, lähmte jeglichen vernünftigen Gedanken. Er presste sich die Hände gegen die Ohren und wusste, dass es nichts brachte.

Verzweifelt versuchte er, eine Wolke voller Bedrohung um sich herum zu erzeugen, um die Seelen in die Flucht zu schlagen.

Vergebens.

Sie kreisten und schrien, zehrten von seiner Geisteskraft und versuchten, ihn in den Wahnsinn zu treiben. Zvatochna hatte sich einen hervorragenden Plan zurechtgelegt, mit dem er in seinen dunkelsten Albträumen nicht gerechnet hatte.

»Bardri¢!«, vernahm er eine bekannte Stimme durch das grässliche Tosen, die alles überlagerte. »Gib nicht auf!« Vor ihm materialisierte Soscha in ihrer schimmernden, menschlichen Geistform. »Du wirst dich nicht von ihnen besiegen lassen.«

Lodrik schaute sie an. »Wäre es nicht das, was du dir immer

gewünscht hast?« Ein solches Kopfweh tobte in seinem Schädel, dass er glaubte, der Knochen werde zerspringen. Er sank in die Knie.

»Du wirst früh genug sterben«, sagte sie schneidend. »Aber zuerst bringst du in Ordnung, was du angerichtet hast.« Sie drehte sich nach links und hielt eine Hand in die rotierende, leuchtende Wand aus Seelen. Ihre Finger glitten durch sie hindurch, als sei sie aus Wasser. Mit raschen Bewegungen schuf sie einen Durchgang für ihn und hielt ihn aufrecht, während die Seelen lautstark protestierten.

»Stell dich deiner Tochter, Bardriç, ehe sie entkommt.«

Mehr torkelnd als gehend, entkam er den Seelen. Vor ihm lag das Zimmer, teils von Licht durchflutet und zugleich mit dichten Qualmwolken gefüllt. Zvatochna fällte soeben den letzten Soldaten.

Lodrik schaute rasch über die Schulter und sah, dass Soscha sich den Seelen entgegenstellte. Ein helles Leuchten ging von ihr aus; geblendet schloss er die Augen und blickte wieder nach vorn. Soscha entwickelte eigene, erschreckende Kräfte.

Zvatochna senkte das blutverschmierte Schwert. »Kannst du nicht endlich sterben, Vater? So wie es Govan damals gewollt hatte?«

»Damit du ungestört weiterführen kannst, was ihr beiden Ausgeburten des Bösen begonnen habt?«

Die junge Greisin lächelte. »Eine Ausgeburt des Bösen? Dabei bin ich lediglich *dein* Fleisch und Blut.«

»Was meine Schuld noch größer macht.« Er tat einen Schritt auf sie zu. »Lass uns herausfinden, wie man eine Nekromantin töten kann.«

»Ich zeige dir, wie man einen Nekromanten tötet.« Sie rieb das Schwert mit der breiten Seite über eine ihrer Wunden und beschmierte es mit ihrem eigenen Blut. »Ihr wolltet eure Freiheit? Ich gebe sie euch, nachdem ihr den Mann getötet habt, dem ihr einst dientet. Vernichtet ihn und geht danach, wohin ihr möchtet«, rief sie und trieb das Schwert mit Wucht in die Tischplatte. Die Zeichen auf der Klinge entflammten, eine Seele nach der anderen fuhr daraus hervor. »Entschuldige mich, Vater. Ich werde an einem anderen Ort gebraucht.« Zvatochna nahm den Hut mit dem Schleier und setzte ihn sich auf, eilte hinaus.

»Er ist es wirklich«, säuselte eine helle Stimme neben Lodrik. »Endlich können wir ihn für seinen Verrat strafen und dann gehen.« Eine flimmernde Gestalt im Gewand einer vermögenden Frau erschien vor ihm. Er wusste, wen er vor sich hatte: Fjodora Turanow. Sie war vor etwa einhundert Jahren mit diesem Schwert hingerichtet worden, das die Seelen seiner Opfer fraß und sie in sich einschloss.

Zvatochna hatte dieses Gefängnis der Verdammten geöffnet. Mehr als dreißig Männer und Frauen in den unterschiedlichsten Kleidungen aus den unterschiedlichsten Zeiten nahmen eine menschliche Form an und standen mit ihren schimmernden Körpern um ihn herum.

Ihre toten, wütenden Augen stierten ihn an. Sie hatten ihren einstigen Herrn vor sich, und sein Tod bedeutete die lang ersehnte Freiheit, das Ende des Fluches. Sie schwiegen ihn an, dann bewegte sich der erste von ihnen auf Lodrik zu.

Es war ein Mann in der zerschlissenen Kleidung eines Tagelöhners, er hielt eine geisterhafte Sichel in der Hand. Zu Lebzeiten hatte er damit nicht weniger als elf Menschen getötet und verstümmelt.

»Ich habe Euch schon einmal bewiesen, dass ich Euch vernichten kann«, sprach er langsam und streckte die Arme nach rechts und links aus. »Wenn Ihr Vernichtung anstelle von Erlösung wollt, kommt her!« Lodrik hatte keine Vorstellung davon, was ihm bevorstand und wie sie ihm Schaden zuzufügen vermochten. Er machte einen Schritt vorwärts, auf die Tür zu, durch die Zvatochna verschwunden war.

Die Seelen wichen zwar zurück, aber sie verteilten sich blitzartig im Raum und schoben die schwersten Möbelstücke vor die beiden Ausgänge. Die Fenster wurden mit herausgerissenen Marmorplatten abgedunkelt und gesichert, Teile der hölzernen Deckenvertäfelung stürzten herab in die Flammen. Die Seelen schleuderten Vorhänge auf das Feuer, das daraufhin stärker brannte und qualmte. Es gab kein Durchkommen.

Fjodora erschien vor Lodrik, der wütend an dem Schrank und dem Regal rüttelte, das sie vor dem Ausgang aufgetürmt hatten. »Wir müssen dich nicht anfassen«, lachte sie glasklar. »Wir vernichten dich mit Feuer. Als Aschehäuflein hat dein untotes Leben ein Ende.«

»Ihr entkommt mir nicht!«, schrie er und lief durch den Rauch zum Schwert. Mit einem Ruck zog er es hervor, packte den Griff mit beiden Händen und stellte sich neben den Kamin. »Was geschieht wohl, wenn ich das Schwert zerbreche, bevor ihr euren Auftrag erfüllt habt und nicht in die Klinge eingefahren seid?« Er nahm an der Kante maß und holte weit aus, drehte den Oberkörper, seine Muskeln spannten sich. »Ich wette, ihr alle werdet vergehen!«

»Nein!«, schallte es ihm aus allen Seiten des Raumes entgegen. Der Qualm um ihn herum bewegte sich heftig, als die Seelen in ihrer immensen Angst auf ihn zuflogen und doch nicht wussten, was sie gegen den Nekromanten unternehmen sollten.

»Dann lasst mich aus diesem Raum«, befahl er und wischte

sich die Tränen aus den brennenden Augen. Seltsamerweise musste er nicht husten, der Rauch reizte seine Lungen nicht. Nicht mehr.

»Wir wollen frei sein.« Fjodora zeigte sich ihm als bläuliches Licht. »Wir haben genug davon, in diesem Schwert zu hausen. Du hast uns damals im Stich gelassen und dein Wort gebrochen. Wir wollen Rache!«

»Räumt die Möbel zur Seite, und ich entlasse euch«, versprach er. Die Hitze wurde unerträglich, die Kerzen des Kronleuchters zerflossen und rannen als wächserne Milch auf den Boden.

»Gib uns dein Blut auf die Klinge, werde unser Herr, und wir gehorchen. Ein letztes Mal.«

»Nein. Erst schiebt ihr die Möbel beiseite!« Er sah nichts mehr von seiner Umgebung, der Raum bestand nur mehr aus stinkendem Qualm, der mal heller, mal dunkler wurde; auch Fjodora verschwand in diesem Dunst. Dann hörte er, wie schwere Gegenstände über den Boden rutschten, es krachte laut, eine Tür schwang auf. Der Rauch zog sofort durch die entstandene Öffnung, der Brand bekam neue Luft zum Atmen und schwoll an, sodass die Lohen vom Boden bis zur Decke schlugen.

Lodrik rannte hinaus, gelangte in einen Korridor, der vom Rauch verdunkelt wurde, und eilte ihn entlang, bis er auf eine Treppe stieß, die nach unten führte. Zvatochna hatte davon gesprochen, nach Norden zu gehen. Also folgte er ihr. Er hatte eine Ahnung, wo er sie finden würde.

Fjodora flimmerte vor ihm auf. »Die Freiheit«, forderte sie. »Es wäre uns ein Leichtes, dich auf dem Teppich, auf dem du stehst, zurück in die Flammen zu tragen oder dich auf andere Weise auszulöschen.«

Lodrik nickte und schnitt sich mit dem Schwert. Dunkel rann sein Blut über die ohnehin rot gefärbte Klinge, er wischte darüber und rieb es in die Zeichen. Sodann hielt er es hoch über den Kopf. »Ich erlaube euch, diese Welt zu verlassen«, sagte er, dann schlug er die flache Seite mit aller Kraft gegen das steinerne Treppengeländer. Klirrend zerbrach das Schwert in zwei Teile.

Die Seelen schrien auf – und verschwanden. Nichts erinnerte mehr an sie, so als seien sie niemals da gewesen. Keine Fjodora, kein blaues Leuchten mehr.

Lodrik nahm das zerbrochene Schwert auf und stürmte die Stufen hinunter, zur Straße. Auf seinem Weg abwärts kam er an einem gewaltigen Gemälde vorbei. Er klemmte das vordere Teil der Klinge hinter die Halterung der Leinwand und eilte weiter. Niemand, der es hier fand, würde etwas damit anfangen können.

Im Freien angelangt, warf er den Rest des Schwertes in einen Kehrrichthaufen. Es war nichts weiter mehr als ein Stück Eisen, eine unbrauchbar gewordene Waffe. Dann hielt er Ausschau nach Zvatochna.

Alles, was er sah, waren die Leichen von einhundert Pferden und ihren Reitern in tarpolischen Uniformen, welche die Straße vor dem Palast bedeckten. Einige hielten ihre Waffen in den Händen, den meisten war nicht einmal mehr die Zeit geblieben, danach zu greifen. Merkwürdig war die vier Schritt breite Schneise, die sich zwischen den Leibern gebildet hatte. Für Lodrik gab es keinen Zweifel, dass seine Tochter sich einen Weg für ihren Schlitten geschaffen hatte. Durch die Morde an den Soldaten verfügte sie über neue Seelen, die ihr dienten.

Aus den Fenstern des oberen Stockwerks schlugen immense Flammen, die Hitze hatte das Glas zum Bersten gebracht. Glockengeläut, das die Bürgerwehr zum Brandherd rief, um das Feuer zu löschen, ertönte rings um das Gebäude. Die Bediensteten des Palastes würden es alleine nicht schaffen.

»Herr!« Stoiko erschien in einem Durchgang auf der gegenüberliegenden Straßenseite. »Rasch, kommt her! Eure Gemahlin möchte Euch sehen.«

Lodrik wollte zunächst verneinen, um Zvatochnas Spur nicht zu verlieren. Doch dann befahl ihm etwas, zuerst nach Norina zu sehen.

Als er über die vielen Toten hinweg stieg und zu seinem Vertrauten lief, fiel ihm wieder ein, was ihn dazu bewogen hatte: Sorge. Sorge und die Liebe.

Kontinent Ulldart, Königreich Tersion, Hauptstadt Baiuga, Winter im Jahr 1/2 Ulldrael des Gerechten (460/461 n.S.)

Ein dicklicher Zeigefinger wand sich um eine lange graue Bartlocke, wickelte sie auf, der Daumen rieb über das Haar. Eine gedankenverlorene Bewegung. Je länger Perdór das Gesicht des jungen Kaisers betrachtete, desto mehr wurde er sich bewusst, wie unterschiedlich die Menschen aus Angor und die aus Ulldart waren.

Es ging nicht um die Hautfarbe.

Es ging um die Denkweise, die Einstellung zu Gegebenheiten, zu Dingen. Zum Leben und Wert eines Menschen.

Nech, in einen weißen Lederharnisch gerüstet, hob den

Kopf und schaute Perdór geradewegs in die Augen. »Ich sage es noch einmal: Meine Schwägerin bleibt an Bord meiner Galeere, bis sie sich von dem Anschlag erholt hat. Trotz des Cerêlers ist ihr Bewusstsein bislang nicht zurückgekehrt.«

Der Finger ließ die Bartlocke los. »Das möchte auch niemand in Frage stellen. Alana die Zweite ist bei Euch in sehr guten Händen, hoher Kaiser Fark Nars'anamm. Auch dass Ihr Tersion als Statthalter regiert, erkennt man im Land als rechtens an.« Perdór sah an den sich vertiefenden Linien auf Nechs Gesicht, dass er sich auf sehr, sehr dünnem Eis bewegte. »Doch Baiugas Einwohner fürchten um ihr Leben. Bei der Suche nach den Attentätern sind bereits einundzwanzig Unschuldige getötet worden ...«

Nech hob die Hand, der Harnisch knirschte. »Meine Soldaten tragen daran keine Schuld. Die Menschen haben den Aufforderungen, die sie erhielten, nicht Folge geleistet. Es hätte nicht einmal eine Ausgleichszahlung an die Hinterbliebenen geben müssen, wie ich sie großzügig erstattet habe.«

Perdór, in Hemd und Hose aus glitzerndem Brokat gekleidet, schaute zu Fiorell, der zu seiner Linken saß. Seine Hände spielten mit Münzen, ließen sie blitzartig über die Finger wandern; er schwieg und hatte seine berühmte Lustigkeit hinter eine ernste Miene verbannt. Rechts vom König verharrte Prynn Caldúsin aus dem Haus Iuwantor, der für die heimischen Adelsfamilien an den Unterredungen teilnahm – obwohl Unterredung der falsche Ausdruck war. Bislang gab es sanfte Vorstöße von Perdór und harsche Abweisungen von Nech.

»Seht, hoher Kaiser, Eure Galeeren entern tersionische Schiffe, wie wir gehört haben ...

»Ich suche nach den Attentätern. Sollten sie sich nach dem

Anschlag mit Schiffen abgesetzt haben, werde ich sie finden. Es ist mir egal, ob ich sämtliche Fischerboote, Handelsschiffe oder gar Ruderboote Tersions aufbringen muss, um die Mörder meines Bruders zur Rechenschaft zu ziehen.« Auch dieser Anlauf des Königs war im Keim erstickt worden. Nech schaute zu Prynn. »Die Untersuchungen werden auf das Umland Baiugas ausgeweitet, und die Grenzen zu den Nachbarstaaten sind zu schließen. Veranlasst das, oder ich lasse es tun. Weitere Soldaten sind auf dem Weg hierher.«

»Euer Ton ist unmissverständlich«, entgegnete Prynn. »Ich weiß, dass jedes kaiserliche Wort auf Angor Gesetz ist, und wer widerspricht, hat schlimme Strafen zu fürchten. Aber *hier* ist nicht Angor. Und Ihr seid nicht der rechtmäßige Herrscher.« Seine Stimme wurde laut. »Ihr seid ein Statthalter, hoher Kaiser, mehr nicht. Wütet nicht in einem Land, das Euch nicht gehört, und nehmt Rücksicht. Auch wir Tersioner bedauern den Tod …«

Nech sprang auf, lehnte sich nach vorn und kam Prynn dabei gefährlich nahe. Perdór hatte den Eindruck, der Kaiser beiße zu. »Schweigt, bei Angor! Schweigt, Caldúsin aus dem Haus Iuwantor, oder ich erinnere mich daran, dass die Menschen Euren Namen rufen und die Macht für Euch fordern. Das wäre Hochverrat an mir und an Alana. Könnt Ihr Euch ausmalen, wie ich eine Stadt für Verrat bestrafen lasse?«, schrie er ihm mitten ins Gesicht.

»Das kann ich sehr gut.« Prynn blieb gelassen. »Der Rest Ulldarts wird nicht tatenlos zusehen, wenn Ihr Euch wie ein Verbrecher benehmt. Wir haben Erfahrung darin, brutale, blutgierige Despoten in die Knie zu zwingen.«

Nechs Nackenmuskeln spannten sich. »Ihr droht mir offen und beleidigt mich!«

»Ich mache Euch darauf aufmerksam, dass die Geduld der Tersioner begrenzt sein wird. Wir wissen um den Schmerz, der in Euch wütet, und haben Verständnis dafür. Aber Ihr werdet Euch bald wieder wie ein Kaiser benehmen müssen. Alana die Zweite weiß allem Anschien nach nicht, dass sie ihren Gemahl verloren hat. Was wird sie dazu sagen, wenn sie nach ihrer Genesung zudem ein Land vorfindet, das die Hälfte ihrer Untertanen eingebüßt hat?«

Nech drehte den Kopf zu Perdór. »Ihr seid als Ulldarts Gesandter hier. Was habt Ihr in dieser Angelegenheit zu sagen?«

Jetzt wurde es richtig gefährlich. Perdór war sich dessen bewusst, dass seine Antwort den Kontinent unter Umständen in einen neuen Krieg führen könnte, obwohl die alten Wunden nicht einmal vernarbt waren. Daher vermied er es, eine greifbare Aussage zu tätigen. »Die Königreiche und Baronien, mit Ausnahme von Kensustria, beobachten die Entwicklung mit Sorge. Wir haben die Versuche Eures Vaters, der sich gegen Bardriç stellte, durchaus honoriert, doch bei allen Verdiensten des Kontinents Angor: Ich bitte Euch inständig, Ruhe zu bewahren und Tersion nicht zu quälen.«

Nech lächelte tückisch. »Oder Ihr werdet in einer Versammlung verkünden, dass ich ein willkürlich handelnder Regent bin und man Tersion gegen den anmaßenden Eindringling zu Hilfe kommen muss.« Langsam setzte er sich. »Mir ist klar, dass die Lage brisant ist, König Perdór. Mir ist aber auch klar – ebenso wie Euch, dass es niemanden auf diesem Kontinent gibt, der sich mit der Schlagkraft des Kaiserreichs messen kann.« Er deutete aus dem Fenster aufs offene Meer. »In diesem Augenblick stechen zweihundert Schiffe in See. Schiffe wie dieses, mit fünfhundert Mann Besatzung. Alles dient nur einem einzigen Zweck: die Mörder meines Bruders zu finden.«

»Rache für Euren Bruder zu nehmen«, verbesserte Prynn. »Ihr wollt Tersion leiden lassen, wie Ihr mich leiden lasst, indem Ihr meine Nichte getötet habt.« Er fühlte sich seltsam befreit. Nichts schreckte ihn, weder der Gedanke an eine Strafe noch der Gedanke an seinen Tod. Vor seinem inneren Auge schwebte das Gesicht von Furanta. »Findet die Mörder, hoher Kaiser Nech Fark Nars'anamm, aber lasst den Menschen ihren Frieden. Sonst fürchte ich, dass sie sich ihn zurückholen wollen.«

Nech legte die Hände auf den Tisch. »König Perdór, sehe ich es richtig, dass es nichts mehr zu besprechen gibt? Es wurde alles gesagt, und wenn ich noch mehr versteckte Drohungen und Beleidigungen hinnehmen muss, fürchte ich, die Beherrschung zu verlieren.« Er deutete auf die Tür, die zurück auf das mittlere Zwischendeck der Galeere führte. »Sollte es etwas Neues geben oder sollten die Mörder sich freiwillig stellen, gebt mir Bescheid.«

Die Abordnung erhob sich.

»Darf ich meinen Cerêler zu Euch entsenden, hoher Kaiser Nech Fark Nars'anamm?«, fragte Perdór rasch. »Er wird sich die Regentin gern einmal anschauen und sehen, was in seiner Macht steht.«

Nech schüttelte lächelnd den Kopf. »Das ist nicht notwendig. Der Cerêler meiner Schwägerin ist ein Könner seines Fachs.«

Fiorell zupfte einen losen Faden aus seinem weißen Hemd, das bis zu den Knien über seine schwarze Hose reichte, und hob die Augenbrauen. »Verzeiht, dass ich dazwischenrede, aber ich habe da ganz andere Dinge gehört. Er soll alt und ausgebrannt sein und kurz vor seinem eigenen Ende stehen.«

Nech hob gebieterisch die Hand, eine Geste, die er ebenso

perfekt beherrschte wie Alana. »Ich werde keinen Menschen mehr in ihre Nähe lassen, den ich nicht kenne oder dem ich nicht vertraue. Und was den Cerêler anbelangt: Diesen Eindruck hatte ich nicht. Gebt nichts auf das Geschwätz, das aus tersionischen Mäulern zu Euch dringt.«

Prynn warf ihm einen bösen Blick zu. »Auch die Regentin ist eine Tersionerin.«

»Sie schläft. Also verbreitet sie kein Geschwätz«, gab Nech zurück, stand auf und drehte sich absichtlich weg von ihnen. Abweisend stellte er sich vor das mannsgroße, runde Fenster und betrachtete die Hafeneinfahrt, vor der eine seiner Galeeren lag. Das Treffen war beendet.

Die Männer verließen die Kabine, marschierten durch das niedrige Zwischendeck zur Treppe nach unten in den Bauch des Schiffes und verließen es fast ebenerdig über eine Rampe von zwei Schritt Breite.

Auf dem Kai blieben sie vor den wartenden Kutschen und Sänften stehen und schauten schweigend zu den Aufbauten.

»Ich bin ratlos«, gestand Perdór schließlich. »Fark sieht sich als Kaiser, dem sich alles, was es sonst noch an Autoritäten auf einem Kontinent gibt, zu unterwerfen hat.«

»Was er auch erwarten kann, bei einhunderttausend Soldaten, die bald eintreffen«, merkte Fiorell an. »Man könnte fast meinen, Tzulan habe sich diese Ereignisse als seine Rache ausgedacht.«

Perdór seufzte. Die schlechten Nachrichten häuften sich in der Tat. Soschas Tod hatte ihn schwer erschüttert, und in einsamen Stunden allein in seinem Palast hatte er manche Träne für die junge Frau vergossen.

Doch ihm blieb keine Zeit zum Trauern, denn die Vermutung, dass Elenja in Wirklichkeit die für tot gehaltene Zvatochna und Soschas Mörderin war, verlangte nach Überprüfung und sofortigem Handeln. Norina hatte ihm geschrieben, dass Lodrik sich an Elenjas Verfolgung gemacht habe. Seitdem hatte er nichts mehr gehört, weder von ihr noch von einer anderen Quelle. Überhaupt war es im Nordwesten Borasgotans verdächtig still geworden.

»Ja, ich denke auch, dass Tzulan seine Hand im Spiel hatte«, antwortete er Fiorell mit reichlich Verspätung und zeigte auf das Schiff. »Oder sollte Angor mit seinem Bruder Ulldrael in Streit geraten und entschlossen sein, allen Ärger darüber bei uns abzuladen?«

»Mich irritiert vor allem«, Fiorell schaute zur Kutsche, in welcher der Cerêler wartete, »dass Nech unser Angebot abgelehnt hat.« Er übersah das Handzeichen seines Herrn, nicht weiter auf diesen Punkt einzugehen.

Prynn reagierte augenblicklich. »Da seid Ihr nicht allein. Hat es nur den Anschein oder versucht er, uns von der Regentin fern zu halten?«

»Er sagte doch, dass er niemandem mehr traut«, warf Perdór ein. »Ich kann es sogar verstehen. Immerhin haben die eigenen Landsleute versucht, sie umzubringen.«

»Niemals.« Prynn wehrte entschieden ab.

»Ihr sagtet uns selbst, dass die Vorbehalte ihr gegenüber sehr groß waren«, meinte Perdór und schaffte es, das Gespräch in eine andere Bahn zu lenken.

»Sicher waren sie das. Aber ich kenne niemanden aus den Häusern, der sich zu einem Anschlag hinreißen ließe.«

»Dann denken wir doch einmal in eine ganz andere Richtung. Was ist denn bei dem Anschlag alles …« Fiorells Gesicht hellte sich auf. »Ist es möglich? Solltet Ihr das Opfer werden, Caldúsin?« Er nickte. »Sicher, *Ihr* solltet sterben.«

»Ich verstehe Euren Ausbruch nicht«, murmelte Prynn. »Freude in der Stimme und Tod in Euren Worten passen für mich nicht zueinander.« Er erinnerte sich an die Szenen bei der Ankunft der Regentin. »Es war unmöglich, meine Sänfte zu verwechseln. Selbst ein Blinder hätte die Unterschiede bemerkt.«

Fiorell schnippte. »So meinte ich es nicht. Die Mörder trafen schon die Richtigen. Aber nach dem Attentat, was geschah da, verehrter Caldúsin?«

»Es gab eine Untersuchung, und …«

»Nein, *unmittelbar* danach!«, fiel er ihm ins Wort. »Ihr sagtet uns, dass die Menschen plötzlich den Namen Eures Hauses riefen.«

»Aber sicher! Mein gescheiter Fiorell«, lobte ihn Perdór mit einer ähnlichen Entzückung, wie sie der Hofnarr gezeigt hatte, und drehte sich zu Prynn. »Seht, wenn Alana gestorben wäre, säßet Ihr weiterhin auf dem Thron – falls Nech nicht erschienen wäre. Stimmt das?!« Der Tersioner bestätigte es. »Wer würde die Gelegenheit nutzen, um beim Auftauchen der Angorjaner einen Anschlag auszuführen, der die Regentin tötet *und* Euch über kurz oder lang die Macht nimmt?«

»Ihr meint, die Anstifter sitzen in den Reihen des Rates?« Prynns Augen waren voller Entsetzen. »Nein, das kann nicht sein.«

Fiorell stützte ihn, weil er sah, dass der alte Mann ins Schwanken geriet. »Kommt, setzt Euch in die Sänfte, bevor Ihr mir hier zusammenbrecht.« Sie bugsierten ihn in die weichen Kissen und ließen ihm etwas zu trinken bringen. »Und nun überlegt: Welches Haus ist Eurer Familie am feindlichsten gesonnen und würde dabei von Machtveränderungen profitieren?«

Prynn schluckte. »Das Haus Malchios. Unsere Ahnen führten Duelle und Kriege gegeneinander; wir verletzen uns lediglich mit Worten.«

»Schau an, schau an. Da sind wir vielleicht mitten in eine nette kleine Intrige geraten.« Fiorell warf Prynn einen aufmunternden Blick zu. »Es kann sein, dass ich mich vollkommen irre und etwas ganz anderes hinter dem Anschlag steckt, doch man sollte dem Oberhaupt des Hauses Malchios durchaus auf den Zahn fühlen. Ich verwette meine lange nicht mehr getragene Narrenkappe, dass es mir sagen kann, wo wir die Attentäter finden.«

»Wäre es nicht besser, Nech Eure Überlegungen mitzuteilen?«

Perdór und Fiorell schauten sich an. »Nein«, antwortete der König. »Nech würde mit einer Art an diese delikate Angelegenheit gehen, die uns Malchios und alle, die damit in Verbindung stehen, nur verschreckt. Wir müssen sie bis zu dem Tag in Sicherheit wiegen, an dem wir zuschlagen. Dann sehr gern mit der Hilfe des Kaisers.«

»Der Älteste heißt Taltrin Malchios.« Prynn nannte ihnen den Weg zu seinem Domizil. »Aber es wird Euch nichts nützen. Freiwillig wird er kaum den Mund aufmachen und die Schuld auf sich nehmen.«

Fiorell lächelte verschlagen. »Ich habe nichts von *freiwillig* gesagt. Es gibt Mittelchen, die einen älteren Herrn zusammen mit einer jungen Dame ...«

»Nehmt bei ihm lieber einen Mann. Das Haus Malchios ist bekannt dafür, Männer zu bevorzugen«, riet ihm Prynn.

Perdór grinste. »Ja, Tersion ist schon was Besonderes«, meinte er leichthin. Nirgendwo anders auf dem Kontinent besaß die gleichgeschlechtliche Liebe und die Heirat innerhalb einer Familie einen solchen Stellenwert wie in Tersion. Was in Tarpol oder Aldoreel unweigerlich zu einem öffentlichen Aufschrei oder gar einer Anklage geführt hätte, störte in Tersion niemanden. Böse Zungen behaupteten, dass es hier zum guten Ton gehöre, mindestens einmal im Leben eine gleichgeschlechtliche Affäre eingegangen zu sein. »Dann bieten wir Taltrin einen hübschen jungen Mann ...«

»Er mag mehr die älteren, sehnigen. Erfahreneren.« Prynn nickte Fiorell zu. »Ihr wärt genau seine Kragenweite.«

Perdór klatschte in die Hände. »Wunderbar! Da haben wir den Lockvogel und den Verhörmeister in einer Person.«

»Ich Glücklicher«, grummelte Fiorell. »Ich habe schon viele Dinge in meinem Leben gemacht, war mehr als einmal eine Frau, steckte in engen Kostümen, aber *das!*«

»Taltrin Malchios ist ein freigiebiger Liebhaber«, berichtete Prynn, um dem Hofnarren seine Aufgabe schmackhafter zu machen. »Er gibt in regelmäßigen Abständen Maskenbälle.« Dabei betonte Prynn das Wort Maskenbälle derart, dass es an der Mehrdeutigkeit eines solchen Ereignisses keinen Zweifel geben konnte. »Ich kann Euch eine Einladung besorgen.«

»Das machen wir«, antwortete Perdór anstelle seines Vertrauten. »Du wirst schön knusprig für Taltrin aussehen. Vielleicht finden wir noch eines deiner engsten Kostüme?« Er sah zu den Fischern, die weiter abseits standen, wo der nichtmilitärische Hafen Baiugas lag. Sie stellten ihre Körbe ab, scharten sich an der Mauer zusammen und starrten laut rufend auf die Einfahrt.

»In das Ihr nicht einmal mit einem Bein passen würdet«, gab Fiorell mit einem boshaften Grinsen zurück. »Ich werde mich an Taltrin heranpirschen. Aber wenn er allzu zudringlich wird, verschwinde ich.«

»Denke immer an das Wohl des Kontinents.« Perdór legte ihm einen Arm um die Schulter und zwinkerte. »Verdreh ihm den Kopf, mein lieber Fiorell. Du wirst bezaubernd sein.«

»Danke, Majestät.« Fiorell schlüpfte aus der Umarmung. »Wenn ich üben möchte, lasse ich es Euch wissen.« Er sah ebenfalls zu den Fischern. »Kommt! Da tut sich was! Lasst uns die ersten angorjanischen Schiffe betrachten!« Er lief vor.

Perdór stieg zu Prynn in die Sänfte und ließ sich die wenigen Schritte tragen, bis sie aus dem Schatten der kaiserlichen Galeere gelangt waren.

Ein riesiges Schiff glitt zwischen den Toren hindurch und ließ die flankierenden Wachtürme plötzlich nicht mehr ganz so gewaltig und groß aussehen. »Kensustrianer!«, entfuhr es Perdór. »Mit denen habe ich am wenigsten gerechnet.«

Prynn hob die Augen und sah die Fahne, die am Mast wehte. »Aber da oben weht die kaiserliche Flagge.«

Fiorell lehnte sich gegen die Sänfte, lachte ungläubig auf. »Nein. Die Angorjaner haben doch nicht wirklich ein Schiff der Schwarzen Flotte aufgebracht?«

Perdór erinnerte sich an die Mitteilung, die er von Pashtak erhalten hatte. Er wusste aus seiner Zeit im kensustrianischen Exil sehr gut, wie die Schiffe der Grünhaare aussahen, und dieses Modell entsprach nicht der gängigen Bauweise.

»Es könnte sein«, sagte er nachdenklich, »dass wir es mit einem Ničti-Schiff zu tun haben.«

»Einem ... was?«, staunte Prynn.

»Dieses Volk, das vor Ammtára gehaust hat. Ich erkläre es Euch gleich. Lasst mich erst zu Ende schauen.«

Fiorell versuchte, mehr zu erkennen, aber die hohen Bordwände und der ungünstige Winkel verhinderten eine genauere Inspizierung. »Nun, es ist nicht in allen Teilen baugleich mit den ... Was geschieht denn nun?«

Das große Schiff kam längsseits zur angorjanischen Galeere, dann schwenkte der Arm eines Lastkrans herum, auf dessen Ladeplattform etwa zwanzig Personen standen. Sie setzten in luftiger Höhe auf die Galeere über.

»Angorjaner und – wenn ich da gebogene Schwerter erkenne – Ničti!«, meldete Fiorell an seinen Herrn und Prynn weiter, die Hand schirmend über die Augen gelegt. »Wir werden soeben Zeuge, wie sich zwei fremde Völker in der Hauptstadt einander annähern.«

»Ohne dass einer meiner Spione dabei ist«, knurrte Perdór verdrossen. Es war unmöglich, bei dieser Besprechung einen seiner Gefolgsleute einzuschmuggeln. Weder besaß er Menschen mit schwarzer Haut noch auch nur im Ansatz einen Mann, den man mit viel Schminke in einen Kensustrianer beziehungsweise Ničti verwandeln konnte.

»Ich fürchte, wir werden früh genug hören, was bei dieser Unterredung herausgekommen ist.« Fiorell winkte die Kutsche herbei und stieg ein. »Ich bereite mich auf meinen Auftritt vor, wenn es den Herren recht ist.«

»Je eher du bereit bist, desto besser.« Perdór glitt von der Sänfte, blieb auf dem eisernen Treppchen der Kutsche stehen und wandte sich an Caldúsin. »Ihr denkt an die Einladung?«

»Sie ist so gut wie in Euren Händen.« Prynn hatte die beiden eindrucksvollen Schiffe nicht aus den Augen gelassen. Er war sich sicher, dass die Angorjaner und die Wesen, die Ničti genannt wurden, sich über die Zukunft Tersions berieten, ohne die Häuser dazu eingeladen zu haben. »Wer sind die Ničti, und was haben sie vor Ammtára getan?«

Perdór legte den Zeigefinger gegen die Lippen. »Erzählt niemandem von ihnen und lasst die Stadt im Glauben, es handele sich um Kensustrianer. Keiner darf mit ihnen sprechen und ihnen Auskünfte über die Nachbarreiche erteilen. Könnt Ihr das veranlassen?«

»Sicher. Aber weswegen?«

»Es sind die Todfeinde Kensustrias. Sie suchen nach dem Land, um es zu vernichten, schätze ich.« Perdór stieg in die Kutsche, schob das Fenster nach unten. »Schweigt darüber und sorgt dafür, dass es auch alle anderen Bewohner der Stadt tun.« Er neigte den Kopf, dann klopfte er gegen das Wagendach, und die Kutsche rollte davon.

Prynns Finger spannten sich um die Lehne der Sänfte. Das Attentat hatte etwas ausgelöst, was immer größere Folgen nach sich zog.

Das Haus Malchios musste dem anmaßenden und unberechenbaren Kaiser so schnell wie möglich als Schuldiger des Attentates präsentiert werden, damit Nech Fark Nars'anamm seine sinnlose Wut an der Adelsfamilie und nicht an ganz Tersion austobte. »Nach Hause«, befahl er seinen Trägern.

»Höchster Kaiser Nech Fark Nars'anamm«, sagte Bar'Ne Chamass und warf sich vor Nech auf den Boden. Er trug einen weißen Lederpanzer wie alle angorjanischen Seesoldaten; den Helm hatte er zuvor abgezogen und auf den Boden gestellt. »Ich bin mit guten Nachrichten zurückgekehrt.«

»Aber ohne das Schiff, das ich dir gab.« Nech schickte die Dienerin fort, die ihm weiße Perlen in die langen, schwarzen Haarzöpfe geflochten hatte. Die Unterredung ging sie nichts an. Er warf dem Tei-Nori einen Blick zu, der vieles barg, von Neugier bis zu Vorwürfen und Missfallen, dann legte sich sein

Blick auf den grünhaarigen Begleiter. »Ich vermute, du hast es an die Kensustrianer verloren?«

Chamass erhob sich, blieb aber in gebückter Haltung. »Es sind keine Kensustrianer, höchster Kaiser. Es sind ihre Todfeinde, die Ničti. Und sie suchen nach deren Land.«

Nech bedeutete ihm, sich aufzurichten. »Wie jeder Angorjaner habe ich die Schmach durch die Kensustrianer nicht vergessen: die Niederlage bei den ersten Gefechten und die unverzeihliche Entführung von Alana sowie die anschließende Erpressung des Kaiserreichs Angor.« Nech erkannte sogleich die unerwartete und plötzliche Gelegenheit, sich für die zugefügte Demütigung rächen zu können. »Verstehen die Ničti unsere Sprache?«

»Nicht gut. Aber es geht«, erwiderte der Grünhaarige und verbeugte sich. »Mein Name ist Arbratt. Bin einer von vielen, der nach denen, die Ihr Kensustria heißt, suchen. Bin einer der Anführer.« Er deutete auf Chamass. »Haben aus Versehen sein Schiff vernichtet, was wir sehr bedauern.«

Nech lächelte. »Ich verzeihe Euch, Arbratt. Ich denke, wir, Angor, und Euer Volk, die Ničti, haben gemeinsame Feinde.«

»Sehe ich ebenso«, nickte Arbratt. »Euer Mann sagte, Ihr redet mit uns? Wir helfen uns?«

»Das hängt davon ab, was mit Kensustria geschehen wird, wenn Ihr von mir erfahrt, wo es liegt.«

»Nun, das ist einfach. Wir vernichten es. Alles«, antwortete Arbratt ehrlich. Er unternahm nicht einmal den Versuch, die Absichten zu verbergen und einen falschen Grund anzugeben. »Nichts darf bleiben, weder Haus noch Bewohner.«

Nech strahlte Chamass an, langte an seinen Gürtel, an dem ein Beutel mit Goldstücken hing, und warf ihm eine Hand voll zu. »Du bist von heute an Tei-Sali, Chamass. Deine Weitsicht ist mir diesen Lohn wert.« An Arbratt gewandt, fragte er: »Ihr selbst hegt kein Interesse an diesem Land, nachdem Ihr es verwüstet habt?«

»Nein. Niemals. Die Kensustrianer sind Abtrünnige, nicht wert zu leben. Haben die Erde beschmutzt, auf der sie leben, und wir setzen keinen Fuß mehr nach Vernichtung darauf.«

Nech lehnte sich in seinem Stuhl nach vorne. Da bot sich eine Gelegenheit, die er unmöglich an sich vorbeistreichen lassen durfte, auch wenn er dem Ničti nicht vertraute. Er würde die Worte erst prüfen lassen, auf welche Weise auch immer, dennoch musste er die Fremden, die sich für ihn äußerlich nicht von den Kensustrianern unterschieden, bei Laune halten. Meinten sie es halbwegs ernst, war es das Beste, was ihm in den letzten Wenden zuteil geworden war. »Hättet Ihr etwas dagegen, wenn wir es behalten?«

»Nein.« Der Ničti war über die Frage erstaunt. »Könnt Ihr nehmen, wenn Ihr wollt.«

Nech lachte leise. Das Land, auf dem sich Kensustria befand, hatte einst Ilfaris gehört und war verkauft worden. Niemand könnte Ansprüche darauf erheben, es würde nach der Entvölkerung ein leerer Fleck auf der Landkarte sein. »Wer es findet, darf es behalten«, sagte er und winkte Arbratt näher zu sich. »Bevor ich Euch sage, wie Ihr nach Kensustria gelangt, muss ich Euch warnen. Ihre Flotte ist sehr stark, und sie besitzen immense Verteidigungseinrichtungen, wie mein Vater und mein Land bereits bei einem Angriff erfuhren.«

»So seid Ihr wirklich Feinde von Kensustria?« Arbratt lächelte ihn an und streckte die Hand aus. »Freunde, denn wir haben gemeinsamen Gegner.«

Nech schlug nach einigem Zögern ein. Erstens war er Kaiser, der solchen unstandesgemäßen körperlichen Berührungen für gewöhnlich auswich, zweitens war er misstrauisch. Doch die Gier siegte. »So ist es, Arbratt. Unsere beiden Länder werden Kensustria vernichten. Ich erwarte eine Flotte von mehreren hundert Schiffen, von denen ich Euch einige zur Verfügung stellen kann, wenn Ihr sie benötigt.«

Arbratt grinste. »Sehr freundlich, höchster Kaiser. Aber auch ich erwarte eine Flotte. Einhundert Schiffe. Sie kommen, wenn wir hören, wo Kensustria liegt.«

»Dann möchte ich Euch nicht länger auf die Folter spannen.« Er rief nach einer vollständigen Karte des Kontinents, zeigte dem Ničti den eigenen Standort, dann umkreiste er das Gesuchte. »Hier, auf dem südlichsten Zipfel, werdet Ihr sie finden. Ich habe eine zweite Karte, auf der Städte eingezeichnet sind, soweit wir von ihnen wissen.«

Arbratt nahm die Karte wie ein kostbares Heiligtum. »So nahe«, wisperte er glücklich. »Angor hat uns unvorstellbar großen Gefallen getan. Sind tief in Eurer Schuld, hoher Kaiser. Muss auf Stelle los.« Er verneigte sich. »Gebt Ihr zweite Karte?«

»Sicher und sofort. Gemeinsam vernichten wir, was nach unserer Vernichtung trachtete.« Er deutete auf den Ausgang. »Man wird sie auf Euer Schiff bringen, Arbratt. Zusammen mit einem Vertrag, der unsere Länder in ihrer Absicht aneinander schmiedet. Ihr werdet ihn unterzeichnen?«

»Ohne Verzögerung.« Arbratt verbeugte sich und eilte aus der Kabine.

Nech schlug mit der Linken drei-, viermal auf die Lehne des Throns. »Bei Angor!« Er lachte laut und ausgelassen. »Oh, mein Vater, wie sehr hätte dich der heutige Tag gefreut. Die Aussicht auf den Untergang Kensustrias nimmt mir ein wenig von der Trauer über den Tod meines geliebten Bruders.« Er stieg die Stufen zu seinem Thron herab und näherte sich Chamass, der sich sofort niederkniete. »Steh auf, Tei-Sali. Du hast Angor mit deinem Handeln die Tür zu Ulldart geöffnet.«

Chamass erhob sich und wandte den Blick zu Boden. »Ich bin glücklich, Euch dienen zu dürfen, hoher Kaiser.«

Nech berührte ihn mit dem kleinen Finger an der Schulter, was für einen Angorjaner einen unendlich großen Gunstbeweis bedeutete. »Wir werden uns Kensustria nehmen und fortan ein eigenes Land besitzen, von dem aus wir die Regentin unterstützen können. Keine langwierigen Reisen mehr. Wir stationieren fünfzigtausend Krieger auf Ulldart, die jederzeit bereit sind, Alana beizustehen.« Er winkte und deutete auf den Ausgang. »Suche dir eine meiner Galeeren aus, Tei-Sali. Sie wird dir unterstehen.«

»Mein Leben Euch und Angor«, verneigte sich Chamass bewegt und ging rückwärts zur Tür, dann verschwand er.

Nech fühlte sich großartig. Er war der unangefochtene Kaiser, er hatte Tersion in der Hand und würde zudem bald ein eigenes Reich außerhalb von Angor besitzen. Ein Traum nach dem anderen ging für ihn in Erfüllung, ohne dass er sich erklären konnte, weswegen es Angor so gut mit ihm meinte.

Er wandte sich dem überlebensgroßen Standbild des Gottes zu, das schräg neben dem Thron stand. Es zeigte Angor als aufrecht stehende Raubkatze, die in der einen Hand ein gekrümmtes Schwert und in der anderen eine Lanze hielt.

Der Gott des Krieges hatte ihn offenbar zu einer Mission auserkoren, die mehr und mehr Gestalt annahm. Das Kaiserreich könnte zusätzliche Einkünfte aus einer Kolonie sehr gut gebrauchen. Mehr Geld, mehr Rohstoffe für das eigene Heer. Mehr Sklaven, um sich das Leben zu erleichtern.

Den gefährlichsten Zahn würden seine neuen Freunde, die Ničti, ziehen, und ohne die grünhaarigen Krieger gab es so gut wie kein anderes Heer, das es mit seinen Streitkräften aufnehmen könnte.

Seine eigenen Leute konnte er in den anstehenden Kämpfen schonen und sie die Ničti beobachten lassen, falls diese doch ein doppeltes Spiel betrieben. Der kurze Besuch in Baiuga verwandelte sich zu einem viel versprechenden Anfang, was seine eigene Macht anbelangte.

Beschwingt verließ er die Kabine und streifte durch das Mitteldeck, um Alana zu besuchen. Er fand sie wie immer in der abgedunkelten Kabine in ihrem Bett, die Augen geschlossen und tief atmend.

»Liebe Schwägerin«, sagte er sanft und setzte sich neben sie auf die Kante. »Schlafe und gesunde, während ich für dich wache und deinen Untertanen die Unterwürfigkeit beibringe, die sie verlernt haben.« Er nahm den goldenen Pokal, der neben ihrem Lager auf dem Tischchen stand, setzte ihn an ihren leicht geöffneten Mund und gab ihr zu trinken. Gehorsam schluckte sie die Medizin. »Wenn du erwachst, wirst du ein neues Tersion vorfinden.« Er wischte einen Tropfen von ihrer Unterlippe und gab ihr einen Kuss auf die Stirn. Lange schwarze Strähnen rutschten nach vorne, Perlen berührten Alanas Haut; sie bewegte sich nicht. »*Wenn* du erwachst.« Er richtete das Laken, erhob sich und ging hinaus.

Ein einsamer, fingerdünner Sonnenstrahl fiel durch die geschlossenen Läden herein und fiel auf Alanas Gesicht, wanderte im Verlauf des Tages langsam über ihre Schläfe genau über die Augen.

Die Lider zuckten nicht einmal.

V.

»Die Qwor haben sich aufgeteilt.
Einer schleicht um Bardhasdronda, der andere
hat sich Vekhlathi als Territorium auserkoren.
Unsere Jäger finden kaum mehr Tiere, dafür
immer mehr Stellen im Wald, wo der Schnee
aufgewühlt und rot vom Blut ist.
Wenn es so weitergeht, wird es nicht mehr
genügend Fleisch für uns geben.«

Aufzeichnungen des ehrenwerten Sintjøp,
Bürgermeister Bardhasdrondas,
gesammelt in den Archiven zu Neu-Bardhasdronda

**Kontinent Ulldart,
Königreich Borasgotan,
Amskwa, Winter im Jahr 1/2 Ulldrael
des Gerechten (460/461 n.S.)**

Lodrik!« Norina stand zwischen Waljakov und Stoiko im Durchgang. Sie hob die Arme und zog ihren Gemahl zu sich heran. Sie zitterte am ganzen Leib, ihr Gesicht war weiß wie der Schnee auf den Dächern von Amskwa.

Es dauerte, bis er seine Arme auch um sie schlang und sie an seinen dürren Körper drückte, um ihr Geborgenheit zu geben. Ein Blick in ihre braunen Augen genügte, um zu erkennen, was ihr diese Furcht eingejagt hatte: Zvatochna.

Norina wandte den flackernden Blick ab. »Nein«, bat sie leise.

Lodrik strich ihr über das Haar, wischte einen Rußflecken von ihrer rechten Wange. »Sei unbesorgt. Sie hat dir den Verstand nicht rauben können.« Aus den Augenwinkeln sah er, dass Waljakov näher kam und gern etwas sagen wollte. Mit einer Handbewegung hielt er den Mann davon ab, sie zu stören. Seine Gemahlin besaß Vorrang.

»Aber es fehlte nicht viel«, wisperte sie tonlos. »Ulldrael war mir gnädig und schützte mich, denn ich befand mich in einer Welt, die aus reinem Grauen besteht.« Sie betrachtete ihre Hände, als gehörten sie nicht ihr. »Alles bewegte sich, die Möbel spien Blut aus, dann stand ich allein auf einem Hügel, umlagert von den abscheulichsten Kreaturen, die sich Tzulan erdachte. Sie rannten zu mir, rissen mir die Kleider vom Leib«, sie ließ Lodrik los und wich vor ihm zurück, »und taten ... Dinge mit mir.«

»Nur eine Einbildung. Zvatochnas Macht hat sie dir zugefügt.«

»Aber ich *spürte* ihre Hände auf mir, ihren Atem in meinem Gesicht.« Norina schüttelte sich. »Dann weiß ich nichts mehr«, schluchzte sie.

»Du wurdest ohnmächtig.« Lodrik trat näher zu ihr und zog sie an sich. »Andernfalls wärst du sicherlich wahnsinnig geworden.«

Sie bebte noch immer. »Ich weiß nicht, ob ich es nicht dennoch geworden bin«, sagte sie nachdenklich und atmete die kalte Luft tief ein.

Menschen mit gefüllten Wassereimern rannten an ihnen vorbei, warfen ihnen verwunderte Blicke zu, weil sie untätig herumstanden, und eilten auf den brennenden Palast zu.

Aus den Fenstern schlugen die Flammen himmelwärts, das Feuer hatte auf andere Räume übergegriffen und sich gierig Nahrung in den Holzvertäfelungen und Vorhängen gesucht. Wenn kein Wunder geschähe, würde das Gebäude dem Brand zum Opfer fallen.

»Habt ihr Zvatochna gesehen?«, fragte Lodrik Stoiko und Waljakov

Sie nickten. »Ihr wisst, ich bin nicht feige, Herr«, gestand der Hüne Zähne knirschend und war froh, endlich sprechen zu dürfen. »Doch es war mir unmöglich, mich ihr in den Weg zu stellen. Ihre Kutsche fuhr vor, sie eilte hinaus, und die tarpolischen Soldaten fielen einfach tot aus den Sätteln. Sie kamen nicht einmal dazu, etwas zu tun. Ich kann es nicht beschreiben, doch das ... Grauen packte uns beide, sodass wir uns nicht von der Stelle rührten.« Er legte die mechanische Hand an den Gürtel, die Finger schlossen sich klackend um die Schließe.

»War sie allein?«

Wieder nickten sie. »Keine Begleitung, Herr.« Waljakov deutete auf den brennenden Palast. »Sie hat ihre Verbündeten im Stich gelassen.«

Lodrik lächelte schwach. »Wir werden den Schutt durchsuchen müssen. Ich möchte die Überreste von Aljascha und Vahidin vor mir sehen, ehe ich an ihren Tod glaube.« Es war zu spät, um nach den Seelen der Toten Ausschau zu halten, sie waren schon längst gegangen. »Lasst uns einen Gasthof in der Nähe suchen.«

»Da drüben.« Waljakov deutete nach links, die Straße hinab. *Zum Galgen*, stand auf dem Schild geschrieben.

Wie passend für einen Nekromanten. Lodrik nahm Norinas Hand, sie näherten sich dem Haus, während die Löschversuche der Amskwawiter andauerten. Die Schneeschicht auf den angrenzenden Gebäuden verhinderte, dass Funkenflug weitere Brände entfachte. Das war ein Vorteil der langen Winter im Norden Ulldarts.

Sie traten ein, und der Wirt, der ihnen mit zwei Wassereimern entgegenkam, empfing die vier Gäste verwundert. »Nur herein. Ich bin gleich zurück«, rief er ihnen im Vorbeilaufen zu. »Seid dennoch willkommen, auch wenn es die schlechteste Zeit ist, die man sich für einen Besuch auswählen kann.« Er schrie einen Frauennamen und rannte hinaus.

Anscheinend war es seine Tochter, die gleich darauf aus einem Nebenzimmer trat.

»Wir möchten die besten Zimmer«, sagte Stoiko freundlich. »Die Herrschaften brauchen Ruhe. Wir kamen inmitten des Durcheinanders an und gerieten unter die Löscharbeiten«, erklärte er ihr ramponiertes Aussehen. »Ein Glück, dass wir dem Funkenregen entkamen.«

Das Mädchen nickte, führte sie die Treppe nach oben und wies ihnen Unterkünfte zu. Stoiko und Waljakov teilten sich ein Zimmer, Lodrik und Norina ein weiteres.

Norina legte sich sogleich auf das Bett, streifte die Stiefel ab und schloss die Augen. Als die grausamen Bilder zurückkehrten, öffnete sie rasch die Lider. »Sie hat mir die Angst eingebrannt«, sprach sie zu Lodrik. »Ich werde nie wieder schlafen können.«

Von draußen erklang lautes Rumpeln, ein Funkensturm flog gegen das Fenster und erlosch; das Dach des Palastes war eingestürzt.

»Du wirst«, beruhigte er sie. »Wie ist es ihr gelungen, dich nach Amskwa zu holen, obwohl du wusstest, was ich von Elenja dachte?« Es war nicht die Zeit, ihr wegen ihrer Reise

Vorwürfe zu machen, doch es ärgerte ihn, dass sie sich leichtfertig in Gefahr gebracht hatte.

»Sie schrieb mir einen Brief. In dem stand, dass sie dich in ihrer Gewalt hätte und ich dich nur retten könnte, wenn ich zu ihr komme.« Norina antwortete matt, was ihren Worten noch mehr Wirkung gab.

Lodrik seufzte, richtete ihr langes, schwarzes Haar. »Es tut mir Leid.«

»Es kann dir nicht Leid tun. Dich trifft keine Schuld. Elen … Zvatochna hat gewusst, wie sie mich ködern kann.«

»Das darf nie wieder geschehen«, sagte er eindringlich. »Solltest du jemals wieder Briefe erhalten, in denen man dich mit meinem Wohl oder meinem möglichen Tod erpresst, wirst du nichts unternehmen. Du wirst keine Forderungen erfüllen.« Er sah sie an. »Versprich es mir.«

Norina drehte den Kopf, schaute in seine blauen Augen und wunderte sich. »So hast du mich lange nicht mehr angesehen.«

Seine Stirn legte sich in Falten. »Wie meinst du das?«

»Voller Zuneigung, voller Liebe.« Sie lächelte und streichelte seine schmale Wange. »Wie früher, mein Gemahl.«

»Die Sorge um dich spült nach oben, was ich vergessen glaubte«, erwiderte er nachdenklich. »Es ist traurig, dass ich erst um dein Leben fürchten musste, um mich an das zu erinnern, was wir teilen.«

»*Du* hast nichts vergessen.« Sie richtete sich auf. »Es sind die Toten, Lodrik. Sie rauben dir das, was dich zum Menschen macht.«

»Ich *bin* ein Toter«, erwiderte er ohne Bitterkeit.

»Unsinn. Dein Herz schlägt, deine Augen haben den Glanz der Lebenden. Aber du lässt zu, dass die Toten dich zu einem von ihnen machen.«

Er schwieg. Ihre Anschuldigung enthielt nur zum Teil etwas Wahres. Die Toten trugen keine Schuld, dass er seine Macht über die Lebenden und die Toten genoss oder er es liebte, Seelen zu betrachten und mit ihnen zu spielen. Die Grausamkeit in ihm hatten die Toten nicht zu verantworten. Es war der Drang, ständig neue Seiten seiner Nekromantie zu erforschen, dem er sich hingab. Sehr gern hingab.

»Ich höre keine Widerrede von dir, Lodrik.« Norina musterte besorgt sein Gesicht. »Habe ich die Wahrheit zu gut getroffen?«

»Nein. Sie haben keine Macht über mich. Ich herrsche über sie«, wiegelte er harsch ab und stand auf.

»Wohin willst du?«

»Nachsehen, was von Aljascha und Vahidin übrig blieb. Die Schneemassen auf dem Dach werden das Feuer gelöscht haben.« Er ging zur Tür. »Ich werde Stoiko und Waljakov bitten, auf dich aufzupassen.«

»Es ist keine Flucht vor mir und den Worten, die du nicht hören möchtest?«

Er zwang sich zu einem Lächeln, die Mundwinkel gehorchten kaum. »Nein.«

»Ich glaube es dir nicht.«

»Dann kann ich es nicht ändern. Wir reden später weiter.« Lodrik verließ die Unterkunft, sagte den beiden Freunden Bescheid und verließ den Gasthof. Er spürte, dass Norina am Fenster stand und ihm nachschaute, vermutlich mit Zorn in den Augen.

Er konnte es ihr nicht verdenken, aber er hatte eine solche Unterredung schon zu oft mit ihr in Ulsar geführt, als dass er sich ihre Gründe anhören wollte. Es gab für ihn keine Rettung mehr, er gehörte Vintera. Mit Leib und vermutlich auch mit seiner Seele, was ihm jedoch nicht viel bedeutete.

Die Menschen standen vor dem Gouverneurspalast und starrten auf die rauchenden Trümmer, andere beschäftigten sich mit den toten Soldaten, fledderten sie und nahmen sich deren Ausrüstung. Arme Menschen hatten immer Bedarf an Dingen, die man zu Geld machen konnte.

Einige der toten Pferde wurden an Ort und Stelle zerteilt, Familien schleiften ganze Tiere davon, damit sie ihre Beute in Ruhe und mit Sorgfalt zerteilen konnten. Immerhin gab es auf diese Weise wenigstens noch etwas Sinnvolles im Tod.

Lodrik überquerte die Straße und wich den borasgotanischen Gardisten aus. Sie ritten heran und trieben die Menschen auseinander, verjagten sie aus der Nähe der Pferde und Toten.

Er nutzte die Gelegenheit und schlüpfte durch den Haupteingang, während sie hinter ihm eine Absperrung um den Palast zogen, um zu verhindern, dass sich Plünderer am Eigentum von Elenja vergingen.

Lodrik schob die Kapuze tiefer ins Gesicht, stieg die Treppe nach oben und umgab sich mit einer Sphäre aus Angst. Immer wieder hörte er rasche Schritte, die sich hastig von ihm weg bewegten, einen erschrockenen Ausruf, das Scheppern eines fallenden Gegenstandes. Niemand gelangte näher an ihn heran als auf zwanzig Schritte.

Dichte Qualmwolken schlugen ihm entgegen. Der eisige Wind trieb sie wie in einem umgekehrten Kamin die breiten Flure entlang nach unten und drückte sie zur Tür hinaus.

Lodrik fand den Raum, in dem alles begonnen hatte, nahezu rauchfrei vor. Teile der Decke waren eingestürzt, Balken lagen im Zimmer umher und hatten sowohl Möbel als auch die Leichen der Gardisten unter sich begraben; getauter Schnee hatte Pfützen gebildet, es zischte gelegentlich, wenn Glut und Wasser sich berührten.

Er ließ die Blicke schweifen und suchte die Stellen, an denen er Aljascha und ihren Sohn das letzte Mal gesehen hatte. Trümmer versperrten ihm die Sicht, daher kroch er vorwärts, zuerst zum Kamin.

So sehr er suchte: Es gab keinerlei Knochenreste, die auf Vahidin schließen ließen. Der Junge hatte den Angriff aus reinem Grauen anscheinend überstanden und sich danach aus den Flammen gerettet.

Wie kann er entkommen sein? Lodrik trat in den Kamin und schaute den Schlot hinauf. Schnee rieselte herunter, traf auch ihn und schmolz auf seinem Gesicht. Plötzlich spürte er einen heißen Tropfen, der auf seiner Haut brannte.

Fluchend wich er einen Schritt zurück und wischte sich die Flüssigkeit mit dem Ärmelaufschlag weg. Dunkelmagenta, fast schwarz haftete das Blut an dem Stoff. Es gehörte einem Wesen, das einen Zweiten Gott zum Vater hatte. Jetzt sah er es als Gewissheit, dass Vahidin verletzt und durch den Schlot entflohen war.

»Vintera hole dich! Das nächste Mal schneide ich dich in Streifen«, fluchte Lodrik und suchte nach Aljaschas Leiche. Außer einem verkratzten Schuh entdeckte er nichts von seiner ersten Gemahlin. *Er wird sie doch nicht wiederbelebt haben?*

Es führte wohl kein Weg am Aufstieg im Kamin vorbei, wenn er mehr über Vahidins Verbleib wissen wollte.

Lodrik fing an zu klettern. Das von oben einfallende Licht und seine empfindlichen Augen zeigten ihm jeden Riss, jeden Vorsprung, an dem er sich festhalten konnte. Dabei entdeckte er weitere feuchte Flecken an der Wand.

Als er das Ende erreicht hatte und sich über den Rand schwang, wäre er beinahe ins Nichts gesprungen. Wie ein kahler, quadratischer Stamm ragte der Schlot in den Nachthimmel. Er erinnerte mit seiner Größe an die ursprüngliche Höhe des Palastes; die Trümmer des Daches befanden sich zwanzig Schritte unterhalb von ihm.

Lodrik ging in die Hocke, weil der Wind stark an seiner Robe zerrte und ihn davonzuwehen drohte. Er schaute sich um und suchte auf den Dächern der umliegenden Häuser nach Fußspuren. Er fand keine Abdrücke, weder von einem Kind noch von einer Frau.

Ein leises Schwirren erregte seine Aufmerksamkeit.

Schräg über ihm, etliche Schritt weiter, flogen sieben Modrak über der Stadt. Zwei von ihnen hielten eine kleine Gestalt an den Handgelenken gepackt, vier trugen eine Frau an Händen und Füßen. Der letzte umkreiste die Gruppe und spähte umher. Er wollte sichergehen, dass sie von nichts und niemandem verfolgt wurden.

»Verdammte Viecher.« Lodrik reckte sich und überlegte, ob seine Macht wohl so weit reichte. Ehe er sich entschlossen hatte, es auf einen Versuch ankommen zu lassen, sanken die Modrak abrupt nach unten und verschwanden hinter dem Wald, der sich um Amskwa erstreckte. Sie waren aufmerksam geworden.

Lodrik senkte den Blick, schaute auf die borasgotanischen Soldaten und widerstand der Versuchung, sie zu töten und ihre Seelen zur Suche auszusenden. Norinas und Stoikos Worte hafteten zu sehr in seinem Gedächtnis, und er bedauerte seine Skrupel. Dabei sagte er sich, dass Vahidin sich früher oder später gewiss wieder zeigen würde. Jetzt wusste er wenigstens, nach wem er Ausschau zu halten hatte und wer sich hinter dem Titel *kleiner Silbergott* verbarg.

Er berührte das Loch in seiner Brust, in das er den Finger stecken konnte. Es war kleiner geworden, dieses Mal verwuchs das untote Fleisch miteinander, legte sich schützend über die inneren Organe, und mit ein wenig Glück musste er es nicht nähen. Sein Leib entschied selbst, wann er heilte und wann nicht.

Lodrik rutschte den Schlot hinab, verließ den Palast unbehelligt und kehrte in den Gasthof zurück. Er fand seine beiden Freunde am Bett von Norina ins Gespräch vertieft. Als er eintrat, schwiegen sie sofort; ihre Mienen machten deutlich, dass sie sich über ihn unterhalten hatten.

»Vahidin lebt«, sagte er knapp. »Die Modrak haben ihm zur Flucht verholfen und Aljaschas Leichnam mitgenommen.« Er setzte sich neben den Kamin, abseits von seinen Freunden, schlug die Kapuze zurück und betrachtete sie ernst.

»Was tun wir nun, Herr?«, fragte Waljakov und klang kämpferisch wie eh und je.

»Ich gehe nach Westen, nach Croshmin, um Zvatochna zu stellen. Sie ist das gefährlichere Übel, weil ich nicht einzuschätzen vermag, was sie beabsichtigt.« Er deutete mit dem Finger zuerst auf Waljakov, dann auf Stoiko. »Ihr werdet Norina zurück nach Ulsar begleiten. Ich traue Vahidin zu, dass er die Modrak auf sie hetzt.« Es war eine Lüge, um die beiden Freunde in Sicherheit zu bringen. Dass Norina lebte, dass sie ihren Verstand besaß, war ein Geschenk Ulldraels. Weitere Geschenke würde er vermutlich nicht machen können.

»Ihr benötigt Beistand, Herr«, warf Waljakov ein und kam damit Norina zuvor, die den Mund für einen Einwand geöffnet hatte. »Beim Kampf im Palast habt Ihr gesehen, dass wir Euch sehr wohl nützen. Bedarf es eines weiteren Beweises?«

»Ihr seid gute Kämpfer. Ihr beide«, beschwichtigte er. »Bedenkt, wen ihr auf eurem Weg bei euch habt. Hier liegt die Kabcara Tarpols, und sie muss sicher auf den Thron zurückkehren. Das steht an oberster Stelle. Und die Verantwortung, die ihr beiden für die Tarpoler tragt, ist hoch.« Er stand auf. »Ich lasse euch wissen, wo ich bin, wie es sich mit Zvatochna verhält und ob ich euch brauche. Setzt Perdór in Kenntnis.« Er reichte Stoiko zum Abschied die Hand.

Sein Vertrauter lächelte ihn an. »Das war weise, wie Ihr den alten Krieger ausmanövriert habt«, flüsterte er und zwinkerte. »Wir passen auf sie auf, Herr«, sagte er dann laut.

Waljakov war als Nächster an der Reihe und beschränkte sich neben dem Handschlag auf ein Nicken. Er war zwar immer noch nicht einverstanden, bei der Jagd außen vor zu sein, doch wie konnte er es ablehnen, eine Kabcara zu beschützen?

Lodrik küsste seine Gemahlin behutsam auf den Mund. »Wir sehen uns wieder.« Rasch ging er hinaus, um weiteren Diskussionen mit ihr zu entkommen.

Kontinent Ulldart, Königreich Tarpol, Provinz Ker, Winter im Jahr 1/2 Ulldrael des Gerechten (460/461 n.S.)

Estra folgte Tokaro durch den Tunnel. Alle zwei Schritte machten sie Halt, um die an den Wänden aufgehängten Lampen zu entzünden. Nach und nach kehrte die Helligkeit in den Gang zurück, in dem offensichtlich seit längerer Zeit keiner mehr gewesen war. Staub und Spinnweben waren klare Anzeichen dafür.

Estra schüttelte den Schnee von ihrem Umhang und schaute zweiflerisch zur Decke und den Stützbalken. »Halten sie noch?«

Tokaro wandte sich zu ihr und grinste. »Das tun sie.« Er zeigte auf eine eisenbeschlagene Tür und klingelte mit dem Schlüsselbund an seinem Gürtel. »Da vorn ist unser Eingang. Wir sind sicher. Niemand wird uns finden.« Er ging weiter.

Auch Estra war sich sehr sicher, dass sie hier unten niemand finden würde. Das Versteck lag mitten in einem Wald unter einem Hügel, und den Eingang hatten sie nur mit Mühe entdeckt. Sie traute zwar den Balken nicht wie Tokaro, und im Falle eines Einsturzes rechnete sie nicht damit, jemals wieder das Tageslicht zu sehen. »Warum bleiben wir nicht auf der Burg?«

»Weil wir dort zuerst gesucht werden. Die kensustrianischen Priester können leicht herausfinden, wo mein Stammsitz ist.« Tokaro hantierte mit dem Schlüssel und öffnete ein Schloss nach dem anderen. »Ritter Malgos wird uns über alles berichten, was sich ereignet, während wir warten, bis sich der Sturm gelegt hat und wir wissen, was wir tun können. König Perdór muss von dem Wortbruch der Grünhaare erfahren.« Er öffnete den Durchgang und trat zur Seite. »Komm und sieh dir an, wo wir die nächsten Tage verbringen werden.«

»Eine feuchte, kalte Höhle«, murmelte Estra und ging an ihm vorbei in den Raum dahinter.

Mit einem Mal befand sie sich in einem fürstlich ausgestatten Raum, der ebenso gut ein Festsaal auf der Burg hätte sein können. Im Licht von Tokaros Lampe erkannte sie gemauerte Wände, ein Tonnengewölbe sorgte für eine sichere Deckenstütze. Sessel, eine große Tafel, Stühle, Schränke mit Geschirr und Gläsern fanden sich hier wie in einem Haus.

Tokaro ging an ihr vorbei und entzündete die Kerzen und Lampen im Raum. »Es ist ein Rückzugsort aus der Zeit, als der Orden der Hohen Schwerter verboten war. Es gibt auf ganz Ulldart solche Verstecke, wo die Ritter, welche den Verfolgungen durch Govan entkommen waren, Unterschlupf suchten.« Er zeigte auf drei weitere Türen. »Schlafgemach, eine Kammer für die Notdurft und eine kleine Küche mit Vorratsfässern. Ich sehe rasch nach, ob wir frische Dinge benötigen, aber es sollte alles genießbar sein.« Er verschwand durch die rechte Tür.

Estra schlenderte durch den riesigen Raum und betrachtete die Unterkunft, danach betrat sie das Schlafgemach. Es war offensichtlich, dass es dem Burgherrn gehörte. Es gab nur ein großes, breites Bett mit einem Baldachin darüber und einen Schrank, in dem sie Wechselwäsche fand.

»Gemütlich, nicht wahr?«, sagte Tokaro hinter ihr und schloss sie in die Arme.

Sie drehte sich zu ihm und sah an dem Grinsen und in seinen blauen Augen, was er gern mit ihr in diesem Bett machen würde. Sie verspürte jedoch keine Lust. »Ich habe Angst, Tokaro«, gestand sie und drückte sich an ihn. »Wenn durch unsere Flucht ein Krieg ausgelöst wurde?«

»Wäre es dir lieber, wir wären nach Khòmalîn zurückgekehrt und hätten uns von den Priestern umbringen lassen?« Er streichelte ihre dunkelbraunen Haare.

»Wir hätten zu Perdór anstatt nach Tarpol gehen sollen. Ilfaris lag so nahe bei uns ...«

»Und sie hätten uns aufgelauert«, fiel er ihr behutsam ins Wort. »Ich habe dem König doch von unterwegs geschrieben.«

Sie hob den Kopf. »Denkst du, dass dein Brief überhaupt ankommt? Der Bote sah nicht sehr zuverlässig aus.«

»Dann schreiben wir ihm eben noch einmal.« Tokaro setzte sich auf das Bett und zog sie zu sich. »Ich lasse dich nicht eher aus dem Versteck, bis die Sache mit den Kensustrianern geklärt ist. König Perdór wird es regeln.« Er küsste ihren Hals und dann den Nacken, roch an ihr. »Ich weiß auch schon, was wir beide in der Zwischenzeit alles tun können.«

Estra lächelte. »Nein, ich möchte nicht.« Sie wand sich aus seiner Umarmung und erhob sich. »Ich habe Hunger und Durst. Lass uns etwas zu essen bereiten.« Sie ging hinaus, und Tokaro schaute ihr verwundert hinterher.

»Ich muss die Frau nicht verstehen. Ich muss sie nur lieben«, murmelte er grinsend und zog seine schwere Rüstung aus, hängte sie auf den Ständer neben dem Bett und ging im Kettenhemd in die Küche.

Estra hatte bereits verschiedene Gläser mit eingemachten Süßknollen und Fleisch geöffnet und in einen Topf gegeben. »Ein kleiner Festschmaus«, meinte sie entschuldigend.

Tokaro zog eine Flasche Wein aus dem Regal. »Solange das Getränk dazu stimmt, ist es in Ordnung.« Er bemerkte die Spannung, die sie befallen hatte. »Ist es wegen der Unterkunft?«, erkundigte er sich. »Erträgst du es nicht, unter der Erde zu sein?«

Sie entfachte ein kleines Feuer und verfolgte, wie der Qualm in ein Rohr zog, das in der Decke verschwand. »Wohin wird er abgeleitet?«

»Wieso?«

»Weil uns der Rauch verraten kann.«

»Das Rohr führt einige Schritte weiter und kommt neben einem Bachlauf an die Oberfläche, der selbst im Winter nicht zufriert. Der Rauch mischt sich sofort mit dem Wasser, bevor der Geruch aufsteigen kann.« Tokaro schob den Topf über die

Flammen. »Wir haben an alles gedacht. Und nun sag, was dich bedrückt.«

»Alles«, stieß sie mit einem Seufzen hervor. »Die Ungewissheit, was sich in diesem Augenblick in Ammtára ereignet, was die Priester anordnen, wie die Königreiche handeln werden.« Sie hob hilflos die Schultern. »Alles eben.«

Tokaro barg sie in seinen Armen, küsste ihre Stirn und hielt sie fest. Es bedurfte keiner Worte, er spendete stummen Trost und hoffte, dass es etwas brachte.

Als der Duft des Essens beiden in die Nase stieg, ließen sie sich los. Tokaro rührte rasch um, ehe Knollen und Fleisch verbrannten, Estra ging in den großen Saal und suchte Besteck. Sie würden aus dem Topf essen.

»Es schmeckt besser«, sagte sie nach dem ersten Bissen, »als ich befürchtete.«

»Es war in Kräuteröl eingelegt, was erwartest du? Selbst eine Schuhsohle würde weich und bekäme ein unglaubliches Aroma«, lachte Tokaro.

Er schenkte ihr Wein ein und vermied es, das Gespräch auf das Amulett und die Vorgänge am Strand zu lenken. Estra sollte sich entspannen. Also plauderte er aus der Zeit, als er Knappe und zur Ausbildung bei Nerestro war, schilderte das unentwegte Messen gegen seinen späteren Feind Albugast auf heitere Weise, bis er sah, dass ihre Mundwinkel in die Höhe wanderten und sie ihm ein Lachen schenkte.

Irgendwann, die Flasche war schon lange leer und eine zweite geöffnet, legte Estra ihre Hand auf seine. »Ich danke dir«, sagte sie.

»Für was?«, meinte er verwundert, weil sie ihn mitten im Satz unterbrochen hatte.

»Durch dich lerne ich mehr über meinen Vater, und das

bedeutet mir sehr viel. Er steckt zu einem Teil in dir, du bist ein Vermächtnis, das er mir hinterlassen hat und über das ich sehr glücklich bin.« Sie beugte sich nach vorn und küsste ihn lange auf den Mund.

Tokaro genoss seinen Lohn für die Stunden der Abwechslung, die er ihr beschert hatte. »Auch ich bin ihm dankbar, dass er mich aufgenommen hat. Nicht nur wegen der Ausbildung, der Burg und des Reichtums.« Er erhob sich, sie stand ebenfalls auf und stellte sich dicht vor ihn. »Als Straßenräuber, der ich war, wäre mein Leben sicher schon lange verwirkt, und mein Leichnam würde an einem Seil verrotten.« Er strich durch ihre Haare, die Finger folgten der Schläfe nach unten über die Wange. »Wäre ich kein Ritter geworden, hätten wir beide uns niemals getroffen, Estra. Du hast meinem Leben die vollständige Erfüllung gegeben.«

Sie erkannte die unausgesprochenen Gefühle, die er für sie hegte und die nicht über seine Lippen kommen wollten. Dafür war er zu sehr Ritter, um die Schwäche einzugestehen: seine Liebe zu ihr. Estra küsste ihn erneut, dieses Mal mit aller Leidenschaft; dann führte sie ihn ins Schlafgemach.

Kontinent Ulldart, Königreich Tarpol, Provinz Ker, Winter im Jahr 1/2 Ulldrael des Gerechten (460/461 n.S.)

Stolz erhoben sich die Türme, Fahnen wehten auf den Spitzen und verkündeten zum einen, aus welcher Richtung der Wind wehte, und zum anderen, wem dieses wundervolle Bauwerk gehörte. Das Wappen der Kuraschkas prangte groß und deutlich sichtbar allerorten, ein weißer Wimpel verkündete, dass der Burgherr selbst nicht auf dem Anwesen weilte.

Das wusste der junge Mann, der sich den Pfad zum Tor hinauf schleppte, jedoch nicht.

Er sah müde und erschöpft aus, und seine Kleidung und seine Lederrüstung wirkten ramponiert. Ein alter, zerschlissener Mantel schützte ihn jedenfalls teilweise vor der Kälte und dem Schnee. Die vier Torwächter beobachteten ihn sehr aufmerksam, auch wenn er keine Gefahr bedeutete.

Hustend stand er schließlich vor ihnen, er musste sich zusammenreißen, um einigermaßen verständlich zu sprechen: »Ich suche Tokaro von Kuraschka«, sagte er mit einem seltsamen Akzent.

Der Hauptwächter trat einen Schritt vor. »Almosen kannst du bekommen, aber der Herr ist nicht da.«

»Mein Name ist Lorin. Ich bin sein Halbbruder. Ich muss ihn dringend sehen.«

»So?« Der Mann musterte ihn. »Nun, wie lautet Euer Name, den Ihr in Hardbasdonda tragt?«

»Die Stadt heißt Bardhasdronda, und mein Name lautet Seskahin.«

»Was geschah in der Schlacht, als er mit Euch auf einem Pferd ritt?«

»Ich saß hinter ihm und stürzte.«

»Das waren die richtigen Antworten.« Die Männer wechselten rasche Blicke, das Kopfschütteln des Wächters fiel unsicher aus. »Es tut mir Leid, aber der Herr ist wirklich nicht da. Er ist irgendwo in Kensustria.«

Lorin erschrak, ein neuerlicher Hustenanfall brachte ihn dazu, sich zusammenzukrümmen. Seine Lungen schmerzten, und wenn er ausspie, war der Speichel tiefgrün und klumpig. Kensustria lag weit im Süden. Viel zu weit für einen kranken Reisenden wie ihn. »Wann erwartet ihr ihn wieder?«

»Er gab uns keinerlei Zeitpunkt an, Lorin Seskahin«, erwiderte der Wächter und wies einen der Männer an, die Pforte zu öffnen. »Kommt herein und ruht Euch aus. Ihr habt Euch eine üble Erkältung eingefangen, die dringend behandelt werden muss.«

Lorin hob ablehnend die Hand. »Nein, ich muss weiter.«

»Ihr wollt nicht wirklich in Eurem Zustand die Reise in den Süden antreten?«, versuchte ihn der Wächter zurückzuhalten.

»Ich habe keine andere Wahl. Es geht um Leben oder Tod.« Lorin zog die Nase hoch und sah in die Wachstube, die mit heißen Getränken, Wärme und einer Liege lockte. »Einen Tee würde ich aber vorher noch nehmen. Ich werde Tokaro eine Botschaft schreiben, falls er ankommen sollte, wenn ich schon weg bin.«

»Sicher.« Der Wächter begleitete ihn in den Turm, wies ihm einen Stuhl zu, goss ihm einen Becher Tee ein und schüttete etwas Rum hinein. »Das wird die Kälte verjagen«, sagte er aufmunternd, suchte nach Papier, Feder und Tinte. »Bleibt, solange Ihr möchtet. Ich muss wieder hinaus.« Er nickte und verließ den kleinen Raum.

Lorin schloss die Augen, lauschte auf das leise Ticken des bauchigen Ofens, der in der Mitte des Zimmers stand, und versuchte, nicht den Mut zu verlieren.

Er war dem Feuer der Ničti entkommen und nach schier unendlichen Tagen von einem Schiff aufgesammelt worden; unter den widrigsten Umständen hatte er sich vorbei an tarpolischen Dörfern durch menschenleere Landstriche geschlagen und war von den Knechten eines Hofbesitzers verprügelt worden, ohne dass er etwas getan hatte. Beinahe wäre er im Freien erfroren, und ohne die Gedanken an Jarevrån und die Kraft, die er daraus geschöpft hatte, wäre er sicherlich gestorben.

Jetzt befand er sich endlich auf Angoraja und wurde trotzdem nicht für seine Mühen belohnt. Die Bleiche Göttin meinte es nicht gut mit ihm. Mit ihm und Kalisstron.

Dank seiner Einbildungskraft sah er seine Gemahlin vor sich, während er selbst sich in seinem Haus befand. Sie stand mit dem Rücken zu ihm und schürte das Feuer; an ihrer Seite stand seine große Schwester Fajta und wandte sich ihm zu. Dann drehte auch Jarevrån den Kopf, sie lächelten ihn an …

»Hoch mit dir«, feuerte er sich selbst an und zwang sich dazu, die Augen zu öffnen und eine Nachricht zu schreiben, in der er die Dringlichkeit seines Anliegens schilderte. Um was es genau ging, ließ er offen, denn er hoffte Tokaros Neugier zu wecken und so eine Ablehnung zu vermeiden.

Nicht wesentlich erleichtert, stürzte er den heißen Tee hinab und begab sich auf die Liege. Lange würde er nicht schlafen, nur ein wenig, damit sein Körper sich durch und durch erwärmte und das Gefühl in die Zehen zurückkehrte. Eisklumpen waren warm gegen sie …

Als Lorin erwachte, herrschte Dunkelheit.

Er befand sich immer noch allein in der Wachstube; entweder hatten sie ihn nicht geweckt, oder er hatte nichts von dem Lärm bemerkt. Durch die Fenster fiel der orangerote Schein der Feuer herein, gelegentlich flirrte eine einsame Schneeflocke vorüber. Lorin grauste es davor, in die Kälte zu müssen.

Die Tür wurde geöffnet, herein trat der Wächter, der vorhin mit ihm gesprochen hatte, und stellte eine Lampe ab. »Ah, Ihr seid wach«, lächelte er. »Der Schlaf hat Euch gut getan, hoffe ich.« Er sah den gefalteten Zettel. »Das ist die Nachricht für den Herrn?« Lorin nickte. »Dann werde ich sie aufbewahren und sie ihm sofort übergeben, wenn er nach Angoraja zurückgekehrt ist.« Er steckte sie unter seinen Mantel. »Ich gebe Euch den Rat, die Nacht auf der Burg zu verbringen. Der Winter ist hart, und es gibt Raubtiere in den Wäldern, denen es gleich ist, ob sie ein Schaf oder einen Menschen zerreißen.«

Lorin seufzte glücklich. Die Warnung bot ihm einen hervorragenden Vorwand, seine Abreise auf die Morgenstunden zu verschieben. »Danke.«

»Ich habe ein Zimmer für Euch herrichten lassen. Und ein heißes Bad, wenn Ihr mögt.«

Allumfassende Wärme – ein verlockender Gedanke. »Ja, gern.«

»Folgt mir.« An der Seite des Wächters verließ er den Turm, überquerte den Hof und ging hinüber ins Haupthaus. Von dort gelangten sie in den nächsten Turm.

Das Zimmer war wesentlich größer als die Wachstube und hielt ein großes Bett sowie einen Zuber voll heißen Wassers für ihn bereit.

»Bitte sehr. Ruft nach einem Knecht, wenn Ihr etwas zu essen mögt.« Der Wächter zog sich zurück.

Lorin schlüpfte aus den Kleidern und genoss das Bad, das herrlich nach Kräutern roch. Der aufsteigende Dampf tat seinen Lungen gut und durchdrang den Schleim, der sich darin festgesetzt hatte. Es kam ihm vor, als löse der Dampf seine Beschwerden auf. Mit jedem tiefen Husten kamen dicke Klumpen zum Vorschein, die er in eine Schüssel spuckte; gleichzeitig ließen das Brennen und die Schmerzen nach. Seine Brust fühlte sich freier an. Vollkommen entspannt, stieg er aus dem Zuber und wickelte sich in das Tuch, ging zum Fenster und schaute über die Burg, die seinem Halbbruder gehörte.

Während er die Gebäude betrachtete, fiel ihm die Bewegung im Hof auf. Der Wächter, der ihn betreut hatte, stieg auf ein Pferd und gab den Wachen am Tor Anweisungen, dabei zeigte er mehrmals auf den Turm, in dem Lorin residierte. Dabei glitt ihm etwas aus den Fingern, doch einer der Wärter hob es auf, gab es zurück. Die beschlagene Scheibe mochte ihn täuschen, aber Lorin hätte geschworen, dass es ein Stück Papier gewesen war.

Meine Nachricht? Aufmerksamer verfolgte er die Geschehnisse, sah, wie der Reiter durch das Tor preschte und in der Nacht verschwand. *Keine Lampe?* Für Lorin bedeutete es, dass der Mann den Weg, den er nahm, sehr gut kannte.

Er wurde von einer heftigen Aufregung gepackt. Konnte es sein, dass er einem Schauspiel aufgesessen war und sich sein Halbbruder doch in der Nähe der Burg aufhielt? Welchen Grund mochte es geben, dass sich ein einzelner Mann mit seiner Nachricht mitten in der Nacht auf den stockdunklen, gefährlichen Weg machte?

Lorin schüttelte den Kopf. Was sonst mochte der Grund für den Ausflug des Wärters sein? Er fand den Vorgang merkwürdig. Was ging auf Tokaros Burg vor?

Schnell sprang Lorin in seine Kleider, rannte die Treppen hinab und wagte sich auf die Außenmauer. Vermutlich würden die Torwachen ihn mit irgendeiner erdachten Begründung daran hindern wollen, Angoraja zu verlassen.

Um den Schwierigkeiten von Anfang an aus dem Weg zu gehen, wollte er einfach niemanden merken lassen, dass er die Burg verlassen hatte.

Lorin war ein halbwegs geübter Kletterer, die Steilküste um Bardhasdronda hatte ihm oft genug als Übungsort gedient.

Genau diese Erfahrung machte sich nun bezahlt. Die Fugen

zwischen den Steinen gaben ihm gerade so viel Halt, wie er benötigte, um weit genug nach unten zu gelangen, wo ein Sturz nicht mehr tödlich endete.

Er gelangte mit einem waghalsigen Sprung auf den Boden und landete im tiefen Schnee, sank bis zur Brust ein und musste schwer kämpfen, um sich zu befreien. Dann umrundete er die Burg und suchte nach den Hufspuren, welche das Pferd des Wächters unweigerlich im Weiß hinterlassen hatte.

Lorin fand sie tatsächlich, denn das Licht der fünf Monde leuchtete ihm und half ihm bei der Verfolgung. Die Abdrücke führten ihn nach Norden, blieben zunächst auf der Straße, bis sie abrupt nach Osten in den Wald abbogen und genau auf einen Hügel zuführten.

Bald schon sah er das Pferd, das geduldig vor der Erhebung wartete, ab und zu die Nüstern in den Wind hielt und witterte, ob sich eine Gefahr näherte. Von dem Wächter entdeckte er nichts.

Vorsichtig pirschte er sich an das Pferd heran. Es bemerkte ihn, wieherte laut und tänzelte zur Seite.

»Pst, leise«, versuchte Lorin es zu beruhigen. »Ich will dir nichts tun. Ich ...«

Er hatte die Reaktion des Pferdes falsch gedeutet. Es fürchtete sich nicht vor ihm – es wartete, bis er nahe genug heran war! Dann stemmte es sich auf die Hinterläufe, während die Vorderhufe nach ihm traten; knapp zischten sie an ihm vorbei, verfehlten Brust und Kopf um weniger als eine Fingerbreite.

War es ihm gelungen, gerade noch auszuweichen, geriet er nun prompt an den nächsten Gegner. Neben ihm stand plötzlich eine Gestalt wie aus einem Albtraum! Ein Ungeheuer, so groß wie das sich aufbäumende Pferd und mit einem riesigen Kopf und vier Hörnern, die aus der Stirn ragten. Es steckte in einer Eisenrüstung und führte einen gewaltigen metallenen Speer; die weißen Augen waren weit aufgerissen und auf Lorin gerichtet. Eine gigantische Faust packte seinen Kragen, hob ihn daran empor und schleuderte ihn gegen den nächsten Baum.

Der Aufschlag ließ Sterne vor Lorins Augen tanzen, er plumpste in den Schnee und wurde von dem herabfallenden Weiß begraben. Ehe er sich aus eigener Kraft befreit hatte, packte ihn die Kreatur am linken Bein und riss ihn zurück an die Luft; er baumelte wie ein Spielzeug in der Hand eines Kindes.

»Sagt mir auf der Stelle«, dröhnte die Stimme der Kreatur tief und deutlich, »was Ihr hier wollt, oder ich mache das, was ich eben mit Euch tat, so lange, bis Ihr redet.«

Lorin hatte den Mund voller Schnee und spuckte aus. »Bleiche Göttin ...«

Das Ungeheuer warf ihn in die Luft; er flog viele Schritt durch den Wald und prallte gegen einen Stamm, rutschte daran nach unten. Dieses Mal hatte seine Schulter geknirscht, sein Kreuz schmerzte.

Inzwischen hatte er die Überraschung so weit verwunden, dass er seine schwachen magischen Kräfte sammelte und sich darauf vorbereitete, die Energien gegen das Monstrum einzusetzen. Die kräftige Hand langte erneut zu, schnappte seinen schwarzen Schopf und zog ihn nach oben.

»Zurück!« Lorin sandte einen Stoß Magie gegen die Kreatur. Die Rüstung leuchtete blau auf, und das Wesen schrie vor Schreck und Schmerz. Dabei bekam es nur einen Hauch von der Macht zu spüren, die er einst besessen hatte. Das wusste das Monstrum, das seine Haare losließ und ihn aus seinen weißen Augen anfunkelte, jedoch nicht. »Zurück – oder ich schwöre, dass ich dich vernichte!«

»Verflucht!« Der Wächter sprang wie aus dem Nichts herbei, sein Schwert blitzte auf. »Wer ist da?«

»Lorin Seskahin!«, gab er sich eilends zu erkennen, da er keinerlei Lust verspürte, gegen den Mann *und* das Monstrum anzutreten. An der Art, wie der Ritter sich näherte und wie unerschrocken er sich neben das Wesen stellte, erkannte Lorin, dass sie einander vertraut waren. »Was geht hier vor?«

Das Ungeheuer grollte und hielt seinen Speer stoßbereit.

»Nein, Gàn, wartet«, ordnete der Wächter an. »Er bedeutet keine Gefahr.«

Lorin wischte sich den restlichen Schnee aus dem Gesicht und betrachtete den Wächter. »Seid Ihr gerade dabei, meine Nachricht auszuliefern?«

»Nein. Ich habe ... Licht im Wald gesehen und wollte nachsehen, ob ein verirrter Wanderer Hilfe benötigt.« Der Wächter senkte das Schwert. »Wie seid Ihr aus der Burg gelangt?«

»Ein verirrter Wanderer, so, so.« Lorin schaute an ihm vorbei, sah aber nichts als den Hügel. »Ihr hattet mich vor Raubtieren gewarnt und wollt mir nun sagen, dass Ihr allein in den Wald reitet, um Wanderern beizustehen? Hätte nicht eine ganze Abteilung Ritter ausrücken müssen?«

»Die Ritter Angors sind sehr schlagkräftig. Außerdem habe ich Gàn an meiner Seite und kenne die Raubtiere. Ich weiß, wie ich ihnen zu begegnen habe.« Er steckte seine Waffe ein. »Kommt, wir kehren zur Burg zurück, bevor Ihr erfriert.«

Lorin hörte nicht auf ihn, sondern umrundete Gàn sowie den Hügel, den Spuren des Wächters folgend. »Ich habe das Gefühl, dass mein Halbbruder nicht in Kensustria ist, sondern ganz in meiner Nähe.«

Der Mann lief an ihm vorbei und stellte sich ihm in den

Weg. »Ihr irrt Euch. Da hinten ist nichts als Wald und Dunkelheit. Bleibt hier! Ich habe einen Bären gesehen ...«

»... den Ihr mir aufbinden wollt, nehme ich an.« Lorin lächelte. »Ihr versucht, Tokaro zu verbergen, das ist sicher. Aber weswegen? Hat er sich etwas zu Schulden kommen lassen?«

Der Wächter war hin und her gerissen. »Schwört, dass Ihr niemandem etwas davon berichtet«, verlangte er. »Schwört auf Euren Gott.«

»Ich schwöre bei Kalisstra und Angor, dass ich das, was ich sehen werde, für mich behalte.«

»Nun, dann kommt.« Der Mann wandte sich um und hielt auf den Hügel zu. Das Wesen, das Gàn genannt wurde, folgte ihnen, den Speer immer noch gesenkt und auf den Rücken Lorins zielend. Es hatte sein Misstrauen noch nicht abgelegt.

Auf der Rückseite neben dem Hügel blieb der Mann stehen und fegte den Schnee zur Seite; darunter wurde ein Stein sichtbar. Als er ihn anhob, kam ein Eisenring zum Vorschein. Er drehte ihn, woraufhin sich ein schmaler Streifen des Waldbodens absenkte und zur Seite glitt. Eine Treppe führte hinunter, schwacher Lichtschein beleuchtete die Stufen. »Ich bin es, Herr. Mit Eurem Halbbruder«, rief der Mann, ehe er hinabstieg und Lorin bedeutete, ihn zu begleiten.

»Er hat sich also nicht täuschen lassen?«, drang Tokaros Stimme dumpf den Schacht hinauf. Das Leuchten einer Fackel näherte sich, dann sah Lorin die Umrisse eines Gerüsteten. »Das dachte ich mir beinahe.«

Lorin sprang die letzten Stiegen hinab, schaute noch einmal hinauf, wo Gàns weiße Augen wie zwei neue Monde strahlten, dann blickte er zu Tokaro. »Der Bleichen Göttin sei gedankt!«, rief er freudig und erleichtert. Er unterdrückte den Wunsch, den jungen Mann vor sich in die Arme zu schließen.

Bei aller Freundschaft und Verwandtschaft würde er ihm nicht einmal die Hand reichen, um keine magische Reaktion zu erzeugen.

»Es ist schön, dich zu sehen, auch wenn ich gehofft hatte, dich mit meiner Abwesenheit zu täuschen«, grinste Tokaro ihn an, trat einen Schritt zur Seite und deutete den Gang entlang. »Wenn du schon so hartnäckig warst, dann komm. Machen wir es uns gemütlich.« Dann nickte er dem Wächter zu. »Malgos, du kannst auf die Burg zurückkehren. Und sage Gàn, dass er die Umgebung um den Hügel sichern soll.« Der Mann nickte und kletterte die Stufen hinauf.

Tokaro führte Lorin noch ein Stück durch den Tunnel und trat dann durch eine eisenbeschlagene Tür in einen fürstlich ausgestatteten Raum, der sich ebenso gut hätte auf Angoraja befinden können. Drei weitere Türen führten hinaus, ein Tonnengewölbe stützte die Decke, Kerzen verströmten Licht und Wärme. Dieses Versteck war gründlich angelegt worden.

»Willkommen in meinem bescheidenen Zuhause.« Lorin nahm Platz, Tokaro setzte sich ihm gegenüber und schenkte heißen Tee ein. »Was führt dich nach Ulldart? Die Überfahrt muss gefährlich gewesen sein.«

»Das kann man wohl sagen«, nickte er. »Aber zunächst musst du mir erklären, wieso du nicht auf deiner Burg bist, sondern dich wie ein Verbrecher verbirgst.«

»Nicht wie ein Verbrecher. Wie ein unschuldig Verfolgter. Das ist ein großer Unterschied.«

»Wegen was?«

Tokaro lehnte sich zurück, eine Hand lag auf der Stuhllehne, die andere auf dem Pommel des Schwertgriffs; das Licht verlieh der Rüstung einen sanften Schimmer und ließ die Edelsteine der aldoreelischen Klinge aufleuchten. »Das ist nicht von Belang.« Der Unterton war gebieterisch, einem Ritter Angors entsprechend. »Dass du mich aufgesucht hast, hatte einen triftigen Grund, nehme ich an.«

»Einen sehr triftigen.« Lorin verzichtete darauf, weiter nachzufragen, sondern bereitete sich darauf vor, sein Anliegen so eindringlich wie möglich zu schildern. Er berichtete von der Entwicklung in Bardhasdronda, von den Wesen, die den Klingenden Steinen entschlüpft waren und umherstreiften, von ihren magischen Fertigkeiten und von der immensen Gefahr, die von ihnen ausging. »Sie werden wachsen und Vernichtung bringen. Ich fürchte, dass mehr als nur meine Heimatstadt in Gefahr ist, wenn wir die Qwor nicht vernichten.«

Tokaro hatte gespannt zugehört. »Nun benötigst du mich und meine aldoreelische Klinge, um die Biester zu töten.«

Lorin nippte an seinem Tee, um die trockene Kehle zu befeuchten. »Eigentlich geht es mir mehr um deine Magie. Sie ist aus irgendeinem Grund anders von den Göttern angelegt und vermag es, andere Magie abzustoßen, zu eliminieren und einem magisch Begabten schweren Schaden zuzufügen«, holte er aus. Er erinnerte sich sehr gut an die Schmerzen, die er verspürt hatte, als sie sich zufällig und nur kurz berührt hatten.

Sein Halbbruder hatte verstanden. »Die Qwor haben sich vor allem von deiner Magie und der deines ungeborenen Kindes genährt. Deswegen denkst du, dass ihnen meine Fertigkeiten besonders hart zusetzen werden.«

»So ist es.« Lorin blickte ihn bittend an. »Begleite mich nach Bardhasdronda und hilf mir, die Qwor zu vernichten. Ein Ritter Angors wird zu einem strahlenden Helden auf Kalisstron …«

Tokaro lachte ihn freundlich an. »Du musst mir diese Mission nicht schmackhaft machen. Sie *ist* bereits nach meinem Geschmack. Ich komme sehr gern mit dir und stehe dem Volk von Kalisstron gegen die Wesen bei.«

»Hervorragend!«, brach es aus Lorin heraus. »Ich hatte befürchtet ...«

»Aber«, fiel ihm Tokaro ins Wort, »es gibt zunächst wichtigere Angelegenheiten zu regeln. Danach ...«

»*Wichtiger?*« Lorin starrte ihn entsetzt an. »Es geht um das Leben Tausender Menschen! Was kann wichtiger sein als das?«

»Das Leben *eines* Menschen«, erwiderte Tokaro kühl. »Eines Menschen, der mir alles bedeutet. Mehr als die Tausend auf einem anderen Kontinent.«

Lorins Augen wurden schmal. »Du verbirgst dich *deswegen* hier. Nicht du wirst verfolgt, sondern diese andere Person.«

»Ja. Sie heißt Estra, und ich habe sie aus den Fängen der kensustrianischen Priester befreit.« Er schwieg, dachte nach. »Ich will dir offen legen, was geschehen ist, damit du erkennst, weshalb mir diese Angelegenheit so viel bedeutet.« Tokaro lehnte sich zurück. Dann berichtete er von den Forderungen der kensustrianischen Priester, von Ammtára, von der Flucht aus Kensustria und der merkwürdigen Begebenheit, die sich am Strand ereignet hatte. »Seitdem haben wir uns versteckt. Du bist – abgesehen von einigen wenigen Vertrauten – der einzige Mensch auf Ulldart, der weiß, wo wir uns befinden.«

Lorin erbleichte. »Ich fürchte, ich kann einen Teil des Rätsels enthüllen«, raunte er mehr als er sprach. »Du hast nicht gefragt, woher ich weiß, dass sich diese Wesen Qwor nennen.«

»Ich dachte, man kenne sie auf Kalisstron?«

»Nein. Ich habe dieses Wissen von Fremden. Und genau diese traf ich auf der Überfahrt nach Ulldart.« Lorin berichtete von dem Zusammentreffen mit den Ničti und dem Gespräch, das er vernommen hatte. Als er die Bestürzung auf Tokaros Gesicht sah, ahnte er, dass er einen Fehler begangen hatte. »Was ist?«

»Der Kaiser von Angor? Er ist ... tot?«

»Was kümmert dich das?«

Tokaro sprang auf. »Ich bin ein Ritter Angors, dem Gott, der den Kontinent Angor mit allen seinen Geschöpfen ins Leben gerufen hat. Das höchste Wesen dieses Kontinents starb durch die Hand eines Tersioners«, rief er und lief dabei im Zimmer auf und ab. »Bei Angor, das bedeutet Krieg! Das Kaiserreich wird sich gegen Ulldart oder zumindest gegen Tersion wenden.« Abrupt blieb er stehen. »Aber was macht der Orden der Hohen Schwerter dann? Auf wessen Seite stehen wir?«

Lorin konnte die Aufregung nicht nachvollziehen. »Wenn du dich vor den Kensustrianern verborgen hast und die Ničti gekommen sind, um sie zu vernichten, müssen du und ...«

»Estra.«

»... und Estra euch nicht länger verbergen. Du kannst mit mir nach ...«

»Nein.« Die Ablehnung klang hart, unwiderruflich. »Erst will ich wissen, was in Ulldarts Süden gespielt wird. Der Großmeister muss über die Ereignisse in Kenntnis gesetzt werden. Danach werde ich sehen, wie sich die Dinge in Ammtára entwickeln, bevor ich mit dir reisen kann.« Tokaros Rechte legte sich an den Schwertgriff. »Außerdem wird kein Schiff im Winter von Ulldart nach Kalisstron fahren. Die Routen sind zu unsicher, die Stürme zu gefährlich. *Mir* ist es zu gefährlich.« Er warf sich den Pelzmantel über seine Rüstung und ging zur rechten Tür, öffnete sie und rief nach Estra. »Wir kehren auf die Burg zurück«, sagte er zu Lorin. »Die Kensustrianer haben Wichtigeres zu tun, als sich um uns zu kümmern.«

Lorin erhob sich und zwang sich, die Ruhe zu bewahren. »Wie lange willst du meine Heimat warten lassen?«

»So lange, wie es mir notwendig erscheint.« Tokaro bedachte ihn mit einem herablassenden Blick. »Lorin, ich habe Verständnis für deine Sorge. Aber keine Zeit.« Eine junge Frau in dicker Winterkleidung und mit nackenlangen schwarzen Haaren erschien; ihre karamellfarbenen Augen musterten Lorin, dann schaute sie zu Tokaro. »Je schneller sich die Dinge auf Ulldart geklärt haben, desto eher können wir nach Bardhasdronda aufbrechen.« In kurzen Sätzen fasste er für die Frau zusammen, was er erfahren hatte.

Lorin stieß die Luft aus. Er ärgerte sich über seinen Halbbruder und über sich selbst, weil er mit seinen Neuigkeiten für weitere Verzögerungen gesorgt hatte. Die mitleidigen Blicke, die ihm Estra gelegentlich zuwarf, schürten die Hoffnung, dass sie mehr Verständnis für die Dringlichkeit seines Anliegens aufbrachte. Vielleicht konnte er sie dazu bringen, auf Tokaro einzuwirken.

»Wir gehen«, sagte der Ritter und zeigte auf den Ausgang. »Angoraja wartet auf uns.« Er ließ Estra den Vortritt, danach winkte er Lorin zu und löschte die Kerzen. Schließlich verließ er als Letzter das Versteck, das aus den vergangenen Tagen stammte, in denen der Orden verboten und gesucht war. Wie es mit den Hohen Schwertern in den kommenden Jahren aussähe, würde sich bald entscheiden.

Tokaro warf einen letzten Blick in den Raum. »Hoffen wir,

dass ich mich nicht wieder verbergen muss, Angor«, murmelte er, löschte die letzte Flamme und zog die Tür zu.

Sie marschierten durch den Wald zurück zur Burg. Dabei hatte Tokaro den Eindruck, dass Gàn ihm etwas sagen wollte. Doch das Sumpfwesen schwieg.

Als sie Angoraja erreichten, erwartete sie die nächste Überraschung.

VI.

»Es gibt kein Wild mehr bei uns, die Wälder sind leer gefressen.
Wir haben eine zerstörte Wolfsfalle gefunden, die vollkommen verbogen und zerbissen ist.
Die Zähne des Qwor zerbrachen das Eisen und sprengten die Haltebolzen, als bestünden sie aus Holz.
Und die Fußabdrücke sind wieder gewachsen.
Die Längsspanne beträgt etwas mehr als zwei Hände. Bleiche Göttin – stehe uns bei!«

Aufzeichnungen des ehrenwerten Sintjøp,
Bürgermeister Bardhasdrondas,
gesammelt in den Archiven zu Neu-Bardhasdronda

**Kontinent Ulldart,
Königreich Borasgotan,
120 Warst südwestlich von Amskwa,
Winter im Jahr 1/2 Ulldrael des
Gerechten (460/461 n.S.)**

Der Schlitten mit Norina und Stoiko flog über die verschneite Waldstraße. Vorweg sprengte Waljakov, der sich unentwegt nach allen Seiten umsah, als fürchte er einen Überfall aus dem Schutz der kahlen Bäume.

Doch die kleine Reisegesellschaft wurde nicht angegriffen,

weder hier noch auf der bisherigen schnellen Reise aus der Hauptstadt Borasgotans in Richtung tarpolische Grenze. Auch folgten ihnen keine Soldaten, Modrak oder irgendwelche Geister. Einzig und allein Krähen begleiteten sie nach Südwesten, was allerdings ein Zufall und keine Absicht war.

Waljakov, mit einem grauen Mantel und einer Pelzkappe gegen die Kälte versehen, erkannte am Atmen seines Rappen, dass das Tier am Ende seiner Kräfte angelangt war. Nicht anders erging es den Pferden, welche den Schlitten zogen. So sehr er es ablehnte, sie mussten eine Rast einlegen, wenn ihnen die Tiere nicht mitten auf der Straße in der Ödnis zusammenbrechen sollten.

Er sah durch den sich lichtenden Wald eine Bauernsiedlung in der Nähe der Straße und wies den Kutscher an, darauf zuzuhalten, dann ließ er sich zurückfallen auf die Höhe des Fensters, hinter dem Stoiko bereits wartete. Die Richtungsänderung war natürlich bemerkt worden.

Stoiko klappte die Scheibe nach unten. »Eine Rast?«

»Die Pferde brauchen Ruhe.«

»Es wird ohnehin bald Nacht.« Stoiko schaute zu dem Hof. »Eine gute Gelegenheit, sich die Beine zu vertreten, etwas zu essen und zu schlafen, ohne dass man durch das ständige Geruckel geweckt wird. Nach einer Reise in einer Kutsche weiß man selbst ein schlechtes Bett zu schätzen.«

Waljakov nickte und setzte sich an die Spitze. Bald standen sie vor dem Gehöft, das aus drei kleinen Steinhäusern bestand, um die sich zahlreiche Meiler erhoben. Zwei Knechte, die beim Holzhacken waren, schauten den Schlitten verwundert an, wagten sich aber nicht näher heran.

»He, du.« Waljakov zeigte auf den Linken und glitt aus dem

Sattel. »Lauf und hol den Herrn. Ich habe mit ihm zu sprechen.«

Die Tür des mittleren Hauses wurde geöffnet, eine ältere weißhaarige Frau und vier Männer unterschiedlichen Alters, ganz offensichtlich ihre Söhne und mit Äxten bewaffnet, traten heraus. Sie trugen lange, bunte Pelzmäntel aus Hasen- und Eichhörnchenfellen. Ihre Gesichter waren allesamt breit, nicht hübsch und sehr grob, als habe man vergessen, ihnen Feinheiten zu geben. »Was wollt Ihr?«

Waljakov, in dem Mantel doppelt so breit wie sie, stapfte auf sie zu. Ihre Söhne schoben sich schützend vor sie. Seine grauen Augen schweiften über ihre Gesichter. »Unterkunft. Keinen Streit.« Seine mechanische Hand langte an den Gürtel und nahm einen Lederbeutel hervor. »Wir bezahlen gut. Versorgt die Pferde und gebt uns ein Nachtlager.«

Sie schaute an ihm vorbei zur Kutsche, aus der sich Stoiko geschoben hatte und auf die Gruppe zuhielt. Er fürchtete, dass die undiplomatische Art und Weise des Hünen zu allem, nur nicht zu einer Übernachtungsmöglichkeit führte. »Und für wen?«

»Eine Edeldame und ihre beiden Leibwächter.« Waljakov versuchte nicht einmal zu lächeln. »Seid Ihr dazu in der Lage, oder sollen wir einem anderen unser Geld geben?«

»Was mein grimmiger Freund sagen möchte«, sprach Stoiko und nickte den Männern sowie der Frau zu, »ist, dass wir uns sehr freuen würden, bei Euch die Nacht verbringen zu dürfen. Wir erwarten nicht viel und werden Euch nicht zur Last fallen.«

Das Gesicht der Frau wurde freundlicher. »Das klingt doch gleich viel netter«, meinte sie und grüßte ihn mit einer Verbeugung. »Sagt Eurer Herrin, dass es uns eine Ehre ist, sie in unserem Haus begrüßen zu dürfen. Die borasgotanische Gastfreundschaft ist wohl auch in Tarpol bekannt.« Ihre Söhne senkten die Äxte. »Ich bin Balja Radowa. Kommt herein. Ich lasse sogleich eine Suppe bringen, mit der Ihr die Wartezeit auf das Abendessen überbrücken könnt.«

»Sehr aufmerksam.« Stoiko stellte sich wie auch Waljakov vor und nannte einen falschen Namen für Norina, die den Schlitten ebenfalls verließ und sich dem Haus näherte. »Wir nehmen das Angebot gern an.«

Waljakov ging vor, eine Hand am Säbelgriff, danach folgten Norina und Stoiko.

Die Hausherrin leitete sie in die gute Stube, die nicht mehr als dreimal vier Schritte maß und durch die vielen dunklen Möbel wie eine Rumpelkammer erschien. Ein gusseiserner Ofen in der Mitte des Raumes sorgte für leidliche Wärme, auf seiner Platte stand ein Teekessel.

Waljakov blieb neben dem einzigen Fenster stehen und beobachtete, wie sich die Söhne um den Schlitten und die Pferde kümmerten. Stoiko und Norina setzten sich, die Frau schenkte Tee aus. Die Mäntel wurden nur geöffnet, nicht abgelegt.

»Was macht eine tarpolische Adlige in Borasgotan?«, plauderte Balja drauflos und schien sich nicht daran zu stören, es mit einer hochrangigeren Person zu tun zu haben.

Norina befand sich nicht in der Stimmung, Konversation zu betreiben. Sie hatte auf der ganzen Fahrt wenn überhaupt gedöst und wurde von den schrecklichsten Albträumen geplagt. Zvatochna hatte ganze Arbeit geleistet und ihr ein Grauen eingepflanzt, das anhielt. Sie fragte sich, wie lange sie würde leiden müssen. Wie lange sie es ertragen konnte. Mechanisch nahm sie die Tasse und führte sie an die Lippen.

»Unser Zungenschlag hat uns verraten, nicht wahr? Wir

machen einen Verwandtschaftsbesuch, Radowa«, antwortete Stoiko an ihrer statt.

Die Frau stellte den Kessel zurück und setzte sich auf die Liege. »Ich kenne die Tarpoler, Gijuschka, und weiß um ihre Art zu sprechen. Daher erkannte ich Euch sofort als Fremden.«

»Und Ihr betreibt eine Köhlerei mit Euren Söhnen?«, erkundigte sich Stoiko, um ihre Gastgeberin zum Reden zu verleiten und Norina Ruhe zu verschaffen.

»So ist es nicht ganz. Ich verwalte die hoheitlichen Meilerhöfe in fünfzig Warst Umgebung und sorge dafür, dass die Lieferungen entsprechend den Anweisungen des Gouverneurs in der Provinz verteilt werden.« Balja erhob sich. »Verzeiht, ich werde die Suppe holen und Zimmer unter dem Dach herrichten lassen.« Sie verschwand aus dem Zimmer.

Norina schaute auf den Tee, der sich unvermittelt in dunkles, zähes Blut verwandelte; der Geruch brachte ihr Ekel und Übelkeit. Mit einem leisen Schrei warf sie die Tasse von sich, klirrend zerbrach das billige Porzellan auf dem Dielenboden, die heiße Flüssigkeit ergoss sich darauf.

»Was ist, Herrin?« Stoiko beugte sich zu ihr.

»Nichts«, raunte sie und fixierte den Fleck, der sich in harmlosen Tee zurückverwandelt hatte. »Nur die ...«

»Albträume«, vollendete Stoiko seufzend. »Ihr seht sie schon am helllichten Tag.«

»Ich weiß.« Norina ballte die Fäuste, Tränen schimmerten in ihren braunen Augen. »Ich weiß es, Stoiko. Zvatochna hat mir Furcht eingegeben, die meinen Verstand zerfrisst.« Sie schaute ihn voller Angst an. »Ich werde wahnsinnig, oder? Bald wird alles, was ich betrachte, zu etwas Grauenvollem, sogar die Menschen verwandeln sich in Monstren. Nicht einmal mehr eine Blume werde ich betrachten können.« Ihre Hände griffen nach den seinen.

Selten hatte Stoiko sie in den letzten Wochen so gesehen. Immer war sie stark und unnachgiebig gewesen, hatte in den gefährlichsten Situationen Mut und einen klaren Verstand bewahrt. Aber die schützende Mauer aus Unerschrockenheit und wachem Geist bröckelte unter dem Ansturm dessen, was sie überall und ständig sehen musste.

»Ihr werdet das, was Euch peinigt, besiegen, Herrin«, sagte er langsam und betont. »Verzagt nicht! Tarpol und Euer Gemahl brauchen Euch. Ein Cerêler kann bestimmt etwas dagegen ausrichten.«

Sie lächelte tapfer. »Bestimmt.« Doch beide ahnten, dass es eine falsche Hoffnung war.

Waljakov hatte sich nicht gerührt. Er wusste, dass er nichts gegen diese Bedrohung seiner Herrin unternehmen konnte. Er wandte den Blick wieder nach draußen, betrachtete die Straße, die anderen beiden Häuser, die Stallungen, in denen die kräftigen Kaltblüter standen, mit denen das Holz gerückt wurde – da bemerkte er die Gestalten zwischen den Stämmen. Sie pirschten sich rechts und links der Zufahrt heran, schlichen an die Hinterseite der Stallungen.

»Wir bekommen Besuch«, sagte er eisig. »Holt Radowa und schickt nach ihren Söhnen. Sie sollen die Äxte bereithalten.«

Stoiko erhob sich und eilte neben ihn, spähte in die anbrechende Dunkelheit. »Wer?«

»Keine Soldaten.« Waljakov zog den Säbel. »Vielleicht Räuber, die es auf das Geld der Verwalterin abgesehen haben. Oder von Zvatochna bezahlte Mörder.«

Stoiko schluckte und suchte Balja, um ihr zu berichten. Sie

versammelten sich mit den Söhnen in der guten Stube, alle waren bewaffnet. Die Frauen wurden von Waljakov neben den Ofen in der Mitte des Raumes geschoben. Früher hätte Norina dagegen protestiert, aber ihre Angst überwog und hielt ihre Kämpfernatur in Schach.

Waljakov stand neben dem Fenster und lauerte. Als er einen Schemen daran vorbeihuschen sah, griff er mit seiner mechanischen Hand durch die Scheibe. Klirrend barst das Glas. Er packte den Mann im Nacken; die Scherben überschütteten den Unbekannten, der vor Überraschung laut aufschrie und seinen Säbel fallen ließ.

Waljakov zog ihn einhändig durch das zerbrochene Fenster in die Stube. »Wer schickt dich, und was willst du?«, knurrte er und drückte dem Mann die Säbelspitze unter das Kinn. Blut sickerte aus der kleinen Stichwunde.

»Wir wollen Euch nichts tun!«, stammelte der Mann und hing wie ein Sack im Griff des Hünen. »Gebt uns Vahidin, und wir gehen friedlich unserer Wege.«

Stoiko und Norina tauschten Blicke, da sie ahnten, dass sie es mit Tzulani zu tun hatten. Balja dagegen schaute verwirrt zu ihren Söhnen.

»Wo ist euer Anführer?«, verlangte Stoiko zu wissen. »Wir wollen mit ihm verhandeln. Versucht das Anwesen zu stürmen, und wir töten den Knaben.«

»Lukaschuk!«, rief der Mann laut. »Kommt her! Sie möchten mit Euch reden, oder sie töten den Jungen!«

Ein Mann erschien hinter dem Wasserfass neben dem Stall, hob die Arme und kam langsam auf das Fenster zu. In zwei Schritt Abstand blieb er stehen. »Hier bin ich.«

Stoiko begab sich auf die andere Seite des Fensters. »Wer seid Ihr?«

»Das tut nichts zur Sache. Wir sind hier, um den Knaben zu befreien, den Ihr geraubt habt.«

»Ihr seid nicht seine Mutter und wurdet uns von ihr in Amskwa auch nicht vorgestellt. Jeder könnte hier aufkreuzen und so tun, als wolle er das Beste für ihn.«

»Ich bin der Gefährte von Aljascha, somit ist Vahidin beinahe mein Sohn. Ich habe das Recht, ihn mitzunehmen.«

Norina sammelte sich, begab sich neben Stoiko. Es bot sich die Gelegenheit, mehr über ihren Gegner zu erfahren, da durfte sie nicht untätig herumsitzen. Ihr starker Wille kehrte zurück. »Ihr redet ihn mit dem Titel *kleiner Silbergott* an. Weswegen?«

Lukaschuk schwieg.

»Sprecht!«, rief Stoiko hart.

»Ein Kosename, mehr nicht. Lasst ihn frei. Elenjas Soldaten werden bald hier sein, um …«

»Das werden sie sicher nicht. Elenja hat Aljascha getötet, Lukaschuk«, unterbrach ihn Stoiko. »Sie hat die Vasruca von Kostromo vergiftet und ist anschließend aus dem brennenden Palast geflüchtet.« Er nickte Waljakov zu und gab ihm zu verstehen, er solle den Tzulani auf den Boden setzen. Waljakov verzog missmutig den Mund und warf den Gefangenen wie ein Stück Unrat durch das Fenster hinaus, vor die Füße des Anführers; stöhnend erhob er sich.

»Wir haben Vahidin nicht entführt«, gestand Norina. »Wir sind auf dem schnellsten Weg nach Tarpol, um uns vor Elenja in Sicherheit zu bringen. Wo der Junge abgeblieben ist, wissen wir nicht. Es gibt keinen Grund für dich, uns anzugreifen. Du kannst hereinkommen und dich davon überzeugen.«

»Alleine, Tzulani«, setzte Waljakov hinzu.

Lukaschuk, der nun für alle sichtbar wurde, trat ans Fenster und spähte ins Innere. »Dass ich Vahidin hier nicht sehe, bedeutet nichts«, meinte er schließlich. »Ihr könntet ihn überall versteckt haben.«

»Ich schwöre bei Ulldrael dem Gerechten und allem, was mir heilig ist, dass wir Vahidin nicht mit uns genommen haben«, beteuerte Norina mit allem Nachdruck. »Seit dem Brand habe ich ihn nicht mehr gesehen.« Was auch keine Lüge war.

Der Tzulani dachte lange nach. »Wohin ist Elenja gegangen?«

»Wir wissen es nicht. Ihr Schlitten steuerte nach Westen, sagte man uns.« Stoiko prägte sich das Antlitz des Mannes sehr gut ein. »Sie wird den Jungen mit sich genommen haben.« Ein Gedanke machte sich in seinem Verstand breit. »Was wisst Ihr über Elenja?«

Lukaschuk musterte ihn verwundert. Anscheinend versuchte er noch immer, eine Lösung für die Lage zu finden, schwankte zwischen Abzug und Angriff. »Was sollte mit ihr sein?«

»Dann wisst Ihr, dass sie in Wirklichkeit Zvatochna ist, die Tochter von Aljascha? Sie wurde nach ihrem Ableben zu einer Nekromantin, einer Magierin, die sich dem Tod verschrieben hat«, offenbarte Stoiko. »Sie hat eine Falle gestellt, um Aljascha und Norina zu töten und sie als Untote, die von ihrem Willen gesteuert werden, zurück in ihre Reiche zu senden. Marionetten. Mehr nicht.«

»Was?« Lukaschuk erinnerte sich an die Gerüchte, die über Lodrik Bardiç kursierten. Dass er sich verändert hätte und seltsame Kräfte besäße; dass es in Ulsar einen Geist in der Verlorenen Hoffnung gegeben habe, der Tod brachte und aussah wie der ehemalige Kabcar.

»Vielleicht möchte sie Vahidin ebenfalls töten, um ihn zu

einer ihrer Puppen zu machen?«, schürte Stoiko die Sorge. »Der Junge wäre für Euch und die Tzulani wertlos.«

»Das … wagt sie nicht.« Lukaschuk blickte Stoiko ins Gesicht und versuchte, darin Wahrheit oder Lüge zu ergründen. »Ich lasse das gesamte Anwesen von meinen Leuten durchsuchen. Finde ich Vahidin, lasse ich Euch allesamt töten, weil Ihr mich belogen habt. Ist er nicht hier, ziehen wir ab und suchen ihn an einem anderen Ort.«

Norina stellte sich vor ihn. »Was wird aus uns?«

Lukaschuk lächelte. »Ich weiß, wer Ihr seid, Kabcara Norina. Es gibt Leute in Tarpol, die mir für Euren Tod die Hälfte ihres Besitzes gäben. Doch er nützt mir nichts. Jedenfalls in diesem Augenblick und ohne Vahidin. Lebt also bis dahin unbeschwert weiter und denkt an diesen Tag.« Er bemerkte, dass sich Waljakov zu einem Angriff bereit machte, und wich zwei Schritt zurück, außerhalb der Reichweite des Kriegers. »Leistet keinerlei Widerstand«, erinnerte er noch einmal an seine Ankündigung und hob die Hand.

Sofort eilten seine Leute herbei und durchstöberten die Gebäude, sogar die Meiler, die Stube, in der sich die Verwalterin, ihre Söhne und Gäste befanden. Stoiko zählte die Männer und kam auf nicht weniger als vierzig. Mit den wenigen Kämpfern, die er besaß, eine kaum zu überwindende Übermacht.

Die Tzulani fanden vieles, von den Einnahmen der Kohlemeiler über Schmuck, Briefe und offensichtlich unterschlagenes Geld unter Dielenbrettern in dem Zimmer, in dem Norina und die anderen standen, aber keinen Vahidin.

Lukaschuk und seine Begleiter verschwanden ohne weitere Worte zu verlieren die Straße hinab. Sie hatten nichts mitgenommen, keine Münzen, keinen Schmuck. Sie waren keine gewöhnlichen Räuber.

Balja fiel auf die Knie, sobald die Tzulani gegangen waren, ihre Söhne taten es ihr nach. »Hoheitliche Kabcara, verzeiht meinen unfreundlichen Empfang und ...«

Norina reichte ihr die Hand und zog sie auf die Beine. »Ich habe mich nicht zu erkennen gegeben, somit trifft dich keine Schuld«, lächelte sie freundlich. »Nimm meine Entschuldigung für den Zwischenfall, der uns betraf und dir Ungemach bereitete. Ich bin sehr erleichtert, dass niemand zu Schaden kam. Abgesehen von dem Fenster. Für das ich natürlich aufkommen werde.«

»Auch wenn sie genug Geld besitzt«, grummelte Waljakov mit einem Blick auf den dreckigen Leinenbeutel, in dem Münzen klimperten.

Balja lief rot an. »Es ist mein Auskommen für die späteren Jahre ...«

Norina winkte ab. »Du darfst Elenja so viel schädigen wie du möchtest. Doch behalte alles, was du soeben erfahren hast, für dich. Wenn ich mir dein Schweigen erkaufen muss, nenne den Preis. Wenn deine Lippen auch ohne Tribut versiegelt sind, ist dir meine Anerkennung gewiss.«

»Meine Söhne und ich werden über das schweigen, was hier geredet wurde«, versprach Balja aufrichtig. »Ich lasse Euch das Essen bringen, hoheitliche Kabcara, und werde die Kammern ein weiteres Mal herrichten. Ich fürchte, die Tzulani haben Unordnung hinterlassen.« Sie verneigte sich und verließ mit ihren Söhnen zusammen den Raum.

Waljakov schob kurzerhand den schweren Schrank vor das geborstene Fenster, damit die kalte, winterliche Abendluft nicht hereinwehte. Stoiko feuerte den Ofen neu an, und sie setzten sich darum herum.

»Mit ein wenig Beistand der Götter haben wir die Tzulani

soeben auf Zvatochna gehetzt«, sagte Stoiko bedächtig. »Sie werden sie verfolgen und Vahidins wahre Spur hoffentlich erst gar nicht finden.«

»Ein guter Zug«, nickte Waljakov. »Du hast nichts verlernt.«

Norina fröstelte und rückte so nahe an den Ofen, dass die Männer fürchteten, sie werde sich verbrennen. »Sie werden dabei auf Lodrik treffen«, wisperte sie und blies sich in die Hände, reckte sie gegen die kleine Luke, aus deren Luftschlitzen Feuerschein und Wärme kamen.

»Sie bedeuten keine Gefahr für ihn. Er kann sie mit seinen Kräften spielend leicht in die Flucht schlagen.« Stoiko machte sich keine Sorgen um seinen einstigen Schützling. »Perdór wird sich über die Nachrichten gewiss nicht freuen. Es scheint, als sei Ulldart früher in Gefahr, als wir alle dachten.«

»Wir werden sie abwenden«, sagte Waljakov selbstverständlich und erntete keinen Widerspruch. Der Zweifel blieb unausgesprochen.

**Kontinent Ulldart,
Königreich Borasgotan,
156 Warst westlich von Amskwa,
Winter im Jahr 1/2 Ulldrael
des Gerechten (460/461 n.S.)**

Auch wenn sein Pferd keine weltliche Müdigkeit mehr kannte, da es durch die Macht der Nekromantie angetrieben wurde, hatte es mit dem Weltlichen durchaus zu kämpfen. Es bohrte seine Hufe abseits der Straßen in den hohen Schnee und schob sich durch das brusthohe Weiß. Die Schmerzunempfindlichkeit und die unbegrenzte Ausdauer halfen nicht gegen den Widerstand, das Pferd erreichte bei Weitem nicht die erhoffte Geschwindigkeit.

Lodrik verfluchte diesen Umstand. Seine Macht nutzte ihm ausnahmsweise wenig, und als das steif gefrorene Fleisch knirschend barst und das Gelenk des rechten Vorderlaufs zersplitterte, musste er das Pferd zurücklassen und zu Fuß weitergehen. Auch die Nekromantie kannte Grenzen.

Lodrik verwarf sein Vorhaben, Zvatochna querfeldein zu folgen. Abkürzungen ergaben nur Sinn, wenn man sich auf ihnen schnell bewegte. Daher kehrte er auf die Straße zurück, um sich einen Schlitten, am besten einen Vierspänner zu besorgen.

Mitten in der Nacht erreichte er eine Pferdewechselstation, von der er annahm, dass sie auch von seiner Tochter in Anspruch genommen worden war. Er ging auf die Tür zu, pochte fest gegen das Holz.

Ein Guckloch wurde geöffnet, ein grünfarbenes Auge starrte ihn an. »Was willst du?«

»Unterkunft. Mein Pferd ist verreckt«, antwortete er. »Mach auf.« Es fiel ihm zu spät ein, dass ein wenig Freundlichkeit bei einer Unterhaltung mit Lebenden hilfreich sein konnte.

»Runter mit der Kapuze«, verlangte der Mann auf der anderen Seite der Tür unwirsch. »Ich will dein Gesicht sehen.«

»Weswegen? Ich bin ein harmloser Reisender …«

»… oder ein gesuchter Straßenräuber, dessen hässliche Fresse auf den Steckbriefen prangt. Weg mit der Kapuze, oder ich lasse dich auf der Schwelle erfrieren.«

Lodrik streifte sie nach hinten, zeigte widerwillig sein hageres, bleiches Gesicht und die strohigen blonden Haare.

Das Auge schwebte nach hinten und näherte sich gleich wieder der Öffnung. »Bei Ulldrael! Du siehst wirklich aus, als brauchtest du eine Mahlzeit und ein wärmendes Feuer.«

Das Guckloch wurde geschlossen, Riegel schoben sich klackend aus ihren Halterungen, dann schwang die Tür auf. Wärme, der Geruch von Essen, Schweiß, Tabak und Alkohol schwappten Lodrik entgegen, der sich die Kapuze bereits wieder übergezogen hatte. Der Raum war voller schlafender Gestalten, die sich zur Ruhe begeben hatten, wo Platz war.

»Danke«, sagte Lodrik endlich, als er über die Schwelle trat. Er deutete auf die Bank neben dem Kamin. »Ich werde mich dahin legen, wenn es recht ist.«

»Sicher. Sonst ist auch nichts mehr frei. Voll bis unters Dach.« Der gerüstete Mann mit den langen, öligen schwarzen Haaren, der den Eingang bewachte, deutete auf den Kessel, der über dem Feuer hing. »Nimm dir davon, wenn du möchtest.« Er hielt die schwielige Hand auf. »Das macht sieben Parr, das Mahl ist eingeschlossen.«

Lodrik stieg über die Schlafenden, die zur Klasse der Reisenden gehörten, die wenig Geld besaßen; die Wohlhabenden und Adligen schliefen im Stockwerk darüber. »Kam ein schwarzer Schlitten mit einer verhüllten Frauengestalt in der letzten Zeit hier vorüber?«, fragte er und warf dem Mann das Entgelt zu.

»Nein«, erwiderte der Wächter, fing die Münzen geschickt auf und strich sie ein. Er setzte sich neben die Tür auf einen besonders dick mit Stroh gepolsterten Stuhl. »Das wäre mir aufgefallen. Aber du kannst dich morgen bei den anderen umhören.«

»Das werde ich tun.« Lodrik nickte und setzte sich auf die vom nahen Feuer gewärmte Bank, legte sich hin und streckte sich aus, so gut es ging und ohne dabei einen anderen Gast anzustoßen.

Er sah Soscha neben sich schweben, welche die Seelengestalt angenommen hatte und damit nur für ihn sichtbar war. Sie schwieg, dann schwirrte sie langsam durch das Zimmer, näherte sich den Schläfern und senkte sich nieder, als könne sie in den Träumen der Menschen lauschen oder in sie eindringen.

Plötzlich erschien ein Mann neben Lodrik. Die Flammen beleuchteten ein schmales Gesicht mit einer spitzen Nase sowie eine schäbige palestanische Seeuniform; auf den Schultern und an den Ärmeln waren die Insignien eines Commodore-Adjutanten zu erkennen.

Was ihn noch mehr verwunderte, war der Umstand, dass der Mann ein Schwert zog und es ihm an den Hals legte. Dabei stand er so geschickt, dass er die Waffe vor den Augen des Wächters verbarg.

»Du bist einer von *denen*. Einer ihrer Gefolgsleute«, zischte der Unbekannte leise. »Ich erkenne es an deiner dürren Gestalt.« Lodrik spürte, dass der Druck auf die Spitze verstärkt wurde. »Suchst du nach uns, oder hast du den Anschluss verloren? Weißt du nicht, dass ich deine Herrin getötet habe?«

Lodrik war das Gesicht vollkommen fremd. Die Worte ließen ihn vermuten, dass der Mann etwas über Zvatochna wusste. »Vom redest du?«

»Von Elenja, dem Monstrum in Frauengestalt.«

»Du irrst dich. Ich suche sie, um sie zu stellen und zu töten.«

»Dann hat deine Suche ein Ende. Sie ist tot. Mein Beil traf sie in den Kopf.«

»Wann war das?«

»Vor ein paar Wochen.«

Lodrik fluchte und setzte sich auf, schob die Klinge einfach zur Seite und packte den Palestaner am Ärmel. »Dann bist *du* einem Irrtum erlegen. Das Monstrum, wie du sie nanntest, lebt noch. Ich stand ihr vor kurzem in Amskwa gegenüber, sie flüchtete vor mir.«

Der Mann starrte ihn an. »Sie lebt? Nein, das kann nicht sein! Nicht nach diesem Treffer in ...«

»Sie ist nicht länger menschlich«, fiel Lodrik ihm ins Wort. »Nur ich kann sie besiegen, und deshalb muss ich wissen, wohin sie geflüchtet sein kann. Ich habe ihre Spur verloren.«

»Und wie willst du sie besiegen, wenn sie nicht menschlich ist?« Der Palestaner begutachtete ihn misstrauisch.

»Er heißt Lodrik Bardri¢«, sagte eine kraftlose Stimme. Ein zweiter Mann näherte sich ihnen und ließ sich zu ihren Füßen in die Hocke sinken. »Ich kenne ihn.«

»Bei Vintera!« Jetzt war Lodrik wirklich überrascht. Vor ihm saß der schwache Schatten eines der größten Helden Ulldarts, Sieger in unzähligen Seegefechten, ein tollkühner Kämpfer, der kaum ein Wagnis scheute und Vorbild für unzählige Kapitäne geworden war. Nicht zuletzt hatte er ihm die Frau zurückgebracht, die er lange Jahre für tot gehalten hatte, was Lodrik als seine größte Tat betrachtete.

Er senkte den Kopf, um den Mann genauer betrachten zu können und eine Verwechslung auszuschließen. Es gab keinen Zweifel. Er blickte auf einen völlig heruntergekommenen Torben Rudgass, der schlimmer aussah als damals in Granburg, als sie sich vor vielen Jahren zum ersten Mal getroffen hatten.

Die Lebensfreude war aus den Augen gewichen, sie wirkten stumpf wie die eines Untoten. Kraftlosigkeit regierte den ausgemergelten Körper, er hielt sich nicht aufrecht und besaß nichts mehr von dem Feuer und der beinahe kindlichen Ungestümtheit, die den Freibeuter ausgemacht hatten.

»Kapitän Rudgass? Was, bei allen Göttern...?« Lodrik konnte nicht weitersprechen, der Anblick rührte ihn zu seiner eigenen Verwunderung.

»Mein Freund Puaggi wird es Euch erklären.«

»*Ihr* seid der einstige Kabcar?« Der Palestaner verneigte sich vor ihm. »Mein Name ist Sotinos Puaggi, Offizier der königlich-palestanischen Seestreitkräfte. Es ist mir eine Ehre, Euch, eine legendäre Persönlichkeit, kennen zu lernen. Auch wenn man über Eure Taten durchaus verschiedener Ansicht sein kann.«

»He, ihr. Haltet die Schnauze!«, beschwerte sich ein Schläfer. »Wenn ihr reden wollt, geht vor die Tür.«

»Er hat Recht. Unser Gespräch ist nicht für alle Ohren bestimmt.« Lodrik erhob sich und ging auf einen mit einem schmuddeligen Vorhang verdeckten Durchgang zu, der dem Geruch nach in die Küche führte. Der Wächter schaute zu ihnen, ließ sie aber gewähren.

Sie betraten das kleine Zimmer dahinter und setzten sich an den fleckigen Tisch, an dem vor nicht allzu langer Zeit das Mahl für die Gäste zubereitet worden war. Hier und da klebten die Überreste der Zutaten noch am groben Holz; mit Reinlichkeit hielt man sich anscheinend nicht lange auf.

»Ihr habt Elenja getroffen?« Lodrik nahm den Faden auf und benutzte eine höflichere Anrede. »Wo?«

»In den Kopf, wie ich schon sagte.«

»Ich wollte den Ort wissen.«

»Sicher«, grinste Sotinos schwach. »In einer Stadt nahe der Küste.« Er berichtete von den Ereignissen, angefangen bei der Verfolgung der Tzulandrier über das Aufbringen der Schiffe, die Verschleppung in den Nordwesten Borasgotans bis zum Zusammentreffen mit Elenja und die schrecklichen Umstände ihrer Flucht. »Wir schüttelten unsere Verfolger ab, aber ohne Geld kommt man nicht weit. Wir warteten in einer Jagdhütte, bis sich die Wunde des Kapitäns einigermaßen geschlossen hatte, und sind seither auf der Suche nach einer schnellen Reisemöglichkeit, um nach Ilfaris zu gelangen. Oder wenigstens über die Grenze an einen Ort in Tarpol, von dem aus wir einen sicheren Brief an König Perdór und die übrigen Königreiche senden können«, schloss er. »Der Winter macht es uns sehr schwer.« Er schaute rasch auf Torbens zusammengesunkene Gestalt und gab Lodrik damit einen heimlichen Hinweis auf den eigentlichen Grund der Verzögerung.

Torben schaute in die ersterbenden Flämmchen im großen Kamin, in dem gewöhnlich zwei Kessel hingen, und erweckte den Eindruck, nicht zugehört zu haben.

»Dann lasst mich berichten, was mich hierher verschlug.« Lodrik erzählte von dem Kampf in Amskwa, ohne zu sehr in Einzelheiten abzugleiten oder das nekromantische Dasein seiner Tochter offen zu legen, und von der Verfolgung. »Ich denke, nachdem ich Eure Worte vernommen habe, Puaggi, dass Elenja in genau diese Stadt flüchtet, wo Ihr sie zum ersten Mal getroffen habt.« Er schaute in das Gesicht des Palestaners. »Führt mich dorthin.«

»Wie kann sie die Verletzung durch das Beil überlebt haben?«, wunderte sich Sotinos noch immer. »Nun ist es klar, dass etwas nicht mit rechten Dingen zugeht. Ihr Sturz hätte mich schon stutzig machen sollen.« Er stand auf und suchte nach etwas zu trinken, fand eine Korbflasche mit Rotwein. Er roch daran. »Billig, aber er wird es tun«, meinte er, stellte drei saubere Becher auf den Tisch, die er aus dem Regal genommen hatte, und schenkte aus. »Jetzt geht mir ein Licht auf! Sie wird Doppelgänger haben. Ein guter Trick, sich gegen Attentäter zu schützen.«

Lodrik schwieg, um dem Palestaner keinen Hinweis auf den wahren Sachverhalt zu geben. Es würde ausufern, die Erklärungen zur Nekromantie wären zu langwierig und schon gar nicht für einen Ort wie diesen Gasthof bestimmt. Je weniger Menschen davon wussten, umso besser; andererseits hätte Puaggi ihm bestimmt nicht geglaubt. »Ein guter Cerêler, der rechtzeitig zur Stelle war? Ich bin mir sehr sicher, die echte Elenja zu verfolgen«, sagte er stattdessen. »Die Richtung, in die sie geflohen ist, stützt meine Meinung.

Sotinos setzte den zerschlissenen Dreispitz ab, die dünnen Haare lagen wie angeklebt am Schädel und betonten die Form ungünstig deutlich. »Ihr allein wollt es mit einem Heer von Tzulandriern aufnehmen? Ich habe von Euren magischen Kräften gehört, doch ich zweifle schon ein wenig daran.«

Lodrik lächelte traurig. »Es sei Euch gestattet. Ihr werdet sehen, keiner wird bemerken, dass wir in die Stadt eindringen. Wir schleichen uns hinein und ...«

»... töten die Hure. Von mir aus kann sie noch so viel Magie besitzen«, spie Torben aus, langte nach dem Becher und leerte ihn in einem Zug. »Ich komme mit Euch, und es wird vermutlich die letzte Heldentat sein, die ich vollbringe.« Er nahm die Flasche und füllte seinen Becher erneut. »Ich töte jede Frau, die sich als Elenja ausgibt, komme was wolle. Und wenn es Tausende sind, mit denen sie sich umgibt.« Er leerte den Becher, nickte ihnen zu und erhob sich. »Macht mich wach, wenn wir aufbrechen.« Ohne auf eine Antwort zu warten, verließ er die beiden Männer.

Puaggi betrachtete ihn mitfühlend. »Seit er Varla verloren hat, ist er ein gebrochener Mann, hochwohlgeborener Bardri¢«, sagte er. »Ich ahne, was es für ein Gefühl sein muss, aber ausmalen möchte und kann ich es mir nicht.« Er sah zu, wie sich Torben neben dem Durchgang hinlegte, das Gesicht von ihnen abgewandt. »Mal ist er lethargisch und für nichts zu begeistern. Einmal ist er mir im Schnee liegen geblieben und wollte sterben. Es hat lange gedauert, bis ich ihn überzeugen konnte, dass sein Tod noch nicht vorgesehen ist. Und einen Tag darauf redete er wie heute: überzeugt, zu allem fähig zu sein, und beinahe euphorisch. Leider hält es nie lange vor.« Er sah auf den Wein vor sich. »Es ist so unendlich traurig.«

Lodrik vermutete, dass Varla bereits vor ihrem Genickbruch tot gewesen war. Zvatochnas Nekromantie hatte sie gesteuert und sie dazu gebracht, Dinge zu tun, welche die lebendige Varla niemals übers Herz gebracht hätte. »Was meinte der Kapitän, als er von Magie sprach?«

»Ich weiß es nicht. Er sprach davon, dass ihm die Kabcara unglaubliches Grauen eingeflößt hatte. Es muss eine solche Furcht gewesen sein, dass sein Herz beinahe stehen geblieben wäre. Mir ist es nicht aufgefallen.« Er zuckte mit den Achseln. »Gut, sie wirkt sehr unheimlich, in ihrer schwarzen Kleidung und mit dem Schleier vor dem Antlitz.« Seine rechte Hand langte nach dem Becher, er setzte zum Trinken an und schaute dabei auf das Gesicht des einstigen Herrschers. »Ihr würdet ihr, bei allem Respekt, mit Eurer Kapuze in nichts nachstehen. Deswegen und zusammen mit Eurer Frage hatte ich Euch vorhin auch für einen aus ihrem Gefolge gehalten.«

Lodrik lehnte sich nach vorn. »Ich denke nicht, dass Ihr eine

Doppelgängerin getötet habt. Ich gebe Euch den guten Rat, Puaggi, Elenja niemals mit den Waffen, die Ihr führen könnt, entgegenzutreten. Sie würde Euch vernichten, ohne einen Arm heben zu müssen.« Er deutete mit dem Zeigefinger zum Durchgang. »Kapitän Rudgass hatte Recht. Elenja *ist* magisch begabt. Eine neue Art der Magie ist über Ulldart hereingebrochen, der unter allen Umständen Einhalt geboten werden muss.«

Sotinos konnte den Blick nicht mehr von der finsteren Kapuze wenden, in der die Stimme des Mannes wie aus einem Loch erklang. Die Schatten fielen so, dass es nichts zu sehen gab, keine Augen, keine Lippen, keine Nase. Kälte rollte über ihn hinweg, seine Hand zitterte, der Rotwein schwappte über den Rand. Er wich vor dem unheimlichen Gegenüber zurück, kippte beinahe samt Stuhl nach hinten und musste aufstehen, um einen Sturz zu verhindern. »Bei den Göttern«, krächzte er. »Wie bei Elenja, als wir sie zum ersten Mal sahen.« Er setzte den Becher hastig an den Mund und trank seine Furcht hinab.

»Ihr täuscht Euch.« Lodrik erhob sich und ging ebenfalls zum Ausgang. »Sobald es hell wird, suchen wir uns einen Weg zu der Stadt. Ruht Euch gut aus. Es wird hart werden, denn ich bin kein geduldiger Mensch und verlange höchste Geschwindigkeit.« Er nickte. »Ihr und Rudgass habt es in der Hand, eine Frau zu vernichten, die gefährlicher ist als ich und Sinured es jemals waren.« Wie zum Hohn setzte er hinzu: »Schlaft gut.« Dann ging er hinaus.

Sotinos atmete befreit auf. Er entschied, die Nacht lieber in der Küche zu verbringen, als einen Raum mit diesem Mann zu teilen, der ebenso gut ein wandelndes, sprechendes Kleidungsstück sein konnte. Nichts wies auf Leben hinter dem

Stoff hin, jedes Stück Haut war sorgfältig verhüllt. *Fast wie bei Elenja*, durchzuckte es ihn.

Lodrik weckte Sotinos und Torben in aller Früh. Das Sonnenlicht ließ den einstigen Herrscher nicht freundlicher wirken, aber er hatte es auf irgendeine Weise geschafft, einen Schlitten zu besorgen.

Der Mann auf dem Kutschbock grüßte sie merkwürdig steif. Kaum hatten sie im Innern Platz genommen, knallte die Peitsche, und die Fahrt nach Westen begann. Heftiger Schneefall setzte ein, kaum dass die Kufen über die Straße zischten.

»Beschreibt mir, wohin es geht«, verlangte Lodrik von ihnen zu wissen.

»Wäre es nicht besser, wir sagten es dem Kutscher?« Sotinos öffnete die kleine Klappe hinter sich, durch die er dem Mann Anweisungen zurufen konnte.

»Sagt es mir dennoch«, bat Lodrik und schaffte es, dem Licht, das durch die Fenster hereinfiel, zu entkommen, indem er sich in den Sitz drückte und den Vorhang auf seiner Seite ein Stückchen nach vorn schob.

Sotinos tat es, dann schärfte er seine Waffen, während Torben aus dem Fenster schaute; seine Augen erfassten jedoch nichts von der verschneiten Landschaft. Er war in seiner eigenen Welt. Heute war anscheinend einer der Tage, an denen er sich der Gleichgültigkeit hingab.

So verlief die Fahrt sehr still. Unterbrochen wurde sie höchstens für die Notdurft der Reisenden; an einem Hof hielten sie kurz an, um Nahrungsmittel und Getränke zu erstehen.

Sotinos bewunderte den Kutscher, dem der eisige Wind nichts ausmachte. »Ein abgebrühter Bursche sitzt da auf dem Bock. Er hat sich sein Trinkgeld redlich verdient«, sagte er zu

Lodrik, als der Abend hereinbrach. »Wenn es so weitergeht, sind wir in einem Tag in der Nähe der Stadt.« Er sah einmal mehr hinaus. »Das ist das Wäldchen, durch das wir geflüchtet sind«, rief er und zeigte auf die Bäume. »Dahinter müsste ein Hof liegen, und von dort ist es eine Tagesreise bis zur Stadt.«

»Hervorragend.« Lodrik fühlte weder Aufregung noch Angst noch Vorfreude auf die bevorstehende, hoffentlich letzte Auseinandersetzung mit seiner Tochter.

Du hast den Kutscher getötet. Plötzlich erschien Soschas Seele als leuchtende Kugel neben ihm. Eine lautlose Unterredung zwischen den beiden begann.

Es blieb keine andere Möglichkeit. Sein Menschenleben bedeutet nichts.

Warum verwundert es mich nicht, das von dir zu hören? Sie schwebte um ihn herum. *Ab wann bedeuten dir Menschenleben etwas, Bardri¢? Beginnst du erst bei einhundert zu zählen?*

Du weißt, was auf dem Spiel steht, Soscha. Du bist eines ihrer Opfer.

Die Kugel hielt vor seinen Augen inne. *Wie wirst du sie vernichten, Bardri¢? Kannst du sie einfach durch Grauen töten? Oder wie genau möchtest du gegen sie vorgehen?*

Hast du einen Vorschlag, Soscha?, fragte er zurück.

Ich? Nein. Aber ich werde dir beistehen, sie auszulöschen. Auch wenn mein Wissen um Magie kaum eine Rolle spielt. Seelenmagie funktioniert vollkommen anders. Die Kugel glitt zu Torben. *Ich kann seinen Schmerz fühlen. Den Schmerz in seiner Seele.*

Lodrik betrachtete die Kugel. *Du machst demnach Fortschritte, was die Erforschung deines Zustandes angeht.*

Ich habe herausgefunden, wie ich einen Zugang zu den

Lebenden herstelle. Das wirst du bald feststellen. Nicht, dass es uns bei der Bekämpfung von Zvtochna helfen wird. Aber mir kann es schon bald von Nutzen sein. Sie schwebte zu ihm zurück. *Bardriç, hast du irgendeine Vorstellung, was mit Ulldart geschieht, wenn du versagst?*

Ist das der Versuch eines drohenden Ansporns oder eine Frage?

Es ist meine Sorge um das Wohl derer, die hier leben. Sie sind von deinem Erfolg oder Misserfolg abhängig. Die Kugel senkte sich vor sein Gesicht, kam näher und näher. *Wieso kann ich deine Empfindungen nicht spüren?*

Lodrik hob die Mundwinkel, es sah spöttisch aus. *Du wirst vorfliegen und die Stadt erkunden, zusammen mit der Seele des Kutschers*, befahl er ihr. *Ich möchte genau wissen, was vorgeht. Wie viele Tzulandrier dort sind und wo sich Zvatochna aufhält. Vergiss nichts. Davon hängt die Zukunft Ulldarts ab, wie du selbst sagtest.*

Soscha wich zurück und bereitete sich vor, auf ihre Mission zu gehen. *Es wäre unglaublich schön zu sehen, wenn ihr euch beide gegenseitig vernichtet*, sagte sie zum Abschied und sirrte durch die Wand der Kutsche hinaus.

»Es gibt Schlimmeres, als sein Leben zu verlieren«, erwiderte Lodrik halblaut.

»Wie bitte?« Sotinos betrachtete ihn.

»Nichts zu Euch, Puaggi. Ich habe lediglich meine Gedanken geordnet.«

Als sie den Wald durchquert hatten, trafen sie wirklich auf den Hof. Lodrik ließ die Kutsche darauf zuhalten und achtete nicht auf die Warnungen des Palestaners, dass man in ihm und Rudgass die entflohenen Gefangenen wieder erkennen könnte.

Bei ihrer Ankunft erwies sich die Sorge als unbegründet. Der Hof war verlassen. Weder Knechte noch Soldaten befanden sich hier; die Tiere standen im Stall und warteten geduldig auf die Rückkehr ihrer Besitzer.

Die Männer teilten sich auf und durchstreiften die eisigen Räume; bald versammelten sie sich wieder im Hauptraum. Es roch nach Essen.

Torben hatte die Lethargie abgeschüttelt und den großen Kachelofen in Betrieb genommen, Wärme breitete sich aus. »Die Feuerstellen sind alle schon lange kalt«, sagte er munter. »Es war kein Funken Glut in dem Aschehaufen.« Er verschwand in der Küche und kehrte mit einer Pfanne voller gebratenen Süßknollen, Speck und Eiern zurück. »Sie haben uns Vorräte dagelassen, sodass ich etwas zum Essen bereiten konnte.«

Lodrik schätzte, dass der Freibeuter sich in einer der Hochphasen befand, von der Puaggi gesprochen hatte. Er wirkte sehr lebendig, fast sogar vergnügt.

»Die ganzen Sachen der Hofbediensteten liegen noch in den Schränken und Zimmern. Ebenso die dicken Mäntel und Umhänge«, fügte Sotinos das Ergebnis seiner Untersuchung hinzu. »Sie sind wie vom Erdboden verschluckt.« Er nahm sich eine der Gabeln, die Torben mitgebracht hatte, und aß.

Lodrik schaute hinaus in den fallenden Schnee, der wie ein Vorhang vor dem Glas lag. Er hatte jegliche Spuren auf den Verbleib der Menschen verwischt, doch der Nekromant ahnte, wo sie die Unglücklichen wiederfinden würden. »Sie sind mit Elenjas Tross gezogen. Man hat sie dazu gezwungen, wie man Varla gezwungen hat, gegen Euch zu kämpfen«, erklärte er. »Es muss sehr hastig abgelaufen sein.«

»Wir haben wenigstens neue, warme Kleidung.« Sotinos

rückte näher an den Ofen. »Was nützen der Kabcara denn halb erfrorene Krieger?«

Lodrik hätte die Antwort geben können. Er hätte sagen können, dass sie vermutlich alle schon längst gestorben waren, wie der Kutscher, der noch immer draußen auf dem Bock ausharrte, als säße er in einer warmen Stube. Es machte keinen Unterschied mehr, ob man eine Jacke, eine Mütze und einen Mantel trug oder nicht.

Etwas in ihm weigerte sich, mehr über die Nekromantie preiszugeben und sie zu verraten. Es war eine Sache, von einer neuen Art der Magie zu sprechen. Dass es dabei um die Beherrschung von Leichen und weitaus Schlimmerem ging, war eine andere.

»Wir werden es bald sehen«, erwiderte er ausweichend. »Die Nacht verbringen wir hier, einer von uns wird Wache halten, falls doch jemand zum Gehöft zurückkehrt. Morgen werden wir Elenja töten.«

»Ich sähe sie am liebsten jetzt schon tot zu meinen Füßen.« Torben lachte laut, stocherte mit Schwung in der Pfanne. Wenigstens nahm er Nahrung zu sich und stärkte sich. Der Ausblick, Elenja zu vernichten, fachte offensichtlich seinen Lebenswillen an.

»Ihr werdet erst dann eingreifen, wenn ich Euch das Zeichen gebe, Kapitän.« Lodrik gab ihm die gleiche teils wahre, teils erlogene Erklärung zu Elenja, die er vor kurzem Sotinos geliefert hatte. »Sobald ich Euch rufe, sollt Ihr Eure Rache haben dürfen. Bis dahin werdet Ihr mit Euren Waffen dafür sorgen, dass mir die Tzulandrier nicht zu nahe kommen. Ich werde meine Kräfte gegen Elenja benötigen und sie nicht gegen die Feinde vergeuden, die ein Schwert oder ein Degen ebenso vernichtet.«

Man sah Torben an, dass er nicht einverstanden war, doch er fügte sich. Dafür erinnerte er sich zu gut an die Eiseskälte, die sich um sein Herz gelegt und ihm die Luft abgeschnürt hatte. »Ich bin zufrieden, wenn ich Elenja den Todesstoß versetzen darf«, sagte er mühsam beherrscht und schob sich einen neuen Bissen in den Mund. »Meine Rache ist nicht dazu da, Geschehenes ungeschehen zu machen. Sie dient einzig dazu, den Tod zu bringen. Den Tod, den sie meiner Varla gebracht ...« Seine Heiterkeit wich, der Name seiner Gefährtin brachte die Verzweiflung zurück. Er ließ die Gabel fallen und barg sein Gesicht in den Händen.

Das Schluchzen rührte Sotinos zu Tränen. Er stand auf und legte dem Freibeuter die Hand auf die Schulter.

Lodrik betrachtete das Bild, horchte in sich hinein. Er wartete auf ein Gefühl, Trauer, Wut oder etwas Vergleichbares. Nichts. Er wandte den Blick daraufhin ab und schaute auf seine dreckigen Stiefelspitzen, um die herum sich eine kleine Pfütze gebildet hatte. Die Wärme schmolz die Schneereste vom Leder.

Torben fing sich wieder, schob das Mahl jedoch von sich und klopfte Sotinos dankbar auf die Hand. »Es geht wieder«, sprach er rau und lächelte tapfer, wobei nicht ersichtlich war, ob er sich oder den Männern etwas vorspielte. »Sehen wir nach den Pferden und holen den Kutscher herein, bevor er draußen erfriert.« Sie verließen die Stube.

Lodrik stand auf und ging zum Fenster. Schemenhaft erkannte er, dass sie den Kutscher zunächst ansprachen, schließlich erklomm Torben den Bock und stieß den Mann an. Er kippte steif zur Seite und wäre beinahe herabgestürzt; ein schneller Griff nach dem Kragen verhinderte das.

Sotinos kam hereingestürmt. »Schnell, hochwohlgeborener Bardri¢! Helft uns, den Kutscher ins Haus zu bringen, bevor er ganz erfroren ist!«, rief er aufgeregt.

Lodrik hob die Augenbrauen und täuschte Erstaunen vor. »Wie konnte das geschehen?« Er folgte dem Palestaner hinaus, wissend, dass jegliche Mühe zu spät kam. Die Entscheidung über Tod und Leben war vor vielen Stunden gefallen. Er nahm das rechte Bein des Mannes, gemeinsam trugen sie ihn in die Stube. »Rasch, stellt ihn ans Feuer, damit er auftaut. Vielleicht beginnt sein Herz wieder zu schlagen. Aber passt auf, dass er nicht verbrennt.«

Vor allem Sotinos bemühte sich, lauschte nach dem Herzschlag des Kutschers. »Weg! Könnt Ihr nichts mit Eurer Magie bewirken?«, fragte er Lodrik.

»Sehe ich aus, als könnte ich die Toten zum Leben erwecken?«, gab er mit einem versteckten Lächeln zurück. Seine Belustigung würde er den beiden nur schwer erklären können.

VII.

»*Mein Schweigen auf die Anfrage aus Vekhlathi
wurde von der Bleichen Göttin bestraft.
Gestern kam die Nachricht, dass ein Qwor in
Frødalahti, einem unserer Dörfer im Hinterland,
eingefallen ist. Er hat zwei Hütten leer gefressen,
weder Frauen, Kinder noch das Vieh verschont.
Erst als eine der Behausungen wohl durch einen
Zufall Feuer fing, ist der Qwor verschwunden.
Ich habe heute noch einen Brief nach Vekhlathi
gesandt. Wir müssen gemeinsam gegen sie
vorgehen.*«

Aufzeichnungen des ehrenwerten Sintjøp,
Bürgermeister Bardhasdrondas,
gesammelt in den Archiven zu Neu-Bardhasdronda

Kontinent Ulldart, Königreich Tûris, Ammtára, Spätwinter im Jahr 1/2 Ulldrael des Gerechten (460/461 n.S.)

Pashtak schaute auf den Brief, der geöffnet vor ihm auf dem Tisch lag und von König Perdór stammte. Beigefügt war eine Abschrift einer Bitte des kensustrianischen Priesterrates, die sich vor Höflichkeit geradezu nur so überschlug.

Eben diese Institution, die vor nicht allzu langer Zeit mit der Zerstörung Ammtáras gedroht hatte, flehte darum, dass niemand die Lage von Kensustria preisgab. Vor allem sollte

Perdór auf Ammtára einwirken, nichts zu sagen. So schnell änderten sich die Umstände. Es ging immer noch um Vernichtung, doch hatten sich die Vorzeichen verschoben.

Pashtak hob den Kopf und schaute in die Versammlung, die sich in der Halle eingefunden hatte. »Ich bin dagegen, dass wir den Nični helfen, auch wenn sie unsere Stadt vor dem Angriff der Kensustrianer bewahrt haben. Früher oder später werden sie von selbst herausfinden, wo Kensustria liegt. Wir sollten nicht diejenigen sein, die in den Geschichtsbüchern als Verräter dastehen. Denn es geht nicht um eine friedliche Anklage, welche die Nični erheben wollen, sondern um die Vernichtung eines Landes mit all seinen Einwohnern. Das möchte ich uns nicht anlasten.«

Zu seiner großen Erleichterung erntete er nur zustimmendes Kopfnicken.

»Gut. Kommen wir zu einer weiteren wichtigen Angelegenheit. Der Anzahl der Nični in unserer Stadt.« Pashtak deutete auf das Fenster und hinaus auf den Platz vor dem Versammlungsgebäude. »Ich habe die Torwächter die Fremden zählen lassen, die gestern ein und aus gingen. Ersten Schätzungen nach haben wir beinahe viertausend von ihnen in unseren Wänden gehabt. Davon hat die Hälfte in der Stadt dauerhaft Quartier bezogen. Lakastres Bestattungsort ist zu einer Pilgerstätte der Nični geworden, die ganze Stadt ist ein Heiligtum für sie.« Er sog den Geruch ein, der im Saal schwebte. Er witterte Anspannung, Unwohlsein bei seinen Freunden. »Die Frage ist: Wollen wir etwas gegen den Zustrom unternehmen, und wie wollen wir es durchsetzen?«

Iffbal, ein Vertreter der Nimmersatten, der für seine Gattung mit so viel Verstand ausgestattet war, dass er Pashtak unheimlich wurde, blickte nach rechts und links, um zu sehen, ob jemand das Wort ergriff, dann sprach er. »Die Ničti haben die Kensustrianer anscheinend ohne große Anstrengung vernichtet. Ich zweifle daran, dass es Sinn macht, ihnen offenen Widerstand entgegenzubringen«, lautete seine Einschätzung. »Es wäre besser, wenn wir Auflagen erteilen und sie mit Begründungen ummanteln, die auch für die Ničti nachvollziehbar sind, ohne dass wir ihre Wut auf uns ziehen.« Er legte die Unterarme auf die Tischplatte. »Es ist eine erste Maßnahme, die uns ein wenig Luft verschafft. Aber wir brauchen auch einen Plan, wie wir uns vor den ausbreitenden Ničti schützen, sonst sind *wir* bald die Fremden in der Stadt. Wir wissen nichts über die Ničti, weder über ihre Art noch über ihre vollen Absichten.«

Pashtak girrte sein Lob für alle hörbar. »Ein guter Vorschlag. Dazu passt, was ich anzumerken habe. Ich sprach mit Simar, und er bat mich, dass wir ihnen erlauben, das Mausoleum umzuarbeiten. Sollte das nicht der Fall sein, möchten sie ein eigenes Grabmal im Zentrum der Stadt errichten und die Überreste Lakastres darin bestatten. Außerdem bat er mich, ihnen zu erlauben, eine Zeltstadt vor den Toren aufstellen zu dürfen. Sie wollen uns vor weiteren Angriffen der Kensustrianer schützen. Mit zehntausend Kriegern.«

»Oder einsperren. Es scheint, als seien wir bereits Fremde in Ammtára«, lachte Iffbal bitter.

»Die werden bei uns weder umbauen noch aufbauen! Wir müssen die Hilfe von König Bristel in Anspruch nehmen«, rief ein Mitglied laut. »Vertreiben wir sie!«

»Nein, wir brauchen alle anderen Königreiche, um die Ničti zu verjagen«, plärrte eine zweite Stimme dagegen, und im Nu befand sich die Versammlung in hellster Aufregung. Jetzt roch es nach Angst, nach Wut und schrecklicher Aufregung.

Inmitten des Durcheinanders traf Simar ein.

Sicher hatte er geklopft, doch das war bei dem Lärm nicht gehört worden. Sein Gesichtsausdruck wirkte irritiert, als er in den Raum trat, in dem so viele unterschiedliche, nichtmenschliche Stimmen zugleich erklangen. Er betrachtete die Versammlungsmitglieder neugierig, die nach und nach verstummten, als sie ihn bemerkten.

Nur einer, der mit dem Rücken zu ihm stand, schrie in die aufkommende Stille: »Wir müssen die Ničti loswerden! Egal, wie!«

»Willkommen, Simar«, seufzte Pashtak, erhob sich und deutete auf einen freien Stuhl, der stets für Gäste und Bittsteller reserviert war.

»Bin ich das?« Simar lächelte unsicher in die Runde. »Was haben wir getan, um Feindschaft zu bekommen?«

»Das klären wir, nachdem ihr uns gesagt habt, was der Grund für den Besuch ist.« Pashtaks rote Augen hefteten sich auf die beunruhigten Züge des Ničti. Es war wichtig, dass er nicht mit dem Eindruck ging, es braue sich etwas gegen die Fremden zusammen. Wer konnte vorhersagen, wie ihre Reaktion ausfiel?

»Bin hier«, begann Simar, »weil ich herausgefunden habe. Etwas. Belkala oder Lakastre – sie hatte eine Tochter. Ich weiß es.« Er setzte sich. »Aber sie ist nicht da. Ihr Zuhause ist leer. Nur andere ... Wesen.« Er setzte sich und lächelte wieder. »Habe deine Kinder gesehen, sehr nett und aufgeweckt.« Das Lächeln verschwand abrupt. »Wieso sagten du oder einer von euch es uns nicht?« Er schaute in die Runde. »Wir tun ihr nichts. Im Gegenteil.« Er schwieg abwartend.

»Simar, es ist so«, holte Pashtak aus. »Wir wissen nichts über dich und deinesgleichen. Ihr habt uns vor den Kensustrianern beschützt, das ist richtig. Doch versteht unsere Zurückhaltung und unsere Vorsicht euch gegenüber. Es soll keine Beleidigung sein.«

»Stell dir vor, jemand kommt samt seiner Familie in dein Haus, beginnt mit dem Umbau, lässt sich nieder und breitet sich immer weiter aus«, sagte ein Versammlungsmitglied aufgebracht. »Was würdest du tun?«

»Ihn bewirten?«, erwiderte Simar überrumpelt. »Es ist so Sitte bei Gästen. Wusste nicht, dass es euch stört. Wir werden unauffälliger sein.«

»Nein, ihr sollt *gehen*«, rief ein anderer aus der Deckung des Rates heraus.

Simar schüttelte das tiefgrüne, lange Haar. »Nein, das werden wir nicht. Im Haus, um zu sagen wie ihr, ist etwas … Wichtiges. Da ihr es uns nicht gebt, bleiben wir. Aber friedlich. Wir zahlen für alles, was an Kosten anfällt.«

»Darum geht es nicht.« Iffbal wandte sich an den Ničti und erhob sich, um durch seine Größe und seine vier Hörner auf der Stirn noch eindrucksvoller zu wirken, als es seine Stimme ohnehin war. »Ihr verbergt einfach zu viel.«

»Verbergen?« Simar kam aus dem Staunen nicht mehr heraus.

»Was hat es mit dem Amulett auf sich? Warum hasst ihr die Kensustrianer? Was wollt ihr mit Lakastres Tochter?« Die Fragen prasselten nur so auf Simar ein. »Welches Geheimnis hat es mit der Struktur von Ammtára und dem Namen auf sich?« Iffbal nahm Platz, langsam und königlich. »Solange wir diese Einzelheiten nicht kennen, werdet ihr zum einen niemals aufrichtig willkommen sein und zum anderen nicht erwarten dürfen, dass wir euch dauerhaft dulden. Versteht ihr unsere Gründe?«

Pashtak machte sich innerlich den Vermerk, den Nimmersatten als nächsten Vorsitzenden der Versammlung der Wahren vorzuschlagen.

Simar betrachtete Iffbal, das Gesicht sah nachdenklich aus. Er brauchte eine Weile, um die Sätze nachzuvollziehen und den Inhalt zu erfassen. »Ich verstehe ein wenig«, gab er schließlich nach. »Doch es nichts ändert. Wir können nicht anders als tun, was wir tun.« Er stand auf, damit ihn alle sahen. »Ammtára ist ein heiliger Ort für uns. Lakastres Tochter ist eine Heilige für uns, so sandten wir Kundschafter, die sie suchen. Bevor die Kensustrianer es können, weil sie Mädchen töten wollen. Wollt ihr das, Tod von Mädchen?«

Iffbal warf Pashtak einen alarmierten Blick zu. »Du hast gesagt, dass die Kensustrianer schworen, Estra nichts anzutun.«

»Sie schworen es mir«, bestätigte er.

»Dann wisst ihr, wo Kensustria liegt! Gebt nichts auf ihre Schwore ... Schwüre«, warnte Simar. »Sie lügen, vor allem die falschen Priester. Haben die Lehre von Lakastra und von vielen anderen Ničti-Göttern verändert, haben Krieg gegen uns geführt und sind gegangen.« Er verneigte sich. »Ammtára ist Ort, an dem der wahre Glaube andauerte. Ist Zeichen Lakastras in Stein und Lehm und verkündet den Sternen seinen Namen. Ist das Gegenstück zu Kensustria und den Lästerungen.«

Pashtak war sich sicher, die Geschichte in abgewandelter Variante von den Kensustrianern zu hören zu bekommen, wenn man sie danach fragte. »Wir fragen uns, was Lakastra für eine Gottheit ist?«

»Des Wissens und des Südwindes«, erhielt er zur Antwort. »Und der ... Wahrhaftigkeit der ...« Er zuckte die Achseln. »Fehlen die Worte, um zu übersetzen.«

»Dann umschreibe es«, verlangte Iffbal.

»Lakastra sagt, dass wir leben sollen, wie … wir sind. Nicht verbergen und Masken tragen, sondern … uns geben, wie uns die Götter … geboren.« Simar fiel es schwer, die Lehren seines Gottes in einer fremden Sprache zu vermitteln. »Die anderen, die Kensustrianer, machen das. Sie üben Zwang aus, verlangen und fordern, unterdrücken alles. Nicht gut. Haben auch Lakastra verändert. Ihn … entmannt. Falsch gemacht. Absichtlich.«

»Welche Rolle spielt dabei Lakastre?« Pashtaks Aufregung stieg. Endlich kamen sie dem Rätsel ein Stück weit auf die Spur.

»Krieg gegen Kensustrianer verlief nicht gut, sah aus, als ob wir untergehen.« Simar setzte sich. »Um aber Wissen zu bewahren, zehn von uns Ničti unter Kensustrianer gemischt, um die wahre Lehre Lakastras mitten unter den Falschen zu bewahren. Sicherer Ort, dachten wir. Gaben ihnen unsere Heiligtümer, die Gottessiegel, aber nur eine überlebte und verschwand mit den Falschen in die Fremde. Sie wurde uns eine Heilige, eine halbe Göttin. Es gibt unzählige Geschichten von ihr.« Er pochte auf den Tisch. »Hierher, Lakastre kam und hat geheime Zeichen gesetzt. Sie wusste, dass eines Tages sie jemand sucht. Sie ist unsere oberste Heilige.«

»Das kann unmöglich sein.« Pashtak roch zwar nichts an Simar, was eine Lüge erkennen ließ, aber die Worte selbst machten es undenkbar. »Ich habe sie als Lakastre gesehen, und sie war kaum älter als dreißig oder vierzig Jahre.«

Simar grinste gefährlich wie ein blankes Schwert. »Lakastra ist zu seinen Priestern gut. Er schützt sie, gibt ihnen *viel* Leben. Viel Macht. Macht *über* das Leben.« Als er sich seiner drohenden Wirkung bewusst wurde, nahm er sich selbst zurück. »Da Lakastre tot und Amulett weg, was ist Heiligtum, suchen wir Tochter. Sie wird haben Amulett, ich bin sicher. Unsere Kundschafter finden sie. Und die Orte, an denen ihre Mutter war.«

Pashtak ahnte, was Ulldart bevorstand. Wo auch immer Belkala oder Lakastre gewesen war und längere Zeit verweilt hatte, würden Heerscharen von Ničti auftauchen, ihre Gebete verrichten und Tempel aufstellen. Das würde die Geduld der Herrscher und der Menschen erfordern, die dort lebten, wo sich die Fremden blicken ließen. »Versteht ihr nicht, dass ihr vorher um Erlaubnis fragen solltet, Simar? Ihr seid Gäste, nicht die Besitzer des Landes.«

»Wir sind Gäste, ich weiß. Wir tun nichts Böses, versprochen. Wollen nur Ruhe gelassen sein und beten. Beten zu Lakastra.«

»Und was wollt ihr von Lakastres Tochter? Ihr das Amulett rauben?«

Simar schaute aus dem Fenster und betrachtete die Sonnen. »Schon spät. Ich muss zurückkehren zu meinen Freunden und berichten, was ich hörte. Und sagen, dass sie weniger auffallen sollen.« Er blickte Pashtak bittend an. »Schließt uns nicht aus, Pashtak. Lasst uns immer nach Ammtára. Alles andere ist nicht gut.« Die bernsteinfarbenen Augen glommen auf.

»Bevor du gehst, sag uns, was du wolltest«, bat Iffbal.

»Spielt keine Rolle mehr.« Er verneigte sich und verließ die Versammlung. Sofort begannen mehr oder weniger leise Gespräche unter den Ratsmitgliedern.

Pashtak wusste, dass Simar die Betonung absichtlich gebraucht hatte. Es blieb offen, für wen es nicht gut sein würde, wenn man die Ničti vom Heiligtum aussperrte. »Wenigstens haben wir einen Eindruck erhalten, was Ammtára für sie bedeutet«, sprach er in das Gemurmel hinein.

»*Falls* stimmt, was uns Simar sagte.« Iffbal sah ihn an. »Ich jedenfalls glaube ihm nicht.« Und er bekam sofort reichlich Zustimmung zu seinen Worten.

Pashtak nahm Perdórs Brief zur Hand, die kräftigen Fingernägel hinterließen Spuren in dem Papier. Jetzt hatte er neue Tatsachen, die er dem König melden konnte. Er wusste jetzt schon, dass sie große Aufregung auf dem Kontinent auslösen würden. Es gab neue Invasoren, die sich auf eine vermutlich friedliche, unaufdringliche Weise auf Ulldart ausbreiten und in jeden Winkel der Länder kriechen würden. *Wie Ratten.*

Kontinent Ulldart, Königreich Tersion, Baiuga, Spätwinter im Jahr 1/2 Ulldrael des Gerechten (460/461 n.S.)

Das Gebäude als Palast zu bezeichnen, traf es nicht einmal im Ansatz.

Fiorell kannte Schlösser seines Herrn Perdór, die weniger opulent erschienen, sowohl von innen als auch von außen. Alles war in weißem Marmor gehalten, von den Säulen bis zur Decke, gelegentlich setzte grüner Marmor wohl gewählte Schwerpunkte, und auch das Mobiliar diente einzig und allein dazu, die raffinierte Schönheit der Bauweise zu betonen. Fiorell konnte sich sehr gut vorstellen, dass Gesandte, die zum ersten Mal nach Baiuga kamen und die Regentin aufsuchen wollten, irrtümlich hier vorsprachen.

»Dort entlang«, bat der Diener ihn und zeigte auf eine vier Schritt hohe Doppeltür, hinter der gedämpfte Musik erklang.

Fiorell hatte seine Maske schon lange aufgesetzt, ein schlichtes Modell aus weißem Pappmaché, das Augen und Nase verdeckte. Auf der Stirn saß ein einzelner Diamant, dessen Feuer bei jedem noch so kleinen Lichtschein auflöderte. Einen besseren Blickfang würde es kaum geben.

Außer der Maske trug er ein figurbetontes, knöchellanges Männerkleid aus weißer Seide, wie es in Baiuga derzeit Mode war, hoch geschlossen und eng bis zur Taille, von da an schwingend und sehr elegant. Zu Fiorells eigener Überraschung hatte es nichts Weibisches an sich; es erinnerte ihn an die tarpolischen Wintermäntel, die einen ähnlichen Schnitt aufwiesen, jedoch aus einem gänzlich anderen Stoff geschneidert waren.

»Bitte sehr. Seht, genießt und schweigt darüber, wenn Ihr das Haus verlasst«, mahnte der Diener und stieß die Türen auf.

Die Musik traf Fiorell mit ganzer Macht. Der Festsaal war voller maskierter Menschen, Frauen und Männer standen und saßen herum, hier wurde gegessen, da getanzt, dort geplaudert. Nichts unterschied das, was er sah, von einem Maskenball, so wie er ihn kannte.

Er trat ein, schaute nach rechts und links, nickte den Nächststehenden zu und ging auf einen Bediensteten zu, der ein Tablett mit gefüllten Weingläsern trug. Er nahm sich eines, schob sich in den Schatten einer Säule und beobachtete.

In der Mitte stand eine Bühne, auf der Musiker mit verbundenen Augen spielten, im hinteren Bereich, zwischen den Treppen in den oberen Stock, standen Tische, an denen Würfel rollten und Karten flogen.

Der Saal war zudem mit unzähligen Nischen ausgestattet, die sich geschickt in die Architektur einfügten und durch Statuen, Säulen oder Kunstwerke halb verdeckt wurden. Bei manchen waren Vorhänge zugezogen, bei anderen sah Fiorell, wie sich Maskierte unterhielten, bei wieder anderen sah er nur ein Bein oder einen Ellbogen. Seine Phantasie reichte aus, um sich vorzustellen, was in den Nischen geschah, die durch den Stoff vor neugierigen Blicken geschützt waren.

Plötzlich spürte er eine Hand auf seiner Schulter, die Berührung war leicht und liebkosend. Er wandte sich um und sah eine blonde Frau mit einer schwarzen Maske vor sich stehen. Das Kleid ließ viel von ihrem Dekolletee sehen, die Seitenschlitze reichten hinauf bis zu ihrer Hüfte. »Du bist zum ersten Mal hier, Diamant.«

»Woran erkennt man das?« Fiorell lächelte entschuldigend.

»Dass du dir etwas zu trinken nimmst und zuschaust, bevor du etwas tust.« Sie lachte. »Bei mir war es genauso.« Ihre blauen Augen glitten an ihm hinab, musterten ihn und versuchten zu erahnen, was unter der weißen Seide steckte. Sie hatte ihre Hand nicht von ihm genommen. »Kann es sein, dass dir niemand gesagt hat, wie die Regeln lauten?«

Fiorell schluckte. »Ich fürchte, ich bin nicht gut vorbereitet.«

»Wer hat dich ausgesucht?«

»Sein Name …

Sie hob rasch die Hand. »Nein, keine Namen, Diamant! Bei Angor, du würdest das erste Gesetz schon nach wenigen Augenblicken brechen, mein Lieber. Welche Maske trägt er?«

»Die Alligatormaske.« Fiorell spürte, wie sich der Schweiß auf seiner Stirn sammelte und in die Augenbrauen lief. Diese Mission wurde heikel und delikat zugleich.

Sie schüttelte den Kopf. »So etwas. Er hätte dich einweihen müssen, anstatt dich wie ein kleiner Junge herumstolpern zu lassen. Ich bin Nacht.« Sie fasste ihn bei der Rechten und zog ihn hinter der Säule hervor, ging mit ihm auf die Tanzfläche. »Du führst, und ich werde dir sagen, was du tun und lassen sollst.«

»Einverstanden.« Fiorell lauschte auf den Takt und setzte sich mit Nacht in Bewegung.

»Keine Namen, wen auch immer du hinter den Masken zu erkennen glaubst«, wisperte sie in sein Ohr; ihr Parfüm gefiel ihm sehr. »Egal, wonach dir der Sinn steht, du benötigst eine Einladung und eine Einwilligung. Sagt man ›halt‹ zu dir, wirst du dich ohne Fragen zurückziehen. Du darfst mit jedem über alles sprechen, nur nicht über deine Herkunft. Politik, Geld, Macht, es sei dir gestattet, aber niemand möchte hinter die Maske schauen. Sie macht uns alle gleich, egal, wer wir sind.«

»Ich habe verstanden, Nacht.«

»Sehr schön, mein strahlender Diamant.« Sie hauchte ihm einen Kuss auf die Wange. »Wonach suchst du hier?«

»Wie bitte?«

»Wonach du suchst.« Nacht lehnte den blonden Schopf an seine Brust. »Harmlose Zerstreuung von deinem langweiligen Zuhause mit Frau und Kindern, Glücksspiel anstatt deines soliden Handwerks, das du tagsüber ausübst? Völlerei statt Enthaltsamkeit?« Sie hob den Blick. »Oder die verborgene Lust?«

Der verlangende Ausdruck in den blauen Augen ließ Fiorell erkennen, aus welchem Grund sich Nacht in dem Haus befand. »Die Lust, teuere Nacht«, antwortete er. »Doch leider wirst du mir dabei nicht helfen können. Mich zieht es zu meinesgleichen.«

»Oh, wie schade«, seufzte sie enttäuscht und strich über seine Brust. »Es hätte mich sehr gefreut, dir Dinge zu zeigen, welche du noch nicht erlebt hast.«

»Da bin ich mir sicher. Und würde sich mein Herz nicht nach Männern sehnen, ich hätte nicht einen Lidschlag gezögert.«

Nacht lächelte bereits wieder. »Dennoch kann ich dir helfen. Wonach verlangt es dir?«

»Mir wurde von Woge nur Gutes berichtet.« Fiorell wusste, dass sich hinter Woge niemand Geringeres als Taltrin Malchios verbarg. »Wo kann ich ihn finden?«

Nacht grinste. »Ja, mir kam zu Ohren, dass er Qualitäten besitzt, die eine Frau auch gern zu spüren bekäme. Aber leider haben sich die Götter dafür entschieden, ihn auf anderen Pfaden wandeln zu lassen.« Sie schaute sich um. »Er steht da drüben, neben dem Spieltisch. Anscheinend soll er heute Abend jemandem Glück bei den Karten bringen.« Sie hörte auf zu tanzen, nahm wieder seine Hand und führte ihn quer durch den Saal zu den Tischen. »Ich stelle dich vor. Damit sollte es dir schneller gelingen zu bekommen, was du möchtest. Doch achte auf deine Worte. Er ist wählerisch und stellt hohe Ansprüche.«

»Ich auch.« Fiorell rieb sich innerlich die Hände. Dass er an Nacht geraten war, erwies sich als unschätzbarer Vorteil. Außerdem hatte sie seinen Ehrgeiz geweckt herauszufinden, wer sich hinter der schwarzen Maske verbarg.

Nacht näherte sich dem Mann in dem blauen Gewand, das die athletische Figur betonte. »Woge, darf ich dich stören?«

»Du darfst es jederzeit.« Taltrin wandte sich um, reichte ihr die Hand, dann fiel sein Blick auf Fiorell – und er verharrte. Langsam streckte er ihm die Finger hin.

»Das ist Diamant«, sagte die Blonde. »Er ist zum ersten Mal bei dem Fest.«

»Eine Jungfrau«, spöttelte der blonde Mann mit einer Rabenmaske, hinter dem Taltrin gestanden hatte. Er trug nur ein Untergewand, das Oberteil lag als Einsatz auf dem Tisch. »Sie taucht auf, und schon wendet sich mein Glücksgott von mir ab.« Er warf die Karten auf den Tisch. »Verloren. Mein letztes Hemd verloren!«

»Dir bleibt noch mehr«, lachte Taltrin und deutete auf die Hose.

»Sicher. Das hätten die meisten gern.« Rabe warf sich theatralisch über die Lehne. »Wie stehe ich nun da? Wer gibt mir Trost?«

Taltrin winkte einen Bediensteten herbei und reichte dem Verlierer ein Glas Wein. »Versuche es mit Alkohol.«

Rabe hob den Kopf. »Ich dachte mehr an dich.«

»Heute nicht«, lehnte Taltrin ab.

Rabe warf wütende Blicke gegen Fiorell. »Ich verstehe. Wegen der Jungfrau«, giftete er und sprang auf, schnappte nach dem Wein und eilte an einen anderen Spieltisch.

Fiorell wunderte sich über das Verhalten, das einem Schauspieler gerecht wurde.

»Verzeiht Rabe das Benehmen. Er hat sich Dinge ausgemalt, die er nicht bekommen wird. Nicht heute. Und wenn ihn die Eifersucht packt, wird er unausstehlich.«

»Da ist er nicht anders als manche Frau«, lachte Nacht.

Taltrin verteilte die übrigen Gläser an sie und Fiorell. »Stoßen wir auf deinen ersten Besuch an. Ich hoffe, es wird dir gefallen.«

»Es gefällt mir, was ich sehe«, entgegnete Fiorell und lächelte. Er kam sich seltsam vor, das alte Spiel zu betreiben –

und sich dabei an einen Mann anstatt an eine Frau zu wenden. Doch es fiel ihm recht leicht. Als einstiger Hofnarr war er stets Mime, und spätestens seit er die Rolle von Hulalia gegeben hatte, wusste er, wie man Männern schöne Augen machte. Die Maske war sein Schild, hinter der er mögliche Unsicherheit verbergen konnte.

»So?« Taltrins Augen glitzerten.

»Ich lasse euch beide allein«, verabschiedete sich Nacht mit einem wissenden Lächeln. »Vielleicht finde ich noch jemanden, mit dem ich mich verweilen kann, wenn Woge schon das Beste bekommt, was an diesem Abend an Männern zu haben ist.« Sie berührte Fiorell am Arm und verschwand in der Menge.

»Ein gelungenes Fest«, plauderte Fiorell und deutete auf das Bankett. »Es muss ein Vermögen gekostet haben. Und ich weiß, wovon ich spreche. Ich kenne die Mehrheit der Speisen nicht, was etwas heißen soll.«

»Demnach kennst du dich in der Küche aus?«

»Mein Herr ist das, was man im Tierreich Heuschrecke nennt. Er vertilgt alles, was man ihm hinstellt.« Seine linke Hand glitt in die Tasche, er spielte mit dem Ring am Mittelfinger. In der verborgenen Kammer wartete das Pülverchen auf seinen Einsatz, das Taltrin die Zunge lockern sollte. Dazu musste es jedoch erst einmal auf seine Zunge und von da in seinen Magen und in den Kopf gelangen. Mitten unter den Leuten einen Angriff zu wagen, war zu gefährlich.

Taltrin lächelte. »Ein Feinschmecker.«

»Ein Vielschmecker«, verbesserte Fiorell und erntete mit der Bemerkung das höfliche Gelächter der Umstehenden. Er hörte, dass es erst eine Art Anfangsapplaus war und man mehr von dem Neuling erwartete. »Wäre er hier, wäre die Tafel leer gefressen.«

»Man erzählt sich Ähnliches von dem kleinen Dicken, diesem König aus Ilfaris«, rief jemand.

»Ich kenne den König nicht, aber es sei dir gesagt, mein Freund: Gegen meinen Herrn ist das Maul eines Wals ein Nadelöhr.« Fiorell brachte seine Arme zum Einsatz und unterstützte seine Erzählung gestenreich. »Man glaubt es kaum, wenn man es nicht selbst gesehen hat, aber er kann ausgestreckte Schlangen quer fressen und spült sie mit einem Fässchen Wein hinunter!«

Jetzt wurde das Lachen lauter und ehrlicher, man fand den Neuling immerhin amüsant.

Fiorell setzte nach. »Sollte einer von euch abnehmen möchten, lasst es mich wissen. Ich verleihe meinen Herrn nur zu gern. Gebt ihm einen Tag, und die Vorratskammer ist so leer wie der Kopf des neuen Kaisers von Angor.«

Rabe hob den Kopf. »Du krakeelst wie ein Fischweib, Diamant.«

»Und du riechst wie ein Fischweib, das mit einem toten Aal gespielt hat. Was hältst du davon, dich auch mal zu waschen?«, konterte Fiorell und nahm den Fehdehandschuh auf. »Wenn du wieder allein nach Hause gehst, denke an meine Worte.«

Rabe stand von dem Spieltisch auf und näherte sich sehr rasch seinem Konkurrenten; die Muskeln seines freien Oberkörpers schwollen an. »Ich finde dich nicht besonders lustig.«

»Und du bist es, ohne es zu wollen. Das ist eine wahre Kunst, mein Lieber.« Wieder hörte er das Lachen um sich herum, er landete Treffer um Treffer. »Ich verneige mich vor dir.«

»Was …?« Rabe schnappte übertrieben nach Luft. »Eine Ungeheuer …«

Fiorell lächelte ihn nieder. »Ich empfehle dir, weniger dramatisch zu sein und dafür an deinen Auftritten zu feilen. Wenn dein Verstand für ein Wortduell nicht ausreicht, solltest du wenigstens besser aussehen als die anderen.« Er zeigte auf einen kleinen Fleck auf Rabes Kleidung. »Aber das fällt nicht nur deinem Gesicht, sondern auch deiner Hose schwer.«

Rabe schöpfte nach Atem, und sah es beinahe aus, als käme es zu einer Schlägerei. Diese Blöße wollte er sich jedoch nicht geben, stampfte einmal mit dem rechten Fuß auf und drehte sich um, stiefelte zurück an seinen Spieltisch und warf Münzen ohne nachzudenken auf die Einsatzfelder.

»Eine spitze Zunge, Diamant.« Taltrin entfernte sich einige Schritt von der Menge, erklomm fünf Stufen der Treppe und winkte Fiorell zu sich. »Lass den Anblick auf dich wirken, Diamant. Wenn du das nächste Mal hier erscheinst, wird die Dekoration verändert sein. Es gibt niemals das Gleiche.«

»Ich bin mehr als beeindruckt.« Es stimmte sogar. »Wer weiß, wie lange die Pracht hält, wenn der schwarze Kaiser seine Hände enger um Tersion presst.«

»Dass du die Angorjaner nicht magst, hat man eben schon bemerkt.«

»Ich habe nichts gegen Angorjaner. Nur etwas gegen ihren neuen Kaiser. Wie vermutlich alle Einwohner in der Stadt.«

»Du möchtest allen Ernstes über Politik sprechen?« Taltrin setzte sich auf die Stufe. »Damit habe ich nicht gerechnet.«

»O nein, nein. Ich will nicht. Ich möchte etwas anderes, Woge. Es waren lediglich meine Gedanken, die ich ungeschickterweise laut äußerte.« Fiorell legte viel Bedauern in seine Stimme, begab sich neben ihn und rutschte nahe heran. »Es ist eine leidige Angelegenheit, und ich fürchte mich vor den neuen Herren. Ich muss mich für meinen Herrn oft mit dem Kaiser beschäftigen, ich bekomme ihn kaum mehr aus dem Kopf. Verzeih, dass ich dir die Stimmung verdorben habe.«

»Ich war in keiner Stimmung, keine Sorge.« Er lächelte und prostete ihm zu. »Auf das, was heute Abend geschehen wird.«

»Auf uns.« Fiorell stieß an und nippte am Wein. Er durfte nicht betrunken sein, wenn er seine Aufgabe nicht gefährden wollte. Fingerfertigkeit und Verstand waren gefragt. »Dass ich viele Bälle besuchen darf und die Angorjaner verschwinden.«

»Darauf trinken wir.« Taltrin leerte seinen Pokal und stellte ihn hinter sich ab. »Aber von mir aus können die Angorjaner auch gern zu meinen Bällen kommen. Ich mag es, neue Dinge zu erleben.«

»Erleben ist gut. Ich hoffe, wir überleben sie.« Fiorell tat aufgeregt und ängstlich. »Verzeih, dass ich wieder anfange, aber ich muss tagtäglich auf die Galeeren schauen, und mein Herr ist der Meinung, dass die Soldaten nachts in die Straßen ausschwärmen und uns allen die Hälse durchschneiden.« Er nippte wieder an seinem Wein und legte eine Hand auf Taltrins Schulter, als suche er Halt.

Woge fuhr beruhigend über Fiorells Finger, lächelte. »Nein, das wird nicht geschehen. Nech plant ganz anderes, wenn du mich fragst. Er wird sich Tersion aneignen und mit seinen neuen Freunden Größeres unternehmen.«

Fiorell horchte auf, rückte dichter heran, damit sich die Oberkörper berührten. »Denkst du? Er würde doch keinen Krieg wagen.«

»Er nicht. Das würden diese …«

»Ničti.«

»… diese Ničti für ihn besorgen. An seiner Stelle würde ich mich zurücklehnen und zusehen, wie mein ärgster Feind vernichtet wird.«

»Wegen des Krieges?«

»Sicher. Angorjaner sind nicht dafür bekannt, dass sie gern vergeben und vergessen.« Taltrin schaute zu Fiorell. »Jetzt hast du es geschafft und wir reden doch von Politik.« Er nahm seine Hände, rieb sie zärtlich. »Wenn wir schon dabei sind: Wie ist deine Meinung? Was soll Tersion tun?«

»Das Haus Iuwantor muss entscheiden, zusammen mit den anderen Häusern.« Er wich absichtlich aus, um eine Reaktion herauszufordern. »Das Volk wird …«

»Caldúsin wäre ein vollkommener Idiot, den Forderungen der Einwohner nachzugeben«, kam es prompt über Taltrins Lippen. »Damit gäbe er Nech einen noch besseren Vorwand, um mit jener Härte in Baiuga und im Land vorzugehen, die er sich ersehnt. Er muss sich beugen und darf seinen Gefühlen nicht folgen. Alles würde untergehen.«

»Hast du es ihm schon gesagt?«, neckte Fiorell. »Du wärst ein guter Ratgeber.«

Taltrin lachte auf. »Sicherlich. Er bettelt um meine Ratschläge wie ich um den Tod.«

»Dann könnt ihr euch nicht besonders gut leiden?«

Das Lachen war echt, Taltrin amüsierte sich hervorragend. »Nein, Diamant. Das kann man wirklich nicht behaupten. Aber bevor ich mich mehr mit dem alten Mann beschäftige, als mir lieb ist, und ich zu gar nichts mehr Lust habe, lass uns mit der Politik aufhören.« Er schlug sich auf die Oberschenkel. »Es ist dein erster Abend, und du hast noch nicht alles vom Haus gesehen. Ich zeige dir alle Gemächer, wenn du möchtest. Die Gesellschaft breitet sich bei meinen Festen über das gesamte Haus aus.«

Fiorell ahnte, was ihm, der *Jungfrau*, unter normalen Umständen blühte. Taltrin hatte angebissen und bereitete die

Verführung vor. Bald würde er in den Kissen eines einsamen, ruhigen Bettes liegen, doch anstatt sanfte jungfräuliche Finger auf sich zu spüren, würde er unter dem Einfluss des Mittels alles sagen, wonach er gefragt wurde.

»Sehr gern, Woge.« Er verlieh seiner Stimme einen leicht hauchenden Schmelz, nicht zu aufdringlich, aber so deutlich, dass man erkennen konnte, dass er nicht abgeneigt war und es genug Politik gegeben hatte. »Finden wir da etwas zu trinken?«

»Sicherlich.« Taltrin erhob sich und reichte ihm eine hilfreiche Hand. Zusammen stiegen sie die Treppe hinauf, wanderten auf der Balustrade entlang, ehe sie in einen Seitengang abbogen.

Das Licht war gedämpft, schimmerte golden und orangefarben aus den bemalten Lampen. Sie kamen an einer angelehnten Tür vorbei, und durch den Spalt sah Fiorell ein Bad, in dem sich drei Damen und zwei Herren im Wasser entspannten. Sie lachten leise, ein Mann und eine Frau tauschten zärtliche Küsse; dann waren sie auch schon vorbeigegangen.

Taltrin lächelte und öffnete eine Tür zu einer schmalen Kammer. »Nach dir.«

Verwundert betrat Fiorell das Räumchen, in dem sich nichts als ein paar Holzbänken und Haken an der Wand befand; Handtücher lagen griffbereit. Es war schwülwarm, die Luftfeuchtigkeit und die Wärme brachten ihn auf der Stelle zum Schwitzen. Der Geruch von starker Minze schwebte umher.

Taltrin schlüpfte aus seinem Gewand und öffnete den Durchgang zum Nachbarraum, aus dem dichte Dampfschwaden drangen. »Ein Dampfbad wird uns gut tun. Schwitzen wir uns den Dreck vom Leib und genießen danach eine Massage.« Er huschte in den Dunst. »Komm nach, wenn du so weit bist.«

Fiorell blieb wie angewurzelt stehen. Damit hatten weder er noch Perdór gerechnet. *Ein verdammtes Dampfbad!* Das Pulver in seinem Ring würde verklumpen und unmöglich ohne aufzufallen in ein Getränk zu rühren sein. Zurücklassen wollte er den Ring aber auch nicht. Diebe gab es in den besten Häusern. Fluchend zog er sich aus und schlang ein Handtuch um die Hüfte.

»Ich komme, Woge.« Er trat in den Minznebel, der heiß in Nase und Lunge brannte. »Wo bist du?«

»Hier drüben«, kam es aus dem grauen Dunst. »Folge meiner Stimme.«

Fiorell stieß gegen ein Tischchen, auf dem Getränke standen, tastete sich weiter bis zu einer Lattenrostbank und bekam die Kante zu fassen. »Woge?« Der Schweiß rann unter seiner Maske ins Auge, es gab einen schmerzhaften Stich.

»Setz dich und entspann dich, Diamant.« Es zischte laut, die Schleier verdichteten sich, und die Hitze schnellte augenblicklich in die Höhe. »Oder soll ich dich lieber Fiorell nennen?«

Dass ihm heiß wurde, lag nicht allein am Dampf. »Wer?«, versuchte er zu lügen und musste stark husten. Jeder Atemzug bescherte seiner Lunge Minzfeuer. »Es ist gegen die Regel …«

»Ich weiß. Was hinter der Maske liegt, soll dahinter bleiben. In deinem Fall muss ich eine Ausnahme machen«, unterbrach ihn Taltrin. »Du weißt zudem, wer ich bin.« Wieder zischte es, wieder stieg die Temperatur. »Ich verbringe sehr viel Zeit im Dampfbad. Das bedeutet, ich werde die Kabine nass geschwitzt verlassen, aber du wirst vermutlich sterben. Dein Körper ist es nicht gewohnt.«

Fiorell riss sich die Maske vom Gesicht und verschaffte sich damit kurze Erleichterung. »Was möchtet Ihr wissen?«

Er bekam keine Antwort, sondern taumelte im Nebel umher, ohne Taltrin zu finden.

»Sagt etwas!« Er bekam schlecht Luft, setzte sich auf die Bank. »Lange halte ich es nicht aus, Malchios«, hustete er und wischte sich das Wasser von der Stirn. Fiorell wartete auf eine Reaktion, während die Zeit verging und ihm immer schwindliger wurde.

Die Schweißtropfen lösten sich von seiner Nase, fielen in die Nebelschwaden und verschwanden in dem Grau, bevor er sie auf dem Boden auftreffen hörte. Die Wirkung war geradezu hypnotisch.

»Warum hetzt mir der König der Spione seinen Hofnarren auf den Hals?«, hörte er es plötzlich. Er zuckte tatsächlich zusammen.

»Wir möchten herausfinden, was Ihr von den Anschlägen haltet, Malchios«, keuchte er und hechelte wie ein schwarzer Hund in praller Sonne. Trotz der Luftfeuchte hatte er das Gefühl zu verdursten; er war kurz davor, das Wasser von den Holzlatten zu lecken. Mühsam erhob er sich und versuchte, den Sprecher ausfindig zu machen.

»So? Vielleicht möchte dein König herausfinden, ob ich dahinter stecke? Ich bin der größte Gegner des Hauses Iuwantor und käme an die Macht, wenn man Caldúsin den Prozess machte«, drang die Stimme aus dem Nebel.

Fiorell schluckte, wankte auf den Schemen zu und spürte, wie die Kraft aus seinen Beinen floh und die Knie weich wie flüssiges Harz wurden. »Bitte, ich …«

»Ich mag es nicht, unterschätzt zu werden, Fiorell. Aber genau das haben du und dein König getan.« Taltrins Stimme war hart und bestrafend. »Es gibt noch andere Menschen in der Stadt, die sich Gedanken machen und denen an der Wahrheit gelegen ist. Ich habe mit dem Mord nichts zu schaffen. Eher würde ich Caldúsin umbringen als die Regentin.«

»Dann ...« Fiorell lehnte sich an die gekachelte, nasse Wand und rutschte an ihr herab. »Dann trefft Euch mit ihm, meinem Herrn. Besprecht es ...« Er hustete und würgte. »Bei Ulldrael ...«, ächzte er und sank in sich zusammen. »Malchios, vereint Eure Kräfte und rettet Tersion vor der Verschwörung ...« Er drohte, das Bewusstsein zu verlieren.

Eine Hand tauchte aus dem Dampf auf und glitt unter seine Achsel, eine zweite rutschte unter die andere Achsel, und er wurde angehoben. Taltrins Gesicht erschien vor ihm, auch er hatte die Maske abgenommen und zeigte sich.

»Zu schade, dass du keiner von uns bist, Fiorell«, sagte er bedauernd, zerrte ihn zur Tür hinaus in die Umkleide und setzte ihn auf die Bank.

Die Sicht verschwamm, aber Fiorell blieb im Diesseits. Es war kühler, und es fiel ihm leichter zu atmen. Sprechen konnte er noch nicht, die Minze lähmte seine Stimme. Er bekam ein Glas Wasser gereicht, gierig trank er es. »Wie habt Ihr mich erkannt?«, presste er hervor.

Taltrin lächelte. »Ich habe dich seit deiner Ankunft beobachtet. Du bist ein attraktiver Mann, Fiorell. Nicht nur für Frauen. Ich hätte dich unter hundert Masken erkannt. Der Umstand, dass ich Caldúsin beobachten ließ und ahnte, dass ihr mich auszuhorchen versuchtet, half mir dabei.« Er goss nochmals Wasser in Fiorells Glas. »Geh zu deinem Herrn und lasse ihn wissen, dass ich ihn sehen möchte. Und bring diesen Narren von Caldúsin mit. Ich gebe mein Wort, dass ihm nichts geschehen wird.«

»Das tue ich. Und es freut mich.« Fiorell fühlte sich allmählich besser. Er sah ihn ernst an. »Aber kein Wort über die

Witze, die ich über den König gemacht habe. Er würde sich wegen des Vergleichs mit dem Wal eine besondere Gemeinheit ausdenken.«

Taltrin hob die Hand, wischte ihm eine Schweißperle von der Nase und nickte, dann kehrte er in das Dampfbad zurück, als herrschten darin harmlose Temperaturen. »Wirklich zu schade«, meinte er zum Abschied und lächelte.

Perdór saß Nech in seiner Kabine gegenüber, der ihn absichtlich missachtete, während er sich leise mit einigen seiner Angorjaner unterhielt. Perdór wiederum war gedanklich bei Fiorell, der sich in diesem Augenblick redlich bemühte, aus Taltrin Malchios die Wahrheit über die Anschläge herauszuholen. Keine Aufgabe, um die er seinen Vertrauten beneidete.

Als Nech ihn nach langer Zeit immer noch nicht würdigte, stand er auf und ging auf die Tür zu.

»Wohin möchtet Ihr, König Perdór?«

»Was soll ich hier, kaiserlicher Nech Fark Nars'annam?«, entgegnete er, ohne sich umzudrehen. Wohl dosierte Unhöflichkeit. »Ihr habt um ein Gespräch gebeten, nun redet Ihr lieber mit Euren Offizieren als mit mir. Abgesehen von dieser bodenlosen Frechheit, habe ich, weiß Ulldrael, Besseres zu tun.«

»Es liegt nicht an mir. Wir warten auf meine neuen Freunde.«

»Die Ničti?« Perdór wandte sich um und sah, dass sich der Angorjaner erhoben hatte.

»Eben diese.« Nech deutete auf den Stuhl. »Kehrt zurück, König, und leiht mir noch etwas Geduld. Ich weiß, dass Ihr der Botschafter für ganz Ulldart seid, insofern ist es wichtig, dass

Ihr vernehmt, was es zu sagen gibt, und Eure Meinung abgebt. Es mag Euch überlassen sein, was Ihr mit dem gewonnenen Wissen anstellt.«

Perdór setzte sich. »Wie geht es Eurer Schwägerin?«

Nech schickte seine Leute hinaus. »Besser. Ihre Atmung ist regelmäßig und setzt nicht mehr aus, aber sie ist leider noch immer nicht erwacht. Der Cerêler meinte, dass die Attentäter ein unbekanntes Gift benutzt hätten, um verborgene Schäden anzurichten.« Er schüttelte den Kopf. »Sie war schon immer eine anfällige Frau. Ihre Zierlichkeit ist zu ihrem Nachteil, wie ich fürchte.«

»Gift, so?«

»Ja, Gift.« Nech legte den Kopf drohend schief. »Ihr zweifelt?«

»Ich zweifle mittlerweile an allem, was mit diesem Anschlag zu tun hat, kaiserlicher Nech Fark Nars'annam. An der Schuld von Iuwantor, an der Absicht der Attentäter, Euren Bruder zu töten, und an vielen weiteren Umständen.« Perdór sprach in einem schneidenden Ton, damit der Angorjaner erkannte, dass er sich nicht vor ihm fürchtete; gleichzeitig lächelte er beschwichtigend dabei.

»Das klingt ungewöhnlich.« Nech lehnte sich nach vorn. »Was wisst Ihr?«

»Noch nichts.«

»Ihr deckt die Anstifter aber nicht?«

»Keinesfalls! Sobald ich ihn oder sie kenne, werdet Ihr die Namen erfahren, kaiserlicher Nech Fark Nars'annam.« Er hatte das Mienenspiel des Mannes genau beobachtet, als der die Andeutungen machte, und nichts bemerkt, was Nech verriet. Entweder er beherrschte sich sehr gut oder wusste tatsächlich nichts von den Hintergründen.

Bevor sie ihre Unterredung fortsetzten, klopfte es, und der Ničti trat ein.

»Da ist er endlich«, begrüßte ihn Nech mit einem Strahlen. »König Perdór, das ist Arbratt, ein Ničti und Befehlshaber der Seestreitkräfte.«

»Nicht aller. Aber einiger«, stellte Arbratt richtig und verneigte sich vor Perdór. »Ist mir eine Ehre.« Er setzte sich. »Was sagt Ihr zu Krieg?«

Besser hätte man gar nicht mit der Tür ins Haus fallen können. Perdór runzelte die Stirn, schaute auf den Ničti, dann zu Nech, dann wieder auf den Ničti. »Verzeiht, wenn ich zögere. Habe ich das eben falsch verstanden, oder habt Ihr das falsche Wort gebraucht, Arbratt? Spracht Ihr von Krieg?«

»Ihr habt Euch nicht getäuscht.« Nech nickte. »Das Kaiserreich Angor und die Ničti erklären hiermit dem Reich Kensustria den Krieg.«

»Aus welchem Grund?«

»Aus der Sicht der Ničti sind die Kensustrianer Verbrecher, die sich ihrer gerechten Strafe entziehen wollten, indem sie vor mehr als dreihundert Jahren auswanderten und hofften, dass man ihre Spuren niemals wieder findet.« Nech übernahm die Rolle des Erklärenden. »Es hat so etwas wie eine Hochburg der Verbrecher gegeben, von der aus die Schwarze Flotte gesandt wurde, die Nachschub und neue Leute nach Kensustria brachte. Die Ničti haben diese Hochburg nach langen Kriegen vernichtet und sind hierher gereist, um die letzten Verbrecher ihrer Strafe zuzuführen.« Arbratt nickte.

»Was hat das Kaiserreich damit zu schaffen?«

»Wir sind ein Bündnis eingegangen. Und als Waffenbrüder stehen wir den Ničti gegen jeden Feind bei, zumal auch uns durch die Kensustrianer Leid angetan wurde. Wir haben das nicht vergessen.«

Perdór betrachtete das schwarze Gesicht, in dem die Selbstzufriedenheit stand. »Ihr habt mich um meine Meinung gebeten ...«

»Ich bin noch nicht fertig.« Nech nahm eine Karte von der Wand und zeigte auf Kensustria. »Das Kaiserreich Angor erhebt Anspruch auf jeden Schritt erobertes Land, das im Verlauf des Krieges eingenommen wird. Nachdem die Ničti abgezogen sind, fällt das einstige Kensustria an das Kaiserreich Angor. Mit allem, was darin ist.« Er setzte sich. »*Jetzt* dürft Ihre Eure Meinung sagen, König.«

Perdór schwieg. Gedanklich überschlug er die Tragweite dieses Bündnisses. »Ich halte Euch zugute, dass die Trauer Euren Verstand beeinflusst, kaiserlicher Nech Fark Nars'annam«, begann er seine Rede. »Ihr vergrößert die Schwierigkeit, die Ulldart ohnehin mit dem Auftauchen und Anliegen der Ničti hat, um das Tausendfache.« Er blickte zu Arbratt. »Darf ich Euch bitten, den Raum kurze Zeit zu verlassen? Ich möchte mit dem Kaiser allein sprechen.«

»Nein.« Nech hieß den Ničti mit einer Geste zu bleiben. »Wenn Ihr Anschuldigungen gegen meine Waffenbrüder ausspracht, sollten sie diese auch hören. Das gebietet der Anstand, wie ich meine.«

»Es sind keine Anschuldigungen. Es sind Vorbehalte.« Perdór nickte Arbratt zu. »Verzeiht, dass meine Worte missfallen werden, aber es muss gesagt sein.« Er wandte sich Nech zu. »Weder Ihr noch ich wissen viel über die Ničti. Wir haben keinen Beweis, dass es der Wahrheit entspricht, was sie uns auftischen. Es kann alles ganz anders sein, als sie uns glauben machen wollen. Ich bitte Euch, dass Ihr Euch nicht zu einem

Krieg hinreißen lasst, um eine Schmach der Vergangenheit zu rächen und Land für Angor zu erobern.« Er erhob sich. »Ich möchte, kaiserlicher Nech Fark Nars'annam, dass die Ničti und die Kensustrianer an einen Tisch kommen und ihre Versionen erzählen. Vor einer Versammlung sämtlicher Königreiche, die über alles Weitere entscheiden wird.« Sein Tonfall blieb freundlich, aber beschwörend. »Bevor Ihr und Eure Soldaten Euch in die Schlacht werft, bitte ich Euch: Lasst diese Versammlung stattfinden und wartet ihren Verlauf ab. Vielleicht wissen wir dann die volle Wahrheit.«

»Wir vergeuden wichtige Vorteile, wenn ich Eurer Bitte nachkomme.«

Arbratt schüttelte den Kopf. »Ihr macht einen Fehler. Kensustrianer gefährlich. Werden nicht warten und sich an nichts halten, was Ihr von ihnen fordert, König. Müssen Land und Verbrecher auslöschen. So hurtig wie geschwind.«

Perdór nahm einen Brief aus der Innentasche seines Brokatgehrocks. »Dann wird es Euch wundern zu hören, dass der Priesterrat einem solchen Treffen zugestimmt hat. In Ilfaris wird die Versammlung stattfinden, in drei Wochen. Bis dahin sollen die Waffen schweigen. Das ist alles, worum ich bitte. Es könnte ansonsten geschehen, dass sich ein Großteil der Königreiche im Falle eines Angriffs aus eigenem Antrieb auf die Seite der Kensustrianer stellt.«

»Ihr müsst das verhindern! Es wäre nicht rechtens. Es gibt keinerlei Pakt zwischen Kensustria und dem restlichen Kontinent. Die Grünhaare haben sich stets geweigert, ein Schriftstück zu unterzeichnen.« Nech stand ebenfalls auf, überragte Perdór dabei um einen Kopf. Er sah wütend aus. Das Gespräch nahm eine Wendung, die er nicht bedacht hatte.

Der König lächelte entschuldigend. »Ich bin nur der Botschafter, nicht der Kaiser von Ulldart. Wie sich die Mächtigen entscheiden, liegt allein bei ihnen. Mir ist – als kleines Beispiel – zu Ohren gekommen, dass Tûris nicht zögern würde, die Ničti vor den Toren Ammtáras anzugreifen, wenn die Stadt Hilfe benötigt.«

Arbratt knirschte mit den Zähnen und fluchte in seiner Sprache. »Wir bestehen auf unserem Recht«, grollte er und zeigte die spitzen Eckzähne. »Kensustria muss vernichtet sein.«

»Drei Wochen«, wiederholte Perdór. »Drei Wochen Aufschub und die Versammlung. Danach tut, was das Kaiserreich Angor und die Ničti für richtig halten.«

Nech schien sich seiner Sache nicht mehr ganz sicher. Er verschränkte die Arme vor der Brust, betrachtete die Karte vor sich, sah aus dem Fenster und warf einen abschätzenden Blick auf Arbratt. »Ich denke, dass es uns auf drei Wochen nicht ankommt«, willigte er missmutig ein. »Wir werden den Königen Ulldarts zeigen, dass wir nichts anderes tun, als den Kontinent von Verbrechern zu säubern.« Er nahm wieder Platz. »Ich stelle Tersion mit Blick auf das Kommende und zum Schutz der Untertanen Alanas unter Kriegsrecht. Die Häuser sind von ihrer Macht entbunden, alle Verwaltung liegt in meiner Hand.« Er musterte Perdór aus seinen dunkelbraunen Augen. »Hiermit untermauere ich meinen Anspruch auf das Land Kensustria.«

»Ich habe es vernommen, kaiserlicher Nech Fark Nars'annam. Damit ist mein Auftrag abgeschlossen, und ich reise ab, um das Treffen in Ilfaris vorzubereiten. Seid bitte«, er nahm einen weiteren Umschlag hervor und legte ihn auf den Tisch, »zusammen mit einem Vertreter der Ničti in drei Wochen an dieser Kreuzung. In dem Brief befindet sich die Wegbeschreibung. Von dort werdet Ihr abgeholt und an den Ort gebracht, wo das Treffen stattfinden wird. Nicht mehr als zehn Begleiter seien Euch zugestanden.« Er deutete eine Verbeugung vor dem Kaiser an und nickte Arbratt zu. »Einen guten Tag. Mögen Euch die Götter schützen und leiten.«

Er ging zur Tür hinaus und erlaubte sich erst aufzuatmen, als er an Deck der angorjanischen Galeere stand und frische Abendluft um seine Nase wehte. »Ulldrael der Gerechte, lass sie die Ruhe bewahren«, bat er halblaut und schaute über das nächtliche Baiuga, in dessen Gassen es totenstill war.

Bis auf einige Ausnahmen wie Taltrin Malchios war den meisten Einwohnern der Spaß an Ausgelassenheit und Festen vergangen. Die Laune würde mit der Ausrufung des Kriegsrechts noch weiter sinken.

Perdór hatte für seine Verhältnisse ungewohnt unverblümt und offen gesprochen, auf das übliche Diplomatengerede verzichtet und Nech sowie Arbratt deutlich gesagt, was er erwartete. Sie würden dies als Zeichen seiner Entschlossenheit und Ulldarts Stärke ansehen – das hoffte er zumindest.

In Wirklichkeit stand alles auf tönernen Füßen. Die Königreiche würden niemals schnell genug ein Heer in den Süden entsenden können, aber das musste den Kaiser und seine Verbündeten nichts angehen.

In den drei Wochen, die er ausgehandelt hatte, konnte das ulldartische Heer wenigstens in der Nähe von Kensustria sein, um notfalls mit etwas Verspätung einzugreifen. Ob es überhaupt eingriff, hing von der Entscheidung aller Könige und Königinnen ab.

Perdór verließ die Galeere über eine lange Planke, die im Zickzack nach unten führte, und stieg in die Kutsche. Sogleich fiel ihm der intensive Geruch von Schweiß und Pfefferminz auf, dann erkannte er Fiorell in der Ecke sitzen. Die Haare klebten nass am Kopf, eine Pferdedecke lag um seine Schultern.

»Gute Güte!«, entfuhr es dem König. »Was hat Malchios mit dir angestellt?

»Ich werde nie wieder, unter keinen Umständen, nicht einmal für alles Gold dieses Kontinents«, sagte Fiorell und sprach dabei immer schneller und lauter, »in den nächsten Tausend Dekaden eine Mission für den Pralinigen erfüllen, die mich in die Nähe eines Dampfbades bringt!« Er deutete an sich herab. »Schaut Euch das an. Eure Schuld!«

»Meine Schuld? Hm, meine Anweisung lautete nicht, mit Malchios ins Dampfbad zu gehen.« Perdór griente. »War es schön?«

»O ja. Ich liebe es, nackt, verschwitzt und gedemütigt durch die Straßen zu laufen, wie eines Eurer Bonbons zu stinken und mich von einer Wache aufgabeln zu lassen.« Er täuschte Begeisterung vor. »Wir können es ja mal gemeinsam versuchen, Majestät. Das gefällt Euch sicherlich, wenn Eure Bartlöckchen sich strecken und die Brust kitzeln. Nicht zu vergessen die lustigen kleinen Kinder, die hinter einem herrennen und lachen. Hach, das bringt Freude in mein düsteres Gemüt.«

»Du hattest demnach keinen Erfolg?« Er suchte in dem Fach unter dem Sitz nach einer Ration Pralinen, fand die Schachtel und hielt sie seinem Vertrauten anbietend hin.

»Wie man es nimmt.« Rasch fasste Fiorell die Ereignisse in dem Haus und im Dampfbad zusammen. »Dann ging er zurück in den Nebel, während ich keine Kleider mehr fand. Ein Handtuch, so klein wie ein Brief, habe ich mir genommen, um meine Blöße zu bedecken. Also, an einer Stelle.« Fiorell schnaubte. »Dieser Malchios ist bösartig.« Er nahm sich eine Praline, schob sie sich den Mund und klaubte vier weitere heraus. »Danke.«

»Und wir haben ihn unterschätzt, genau wie er sagte.« Perdór machte ein vorwurfsvolles Gesicht, als er die Plünderung seiner Vorräte bemerkte. »Doch wir bekommen die Feinde an einen Tisch. Das hat Vorteile.« Er berichtete von seiner Unterredung mit Nech und Arbratt.

»Schon wieder Krieg«, seufzte Fiorell. »Wenn wir ihn nicht verhindern.«

»Ich bitte dich. *Du* bist meine beste Waffe dagegen.«

Fiorells Augen wurden zu Schlitzen. »Was kommt jetzt, Ihro Schokoladigkeit? Ihr plant doch schon wieder etwas mit mir.« Er steckte sich eine weitere Praline zwischen die Lippen. »Kein Dampfbad«, sagte er undeutlich und balancierte das Konfekt auf seiner Zunge aus.

»Hör auf herumzualbern!«

Fiorell schluckte die Praline. »Aber ist das nicht der Auftrag eines Hofnarren?«, säuselte er.

»Du bist schon lange kein richtiger Hofnarr mehr, und im Augenblick bist du mein Spion.« Er gab dem Kutscher die Anweisung, zum Haus von Caldúsin zu fahren. »Wirf einen Blick aus dem Fenster«, bat er.

Fiorell schaute hinaus, sah den Hafen. »Ich sehe die Galeeren und das Ničti-Schiff. Was ist daran Besonderes?«

»Dass es nicht mehr Schiffe geworden sind.« Perdór spielte mit seinen Bartlocken. »Nech hat irgendwann behauptet, dass sich eine angorjanische Flotte auf den Weg macht. Ich bin kein guter Seemann, doch ich glaube, dass Angor nicht so weit entfernt ist. Hätte die Flotte nicht schon lange eintreffen müssen?«

»Hm.« Fiorell blickte über die Hafenmauer. »Vielleicht warten sie auf dem offenen Meer oder sind in einer Bucht vor Anker gegangen?«

»Das kann sein.« Der König belohnte sich für seine erfolgreiche Unterredung mit Fark und Arbratt mit einer weiteren Praline. »Aber es kann ebenso gut sein, dass es diese Flotte niemals gab.«

Jetzt zog Fiorell den Kopf zurück, richtete den Blick auf Perdór. »Wie kommt Ihr darauf? Habt Ihr ein Schokoladenorakel befragt und die Schmelzspuren auf Euren Händen gedeutet?«

»Ich denke, dass unser guter Nech Fark Nars'annam ein gefährliches Spiel betreibt. Er täuscht sowohl uns als auch die Ničti.«

»Wie, bei Ulldrael, gelangt Ihr denn zu dieser Weisheit?«

Perdór massierte sich die Schläfen. »Ich habe mir verschiedene Zeugen eingeladen, die an dem Tag, als das Attentat geschah, eine gute Sicht auf das Ereignis hatten. Caldúsin half mir dabei, die Leute ausfindig zu machen. Gibt es über den Ablauf nun keinen Zweifel mehr, so erinnere ich mich doch an eine Kleinigkeit, die mir berichtet wurde. Eine Kleinigkeit an Nech Fark Nars'annam. Seine Gürtelschnalle und die Rüstung trugen zur Zier einen längs halbierten Raubtierkopf aus Gold.«

»Was für ein Raubtier?«

Perdór hob den Finger. »Eine Krabanta-Katze! Sie steht für den Gott Angor. Aber es geht mir weniger um die Art des Tieres, sondern um die Bedeutung, dass er nur die Hälfte der Insignien auf der Rüstung trug. Lubshá dagegen hatte das Emblem eines vollständigen Krabanta-Katzenkopfes auf seinem Harnisch.«

»Sozusagen ein halber Kaiser?«

»Das wäre möglich. Ich dagegen hege eine andere Theorie.« Er deutete auf Fiorell. »Du wirst nachschauen, ob sie stimmt.«

»Von mir aus. Alles bloß kein Dampfbad, o Vernichter der Pralinen und Plätzchen.«

»Keine Sorge, mein lieber höflicher Minznarr. Wo ich dich hinsende, gibt es wenig Wasser.« Die Kutsche hielt an, ein Bediensteter öffnete den Verschlag, und Perdór stieg aus.

Fiorell starrte auf den runden Hintern. »Das ist nicht Euer Ernst?«

»Doch. Je schneller du aufbrichst, desto eher haben wir Gewissheit über diesen Umstand.« Er sprang auf das Pflaster und winkte. »Du kannst aussteigen, es ist niemand zu sehen, der dich in deiner eleganten Pferdedecke sehen und verspotten könnte.«

Fiorell streckte den Kopf heraus, spähte nach rechts und links, um eilends zur geöffneten Haustür zu huschen und im Inneren des Gebäudes zu verschwinden.

Perdór folgte ihm und trat dabei auf den Zipfel der Decke. Ruckartig war Fiorell seinen Sichtschutz los, und natürlich bog in diesem Augenblick eine Wache um die Ecke.

Die Soldaten marschierten unbeirrt an dem Nackten vorbei, der beide Hände fluchend vor sein Gemächt hielt und es zu verbergen versuchte.

Erst als die Wächter an ihm vorbeigelaufen waren, kam irgendwo aus dem Pulk ein lautes Prusten, gleich darauf entlud sich das donnernde Gelächter eines einzelnen Soldaten, in das nach und nach alle anderen einstimmten; auch Perdór konnte sich nicht länger zurückhalten und lachte laut.

Fiorell wandte sich bebend zu seinem Herrn. »Dafür«, knurrte er, »werde ich mir eine Rache ausdenken, die alles übertrifft, was ich mir bislang ersann.« Er rannte hinein.

»Es war ein Unfall!«, beteuerte Perdór und hob die Decke auf, folgte dem Mann. »Ehrlich, mein Lieber!« Seine Lachtränen auf den Wangen und das Grinsen besagten das Gegenteil. Er hatte den Verdacht, dass die Zeit der wilden Streiche zwischen ihm und Fiorell wieder beginnen würde. Es lag vermutlich daran, dass es sonst kaum mehr etwas zu lachen gab. Er hatte die mal mehr, mal weniger feinsinnigen Albernheiten sehr vermisst.

VIII.

*»Kalisstra sei Dank – die gemeinsame Jagd
verlief erfolgreich!
Unsere Jäger folgten den Spuren und stöberten
den Qwor auf, der Vekhlathi heimsucht.
Wir brauchten mehr als einhundert Kämpfer, um
den Qwor zu besiegen. Rantsila wurde so schwer
verletzt, dass meine Kräfte als Cerêler beinahe
nicht mehr ausgereicht hätten.
Wir haben dem Qwor eine Falle gestellt und
ihn mit Leimfarbe überschüttet, damit wir
überhaupt sehen, wo er ist und wie er aussieht:
grausam. Wie ein unbekannter, schrecklicher
Gott.«*

Aufzeichnungen des ehrenwerten Sintjǿp,
Bürgermeister Bardhasdrondas,
gesammelt in den Archiven zu Neu-Bardhasdronda

Kontinent Ulldart, Königreich Tarpol, Provinz Ker, Winter im Jahr 1/2 Ulldrael des Gerechten (460/461 n.S.)

Nach kurzem Marsch durch die verschneite Nacht vom Versteck zurück zur Burg bemerkten sie auf dem Weg zum Eingang etwas Seltsames.

Das Tor zur Burg stand offen. Auch die vier regungslosen Gestalten im Schnee davor konnten nicht übersehen werden, das Schwarz fiel vor dem Schnee und im vollen Mondenlicht sofort auf.

Tokaro zog schweigend die aldoreelische Klinge. Auch Gàn, Lorin und Estra sowie Malgos, der Ritter, der sie begleitete, hielten sich bereit. Sie gingen rechts und links des Weges auf die Burg zu, zwei Dutzend Schritte vor dem Eingang mussten sie die Deckung verlassen und über offenes Gelände eilen. Was für die Angreifer ein Nachteil war, betraf sie gleichermaßen.

Sie hatten Glück, es gab keine warnenden Rufe von den Zinnen. Die getöteten Torwärter wiesen indessen schreckliche Wunden an den Hälsen, in den Gesichtern und Nacken auf. Auf den ersten Blick war keiner von ihnen durch ein Schwert gestorben.

Lorin, Estra und Malgos pressten sich rechts neben dem Tor gegen die Mauer, Tokaro und Gàn links. Sie warfen abwechselnd rasche Blicke in den Innenhof, wo die Feuer hell in den großen Eisenkörben brannten.

»Noch mehr Tote«, knurrte Tokaro. Er zählte sieben Gestalten, sie trugen Waffenröcke mit dem Emblem der Kuraschkas. Es erschien ihm unglaubwürdig, bislang keinen erschlagenen Gegner gefunden zu haben, dafür beherrschten seine Knappen, Knechte und Ritter den Umgang mit Waffen zu gut.

Gàn betrachtete die Wunden der vier Leichen auf dem Weg. »Zähne und Klauen«, sagte er. »Ich kenne einige Kreaturen aus Ammtára, die zu so etwas fähig wären. Aber was wollten und sollten sie hier?« Er schaute in den Schnee und entdeckte eine Fußspur neben einem der Toten. »Ein recht kleiner Fuß. Der einer Frau oder eines schmächtigen Mannes.«

Tokaro eilte unter dem Bogen hindurch, darauf achtend, die

Mauer als Deckung in seinem Rücken zu haben. Er streifte über den Hof, suchte nach Hinweisen. Diese Toten wiesen Schnittspuren an den Hälsen auf, Zeichen der Gegenwehr gab es keine. »Sie wurden niedergestochen«, sagte er leise und winkte die anderen zu sich. Eine Spur aus blutigen Füßen führte ins Haupthaus. »Wir folgen ihr.«

Lorin wunderte sich, mit welcher Ruhe Tokaro die Opfer untersuchte. Er fand die Stille und die rätselhaften Morde mehr als unheimlich, sah in jeder dunkleren Nische einen Angreifer hocken. Als er Estras Blick begegnete, merkte er, dass er mit seinen Empfindungen nicht allein war.

Sie gelangten in die Halle, in der im mannshohen Kamin ein großes Feuer loderte. Die Flammen beleuchteten den Leib einer Frau, die zwei Schritt davon entfernt zusammengekrümmt lag und mit Wunden übersäht war. Überall lagen tote Krieger und abgeschnittene Körperteile umher, es gab auf dem Fußboden mehr Stellen mit als ohne Blut.

Estra drängte sich nach vorn. »Bei den Göttern! Das ist meine Tante!« Sie eilte zu ihr, kniete sich neben sie. Die Brust hob und senkte sich schwach. »Sie lebt noch!«

Fiomas lehmbraune Robe hatte sich mit ihrem und fremdem Blut voll gesogen, das Rot umspülte ihre dunkelgrünen Haare. Die bernsteinfarbenen Augen richteten sich auf Estra. »Die Ničti«, flüsterte sie. »Sie sind mir gefolgt und haben nach euch gesucht. Vergebt mir, ich führte sie unbewusst hierher.«

Tokaro stellte sich neben Estra, die Spitze seines Schwertes zielte wie zufällig auf die Kehle der Kensustrianerin. »Was ist geschehen?«

»Sie haben die Burg angegriffen, nachdem mir die Torwächter geöffnet hatten. Sie wähnten sich am Ziel.« Fioma hob ihre blutverschmierte Hand. »Sie haben alle getötet und sind wieder verschwunden. Sie ziehen durch die Wälder und suchen nach dir, mein Kind.« Sie nickte Tokaro zu. »Beschütze sie gut, Ritter.«

»Fioma, was …« Estra stockte. Die Verwundungen waren immens. Ihre Tante, die sie in Khòmalîn vor wenigen Wochen zum ersten Mal gesehen hatte, würde in den nächsten Augenblicken sterben. »Was wolltest du von uns?«

»Sie wird nicht nach Kensustria zurückkehren!«, sagte Tokaro scharf. »Wir sind auf Priester getroffen, Priester wie du, die uns umbringen wollten.«

Fioma kümmerte sich nicht um ihn, sondern griff nach Estras Hand. Sie wechselte ins Kensustrianische. »Du bist die Nachfahrin einer Gotteslästerin, Estra. Die Ničti suchen dich, weil sie ebenso verdorben sind wie deine Mutter. Sie sind gekommen, um Kensustria auszulöschen und dieser Lästerung die Krone aufzusetzen.« Der Druck ihrer Finger wurde stärker. »Ich beschwöre dich: Lass es nicht zu! Nur du kannst Kensustria vor dem Untergang bewahren, indem du dich den Ničti entgegenstellst. Du besitzt Macht über sie.«

»Welche Macht soll das sein?« Estra fühlte sich hin und her gerissen. Was sie hörte, tat ihr weh, zerstörte das Bild von ihrer Mutter als eine liebende und zugleich verfluchte Frau.

»Das Amulett«, stöhnte Fioma. »Das Amulett, das Belkala trug. Sie trachten danach und wollen es …« Sie bäumte sich auf, Blut rann aus ihrem Mund. Ihre Hand krampfte sich in Estras Nacken. »Rette Kensustria, und alles wird dir vergeben sein. Vertreibe die Ničti mit dem, was sie suchen.« Ihr Griff lockerte sich, sie fiel auf den Boden zurück und ächzte, das Leben fuhr aus ihr.

Estra schlug die Hände vors Gesicht und weinte. Die Aufregung, der Anblick der vielen Toten, der Tod ihrer Tante – all das schlug sich in Tränen nieder, die über ihre Wange rollten und auf ihr Kleid tropften. Sie fühlte sich rettungslos erschöpft und überfordert. Es war ihr zu viel. Aus dem Mädchen war eine Inquisitorin und jetzt eine Verfolgte geworden, die eine Aufgabe aufgebürdet bekam, die sie nicht erfüllen wollte. Und unter Umständen gar nicht erfüllen konnte. Estras Gedanken verschwammen, ein Nachdenken war ihr unmöglich.

Tokaro verstaute das Schwert und zog die junge Frau auf die Beine, schlang die Arme um sie und tröstete sie. »Was hat sie gesagt?«

»Dass ich die Ničti vertreiben kann«, schluchzte sie undeutlich. »Aber ich weiß nicht, wie es funktionieren soll.«

»Versuchen wir es mit einem Besuch bei König Perdór. Er wird uns helfen können.« Tokaro wies Gàn und Malgos an, das Tor zu schließen und die Leichen im Hof an einer Stelle zu sammeln.

Lorin stand neben dem Kamin. Wieder gab es ein Ereignis, das Tokaro von der wichtigen Reise nach Kalisstron abhielt, aber noch hatte er die Hoffnung nicht aufgegeben, seinen Halbbruder in die Heimat zu bringen. Noch nicht endgültig.

»Ich glaube nicht, dass es die Ničti waren, die deine Burg überfallen haben«, sagte er zu Tokaro. »Mir sind vor dem Tor keine Spuren aufgefallen, die auf eine große Anzahl von Feinden hinweisen.«

»Ich weiß.« Er deutete auf Fiomas Leiche. »Sie war die einzige Angreiferin. Sie hat es getan.«

»Was?« Estra hob ihr tränennasses Antlitz und schaute ihn erschüttert an. »Wie kannst du das annehmen? Warum und wie sollte sie ein solches Gemetzel anrichten? Mit ihren bloßen Händen etwa?«

Seine blauen Augen blickten hart. »Ich kenne Erzählungen meines Ziehvaters Nerestro über die Kensustrianerin, an die er sein Herz verlor. Ich weiß, wozu sie fähig war.«

Estra wich einen Schritt zurück. »Du sprichst von *meiner* Mutter!«, rief sie empört.

»Und ich unterscheide zwischen dir und ihr, Estra. Sonst wäre unsere Liebe unmöglich.«

Sie starrte ihn an. »Du bist ein zweiter Nerestro«, flüsterte sie tonlos. »Mit der gleichen Überheblichkeit, Selbstgefälligkeit und Uneinsichtigkeit.«

»Nun redest du über *meinen* Ziehvater«, warnte er sie. »Ich lasse nichts auf ihn kommen. Er gab mir ein besseres Leben.« Tokaro streckte die Hand nach ihr aus. »Komm wieder zu mir. Ich ...«

»Nein.« Sie wandte sich ab und schaute zur Treppe, die nach oben führte. »Es ist besser, wenn ich heute Nacht allein schlafe. Ich bestatte meine Tante und suche mir ein Zimmer.«

»Bevor wir sie bestatten ...« Tokaro zog die Klinge, packte die Tote bei den Haaren und richtete ihren Oberkörper auf. Die Schneide trennte Hals und Kopf, der Leichnam kippte zur Seite. Der Ritter legte den abgeschnittenen Kopf daneben. »Jetzt bin ich sicher, dass sie nicht wiederkehrt.«

Estra konnte die Augen nicht von der Toten wenden. »Was erlaubst du dir?«, zischte sie voller Wut.

»Ich erlaube mir Sicherheit.« Er packte Fiomas Beine und schleifte sie zum Ausgang. »Sie wird verbrannt und ihre Asche verstreut.«

Mit schnellen Schritten gelangte Estra neben ihn, stieß ihn zurück. »Du wirst nichts dergleichen tun. Sie war meine Tante, also werde ich mich um ihre verstümmelten Überreste kümmern.«

»Eine Tante, die dich getötet hätte, wenn sie dich angetroffen hätte.« Er zeigte auf ihre Brust, wo das Amulett über ihrem Mantel hing. »Ich weiß, worum es bei diesem Spiel geht. Es dreht sich um dieses Schmuckstück, das schon deine Mutter trug. Nerestro berichtete mir davon. Er und Matuc hatten es zerbrochen und auf das Grab gelegt. Danach kehrte Belkala mit schrecklichen Fähigkeiten zurück.« Er schluckte, dann reckte er seine Linke. »Gib es mir, Estra. Ich zerstöre es mit meiner aldoreelischen Klinge.«

Ihre Hand schloss sich darum. »Nein«, entgegnete sie sofort. »Ich brauche es noch.«

»Damit auch dich der Fluch trifft?«

Sie presste die Lippen aufeinander. »Ich muss zuerst mit König Perdór darüber sprechen.«

Er senkte den Arm. »Du vertraust mir nicht mehr.«

Estra schüttelte den Kopf. »Das ist nicht gerecht, Tokaro.« Sie deutete auf den Leichnam. »Hilf mir, sie hinauszutragen.«

Er richtete sich auf. »Verzeih, aber meine Toten haben Vorrang. Angor wird um sie trauern und ihre Seelen bei sich aufnehmen.« Er wandte sich um und ließ sie stehen.

Lorin löste sich vom Kamin und kam auf Estra zu, packte die Leiche und hob sie an. »Er ist ein Sturkopf.«

»Er ist ein Idiot«, fluchte Estra und berührte ihn am Arm. »Danke.« Sie hob den abgeschlagenen Kopf auf und ging auf den Ausgang zu, trat mit Lorin in den Hof. Sie stapelten einige Holzstücke aufeinander, betteten Fiomas Überreste darauf und entzündeten den Scheiterhaufen. Vom Leib der Kensustrianerin würde nichts übrig bleiben.

Estra betrachtete die Flammen und hing ihren Gedanken nach. Tokaros Worte hatten die Ängste geweckt, die sie schon lange in sich trug. Sie erinnerte sich an den Tag, als sie das

Amulett bekommen und um den Hals gehängt hatte, sie erinnerte sich an den Schwindel, der sie befallen hatte.

Sie erinnerte sich auch an die seltsamen Träume, in denen sie hungrig durch Wälder gestreift war und Wild gejagt hatte. Mit den bloßen Händen. Einmal hatte sie vor den Toren einer fremden Stadt einen Schäfer angefallen und ihn getötet, sein Fleisch und sein Blut ...

Estra schüttelte sich und schaute verstohlen auf ihre Finger. Sie erwartete, Blut daran haften zu sehen, so echt stiegen die Erinnerungen in ihr auf. Waren es ihre Erinnerungen oder Ausblicke auf das, was ihr bevorstand?

»Wie geht es nun weiter?« Lorin hatte ihre geistige Abwesenheit nicht bemerkt.

»Wir reisen nach Ilfaris oder wo auch immer wir den König finden. Ich möchte die Entscheidung darüber nicht alleine treffen, da sie weit reichend ist und mehr als nur mich betrifft. Es geht um den Fortbestand von Kensustria und einen Krieg.« Estra verfolgte den Flug der knisternden Funken hinauf in den Himmel.

»Ich habe eine Bitte an dich.« Lorin hatte auf die Gelegenheit gewartet, allein mit ihr zu sprechen. »Verzeih, dass ich dich in deiner Trauer störe, aber auch ich habe einen wichtigen Auftrag, bei dem das Wohl eines Kontinents auf dem Spiel steht, wenn ich die Worte der Ničti richtig deute.«

Sie schaute ihn an. »Du brauchst nichts zu erklären. Ich habe eure Unterredung über die Qwor gehört. Bist du sicher, dass dir die Ničti die Wahrheit sagten?«

»Es gab keinen Grund für sie, uns anzulügen.«

»Aber wie kann ich dir dabei helfen?«

Lorin nahm sie bei den Schultern. »Estra, ich brauche Tokaro, um mit den Bestien fertig zu werden. Doch er wird

Ulldart nicht eher verlassen, bis die Angelegenheiten im Süden geregelt sind. Nach seinen Vorstellungen geregelt sind.«

»Bis dahin kann es für deine Heimatstadt zu spät sein. Ich verstehe.« Estra schaute in die klaren, blauen Augen des jungen Mannes. »Ich soll ihn dazu bringen, früher als er möchte nach Kalisstron zu fahren.«

»Wenn es dir irgendwie möglich ist, ja.« Er schloss die Lider, die Verzweiflung drohte ihn zu überwältigen. »Ich habe Freunde, eine wunderbare Frau, und sie alle sind in Gefahr.« Er öffnete die Augen wieder. »Estra, sie warten auf mich! Und ich ... ich sitze auf einer Burg. Untätig. Ich bin der Laune meines Bruders ausgeliefert, der bei aller Ritterlichkeit und Ehrlichkeit nichts weiter zu sein scheint als ein kleiner Junge.« Er nahm die Hände von ihr, senkte den Kopf und schaute in die Flammen. »Es ist unmöglich«, raunte er niedergeschlagen. »Er wird sich nicht umstimmen lassen.«

Estra bemerkte verwundert, wie ungleich die Halbbrüder waren. Lorins Verantwortungsbewusstsein imponierte ihr, gleichzeitig tat er ihr schrecklich Leid. Seine Lage war noch schlimmer als ihre eigene. »Wir sind auf eine seltsame Weise vom Schicksal auserkoren, Dinge auf den Kontinenten zu beeinflussen«, sprach sie und nahm seine Hand. »Wir sollten dem Auftrag der Götter gerecht werden.« Sie lächelte ihn aufmunternd an, fasste ihn sanft am Kinn und zwang seinen Kopf herum, damit sie ihm in die Augen schauen konnte. »Ich werde Tokaro dazu bekommen, mit dir nach Kalisstron zu reisen«, versprach sie ihm. »Er ist unvernünftig, aber dennoch zu überzeugen. Es wäre schrecklich, wenn ich mir weiteres Unheil in einem mir fremden Land anlasten müsste, nur weil Tokaro meinetwegen auf Ulldart bliebe.«

Lorin schöpfte unvermittelt Hoffnung. »Tausend Dank!«

Er drückte sie überschwänglich an sich und ließ sie gleich wieder los.

Aber die kurze, unschuldige Umarmung war bereits von einem anderen gesehen worden.

»Du wirst Kensustria beistehen?«, fragte Lorin nach einer Weile.

Sie nickte. »Unter einer Bedingung: Sie werden Ammtára bis in alle Ewigkeiten in Ruhe lassen müssen. Die Einwohner können nichts für das, was meine Mutter tat und wie die Mauern stehen. Der kensustrianische Priesterrat wird die Wahl haben und über das Schicksal seines Landes selbst entscheiden.« Estra wandte sich den Flammen zu. »So sei es, Tante«, sprach sie zu der Toten, deren Überreste in den Flammen kaum mehr zu sehen waren. »Es liegt an euch, was geschieht. Meine Heimat ist Ammtára und nicht Kensustria.«

Leise knackend barst der von Lohen umspielte Schädel.

Tokaro ging in die Knie, ließ den Körper von Wartan, einem Knappen, der kurz vor dem Ritterschlag gestanden hatte, von seiner Schulter in den Schnee rutschen und legte ihn zu den anderen Toten. Er, Gàn und Malgos hatten inzwischen einundzwanzig Leichen geborgen, es fehlten noch neun Männer und das Küchengesinde.

Er richtete sich auf, schaute Wartan in die erstarrten Züge und sprach ein leises Gebet für ihn. Tokaro machte einen Schritt zur Seite, um den Nimmersatten passieren zu lassen, der drei weitere Leichen brachte. Sein Blick fiel durch das Feuer hindurch auf Lorin und Estra, die Hand in Hand standen. »Nimmst du dir so deine Rache für meine Worte von vorhin?«, sagte er halblaut. »Verführst du ihn, um mich rasend vor Eifersucht zu machen?« Am liebsten wäre er losgestürmt und hätte Estra zur Rede gestellt – doch seine Beine rührten sich nicht.

Gàn legte die Toten ab. Er sah, was sich auf der anderen Seite des Hofes abspielte, sagte allerdings nichts dazu. »Ihr hattet Recht, als Ihr annahmt, es sei Fioma gewesen.«

Tokaro wandte sich ihm zu. Er war dankbar für die Ablenkung von dem kindischen Versuch, ihn zu verletzen. Er würde ihr bei Gelegenheit zeigen, dass er dieses Spiel besser beherrschte als sie. »Wie kommt Ihr darauf?«

»Ihr Geruch.« Gàn deutete auf seine Nase. »Er haftet an den Kleidern der toten Ritter. Es gibt keinen Zweifel an ihrer Schuld.« Die doppelten Pupillen richteten sich auf Tokaro. »Ich muss Euch warnen, Herr Ritter. Es fällt mir nicht leicht, weil ich mich deswegen wie ein Verräter an der Inquisitorin fühle, aber ...« Er schob die Toten zurecht, legte ihnen die Hände auf die Brust. »Erinnert Ihr Euch an die Nacht am Strand?«

»In Kensustria? Als Ihr uns beistandet?«

Gàn nickte. »Der kensustrianische Priester, der zusammen mit den Kriegern auftauchte, sagte etwas von Zeichen, welche die Nični an Estra gesehen haben sollten.«

»Ich bemerkte nichts.«

»Weil Ihr mit dem Rücken zu ihr standet. Ich dagegen hatte eine sehr gute Sicht auf sie.« Gàn zeigte auf sein Gesicht. »Ihre Züge veränderten sich urplötzlich, ihre Augen leuchteten grellgelb ...«

»... und du hast lange Reißzähne gesehen.« Tokaro wurde heiß und kalt. Die Beschreibung traf das, was Nerestro von Kuraschka über Belkala berichtet hatte. Der Fluch ihrer Mutter konnte auf Estra übergegangen sein! »Es ist dieses verdammte Amulett«, sagte er leise und schaute hinüber zu den beiden, die sich noch immer unterhielten. »Es hat Belkala zu einer Bestie gemacht, und nun ist die Reihe an Estra.« Seine Fäuste ballten sich. »Das lasse ich nicht zu. Ich will nicht, dass sie so endet wie ihre Mutter.« Er schluckte.

Gàn brummte dumpf, es klang wie ein Seufzen in einem tiefen Brunnenschacht. »Es war wohl doch kein guter Einfall.«

»Doch, das war es!« Tokaro nickte ihm zu. »Du hast mir mit deinen Worten einen großen Dienst erwiesen und Estra einen viel größeren. Ich …« Er hielt inne, weil er aus den Augenwinkeln bemerkte, dass sich Estra und Lorin kurz in den Armen lagen.

Eine Hitzewoge rollte durch seinen Körper, aber er zwang sich zur Ruhe. Er starrte durch die Flammen … hatte er eben nicht deutlich gesehen, wie sich ihre Lippen berührten? Es würde Gelegenheiten geben, sich dafür zu rächen und sie von ihrer eigenen Medizin kosten zu lassen!

Wie kann sich Lorin dafür hergeben? Abrupt drehte er sich um. »Lass uns die anderen Toten suchen, Gàn. Sie sollen ein gutes Begräbnis erhalten, wie es Angor für Helden vorsieht. Danach geht es nach Ilfaris, um Perdór um Rat zu fragen.« Seine Stimme klang eisig.

Als Gàn ihn durch den blutigen Schnee zum Turm stapfen sah, machte er sich Vorwürfe. Er musste Estra unbedingt beichten, was er dem Ritter erzählt hatte, oder ein schlimmes Unglück würde sich ereignen. Es hatte weniger mit dem Fluch des Amuletts sondern eher mit den Gefühlen der beiden Menschen zu tun.

Das machte es erst richtig kompliziert.

**Kontinent Ulldart,
Königreich Borasgotan,
nahe Croshmin, Spätwinter im Jahr 1/2
Ulldrael des Gerechten (460/461 n.S.)**

Lodrik saß neben dem Fenster, schaute hinaus und schnalzte mit der Zunge. Soscha blieb verschwunden und war nicht mehr aus der Stadt zurückgekehrt, in die er sie als Kundschafterin gesandt hatte.

Er glaubte nicht, dass sie vor ihm geflohen war. Einmal hatte sie den Versuch unternommen, einen weiteren wagte sie nicht. Blieb als Erklärung lediglich ein Zusammentreffen mit Zvatochna, das sie nicht überstanden hatte.

Damit hatte er zwar eine wichtige Verbündete verloren, aber die Erkenntnis gewonnen, dass sich seine Tochter in der Stadt aufhalten musste. Nur sie war außer ihm in der Lage, Seelen zu vernichten.

Lodrik sah, dass die Flocken dünner rieselten und die Sonne ein helles Schimmern in die Schwärze der Nacht brannte. »Wir brechen auf. Der Schnee gibt es uns genug Deckung.«

Torben und Sotinos, beide in neue, dicke Winterkleidung gehüllt, die sie aus den Schränken genommen hatten, verzehrten ihre letzten Frühstücksbissen. »Es wird Zeit, die Kabcara zu töten«, sagte der Rogogarder finster und zugleich aufgeregt.

»Haltet Euch an den Plan, den wir besprochen haben«, erinnerte ihn Lodrik und stand auf, öffnete die Tür. Wind wirbelte Schnee herein, der auf dem warmen Holzboden sofort schmolz. »Ihr lenkt die Tzulandrier ab, sollte es notwendig sein, und überlasst Zavtochna mir.«

»Aber mir gebührt der tödliche Streich gegen sie«, verlangte Torben, nahm die Schneeschuhe von der Wand und folgte ihm in die Kälte. Er war von Umtriebigkeit beseelt, ausgelöst durch den bevorstehenden Tod von Varlas Mörderin. »Zerstört ihren Verstand, doch lasst mich das Leben aus ihr schneiden. Daran werdet *Ihr* Euch halten.«

»Sicher.«

Sotinos hatte sich ebenfalls ein paar Schneeschuhe gegriffen und bildete den Schluss des Trios. Der Zustand des Kapitäns gefiel ihm gar nicht. Die Düsternis, die Bardri¢ umgab, griff mehr und mehr auf den früher so zuversichtlichen Freibeuter über, als sei er dessen Schüler geworden.

Gleichzeitig fühlte er Verständnis. Er konnte nicht beschreiben, wie es ihm erginge, wenn man seine Liebe umbrächte und ihrem toten Leib keine Ruhe gönnte, ihn auf eine nie da gewesene Weise missbrauchte.

Schweigend liefen sie hintereinander durch den Schnee, nutzten Verwehungen, Hecken und Bäume als Sichtschutz, um sich der Stadt unbemerkt zu nähern. Aus der Nacht wurde ein dreckiges Grau, die Sonnen schwebten als kleine, glimmende Bälle knapp über dem Horizont.

Die Stadtmauer tauchte als schwarzer Umriss auf, in dem sich ein helles Loch auftat.

»Das Tor steht offen!« Sotinos hatte sofort erkannt, worum es sich bei dem Durchbruch in der Mauer handelte. »Die Tzulandrier sind auf Geheiß von Zvatochna aufgebrochen.«

»Und wohin?« Torben fiel ein, was die Kabcara zu ihnen gesagt hatte. »Sollte sie ihre Streitmacht wirklich gegen die Jengorianer führen?«

»Sie hat Besseres zu tun, als sich um das Nomadenvolk zu kümmern.« Lodrik ging zur Straße. »Kommt und seht.«

Torben und Sotinos betrachteten den frischen, unberührten Schnee. Die vielen hundert Sohlen der Tzulandrier hätten bei ihrem Marsch jedoch eine breite Bahn hinterlassen. »Das verstehe, wer will«, sprach der Palestaner und blickte zu den verwaisten Wehrgängen.

Torben eilte auf das Tor zu. »Schauen wir nach, was wir innerhalb der Mauern finden«, forderte er sie auf. Lodrik holte auf und ging neben ihm her, wieder blieb Sotinos die Aufgabe des Schlusslichtes.

Voller Tatendrang betrat Torben mit gezückter Waffe die Stadt, in der es dank der Sonnen heller und heller wurde. Niemand stellte sich ihm in den Weg, niemand griff ihn an. Auch hier lag das Weiß unberührt zwischen den Häusern und auf dem großen Platz hinter dem Eingang. »Sie haben die Stadt aufgegeben«, vermutete er und stürmte auf das Haus zu, das ihm am nächsten war. »Sie wussten, dass ihr Versteck bekannt würde, und setzten sich ab, ehe ein Heer auftauchte.«

Zu dritt betraten sie das Gebäude.

Es war alles andere als verlassen. Besser gesagt, es wirkte, als kehrten die Bewohner gleich von ihrem Spaziergang oder ihren Besorgungen zurück. Das Feuer brannte kaum mehr, auf dem Tisch stand Teller mit Essensresten, Kleidung hing an Haken an der Wand, Stiefel ruhten zum Trocknen neben dem Kamin.

»Ich verstehe es immer noch nicht.« Sotinos eilte in den ersten Stock, in dem sich keine Menschenseele, aber alles befand, was auf eine rege Nutzung der Räume hinwies. »Keiner hier!«, brüllte er nach unten und schaute aus dem Fenster. Er entdeckte in weiter Entfernung eine Gestalt auf der Straße liegen. »Ich sehe jemanden!«

Er rannte die Stufen hinab, aus dem Haus und die Straße entlang. Lodrik und Torben eilten ihm nach.

Gleich darauf standen sie um die Leiche eines Tzulandriers. In seinem Schritt war ein großer dunkler Fleck zu erkennen. Der Krieger hatte sich mit seinem eigenen Urin beschmutzt. Er hielt sein Beil umklammert, das Gesicht war durch die Furcht, die er vor seinem Tode empfunden hatte, zu einem Spottbild eines menschlichen Antlitzes geworden.

Lodrik kannte diesen für einen normalen Menschen über alle Maßen abscheulichen Anblick sehr gut. »Zvatochna hat ihn getötet. Mit seinen schlimmsten Ängsten.« Er vernahm ein leises Plätschern; der Schnee schien auf den Schindeln zu tauen und als Wasser in die Gosse zu laufen. Als derart kräftig und wärmend empfand er die Strahlen der Sonnen gar nicht.

»Sie ist so wahnsinnig geworden, dass sie ihre eigenen Verbündeten ermordet?« Sotinos ging ein paar Schritte weiter und schaute um die Ecke. Seine Augen wurden groß, er erschauderte und erbleichte. »Bei Ulldrael! Sie *ist* so wahnsinnig geworden!« Er ging rückwärts und bedeckte die Augen mit einer Hand, würgte geräuschvoll.

Torben und Lodrik folgten ihm und blickten in Richtung Marktplatz.

Von den Dächern regnete es – Blut!

Es lief dampfend in dicken und dünnen Bahnen herab, platschte auf den Boden und hatte mit seiner Wärme den Großteil des Schnees geschmolzen; an einigen Stellen war es an den Dachrändern wieder gefroren und bildete schillernde, tiefrote Zapfen. Dennoch hatte sich genügend Blut gesammelt. In einem zwei Schritt breiten, roten Strom floss es die Straße entlang und schwappte in die Mittel der Stadt.

»Was für ein grausames Wunder ist das?« Torben schüttelte sich und stützte sich an der Hauswand ab.

»Das ist kein Wunder.« Lodrik hob den Kopf und schaute

nach oben, deutete an eine Stelle, wo ein Stiefel über die Kante ragte. »Die Dächer liegen voller Toter, denen man wahrscheinlich die Kehlen und jede Ader im Leib geöffnet hat.«

»Ulldrael stehe uns bei.« Sotinos nahm die Hand von den Augen und blickte hinauf. »Wie kommen die Leichen da hinauf? Und wie war sie in der Lage, die vielen Menschen umzubringen?«

»Die Tzulandrier vertrauten ihr und fürchteten keine Falle. Nicht von ihr.« Lodrik folgte dem Fluss aus Blut, watete hindurch und scherte sich nicht darum, ob es am Saum seiner Robe oder den Stiefeln haftete. »Nach dem *Wie* werden wir sie fragen, wenn wir sie treffen.«

Die zwei Männer schlossen sich dem Nekromanten mit gezogenen Waffen an. Sie vermieden es, in tiefere Lachen zu treten, wichen dem Blutregen aus und konnten dennoch nicht vermeiden, dass das spritzende Rot sie beschmutzte. Sotinos würgte ein paarmal.

Nach ein paar Biegungen fanden sie auch Kadaver auf der Straße. Tzulandrier lagen neben den entführten Frauen, ihre Leiber wiesen tiefe Schnittwunden auf. Bald stapelten sich die Toten zu einem Gewirr aus Gliedmaßen, das auf der Mitte des Marktplatzes zu einem drei Schritt hohen Hügel anwuchs. Nirgends fand sich ein Hinweis auf ein Messer oder eine Waffe, mit der das Massaker angerichtet worden war.

Lodrik fühlte nichts beim Anblick der Leichen und Fratzen des Grauens, aber Torben und Sotinos rangen um Fassung. Auch wenn es sich überwiegend um Feinde handelte, ein solches Bildnis von Grausamkeit hatte keiner von ihnen je gesehen.

»Ich habe den Krieg und mehr als ein Seegefecht erlebt«, murmelte Torben, während sie den Rand des Hügels umrundeten, »mein Verstand wurde auf eine harte Probe gestellt. Es war nichts zu dem hier.«

»Wie viele mögen es sein?« Sotinos war grünlich im Gesicht, sein Magen wollte das Frühstück immer noch auswerfen.

»Ich schätze, dass es die Mehrzahl der Tzulandrier ist, die aus Palestan abgezogen ist. Einige Tausend werden es sein.« Lodrik fand eine breite Schneise, die in den Mittelpunkt des Platzes führte. Er sah, dass sich das Blut in einem breiten See gesammelt hatte. »Vermutlich werden einige versucht haben zu entkommen und irgendwo auf dem Feld zwischen der Stadt und dem Strand liegen.« Er wandte sich den beiden Männern zu. »Seid froh, dass es Winter ist. Der Frost verhindert die Verwesung und damit den Gestank.«

Sotinos konnte nicht begreifen, wie teilnahmslos Lodrik angesichts der Ungeheuerlichkeit blieb. »Aber welchen Sinn ergibt es? Sie hat ihre letzten Verbündeten niedergemetzelt, um was zu erreichen?«

»Da!« Torben deutete in die Schneise. »Da war sie eben! Ich habe einen Schatten gesehen.« Er wollte loslaufen, aber Lodrik hielt ihn am Arm fest.

»Ihr vergesst unsere Abmachung. Lasst mich vorgehen. Ihr würdet ihren Kräften wie die Tzulandrier erliegen. Braucht Ihr mehr Warnung als diesen Berg Toter?« Er eilte zwischen den Mauern aus Leichen entlang, wich herausstehenden Gliedmaßen aus und trat vorsichtig auf den kreisförmigen Platz.

Das Blut war nicht abgelaufen und stand ihm bis zu den Knien, es dampfte und bildete metallisch riechenden Nebel; allmählich gerann es.

Auf dem Beckenrand des Brunnens stand Zvatochna, in

Schwarz und verschleiert wie stets. Ihre Hände hielt sie auf dem Rücken verborgen. »Du bist zu spät, Vater«, krächzte sie kaum vernehmbar. »Ich werde mir Diener erschaffen, untote Diener, die sich an Schwerthieben, Pfeilen und Kugeln nicht stören.« Sie kicherte. »Ich wette, dass die Tzulandrier sich etwas anderes vorgestellt haben, als ich sie darum bat, meine Mitstreiter zu werden, um Ulldart zu unterwerfen.«

»Was bezweckst du, Zvatochna?«

»Sieht man das nicht?« Sie breitete die Arme aus und zeigte auf die Toten. »Ich erhielt von Vintera eine zweite Gelegenheit, mich zur Herrscherin von Ulldart aufzuschwingen. Die erste wurde nicht zuletzt wegen dir zunichte gemacht.«

»Du verdankst es deiner Magie, nicht Vintera, dass du als Tote umherläufst und dich für eine Lebende hältst.«

»Du sprichst aus Erfahrung, Vater«, lachte sie hustend.

»Meine Erfahrung stammt aus den Büchern, die ich einst studierte.« Er machte einen Schritt auf sie zu. »Woher hast du dein Wissen über die Toten?«

»Du selbst hast es mir geschenkt.«

»Ich?«

»Nicht wissentlich. Die Geister deines Henkerschwertes haben mich getötet. Ich glaubte mich in Sicherheit, als diese Brut erschien und mich in einer Wanne ertränkte. Inzwischen denke ich, es war von Anfang an ihre Absicht. Sie wussten, dass ich erst nach dem Tod zu einer Nekromantin werden würde und ihnen die Freiheit geben könnte, die du ihnen versagtest.« Zvatochna umlief den Rand des Brunnens. »Ich bin ihnen dankbar.«

»So dankbar wie den Tzulandriern?« Lodrik sammelte seine Macht und schickte ihr einen Hagel aus schwacher

Furcht entgegen, um zu sehen, wie sie reagierte. Sie zuckte nicht einmal zusammen.

»Mortva erzählte mir einst von einem Buch, das sich mit der Macht der Toten beschäftigt«, sagte sie ungerührt. »Ich war damals nicht so weit, aber nach meinem Tod und deinem Schicksal ahnte ich, dass die Zeit gekommen war, das Buch zu suchen.« Sie sprang in das Blut, die Spritzer flogen bis zu Lodrik. »Meine Leute, denen ich viel Geld gab, um die Paläste in Ulsar zu durchsuchen, fanden es, Vater. Halb verbrannt, aber durchaus nutzbar. Es fiel mir leicht, die Anweisungen zu verstehen. Die Geister dieser Verbrecher, die im Schwert lebten, halfen mir gern und äußerst willig bei meinen Versuchen. Ich bin mit meinen Ergebnissen zufrieden.«

»Du wirst sie nicht mehr belohnen müssen. Ich habe sie vernichtet. Samt des Schwertes.«

»Damit hast du mir Arbeit erspart.« Zvatochna blieb stehen. »Bleibt mir nur noch, dich zu vernichten.«

»Um mit deinen Untoten anschließend über die Menschen Ulldarts herzufallen, ohne dass du einen Gegner fürchten musst, der dir gewachsen ist.« Er warf eine stärkere, geballte Ladung Grauen gegen sie – wieder wirkte sie teilnahmslos.

Damit blieben zwei Wege, sie zu besiegen. Er konzentrierte sich und befahl vier kräftigen toten Tzulandriern, sich aus der Mauer aus Leichen zu arbeiten. Ihre Körper waren noch warm und geschmeidig, sie bewegten sich schnell.

Zvatochna wandte den Kopf. »Ich verstehe«, schnarrte sie.

Hinter Lodrik näherten sich schnelle Schritte, die durch das Blut platschten. Torben und Sotinos gesellten sich gegen seine Anweisung zu ihm. »Zurück!«, schrie er. »Ihr seid zu früh. Sie wird Euch ...«

Zvatochna drückte sich ab und warf sich gegen ihn. Plötzlich hielt sie einen langen Dolch in der Rechten, der auf Lodriks Hals zielte.

Damit hatte er überhaupt nicht gerechnet. Die Klinge stieß in seinen Hals und schnitt ihn zu einem Drittel auf, bevor er den Oberkörper nach hinten zog; die Spitze streifte die Wirbelsäule.

Er trat nach ihr und sandte sie rücklings in den See aus Blut. Sie tauchte vollkommen darin unter, ihr Hut mit dem schwarzen Schleier schwamm wie eine Insel auf dem Rot und trieb davon.

»Wo ist sie?«, rief Torben und hackte blindlings auf die Oberfläche ein. »Zeig dich, du Mörderin!«

»Ruhig!«, schrie Lodrik ihn an. Er spürte, wie sein Blut aus dem tiefen Schnitt sickerte. Das kostbare Blut. »Seid leise, damit wir …

Zwischen ihnen explodierte der rote See, eine Frauengestalt katapultierte sich nach oben. Dieses Mal hatte sie es auf Torben abgesehen und stach auf der Stelle mit dem Dolch nach ihm. Es ging viel zu schnell, als dass er reagieren konnte.

Eine Handbreit von seinem linken Auge entfernt, verharrte die triefende Klinge plötzlich.

Torben sah in das rot getünchte Gesicht der Frau – und stieß einen Schrei aus, in dem sich all sein Schmerz und seine Verzweiflung bündelten; dann wich er einen Schritt zurück und stammelte: »Varla!«

Sie trug Zvatochnas Kleid, und der Schleier half ihr, um die Täuschung vollkommen zu machen. Lodrik hatte es geglaubt.

Varlas und Torbens Blicke trafen sich, der stumpfe Ausdruck in den Augen der Frau wich einen kurzen Augenblick und zeigte ihm Liebe, gepaart mit Verzweiflung, ehe der Schleier zurückkehrte; der Arm mit dem Dolch zuckte.

Wieder war es Sotinos, der handelte. Er schlug mit seinem Beil zu und trennte mit einem mörderischen Hieb Varlas Kopf vom Rumpf; er fiel mit einem leisen Platschen in das Blut. Der Torso versank in den roten Fluten.

Lodrik zog seine Kräfte zurück, die vier tzulandrischen Leichname sackten in sich zusammen und tauchten auf der Stelle unter. »Wir sind auf ihre Täuschung hereingefallen.« Er drehte sich auf den Absätzen herum und watete zurück, weg von der Mitte des Platzes. »Sie benötigt Zeit, die sie sich durch Varla verschafft hat. Zvatochna ist nicht mehr hier.«

»Ulldrael!«, stotterte Torben und starrte auf die sich bewegende Oberfläche. »Sie ist ...« Er schaute zu Sotinos. »Ihr habt ...« Er griff sich mit der Linken an die Stirn, taumelte. »Nein, sie ... Nein!« Er knickte ein und wurde im letzten Moment von dem Palestaner aufgefangen.

»Hochwohlgeborner Bardriç«, rief Sotinos um Beistand. Lodrik kehrte um und half, den Freibeuter aus dem Blutsee zu führen und in ein Haus zu schaffen; ihre triefenden Kleider malten rote Linien und Punkte auf die Dielen.

Lodrik eilte zurück zur Tür. »Ich schaue mich um. Vielleicht entdecke ich etwas.« Er betrachtete die beiden Männer und ertappte sich bei dem Gedanken, dass sie ihm als Seelen mehr von Nutzen wären als lebendige Menschen. Rasch ging er hinaus.

Angewidert zog Sotinos seine beschmutzte Kleidung aus und half Torben dabei, der einer vollkommenen Bewegungslosigkeit anheim gefallen war. Er starrte ins Nirgendwo, ließ alles mit sich geschehen, rührte sich nur, wenn man es ihm mehrmals befahl, und sprach kein Wort.

Sotinos konnte nicht mehr und übergab sich in einen halbvollen Kessel mit Suppe. Bis eben hatte der Schock verhindert, dass die Übelkeit die Oberhand gewann, doch jetzt bahnte sich das Essen seinen Weg. Während er keuchend über dem Kessel hing, stieg das Erlebte erneut empor, er sah alles noch einmal ...

»Habt Ihr gesehen, dass sie ihm den Hals beinahe zur Hälfte aufschlitzte, Kapitän?«, sagte er ausspuckend und wandte sich um.

Torben saß, wo er ihn abgesetzt hatte und starrte auf die Dielen; er blinzelte nicht einmal. Man hätte ihn ebenso gut für eine Leiche halten können.

Sotinos überfiel ein Zittern am ganzen Körper, rasch stellte er sich vor den Kamin und entfachte ein Feuer. Er hatte den Angriff gegen Lodrik genau gesehen. Jeder gewöhnliche Mensch hätte wenigstens geschrien oder einen Laut von sich gegeben. Doch er war stumm geblieben und hatte gehandelt wie ein Krieger. Außerdem war viel zu wenig Blut aus dem Schnitt gequollen. *Vielleicht muss das so bei Menschen sein, die Magie beherrschen?*

Lodrik kehrte bald zurück. »Wie ich vermutete: Noch mehr Tote auf der Seeseite der Stadt. Zvatochna ist mit einem Schiff entkommen.« Er warf seine Robe ebenfalls auf den Boden. Nicht, weil ihn das Blut störte, sondern weil sie sich voll gesogen hatte, das Blut gefror und sie ihm zu schwer wurde. »Suchen wir uns neue Kleider«, schlug er vor und betrat das erste Geschoss, während der Palestaner dem Feuer weiter Nahrung gab und große Flammen züchtete. Nach einigem Suchen fand er einen schwarzen Gehrock, der seinen Wünschen entsprach, für die beiden anderen zog er aufs Geratewohl etwa aus dem Schrank.

Sie rieben sich mit Wasser und Seife das Blut von den Händen, Armen und Gesichtern, Sotinos wusch Torben; danach saßen sie um den Tisch herum. Das prasselnde Feuer spendete Wärme und die Flasche Branntwein für Sotinos eine Art von vergänglichem Trost, den auch Torben mechanisch in Anspruch nahm. Er schwieg noch immer, und nach dem vierten Schluck schlief er auf der Bank ein.

»Sie war doch ganz sicher eine Untote?«, fragte Sotinos mit schwerer Zunge. »Sie zögerte, ihn zu töten, und vielleicht …«

Lodrik wusste sofort, wovon er sprach. »Grämt Euch nicht. Ihr habt keinen Menschen enthauptet. Ihr habt totes Fleisch zerschlagen. Die Varla, nach der Rudgass suchte, ist schon lange vergangen.«

Sotinos lachte bitter. »Seid Ihr sicher?«

»Ja.«

»Aber wieso zögerte sie, als sie Kapitän Rudgass erkannte?«, flüsterte er, die Stimme verriet seine Unsicherheit, seine stummen Vorwürfe gegen sich selbst. »Ich hätte sie nicht köpfen sollen.«

»Dann wäre unser Freund einen Lidschlag später gestorben.« Lodrik spürte Hunger und schnitt sich eine Scheibe von dem Brot ab, das Sotinos aus der Küche ins Zimmer gebracht hatte. Mehr brauchte er nicht. »Es kam kein Blut aus ihrer Wunde, habt Ihr es nicht bemerkt? Das war wohl ein untrügliches Zeichen, dass Ihr keinen Menschen getötet hattet.«

»Ist das so?« Sotinos sah an die Stelle, wo sich der tiefe Schnitt an Lodriks Hals befunden hatte. Jetzt war nur mehr eine feine weiße Linie zu erkennen. Er seufzte und nahm einen Schluck aus der beinahe leeren Flasche. »Zvatochna vermag einen Leichnam zu befehligen, ohne dass sie in seiner Nähe ist.«

»Ja.« Lodrik versuchte sich zu erinnern, was mit dem Buch geschehen war. Dem Buch der Toten, des Wissens über

Nekromantie in verschiedenen Formen. Es war lange her, dass er es gelesen hatte. Er konnte sich nicht an einzelne Kapitel oder daran entsinnen, was er mit dem Buch getan hatte. Hatte er es verbrannt? Hatte Norina es gefunden und verbrannt? Jedenfalls besaß seine Tochter ebenbürtiges Wissen, glücklicherweise weniger magische Macht, um es auszureizen. »Ja, anscheinend kann sie es.«

Sotinos versuchte, sich aufzurichten, was ihm der Branntwein in seinem Verstand erschwerte. »Und wenn sie noch in der Stadt ist?«

»Wärt Ihr schon lange tot. Seid unbesorgt.«

»Unbesorgt – umgeben von Leichen?« Er sank zurück und schauderte, dann horchte er. »Habt Ihr das gehört?«

Lodrik nickte. »Wölfe. Sie haben das Blut gerochen und schlagen sich die Wänste voll. Die Winter in Borasgotan sind hart und die Räuber froh für jede leichte Beute.«

Sotinos nahm das Beil und wollte sich schwankend erheben. »Nein! Ich lasse nicht zu, dass die gierigen Zähne sich in das Fleisch palestanischer Frauen senken!« Benebelt vom Alkohol, sank er auf den Sessel zurück. »Fresst die Tzulandrier!«, schrie er. »Hört ihr, ihr Bestien? Fresst sie zuerst!« Er schluchzte und warf die Flasche in den Kamin. Das Glas zerschellte und die letzten Tropfen des scharfen Alkohols fachten die Flammen an. »Was tun wir jetzt?«, wollte er mutlos wissen.

»Die Königreiche vor ihr warnen, Borasgotan mit eingeschlossen. König Perdór muss es erfahren, und diese Aufgabe werdet Ihr beide übernehmen. Ich suche nach meiner Tochter und sende in regelmäßigen Abständen Nachrichten nach Ilfaris. Perdór soll unterdessen eine Versammlung einberufen und einen Regenten für Borasgotan bestimmen.«

»Welche Gefahr geht von Zvatochna aus?«

»Wir haben ihren ersten Plan vereitelt. Sie ist aus irgendeinem Grund geschwächt, sonst hätte sie nicht die Flucht vor uns ergriffen. Also sucht sie sich einen Ort, an dem sie sich ungestört ausruhen darf. Danach wird sie einen erneuten Versuch unternehmen.« Lodrik stand auf. »Schlaft, Puaggi. Ich treffe mit Eurer Erlaubnis Vorbereitungen für die Bestattung der Toten. Wir können keinen Unterschied zwischen Palestanern und Tzulandriern machen.« Er ging zur Tür und öffnete sie.

Ein Wolf stand vor der Schwelle, knurrte ihn an und rannte letztlich vor ihm davon. Es gab keinen Grund für eine Attacke.

»Wie soll das ...?« Er sah, wie Lodrik auf die Petroleumlampe deutete, und verstummte. Die Stadt würde sich in einen großen Scheiterhaufen verwandeln. »Es ist gut so«, willigte er ein. »Ulldrael wird die Seelen meiner Landsleute empfangen, und die anderen mögen zu Tzulan fahren.«

Lodrik, der einen Schritt nach vorn machte, verharrte für die Dauer eines Lidschlags. »So sei es.« Er kehrte auf die Straße zurück und zog die Tür hinter sich zu.

Sotinos richtete den Blick auf den schlafenden Kapitän. »Mein armer Freund«, bedauerte er ihn leise, stand auf und legte eine Decke um ihn. Dann schürte er das Feuer und ging in die Küche, wo er eine angebrochene Flasche Wein gesehen hatte. Er fühlte sich inzwischen wieder gefährlich nüchtern.

Als er aus dem kleinen, schmierigen Fenster schaute, sah er Lodrik sicheren Schrittes über die Toten wandeln und die Gasse entlang gehen. »Vintera, du hast einen Gemahl erhalten, wenn du mich fragst«, murmelte er und zog den Korken aus dem Flaschenhals. Er trank, legte dabei den Kopf zurück und blickte ungewollt zu einer Dachgaube, über die der Oberkörper eines Tzulandriers hing.

Wie sind sie da hinaufgelangt?, fragte er sich. Jetzt, wo Lodrik das Haus verlassen hatte, fielen ihm unzählige Fragen zur Kunst der Nekromantie ein. Was für eine Macht die Angst besaß, wusste jeder. Hatte Zvatochna die Krieger damit dazu gebracht, auf die Dächer zu steigen? Hatten sie in ihrer Furcht versucht, dem Grauen zu entkommen, und waren wie kleine verschreckte Tiere in die vermeintliche Sicherheit geklettert? Waren sie wahnsinnig geworden und hatten sich die Adern mit ihren eigenen Fingern aufgerissen, um durch den Tod dem unsäglichen Entsetzen zu entkommen?

Sotinos löste den Blick von dem Toten und erschauderte erneut, als er Lodrik in der Ferne sah. Dass der Mann so gut über diese neue Art der Magie Bescheid wusste, hatte ihn gleich verwundert. Wenn er sie selbst nicht beherrschte, woher sollte er es sonst wissen? Und dann war da noch der Schnitt im Hals, der nicht schmerzte und nicht blutete. Lodrik hatte ihm selbst eine Erklärung dafür geliefert: ein untrügliches Zeichen, dass kein lebender *Mensch* verletzt worden war.

Sotinos kehrte in die warme Stube zurück und fragte sich, wie er jemals wieder in seinem Leben ruhig schlafen könnte. Die Nacht hielt gewiss Albträume bereit, wie sie kein Mensch sonst auf Ulldart erlitt. Außer Torben Rudgass.

IX.

»Der Qwor war ungelogen acht Schritt lang und seine Schultern drei Schritte breit, die Risthöhe lag bei etwas mehr als vier Schritten.
Es kann sich keiner ausmalen, was für ein furchtbares Gebiss diese Kreaturen besitzen. Und der Panzer aus Schuppen ist unglaublich hart! Wir konnten ihn nicht durchdringen. Der Qwor starb durch mehrere Stiche in die Augen und durch die Nase. Alle anderen Angriffe waren ergebnislos.«

Aufzeichnungen des ehrenwerten Sintjøp,
Bürgermeister Bardhasdrondas,
gesammelt in den Archiven zu Neu-Bardhasdronda

Kontinent Ulldart, Königreich Tersion, Baiuga, Spätwinter im Jahr 1/2 Ulldrael des Gerechten (460/461 n.S.)

Du bist ein unvergleichlicher Dummkopf.«

Perdór räusperte sich und blickte hinüber zu Caldúsin. »Nachdem das Haus Malchios so freundlich war und die Unterredung eröffnet hat, habt Ihr nun das Wort.«

»Und du bist ein einzigartiger Narr«, erwiderte Caldúsin seinem Gegenüber mit der gleichen Freundlichkeit in der Stimme. »In dir hat sich das Unvermögen deiner Ahnen gesammelt.«

Fiorell hob den Kopf und schaute auf das Blatt, auf das er

zwei kleine Striche gezeichnet hatte: einen rechts, einen links. »Somit steht es, was den Austausch von Beleidigungen angeht, unentschieden. Allerdings mit einem geringen Vorteil für das Haus Iuwantor.«

Taltrin lehnte sich nach vorn und kniff die Augen zusammen. »Wenn du der Meinung bist, dass ich hinter dem Anschlag stecke, hast du dich gehörig in mir und meinem Haus getäuscht.« Er zeigte auf Fiorell. »Wie ich ihm bereits sagte: Eher würde ich dich umbringen, als die Regentin oder ihren Gemahl anzugreifen. Du siehst doch, zu was es führt. Zu nichts. Jedenfalls zu nichts für mich.«

»Es hätte aber sein können«, protestierte Caldúsin einfach deswegen, weil er nicht bereit war aufzugeben.

»Unfug.« Taltrin winkte ab. »Horrender Unfug. Und du weißt es.« Sie schwiegen.

Perdór hüstelte und lächelte dann. »Sind wir nicht zusammengekommen, um darüber zu sprechen, wer eigentlich hinter den Anschlägen stecken könnte?« Er nahm das Tablett mit den Pralinen und hielt es zuerst nach rechts, dann nach links. »Kostet sie. Schokolade versöhnt die unfreundlichsten Herzen miteinander.«

»Danke.« Fiorell wollte zulangen, aber der König riss das Konfekt zu sich heran.

»Nein, du nicht. Du musst arbeiten.« Er wedelte mit seiner anderen Hand und deutete auf Papier, Feder und Tintenfass. »Ich will keine Flecken auf dem Blatt sehen.«

»Dann fasst es lieber nicht an.« Fiorell zeigte auf die Finger seines Herrn, an denen verräterische Spuren zu sehen waren. »Ich schätze, es waren die Marzipantrüffel und die Rahmbomben.« Er schüttelte den Kopf. »Wie gierig Ihr wieder geworden seid.«

»Es ist mein Recht. Ich bin der König.« Perdór stellte das Konfekt vor sich ab und betrachtete es wehmütig. Er hatte sich selbst eine Beschränkung auferlegt, was den Verzehr anbelangte, um weniger Zucker zu sich zu nehmen. Die Pralinen ohne Zucker hatten ihm nicht geschmeckt.

Taltrin nahm sich eine, biss ab und leckte sich die geschlagene Eischaumcreme von den Lippen, die im Inneren versteckt gewesen war. »Köstlich«, lobte er genießerisch. »Fast möchte ich Euch glauben.«

Perdór runzelte die Stirn. »Was denn glauben?«

»Diese Prachtstücke«, Taltrin hob die Konfekthälfte, »können aussöhnen.« Er schob Caldúsin die Platte hinüber. »Nimm eines und begrabe mit mir den Krieg zwischen unseren Häusern.«

»Bis wir die Angorjaner vertrieben haben. Von Freundschaft habe ich nie gesprochen«, schränkte Prynn gleich ein und bediente sich. Auch er sah nach einem ersten Kosten sehr glücklich aus.

»Nein, keinesfalls. Ich werde sofort nach Ablegen der letzten Galeere ein Attentat auf dich veranlassen.« Taltrin lächelte boshaft. »Nur um dir zu beweisen, dass ich es besser machen würde als diejenigen, welche dir die Schuld anlasten wollen.« Er hob die Tasche auf, die er bei sich getragen und auf den Boden gestellt hatte, öffnete sie und reichte Perdór ein verkorktes Fläschchen, in dem eine milchig trübe Substanz schwamm. »Nehmt das als Zeichen, dass ich ein gefährlicher Mensch mit vielen Möglichkeiten bin.«

Der König nahm es in Empfang, schüttelte es und blickte zu seinem Gegenüber. »Was ist das?«

Taltrin drückte sich auf den Armlehnen senkrecht nach oben, zog die Beine zu sich herauf und begab sich in den

Schneidersitz. »Es liegt an Euch und Euren Gelehrten, das herauszufinden. Es stammt vom Tisch neben Alanas Bett.«

»Unmöglich«, entfuhr es Perdór, der das Fläschchen an Fiorell weiterreichte. »Es gibt keinen Weg, um in die Galeere des Kaisers zu gelangen.«

»Nicht für Euch oder Eure Leute, König, das mag sein.« Taltrin bleckte die Zähne. »In meinen Diensten stehen Männer, für die ein solcher Auftrag ein Bummel über den Kai ist.« Er genoss seinen ersten Sieg über den Fremden und das verfeindete Haus, die er mit seinem Mitbringsel gehörig überrascht hatte.

»Lügner!«, sagte Caldúsin, und Fiorell machte einen Strich.

»Versager«, konterte Taltrin, und Fiorell zeichnete einen weiteren. »Wie ich in den Besitz gelangt bin, ist unerheblich. Aber der Beschaffer des Fläschchens schwor, dass er neben der schlafenden Alana stand. Sie lebte, das ist gewiss, doch sie war durch nichts, was er unternahm, aus dem Schlummer zu reißen.«

»Was genau unternahm er?« Fiorell zwinkerte dem König zu. »Wisst Ihr, mein Herr hat einen solch gesegneten Schlaf, dass man ihn samt dem Bett packen, an Pralinen vorbei durch ein Schokoladenbad und anschließend durch Kuchenteig ziehen könnte – er würde nichts bemerken und sich am nächsten Morgen ärgern, nichts davon gekostet zu haben.«

»Er hat sie geschüttelt, sie mit Wasser aus der Karaffe auf dem Tisch bespritzt und sie in seiner Verzweiflung mit einem dünnen Dorn in den Fuß gestochen.« Taltrin schaute zwischen den drei Männern hin und her. »Sie hat ununterbrochen geschlafen. Von daher nehme ich an, dass es sich bei der Substanz um ein starkes Schlafmittel handelt.«

»Denn solange die Regentin ruht, kann Nech tun und lassen, was er will.« Perdór klatschte Taltrin leisen Beifall. »Ihr habt uns einen großen Schritt vorangebracht ...«

»... vorausgesetzt, er spricht die Wahrheit. Was beim Haus Malchios so selten ist, dass es als Wunder betrachtet wird«, fügte Caldúsin an. Er reckte den Zeigefinger gegen ihn. »Ich vergesse nicht, dass dein Haus hinter den Intrigen steckte, die meinen Großvater ...«

»Bitte!« Perdór hob beschwichtigend die Hand. »Wenn die besänftigende Wirkung der ersten Praline nachlässt, dann – bei Ulldrael dem Gerechten – schiebt die nächste sofort nach. Verdrängt die Vergangenheit eine Zeit lang.«

Caldúsin schöpfte tief Luft. »Es fällt mir schwer. Ich sage es ganz offen: Ich traue ihm nicht. Er kann mit den Angorjanern ein Bündnis eingegangen sein, um uns zu täuschen.«

»Ich schlage dir vor, dass du mehr als ein Konfekt isst, ehe wir uns noch einmal sehen«, sprach Taltrin und schüttelte den Kopf. »Wie kann man so vernagelt sein?«

Fiorells Hand mit der Feder zuckte, zögerte. »War das eine Beleidigung oder eher nicht?«, erkundigte er sich leise beim König.

Über Caldúsins Gesicht huschte ein Lächeln. Er hatte die halblaute Bemerkung genau vernommen. »Vergesst die Buchführung, Fiorell. Ich werde keine weiteren Beleidigungen mehr von mir geben.« Er schaute Taltrin in die Augen. »Ihr habt Recht. Ich reiße mich zusammen. Dieses Mal meine ich es ernst.«

Perdór atmete auf und lobte seinen gealterten Hofnarren durch ein sanftes Nicken. Seine unnachahmliche Art und Weise hatte zu einer Entspannung am Tisch geführt. Aus dieser Entspannung heraus sollte ein Bündnis entstehen. »Wir wissen jedenfalls, dass Nech Alana als seine schlafende Gefangene hält. Sie kann sich nicht wehren, wir können nicht hinein und sie aus seinem Griff befreien.«

»Wir versuchen es mit einem blitzartigen Angriff, bei dem wir auch den Kaiser zu fassen bekommen«, meinte Taltrin ernst. »Was nutzt uns Alana, wenn wir sie befreit haben, aber nicht aus ihrem Schlummer reißen können? In dieser Zeit wird Nech mit allem, was er an Männern zur Verfügung hat, durch Baiuga hetzen. Um das zu verhindern, sollten wir ihn gleich mit entführen. Seine Soldaten werden es nicht wagen, sein Leben in Gefahr zu bringen. Schon wieder einen neuen Kaiser zu erwählen, können sie sich nicht leisten.«

»Das ist wahr.« Perdór dachte nach. »Es ist ein schwieriges Unterfangen. Die Angorjaner sind aufgrund der Stimmung in der Stadt misstrauisch.«

Fiorell legte Feder und Papier zur Seite. »Wir brauchen eine Ablenkung, einen Vorwand, eine Veranstaltung, um die Nech nicht herumkommt.« Er schaute zu Taltrin. »Gibt es in den kommenden Tagen ein Fest zu Ehren Alanas? Einen Namenstag? Oder einen Ehrentag, der an die Gründung von Baiuga erinnert? Oder …«

»Eine Trauerfeier für den ermordeten Kaiser.« Perdór schaute zu den Galeeren. »Im kleinen Rahmen, mit Vertretern der Häuser, um die Anteilnahme noch einmal auszudrücken. Wir werden es bekannt geben und auch in den Straßen verbreiten lassen, sodass Nech sich sehen lassen muss, um vor seinen eigenen Soldaten und den Einwohnern das Gesicht zu wahren. So kriegen wir ihn!«

»Der Einfall ist gut. Doch er wird sich mit der Hälfte seiner mitgebrachten Soldaten umgeben.« Caldúsin deutete auf sich. »Er hat sicherlich mich oder zumindest einige tersionische

Häuser im Verdacht, hinter dem Anschlag auf seinen Bruder zu stecken.«

»Soll er doch.« Fiorell blickte zu Taltrin. »Ihr feiert sehr schöne Feste in Eurem Anwesen.«

»Was Ihr sehr genau wisst.«

»Und Ihr kennt gewiss den ein oder anderen Angorjaner. Jungen Angorjaner, der schon länger in Tersion verweilt und Euer Vertrauen besitzt.«

»Ich bevorzuge mehr das mittlere Alter.« Taltrin schenkte dem Narren ein freundliches Lächeln. »Aber ich weiß, was Ihr meint. Ihr sucht nach einem, den man den Vertrauten des Kaisers mit etwas Geschick als Nech präsentieren könnte.«

»Es geht mir um die Statur und die Mundpartie. Nech ist ein echter Krieger, er trägt gern Helme. Wir brauchen einen Augenblick der Unaufmerksamkeit der Wachen, um sie auszutauschen.« Fiorell schaute in die Runde. »Unser Lockvogel wird uns genügend Zeit verschaffen.«

Taltrin blickte den Hofnarren an. »Was wird aus ihm, sobald der Tausch ans Licht kommt?«

»Er wird sagen, dass man den Kaiser und die Regentin tötet, wenn ihm ein Haar gekrümmt wird.« Perdór nahm den Faden auf, den Fiorell gesponnen hatte. »Hervorragend, geschätzter Possenreißer. Ganz hervorragend! Sobald Alana wieder Herrin ihrer Sinne ist, wird sie erkennen, was Nech mit ihrem Land im Schilde führte.«

»Bleiben noch die Tausende Krieger, die in Tersion einfallen werden. Wie bekommen wir sie raus?« Caldúsin legte absichtlich den Finger auf die Schwachstelle im Plan. »Sie werden wohl kaum auf den Befehl der Regentin hören.«

Perdórs Lächeln erlosch nicht. »Ich verspreche Euch, dass

Ihr Euch wegen denen keine Sorge machen müsst. Geht von den Kriegern aus, über die Nech derzeit verfügt.«

»Was in etwa fünftausend sein dürften.« Taltrin machte ein fragendes Gesicht, aber der König ließ sich nicht näher dazu aus. »Fragen wir die übrigen Königreiche um Beistand?«

Perdór stimmte zu. »Sie werden helfen. Zumindest Tersion. Die weitaus schwierigere Frage ist, wie wir uns gegenüber den Ničti verhalten. Dürfen wir es wagen, der Vernichtung Kensustrias zuzuschauen?« Er ließ die Frage unbeantwortet und erhob sich. »Ich lasse Euch wissen, wann wir uns das nächste Mal treffen. Taltrin, Ihr sucht uns einen jungen Angorjaner. Caldúsin, Ihr verhaltet Euch unauffällig und sammelt Neuigkeiten. Positioniert einige Eurer Vertrauten in der Hafenanlage, damit wir Veränderungen an Bord der Galeeren wenigstens im Ansatz erkennen. Jede Kleinigkeit soll gemeldet werden.« Er reichte ihnen nacheinander die Hände. »Ich lasse die Substanz untersuchen und treffe weitere Vorbereitungen, die uns Nech und seine Machtgier vom Hals schaffen. Nur Mut!« Er verließ den Raum zusammen mit Fiorell.

Gleich danach erhob sich Taltrin und nickte Caldúsin zu. »Ich wünsche uns beiden das Glück, das wir benötigen, um das Beste für Tersion zu erreichen.«

»Wir werden es benötigen. Doch es lohnt sich. Die Regentin wird so tief in unserer Schuld stehen, dass sie sich Neuerungen nicht verweigern kann.«

»Es wäre ihr ebenso möglich zu sagen, dass es unsere Pflicht war, ihr beizustehen«, gab Taltrin weniger zuversichtlich zurück und schritt auf den Ausgang zu. »Doch alles ist besser, als die Herrschaft eines Fremden zu ertragen.« Er verschwand.

Caldúsin hatte bemerkt, dass sie beide fast den gleichen

Mantel trugen, die Kleidungsstücke unterschieden sich nur durch winzige Feinheiten voneinander. »Das hat er nur getan, um mich zu ärgern«, grummelte er und verließ das Haus.

Vor der Tür wartete seine Sänfte, er stieg ein und befahl die Rückkehr zu seinem Anwesen.

Caldúsin fühlte sich einsam. Furanta saß normalerweise ihm gegenüber, sie hätte ihn an diesem Abend begleitet und ihn mit Ratschlägen unterstützt. Er vermisste ihr Lächeln, ihren Geruch, ihren warmen Leib nachts unter seiner Decke. Wie auch immer die Ereignisse in Baiuga verliefen, er würde Nech diesen Mord an seiner Nichte niemals vergeben.

Einer der Träger geriet ins Stolpern. Hart wurde die Sänfte auf den Boden gesetzt, sie schwankte bedrohlich. Gleich danach erklang ein leiser Schrei, gefolgt von einem dumpfen Aufschlag.

»Was, bei Tzulans Augens...?« Prynn zog den Vorhang zur Seite, um nach den Trägern zu sehen. »Habt ihr getrunken?«

Plötzlich erschien eine vermummte Gestalt vor dem Fenster und schwang ein Kurzschwert, die Klinge durchbrach das Glas und schnellte auf ihn zu.

Für einen alten Mann besaß Prynn gute Reflexe. Er zog den Kopf zu Seite, die Klinge ging fehl und stach in den gegenüberliegenden Türrahmen. »Wache!«, schrie er sofort. »Zu Hilfe, ein Überfall!«

Von draußen erklangen das wütende Rufen seiner Leibwächter und das Klirren von Waffen. Es handelte sich um mehrere Angreifer, die es ganz deutlich auf Prynns Leben abgesehen hatten. Vorläufig war es sicherer in der Sänfte als außerhalb.

Etwas prallte gegen die Rückwand, es klirrte, und gleich

darauf flammte flackernder Lichterschein auf. Prynn spürte die Hitze, dann zuckten Lohen rechts und links an den Fenstern vorbei. Die Attentäter hatten die Sänfte in Brand gesteckt, um ihn nach draußen zu treiben.

Prynn sandte ein stummes Gebet zu Angor und Ulldrael, dann trat er die linke Tür auf und sprang hinaus.

Sofort stand ein Vermummter neben ihm und drosch mit dem Schwert nach ihm. Prynn rollte sich ächzend zur Seite, scheppernd traf die Schneide auf das Pflaster. »Verschwindet!«, schrie er und trat nach dem Mann. Sein Fuß verfehlte den Schritt knapp, dafür bekam er einen Schnitt in den Oberarm.

»Alter Narr. Mach es dir selbst nicht so schwer«, zischte der Angreifer. »So tut es dir nur weh, bevor du stirbst.« Er packte Prynn bei den lockigen Haaren und zog ihn brutal in die Höhe. Die Schwertspitze legte sich an die Kehle. Um sie herum war der Kampf entschieden worden, die Sänftenträger und die Leibwächter lagen in ihrem Blut.

»Wer schickt euch?«, keuchte er.

»Ich soll dir sagen«, sprach der Attentäter und drückte die Spitze durch die Haut ins Fleisch, »dass du niemals mehr ...« Sein Körper versteifte sich, dann ließ er das Schwert fallen. Auch der Griff in Prynns Haupthaar löste sich, der alte Mann sackte auf die Knie.

Der Angreifer fiel schräg neben ihm auf die Erde, in seinem Rücken steckte ein Messer. Drei ebenfalls maskierte Männer kamen aus der Seitengasse gelaufen und schwangen jeweils zwei Schwerter, zwei weitere sprangen von den Vordächern der umliegenden Häuser und warfen sich auf die Angreifer.

Prynn verfolgte die zweite Attacke mit Erstaunen und freute sich, dass Perdór ganz offenbar über sein Leben wachte und ihm Freunde in der Not zur Seite gestellt hatte.

Es handelte sich um exzellente Kämpfer, die mit einer unglaublichen Genauigkeit zuschlugen und den Tod verteilten. Binnen weniger Augenblicke lagen die Attentäter erstochen neben ihren Opfern.

Einer der unbekannten Helfer zog ein Schwert aus dem Körper eines Toten und warf es Prynn zu. »Nehmt es. Ich weiß nicht, ob Euch nicht ein weiterer Angriff droht«, empfahl er flüsternd und eilte mit seinen Freunden auf die Gasse zu, aus der sie gekommen waren. Es war, als hätte es sie niemals gegeben.

Keuchend stemmte sich Prynn auf die Beine, das Schwert wie einen Stock einsetzend, und stand umringt von Toten, deren Blut den Saum seines Mantels tränkte; einige Spritzer hafteten auf seiner Kleidung, und die Wunde in seiner Seite tat ihr Übriges dazu, dass es aussah, als habe er selbst die Feinde niedergestreckt.

Die Läden der umliegenden Häuser wurden spaltbreit geöffnet, vorsichtig zeigten sich hier und da verschreckte und zugleich neugierige Gesichter. Von links näherte sich der Schein vieler Fackeln, die Wache rückte an. Eine angorjanische Wache.

»Was ist geschehen?« Der Anführer schaute auf die Toten, dann nickte er seinen Leuten zu. Sie verteilten sich und zogen den Angreifern die Tücher und Umhänge aus.

»Wir wurden angegriffen«, ächzte Prynn und hielt sich die verletzte Stelle. »Meine Männer leisteten Gegenwehr, und …« Sein Blick fiel auf einen der Getöteten. Unter dem Umhang kamen eine weiße Rüstung und schwarze Haut zum Vorschein. Die Angreifer entpuppten sich als Angorjaner.

»Ich kann Euch sagen, was geschehen ist.« Der Wachführer trat näher. »Ihr wurdet von dieser Wache hier angehalten«, er deutete unter sich auf einen Toten, »und habt Euch geweigert, ihren Anweisungen zu folgen. Es kam zu einem Gefecht, bei dem Ihr als Einziger überlebt habt.« Er zog seine Waffe und richtete sie gegen ihn. »Lasst das Schwert fallen, Prynn Caldúsin. Ich verhafte Euch im Namen des Kaisers wegen mehrfachen Mordes.«

Die Kraft fuhr aus Prynns Körper. Er war in eine doppelte Falle gelaufen, die von Fark sorgsam vorbereitet worden war. So oder so würde er am Strick enden. »Nein«, wisperte er kraftlos. »Nein, so war es nicht. Ich …«

»Schweigt!«, herrschte ihn der Angorjaner an. »Ich bringe Euch auf eine Galeere, wo Ihr …« Es zischte, und ein Pfeil bohrte sich schräg von oben in die Rüstung des Anführers. Aufschreiend taumelte er rückwärts und hob ebenso wie Prynn den Blick.

»Nieder mit dem Kaiser!«, rief ein Mann von einem Balkon herab, der noch sein Nachtgewand trug. »Ich habe genau gesehen, welche Gaunerei da vor sich ging. Freiheit für Prynn Caldúsin!« Er legte ein zweites Geschoss auf die Sehne und spannte den Bogen. »Freiheit für Tersion! Alle Macht Iuwantor!«

Noch mehr Läden und Türen öffneten sich, die bewaffneten Einwohner der Straße quollen hervor und warfen sich auf die überrumpelten Angorjaner.

»Ein Aufstand!« Die Finger des Anführers schlossen sich um Prynns Oberarm. »Ihr werdet Eurer Strafe nicht entkommen«, sagte er mit zusammengepressten Zähnen und rannte los, solange es noch Lücken gab, durch die er der aufgebrachten Menge entfliehen konnte. »Diese Stadt wird dem Feuer übergeben. Freut Euch auf den Anblick, denn es ist Eure Schuld.«

**Kontinent Ulldart,
Königreich Borasgotan,
Vierundsiebzig Warst nordöstlich
von Amskwa, Spätwinter im Jahr 1/2
Ulldrael des Gerechten (460/461 n.S.)**

Vahidin irrte durch die nördlichen Wälder Borasgotans und trug über seiner rechten Schulter eine besondere Last. Sie war nicht wirklich schwer, und dennoch wog seine tote, steif gefrorene Mutter mehr als jedes Gewicht des Kontinents.

Die Geborgenheit, die sie ihm gegeben und die er für unvergänglich gehalten hatte, war an diesem Nachmittag in Amskwa zerschmettert worden. Starke, nie gekannte Gefühle überwältigten Vahidin: Trauer, Wut, Hass, Angst und Verzweiflung mischten sich; in diesem Durcheinander spürte er nichts, weder die tödliche Kälte noch seinen Hunger, noch den Wind.

Er lief unbeirrt geradeaus, als gäbe es ein Ziel, das er erreichen könnte, während sein Verstand in den Ereignissen der jüngsten Vergangenheit gefangen blieb. Gelegentlich entwich ihm ein leises Weinen oder Schluchzen, mehr nicht.

Flügelschlag erklang, über die verschneiten Wipfel der Bäume huschten dürre, lange Schatten. *Hoher Herr*, wisperte es verzweifelt in seinem Verstand. *Hoher Herr, was tut Ihr da? Ihr werdet sterben!*

Vahidin antwortete den Modrak nicht. Ein halbes Dutzend umkreisten ihn wie Aasvögel, begleiteten ihn auf Schritt und Tritt und vermochten dennoch nichts auszurichten.

Legt auf der nächsten Lichtung eine Rast ein. Wir haben Euch etwas zu berichten, raunten sie. *Es geht um das, was Ihr uns aufgetragen hattet.*

Vahidin blieb ruckartig stehen. Er erinnerte sich an seine Worte und den immensen Schwarm Modrak, der nach seiner Rettung in den Himmel aufgestiegen war, um seinen Willen zu tun. Er würde die Wanderung unterbrechen.

Als sich der Wald lichtete, stand er am Beginn der Tundra. Es gab keinerlei hohen Bewuchs, die Moose und Gräser lagen unter einer Schneedecke und machten das Land, so weit seine Augen reichten, zu einem einzigen weißen Meer. Es war schier unendlich und gnadenlos, die Stürme schufen Berge aus losem Schnee, die sich wie behäbige Wellen auf Unvorsichtige schoben und sie ersticken oder erstarren ließen.

Vahidin zögerte. Da hinaus wagte sich höchstens das Volk der Jengorianer, Nomaden im Eis, die das Weiße Meer und seine Eigenheiten kannten. Nur so war es ihnen in der Vergangenheit immer wieder gelungen, den Verfolgungen durch die vielen Arrulskháns und anderen Herrscher zu entgehen. Sie hatten einen legendären, nicht immer guten Ruf erlangt.

Er legte seine Mutter sanft in den Schnee. Die gebogene Form, die ihre Leiche angenommen hatte, schuf den Eindruck, sie habe sich unter der Fichte zum Schlafen hingekauert. »Was habt ihr zu berichten?«, fragte er, ohne sich nach seinen Helfern umzudrehen. »Habt ihr sie getötet?«

Die Modrak landeten direkt hinter ihm am Waldrand und sanken auf die Knie. *Hoher Herr*, drang der Chor aus unhörbaren Stimmen unmittelbar in seinen Verstand, *wir haben sie verfolgt, wie Ihr uns aufgetragen hattet.*

»Ihr solltet sie töten!« Wütend fuhr er herum, und wieder schossen ihm Tränen in die Augen. Die warme Flüssigkeit zeichnete eine Spur in die Schicht aus Eis und Schnee, die sich auf seinen Wangen gebildet hatte.

Es ist uns nicht möglich, zischelten die Modrak. *Sie ist zu mächtig. Wir können uns ihr nicht nähern, die Furcht, mit der sie sich gegen uns verteidigt, zerstört uns. Es ist wie bei dem einstigen Hohen Herrn. Beide können es.* Sie neigten die kahlen Häupter, die Augen leuchteten weniger purpurn als sonst. *Verzeiht uns, Hoher Herr.*

»Nein, ich verzeihe euch nicht. Versucht es so lange, bis ihr einen Weg gefunden habt!«

Es sind bereits siebzehn von uns gestorben. Es wird niemals gelingen. Nicht ohne Hilfe, lautete die furchtsame Antwort. *Sie ist fort, sie hat die Fremden getötet und ist mit einem Schiff davongefahren. Wir wagten nicht, ihr zu folgen, weil ...*

»Was soll ich mit Dienern wie euch?« Vahidin ballte die Fäuste. »Verschwindet!«, schrie er seine Enttäuschung hinaus, und um ihn herum vergilbten die Nadeln der Fichten, regneten braun und vertrocknet zu Boden. Die Modrak drückten sich vom verschneiten Boden ab und flatterten hastig davon. »Geht alle«, raunte der Junge und sank neben Aljascha nieder.

Er blies den Schnee von ihrem Gesicht, berührte die eiskalten Wangen und richtete ihre roten Haare, so gut es ging. Dann zog er seine Knie heran, legte den Kopf darauf und schloss die Augen.

Nach seiner Rettung hatte er verstanden, dass Aljaschas Tod nicht Lodrik zuzuschreiben war. Lodriks Macht, die er zu spüren bekommen hatte, war eine andere als seine Magie. Beide Künste brachten den Tod, aber sie liefen unterschiedlich ab. Er konnte nichts dagegen bewirken, wie ein Schwert, das nach dem Wind schlug. Er vermochte es nicht und die Modrak auch nicht.

Eines war ihm nach langem Überlegen klar geworden: Seine Halbschwester hatte die Mutter vergiftet, die Gründe verstand er nicht. Noch nicht.

Wie sehr hatte sich ihre gemeinsame Mutter auf das Treffen gefreut, wie groß waren ihre Erwartungen gewesen – und wie tödlich war diese Zusammenkunft für sie verlaufen!

Seine Gedanken verschwammen, er konnte sich nicht mehr auf eine Sache konzentrieren. Dafür klapperten seine Zähne, sein gesamter Körper geriet ins Zittern, während sich eine unendliche Müdigkeit in seinem Verstand ausbreitete.

Der Schlaf fiel mit Macht über ihn her, raubte ihm die Kraft. Langsam kippte er zur Seite, fiel halb auf Aljascha und driftete in traumlose Dunkelheit …

Wie durch Watte vernahm er Stimmen, die in einer nicht verständlichen Sprache redeten.

Vahidin fühlte Wärme, roch Feuer und Essen, durch die geschlossenen Lider hindurch sah er die Helligkeit der Flammen. Gelegentlich wurde sie verdunkelt, vermutlich bewegten sich Menschen um ihn herum. Seine Augen wollten sich nicht öffnen. Er war zu schwach, um irgendein Körperteil zu bewegen.

Da spürte er eine Hand an seinem Unterkiefer, man öffnete ihm sanft den Mund und flößte ihm heiße Suppe ein. Sie schmeckte ungewohnt, nach vielen Kräutern und Fleisch.

Vahidin schluckte gehorsam, er benötigte Kraft.

Löffel um Löffel fand den Weg in seinen Mund, und die Stimmen um ihn herum unterhielten sich dabei leise. Inzwischen unterschied er zwischen Männern und Frauen; eine von ihnen schien zu ihm zu sprechen. Er hörte sie lauter als die anderen, dann streichelte jemand seinen Schopf und drückte seine Hand. Vahidin schlief ein und träumte, dass es seine Mutter sei, die sich um ihn kümmerte.

Das Ritual wiederholte sich mehrmals. Vahidin wusste nicht, ob in der Zwischenzeit Tage oder Stunden vergangen waren.

Endlich fühlte er genügend Energie in sich, um die Augen zu öffnen. Es kam ihm vor, als wögen die dünnen Lider so schwer wie ein Sack Mehl.

Er blickte in ein paar mandelförmige, dunkelbraune Frauenaugen, die ihn überrascht anschauten. Ein junges Gesicht schwebte über ihm, die langen, dunkelbraunen Haare waren voller Federn und mit Ästchen hoch gesteckt worden; hier und da pendelten geflochtene, mit Knochenperlen geschmückte Strähnen herab und baumelten über Vahidins Nase.

Dann hob sich das Gesicht, die junge Frau richtete sich auf und rief nach jemandem. Eine ältere Frau erschien, trat neben die Liege, auf der er ruhte. Beide trugen fellbesetzte Lederkleidung, und die Zeltwände, die er erkannte, sprachen für Nomaden.

»Bleib liegen«, sagte die Ältere zu ihm mit schrecklich hartem Akzent. »Du bist noch zu schwach, um aufzustehen, aber du lebst. Danke dem Geist des Feuers, dass er deinen Leib erwärmte und du nicht einmal einen Finger oder einen Zeh verloren hast.« Sie zog die Decke bis zu seinem Kinn, und Vahidin bemerkte nun erst, dass er nackt war. »Ich bin Lūun«, sie zeigte auf die jüngere Frau, die Anfang zwanzig sein mochte, »das ist Sainaa. Sie hat dich in den letzten Monden gepflegt und ernährt.« Sainaa lächelte. »Wir haben dich Silberhaar genannt, weil wir deinen Namen nicht kennen.«

»Ihr seid Jengorianer.«

Lūun lächelte, die Falten in ihrem sonnenverbrannten Gesicht nahmen ein neues Muster an. »Ja, wir sind Jengorianer. Unsere Jäger fanden dich und die tote Frau. Sie war schon lange gestorben, habe ich Recht?«

»Ja.«

»Warum hast du sie mit dir getragen, Silberhaar?«

»Ich wollte sie nicht den Wölfen oder einem Kullak überlassen.« Vahidin fasste Vertrauen zu den beiden Frauen, die weder überaus schön wie seine Mutter noch hässlich zu nennen waren. Aber die dunklen Mandelaugen faszinierten ihn. Darin steckten Geheimnisse. Viele Geheimnisse. »Was habt ihr mit ihr getan?«

Lūun beugte sich nach vorn, fasste seine Hand. »Sie liegt bei unseren Toten. Wir haben die Tiergeister angerufen, ihrer Seele beizustehen und ihr zu sagen, dass es dir gut geht.«

»Welche Tiergeister denn?«

Lūun strich ihm über den Kopf. »Wir glauben nicht an das Wesen, das ihr Ulldrael den Gerechten nennt. Wir folgen dem Weg der Ahnen, der Geister, die wir anrufen und beschwören.«

Vahidin schaute zwischen ihnen hin und her. »Die Geister der Toten?«

Sainaa sah und hörte, dass sich der Junge aufregte. »Beruhige dich, Silberhaar. Du musst zu Kräften kommen, bevor wir uns unterhalten. Es ist wichtig, dass deine Seele Ruhe findet und du deinem Körper erlaubst, sich zu erholen.« Sie langte hinter sich und hielt ihm eine Schale mit dampfendem Fleisch hin; der Geruch erinnerte an Tannen und Heidekraut. Sie spießte einen Bissen auf eine zweizinkige Gabel. »Hier, iss das. Es wurde von den Geistern des Morgens gesegnet.«

Er aß davon und war von dem Geschmack angenehm überrascht. Sainaa fütterte ihn, er kaute, schluckte und dachte nach. Vielleicht gab es einen Weg, sich das Wissen der Jengorianer zu Nutze zu machen. Wenn sie Geister anbeteten, mit ihnen sprachen und ihnen Wünsche mitteilten, besaßen sie sicherlich auch Möglichkeiten, Geister zu bannen. Vielleicht auch solche Seelen, von denen die Modrak gesprochen hatten.

Vahidin wollte sich nicht allzu viel davon versprechen, aber die Zuversicht, die er aus dem Gehörten gewann, stärkte ihn bis in den letzten Winkel seines veränderten Leibes. Er spürte, dass er wieder gewachsen war, seine Stimme klang mit einem Mal dunkler, voller, und seine Gliedmaßen trugen mehr Muskeln als vor seiner Ohmacht. Aus ihm war beinahe ein junger Mann geworden. Er lächelte.

Sainaa bemerkte es und lachte glücklich. »Die Geister des Morgens vermögen viel.«

»Ja«, nickte er und berührte ihre Linke. Er mochte den Klang ihrer Stimme, der ihn sehr an die seiner Mutter erinnerte. »Die Geister und du.«

Sainaa strahlte. »Danke sehr, Silberhaar.« Sie gab ihm das letzte Stück Fleisch, dann stand sie auf. »Ich kann sehen, wie du stärker wirst.« Einen Augenblick lang schaute sie verwundert auf sein Gesicht. »Ich denke sogar, dass du gewachsen bist.«

Vahidin schmunzelte. »Ich bin etwas Besonderes, Sainaa. Du wirst es bald sehen.« Er senkte den Blick. »Ich stehe tief in deiner Schuld.«

»Nur bei meinem Gemahl«, gab sie mit einem Zwinkern zurück. »Er hat mich in den letzten Tagen kaum mehr gesehen. Er ist beinahe eifersüchtig auf dich geworden.« Sie stand auf, nickte Lūun zu und ging zum hüfthohen Eingang, der mit einer Außenklappe aus Holzrahmen und Fellen verschlossen war. »Gegen Abend besuche ich dich, Silberhaar.«

Vahidins gute Laune sank. Er mochte Sainaa, sehr sogar. Aber er mochte den Gedanken nicht, dass Sainaa sich um einen anderen so kümmerte wie um ihn. Er fühlte sich von ihr angezogen. Ein neues Gefühl! Frauen wurden für ihn auf eine Weise anziehend, wie er es vorher nicht für möglich gehalten hatte. Er schob es auf die Veränderung, die er im Schlaf durchlaufen hatte.

Lūun kam näher, er roch plötzlich ihr Alter, das sie wie Gestank umgab. »Schlaf jetzt. Und gräme dich nicht wegen Sainaa«, riet sie ihm, als könne sie seine Gedanken lesen. Sie wirkte bedrückt.

»Tue ich nicht«, erwiderte er rasch. »Wo ist mein Schwert?«

»Es liegt unter deinem Lager. Aber du brauchst es nicht. Es gibt nichts hier draußen, was dir gefährlich werden kann.«

»Wo sind wir?«, fragte er verwundert. »Wie weit weg ist die nächste Stadt denn?«

»Wir sind den Spuren der Schneehirsche gefolgt. Ihr Fell ist wertvoll, und ihr Fleisch besitzt heilende Kräfte. Wir können die Geister des Blutes mit einem Opfer gnädig stimmen und uns vor der Macht der Kälte bewahren.«

»Ich habe verstanden, dass sie euch wichtig sind, aber wie weit sind wir von einer Stadt entfernt?« Er funkelte Lūun böse an.

»Es sind mehr als dreihundert Warst. Aber wir bringen dich in eine Stadt, sobald wir sicher wissen, dass es dir gut geht.« Sie bedachte ihn mit einem vorwurfsvollen Blick, ihre Finger formten ein hastiges Zeichen. »Schau mich nicht an, als wollte ich dir schaden, Silberhaar.« Dann strich sie ihm eine Strähne zur Seite. »Du und die Frau sind Adlige, das weiß ich. Deine Kleidung sah sehr wertvoll aus. Aber was hat dich in den Wald getrieben?«

Vahidin schwieg.

»Bist du verfolgt worden?«

»Räuber«, log er hastig. »Wir waren auf einem Ausflug, und dann wurde unser Schlitten aus dem Hinterhalt angegriffen. Ich und meine Mutter sind geflohen, und als sie ... zusammengebrochen ist, habe ich sie getragen.«

Lūun seufzte. »Es tut mir Leid. Die Räuber sind schon lange nicht mehr auf unserer Spur, unsere Jäger haben niemanden gesehen. Wir sind mitten in der Tundra, es gibt weit und breit nichts, hinter dem sie sich verbergen könnten. Du bist in Sicherheit.«

»Und weit weg von zu Hause.«

»Wir bringen dich zurück. Das verspreche ich dir.« Lūun erhob sich, nahm die Schale und kehrte zum Feuer zurück, das in der Mitte des Zeltes brannte; der Rauch zog durch eine Öffnung in dem fünfeckigen Zelt ab.

Vahidin wandte das Gesicht nach rechts. »Es ist mir gleich. Die Räuber haben inzwischen auch unser Anwesen vernichtet. Sie sagten jedenfalls, dass sie es vorhätten.«

»Wo lebt dein nächster Verwandter?«

Er stieß ein bitteres Lachen aus. »Meine Halbschwester ist verschwunden. Aber ich finde sie.« Seine linke Hand tastete unter dem Bett nach dem Schwertgriff und packte zu; sofort fühlte er sich besser. »Ich finde sie«, wiederholte er leiser und gefährlich.

Lūun drehte sich zu ihm um. »Silberhaar, was verbirgst du?«, brach es aus ihr hervor.

Vahidin schaute verwundert zu ihr. »Wie ...«

»Wir haben dich dem Atem der Manen übergeben.« Sie näherte sich ihm. »Eigentlich wollte dich der Tsagaan befragen, aber ...« Sie schluckte und setzte sich neben ihn. »Es ist ein Ritual, Silberhaar, das wir zur Reinigung von bösen Kräften verwenden.« Lūun betrachtete ihn wie eine Kuriosität. »Bei dir färbte sich der Atem der Manen. Zum ersten Mal gelang es ihnen nicht, die Kraft des Bösen zu vertreiben.« Sie lächelte angestrengt. »Dabei siehst du rein und unschuldig aus. Manche glauben, dass die Manen sich irrten. Oder der Tsagaan beging einen Fehler in seiner Anrufung.« Der letzte Rest ihrer Fröhlichkeit schwand und wich schlecht überspielter Besorgnis. »Kannst du uns sagen, weswegen die Manen machtlos blieben, Silberhaar?«

Sie hatte nicht gesehen, dass Vahidins linke Hand auf der anderen Seite auf den Boden reichte und das Schwert hielt. Er unterdrückte den für ihn selbst unverständlichen Impuls, sie damit niederzustrecken. »Ich habe keine Ahnung«, antwortete er bedächtig und bemühte sich, aufrichtig zu klingen.

Lūun erhob sich. »Dann schlaf nun, Silberhaar.«

»Ich warte auf Sainaa.«

»Es wird dauern, bis sie zurückkehrt. Sie hat ihre Kinder und ihren Mann zu versorgen.« Die Jengorianerin kümmerte sich um das schwach brennende Feuer; danach ging sie hinaus, um neues Holz zu holen.

Vahidin stieß die angehaltene Luft aus. Aus den Erzählungen seiner Mutter kannte er die Art, wie es ihr gelungen war, Männer in den Bann zu schlagen, und er hatte die verführerischen Blicke, die sie wie eine Waffe eingesetzt hatte, sehr genau gesehen.

Ihm würde es ebenso bei Frauen gelingen, und bei Sainaa würde er diese Kunst auf die Probe stellen. Zusammen mit der Magie sollte es ihm ein Leichtes sein, die Frau zu erobern. Als er an sie dachte, erwachte Begierde in ihm.

Es wurde dunkler, der Tag neigte sich dem Ende entgegen, und Vahidin döste ein.

Sainaa kam nicht.

Dafür schreckte er aus seinen Träumen auf, als er viele laute Stimmen von draußen durch die Zeltwände vernahm. Das aufgeregte Rufen von Frauen mischte sich in das Brüllen von Männern, Pferde wieherten, und Metall klirrte.

Ein Überfall! Vahidin hielt das Schwert noch immer fest, richtete sich in seinem Lager auf und erhob sich. Er konzentrierte sich und sammelte seine Fähigkeiten, um den Angreifern eine Probe seiner Macht zu geben. Sie würden sich wünschen, das Lager der Nomaden niemals angegriffen zu haben.

Ehe er nach draußen gelangte, wurde der Eingang geöffnet, und Sainaa flog rücklings hindurch. In der Hand hielt sie ein blutiges Messer, das Rot rann über ihre Finger. Sie sprang auf die Füße und hielt den Eingang im Auge. »Zurück, Silberhaar!«, keuchte sie. In ihrem Gesicht zeichneten sich die Spuren einer Faust ab. »Die Räuber, die dich überfallen haben, sind da.« Sainaa blickte auf das Schwert in seiner Hand. »Du wirst nichts gegen sie ausrichten.«

»Das kann nicht sein.« Vahidin schlang sich die Decke um die Hüften, packte den Griff seiner Waffe mit beiden Händen und belauerte den Eingang. Er fühlte sich unglaublich stark, seine Muskeln vollführten jede Bewegung spielerisch leicht; auch das Schwert hatte sein Gewicht verloren. »Ich werde dich mit meinem Leben verteidigen, Sainaa.«

Die Art, wie er es sagte, brachte die Jengorianerin dazu, ihn bewundernd anzuschauen. Es war die Stimme eines Jägers und nicht die eines Jungen. Die ganze Haltung entsprach der eines Kämpfers.

Die Klinge des Schwertes färbte sich mit einem dunklen

Fauchen schwarz und verströmte eine enorme Hitze, die Luft darüber waberte und zog Schlieren.

Sainaa erkannte, dass etwas nicht mit rechten Dingen zuging. Ehe sie sprach, wurde der Durchlass geöffnet. Ein halbes Dutzend Vermummter sprang ins Zelt, alle trugen Säbel; an den meisten haftete Blut.

Einer der Männer richtete die Spitze seiner Waffe auf Sainaa. »Ihr verfluchten Entführer!«, rief er. »Ich sagte, dass ihr ihn habt.«

Vahidin erkannte die Stimme sofort, auch wenn sie durch den dicken Schal vor seinem Gesicht gedämpft wurde. In allerletztem Augenblick gelang es ihm, seine gebündelten Kräfte zurückzuziehen und von einer Attacke abzusehen. »Lukaschuk?«

»Hoher Herr, was haben die Wilden Euch angetan?« Der Hohepriester Tzulans und Geliebte seiner Mutter zog den Schal herab und zeigte sein Gesicht, in dem sich Erstaunen über den veränderten Anblick seines Schützlings abzeichnete.

»Die Wilden haben mich gerettet«, sprach Vahidin und senkte das Schwert, die Klinge nahm ihre ursprüngliche gräulich eiserne Farbe an. »Ruf deine Männer zurück, bevor sie das ganze Lager der Nomaden auslöschen.«

Lukaschuk verneigte sich vor ihm und gab die Anweisung an einen seiner Begleiter weiter, der sofort hinausstürmte. Seine geschrienen Befehle hallten zu ihnen herein.

Sainaa wich vor Vahidin zurück und wäre um ein Haar in die Feuerstelle getreten. »Sie gehören zu … dir? Wir dachten, es seien die Räuber gewesen, von denen du uns berichtet hast?«

»Es sind meine Leibwächter. Sie haben mich nicht aufgegeben …«

»Es sind Mörder, Silberhaar!«, unterbrach sie ihn mit Entsetzen auf ihren hübschen Zügen. »Sie haben uns angegriffen, ohne ein Wort zu sprechen. Erst als die ersten von uns tot auf dem Boden lagen, verlangten sie nach dir. Aber wir ahnten nicht, dass es deine Freunde sind.«

Lukaschuk betrachtete Sainaa, dann seine Faust, an der Blut klebte. Vahidin erkannte an seinem Gesicht, dass er es gewesen war, der sie geschlagen hatte. »Wir hatten keine Ahnung, dass Ihr freiwillig mit den Wil ... den Nomaden gegangen seid. Die Spuren ließen diesen Schluss nicht zu, Hoher Herr.«

»Wie viele habt ihr umgebracht, Lukaschuk?«

»Alle, die sich gewehrt haben«, gab er zur Antwort. »Wir haben unser Leben verteidigt.«

Sainaa spie ihn an. »Ihr seid auf uns zugeritten und über uns hergefallen wie gewöhnliche Räuber. Hast du erwartet, dass wir euch mit Gesang willkommen heißen?«

»Was geschehen ist«, sagte Vahidin laut, »ist geschehen, und es tut mir Leid, dass Leben verloren gingen. Aber das Missverständnis ist aus der Welt geschafft.« Er blickte Sainaa an. »Glaube mir, ich wollte nicht, dass die Menschen, die mich retteten, Schmerzen erlitten. Es liegt jedoch nicht in meiner Macht, das zu ändern.«

Lukaschuk trat vor. »Nennt eine Strafe, und ich nehme sie ohne Murren hin.«

Vahidin lächelte ihn an. »Wir werden sehen. Am besten besprechen wir es mit den Jengorianern zusammen. Danach suchen wir für euch ein Quartier.« Er spürte, dass seine Beine zu zittern drohten. »Wir bleiben.«

»Das wird nicht nötig sein, Hoher Herr. Wir haben ...«

»Du hast mich gehört, Lukaschuk. *Wir bleiben.*« Vahidin kehrte zu seinem Lager zurück und erreichte es kurz bevor seine Beine versagten. »Wir bleiben lange.« Er schaute zu Sainaa und schenkte ihr einen langen Blick. »Es gibt viel zu lernen.«

Sainaa wischte sich das Blut weg. Sie fühlte neben all der Wut auf die Fremden eine große Unsicherheit in sich. Die Augen des Jungen waren betörend und hatten – wenn sie sich nicht sehr geirrt hatte – sogar die Farbe von Braun zu einem kräftigen Magenta gewechselt. Er wirkte auf sie reifer als an dem Tag, als man ihn gefunden hatte. Verstört ging sie an Lukaschuk vorbei. »Ich muss nach meinen Kindern sehen«, sagte sie und eilte hinaus. Obwohl sie gern in Silberhaars Nähe geblieben wäre.

X.

»Doch der Preis war hoch.
Zweiundsiebzig tapfere Männer ließen ihr Leben,
um den Qwor zu töten. Wir übergaben den
Kadaver des Scheusals den Flammen, damit
nichts von ihm bleibt außer Asche.
Es war ein rechtes Freudenfeuer! Jetzt ist der
zweite Qwor an der Reihe.«

Aufzeichnungen des ehrenwerten Sintjøp,
Bürgermeister Bardhasdrondas,
gesammelt in den Archiven zu Neu-Bardhasdronda

Kontinent Angor, Kaiserreich Angor
No-Phos, Nordküste, Spätwinter
im Jahr 1/2 Ulldrael des Gerechten
(460/461 n.S.)

In einem Drittel Sonnenzug sind wir da.« Der Schiffsjunge grinste. »Da vorne sieht man sie schon.« Er hob den Arm und deutete auf die Umrisse einer Hafenstadt, die sich aus dem Nebel abzeichnete.

Fiorell wischte sich den Schweiß von der Stirn. Es war ungewohnt schwül für ihn; je näher sie der Küste kamen, desto drückender wurde es, was unangenehme Erinnerungen an das Dampfbaderlebnis in ihm weckte.

Er hatte selten eine Mission angetreten, bei der er derart

zwiespältige Gefühle in sich spürte. Die am Horizont auftauchenden Türme von No-Phos verbesserten seinen Zustand nicht unbedingt. Es war eine Sache, als Frau verkleidet in ein tarpolisches Sicherheitsgefängnis einzudringen und eine Befreiung vorzubereiten. Das Spionieren auf einem fremden Kontinent war eine ganz andere.

Auf Angor würde er schon allein durch seine hellere Haut auffallen, dazu kamen die Sprache und sein beinahe schmächtiger Körperbau.

Zwar war Fiorell stark gebräunt, aber das bedeutete nichts im Vergleich zu dem Ton, den Perdór als Zartbitter umschrieb. Die Angorjaner wiesen dunkelbraune bis abgrundtief schwarze Haut auf, und eine solche Färbung auf Dauer nachzuahmen, würde selbst Fiorell nicht gelingen. Schon allein wegen des Schwitzens.

»Danke«, sagte er zu dem Jungen. »Richte dem Kapitän aus, dass ich unter Deck bin und mich vorbereite.«

»Aye.« Der Schiffsjunge salutierte und lief zum Heck der agarsienischen Galeere, die Perdór für die Überfahrt angemietet hatte. Die Rudermannschaft wurde im Gegensatz zu einem Sklavenschiff für ihre Dienste bezahlt, Ketten gab es keine.

Fiorell eilte die Stufen in seine Kajüte hinab und verwandelte sich in einen tarpolischen Adligen, einen Hara¢. Wenn er schon nicht verbergen konnte, dass er ein Fremder war, wollte er richtig auffallen.

Als das Schiff anlegte, schritt er mit angeklebtem schwarzem Bart, in beigefarbenen Pluderhosen und weitem weißem Hemd mit bestickter Weste als Ortai Ortaiowitsch die Planke hinab und betrat zum ersten Mal in seinem Leben angorjanischen Boden.

Er stand am Kai, die Hitze umgab ihn wie zäher Honig, der

Schweiß rollte aus allen Poren hervor und tränkte seine Kleidung innerhalb kürzester Zeit. Ein kleines Boot, ein Lotse, hatte die Galeere in einen Teil des Hafens geführt, in dem nur ausländische Schiffe vor Anker lagen. Fiorell erkannte Palestaner und ein paar Tarviner; sogar eine rogogardische Kriegskogge dümpelte im smaragdgrünen Wasser. Dann gab es Schiffe, deren Formen ihm gänzlich unbekannt waren, die gehissten Banner sagten ihm nichts.

Ein Angorjaner in dünner, weißer Leinenkleidung kam auf ihn zu, er trug eine Wachstafel und einen Griffel, außerdem einen Rechenschieber sowie eine kleine Rolle Papier mit sich; rechts und links von ihm liefen zwei Krieger.

Er nickte, lächelte freundlich und überschüttete Fiorell mit einem Schwall unverständlicher Worte. Dabei bemerkte der Hofnarr, dass der Angorjaner bei seiner Begrüßung zwischen verschiedenen Sprachen wechselte. Er suchte offenbar nach der richtigen Verständigung. Dann schaute er an ihm vorbei, betrachtete das Schiff und schnalzte unzufrieden mit der Zunge. »Ach, ich sehe. Ulldart«, sagte er in der Allgemeinsprache des Kontinents. »Was habt ihr geladen?« Er zückte den Griffel und wartete, was ihm genannt wurde.

»Nichts«, antwortete Fiorell. »Ich wollte nachsehen, was es zu handeln gibt.«

»Ich werde das überprüfen müssen.« Der Angorjaner nickte dem Wächter zu seiner Linken zu. Der Mann stieg die Planke empor und ging an Bord. »Nach welcher Ware sucht Ihr?«

»Ich weiß es nicht. Mal sehen, was das schöne Land von dem hat, was man in Tarpol benötigt.«

Der Angorjaner hob die Augenbrauen. »Das ist doch eine agarsienische Galeere?«

»Ja. Aber ich bin ein tarpolischer Kaufmann.«

Der Mann lachte. »Ihr auf Ulldart … Ihr macht immer Sachen.« Er legte ein Holzbrettchen über die Wachstafel, rollte das Papier ein wenig ab und schrieb Zahlen darauf, danach versah er es mit einem handtellergroßen Stempel, riss es ab und reichte es Fiorell. »Das macht eine Iurd-Krone. Es beinhaltet das Recht, auf Angor einzukaufen, hier anzulegen und wieder abzulegen. Verliert die Gestattung nicht. Sobald Ihr Ware erstanden habt, meldet Euch bei dem Aufseher«, er deutete auf ein Türmchen, »und wir rechnen aus, was Ihr für die Ausfuhr bezahlen müsst.« Er nahm die Krone entgegen, die ihm Fiorell reichte. »Kommt nicht auf den Gedanken, heimlich abzulegen. Unsere Galeeren sind schneller als Eure«, fügte er mit einem schelmischen Lächeln hinzu.

Fiorell spielte den Empörten. »Ich bin ein ehrlicher Mann!«

»Ich weiß, ich weiß. Alle sind ehrlich, und es gibt nichts Böses auf der Welt.« Der Angorjaner kramte in seiner Umhängetasche und nahm ein weiteres beschriebenes Blatt Papier heraus. »Da Ihr zum ersten Mal auf Angor seid, lest Euch die Sätze durch und prägt sie Euch ein. Es sind kleine Regeln, die Euch das Leben in unserem Land vereinfachen.« Er verneigte sich und wartete, bis der ausgesandte Wächter zurückkehrte, dann setzte er seine Runde fort. »Angor sei mit Euch.«

»Das hoffe ich sehr«, murmelte Fiorell, ging am Kai entlang und überflog die Hinweise. Kurz zusammengefasst: Fremde durften auf Angor alles – wenn man es ihnen erlaubte.

Einheimische besaßen immer Vorrechte, ganz gleich ob das beim Einkauf oder beim Überqueren der Straße war. Würde man das Bildnis einer Treppe bemühen, standen Fremde zwanzig Stufen unter den Bewohnern des Kontinents. Man ließ die Fremden spüren, dass sie geduldet, aber nicht willkommen waren.

Dieser Status änderte sich erst, wenn es einen Angorjaner gab, der eine Bürgschaft übernahm. Diese Bürgschaft schlug sich in einer Brosche nieder, die man sichtbar an der Kleidung zu tragen hatte. Damit stand man nur noch eine Stufe unter den Einheimischen, also genau in der richtigen Höhe für einen Tritt zwischen die Beine. Denn jeder Angorjaner durfte die Brosche wieder abreißen, wenn er der Meinung war, dass der Fremde sich nicht den Gepflogenheiten entsprechend benommen hatte.

»Sehr nett. Und so gastfreundlich«, sagte Fiorell feixend. Er spazierte durch einen Irrgarten von Lagerhäusern, die dicht an dicht gebaut standen. Vor dem einen wurden Säcke und Kisten verladen, hinter dem anderen hingen gefärbte Stoffe zum Trocknen in der Sonne. Auf einem großen Platz, den er passierte, lagen Gewürze und in dünne Scheiben geschnittene Früchte ausgebreitet, die einen Geruch von Anis und Zimt verströmten. Die Macht der Taggestirne trieb die Feuchtigkeit aus ihnen und ermöglichte es, sie länger aufzubewahren und über weite Strecken zu transportieren.

Sodann verließ Fiorell den Hafen und betrat den alten Kern von No-Phos, in dem es ebenso geschäftig zuging wie in den Handelsniederlassungen. Hatten die Bauten im Hafen denen auf Ulldart geglichen, wunderte sich Fiorell über die Häuser, die er hier zu sehen bekam.

Offenbar folgten die Angorjaner nur dem eigenen Geschmack und weniger den Gesetzen der Gleichgewichtslehre. Daher setzten sie Säulen, wo sie keinen Sinn ergaben, und ließen dort welche weg, wo nach Fiorells Ermessen ein Einsturz eine Frage von Lidschlägen war.

Als Ergebnis des wagemutigen Stils entstanden vielgeschossige, in erster Linie quadratische Gebäude mit luftigen, ausschließlich säulengetragenen Zwischenetagen. Hier und da verbanden kleine Brücken die Häuser; Balkone gingen nach allen Seiten ab, und ohne eine Dachterrasse kam kein Haus in No-Phos aus. Im Allgemeinen waren die Wände weiß gestrichen, gelegentlich fanden sich bunte Ornamente, deren Sinn sich Fiorell nicht erschloss, oder Bildnisse des heldenhaften Gottes Angor in allen möglichen Erscheinungsformen.

Fiorell erinnerte der Anblick an Baumstämme, an denen großhütige Pilze wuchsen. Das hatte den Vorteil, dass es in den Gassen überwiegend schattig war, allerdings war es ihm unmöglich, sich zu orientieren. Das Auge wurde durch die Gleichheit der Häuser verwirrt. No-Phos kam ihm wie ein einziges Labyrinth vor.

Zu seiner Erleichterung machte er in dem Gewühl der Menge einen Rogogarder aus. Er war unschwer an seiner Kleidung und dem geflochtenen blonden Bart als Freibeuter zu erkennen. Ein breiter Waffengurt zierte den Oberkörper; seine Haare lagen unter einem verdreckten, ehemals weißen Kopftuch. Seine Statur war eher sehnig, dichtes Brusthaar quoll aus dem Kragen und spitzte auch im Nacken hervor. Er lehnte an einer Hauswand, kaute an einer Teigrolle und schaute sich um.

Fiorell ging auf ihn zu. »Verzeih, wenn ich dich anspreche. Gibt es hier so etwas wie den Kaiserpalast?«

Der Rogogarder biss in die Rolle, aus der reichlich Saft floss, und deutete in eine Gasse. »Da rein«, nuschelte er. »Unverfehlbar.«

»Danke.« Fiorell wandte sich um, um dem bärtigen Freibeuter nicht beim Essen zuschauen zu müssen.

»Warte«, traf ihn die Aufforderung in den Rücken. »Was willst du dort?«

»Ihn mir ansehen.« Fiorell drehte sich zu ihm. »Weswegen? Ist das nicht erlaubt?« Er hob das Papier mit den Anweisungen für Fremde, überflog es vorsichtshalber. »Jedenfalls steht es nicht hier drin.«

Der Rogogarder würgte sein Essen wie eine Schlange hinunter, wischte sich die Hände an seiner Hose ab und reichte Fiorell die Rechte. »Ich bin Kapitän Fargard. Ich war auch auf dem Weg zum Palast. Wir können zusammen hingehen.«

»Hara¢ Ortaiowitsch. Aus Granburg.« Fiorell schlug ein. »Sehr gern. Dann fühle ich mich etwas sicherer.« Seine Augen blieben am blonden und mit kleinen Muschelperlchen verzierten Bart des Rogogarders hängen. Er entdeckte an der Oberlippe die Reste einer durchsichtigen Substanz, die er genau kannte. Sofort musterte er Fargard intensiver, suchte nach weiteren Spuren. »Was machen die Festungen auf Lofjaar? Glänzen sie noch immer in der Sonne?«

»Ja«, lachte Fargard. »Ich kann es gar nicht mehr erwarten zurückzukehren.«

»Was treibt Euch nach Angor?« Fiorell hob drohend den Zeigefinger. »Ihr werdet doch nicht nach Prisen Ausschau halten?«

Fargard griente und setzte sich in Bewegung, tauchte in die Gasse ein, auf die er vorhin gezeigt hatte. »Was denkst du denn? Ich bin ein harmloser Händler ...«

»... der es auf Palestaner abgesehen hat.« Fiorell lachte dunkel. »Ihr habt nichts von Eurer Veranlagung verloren, ihr Rogogarder.«

Sie marschierten nebeneinander her, plauderten über alle möglichen Dinge, die Vorgänge in Kensustria und vor Ammtára, wobei der Rogogarder merkwürdig unwissend schien. »Ich habe die letzten Monate auf See verbracht«, entschuldigte er sich. »Und dann schickte mich mein Obmann nach Angor, um zu sehen, was es Neues gibt.«

Fiorell sah den Sonnenbrand im Nacken des Mannes. »Sicher, Kapitän. Ich hoffe, ich habe Euch nicht zu sehr beunruhigt.«

Sie gingen durch eine Unterführung, in der sie just in diesem Augenblick allein waren.

Da packte Fiorell den Rogogarder am Kragen, zerrte ihn nach rechts hinter einen Stapel leerer Säcke und rammte ihn hart gegen die Wand. »Ihr seid kein Freibeuter, mein Freund.« Er riss ihm blitzartig den falschen Bart aus dem Gesicht. Im nächsten Augenblick spürte er eine Hand in seinem Bart, ein kurzer Ruck, und auch er verlor den Großteil der Haare.

»Ebenso wenig wie Ihr ein Tarpoler seid«, kam die Erwiderung. »Es scheint mir, dass zwei Spione aneinander geraten sind.« Fargard grinste. »Wer schickt Euch?«

»Wer hat Euch entsendet?«

»Ich habe zuerst gefragt.«

»Aber ich«, Fiorell wedelte mit dem blonden Bart, »habe Euch zuerst enttarnt. Die Festungen auf Lofjaar werden gerade neu errichtet, und Eure Finger haben zu wenig Hornhaut für einen Seemann.« Er konnte die Augen nicht vom Gesicht des Mannes wenden, das er ohne die Haare geradezu ansprechend fand! Hatte ihn die Begegnung mit Taltrin auf einen anderen Geschmack gebracht?

»Ihr habt vielleicht den Bart zuerst abgerissen, aber ich erkannte nach den ersten Sätzen, dass Ihr kein Hara¢ seid.« Fargard machte ein überlegendes Gesicht. »Ich kenne keinen

Harac̨, der auch nur im Ansatz diese Freundlichkeit an den Tag legen würde wie Ihr.«

Fiorell überwand die Überraschung, verdrängte seine Gedanken und musste lachen. »Da stehen wir und schwenken die Bärte des anderen wie Siegestrophäen.« Er ließ den Kragen des Mannes los. »Ich bin Trubin und im Auftrag des Palestanischen Kaufmannrates hier.«

»Und das ist schon wieder eine Lüge«, zerschlug Fargard die Ausrede sofort. »Ihr hättet niemals eine agarsienische Galeere für Eure Fahrt benutzen dürfen.« Er musterte Fiorell. »Ich schätze, Ihr seid einer der Spione von König Perdór.«

»Und da Ihr weder Rogogarder noch Palestaner noch Agarsiener seid, sage ich Euch auf den Kopf zu, dass Ihr aus Serusien stammt«, behauptete Fiorell, als sei er sich dessen sicher. »Nordserusien, wahrscheinlich aus der Gegend, die an die Baronien grenzt. Sonst wärt Ihr nicht so weiß, dass Euch die Sonnen verbrennen.«

Fargard lächelte. »Respekt. Ihr liegt fast richtig.« Er reichte Fiorell den Bart zurück. »Hier, drückt ihn wieder an, und Ihr gebt mir meinen.« Er zeigte auf die Straße. »Suchen wir uns ein Plätzchen zum Sitzen und Erzählen?«

»Ich habe nicht vor, mit Euch die Gründe meines Hierseins zu besprechen. Ihr wisst, dass Spione Geheimnisse voreinander haben?«, erwiderte er mit einem Augenzwinkern und warf ihm den hellen Bart zu.

»Das ist wahr.« Fargard schob ihn an seinen rechten Platz, das Gestrüpp hielt. »Im Gegensatz zu Euch bin ich schon länger in No-Phos. Ich könnte Euch meine Hilfe anbieten, damit Ihr nicht zu sehr auffallt.«

Fiorell dachte darüber nach, warum sich die Serusier nach Angor aufmachten. Sie waren keine Seemacht und besaßen wie Aldoreel nicht einmal einen Zugang zum Meer. »So lange könnt Ihr nicht hier sein, nach der Schwere Eures Sonnenbrandes zu schließen.«

»Gewöhnlich trage ich ein hochgeschlossenes ... Hemd.« Fargard half Fiorell, den langen schwarzen Bart anzulegen. »Wie sieht es nun aus? Wollt Ihr oder wollt Ihr nicht? Ich zwinge Euch nicht.«

»Serusien sendet Euch, um die Lage in Angor zu sondieren.« Er fand die Nähe des Spions gar nicht einmal so unangenehm und sprach seine Überlegungen laut aus. »Euer Land ist Tersions nördlicher Nachbar, und König Fronwar ist wegen der Vorgänge an den Grenzen beunruhigt. Ihr sollt herausfinden, was man in der Heimat des Kaisers Nech redet und für Ulldart plant.«

Fargard lachte. »Seht Ihr, ich muss Euch gar nichts erzählen. Ihr kommt von selbst auf die Lösung.« Er hielt ihm die Hand hin. »Wollt Ihr nun mit mir sprechen und einen Shamuk trinken?«

»Einen was?«

»Shamuk. Ein leichter Wein, nichts Gefährliches wie Pasacka-Saft oder etwas derart Gemeines.«

Fiorell dachte sich, dass es eine gute Gelegenheit sei, den Serusier nach ein paar Gläschen eindringlicher auszuhorchen, um noch mehr zu erfahren. Bislang besaß er nicht mehr als seine Vermutungen. Daher schlug er ein und spürte die warme, weiche Haut. Da war es wieder, das ungewohnte Gefühl von Interesse an einem Mann. »Was soll's.«

Sie suchten sich eine Taverne mit Blick auf den Kaiserpalast, bestellten Shamuk und Wasser, Fargard orderte außerdem Kleinigkeiten zum Essen.

Der Wirt brachte ihnen ein Tablett voller kleiner Schälchen

mit eingelegten und in Öl ausgebackenen Köstlichkeiten, dazu reichte er Soßen und frisches Brot.

»Hättet Ihr die Güte zu verzeihen, dass ich zuerst meinen Hunger stille?«, bat Fiorell und sah auf die unbekannten, aber sehr lecker duftenden Speisen.

»Sicherlich. Ich erkläre Euch, was Ihr Euch gerade zwischen die Zähne schiebt.« Fargard langte ebenso zu und versah die Bissen mit kleinen Erklärungen, bis er merkte, dass Fiorell ihn eingehend betrachtete. »Was ist?«

»Ich frage mich, ob wir nicht einen Pakt eingehen sollen«, eröffnete er. »Wir haben die gleiche Aufgabe, nämlich über das Wohl unserer Heimat zu wachen. Das unterstelle ich Euch einfach mal.«

»Da habt Ihr wieder richtig vermutet.«

Fiorell nahm sein Glas. »Was haltet Ihr davon, Fargard – oder wie immer Ihr heißen mögt –, wenn wir uns gegenseitig versprechen, unser Wissen zu teilen?«

Der Serusier hielt mit dem Kauen inne, schluckte den großen Brocken. »Das wäre ungewöhnlich für Spione wie uns.«

»Bedenkt die Vorteile«, lockte ihn Fiorell. »Vier Augen sehen mehr als zwei.«

»Wer sagt Euch, dass ich allein bin?«, gab er zurück, nahm sein Glas und stieß schwungvoll an. »Ich bin dabei. Jedes Geheimnis, das ich erfahre und das Ulldart dient, werdet Ihr zu hören bekommen. Alle anderen«, er leerte den Shamuk mit einer raschen Bewegung in den Mund und schluckte, »behalte ich da, wohin der Wein gerade lief.«

Fiorell grinste und leerte sein Weinglas ebenfalls. »So soll es sein.«

»Dann mache ich den Anfang.« Fargard rülpste. »Ich bin seit vier Wochen in No-Phos«, begann er seine Erzählung. »In der

Tat fürchtet mein Herr Fronwar und Fürst Arl von Breitstein, dessen Fürstentum entlang der Grenze liegt, dass sich Kaiser Nech mehr holen möchte als ihm zusteht. Die Grenze von Tersion zu Serusien ist zwar nicht unüberschaubar, doch für gelegentliche Überfalle ausreichend lang. In der Nähe liegen wertvolle Diamantenminen. Meine Aufgabe ist es, jede Art von Truppenbewegung zu melden, weil No-Phos als Sammelpunkt der Seestreitkräfte gilt. Jedenfalls war er das früher aufgrund einer günstigen Meeresströmung in Richtung Ulldart.« Fargard nahm sich ein teigummanteltes Krabbenstück und tunkte es in die braune Soße. »Ungefähr einen halben Tagesmarsch von hier im Westen liegt ein Hafen, der für das Heer angelegt worden ist. Dort ist die Flotte stationiert, die einst Alana gehörte und ein Geschenk des alten Kaisers war.«

»Und?« Fiorell nahm sich etwas, das einmal eine Frucht gewesen sein mochte, bevor sie mit Ölen und Gewürzen behandelt worden war. Sie schmeckte herrlich kräftig, süß und scharf zugleich. Das ideale Geschenk, um Perdór reinzulegen.

Fargard schüttelte den Kopf. »Es tut sich nichts, weder in No-Phos noch bei den Soldaten.«

»Wie merkwürdig.« Fiorell schaute zum Palast. »Dabei hat Nech angekündigt, eine Flotte nach Ulldart zu entsenden.«

»Hier stach keine einzige Galeere in See«, betonte Fargard nochmals. »Mich als Serusier beruhigt das ungemein.« Er wählte ein eingelegtes Stückchen Fisch, an dem eine Marinade aus hellen Körnern und dunkler, siruppartiger Soße haftete. »Erzählt mir von dem, was sich zu Hause ereignet. Vielleicht kann ich es mit dem in Einklang bringen, was ich ansonsten beobachtet habe.«

Fiorell berichtete von Nechs Bündnis mit den Ničti, der bevorstehenden Vernichtung Kensustrias und den Entwicklungen in Tersion, wo ein Aufstand stattgefunden hatte. »Wie er verlaufen ist, weiß ich nicht. Nech wird ihn blutig niederschlagen, fürchte ich. Perdór hat sich sicherheitshalber von dort abgesetzt, und mein Weg führte mich nach No-Phos«, endete er.

Fargard blinzelte ihn an, er sah überrascht aus. »Wollt Ihr damit sagen, dass der Kaiser noch immer in Baiuga verweilt?«

»Wo sollte er sonst sein? Verließe er Tersion, würde man es als Schwäche auslegen.«

»Sehr eigenartig.« Fargard zeigte auf die blutrote Standarte, die über dem Palast wehte und auf der die von einer Raubkatze gehaltene Doppelsonne zu sehen war. »Weil die Fahne besagt, dass der Kaiser in No-Phos verweilt. Nach allem, was ich hörte, nahm ich an, Nech sei zurückgekehrt, um seine Truppen persönlich nach Ulldart und gegen Kensustria zu führen.«

»Dann müsste er mich überholt haben. Wir nahmen die unmittelbare Route nach Angor, damit hätten wir ihn auf jeden Fall sehen müssen.« Fiorell leerte seinen Shamuk und stand auf. »Kommt, Fargard. Wir statten dem Kaiser – oder wer auch immer auf seinem Thron sitzt – einen Besuch ab.«

Fargard warf ein paar Münzen auf den Tisch und folgte dem Mann, der sich frech auf die Residenz des Kaisers zubewegte. »Und wie soll das gelingen?«

»Wir sind Spione, Fargard. Wir lassen uns etwas einfallen«, lachte Fiorell.

Der Palast wurde über eine hundert Schritt lange, und sieben Schritt breite Treppe betreten. Alle zwanzig Stufen gab es kleine Plattformen, auf denen jeweils vier Wachen standen. Den Aufgang sicherten gleich zehn Krieger in den bekannten weißen Rüstungen.

Das Gebäude dahinter war eine dreiseitige, geschätzte einhundert Schritt hohe, weiße Pyramide, an deren Seiten halb so große Türme errichtet worden waren. Von den Türmen und bis zur Spitze der Pyramide spannten sich Seile, an denen Wimpel und Fahnen flatterten.

Die Seiten des Bauwerks waren überwiegend glatt gestaltet, in symmetrischen Abständen zeigten sich riesige Angorstatuen, die den Gott mal als Krieger und mal als ein edles Raubtier darstellten. Am Ende der Treppe im unteren Drittel des Bauwerks wartete ein gigantisches Tor, das offen stand und vor dem wiederum zehn Wachen ausharrten.

»So etwas sucht man in Ulldart vergebens«, meinte Fargard bewundernd. »Ich war schon ein paarmal hier, aber es beeindruckt mich jedes Mal von neuem.« Er schaute zu Fiorell. »Und nun?«

»Fragen wir nach dem Kaiser.« Er ging auf die Wachen zu, breite Angorjaner in einem schweren Kürass und mit gebogenen Schwertern, die sich am Ende verbreiterten; das Metall der Rüstung war Weiß bemalt worden, um die Sonne zu reflektieren und zu verhindern, dass der Träger des Panzers sich überhitzte. Aus dem gleichen Grund trugen sie weiße, mit vielen dünnen Luftschlitzen versehene Helme. Fiorell verneigte sich vor ihnen, Fargard tat es ihm nach. »Verzeiht, dass ich Euch anspreche. Wir kommen von weit her und haben ein dringendes Anliegen, das wir mit dem Kaiser besprechen wollen.«

Einer der Wächter drehte den Kopf zu ihm, dann trat er nach vorne. »Der Kaiser ist nicht hier.« Er zeigte auf einen Kasten, der mitten auf dem Platz hinter ihnen stand. »Schreibt Euer Anliegen auf und werft es da hinein. Wenn es ihm wichtig erscheint, wird man Euch in Kenntnis setzen.«

Fiorell verneigte sich. »Wie schade, dass wir ihn nicht in

seiner ganzen Gestalt sehen.« Er zeigte auf die Standarte auf der Spitze der Pyramide. »Ich dachte, das bedeutet, dass er im Palast verweilt?«

»Es bedeutet, dass ein Mitglied der kaiserlichen Familie im Palast verweilt«, stellte der Wächter richtig.

»Kann man denn mit diesem sprechen?«, bohrte Fiorell unterwürfig weiter. »Er könnte unser Anliegen dann dem Kaiser vortragen und sicherlich schneller Gehör finden als ein Wisch unter Tausenden.«

»Heute Mittag wird es auf dem Platz«, der Wächter hob seinen Speer und zeigte hinter die beiden, »eine Opferung zu Ehren Angors geben. Da könnt Ihr ihn sehen. Aber nicht sprechen. Schreibt Eure Angelegenheiten auf wie alle anderen.« Er bedachte sie mit einem verächtlichen Blick. »Geht Eurer Wege, Fremde.«

Fiorell verneigte sich wieder und zog sich rückwärts gehend zurück.

»Das war aber nichts, lieber Spionfreund.« Fargard grinste. »Was nun?«

»Ihr könnt es entweder besser machen oder mit mir zusammen in dieser kleinen Taverne warten, bis wir das Mitglied der kaiserlichen Familie zu Gesicht bekommen.« Fiorell sah die Unterredung nicht als Rückschlag an. »Was habt Ihr aus dem Wortwechsel entnommen?«

»Dass er Euch gern verprügelt hätte und es nicht mag, von Fremden angesprochen zu werden«, meinte Fargard. Sie kehrten auf ihre alten Plätze zurück, ihre Getränke und Speisen waren noch nicht abgeräumt worden.

Fiorell nickte. »Genau.« Er hob die Arme und deutete um sich herum. »Habt Ihr irgendwo einen Hinweis darauf gefunden, dass in No-Phos der Tod des Kaisers betrauert wird?«

Fargard verzog den Mund. »Hm. Ich dachte, sie hätten mit der Trauer bereits abgeschlossen, weil sie schon einen neuen Kaiser haben.«

Der Wirt kehrte zu ihnen zurück, räumte das Essen auf das Tablett und reinigte den Tisch. »Was darf ich bringen?«

Fiorell schaute den Angorjaner an. »Guter Mann, wir waren noch nicht fertig!«

»Ihr habt bezahlt, seid aufgestanden und wieder hergekommen. Damit seid ihr neue Gäste.« Er sagte das sehr teilnahmslos. »Also?«

»Das Gleiche wie eben«, brummte Fiorell, weil er sich an die Regel erinnerte, sich nicht auf Dispute mit Einheimischen einzulassen.

»Sehr gern.« Der Wirt nahm die gestapelten Schälchen und baute sie wieder auf dem Tisch auf. »Bitte sehr.« Dann grinste er, während die übrigen Gäste mehr oder weniger laut lachten. Sie freuten sich über die Lektion, die den Fremden erteilt worden war.

»Ist die Freude denn erlaubt, wo Ihr den Tod des Kaisers zu betrauern hättet?«, rief Fiorell scharf und bemühte sich, empört zu klingen. »In Tarpol ehrt man die Toten.«

Die Stirn des Wirtes legte sich in Falten. »Was erzählst du da, du Irrer? Unser Kaiser ist schon lange tot, wir müssen nicht mehr um ihn trauern.«

»Oh, wenn Ihr drei Monate für eine lange Zeit erachtet, mögt Ihr Recht haben.«

Wortlos nahm er ihnen Essen, Shamuk und Wasser weg. »Ihr geht besser, Fremde. Ich möchte nicht, dass der Wahn, den ihr mit euch tragt, auf mich und meine Freunde übergeht.« Er stemmte die Hände in die Hüften. »Verschwindet. Und vergesst nicht zu zahlen.«

Fargard legte sofort das Geld auf den Tisch, er kannte die goldenen Regeln ebenso. »Verzeiht uns.«

»Wann ist der Kaiser denn gestorben?« Fiorell stand auf. »Rechnet man auf Angor anders als auf Ulldart?«

»Ibassi Che Nars'anamm ging vor mehr als einer Wende zu Angor.« Er strich die Münzen ein und ließ sie stehen.

Fiorell und Fargard tauschten Blicke. Beide wussten die Bemerkung genau einzuordnen. Eine angorjanische Wende entsprach einem ulldartischen Jahr.

Kontinent Ulldart, Königreich Ilfaris, Herzogtum Turandei, Spätwinter im Jahr 1/2 Ulldrael des Gerechten (460/461 n.S.)

Die Götter seien gelobt, dass Ihr wohlbehalten angekommen seid.« Ein in blauem Brokat bekleideter Perdór saß in seinem Arbeitszimmer, ihm gegenüber hockten Tokaro, Estra und Lorin. Das gerüstete Sumpfwesen namens Gàn hatte es sich auf dem Fußboden bequem gemacht und befand sich trotz des Schneidersitzes immer noch in Augenhöhe mit dem König.

Zuerst hatte die Inquisitorin und dann der Ritter von der Flucht bis zu den Geschehnissen auf der Burg erzählt; auch Lorin trug sein Anliegen dem König vor und hoffte im Stillen, dass dieser als Schiedsgericht fungierte und von Tokaro verlangte, nach Bardhasdronda zu gehen. Nur Gàn schwieg.

»Sie sind hier.« Perdór schaute sie der Reihe nach an. »Ein

Teil des Priesterrates ist hier, um sich bei Euch zu entschuldigen und zu verhandeln.«

Tokaro lachte auf. »Sicher, König. Sie schwören Euch alles, damit Estra ihnen beisteht und ihr Land rettet. Danach werden sie sich nicht mehr an das Versprochene erinnern und sie töten.«

Perdór legte den Kopf zur Seite. »Ich hatte nicht den Eindruck, dass sie einen derartigen Betrug wagen würden.« Er nahm ein Blatt Papier und las die neueste Kunde vor. »Die Ničti haben ihre Offensive begonnen und sich auf dem vorspringenden südöstlichen Zipfel Kensustrias sofort festgesetzt. Die Angorjaner beteiligen sich mit einem kleinen Kontingent an dem Angriff, um ihren Anspruch auf das Land zu sichern, nachdem die Ničti alles vernichtet haben.« Er sah Estra in die Augen. »Ihr würdet – und das gebe ich offen zu – auch Ulldart einen großen Gefallen tun, wenn Ihr mit den Ničti verhandelt und eine Einigung erreicht. Ihr erspart den Königreichen eine Entscheidung darüber, ob sie in den Krieg eingreifen müssen oder nicht, Inquisitorin.« Er lächelte, weil er sah, dass die junge Frau erbleichte. »Ja, Ihr tragt derzeit die größte Verantwortung auf Ulldart. Kein Herrscher steht vor schwierigeren Entscheidungen als Ihr.« Seine Finger deuteten auf Lorin, Tokaro und Gàn. »Wollt Ihr lieber allein nachdenken? Sollen wir gehen?«

»Nein«, erwiderte sie rasch. »Das Alleinsein wiegt schwerer.« Sie schluckte. »Ich suchte Rat bei Euch, Perdór, was ich tun soll.«

»Ich sagte, was mir wichtig erschien. Entscheiden werdet Ihr Euch ganz allein.«

Estra zögerte. Wie gern hätte sie nach Tokaros Hand gegriffen, aber die Reise nach Ilfaris war in einer Stimmung verlaufen, die nicht für eine Versöhnung sprach. Sie sah die Eifersucht in seinen Augen, die sich durch nichts, was sie tun und sagen würde, besänftigen ließ. Eifersucht und etwas anderes.

Auch wenn sie den Zwist bedauerte, gönnte sie ihm gleichzeitig das Wechselbad der Gefühle ein wenig, da er es ihrer Ansicht nach für seine großspurige, selbstherrliche Ritterart verdiente. Sie hatte ihm das eigenmächtige Handeln an der Leiche ihrer Tante nicht verziehen. »Schickt die Priester herein«, bat sie Perdór und stand auf. »Ich möchte ihre Vorschläge hören.«

Tokaro zog die aldoreelische Klinge und erhob sich, um sich schräg vor Estra zu stellen; Gàn sprang auf die Beine und schob sich neben sie. Dabei stießen seine Hörner gegen einen der Deckenleuchter, und es klirrte leise.

Perdór lächelte. »Bessere und eindrucksvollere Leibwächter wird es auf Ulldart nicht mehr geben.« Er winkte einem Bediensteten zu, der hinausging und die Kensustrianer hereinholte.

Lorin kam sich überflüssig vor – wie so oft in den letzten Wochen seit seiner Ankunft. Keiner sorgte sich wirklich um Kalisstron, nicht einmal König Perdór. Er selbst dachte unentwegt an Jarevrån, an seine Freunde, die den Qwor mehr oder weniger ausgeliefert waren, während er sich mit jedem neuen Tag vertrösten lassen musste. Lorin fürchtete, dass er am Ende zu spät in seine Heimat zurückkehren und ein Land in Trümmern vorfinden würde.

Er blieb sitzen und drehte den Oberkörper, um nach der Delegation zu sehen. Für ihn sahen sie aus wie eine bunte Horde von Schaustellern. Jeder trug andere Kleidung und war mal mit, mal ohne Schmuck behangen; in den Händen hielten manche einen Stab, ein Zepter oder ein anderes Zeichen ihrer Würde. Eine Kensustrianerin trug gar nichts, sondern hatte ihren bloßen Leib mit dunkelblauer Farbe bedeckt. Mit Farbe und Diamanten, die in einem bestimmten Muster angebracht waren. Lorin sah genauer hin. Sie waren mit dünnen Fäden ins Fleisch eingenäht!

Fünf Schritt vor Estra bedeutete Tokaro mit erhobener Hand der Delegation zu verharren. »Kensustrianer, ich warne euch«, sagte er gebieterisch. »Eine falsche Bewegung, ein Zucken nur, und mein Freund und ich nehmen eure Leben, so wie ihr danach getrachtet hattet, uns umzubringen. Ich gewähre keine Gnade. Nicht mehr. Nicht gegen euch.« Er schaute zu Estra, als wolle er ihr stumm die Erlaubnis erteilen, mit der Unterredung zu beginnen.

»Wir werden in Ulldart reden«, sagte sie. »Alle im Raum sollen verstehen, worüber wir verhandeln. König Perdór ist Zeuge.«

Die diamantane Kensustrianerin trat vor. »So sei es. Ich bin Imissa, die Sprecherin der Abordnung.«

»Dann hört meine Forderung.« Estra musterte die vielen kensustrianischen Gesichter, auf denen sie Abscheu las. Abscheu und Wut. »Ich verlange, dass Ammtára bestehen bleiben darf, wie es ist. Und zwar so lange, wie es als Stadt existiert. Kein Kensustrianer wird jemals einen Feldzug gegen Ammtára oder seine Bewohner unternehmen, nicht heute, nicht morgen und nicht in der allerfernsten Zukunft. Außerdem«, sie beobachtete Imissa, »lasst ihr mich in Ruhe. Wenn ich nach Kensustria komme, tue ich das aus eigenem Willen. Ohne Drohung oder Zwang gegen mich oder Menschen und Wesen, die mir nahe stehen.«

Imissa nickte. »Ich habe es vernommen.« Sie wandte sich

zu ihren Priesterfreunden, senkte die Stimme und sprach auf Kensustrianisch auf sie ein.

»Was denkst du?«, raunte Tokaro ihr zu.

»Dass sie annehmen werden«, kam die Antwort von Perdór. »Jede Ablehnung bedeutet den Untergang ihres Reiches.«

Imissa drehte sich um. »Auch wir haben Forderungen«, verkündete sie die Ansicht der Delegation. »Wir werden alle deine Auflagen erfüllen und werden sie schriftlich festhalten, um einen Schwur bei allen Göttern zu leisten. *Falls* deine Verhandlungen mit den Ničti erfolgreich sind.«

»Was verstehst du unter erfolgreich?«, fiel ihr Tokaro hart ins Wort. »Ein Erfolg wäre für mich, wenn ein Teil Kensustrias bestehen bleibt.«

»Für uns bedeutet es, dass Kensustria in seinen Grenzen bestehen bleibt, wie es vor dem Angriff der Ničti war.« Imissa schaute ihn nicht einmal an und machte deutlich, was sie von seiner Einmischung hielt. »Alles andere können wir keineswegs akzeptieren. Die Ničti müssen sich vollständig zurückziehen und in ihre Heimat verschwinden.«

Estra wollte zustimmen, da erschien Perdór an ihrer Seite. »Ihr hattet mich vorhin um Rat gebeten. Ich denke, dass es nun an der Zeit ist«, flüsterte er. »Dass sich die Ničti zurückziehen, wird möglich sein. Jedoch gibt es keinerlei Grund, ihnen zu verbieten, dass sie sich in einem anderen Königreich niederlassen. Wobei ich nur für Ilfaris sprechen kann.«

»Ihr wollt sie als Druckmittel im Land behalten, Majestät?«, grinste Tokaro. »Das ist gut. Das wird die Grünhaare zähmen.«

Estra wunderte sich über die Haltung ihres Gefährten. Er schien zu vergessen, dass sie zur Hälfte dem Volk angehörte, dem er mehr und mehr unversöhnlich gegenüberstand – auch wenn sie die Gründe nachvollziehen konnte. Dennoch traf es sie, wie er sprach. »Ihr meint, Majestät, dass wir nur das Abziehen versprechen können?«

»Eigentlich können wir gar nichts versprechen«, raunte er. »Fragt einmal, was geschieht, wenn die Verhandlungen mit den Ničti scheitern.«

Estra gab die Frage laut weiter.

Imissa zeigte auf die Karte von Ulldart. »Dann wird unsere größte Anstrengung darin liegen, die verfluchte Stadt dem Erdboden gleichzumachen. Es wird einen Marsch auf Ammtára geben, wie ihn der Kontinent nicht gesehen hat. Jeder Einwohner unserer Heimat wird aufbrechen, um die Mauern und die Lästerung ... das Böse auszumerzen.«

»Um im Pfeilhagel der Ničti und der Verteidiger der Stadt unterzugehen?«, stieß Tokaro aus. »Was brächte der Unsinn? Ihr würdet sterben, und die Stadt würde neu aufgebaut werden.«

Imissa zeigte auf Estra. »Wir würden sie vorher umbringen und das Amulett vernichten. Damit gäbe es nichts mehr, was die Ničti auf Ulldart hielte. Ammtára hätte seine Bedeutung verloren.« Sie lächelte grausam. »Ich bin mir sicher, dass noch mehr Ničti übers Meer kämen, um sich für den Verlust des Heiligtums und des Amuletts zu rächen. Sie würden Ulldart zur Strafe auslöschen. Von daher ist es schon aus vielerlei Gründen ratsam, dass du Erfolg hast, Estra.«

»Aber ihr würdet hinnehmen, dass ich weiterhin auf Ulldart lebe und Ammtára bestehen bleibt?«

»Ja«, entgegnete Imissa sofort. »Der Fortbestand Kensustrias ist uns wichtiger.«

Tokaro lachte auf. »So leicht kam noch keine Lüge über die

Lippen.« Er drehte sich zu Estra. »Ich glaube ihnen kein Wort und keinen Schwur, den sie leisten würden. Aus irgendeinem Grund benötigen sie Zeit, das ist meine Ansicht. Vielleicht haben sie einen Boten ausgesandt, der ihnen Verstärkung aus ihrer Heimat bringt, um danach Ammtára auszulöschen?« Er hob das Schwert und deutete damit auf die Delegation. »Ich glaube *keinem*, weder den Ničti noch den Kensustrianern. Dir rate ich, das Gleiche zu tun.«

»Was wäre der Schluss daraus? Ich sollte mich verbergen und Ulldart einen Krieg ausfechten lassen, für den es nichts kann?« Estra starrte ihn an. »Das ist nicht dein Ernst!«

»Weswegen nicht? Wir wären beide los und könnten in Frieden leben«, hielt er ihr vor Augen. »Ohne Grünhaare.«

»Welche Garantien verlangst du?«, schaltete sich Imissa besorgt in die Unterhaltung ein. »Sollen wir Geiseln stellen? Nenne die Bedingungen, Estra. Wir erfüllen alles.«

»Wie wäre es, wenn ihr Ulldart verlasst?«, schlug Tokaro vor, ehe seine Gefährtin etwas sagte. »Du, Imissa, hast nur verlangt, dass Kensustria bestehen bleibt. Von den Einwohnern sagtest du nichts. Geht und kehrt nie wieder, und wir lassen das brache Land unangetastet.«

Alle schauten den Ritter, der mit gerecktem Kinn und herrschaftlicher Pose im Raum stand, verblüfft an. Es dauerte zwei Lidschläge, dann brach der Tumult in der Abordnung los, und alle redeten durcheinander und laut auf Imissa ein.

»Es scheint, als verstünden alle Kensustrianer unsere Sprache«, merkte Perdór seufzend an. »Wie schön.«

Estra wirbelte herum, starrte Tokaro an. »Kannst du nicht einfach den Mund halten?«, fauchte sie. »Sieh, was du angerichtet hast, du ach so großartiger Ritter und Diener Angors!«

Trotzig blickte er auf sie herab. »Ich habe nichts angerichtet. Sollen sie sich die Köpfe heiß reden, es schadet nicht. Sie brauchen uns, nicht wir sie.«

»Sie brauchen *mich!*«, zischte sie. »*Du* kannst ihnen herzlich gleichgültig sein, und das werde ich ihnen sagen müssen, ehe wir wegen deiner losen Zunge einen Krieg heraufbeschwören.« Sie hob die Arme, um die Aufmerksamkeit auf sich zu lenken, und schritt auf die Wolke aus aufgeregten Kensustrianern zu. »Hört nicht auf ihn«, rief sie, um das Stimmengewirr zu übertönen.

Imissa schoss herum, einer der Priester warf ihr etwas zu – und Tokaro handelte.

»Gàn, ein Anschlag!« Blitzschnell stand er vor Estra und schwang die aldoreelische Klinge. Leise sirrend schnitt sie durch die Luft, blitzte im Schein der Sonnen und durchtrennte den Unterarm der Kensustrianerin. Die Hand fiel auf den Teppich, das aus dem Stumpf sprudelnde Blut spritzte umher.

Gàn handelte auf den Ruf des Ritters hin. Er hatte eine weitere schnelle Bewegung in dem Getümmel ausgemacht und schleuderte seinen langen Spieß.

Die Klinge bohrte sich durch drei Kensustrianer, als bestünde ihr Inneres aus Luft, ehe sie ihren Schwung verlor und in einem vierten stecken blieb. Tot und miteinander verbunden stürzten sie nieder. Solch durchschlagende Wucht brachten sonst nur Katapulte auf.

»Bleibt ruhig oder ich setze fort, was wir begonnen haben!«, schrie Tokaro und hielt das Schwert mit beiden Händen seitlich vom Körper und bereit zum Schlag. »Ihr hinterhältigen Ausgeburten eines unbekannten Gottes! Ich sollte euch für eure Falschheit alle ausrotten!«

Lorin war ebenfalls aufgesprungen und stand seinem Halbbruder bei. Er schaute auf Imissas abgeschlagene Hand, in der ein Schmuckstück glänzte, und nahm es auf. Es war ein unterarmlanger, schwerer Schlüssel, der in ein kompliziertes Schloss passte.

Imissa sank in diesem Augenblick in sich zusammen. »Ein Pfand«, hauchte sie und rang mit dem Schock, den ihr die Verletzung zugefügt hatte. »Wir wollten ein anderes Pfand anbieten: der Haupttempel von Intwesh zu Khòmalîn, das größte Heiligtum Kensustrias. Wir wollten niemals ...« Sie verdrehte die Augen und kippte nach hinten. Lorin zog den Gürtel aus seiner Hose und band den Unterarm ab, damit sie nicht mehr Blut verlor.

Betroffen starrte Tokaro auf Imissa und die fünf scheinbar leblosen Hohepriester. »Es tut mir Leid«, sagte er leise. »Angor ist mein Zeuge, ich dachte, dass sie versuchen ... Ich hatte sie gewarnt.« Er blickte zu Estra, die nicht weniger entsetzt schaute wie er. »Ich dachte, es sei ein Anschlag, um an dich und das Amulett zu gelangen.«

Perdór schrie nach seinem Cerêler und betrachtete die Kensustrianer, die stocksteif standen. Gàn hielt sie allein durch sein Aussehen daran zu handeln. Durch sein Aussehen und die Kraft, die er soeben unter Beweis gestellt hatte.

»Ich akzeptiere«, sprach Estra mit Zittern in der Stimme. »Geht nach Kensustria und berichtet, dass ich eure Bedingungen angenommen habe.«

»Was?« Tokaro warf ihr einen Blick zu, der sie eine Verräterin schalt.

Sie schritt an ihm vorbei und kniete sich neben Lorin und Imissa, betrachtete die Wunde der Kensustrianerin und sah von unten zu den Hohepriestern auf. »Ich bedaure zutiefst, was geschehen ist, kann es jedoch nicht gutmachen. Nehmt meine aufrichtige Entschuldigung an.«

Perdór trat neben sie. »Ich werde alles veranlassen, um Imissa zu retten. Geht jetzt, bitte. Wir kümmern uns um die Verletzten.«

Lorin hatte die Blutung durch Abbinden des Armes aufgehalten, Estra half ihm, den Stumpf mit einem sauberen Tischtuch zu verbinden.

Tokaro stand über ihnen; das Blut der Kensustrianerin troff von der aldoreelischen Klinge auf den Boden. Er sah seinen Halbbruder und seine Gefährtin nebeneinander knien, wie sie Hand in Hand arbeiteten. Sie bedachte Lorin mit einem langen, nachdenklichen Blick, danach schaute sie zu ihm hinauf und schüttelte den Kopf. »Ich hatte mit Dank gerechnet«, flüchtete er sich in den bekannten Trotz, »nicht mit einem stummen Vorwurf.«

»Dank wofür?«

»Dass ich dir das Leben gerettet hätte.«

Estra rollte mit den Augen. »Dann nimm meinen Dank, dass du und Gàn um ein Haar jede Verhandlung mit den Kensustrianern unmöglich gemacht habt.« Sie zeigte auf die bewusstlose Imissa. »Sie wird sicherlich auch Worte der Anerkennung für dich finden, Herr Ritter.«

Lorin legte ihr die Hand auf den Unterarm, um sie zu zügeln – doch die Geste wurde von Tokaro in seinem erregten Zustand gründlich missverstanden.

»Wagt ihr es endlich, euch vor aller Augen zu zeigen? Aber ich weiß es schon lange. Denkst du, ich merke nicht, was zwischen euch beiden geschieht? Ich sah die Umarmung auf der Burg, ich erkenne die Blicke, die ihr tauscht.« Er ging zwei Schritte zurück. »Du bist mir ein feiner Halbbruder! Kommst hierher, verlangst nach meiner Hilfe und raubst mir meine Gefährtin.« Er bedachte Estra mit einem verächtlichen Blick.

»Nimm ihn dir, wenn er dir lieber ist. Ich gebe dich frei.« Er deutete mit dem Finger auf Lorin. »Und du: Rette deinen Kontinent selbst. Auf mich wirst du nicht mehr zählen können.« Tokaro wandte sich um und verließ das Arbeitszimmer, Gàn folgte ihm.

Perdór schaute ihm verdutzt hinterher. »Die Ritter Angors sind anscheinend alle ähnlich veranlagt«, brummte er dann und winkte den eintretenden Cerêler zu sich. Dieser untersuchte die Kensustrianer und stellte bei zweien von ihnen den Tod fest, die anderen lebten noch, wenn er auch nicht zu sagen vermochte, wie lange. Lediglich für Imissa sah er es als sicher an, dass sie die Verwundung überstand.

Lorin und Estra erhoben sich. »Glaube mir, ich hatte niemals die Absicht, dir näher zu treten. Mein Halbbruder ist zu eifersüchtig, um das zu erkennen. Ich habe eine wundervolle Frau, die auf mich wartet, und ...«

Estra nickte. »Es ist schon gut. Ich kenne Tokaros Launen. Er wird sich wieder beruhigen. Und ich bringe ihn dazu, mit dir zu gehen.« Absichtlich vermied sie es, ihn dabei anzuschauen und jegliches Interesse an ihm zu leugnen. Sie fand Lorin auf eine seltsame Art durchaus anziehend. Er war erwachsener, vertrauenswürdiger.

»Ich bin mir nicht mehr sicher, ob es dir gelingt.« Lorin blickte entmutigt zu Perdór. »Ihr habt meine Erzählung gehört, Majestät. Ich bitte Euch: Sprecht mit ihm! Oder ... befehlt ihm, mir zu helfen!«

»Ich kann ihm nichts befehlen, Lorin. Mit diesem Wunsch müsstest du dich an den Großmeister des Ordens der Hohen Schwerter wenden«, gab ihm Perdór den Hinweis. »Sich ihm zu verweigern, wird er nicht wagen.« Er stockte. »Sagen wir, er wird es sich sehr genau überlegen. Es wäre der einzige

Ausweg, wenn Estra mit ihren Überredungskünsten versagen sollte.« Er befahl seinen Bediensteten, Gàns Speer mit einer Säge zu zerteilen und die Verletzten wegzubringen. »Ich weiß, dass es in deinen Augen so aussehen muss, als kümmerten wir uns nicht um das Schicksal von Bardhasdronda. Dem ist nicht so.« Er legte ihm die Hand auf die Schulter. »Lass uns zuerst unsere eigenen Probleme auf Ulldart lösen.«

»Aber dann wird es zu spät für meine Heimat sein. Ich … spüre, dass sie bereits in höchster Gefahr schwebt. Meine Ängste erhalten mit jedem Tag, den ich untätig auf Ulldart verbringe, neue Nahrung und foltern mich. Und der Mensch, der vermutlich die beste Waffe gegen die Qwor ist, verweigert mir seine Hilfe wegen kindischer Eifersucht«, entgegnete Lorin niedergeschlagen. »Aber ich gebe nicht auf. Wo finde ich den Großmeister?«

Perdór sagte es ihm und reichte ihm einen Umschlag. »Darin ist ein Empfehlungsschreiben von mir. Es wird dir dein Anliegen erleichtern. Ich wünsche dir den Segen Ulldraels und Kalisstras. Ich verspreche, dass ich die Königreiche ein weiteres Mal auf die Vorgänge um Bardhasdronda aufmerksam machen werde. Ihr habt dem Kontinent beigestanden, als wir in großer Gefahr waren, also helfen wir euch gegen die Qwor. Noch ein wenig Geduld, Lorin.«

»Ich bin Euch dankbar, Majestät.« Lorin verneigte sich und ging hinaus.

Estra blieb bei Imissa und begleitete sie in die Gemächer, um sich bei ihrem Erwachen sofort für das Geschehene zu entschuldigen. Es würde die Hand nicht mehr zum Nachwachsen bringen, aber es lag ihr am Herzen, dass die Kensustrianerin das Bedauern aus ihrem eigenen Mund vernahm.

Danach würde sie mit Tokaro reden. Sie hatte nicht vor, ihre Liebe so enden zu lassen wie die von ihrer Mutter und Nerestro. »Verdammter Sturkopf«, fluchte sie leise. »Angor möge dir Vernunft geben.«

Kontinent Ulldart, Königreich Ilfaris, Herzogtum Turandei, Spätwinter im Jahr 1/2 Ulldrael des Gerechten (460/461 n.S.)

Perdór saß wieder in seinem Arbeitszimmer, das von einer Heerschar Bediensteter geputzt worden war.

Die blutverschmierten Teppiche lagen in großen Bottichen in der Waschküche zum Einweichen, die Flecken auf dem Boden waren restlos verschwunden. Dennoch bildete sich der dickliche König ein, das Blut immer noch riechen zu können. Die Pralinen schmeckten nicht.

Im Schein zahlreicher Kerzen bereitete er die Nachrichten an die Reiche vor, um sie über die Fortschritte in Kenntnis zu setzen.

Es war inzwischen dunkel geworden, der fallende Schnee wurde mehr und mehr zu Regen; die Macht des ohnehin milden Winters wich im Süden des Kontinents am schnellsten.

Bei der Durchsicht seiner Papiere und Zettel fiel ihm auf, dass die letzte Nachricht von Lodrik auf sich warten ließ.

Norina war inzwischen wieder in Ulsar angelangt, wie sie ihm schrieb. Stoiko und Waljakov hatten sie sicher zurückgebracht, wenn auch die Heimreise mit dem Zwischenfall sehr abenteuerlich zu lesen war. *Wer hätte das von den Tzulani gedacht?*

Hoch interessant fand er, dass die Tzulani sich mit ihr verbündet hätten. Zvatochna – oder wie immer sie sich gerade nannte – hatte sich mit ihrem Schlag gegen Vahidin und dessen Mutter zusätzliche Feinde geschaffen. Das machte sie zwar nicht zu Freunden, aber Perdór dachte daran, deren Durst nach Rache auszunutzen. Die Tzulani waren derzeit anfällig für Vorschläge und Bündnisse mit Menschen, die sie vorher nicht einmal angeschaut hatten.

Lenkt man sie in die richtige tödliche Bahn, können wir uns ihrer entledigen und eine weitere Gefahr von Ulldart verbannen. Er sah auf die Landkarte. *Jetzt brauche ich nur noch einen passenden Einfall. Einen Einsatz, bei dem sie ums Leben kommen.*

Es klopfte, und ein Bediensteter trat ein. Hinter ihm folgten drei sehr dünne Männer, zweien von ihnen hatte man Mäntel der Gardisten um die Schultern gelegt; die Kleidung darunter sah zerschlissen und abgetragen aus.

»Kapitän Rudgass! Bardri¢!«, rief Perdór erstaunt und legte die Feder zur Seite. »Und das muss dieser Draufgänger Puaggi sein.« Er stand auf und eilte um seinen Schreibtisch, streckte die Hand aus. »Ich hatte eben an Euch gedacht. Es freut mich, Euch zu sehen!«

Lodrik lächelte kühl. »Seid Ihr sicher, Majestät?«

»Zu mehr als Zweidrittel«, lachte Perdór und schüttelte die Hände der Männer. Er deutete auf die Sessel vor dem Kamin. »Nehmt Platz. Was gibt es Neues über Elenja?« Er orderte heiße Getränke und ein leichtes Mahl für seine Gäste. »Ich möchte alles wissen.« Das Aussehen von Torben gefiel ihm gar nicht. Es war weniger seine dünne Statur als die Leere in seinen Augen. »Oder wäre es vielleicht besser, Euch etwas Ruhe zu gönnen? Es war ein langer Weg aus dem Norden bis zu mir.«

»Nein, das wird nicht notwendig sein«, antwortete Lodrik wie selbstverständlich für alle und sah sich um. »Wo ist Fiorell?«

»Auf einer geheimen Mission, die ihn ordentlich ins Schwitzen bringt, wie ich annehme. Ihr werdet bald mehr darüber erfahren.« Er wartete, bis sie sich gesetzt hatten, und nahm ebenfalls Platz. »Seid Ihr sicher, nicht erst einmal ausschlafen zu wollen?«

»Ganz sicher.« Wieder hatte Lodrik gesprochen. Sotinos nickte trotz der offensichtlichen Müdigkeit in seinem spitzen Gesicht, und Torben blieb apathisch.

Perdór legte eine Hand an die Unterlippe. »Dann fangt mit Eurem Bericht an. Ich hoffe, es ist nichts zu Schreckliches?«

»Ich muss Euch enttäuschen, Majestät.« Sotinos übernahm die Aufgabe, einen Bericht der Vorkommnisse in der namenlosen Stadt zu geben. Als er an die Stelle kam, wo er die untote Varla enthauptete, stockte er.

Perdór hatte aufmerksam zugehört. »Mein tiefst empfundenes Mitleid, Kapitän Rudgass«, sprach er leise. »Es tut mir um Eure Varla unendlich Leid.«

Der Freibeuter hob die Hand, eine müde, abgekämpfte Geste. »Majestät, sie ist nicht vergessen. Ebenso wenig, was ihr über den Tod hinaus von Zvatochna angetan wurde. Ich werde meine Varla rächen. Das ist mein einziges Ziel. Vorher sterbe ich nicht.« Er schaute kurz zu Lodrik, danach blickte er in die Flammen.

»Ich erkundete die Stadt und auch den Strand«, sprach Lodrik weiter, als er sah, dass Sotinos mit den Tränen rang.

Er war sich nicht sicher, ob es das Mitleid für den Freibeuter oder die Erinnerungen an das Erlebte war, die ihn plagten. »Es gab keine Spur von meiner Tochter, dafür jede Menge tote Tzulandrier. Am Strand habe ich Abdrücke eines Kiels und von Stiefeln darum herum gesehen. Ich vermute, sie ist mit dem Boot zu einem Schiff gerudert und geflohen, weil sie nach ihrem Erlebnis in Amskwa ahnte, dass es keinen Sinn macht, die Auseinandersetzung mit mir jetzt schon zu suchen.« Er lehnte sich zurück. »Ich möchte keine Vorhersage abgeben, wohin sie ihr Kurs bringen wird. Eines ist sicher: Aufgegeben hat sie nicht. Sie wird wieder zuschlagen.«

»Was bezweckte sie damit? Mit dem Blut und den Leichen und …«

»Sie hätte sich ein Heer erschaffen, dem es egal ist, mit wie vielen Pfeilen man es spickt«, sagte Lodrik. »Ein Heer aus Untoten. Aber ihr Plan ging nicht auf.«

Perdór presste die Lippen aufeinander, schüttelte sachte den Kopf. Er fand es unvorstellbar, wozu Zvatochna in der Lage war. »Ulldrael sei Dank, dass Ihr an der richtigen Stelle wart. Was habt Ihr mit den vielen Leichen getan?«

Lodrik zeigte auf die Flammen im Kamin. »Mitsamt der namenlosen Stadt.«

Stille breitete sich in dem Raum aus, niemand sprach. Die Männer – zumindest drei von ihnen – verharrten im Gedenken an die Freibeuterin aus Tarvin.

Perdór seufzte schwer. »Es fällt mir nicht leicht, doch es müssen Dinge besprochen werden. Der Thron Borasgotans ist nach den letzten Vorkommnissen, die Ihr mir geschildert habt, schon wieder verwaist. Wie lange wird es dauern, bis sich die Adligen geeinigt haben?«

»Zu lange.« Lodrik faltete die Hände. »Ihr solltet im Land

bekannt machen, was wir über Elenjas wahre Herkunft wissen. Eine Rückkehr muss ihr unmöglich gemacht werden.

»Wahrlich. Nach meinen Erkenntnissen stehen wir vor einem großen Problem. So sehr sich meine Leute in Borasgotan umschauten, es gibt derzeit keinen Adligen, der über genügend Macht besitzt, dass er sich die Krone unwidersprochen nehmen könnte. Der letzte wirklich einflussreiche Adlige war Fjanski, und ihn gibt es bekanntermaßen nicht mehr. Schwierig, schwierig.« Perdór ging im Geiste nochmals die Familien durch, die unter Umständen in Frage kämen, fand aber keinen Kandidaten, bei dem er bedenkenlos zugestimmt hätte. »Entweder sind sie alle unzuverlässig oder zu jung. Oder debil.«

»Wie wäre es mit einem Ausländer?«, schlug Sotinos vor. »Jemand, der bekannt und anerkannt zugleich ist?« Er nickte Perdór zu. »Wie steht es mit Euch, Majestät? Macht Euch doch zu einem Verwalter.«

»Ha, das wäre noch schöner. Noch mehr Arbeit«, lachte der König und schlug die Hände über dem grauen Lockenkopf zusammen. Er bekam einen listigen Gesichtsausdruck. »Aber ich möchte Euren Vorschlag nicht vollends zur Seite kehren.«

»Lasst Norina aus dem Spiel, Majestät«, sagte Lodrik auf der Stelle.

Der König zuckte zusammen. »Holla, bin ich so leicht zu durchschauen?«

»Es war leicht, auf diesen Einfall zu kommen. Norinas Vater kannte genügend Borasgotaner, viele von ihnen arbeiteten bei ihm auf den Feldern, wenn die eigenen Arbeiter nicht ausreichten. Sie kennt die borasgotanischen Eigenheiten.«

»Nicht zuletzt war ihre Mutter Jengorianerin. Wir hätten damit auch die Minderheit des borasgotanischen Volkes im Boot«, fügte Perdór mit einem anerkennenden Grinsen hinzu.

Er sah an Lodriks Gesicht, dass er soeben ein Geheimnis enthüllt hatte. »Ihr ... Ihr wusstet es nicht?«

»Wir haben nie über ihre Mutter gesprochen.« Lodrik sah das Antlitz seiner Gemahlin vor sich. Die Mandelaugen und die hohen Wangenknochen, ein untrügliches Kennzeichen – jedenfalls jetzt, nachdem er davon wusste. Wer das Geheimnis nicht kannte, dachte sich bei ihrem Anblick nichts und betrachtete sie als eine hübsche kluge Frau. Als Tarpolerin. Nicht, dass die Jengorianer nichts galten, aber sie hielten mit ihrem eigenen Geisterglauben viel Misstrauen wach. Sie hatten sich niemals bekehren lassen, weder mit Gewalt noch mit Versprechungen oder durch Gespräche.

Tiefgläubige Anhänger von Ulldraels Lehre weigerten sich, mit Jengorianern zu sprechen. Hatte Norinas Vater Angst gehabt, dass seine Tochter wegen ihrer Herkunft herabgesetzt wurde?

»Nun, wenn Ihr sie das nächste Mal seht, verratet Ihr nicht, dass ich es war, der es Euch sagte«, bat ihn Perdór. »Tut so, als wärt Ihr von selbst darauf gekommen.«

Endlich wurden Tee und eine Auswahl von leichten Nudel- und Süßknollengerichten gebracht und vor den Männern abgestellt; die verschiedenen Soßen verbreiteten einen wunderbaren Geruch, von fruchtig-süß bis zu schwerem Bratenaroma. Sotinos bediente sich, lud auch Torben einen Teller voll und aß.

»Weswegen seid Ihr dagegen, dass die Kabcara ihre Macht über Borasgotan übernimmt? Nicht auf Dauer, sondern als Übergangsregentin?« Perdór ließ das Mahl aus und wartete lieber auf den Nachtisch.

»Weil sie genug mit Tarpol zu tun hat.« Lodrik verspürte ebenfalls keinen Hunger. »Ich vertraue ihr und habe große

Anerkennung vor ihr. Aber zwei Länder zu regieren, erfordert mehr als einen hellen Verstand und ein großes Herz. Man benötigt Vertraute, gewissenhafte Beamte und den Rückhalt der Menschen.«

»Zumindest letzteren wird sie haben, das ist sicher. Tarpol war für die Menschen des einfachen Volkes stets ein Vorbild. Meine wachen Augen und Ohren haben mir mehr als einmal gemeldet, dass sich die Borasgotaner einen Kabcar oder eine Kabcara wünschten, die einen Willen und Hang zur Gerechtigkeit besitzen – so wie Norina.« Der Vorschlag von Sotinos gefiel ihm mehr und mehr. »Meinen Glückwunsch, Commodore. Da kam Euch ein kluger Gedanke. Borasgotan wird nach den Ereignissen eher eine Kabcara Norina annehmen als einen Adligen aus dem eigenen Land.«

»Ich danke Euch für das Kompliment, Majestät«, erwiderte Sotinos mit vollem Mund. »Aber ich bin kein Commodore. Kapitän Rudgass nennt mich so, seit ich einmal gezwungen war, das Kommando auf einem Schiff der Palestanischen Seestreitkräfte zu übernehmen.« Er hatte seinen Teller schon geleert und nahm sich dieses Mal Nudeln mit einer süßen Soße.

»Vergesst Ihr nicht, dass Norina Eurer Idee erst zustimmen muss?«, warf Lodrik ein.

»Sie wird, ich habe das im Gefühl. Schon allein, um Unheil von den Menschen und von Tarpol abzuwenden.« Perdór setzte, noch während er sprach, ein Schreiben auf, in dem er mit eiliger Schrift sein Anliegen schilderte, dann schaute er zu Sotinos. »Auch wenn Ihr kein Commodore seid, *Commodore* Puaggi, so möchte ich Euch eine Fracht anvertrauen.« Perdór siegelte den Brief und schob ihn hinüber. »Esst in Ruhe zu Ende, ruht Euch aus und bringt ihn nach Ulsar, seid so freundlich.«

Es war Sotinos ein wenig peinlich, immer dann angesprochen zu werden, wenn er den Mund voll Essen hatte. »Euer Vertrauen ehrt mich. Es wird eine Zeit dauern, bis ich in die Hauptstadt ...«

»Würde es mit einem Schiff schneller gehen?«, unterbrach ihn der König und lächelte verschmitzt. »Ich hätte noch eines im Hafen dümpeln, das ich derzeit nicht benötige. Irgendein Palestaner hat es vergessen. Es wäre der Lohn für Eure Mühe, die Ihr auf Euch genommen habt.«

»Ihr könntet mich bei dieser Gelegenheit nach Rogogard bringen«, fügte Torben hinzu, der seinen Teller ebenfalls geleert hatte. Mit einem Mal brannte etwas mehr Leben in seinen Augen. »Ich möchte dort ein neues Schiff auftun und Vorbereitungen treffen, bis wir etwas Neues von Zvatochna gehört haben.«

»Und mich könntet Ihr nach Ulsar fahren.« Lodrik hob die Hand. »Ich bin sicher, dass die Winde uns günstig gesonnen sind.«

Sotinos starrte den König an. »Ihr wollt mir ein Schiff anvertrauen?«

»Nein. Schenken, Commodore. Samt der Mannschaft, bis Ihr eine bessere gefunden habt.« Perdór freute sich über den Unglauben des Offiziers. »Ich bin kein Kenner von großen Booten, aber ich habe gehört, es sei sogar flusstauglich. Damit gelangt Ihr bis in die Nähe der tarpolischen Hauptstadt.«

»Danke, Majestät! Ich bin überwältigt!«, stammelte Sotinos.

»Jetzt seid Ihr doch Commodore«, meinte Torben mit einem Grinsen, auch wenn man ihm ansah, dass es ihm nicht leicht fiel.

Perdór warf Lodrik einen abschätzenden Blick zu. »Ihr werdet nicht versuchen, Eurer Gemahlin die zusätzliche Aufgabe auszureden?«

»Sie wird mich um meine Meinung bitten, Majestät. Und ich werde sie ihr sagen.«

»Dann seid nicht zu kritisch, ich bitte Euch.« Er wunderte sich, als Lodrik plötzlich den Kopf zur Fensterfront drehte und seinen Oberkörper aufrichtete. Als er dem Blick folgte, erschrak er und langte nach der Schnur, mit der er seine Bediensteten und die Wache rief.

Draußen, vor dem Schloss, hatten sich drei Modrak eingefunden.

Einer saß auf dem Kopf einer Statue, ein Zweiter hockte auf dem Geländer der Gartentreppe, und der Letzte presste sein schauriges Gesicht mit den großen, purpurn leuchtenden Augen gegen das Glas. Das totenkopfhafte Gesicht verfolgte die Vorgänge im Zimmer, der Regen rann über sein Antlitz und machte es bizarr fließend, als sei es verwischt und ohne klare Linien.

Lodrik hielt die Schnur fest, ehe Perdór sie ziehen konnte. »Nicht, Majestät. Das sind Boten.«

»Es sind Spione, die für Vahidin schnüffeln«, entgegnete der König flüsternd und ohne sich abzuwenden. Der Anblick war zu unheimlich und zu bedrohlich für ihn, um die Wesen aus den Augen zu lassen. Er stand behutsam auf; Sotinos und Torben erhoben sich von ihren Sitzen, die Hände der Seeleute langten nach den Waffen.

»Überlasst das mir.« Lodrik schritt langsam auf das Fenster zu, und der Modrak wich vor ihm zurück.

Tu mir nichts!, hörten die Männer die angstvolle Bitte des Wesens in ihren Köpfen. *Ich weiß, was du vermagst. Wir sind Überbringer, man darf uns nichts tun.*

Lodrik stieß die Flügeltür auf, kühler, feuchter Wind fuhr in das Arbeitszimmer; Kerzen flackerten, Papiere raschelten, und Vorhänge schwangen im Luftzug. Er trat den Modrak entgegen und kümmerte sich nicht um den Regen, der ihn traf. »Was will Vahidin?«

Der Hohe Herr sandte uns, um dem Dicken, der Modrak zeigte an ihm vorbei auf Perdór, *einen Vorschlag zu unterbreiten.* Er hüpfte rabengleich zur Seite und duckte sich vor Lodrik unterwürfig zusammen. *Er lässt ausrichten, dass er und die Tzulani ihre Hilfe im Kampf gegen die Frau anbieten, die seine Mutter getötet hat. Zvatochna darf nicht länger leben, soll ich Euch sagen.*

Lodrik schaute zu den anderen beiden Modrak, die regungslos im strömenden Regen verharrten. Wüsste er es nicht besser, hielte er sie für Statuen. »Wie soll diese Unterstützung aussehen?«

Er wird Euch unterrichten, sobald er Zvatochna sicher ausfindig gemacht hat, und einen Ort vereinbaren, wo Ihr Euch mit ihm trefft. Gemeinsam zieht Ihr sodann gegen sie aus.

»Sag die Wahrheit!«, grollte Lodrik und sandte eine kleine Woge aus Angst gegen den Modrak. Aufkreischend faltete dieser seine Schwingen auseinander und hielt sie abschirmend vor sich, konnte jedoch gegen das Grauen nichts bewirken.

Nein, nein, lasst ab!, bettelte er. *Ich lüge nicht!*

»Versucht Vahidin, uns zu täuschen?«, setzte Lodrik das kleine Verhör fort und erhöhte den Schrecken, sodass auch die beiden anderen Beobachter davon erfasst wurden. Sie flatterten entsetzt auf. »Sprecht die Wahrheit, oder ihr fallt tot wie Steine aus dem Himmel!«

Er meint es ernst!, schrie der Modrak in Todesangst. *Der*

Hohe Herr meint es ernst! Mehr als das Versprechen, die Abmachung zu halten, kann er jedoch nicht anbieten, doch er schwört es Euch bei seiner toten Mutter.

Lodrik wandte sich zu Perdór um. »Glaubt Ihr ihnen, Majestät? Und wenn nicht: Wie können wir sicher sein? Schwüre sind etwas für Ehrenmänner, nicht für Kinder eines Wesens, das die Niedertracht erfunden hat.«

»Weise Worte, Bardri¢.« Der König nickte. »Wir brauchen Garantien.«

Lodrik schaute wieder den Modrak an. »Flieg und richte deinem Herrn aus, dass wir nur zustimmen, wenn er sich in unsere Gewalt begibt. Er und der Hohepriester Tzulans«, diktierte er die Bedingungen für eine Zusammenarbeit. »Ich möchte ihn sehen und mit ihm sprechen.«

Der Modrak krümmte sich vor ihm zusammen, was seine Art des Verneigens bedeutete. *Ich richte es ihm aus.*

»Sag ihm, er kann mich im alten Palast der Bardri¢s treffen, außerhalb Ulsars. Er wird ihn zu finden wissen.« Lodrik beendete das Verströmen von Grauen, um den Geist der Wesen nicht nachhaltig zu zerstören. Sie brauchten das bisschen von Hundeverstand, um seine Nachricht an Vahidin weiterzugeben. »So rasch wie möglich.«

Das wird nicht gehen. Der Hohe Herr ist derzeit nicht in der Lage, an Treffen teilzunehmen. Wir werden es Euch wissen lassen, wann die Zeit reif ist, sprach der linke Modrak vorsichtig. *Ebenso, wo sich Zvatochna au…* Rasch brach er ab.

»Dann wisst ihr es demnach doch schon?« Lodriks blaue Augen richteten sich auf den Modrak, der zuerst gesprochen hatte. »Du hast mich belogen.« Ohne ein Geräusch von sich zu geben, brach das Wesen zusammen. Der linke Flügel zuckte und vibrierte noch leicht, als versuche er, Lodriks

Mächten eigenständig zu entkommen. Lodrik fing die Seele des Modrak auf und erfreute sich an dem ungewöhnlichen Anblick.

Das Böse besaß durchaus eine Seele, keine blaue Kugel, sondern ein merkwürdig waberndes Gebilde in dunklen Farben. Ein Priester oder Mönch hätte sich die Frage gestellt, wohin sie wohl gezogen wäre – wenn sie nicht an Lodriks Fähigkeiten gescheitert wäre. Ihn kümmerte es nicht. Er war wieder im Besitz einer ihm ausgelieferten Seele, die er zu allem zwingen konnte. Er hielt sie an einer kurzen Leine aus Schrecken, sperrte sie ein und genoss ihr Aufbäumen, das nichts bringen würde.

Der Hohe Herr weiß, wo sich Zvatochna aufhält, beeilte sich der zweite Modrak zu versichern. *Er meinte, es sei für ihn zu früh, sich an dem Kampf zu beteiligen. Er müsse noch viel lernen.* Er breitete die lederartigen Flügel aus und stieß sich ab, der Dritte tat das Gleiche. *Wir bringen ihm Eure Nachricht, und er wird sich wieder bei Euch melden*, hallte es im Verstand der Männer, dann waren die Wesen hinter den Bäumen verschwunden.

Lodrik kehrte ins Arbeitszimmer zurück und schloss die Türen hinter sich, die vom Regen getränkte Robe hinterließ eine sichtbare Spur.

»Ich kann dazu nichts sagen«, meinte Perdór als Erster. »Wie Ihr schon erzähltet, Bardri¢, ist Vahidin der Nachfahre einer leibhaftigen Tzulanausgeburt. Wer weiß, was er im Schilde führt.«

Lodrik stellte sich an den Kamin und ließ das Feuer die Nässe aus seiner Kleidung vertreiben. »Mir bereitet Sorge, dass er lernen möchte. *Was* lernt er? *Von wem* lernt er?«, sprach er seine Gedanken laut aus. »Er ist kein Nekromant wie ich oder Zvatochna, er besitzt nicht annähernd die Fähigkeit, mir oder ihr gefährlich zu werden.«

Sotinos hörte das dahingesagte Eingeständnis, das Lodrik vermutlich aus Versehen abgelegt hatte, ihm aber den letzten Beweis erbrachte, dass etwas mit dem Mann nicht stimmte – und Perdór schien eingeweiht zu sein. Er suchte die Stelle am Hals, wo der Dolch durch das Fleisch gefahren war. Es gab nicht einmal mehr eine Narbe.

Lodriks Gesicht verfinsterte sich. Er fürchtete, dass das Wesen, das nur dem Äußeren nach ein Knabe war, sich einen eigenen Weg der Magie erschloss. Die Anlagen seines Vaters würden es sicherlich ermächtigen, sie alle mit neuen Fertigkeiten zu überraschen. Bei dem ersten Treffen würde er entscheiden, ob Vahidin leben durfte oder sterben musste.

»Uns sind die Hände gebunden«, fasste es Perdór in wenigen Worten zusammen. »Fahren wir mit dem fort, was wir ohnehin beabsichtigen. Vahidin wird seine Diener senden, und Ihr«, er schaute Lodrik an, »werdet mich wissen lassen, wann und wo Ihr den Jungen trefft.« Er stöhnte. »Wer weiß, ob er dann noch überhaupt wie ein Junge aussieht?«

Torben hob den Kopf und blickte Lodrik an. »Ich werde nicht mehr von Eurer Seite weichen, Bardriç. Ich möchte dabei sein, wenn Vahidin mit Euch über den Aufenthaltsort der Mörderin spricht. Ich will nicht übergangen werden und lasse mir das Recht auf Rache nicht nehmen.«

»Es wäre fast schon besser, Zvatochna wäre viele Personen, damit jeder Gerechtigkeit für sich fordern kann und sich an ihr austoben darf. Inzwischen ist die Liste derjenigen, die ein Anrecht hätten, unübersehbar lang.« Perdór schaute in die Runde. »Gut. Jeder von uns hat seine Aufgabe, und Vahidin lassen wir bei unseren Überlegungen vorerst außen vor. Ich möchte ihn nicht einbeziehen, am Ende ist es ein falsches Spiel. Es würde zu Aljascha passen, dass sie uns glauben machen möchte, ihr Sohn, sie und Zvatochna hätten sich zerstritten. Seid diese Nacht Gast auf meinem Schloss und brecht morgen auf.« Er zeigte auf den Stapel Papiere auf seinem Tisch. »Ich habe noch ein wenig Arbeit.«

Sotinos verneigte sich, eine halb palestanische, halb rogogardische Bewegung. »Ich bringe der Kabcara Euer Schreiben und die Passagiere sicher nach Ulsar.«

»Das sagt Ihr jetzt, Commodore. Wartet, bis Ihr das Schiff gesehen habt.« Perdór lachte, und zumindest der junge Palestaner stimmte mit ein.

XI.

*»Etwas Unvorhersehbares ist geschehen!
Der Qwor, den wir für tot hielten, ist
auferstanden. Das Feuer hat ihn nicht vernichtet,
sondern nur das Holz der Speere, die in ihm
staken, verbrannt.
Er sprang plötzlich auf und fiel die Wärter an, die
wir zurückgelassen hatten. Niemand hat den
Angriff überlebt, der einzige Verletzte starb in
meinen Armen. Seine Wunden weigerten sich,
durch meine cerêlische Magie geheilt zu werden.
Kalisstra sei uns gnädig …«*

Aufzeichnungen des ehrenwerten Sintjøp,
Bürgermeister Bardhasdrondas,
gesammelt in den Archiven zu Neu-Bardhasdronda

**Kontinent Angor, Kaiserreich Angor,
No-Phos, Nordküste, Spätwinter
im Jahr 1/2 Ulldrael des Gerechten
(460/461 n.S.)**

Fargard und Fiorell hatten sich einen leicht erhöhten Aussichtspunkt auf einem Fassstapel gesucht, sich etwas zu essen gekauft, weil sie nach dem kurzen Abstecher in dem Gasthaus nicht wirklich satt geworden waren, und warteten nun, dass sich das kaiserliche Familienmitglied auf dem Platz zeigte.

Ein Scheiterhaufen war errichtet worden, daneben stellten in Rot gekleidete Angorjaner einen Altar aus zusammengeschmiedeten Schwertern auf. Die Zeremonie konnte bald beginnen.

»Meine Theorie ist, dass man in Angor nicht weiß, dass es Lubshá in Tersion erwischt hat«, nuschelte Fiorell und knusperte an dem kross gebratenen Fisch herum. Er stutzte und langte in seine Geldtasche, wo er die restlichen Münzen aufbewahrte, und schaute auf das, was er herausgezogen hatte. »Dachte ich es mir. Der Händler hat mich beschissen.«

Fargard legte seinen Fisch zur Seite und sah ebenfalls nach seinem Wechselgeld. »Mich auch«, meinte er verblüfft. »Und ich habe es nicht gemerkt.«

Wieder einmal hatten Fargard und Fiorell gezeigt bekommen, dass Fremde in Angor nicht sonderlich willkommen waren. Oder zumindest Fremde, die ganz offensichtlich aus Ulldart stammten.

»Ist Euch auch aufgefallen, dass sie Tarviner mit der gleichen Freundlichkeit behandeln wie Angorjaner?« Fiorell verstaute die Münzen und aß weiter. Dabei betrachtete er den Serusier, wie er sonst Frauen betrachtete, die ihm gefielen, und wunderte sich sogleich wieder über sich selbst. Tersions Sitten waren auf ihn übergegangen.

»Die Engaugen?«

»Nennt man sie so?«

»Einige. Es ist wohl ein Merkmal einer Volksgruppe auf Tarvin, dass die Augen dichter beisammen stehen.« Fargard strich sein Geld auch wieder ein. »Tarvin ist etwas Besonderes für die Angorjaner, aber fragt mich nicht, warum es so ist.« Er zog das Fleisch von den Gräten. »Zurück zu Euerer Theorie:

Warum sollte Nech ein Geheimnis darum machen? Er rückt auf den Thron nach.«

»Weil er ...« Fiorell schaute auf den Platz, wo sich die Prozession mit dem kaiserlichen Mitglied näherte. Vorneweg liefen Priester und trieben Opfertiere vor sich her, die zu Ehren Angors geschlachtet und verbrannt werden sollten. Es waren ein stattlicher Bulle und ein edles Ross, die bevorzugte Beute der Krabanta-Katze, in deren Gestalt sich Angor gern zeigte. Dahinter nahte – den Standarten nach zu urteilen – das kaiserliche Familienmitglied. Er kniff die Augen zusammen und betrachtete den Mann ganz genau. »Bei Ulldrael! Seht, das ist ... Nech!«

Fargard folgte der angegebenen Richtung. Tatsächlich näherte sich der junge Kaiser, umgeben von Leibwächtern, zehn Frauen in wunderschönen Seidengewändern und einem zahmen schwarzen Panter; ein so großes Tier hatte er noch nicht gesehen. »Wenn die Bilder, die man mir gezeigt hat, stimmen, so ist er es«, staunte Fargard offen. »Wie hat er uns überholt?«

Die Menschen warfen sich auf den Boden, senkten die Köpfe und hoben die Arme als Demutsgeste.

Fiorell traute seinen Ohren zuerst nicht. »Hört Ihr, was sie rufen?«

Fargard lauschte. »Farkon? Wie viele Namen hat denn ein Kaiser?«

Fiorell beobachtete den jungen Kaiser genau. »Er läuft anders«, entdeckte er einen Unterschied, »und er ist Linkshänder.« Ihm kamen Nechs Gürtelschnalle und die Rüstung in den Sinn, die einen halben Krabantakopf gezeigt hatten. Einen halben ... Er schlug dem Mann auf die Schulter. »Ahnt Ihr des Rätsels Lösung?«

»Ein Schauspieler?«

»Auch schön. Doch wie wäre es mit einem Zwillingsbruder?«, lächelte Fiorell und hüpfte aufgeregt von den Fässern. »Ich wette, das da unten ist Nechs Zwillingsbruder. Und ich wette außerdem, dass er älter als Nech ist.«

»Ist Eure Annahme nicht ein wenig sehr kess?« Fargard pochte sich gegen die Stirn. »So ganz will ich es nicht glauben.«

»Dann denkt nach und erklärt mir glaubhaft, weswegen Nech in der Heimat nichts über den Tod von Lubshá verlauten ließ.« Er deutete nach unten. »Und welchen Sinn machte ein Schauspieler? Wenn er dem Kaiser so ähnlich sieht, wäre die Gefahr doch viel zu groß, dass er den Thron nicht räumen würde.«

Für Fargard bekamen die Worte allmählich Sinn. »Sollte stimmen, was Ihr vermutet, und sein Zwillingsbruder älter sein, hätte er das Recht auf den Thron. Und Nech dürfte sich nicht in Tersion so benehmen, wie er es derzeit tut.«

Die Menschen hatten sich in der Zwischenzeit wieder erhoben, Fiorell stand vor einer Wand aus Rücken. »Es ist natürlich nur eine Vermutung von mir.« Er deutete auf die Prozession. »Wie wäre es, wenn wir meine Vermutung einer Prüfung unterziehen und Farkon von dem erzählen, was sein Bruder in Tersion treibt?«

»Demnach vermute ich, dass Ihr fliegen könnt«, grinste Fargard. »Es gibt keinen Weg zu ihm.«

»Manchmal muss man die anderen die Arbeit machen lassen«, gab Fiorell zurück, formte die Hände zu einem Trichter und legte sie an den Mund. »Der Kaiser ist tot!«, schrie er laut. »Lubshá Nars'annam ist auf Ulldart gestorben! Lang lebe Kaiser Farkon!« Als sich die ersten Köpfe zu ihm wandten, kreuzte er die Arme vor der Brust und wartete.

Farkon rief zwei seiner Leibwächter zu sich, deutete auf Fiorell, und die Soldaten kamen auf ihn zu; sofort bildeten die Menschen eine Gasse für die Bewaffneten. Der Weg war frei.

»Ihr hattet Recht«, meinte Fargard bewundernd und zugleich misstrauisch. »Ihr habt eine Einladung bekommen. Wollen wir hoffen, dass Ihr auch wieder gehen dürft.« Er bewegte sich ein paar Schritte rückwärts. »Verzeiht, wenn sich unsere Wege trennen, doch ich habe nicht vor, Euch zu begleiten. Der Ausgang des Unternehmens ist mir zu ungewiss. Ich werde indessen ausharren und warten, was Ihr mir zu berichten habt.«

»Hatten wir nicht ausgemacht, zusammenzuarbeiten?«

»Das betraf die Freiheit, nicht das Gefängnis.« Fargard drückte sich nach hinten. »Ich wünsche Euch das Beste.«

Die Leibwächter erschienen vor Fiorell und nahmen ihn in die Mitte.

»Er gehört zu mir«, sagte er und deutete lächelnd auf Fargard. Sofort wurde der falsche Rogogarder am Oberarm gepackt und mitgenommen. Schlauerweise sträubte er sich nicht, doch die Blicke, die er Fiorell zuwarf, waren tödlich. »Schaut nicht so. Ich kann nicht zulassen, dass Ihr in der Zwischenzeit allein und verloren durch No-Phos streift.«

»Ihr wollt nicht, dass unsere Erkenntnisse vor Euch auf Ulldart angelangt sind«, übersetzte Fargard grimmig. »Recht herzlichen Dank.«

»Es sind meine Erkenntnisse. Ihr durftet davon profitieren. Also werdet Ihr hübsch warten, bis ...« Er schwieg, weil sie gleich darauf vor Farkon standen, einer bis in die Einzelheiten getreuen Kopie von Nech, der sie musterte; dann raunte der Angorjaner einem der Leibwächter etwas ins Ohr, der sodann auf Fiorell zukam.

»Sag mir auf der Stelle, was deine Schreierei zu bedeuten hat«, verlangte er von Fiorell zu wissen. »Bist du ein Wahnsinniger, oder steckt Wahrheit in dem, was du sagst?«

Fiorell verneigte sich tief vor ihm und dann vor Farkon. »Hochwohlgeboren haben sicherlich einen Bruder?«, sprach er ihn direkt an. »Einen Zwillingsbruder namens Nech Fark Nars'annam?«

Der Leibwächter holte zum Schlag aus, um die Verfehlung zu bestrafen, doch ein kurzer Ruf hielt ihn zurück. Farkon näherte sich Fiorell. »Was ist mit ihm und dem Kaiser? Antworte leise.«

»Er begleitete Euren älteren Bruder nach Tersion, wo Lubshá Opfer eines Anschlages wurde, welcher der Regentin galt«, fasste er es kurz zusammen und stellte es vorsichtshalber so dar, dass die Schuld und damit die Wut des Mannes auf die Attentäter fiel. »Er gibt sich auf Ulldart als neuer Kaiser Angors aus und ...«

Farkon hob die Hand. »Kein Wort.« Er gab ein Zeichen und scherte aus der Prozession aus. »Wir reden im Palast weiter. Hier sind zu viele Augen und Ohren, die auf deine Lügen hereinfallen könnten. Ich werde herausfinden lassen, wie viel Wahrheit in dem steckt, was du sagst.« Er gab einen Befehl, und die Wärter knebelten sowohl Fiorell als auch Fargard.

Danach ging er mit der Prozession weiter, während die Fremden in der Obhut eines Wärters am Straßenrand zurückblieben und zusahen, wie Bulle und Pferd vor dem aus Schwertern errichteten Altar in einer langen Zeremonie gesegnet und danach blitzschnell mit Schlägen in den Nacken getötet wurden. Jeweils ein kleiner Brocken Fleisch und beiderlei Blut wurden genommen und dem Panter zum Mahl überlassen, ehe man die Tieropfer auf den Scheiterhaufen legte und anzündete.

Farkon begab sich auf den Rückweg. Das Volk staunte nicht schlecht, das sah Fiorell an den Gesichtern, an denen sie vorüber gingen, weil Farkon sich mit den beiden Fremden zurückzog. Es schien nicht üblich zu sein, dass man den Palast besuchen durfte.

In einem sehr schnellen Tempo ging es in die eindrucksvolle Residenz. Farkon führte sie geradewegs in einen hohen, dunkel Saal, der vollständig mit Ebenholz ausgekleidet war. In dieses Holz waren weiße Intarsien eingelegt worden, die unterschiedliche, sehr filigrane Muster ergaben; zwei Brunnen plätscherten, das Wasser darin war weiß gefärbt worden.

Farkon nahm auf einem Thron aus weißem Holz Platz, Fiorell und Fargard mussten davor niederknien, was äußerst unbequem war. »Erzähle alles, was du weißt und was sich zugetragen hat.« Er nahm einen Dolch zur Hand und spielte damit, was wohl als stumme Drohung gedacht war, die Wahrheit zu sagen.

»Ich bin Fiorell, Vertrauter des Königs von Ilfaris, Seiner Majestät Perdór«, stellte er sich vor und nahm den falschen Bart ab. »Mir wurde aufgetragen, nach Angor zu reisen, um zu sehen, ob im Heimatland des Kaisers alles mit rechten Dingen vor sich geht. Denn einige Begebenheiten haben unsere Zweifel geweckt. Doch vernehmt zuerst, was geschah.« Er erzählte von dem Angriff und stellte Lubshá als Helden und Verteidiger von Alana dar, berichtete von der Machtergreifung und deren unentwegter Ausdehnung durch Fark. »Mein König hegte Bedenken, was die Rechtmäßigkeit des Titels anbelangte, und deswegen kam ich nach Angor.« Er verneigte sich wieder vor Farkon. »Wie ich sehe, war die Sorge berechtigt.«

Farkon hatte das Kinn auf die Hand gestützt, der Dolch lag locker in der Linken. »Woher weiß ich, dass es so ist, wie du sagst?«, fragte er nach langem Schweigen.

»Ihr könnt nicht mehr tun, als mir zu glauben und anschließend nach Ulldart fahren, um Euch anzuschauen, was Euer Zwillingsbruder in Tersion anrichtet. Oder in Kensustria zusammen mit den Ničti«, antwortete Fiorell offen.

»In der Tat. Das werde ich tun müssen.« Farkon erhob sich ruckartig.

»Dann hat er sich den Titel zu Unrecht angeeignet, wie wir vermutet haben?«, erkundigte er sich vorsichtig.

Farkon schritt die Stufen hinab an ihm vorbei, ohne etwas zu sagen. Für ihn war die Sache erledigt, die Fremden gingen ihn nichts mehr an.

Fiorell stand auf und wollte ihm hinterher laufen, aber die Leibwächter versperrten ihm den Weg. »Hochwohlgeborener Farkon, was werdet Ihr tun? Was kann ich meinem Herrn von Euch ausrichten?«

Der Angorjaner hatte den Raum durchquert, als die Türen vor ihm aufflogen und weitere Wärter eintrafen. Sie hatten die Waffen gezogen und stürzten sich ohne zu zögern auf Farkon, der vor ihnen zurückwich. Der Dolch in seiner Hand wirkte angesichts der Übermacht eher lächerlich. Er redete auf sie ein, dem Klang seiner Stimme nach beschimpfte er sie. Die Angreifer antworteten mit höhnischem Lachen.

Die beiden Leibwächter, die sich um die Fremden gekümmert hatten, rannten auf der Stelle zu ihrem Herrn, um sein Leben zu bewahren.

»Das sieht nach Aufstand aus.« Fiorell nickte Fargard zu. »Ihr wisst, was Ihr zu tun habt?«

»Sicher. Machen wir uns ein wenig beliebt und sichern uns

die Dankbarkeit des rechtmäßigen Kaisers.« Sie stürmten hinterher, Fiorell nahm sich einen Stuhl und der Rogogarder eine Fahnenstange als Waffe von der Wand.

Der Kampf, der entbrannt war, wurde mit unglaublicher Verbissenheit geführt. Halbherzigkeit und Zögern kannte man auf Angor nicht.

Ohne das Eingreifen der beiden Fremden wäre die Auseinandersetzung ohne Frage schlecht für Farkon verlaufen. Aber Fiorells Attacken mit dem Stuhl und Fargards Stochern zwischen den Beinen der Angreifer verschafften den entscheidenden Vorteil. Farkon erwies sich als hervorragender Krieger, der selbst zwei der Angreifer mit seinem Dolch tötete. Eine wahre Meisterleistung, wenn man die Rüstung und die Schwerter seiner Gegner betrachtete.

Fargard geriet gegen Endes des Kampfes in arge Bedrängnis. Ein Feind wandte sich zu ihm um, packte den Stiel der Fahnenstange und entriss ihn ruckartig. Wütend schleuderte er das Holz in die Ecke, dann schlug er nach dem waffenlosen Fargard.

Dieser hopste weit nach hinten und zog den Bauch ein, dennoch ritzte die Schneide ihn und zog eine rote, dünne Linie über seinen Oberkörper.

»Da bin ich auch schon, werter Spionfreund!« Fiorell drehte sich um die eigene Achse und schlug dem Angorjaner mit Macht den ramponierten Stuhl auf den Kopf; das Möbel zersprang, und der Mann sank vor Fargard auf die Knie.

Sofort war Farkon über dem Benommenen und schnitt ihm die Kehle durch. Vom Blut der Männer beschmutzt, schaute er zu Fiorell. »Ich schulde dir Dank und Erklärungen«, sagte er schwer atmend. Die klaffende Schnittwunde am Arm schien ihn nicht zu stören.

Durch die offene Tür kamen weitere Wärter angelaufen, sie gehörten jedoch zu Farkons loyalen Anhängern. Als sie die Fremden ergreifen wollten, hielt sie ein einziges Wort ihres Herrn zurück. »Wir ziehen uns in meine Gemächer zurück«, sagte er zu Fiorell und Fargard.

»Alles in Ordnung?«, erkundigte sich Fiorell bei dem Serusier, stützte ihn und schlang einen Arm um die Körpermitte. Bei der harmlosen Berührung wurde ihm warm.

»Es geht«, sagte er. »Ein Kratzer, mehr nicht. Wir Rogogarder halten etwas aus.«

Sie liefen einige Zeit durch den Palast, ein Medikus eilte herbei und versorgte Farkons Verletzung im Laufen; er reinigte die Wunde mit violettem Wasser aus einer Tonflasche, woraufhin die Blutung nachließ; dann vernähte er die Wundränder. Fiorell bewunderte die Kunst des Mannes, der Nadel und Faden sicher führte. Ebenso bewunderte er die Beherrschung von Farkon, der keinerlei Regung zeigte. Hinter ihnen wischten und putzten Bedienstete die Blut- und Wasserflecken sofort vom Boden auf.

Sie betraten einen Raum, der mit Teppichen und Kissen ausgelegt war. An der Decke bewegten sich unablässig große Fächer aus Holz und wirbelten die Luft umher. Sie schafften Kühlung trotz der Hitze.

Farkon warf sich auf einen erhöhten Kissenberg und ließ Getränke bringen. »Nach *eurem* Eingreifen zu meinen Gunsten möchte *ich* euch nun mein Vertrauen beweisen.« Er wartete, bis der Medikus ihm einen Verband angelegt hatte, dann sandte er ihn hinaus. »Nech hat sich den Titel zu Unrecht gegeben, wie du vermutet hast, Fiorell. Wir sind Zwillinge, und ich kam als Erster zur Welt, das belegen die Aufzeichnungen, die bei unserer Geburt gemacht wurden.«

Fiorell ließ Fargard vorsichtig in die Kissen sinken und setzte sich neben ihn. Er bedauerte, von dem Mann getrennt zu sein – und staunte schon wieder über sich selbst. »Somit seid Ihr der neue Kaiser von Angor.«

»Im Grunde schon. Wovon ihr beide soeben Zeugen wart«, Farkon berührte den Verband, »und was ihr hier seht, ist der lange Arm meines kleinen Bruders. Er hat vor einigen Wenden eine der Ammen bestochen, dass sie behauptet, er sei in Wirklichkeit der Ältere von uns beiden, worauf ihm der Thron zustünde. Nech besitzt einige Anhänger unter den Adligen, die im Süden Angors leben, und auch die Tarviner hegen mehr Zuneigung für ihn denn für mich. Ich bin sicher, dass der Anschlag nur einer von weiteren kommenden Versuchen ist, mich zu töten und damit die Macht zu erlangen.« Er ballte die Faust. »Das werde ich nicht zulassen.« Er wandte sich an Fiorell. »Du hast auf dem Platz mit deinen Rufen nicht nur meine Aufmerksamkeit erregt. Nechs Freunde haben mit Sicherheit bereits von den Vorgängen auf Ulldart gewusst und darauf geachtet, dass keine entsprechenden Nachrichten ins Land gelangen. Nun mussten sie handeln.«

»Es tut mir Leid, das zu hören.« Fiorell war wirklich betroffen. Solche Auswirkungen seiner Worte hatte er nicht voraussahen können. »Bei allem Respekt und Verständnis für Eure Lage: Was werdet Ihr wegen Eures Bruders unternehmen, hoher Farkon?«

»Er ist ein unsteter Charakter, voller Drang nach Eroberung und persönlicher Macht, wie du gesehen hast. Er wird sich rücksichtslos das nehmen, was er haben will.« Farkon nahm einen Schluck von dem mit Rosenessenz parfümierten Wasser. »Mir verschafft es einen Vorteil, wenn er sich nicht auf Angor herumtreibt und seine Anhänger aufstachelt. Dennoch muss ich mich auf einen Bürgerkrieg vorbereiten. Der Norden wird gegen den Süden antreten, fürchte ich.«

Fiorells Augen hefteten sich auf Fargards Verletzung. Sie blutete stärker als vorher, es war doch mehr als ein Kratzer. Schweiß stand auf seiner Stirn, und er rang stumm um Beherrschung. »Sendet eine Flotte, um Nech gefangen zu nehmen«, bat er. »Es kann doch nur in Eurem Sinne sein, wenn Ihr Eures Bruders habhaft werdet. Stellt Euch vor, welchen Ruhm er erlangt, wenn er als Bezwinger der Kensustrianer nach Hause zurückkehrt. Eben dieser Kensustrianer, die Angor so schmählich vorgeführt hatten. Er würde zu einem Helden und besäße doppeltes Ansehen.«

Farkon fuhr sich mit der Hand über das Gesicht. Die Worte enthielten ihm zu viel Wahrheit. »Ich will offen zu dir sein, Fiorell. Es gibt lediglich eine Hand voll Menschen auf Angor, denen ich absolut vertraue. Bei etlichen bin ich mir nicht sicher, auf welcher Seite sie stehen, und von einigen weiß ich, dass sie meinen Bruder unterstützen. Diese muss ich zuerst fangen, mit einem einzigen Schlag, sodass ihnen keine Gelegenheit bleibt, etwas zu unternehmen oder sich abzusetzen.«

»Solange das nicht geschehen ist, werdet Ihr nichts unternehmen, Hochwohlgeboren. Sehe ich das richtig?«

»So ist es. Jedes andere Handeln würde sie warnen und es mir unmöglich machen, ein sicheres Leben zu führen. Bis dahin wird Ulldart die Launen meines Bruders erdulden müssen.«

»Ihr nennt den Tod Hunderter Unschuldiger sehr unbeteiligt eine Laune, Kaiser.«

»Ich sende deinem König Nachricht, sobald meine Vorbereitungen abgeschlossen sind.« Farkon schaute zu Fargard. »Du siehst schlecht aus.«

Fargard öffnete den Mund, verdrehte die Augen und sank in den Kissen zusammen.

Farkon rief seinen Medikus, der herbeieilte und die Kleidung öffnete, um nach der Wunde zu sehen. Unter dem Hemd fand er den Schnitt – und einen Verband, der den Oberkörper bis knapp bis zum Bauchnabel bedeckte.

»Er litt anscheinend noch an einer alten Wunde«, sagte der Medikus und deutete darauf, dann durchtrennte er die weißen Stoffbahnen behutsam mit einem kleinen Messer und streifte sie zur Seite.

Fiorells Augenbrauen schossen in die Höhe. Das dichte Brusthaar des Rogogarders war aufgeklebt, um den Eindruck zu erwecken, es handele sich um einen sehr männlichen Freibeuter, und um von einem entscheidenden Umstand abzulenken. Er starrte ungebührlich auf die kleinen Brüste, die mit den Stoffbahnen weggebunden worden waren, aber nun deutlich zu sehen waren. Fargard war in Wirklichkeit eine Frau!

Der Medikus schaute über die Schulter zu Fiorell. »Macht man das so bei euch auf Ulldart?«

»Äh.« Mehr konnte er nicht erwidern. Aber es erklärte ihm einiges.

Kontinent Ulldart, Königreich Tûris, Ammtára, Frühling im Jahr 2 Ulldrael des Gerechten (461 n.S.)

Sie kehrten heimlich nach Ammtára zurück.

Tokaro sandte Gàn voraus, um die Torwächter auf die Ankunft vorzubereiten und ihnen einen Wagen bereitzustellen. Die Ničti sollten nicht wissen, dass Belkalas Tochter unter ihnen war.

Er sah, wie sich der Umriss des Nimmersatten immer weiter von ihnen entfernte, dann schaute er hinter sich, wo Estra und Lorin im Schutz eines Gebüsches abseits des Weges warteten.

Es schmeckte ihm nicht, dass sein Halbbruder noch immer mit ihnen reiste, obwohl er ihm deutlich gemacht hatte, dass es nichts mehr gab, was sie verband. Nicht nach seinem Verrat, indem er mit Estra anbandelte.

Er sah dies als einen weiteren Beweis, dass ihn und Estra mehr verband als Freundschaft. Wie gern würde er ihren Beteuerungen glauben, doch die Eifersucht verhinderte es.

Schon einmal war Tokaro von der Liebe verraten worden. Er hatte Zvatochna sein Herz geschenkt, und sie hatte die Gabe nicht zu schätzen gewusst. Jedenfalls hielt er es so in Erinnerung.

Die Schwierigkeiten mit Estra hatten begonnen, seit er wusste, dass sie die Tochter von Nerestro und Belkala war. Die leise Stimme, die ihm im Hinterkopf sagte, dass er sich die Schwierigkeiten mit seiner Engstirnigkeit selbst bereitete, unterdrückte er. Er war ein Ritter Angors.

»Du wirst mich bald los sein«, sagte Lorin plötzlich neben ihm.

Tokaro zuckte zusammen. »Wieso schleichst du hier herum?«

»Ich wollte sehen, was du machst. Außerdem kannst du – wenn ich neben dir stehe – Estra nicht unterstellen, sie wolle mich verführen. Oder ich sie.« Er lehnte sich an den Baum, unter dem sie standen.

»Du verlässt Ulldart?« Tokaro gelang es nicht, die Verblüffung zu verstecken.

»Nein. Ich suche hier nach Verbündeten, die mit mir nach Bardhasdronda gehen und sich den Qwor entgegenstellen. Ich habe es aufgegeben, dich zu bitten. Ich werde einen anderen Weg finden, diese Kreaturen zu besiegen. Oder dabei sterben.«

Der sachliche Ton traf Tokaro mehr als alles Geschrei und alle Vorwürfe, die man ihm hätte machen können, weil er seinen Halbbruder nicht begleitete. Und sofort warnte er sich selbst, dass es eine neue Masche sein könnte, um ihn doch dazu zu bewegen. »Angor möge dich beschützen«, sagte er daher lediglich. »Ich wünsche dir das Beste.«

»Danke, Tokaro. Ich werde es benötigen.« Er sah den Karren, neben dem Gàn herlief. Er zog ihn selbst, weil kein Pferd es wagte, neben ihm zu gehen. »Ich werde die Verhandlungen noch verfolgen. Es wird spannend werden.«

»Ja, das wird es.« Tokaro vermutete noch immer einen Trick. Es gab keinen Grund, weswegen Lorin als Kalisstrone bei den Unterredungen zugegen sein sollte. Hatte Perdór etwas eingefädelt?

Gàn hielt den Wagen hinter dem Gebüsch an. »Es kann losgehen«, sagte er leise.

Estra huschte als Erste hinein. Tokaro band seinen Schimmel hinten an und gesellte sich zu ihr, Lorin setzte sich auf den

Kutschbock. Er wollte nicht zu den beiden, es hätte sofort wieder Spannungen zwischen ihm und seinem Halbbruder gegeben. Darauf hatte er keinerlei Lust. Gàn nahm die Zügel und führte das Pferd.

Der Wagen fuhr an, Estra rutschte gegen den jungen Ritter und verlor ihr Gleichgewicht, er hielt sie rechtzeitig fest. Sie schauten sich in die Augen.

»Ich …« Tokaro ließ sie nicht los. »Es … ich habe in letzter Zeit viel Unsinn geredet, fürchte ich«, begann er stockend. Es fiel ihm schwer, über seinen stolzen Schatten zu springen. »Jedes Mal, wenn ich dein Gesicht sehe, wenn ich in deine Augen sehe, schreit alles in mir danach, dich festzuhalten und dich zu küssen.« Er schluckte und senkte die blauen Augen. »Aber du machst es mir schwer …«

»Ich?« Estra hatte voller Hoffnung gelauscht. »Ich mache es dir schwer? Was genau tue ich, weswegen du an meiner Liebe zu dir zweifelst?« Sie war froh, dass es in dem Wagen dunkel war und er hoffentlich nicht sehen konnte, dass sie leicht errötete. So ungeheuerlich sie es selbst fand – sie teilte die Empfindung in einem geringen Maß auch mit Lorin. Es war heimlich und ungewollt aus dem Gefühl der Hochachtung und der Bewunderung heraus entstanden, und sie hatte sich dagegen nicht wehren können. Oder wollen?

»Es ist wegen Lorin«, gestand er zähneknirschend.

Sie drückte seine Hände. »Ich mag ihn. Er ist dein Halbbruder, sollte ich ihn daher nicht mögen dürfen?« Estra musste aufpassen, dass sie nicht zu viel sagte.

Er beugte sich nach vorn und küsste sie auf die Stirn. »Es ist … verzeih mir.«

»Ich erkenne in vielen Dingen, die du tust, dass du mich liebst«, sprach sie. »Und gleich darauf sagst du Dinge, für die ich dir die Augen auskratzen könnte.« Sie atmete tief ein. »Du verdankst Nerestro von Kuraschka sehr viel, ich weiß es. Aber löse dich zu einem gewissen Teil von seinem Erbe.« Estra berührte ihn mit der Linken auf dem Brustharnisch. »Löse dich hier drin von ihm. Strebe nicht danach, dich so zu geben wie er.«

»Ich gebe mich nicht, ich bin ein Ritter Angors, Estra.« Er ließ ihre Hände los, drückte sie vorher jedoch noch ein weiteres Mal, um ihr zu zeigen, dass er es nicht im Zorn tat. »Wenn Lorin nach Hause zurückgekehrt ist, wird sich alles entspannen«, versprach er und erhob sich. »Du wirst sehen, dass es besser wird.«

Gàn war stehen geblieben. »Wir stehen vor Pashtaks Haus«, sagte er durch das Holz des Karrens. »Niemand zu sehen.«

Tokaro sprang hinaus, schaute sich vorsichtshalber noch einmal um und winkte Estra zu. »Komm.« Er eilte zur Tür und klopfte; gleich darauf öffnete eines von Pashtaks zahlreichen Kindern. Dieses Mal war es ein Mädchen, das ihn entfernt an ein Mischwesen aus Ratte und Mensch erinnerte. Die Augen leuchteten rot, und es staunte den Ritter von unten an wie einen Riesen. »Wir suchen deinen Vater«, sagte er. »Lass uns rein.«

»Nein.« Das Mädchen schlug die Tür so schnell zu, dass er nicht einmal den Fuß dazwischen stellen konnte.

Estra lachte laut, als sie das ratlose Gesicht des jungen Ritters sah. »Wie leicht du zu besiegen bist«, neckte sie ihn und strahlte. In diesem Augenblick war es wieder wie früher zwischen ihnen, er fühlte das Band. Es bekam einen Riss, als Lorin sich dazugesellte. Tokaro wünschte sich, sein Halbbruder wäre schon fort gegangen.

Estra klopfte. »Spiik, mach auf. Ich bin es.«

Sofort wurde die Tür geöffnet. »Estra! Schön, dass du wieder da bist!« Spiik warf sich gegen sie und umschlang ihre Beine. »Ich habe dich vermisst.« Sie pfiff und fiepte ihre Freude hinaus.

Aus dem Flur schälten sich die Umrisse von Pashtak. »Meine Inquisitorin ist wieder da!«, rief er freudig und umarmte sie, drückte sie an sich. »Wir waren schon in sehr großer Sorge, nachdem du aus Khòmalîn verschwunden bist.«

»Sie ist nicht verschwunden.« Tokaro trat vor. »Ich habe sie entführt, um sie aus den Klauen der Priester zu befreien. Wie es sich herausstellte, ganz zu Recht.«

»Darüber kann man sich streiten«, hielt Estra dagegen und huschte an Pashtak vorbei ins Innere. »Wir sollten drinnen reden, bevor die Ničti erfahren, dass sich das Amulett und die Tochter Belkalas in der Stadt befinden«, sagte sie aus dem Schatten und zog Tokaro an der Hand hinein; Lorin und Gàn folgten ihnen.

»Geht in die Küche. Wir essen, trinken und erzählen.« Er schaute zuerst Estra, dann den Ritter an. »Ich will alles wissen, und danach berichte ich, was sich hier ereignet hat.«

Sie machten es sich an dem großen Tisch gemütlich, Pashtak schürte das Kohlefeuer und kochte eine Fleischbrühe auf, über die sich die ausgehungerten Neuankömmlinge sogleich hermachten.

Estra und Tokaro erzählten im Wechsel, Lorin brachte seine Angelegenheit nur kurz zu Sprache. Wenn es einen Ort gab, an dem er überhaupt keine Hilfe erwartete, dann war es Ammtára.

»Wie ihr von König Perdór erfahren habt, haben sich die Ničti in den Gassen der Stadt ausgebreitet.« Nun war es an Pashtaks Reihe, die Erlebnisse wiederzugeben. »Ich glaube, die Verhandlungen werden gut verlaufen, wenn auch nicht frei von Stolperfallen, die umgangen werden müssen. Denn eines ist sicher: Dich erwartet kein Leid von den Ničti. Ich denke, eher das Gegenteil wird der Fall sein, Estra. Bist du auf so etwas vorbereitet?«

»Das Gegenteil?« Estra schlürfte von der Brühe und schielte auf das Fleisch, das zum Abhängen an großen Haken unter der Küchendecke hing. Sie würde zu gern davon kosten.

»Die Ničti verehren das Grab deiner Mutter wie das einer Göttin. Dich und das Amulett sehen sie als heilig an«, offenbarte ihr Pashtak. »Ich bin mir sicher, dass du alles von ihnen verlangen kannst.« Er lehnte sich nach hinten, nahm ein Messer, schnitt eine Scheibe Fleisch von dem Stück ab, das der Suppe den Geschmack gegeben hatte, und legte es auf ihren Teller. »Iss. Du hast doch noch Hunger.«

»Sind schon Pläne gemacht, wie die Verhandlungen laufen sollen?« Tokaro fühlte eine mächtige Unruhe in sich aufsteigen. Er machte sich Sorgen um Estras Schicksal.

»Ihr Anführer heißt Simar«, erklärte Pasthak. »Oder jedenfalls ist er es, mit dem die Versammlung und ich ständig sprechen.«

Lorin wusste genau, von wem Pashtak ihnen berichtete. Es war dieser Ničti, dem er die Seekarte überlassen hatte. Eine folgenschwere Hilfsbereitschaft, wie sich herausgestellt hatte. So sagte er nichts und gab auch nicht zu erkennen, dass er dem Fremden schon einmal begegnet war. Er fürchtete schwer wiegende Folgen, sollte sein Anteil an den Ereignissen auf Ulldart bekannt werden. Somit durfte Simar ihn auch nicht sehen.

Pashtak bemerkte den plötzlich veränderten Geruch Lorins. Der junge Mann fühlte sich unwohl, er roch nach Lüge und ein wenig Angst. Pashtak ließ sich nichts anmerken. »Ich werde ihn morgen wissen lassen, dass Belkalas Tochter erschienen ist und dass sie bereit ist, sich mit ihm zu treffen. Danach sehen wir, was geschieht. Und wiederum danach beginnen wir die Verhandlungen über den Abzug aus Kensustria.« Er sah zu Lorin, der ein unbeteiligtes Gesicht aufgesetzt hatte. Es passte nicht zu seinem Geruch. »Aber das hat Zeit bis zum Aufgang der Sonnen. Ich zeige euch die Zimmer, wo Tokaro und Lorin übernachten können; dein Teil des Hauses wartet wie immer auf dich.« Er rief Spiik zu sich und wies sie an, die beiden Männer zu ihrer Unterkunft zu bringen. Sie verabschiedeten sich und verschwanden.

Pashtak richtete die roten Augen forschend auf Estra, die sich eine zweite Scheibe Fleisch abschnitt. Die Schneidbewegungen waren schnell und gierig, als sei sie kurz vor dem Verhungern. »Wie gut kennst du Lorin?«

Sie zog die Brauen zusammen. »Wie meinst du das, Pashtak?«

»Er riecht nach Lüge und Verborgenheit. Als der Name Simar fiel, war es mit seiner Ruhe vorüber.«

»Er wird Angst vor den Kensustrianern haben. Was mich nicht wundert nach dem, was er alles von Tokaro über meine Mutter und meine Tante zu hören bekommen hat.«

»Estra, er verheimlicht etwas.«

»So?« Sie kaute auf dem abgeschnittenen Stück Fleisch herum. »Mir ist nichts Derartiges aufgefallen. Dabei bin ich doch die Inquisitorin.« Sie erhob sich rasch und lächelte ihn an. »Gute Nacht, Pashtak.«

»Gute Nacht, Estra.« Er schaute ihr hinterher, bis sie durch die Tür ging und verschwunden war. Zurück blieb ihr Geruch, der ebenfalls einen Hauch Verborgenheit in sich trug. Es musste sich einiges außerhalb von Ammtára ereignet haben, über das keiner mit ihm sprechen wollte.

Simar betrat den Versammlungssaal, seine Augen schweiften unablässig umher und suchten nach – Estra!

Sie saß am Kopf der Tafel, der sonst dem Vorsitzenden vorbehalten war. Doch Pashtak saß heute rechts von ihr, Tokaro links, und hinter ihnen standen zwanzig Nimmersatte, die jede Bewegung des Ničti genauestens verfolgten. Gàn befand sich in der ersten Reihe, in unmittelbarer Nähe zu Tokaro.

Simar schaute Estra ins Gesicht, die Augen wanderten am Hals hinab zur Kette des Amuletts und von dort zu dem Schmuckstück. Die sandfarben-bronzene Haut sah aus wie gebleicht, er zitterte und näherte sich in gebeugter Haltung. »Ist es denn möglich …?«, raunte er bewegt.

Estra erhob sich, als er noch vier Schritte von ihr entfernt stand. »Ich bin Estra, Tochter von Lakastre und Nerestro von Kuraschka«, empfing sie ihn. Sie sprach klar und deutlich, getragen, aber ohne falsches Pathos. Sie nahm das augengroße Amulett in die Hand und hielt es hoch. »Diesen Talisman bekam ich von meiner Mutter.« Sie bedeutete Simar, näher zu treten. »Komm und schau, ob ich diejenige bin, nach der ihr sucht.«

Der Ničti kam Schritt um Schritt auf sie zu, sein Gesicht wurde von vollkommener Entrückung beherrscht.

Er roch auch so. Pashtaks feine Nase nahm Simars Ausdünstungen sehr genau wahr. Zu dem Hauch von Moder hatte sich eine Spur von Ekstase gemischt. Er musste sich in einem Zustand eines absoluten Hochgefühls befinden. Pashtak kannte diesen Geruch in erster Linie von Wesen, die er kurz nach dem Liebesakt auf der Straße oder in der Versammlung getroffen hatte. Was das Auge nicht sah, verriet ihm seine Nase.

Simar brach vor Estra auf die Knie, konnte seine Augen nicht mehr von ihr abwenden. Wenn er doch einmal etwas anderes anschaute als ihr Gesicht, dann war es das Amulett. Er wusste nicht, was er sagen sollte. »Sie ist es. Sie ist es«, stammelte er auf Kensustrianisch.

»Ja, ich bin es«, erwiderte sie in der gleichen Sprache.

Simar schluckte. »Ihr sprecht unsere Zunge, Allerhöchste!« Er warf sich vor ihr flach auf den Boden, die Hände gefaltet und über den grünen Schopf erhoben. »Ihr seid endlich bei uns, Allerhöchste. Ein ganzer Kontinent erwartet Eure Ankunft, um Euch zu feiern und als Königin auf dem Thron zu sehen.«

Pashtak verstand wie alle anderen kein Wort, das zwischen dem Ničti und seiner Inquisitorin gewechselt wurde, und musste sich wieder auf seine Nase verlassen. Und sie sagte ihm, dass etwas mit Estra vorging. Auf einen Schlag verströmte sie freudigen Schrecken, ein enormes Glücksgefühl ging einher mit Abwehr. Und … Er schnupperte vorsichtig. War das Stärke?

»Ihr wollt mich als Königin?«, vergewisserte sie sich.

»Ja. Nichts Sehnlicheres wünschen wir uns von Euch.«

»Wie lange wirst du so vor mir verharren?« Allmählich wurde es ihr unangenehm, dass sie eine regelrechte Anbetung erfuhr. Tokaros und Pashtaks Gesichter verrieten, dass sie zu gern wüssten, worüber sie sich mit Simar unterhielt. Sie gab ihnen mit einem Zeichen zu verstehen, dass sie sich gedulden sollten.

»Bis Ihr mir erlaubt aufzustehen, Allerhöchste.«

»Dann steh auf. Ich bin ein Wesen wie alle anderen auch.«

Simar erhob sich. »Das seid Ihr nicht. Nicht für mich und alle anderen Ničti«, widersprach er. »Ihr tragt das Zeichen der Göttlichkeit und entspringt einer Heiligen. Wie sollte ich mich sonst Euch gegenüber verhalten, Allerhöchste?«

»Sobald wir die Verhandlungen über die Ničti und die Kensustrianer abgeschlossen haben, wirst du vielleicht anders über mich denken, Simar.«

Schon wieder fiel er vor ihr auf die Knie. »Segnet mich, Allerhöchste. Gewährt mir diese Gnade.«

Pashtak verfolgte das Treiben und versuchte weiterhin, es anhand der Düfte zu begreifen. Das Hochgefühl bei Estra war verschwunden, während sich Simar noch immer in einem rauschähnlichen Zustand zu befinden schien. Er würde wirklich sehr gern erfahren, was sie sprachen.

Estra lehnte die Bitte ab. »Zuerst werden wir verhandeln, danach ist Zeit für alles andere.«

»Lasst mich wenigstens die Geschenke zu Euch bringen, Allerhöchste. Sie sollen Euch zeigen, was Ihr für uns bedeutet«, erbat sich Simar. Estra willigte ein, und der Ničti eilte hinaus.

»Was tut er?«, girrte Pashtak. »Hat er es abgelehnt zu verhandeln?«

»Nein. So weit sind wir nicht. Er möchte die Geschenke bringen lassen.« Sie legte ihre Hand auf die von Tokaro.

»Du zitterst«, stellte er fest. »Hat er dir gedroht ...?«

»Im Gegenteil. Ich werde von ihm als Allerhöchste angesprochen, und angeblich wartet ein gesamter Kontinent darauf, dass ich mich ihm als Königin präsentiere.« Sie seufzte. »Wer würde da nicht zittern?«

»Es war jedenfalls nicht übertrieben, was Simar dir berichtete«, staunte Pashtak. »Ich habe nichts gerochen, was ihn als Lügner erscheinen ließ. Alles, was er sagte – auch wenn ich es nicht verstanden habe –, entsprang einer Glückseligkeit, wie sie mir selten begegnet ist.«

Tokaro schaute sie an. »Du und eine Königin.« Er klang anerkennend und nicht ein bisschen zynisch. »Aber du wirst das Angebot nicht annehmen?«

Bevor sie antworten konnte, wurde die Tür wieder geöffnet. Simar kam herein, umgeben und gefolgt von unzähligen Ničti, die in den Saal strömten, als beträten sie ein Heiligtum. Schweigend, ehrfürchtig staunend durchmaßen sie den Raum, warfen scheue Blicke auf Estra. Sie trugen nicht weniger als zwanzig eisenbeschlagene Truhen mit sich, sodass Pashtak bereits um die Tragkraft des Bodens fürchtete.

Tokaro hob die Hand, Gàn grollte, und die Nimmersatten rückten zwei Schritte nach vorn.

»Sei dieses Mal besonnener als das letzte Mal«, flüsterte Estra ihm zu. »Warte länger, bevor du etwas anordnest.«

Tokaro überhörte ihren Hinweis absichtlich. Er würde nicht zulassen, dass jemand Hand an Estra legte. »Haltet Euch bereit«, sagte er hinter sich zu Gàn.

Simar ließ die Truhen absetzen, die Ničti – bis auf ihn – warfen sich wieder auf den Boden. »Allerhöchste, ich hoffe, wir finden Gefallen bei Euch mit dem, was wir Euch brachten.« Er sprach nach wie vor Kensustrianisch. »Es sind Gaben aus der Heimat Eurer Mutter.« Er öffnete den ersten Deckel.

Die Truhe war bis zum Rand mit Edelsteinen gefüllt, die in unterschiedlichen Farben und Formen funkelten. Ein Raunen ging durch den Saal.

Pashtak betrachtete die Gabe. Er hatte keinen besonderen Bezug zu den bunten Steinen, für deren Besitz die Menschen sich gegenseitig abschlachteten. Er fand das Funkeln hübsch und hätte einen Kronleuchter damit geschmückt, damit das Licht angenehmer wurde. Doch er wusste, dass sie Macht bedeuteten. Sehr viel Macht. Pashtak überschlug den Wert des Schmucks grob und gelangte zu der Ansicht, dass aus seiner

Inquisitorin eine der reichsten Frauen Ulldarts geworden war. Und das war nur eine Truhe von zwanzig.

Nacheinander wurden Estra die Geschenke präsentiert, die von Geschmeide bis zu Kunstgegenständen reichten; bei einigen aber war es auf den ersten Blick nicht ersichtlich, wozu sie dienten.

Sie starrte auf die Präsente, die sich um sie herum stapelten. »Ich danke euch«, sagte sie mit rauer Stimme.

»Es ist eine Selbstverständlichkeit.« Simar machte Anstalten, sich wieder auf den Boden zu legen, doch Estra hielt ihn davon ab. »Beginnen wir lieber darüber zu sprechen, was mit Kensustria geschehen soll. Dazu solltet ihr alle Folgendes wissen, Simar.« Sie schilderte knapp die Ereignisse vor gut einem Jahr und den gemeinsamen Kampf für die Freiheit des Kontinents. »Die Kensustrianer sind zu Freunden geworden, und ein Angriff hätte zur Folge, dass die Ničti von den anderen Königreichen als Feinde betrachtet werden. Was aber nicht unbedingt sein muss. Stimmst du zu?«

Simar nickte. »Wir haben keinen Grund, so vielen Ländern den Krieg zu erklären. Es geht uns nur um die Abtrünnigen. Ich verstehe, dass es eine schwierige Lage ist.«

»Hier ist mein Angebot: Ihr zieht ab, lasst Kensustria in Frieden und räumt jeden Schritt eroberten Landes. Ihr schwört, dass ihr nie wieder einen Versuch unternehmen werdet, Kensustria anzugreifen und zu vernichten. Im Gegenzug bleibt Ammtára erhalten und wird von den Kensustrianern unbehelligt gelassen. Ich komme ich mit euch. Für ein Vierteljahr. Danach entscheide ich mich, ob ich bei euch bleibe oder nach Ulldart zurückkehre.«

Pashtak witterte, dass die Verhandlungen begonnen hatten und Simar alles andere als glücklich war, Estras Worte zu vernehmen. Das Hochgefühl hatte sich abrupt gelegt, seine Miene aber blieb unbewegt.

»Es ist schwierig, Allerhöchste. Ich hätte sofort zugestimmt, wenn Ihr die Einschränkung mit dem Vierteljahr Eurer Regentschaft nicht gemacht hättet.«

Estra bedachte ihn mit einem langen Blick. »Dann versetz dich in mich hinein, Simar. In meine Lage.«

»In die einer Königin? Das wäre zu anmaßend!«

»Nein, in die einer Fremden. Und das sollte dir gelingen, wo du selbst ein Fremder auf Ulldart bist.« Sie lächelte zaghaft. »Ich soll eine Königin inmitten eines Reiches sein, von dem ich nicht einmal weiß, wo es liegt und wie groß es ist.«

Simar schwieg. »Macht Euch keine Sorgen, Allerhöchste. Wir werden Euch alles genau erklären. Auf der Überfahrt ist viel Zeit, um Euch vorzubereiten.«

»Meine Bedenken reichen noch weiter.« Sie nahm einige Edelsteine, spielte mit ihnen und schüttete sie zurück auf den Tisch. »Was ist, wenn ich die Erwartungen nicht erfülle, die das Volk der Ničti in mich setzt? Was geschieht dann mit mir?«

»Ihr werdet sie erfüllen, Allerhöchste. Ihr erfüllt sie bereits jetzt schon.« Simar verneigte sich tief vor ihr. »Ihr seid sehr umsichtig, auch wenn es nicht notwendig ist.« Er betrachtete sie voller Freude. »Ich nehme Euer Angebot an, Allerhöchste. Seid ein Vierteljahr unsere Heilige Königin.«

»Lasst die Truppen sich zurückziehen, Simar. Alle Ničti verlassen Kensustria.«

»Wie Ihr es wünscht und wie wir es vereinbart haben, Allerhöchste. Unsere Schiffe segeln mit Euch in sieben Tagen los, wenn es Euch passt. Das lässt Euch Zeit genug, Euch zu verabschieden.« Dieses Mal warf er sich ihr zu Füßen. »Ihr macht ein Volk glücklich, Allerhöchste«, sprach er feierlich und erhob sich, als sie es ihm und seinen Begleitern befahl. Schweigend verließen sie die Versammlungshalle, zurück blieben nur die Kisten.

Pashtak hatte sich anhand der Gerüche bereits ein eigenes Bild gemacht. Die Verhandlungen waren abgeschlossen, und dass die Ničti zufrieden rochen, hatte einen gewissen Grund. Einen Grund, den er mit Sorge betrachtete. »Du wirst gehen?«, fragte er sie in der Dunklen Sprache, um zu verhindern, dass Tokaro ihn verstand.

»Zum Wohl Ulldarts, ja«, seufzte sie. »Ich kehre in einem Vierteljahr zurück, wenn die Ničti eingesehen haben, dass ich keine gute Königin bin.« Sie versuchte zu lächeln. »Ich lasse mir etwas einfallen, Pashtak.«

»Wie wirst du es Tokaro beibringen? Ich fürchte, dass er dich wieder niederschlägt und an einen geheimen Ort in Ulldart verschleppt«, meinte er halb im Scherz und halb ernst.

»Schlimmer noch. Ich werde ihn dazu bringen, nach Bardhasdronda zu gehen.«

Pashtak bleckte seine Raubtierzähne, grinste eindrucksvoll. »Die Götter mögen dir beistehen.«

»Ich weiß, dass ihr über mich sprecht«, warf der junge Ritter ein und trat zwischen sie. »Was ist geschehen?«

Estra blickte ihm in die Augen, der gelbe Ring um die Pupille glomm schwach auf. »Um den Kontinent vor Krieg zu bewahren, gehe ich für ein Vierteljahr mit den Ničti, mein stolzer Diener Angors. Simar hat eingewilligt, die Kämpfe abzubrechen, der Angriff auf Kensustria ist zu Ende.« Rasch erklärte sie, was besprochen worden war.

»Wie …?«

Sie berührte seine Wange. »Du hast nun alle Zeit der Welt,

um Gutes zu tun und dich einer Aufgabe zu stellen, die einem Ritter würdig ist. Du wirst deinen Bruder nach Bardhasdronda begleiten und ihm beistehen, Tokaro«, befahl sie mehr, als dass sie bat.

»Ich lasse dich nicht in die Hände der Ničti geraten, und ich werde auch nicht nach Kalisstron fahren«, widersprach er ihr im gewohnt stolzen Ton. »Außerdem befindet sich das Kaiserreich Angor noch immer im Zwist mit Tersion. Wenn überhaupt, so würde mich mein Weg dahin führen, um zu sehen, wie ich …«

»Ich werde die Ničti begleiten, Tokaro«, fiel sie ihm ins Wort. »Ich verspreche dir, dass ich zu dir zurückkehre, wenn du nach Bardhasdronda gehst und gegen die Qwor antrittst.«

»Du erpresst mich?«

»Und du entführst gelegentlich Menschen, wenn du der Meinung bist, dass deine Ansichten die besseren sind«, hielt sie lächelnd dagegen.

»Niemals gehe ich dorthin«, schnaubte er und wandte sich ab, hielt auf den Ausgang zu. Gàn und die Nimmersatten folgten ihm.

»Ich sehe schon. Es läuft sehr gut«, girrte Pashtak und setzte ein anhaltendes Grollen hinterher.

XII.

*»Eben erreichte mich eine Nachricht aus
Vekhlathi: Der Qwor ist in die Stadt eingefallen!
Er habe einfach das Tor durchbrochen, als
bestünde es aus dünnen Eierschalen, und habe in
den Gassen und Straßen gewütet, um seinen
Hunger und seine Wut zu stillen.
Meine Hände zittern noch immer: fünfhundert-
dreizehn Männer, Frauen und Kinder sind tot.
Fünfhundertdreizehn! Zerbissen, gefressen ...
Sie bitten um Soldaten, um den Qwor zu jagen.
Denn er ist immer noch in der Stadt, unsichtbar
wie ein Splitter helles Glas in klarem Wasser.
Ich fürchte, dass Bardhasdronda Ähnliches
geschieht.«*

Aufzeichnungen des ehrenwerten Sintjǿp,
Bürgermeister Bardhasdrondas,
gesammelt in den Archiven zu Neu-Bardhasdronda

Kontinent Ulldart, Königreich Tersion, Baiuga, Frühling im Jahr 2 Ulldrael des Gerechten (461 n.S.)

Prynn drückte sich gegen die Ecke und gab dem Mann schräg neben ihm ein Zeichen. Dieser reckte die fünf Schritt lange Stange, an deren Ende die weiße Fahne hing.

Der Beschuss von der anderen Seite endete.

»Vorsicht!«, rief ein Gardist und zog Prynn am Stoff seines Mantels zurück. Lose Steine fielen aus der zerstörten Hausmauer über ihnen und prasselten an der Stelle nieder, wo er eben noch gestanden hatte.

Prynn schaute nach oben, wo die zersplitterten Balken wie hölzerne, zerstörte Knochen aus dem Gebäude standen.

Der Geruch von Feuer lag allgegenwärtig in der Luft, Feuer, Rauch und Staub. Unablässig krachte und rumpelte es, Klirren von Glas und Ziegeln mischte sich in das Bersten von Mauern.

Mit Tränen in den Augen betrachtete er das Trümmerfeld rund um den Hafen, das einst ein Ort des Handels und des blühenden Lebens gewesen war. Hier stand nichts mehr, in dem sich Mensch oder Tier aufhalten konnten. Vom Feuer verbrannte Grundfeste waren geblieben, gelegentlich reckten sich höhere Mauerreste empor und erweckten den Eindruck, als seien sie die versteinerten Finger eines Riesen, der unter dem Schutt begraben lag und um Hilfe bettelte; teilweise brannte es im Inneren der Ruinen.

Seit dem Tag, an dem der Aufstand losgebrochen und er von tapferen Baiuganern aus der Hand der angorjanischen Wache befreit worden war, schossen die Katapulte der Galeeren. Tag und Nacht.

Die Angorjaner trugen die Hafenmauer hinter sich ab und nutzten die gewaltigen Quader als Geschosse. Auf diese Weise hatten sie alles im Umkreis von einhundert Schritten rund um die Hafenbecken dem Erdboden gleichgemacht; nun hatten sie die Schusswinkel der Katapultlafetten steiler gestellt und eröffneten die nächste Runde der Zerstörung. Die Steine waren zwar kleiner geworden, aber sie flogen erschreckend weit und richteten immer noch immensen Schaden an. Die Zahl der Toten stieg.

»Sie sagen, wir dürfen näher kommen«, rief der Mann mit der weißen Fahne. »Sie möchten sich unseren Vorschlag anhören.«

Prynn ging um die Ecke und marschierte die Straße hinab auf die Kaimauer zu, vor der Nechs Galeere in einem Abstand von zwanzig Schritten lag. Ein Ruderboot näherte sich der Einfassung, um die Abordnung abzuholen.

Mit Schrecken bemerkte Prynn, dass eben fünf weitere Galeeren in das Hafenbecken einliefen; die erste Verstärkung war angekommen.

Prynn und seine sieben Begleiter kletterten einer nach dem anderen in das Boot; die Vertreter mächtiger Häuser nahmen an der Verhandlung teil. Nur das Haus Malchios musste es erdulden, nicht dabei zu sein.

Taltrin gehörte zu den Unglücklichen, deren Häuser getroffen und deren Bewohner mit Verletzungen davongekommen waren. Steine aus einer umstürzenden Wand hatten ihm den Unterschenkel gebrochen. Damit nicht genug. Das vermehrte Gewicht war zu schwer für den Boden gewesen. Beim anschließenden Sturz durch die Decke ins Geschoss darunter hatte Taltrin sich an einem geborstenen Balken eine schwere Kopfverletzung zugezogen. Man sagte, die spitzen Splitter hätten ihm die Hälfte des Gesichtes weggerissen.

Unter anderen Umständen hätte Prynn sich darüber gefreut, doch es wäre ihm lieber gewesen, der im Vergleich zu ihm junge Mann wäre bei den Unterredungen dabei.

Das Boot setzte sie über, sie erklommen die steile Treppe und standen Nech an Deck gegenüber. Ihnen waren leere Fässer als Sitzgelegenheit bereitgestellt worden, während der Kaiser auf einem bequemen Sessel thronte.

»Baiuga hätte es anders haben können«, begrüßte er sie

Kopf schüttelnd. »Ich suche die Attentäter, und du, Prynn, lässt es zu, dass sich das Volk gegen mich erhebt und dich zu seinem neuen Führer ausruft.«

»Ich habe niemals danach gestrebt. Aber jetzt, wo ich es bin, übernehme ich das Amt mit Freude«, erwiderte er und verzichtete auf eine respektvolle Anrede. »Meine Aufgabe wird zu Ende sein, sobald Alana die Zweite in ihrem Palast weilt und die Geschäfte führt. Wie es sein sollte.« Er setzte sich und wich den stechend blickenden Augen nicht aus. »Gebt uns Alana. Wir kümmern uns um sie und schwören, dass wir die Attentäter selbst suchen werden. Ihr zieht Eurer Wege, Nech, und regiert Angor als Kaiser. Tersion und Baiuga gehen Euch nichts an.«

»Deutliche Worte, geboren aus Verzweiflung«, lächelte Nech.

»Verzweiflung ist es nicht. Es ist die Gewissheit, dass jegliche Eurer Unternehmungen zu nichts führen werden.« Prynn sah keinen Grund, freundlich mit dem jungen Herrscher zu sprechen. »Habt Ihr es denn nicht vernommen? Die Ničti haben ihren Angriff auf Kensustria eingestellt. Somit ist Euer Anspruch dahin.«

»Sicherlich nicht.«

Prynn sah an den Augen, dass Nech vom Rückzug der Verbündeten gehört hatte. »Ich sage Euch, warum Ihr hier und nicht in Kensustria seid. Es ist die Feigheit. Ihr könnt es nicht wagen, mit den paar Galeeren, die Euch gehören, über Kensustria herzufallen. Deswegen bleibt Ihr hier, um Euch das wehrlosere Tersion zu sichern. Ist es nicht so?«

Nech beugte sich nach vorn und lachte laut. »Ich bin der Kaiser von Angor, alter Mann. Ich habe so viele Galeeren, dass ich …«

»Wo sind sie denn, Kaiser?«, fiel ihm einer der Männer aus der Delegation ins Wort. »Ich sehe hier zehn von ihnen. Damit werdet Ihr es nicht schaffen, ganz Tersion einzunehmen.«

»Wie auch? Es gehört der Regentin, Eurer Schwägerin, und Ihr würdet Euch damit Ihren Zorn zuziehen!« Prynn machte eine kleine Pause, um die Worte wirken zu lassen. »Alana werden wir sofort gehorchen. Aber Euch niemals. Es wird auch nichts ändern, wenn Ihr die Stadt ausradiert. Ihr treibt den Hass der Menschen auf Euch an.«

Nech grinste. »Alles, was du sagst, kümmert mich nicht. Bald werden meine restlichen Truppen hier sein, dann durchkämme ich das ganze Reich nach den Bastarden, die meinen Bruder getötet haben.« Die Augen schweiften über die Delegation. »Und ich beginne zu verstehen, dass es sich hierbei um eine Verschwörung handelt, in welche auch die tersionischen Adelshäuser eingebunden sind.« Er lächelte falsch. »Ich werde sie alle verhaften lassen, sobald Baiuga bestraft worden ist. Und lass die Sorge um das Trümmerfeld meine Sorge sein. Ich errichte Alana eine neue Stadt, eine schönere Stadt, ohne den Abschaum darin.«

»Ihr solltet abreisen, Kaiser.«

»Ich«, Nech sprang auf, »bleibe!«

»Dann nehmt zur Kenntnis, dass der Krieg, den Ihr gegen uns begonnen habt, Euch treffen wird.« Prynn nahm keinerlei Rücksicht auf sein Leben. Er hatte ein langes gehabt, es gab andere, die ihn ersetzen würden, wenn Nech sich hinreißen ließe, ihn zu töten.

»Wir haben Vorbereitungen getroffen, die Galeeren zu versenken, Kaiser«, sprang ihm ein anderes Mitglied aus der Delegation bei. Nech sollte annehmen, dass keiner sich vor ihm fürchtete und sie eine Meinung vertraten.

»Versucht es doch, ihr Maulhelden!«, spottete er. »Sie sind allem, was ihr aufbringen könnt, hoch überlegen.«

»Darüber sprechen wir, sobald die erste Galeere in Flammen steht, Kaiser.« Prynn erhob sich. »Ich sehe, Ihr seid ein ungestümer, sehr unbelehrbarer junger Mann. Ihr werdet fühlen müssen anstatt zu hören.«

»Aber wenn ihr dabei eure eigene Regentin umbringt?«, fragte ihn Nech lauernd.

Dieses Mal lachte Prynn ihn aus. »Ihr habt gehört, für wen das Volk die Macht fordert, Kaiser.« Er deutete mit Zeige- und Mittelfinger der rechten Hand auf seine Brust. »Stirbt Alana, wird es mir eine Freude sein, ihren Tod zu rächen. Denn Ihr habt ihn zu verschulden, so oder so.« Er sprach absichtlich abwertend über sie, um Nech glauben zu machen, dass sein Druckmittel mehr als schwach war. Dabei hoffte er sehr, dass die anderen Delegationsmitglieder starke Nerven besaßen und sich nicht durch Blicke verrieten.

Nech beobachtete ihn, schwieg.

»Ihr seid wie ein Falke, der eine Schlange betrachtet«, verglich Prynn. »Ihr überlegt, ob Ihr zustoßen solltet oder nicht, und versucht abzuschätzen, ob ich als Schlange genügend Gift besitze, um Euch und Euren Plänen den Tod zu bringen.«

»So ähnlich verhält es sich.« Nech wandte den Blick von ihm und musterte die Delegation. Keiner sagte etwas. »Ich denke, dass du mir etwas vormachen möchtest«, verkündete er schließlich und holte tief Luft. »Aber ich werde es prüfen.« Er zog sein Schwert und zeigte auf die Tür. »Es ist recht einfach. Ich gehe nach unten, töte Alana und warte ab, was geschieht. Was sagst du dazu, Caldúsin?« Er lachte. »Was sagt ihr dazu, ihr Mächtigen von Baiuga?«

Betroffenes Schweigen trat ein, langsam wandte er sich zum Ausgang.

»Nein«, brach es aus Iastyla heraus. Sie gehörte dem Haus Wantolus an, das der Familie der Regentin sehr nahe stand. »Nein, verschont ihr Leben, Kaiser!« Sie wandte sich an Prynn. »Beendet das Spiel, Caldúsin. Es hat uns nichts gebracht.«

Nech bog den Oberkörper nach hinten und lachte aus vollem Hals. »So schnell zeigt sich die Wahrheit. Also bedeutet euch meine Schwägerin doch noch etwas.«

»Nur, wenn sie noch lebt«, hakte Prynn ein und ärgerte sich sehr über Iastyla. »Ich will sie sehen!«

»Von mir aus. Ich habe nichts dagegen einzuwenden.« Nech steckte das Schwert zurück in die Scheide. »Ihr werdet sehen: Sie schläft und ist von ihren schweren fleischlichen Wunden genesen. Sie will aber einfach nicht erwachen.« Er drehte sich zu Iastyla. »Sag denjenigen, die beabsichtigen, meine Galeeren anzugreifen, dass sie eine Antwort heraufbeschwören, die alles übertrifft, was bislang geschehen ist. Mein Feind ist nicht das Volk Baiugas oder Tersions, doch ich werde einen Aufstand gegen mich und damit gegen Alana niemals hinnehmen. Und wie ich bereits sagte: Ihr gefährdet damit das Leben der Regentin.« Er nickte seinen Leibwächtern zu, und sie gaben den Weg zur Treppe frei.

Die Delegierten stiegen in den Bauch des Schiffes hinab bis zum Gemach der entführten Regentin. In Prynns Augen war Alana nichts anderes: eine Gefangene.

Nech legte die Hand auf die Klinke. »Überzeugt euch von ihrem Wohlergehen.« Er drückte sie hinab und stieß die Tür auf.

Nacheinander betraten sie den Raum, näherten sich Alanas

Bett leise – bis auf Prynn. Er polterte absichtlich laut über die Dielen.

Die Regentin lag mit dem Rücken zu ihnen und regte sich nicht.

Abrupt blieb Iastyla stehen. »Sie atmet nicht, oder?« Sie stieß einen lauten Schrei aus, stürzte sich auf das Lager und rollte Alana herum. Aus ihrer Brust ragte ein langer, schlanker Dolch, ihr Nachtgewand hatte sich über ihrer Brust voller Blut gesogen. »Bei Ulldrael«, ächzte Iastyla. »Sie wurde ermordet!«

Prynn fuhr herum; Nech schaute ebenso entsetzt wie die Baiuganer.

»Sie ist noch nicht lange tot. Ihr Körper ist warm, das Blut nicht geronnen«, meldete Iastyla.

»Jetzt habt Ihr alles verwirkt, Kaiser. Ganz Tersion wird Euch hassen und danach trachten, Euch samt der Galeeren zu vernichten.« Prynn stellte sich neben die tote Alana, deren gebrochene Augen gegen die Decke stierten. Sie blickte erschrocken, und er meinte sogar, so etwas wie Erkennen auf ihren Zügen lesen zu können. »Sie hat den Mörder kommen sehen«, sagte er. »Im Augenblick des Todes ist sie erwacht.« Iastyla schluchzte.

Nech wandte sich an seine Soldaten, redete in Angor zu ihnen; zwei von ihnen liefen davon, und gleich danach erschallten laute Rufe an Deck. »Ich weiß nicht, wie ein Attentäter auf das Schiff gelangen konnte, aber ich werde ihn finden.«

»Wie Ihr die ersten Attentäter gefunden habt? Jetzt steht Ihr vor wirklich großen Herausforderungen, Kaiser.« In Prynn wollte keine echte Freude darüber aufkommen, dass alles auf einmal gegen Nech lief. »Auf Eurem Schiff ist sie gestorben ...«

»Aber nicht durch meine Hand!«

»Das wird das Volk nicht groß unterscheiden. Euch ist es nicht gelungen, sie zu beschützen, und es gibt keinerlei Grund mehr, wegen der Regentin bei einem Angriff Rücksicht zu nehmen.« Prynn deutete auf die Leiche. »Ich werde sie mitnehmen, damit wir sie bestatten, wie es sich gebührt.«

Nech schüttelte den Kopf, dass die langen schwarzen Haare flogen. »Die Menschen werden erfahren, dass sich die Delegation an Bord geschlichen hat, um die Regentin zu ermorden. Ich kam zu spät, um es zu verhindern, aber ich habe ihren Tod gerächt, indem ich die Verräter hinrichtete.« Er kreuzte die Arme vor der breiten Brust. »Wie gefällt dir meine Version, Caldúsin?«

»Man wird Euch nicht glauben, Kaiser.«

»Ich habe eine Zeugin, die als Einzige überleben wird. Sie tat alles, um die Umstürzler aufzuhalten, und stand mir bei. Sie wird fürstlich belohnt und die neue Regentin, die unter meinem Schutz steht.« Er nickte Iastyla zu. »Willst *du* diese Überlebende sein? Möchtest du Regentin werden?«

Prynn gestand dem Kaiser zu, dass er trotz seiner Jugend erkannt hatte, worauf es ankam. Iastyla war schwach. Verschreckt vom Tod der Regentin und von der Aussicht auf das eigene Ableben, würde sie Nechs neue Verbündete werden.

»Tut es nicht«, sagte er betont langsam und inständig. »Ihr verratet damit Tersion und die Ehre Eures Hauses.«

Schräg über der Tür, aus einer kleinen Nische, kam ein Schatten gesprungen, der wie eine Spinne gelauert hatte. Eine Klinge blitzte auf und traf Iastyla mitten in die Brust; ihr warmes Blut spritzte gegen Prynn.

Die in dunkle Kleidung gehüllte Gestalt landete neben ihm, der Statur nach handelte es sich um einen Mann. Er trug zwei

Brustgurte voller Wurfmesser, drei davon hielt er in der Hand.

Keinem gelang es zu handeln. Die nächsten Klingen sirrten durch den Raum, eine schickte Nech zu Boden, die anderen brachten zwei Baiuganern den Tod. Der Attentäter tötete anscheinend wahllos.

Prynn wich einen Schritt zur Seite und holte mit seinem Gehstock aus.

Der Maskierte war schneller, hielt den Arm fest und stach zu. Die Schneide drang durch die Haut, durch die Rippen und zerschnitt das alte Herz, das auf der Stelle erstarb.

Prynn fiel neben Alanas Bett nieder, landete in der Pfütze des herrschaftlichen Blutes – und hörte noch, was als Nächstes geschah. Er bekam mit, wie die restlichen Männer und Frauen der Abordnung sowie zwei angorjanische Wärter Opfer des Mörders wurden, ehe der Attentäter über Nech hinwegsprang und entschwand.

Prynn hörte auch Nechs wütende Schreie, die Baiugas Auslöschung befahlen. Die Stadt und das Land sollten vernichtet werden.

Um ihn wurde es rasch Nacht. Die Dunkelheit erhielt einen wunderschönen Sternenhimmel, der sich zum Gesicht seiner Nichte formte. Furanta lächelte ihn an und hieß ihn auf diese bezaubernde Weise willkommen.

Kontinent Ulldart, Königreich Tûris, Ammtára, Frühling im Jahr 2 Ulldrael des Gerechten (461 n.S.)

Lorin saß auf der Stadtmauer über dem Westtor und blickte in die Ferne, wo irgendwo das Meer lag. Wo sein geliebtes Bardhasdronda lag.

Der Himmel verdüsterte sich, schwarze Wolken zogen von Süden herauf, und die Luft roch nach Regen, wie damals, als er an Bord des Seglers nach Ulldart gekommen war.

Tief unter seinen baumelnden Füßen gingen Ničti ein und aus. Sie rückten an, um Estra ihre Aufwartung zu machen, und sie konnte nicht anders, als die Bekundungen anzunehmen. Pashtak fürchtete, dass die Fremden ansonsten unvorhersehbar handeln könnten. Heiligtümer wollten angebetet werden.

Hinter ihm erklangen schwere Schritte und das Reiben von Metall, gleich darauf fiel ein breiter Schatten über ihn. Zu breit für einen Menschen.

Als Lorin auf dem Boden unter sich die schwarzen Umrisse eines mächtigen Oberkörpers, eines immensen Schädels und vier Hörner sah, wusste er, wer ihn besuchte. »Ich grüße Euch, Ritter Angors.«

»Noch bin ich keiner von ihnen, werter Herr Seskahin«, gab Gàn zur Antwort. »Ich zweifle daran, dass ich jemals ein vollwertiges Mitglied des Ordens der Hohen Schwerter sein werde. Mein Wuchs, meine Herkunft stehen dem im Weg.« Er lachte freudlos auf. »Vielleicht könnte ich mich einem der Ritter als Reittier andienen.«

»Wir alle haben Wünsche, die nicht wahr werden, Gàn.«

»Euren sehnlichsten erahne ich, werter Herr Seskahin.« Der Nimmersatte setzte sich neben ihn. »Er wiegt ungleich schwerer denn meiner, habe ich Recht?«

»Ich würde nicht abstreiten, dass es stimmt.«

Gàn schaute ebenso in die Ferne. »Ich biete Euch an, dass *ich* Euch begleite«, sprach er mit seiner volltönenden Stimme. »Nach dem, was ich über einen Qwor gehört habe, traue ich mir zu, diese Biester zu erledigen. Und Angor würde es sehr gefallen, wenn ich mich für Euren Kontinent einsetzte. Als Gott der Jagd hat er es gern, wenn sich Kreaturen und Tiere messen.«

Lorin wandte ihm den Kopf zu und betrachtete die weißen Augen; die Doppelpupillen waren groß und wirkten wie schwarze Inseln, die auf einem Milchsee schwammen. »Ich danke Euch für Euer Angebot, Gàn. Tatsächlich seid Ihr der Erste, der es mir macht.«

»Das spricht nicht unbedingt für Ulldart.«

»Ich verstehe, dass sich die Menschen auf Ulldart um Angelegenheiten kümmern, die ihnen näher sind. Ničti, Kensustrianer, dann die rätselhaften Vorgänge in Borasgotan, die Ungewissheiten in Tersion und die Rolle des Kaiserreichs ... Das sind viele Brennpunkte auf dem eigenen Land.« Lorin blickte wieder in die Ferne.

»Dennoch wäre es möglich gewesen, Euch in irgendeiner Weise Hilfe anzubieten«, beharrte Gàn. »Ich muss gestehen, dass ich die Engstirnigkeit von Ritter Tokaro nicht verstehe. Er sollte es als eine besondere Herausforderung unseres Gottes Angor sehen, die Qwor zu bekämpfen.«

»Ich werde den Großmeister aufsuchen und ihn bitten, ein gutes Wort bei Tokaro für Bardhasdronda einzulegen«, verriet Lorin dem Nimmersatten. »Meine Angst um die Lieben zu Hause steigt und steigt. Die Qwor könnten gewachsen sein und schrecklich unter den Menschen wüten.«

»Bis Ihr den Großmeister gefunden habt, verstreichen Wochen.« Aus Gàns Kehle erklang ein tiefes Seufzen. »Ich kann Euch nur meine Hilfe antragen, werter Herr Seskahin.«

»Ich danke Euch, Gàn. Sollte ich meinen Halbbruder entführen müssen, komme ich darauf zurück.« Lorin zwinkerte, damit das Wesen sah, dass er es nicht ernst gemeint hatte, und schwang sich von der Mauer auf den Wehrgang. »In meinen Augen seid Ihr der beste Ritter Angors, den es auf Ulldart gibt. Wenn Ihr nur der Statur wegen nicht in den Orden aufgenommen werdet, wäre es ein Armutszeugnis für die Ritterschaft.« Er reichte ihm die Hand. »Ich verabschiede mich von Euch. *Ritter* Gàn.«

Der Nimmersatte schlug vorsichtig ein und deutete eine Verbeugung an. Auf dem nichtmenschlichen Antlitz regte sich Stolz. »Meinen Dank, werter Herr Seskahin. Verliert das Vertrauen nicht. Es wird sich alles zum Guten wenden.«

»Ich hoffe es.« Lorin verließ die Stadtmauer und kehrte in seine Unterkunft zurück, als der Regen einsetzte.

Zu seinem großen Erstaunen fand er Estra dort, die sich in eine unauffällige beigefarbene Robe und einen schwarzen Mantel mit Kapuze gekleidet hatte. Sie saß neben dem Fenster, die Hände im Schoß gefaltet. »Da bist du ja«, sagte sie erleichtert. »Ich wollte gerade gehen.« Sie stand auf und kam auf ihn zu.

»Hatten wir eine Verabredung?« Er hängte seinen Umhang an den Haken.

Sie schüttelte den Kopf, streifte die Kapuze zurück. »Nein, es war nichts vereinbart. Ich wollte den Ničti entkommen. Es ist schwierig, als Heilige verehrt zu werden, wenn man es nicht schafft, einen Menschen davon zu überzeugen, eine sinnvolle, gute Tat zu tun.«

Lorin nahm sie bei den Schultern. »Mach dir keine Vorwürfe, Estra. Tokaro ist stur.« Er lächelte sie aufmunternd an. »Ich werde zum Großmeister des Ordens reisen und ihn darum bitten, Tokaro auf Geheiß der Hohen Schwerter nach Bardhasdronda zu entsenden. Er wird mich deswegen sicherlich hassen, aber es ist der einzige Weg.« Er ließ sie los und sah nach dem erloschenen Kamin. »Es ist noch recht kühl für Frühling, oder?«

Estra beobachtete ihn und fühlte wieder diese verfluchte Zuneigung. »Er wird dich niemals begleiten«, raunte sie.

»Was sagtest du?« Er wühlte in der Asche und legte dünne Späne in die Glutreste. Kleine Flämmchen loderten auf.

Sie schloss die Augen. »Tokaro glaubt, dass wir einander mögen. *Mehr* als nur mögen.«

»Bist du sicher?«

»Ja.«

»Später wird einmal in den Geschichtsbüchern stehen, dass eine Stadt vernichtet wurde, weil der Held sich aus Eifersucht weigerte, den Menschen zu helfen.« Lorin legte dicke Scheite nach. »Genau das werden die Worte sein, die ich dem Großmeister sage. Die Welt wird erfahren, dass es ein Mitglied der Hohen Schwerter war, das den Untergang nicht verhinderte. Ich werde über die Kontinente ziehen und es laut hinausschreien.« Er stand auf und kehrte zu Estra zurück, sie hob die Lider. »Es ist meine stärkste Drohung. Mehr vermag ich nicht zu tun.« Tränen glänzten in seinen Augen. »Im Grunde müsste ich Tokaro für seine Art hassen.«

Estra nahm ihn in die Arme. »Es tut mir so Leid. Ich würde gern mehr für dich und …«

Die Tür flog mit einem lauten Krachen auf, und Tokaro stand auf der Schwelle. Regen rann über seinen Kopf, über seine Rüstung, und die Rechte hielt die aldoreelische Klinge. »Ich wusste es von Anfang an«, grollte er und reckte das Schwert gegen die beiden. »Ich wusste es!«, schrie er außer sich.

Estra ließ Lorin sofort los. »Nein, du weißt gar nichts«, hielt sie mutig dagegen. »Du siehst nur, was du sehen willst!«

»Steck das Schwert weg«, sagte Lorin kühl. »Setze es gegen deine Feinde, aber nicht gegen deine Freunde ein.«

»*Freunde?*« Tokaro spie aus. »Dass ich nicht lache! Mein Halbbruder steigt meiner Gefährtin nach und verlangt auch noch, dass ich ihm gegen irgendwelche Ungeheuer helfe. Und du …«, er blitzte Estra an, »du bist die abscheulichste Lügnerin, die mir untergekommen ist. Du schlägst sogar Zvatochna.« Er kam auf sie zu.

»Weg mit dem Schwert!«, verlangte Lorin und packte den Schürhaken, wissend, dass die aldoreelische Klinge das Eisen durchschneiden würde. Die wahnsinnigen Augen des Ritters ließen ihn um das Leben der Inquisitorin fürchten, und er entschloss sich anzugreifen, ehe es Tokaro tat.

Natürlich bedeutete die Attacke keine Gefahr für Tokaro. Er ließ den Schürhaken durch eine schnelle Körperdrehung gegen die Schulterpanzerung prallen, dann schlug er mit dem Schwert zu und kappte das dicke Eisen in zwei Hälften.

Lorin sprang zurück, packte einen Stuhl und warf ihn nach dem Ritter. Der Aufschlag brachte Tokaro nicht einmal ins Wanken, das Möbel zerbrach, und ein Splitter ritzte die linke Wange; rot sickerte das Blut am Kinn entlang.

»Nein, hört auf!«, rief Estra aufgeregt. »Beide!«

»Ich habe nicht damit angefangen«, knurrte Tokaro und schlug nach Lorin.

Er tauchte unter dem Hieb weg und bekam das eiserne Knie des Ritters in die Magengrube. Der Schlag mit dem Schwertgriff in den Nacken sandte ihn benommen auf den Boden, stöhnend wälzte er sich herum.

Tokaro stand über ihm, die Spitze der aldoreelischen Klinge stieß nieder und hielt zwei Finger von der Kehle entfernt an.

Estra sprang hinzu und stieß den Ritter mit überraschender Stärke zurück. Er taumelte, fiel sogar und landete auf dem Rücken. »Lass ihn, du Narr!«, fauchte sie ihn an.

Tokaro sah ihre Augen gelblich leuchten, gewahrte ihre kräftigen Eckzähne. »Gàn hatte Recht«, flüsterte er verzweifelt. »Die Zeichen! Ich habe sie gesehen und verstanden. Das Erbe deiner Mutter.« Er stand mit viel Mühe auf und erkannte dort, wo sie ihn gestoßen hatte, leichte Dellen in der Rüstung. Dellen und Abdrücke ihrer Fingernägel. »Aber wo ist das Erbe von Nerestro in dir, Estra?«, fragte er aufgewühlt und lief hinaus, zurück in den abendlichen Regen.

Sie ging zur Tür und schaute ihm nach, dann senkte sie den Blick und betrachtete ihre Hände. Die Fingernägel kamen ihr länger vor als sonst.

»Danke.« Lorin stand neben ihr. »Ich bin mir nicht sicher, doch ich schulde dir mein Leben.«

»Er hätte dich nicht getötet«, lehnte sie ab. Sie schaute ihn an, sein Anblick machte ihre Verwirrung noch schlimmer. »Es tut mir Leid. Ich habe alles zerstört«, schluchzte sie plötzlich. »Ich hätte nicht herkommen sollen und ...« Sie berührte seine Wange und rannte hinaus.

Der Regen prasselte auf sie nieder, durchnässte sie nach wenigen Schritten und mischte sich mit ihren Tränen.

Ihr Leben war bis vor wenigen Wochen so einfach gewesen, und dann kamen dieser stolze Ritter, sein Halbbruder und die

Ničti. Sie hatten ihre schöne Welt zerstört, alles umgekrempelt und schwierig gemacht.

Für die einen war sie eine Heilige, für die anderen die Schuldige eines Untergangs. Und sie selbst fühlte sich rettungslos durcheinander, verloren, zerrissen.

Estra lief und lief, trat achtlos in Pfützen und Unrat.

Sie spürte etwas in sich, eine stärkere Macht, die ihr Kräfte verlieh, und dennoch fürchtete sie sich davor, diese Macht einzusetzen. Weil sie die Nachteile erahnte, die daraus erwuchsen. Ihre Mutter war der Macht verfallen gewesen und hatte einen hohen Preis dafür bezahlt. Wie viel durfte sie nutzen, bevor sie dieser Macht vollkommen anheim fiel und es kein Zurück mehr gab?

Estra bog um die nächste Ecke – da packte sie jemand an der Kehle und warf sie grob rückwärts auf die nasse Straße.

Der Aufprall raubte ihr beinahe die Sinne, sie sah nur Sterne und feurige Kreise. Die Klammer um ihren Hals löste sich. »Das Amulett«, raunte eine Stimme. »Gib es mir!«

»Nein!«, hustete Estra und schlug blindlings um sich. Eine Hitzwelle rollte durch ihren Körper und löste etwas in ihr aus. Nie geahnte Kräfte, stärker als vorher beim Zusammentreffen mit Tokaro, wurden freigesetzt.

Sie traf etwas Hartes und vernahm ein Stöhnen, gleich darauf wurde sie mit einem Vorschlaghammer oder etwas Vergleichbarem geschlagen.

Instinktiv hielt sie eine Hand um das Amulett, doch es nützte ihr nichts. Beim zweiten Schlag verlor sie das Bewusstsein.

**Kontinent Ulldart,
Königreich Borasgotan,
nordöstlich von Amskwa, Frühling im
Jahr 2 Ulldrael des Gerechten (461 n.S.)**

Lūun hustete schwer und feucht. Etwas Dickes, Schleimiges steckte in ihrer Kehle, das nach Blut schmeckte. »Die Manen haben uns gewarnt. Wir hörten nicht auf ihre Weisung und müssen nun bezahlen«, schnaufte sie und würgte das Bröckchen heraus.

»Es liegt nicht an Vahidin.« Sainaa schnitt das Trockenfleisch in dünne Scheiben und warf sie in die köchelnde Brühe. »Es waren seine Leibwächter. Einer von ihnen hatte die Krankheit und brachte sie zu uns.«

»Unser Volk lebt mit der Natur, mit den Geistern. Hast du jemals ein vergleichbares Fieber oder einen Husten unter uns wüten sehen?« Lūun musste sich setzen, das Leiden hatte sie sehr geschwächt. »Deinen Mann, dein Kind, die Hälfte unserer Gemeinschaft haben wir verloren und den Geistern des Feuers übergeben müssen.«

»Es kann passieren.« Sainaa hackte Tokwurzeln klein und gab sie ebenfalls zum Eintopf.

»Die Manen sind nicht einverstanden, dass du ihn unterrichtest.« Lūun packte sie am Handgelenk. »Sainaa, öffne deine Augen. Nichts an diesem ... dieser Kreatur geht mit rechten Dingen zu. Er kam zu uns als Kind und sieht inzwischen aus wie ein junger Krieger.«

Sainaa riss sich aus dem Griff der älteren Frau. »Er ist von den Geistern gesegnet. Ein Auserwählter. Und ich bin seine Auserwählte.«

»Du bist keine Auserwählte, Sainaa. Du bist sein Opfer. Du benimmst dich wie eine folgsame Hündin und erfüllst ihm jeden Wunsch.« Sie umrundete das niedrige Bänkchen und kniete sich auf die andere Seite vor die junge Frau. »Die Asche deines Mannes und deines Kindes ist kaum von den Windgeistern verweht, und du teilst das Lager mit ihm. Siehst du es denn nicht, wie er dich verblendet hat?«

Sainaa nahm die nächste Wurzel und befreite sie mit harten, genauen Schlägen von den ungenießbaren Stellen. Sie hielt inne und schaute Lūun in die Augen. »Du bist eifersüchtig. Auf mich und mein Glück, jemanden wie Vahidin gefunden zu haben.«

Die Ältere schüttelte den Kopf, atmete lange aus und musste wieder husten. »Er wird dein Tod sein, Sainaa. Wir müssen fort von ihm.«

»Nein.«

»Dein Vater war der Tsagaan unserer Gemeinschaft, und auch er ist …«

Das Beil schlug mit Wucht in das Holzbrettchen. »Nein!«, wiederholte Sainaa endgültig. »Ich bleibe bei ihm.« Ihre Fingerknöchel waren weiß, sie umklammerte den Griff des Beils und beherrschte sich. Diese zermürbenden Anfeindungen wollten nicht enden. Sie warf das Beil hin und verließ das Zelt. »Rühr um«, sagte sie zum Abschied.

Sainaa eilte quer durch das Lager und steuerte auf das Zelt zu, in dem sich Vahidin niedergelassen hatte. Es war ihr eigenes Zelt, der junge Mann lebte bei ihr, aß und schlief mit ihr. Und es war besser als das, was sie bislang mit einem Mann erlebt hatte. Er gab der Vollkommenheit eine Gestalt.

Sie betrat ihr Zuhause. Vahidin saß mit nacktem Oberkörper im Schneidersitz vor dem Feuer, aus dem dichter Qualm stieg. Es roch würzig, nach Tannenadeln, Harz, Eicheln und Ulsbaumlaub, eine Mischung, die ihren Vater zu Visionen geführt hatte. Vahidin hielt sein Schwert in den Qualm, seine Lippen bewegten sich.

Sainaa setzte sich ihm gegenüber und beobachtete ihn. Er sah aus wie ein Zwanzigjähriger, an seinem Leib gab es keinen einzigen Makel, die Züge wirkten edel und adlig. Die silbernen Haare waren kinnlang, einzelne Strähnen bildeten eine Art Schleier und machten sein Gesicht geheimnisvoller. Er musste unglaublich anmutige Eltern haben.

Unvermittelt öffnete er die Augen und lächelte sie an. »Habe ich es richtig gemacht?«

»Ich weiß, was du beabsichtigst«, erwiderte sie und freute sich. »Du möchtest dein Schwert den Geistern des Feuers weihen.«

»Es wäre nur die erste von vielen weiteren Stufen.«

Sainaa kroch über die Teppiche zu ihm und gab ihm einen Kuss auf die Stirn. »Bislang ist es niemandem gelungen, sämtliche notwendigen Rituale zu bestehen. Du wirst der Erste sein.«

»Mit deiner Hilfe sicherlich, Sainaa.« Er legte das Schwert zur Seite und umarmte sie. »Haben sie wieder über mich geredet?«

»Ja. Sie lassen mir einfach keine Ruhe.« Sie schmiegte sich an ihn und fühlte sich unglaublich glücklich. »Sie reden schlecht über dich, weil sie dich nicht so kennen, wie ich es tue.«

»Lass sie. Ich nehme es ihnen nicht übel. Ich bin mir gelegentlich selbst nicht geheuer.« Vahidin zeigte an sich herab. »Mein Körper hat eine Wandlung durchlaufen, die nicht normal sein kann. Doch ich freue mich darüber, denn ich kann dir mehr geben, als es vor einigen Monaten möglich gewesen wäre.«

Sainaa berührte seinen flachen Bauch. »Wirst du weiter altern?«, erkundigte sie sich ängstlich. »Halte ich in einem Jahr einen Greis in meinen Armen?«

Vahidin roch an ihrem Haar. Diese Frage hatte er sich selbst niemals gestellt. »Ich weiß es nicht«, gestand er überrascht. Es war nichts, mit dem er sich näher beschäftigen wollte.

Andererseits musste er es. Eine Weisheit besagte: Das Licht, das doppelt so hell brannte, brannte nur halb so lange. Betrachtete er sich in diesem Fall als das Licht, brannte er zehnmal so hell wie alle anderen.

Das beunruhigte ihn. Seine Mutter hatte ihn darauf nicht vorbereitet, als sie davon gesprochen hatte, dass er von einem Gott abstamme.

Sainaa küsste ihn wieder. »Diese Krankheit«, begann sie vorsichtig und schaute in sein Gesicht, um eine Reaktion ablesen zu können, »woher kommt sie?«

»Einer meiner Leute hatte das Fieber.« Er klang entschuldigend. »Meine Leibwächter liegen ebenfalls krank in ihren Betten und beten zu Ulldrael, dass er ihnen beisteht. Das ist der Grund, weswegen ich sie aus eurem Lager sandte. Sie sollen das Fieber nicht weiter verbreiten.« Er nahm ihr Gesicht in beide Hände. »Sorge dich nicht, geliebte Sainaa. Du wirst nicht krank, ich verspreche es dir. Und nun zeige mir mehr vom Glauben deines Volkes.«

Sie lächelte, küsste seine Fingerspitzen und rückte etwas von ihm weg. So wurde aus der Geliebten die Lehrerin, die Tochter des Tsagaan, vertraut mit den Geistern des Lebenden und des Toten und den Wegen, sie zu rufen oder sie zu vertreiben.

Es fiel Vahidin nicht leicht. Dies war eine ganz andere Sache als die Magie. Sicherlich gab es Berührungspunkte zwischen dem, was Sainaa ihn lehrte, und seinen Fertigkeiten, dennoch fußten sie auf anderen Fundamenten.

Die Magie lenkte er mit seinem Willen, und sie gehorchte ihm. Um die Geister des Lebenden und des Toten anzusprechen und sie zu beherrschen, bedurfte es komplizierter Gesten, genauen Wort- und Tonfolgen, die ihm zunächst unmöglich erschienen.

Als es dunkel wurde, unterbrach Sainaa die Lektion. »Es ist unglaublich, wie rasch du lernst.«

»Mir kommt es zäh vor.« Vahidin nahm sich von dem Wasser, das in einem Krug vor ihm stand. Ihm war schwindlig, seine Sinne befanden sich noch halb in der anderen Welt, die er nicht einmal beschreiben konnte. Er warf sich einen Mantel über, langte nach seinem Schwert und erhob sich. »Ich brauche frische Luft.« Mit einem Zeichen hinderte er sie daran, ihn zu begleiten. »Nein, bleib und ruh dich aus.«

Er trat in die Dämmerung und schaute sich um. Es wurde Zeit, das Erlernte einer ersten Prüfung zu unterziehen. Dabei konnte er Sainaa nicht an seiner Seite brauchen. Es würde das Liebesband, das er mit seinen Kräften gewoben hatte, auf eine harte Probe stellen.

Gewöhnlich löste ein Tsagaan die Bindung zur Geisterwelt, wenn er sich umherbewegte, und beschränkte sich darauf, an einem Ort mit ihnen zu sprechen. Alles andere war zu gefährlich, konnte zu verwirrend werden. Genau das benötigte Vahidin aber. Zvatochna würde ihm nicht den Gefallen tun und zu ihm kommen.

Vahidin sah die Welt um sich herum mit seinen Augen und den Sinnen eines Tsagaan. Das Stoffliche existierte ebenso wie die Welt der Geister, und beide Ebenen ergaben für ihn ein verfremdetes Bild. Farben verliefen und veränderten sich, das Feuer sprach knisternd, und den Wind nahm er wie einen schwachen, blauen Nebel wahr, der in einer eigenen Sprache auf ihn einflüsterte. Noch verstand er kaum etwas von dem, was um ihn herum in der Geisterwelt geschah, es gab hundertmal mehr zu sehen und zu hören als vorher. Das belastete den Verstand.

Jetzt kam es darauf an, ob er auch Seelen erkennen konnte. Sie waren die Hauptwaffe seiner Halbschwester und dieses Bardri¢, unsichtbare Diener und höchst gefährlich, da sie sich gegen seine Magie immun zeigten.

Er stakste höchst ungelenk auf den Zelteingang zu, um auf Lūun zu treffen. Als er eintrat, sah er die ältere Jengorianerin auf ihrem Fellbett liegen und eine Suppe löffeln. »Ich grüße dich.«

Sie legte den gefüllten Löffel auf den Teller zurück. »Verschwinde, Silberhaar!« Sie hustete lange und rang nach Luft, es klang qualvoll.

Er setzte sich ihr gegenüber auf den Hocker und betrachtete sie über das Feuer hinweg. Wieder umgab sie der Geruch des Alters, dazu gesellte sich der durchdringende Gestank der Krankheit. »Du wirst sterben«, stellte er fest. »Und ich werde es mir ansehen.«

Sie wischte sich den Mund ab und verschmierte dabei etwas Blut, das auf ihren Lippen haftete. »Du hast uns den Tod gebracht.«

»Es ist ein Fieber. Einer meiner Leibwächter brachte es zu euch, und das bedauere ich sehr. Ich verdanke euch mein Leben.«

»Dann erlöse uns von deiner Anwesenheit!«, ächzte Lūun.

»Geh! Nimm dir Sainaa, die du in deinen Bann geschlagen hast, und geh!« Wieder schüttelte sie ein Hustenkrampf, der Teller fiel auf den Boden, Suppe ergoss sich auf die Felle.

»Ich erlöse dich auf andere Weise.« Vahidin konzentrierte sich und formte eine dunkelrote Wolke, die hinüber zu Lūun schwebte und sich vor Mund und Nase legte. Magie sah mit den Augen eines Tsagaan noch schöner, noch spektakulärer aus. Gleichzeitig bemerkte er, dass es ihm nicht leicht fiel, diese besondere Sicht zusammen mit der Magie aufrecht zu halten. Es kostete ihn enorme Kraft. »Du sollst nicht länger leiden.«

Die Wolke raubte ihr das bisschen Luft, das sie noch bekam. Sie keuchte, sank in das Kissen und röchelte kaum mehr. Lūun erstickte rasch.

Vahidin betrachtete den Leib ganz genau, um den Augenblick nicht zu verpassen, wo sich die Seele, der Geist eines Menschen vom Körper trennte.

Und wirklich – er sah es! Eine Halbgestalt, ein sich verändernder Brodem aus gedämpftem Licht, entstieg dem Leichnam und wurde vom Wind begrüßt. Somit konnte er seine Feinde, die ihm Zvatochna sandte, wenigstens erkennen.

»Schemen«, rief er sie in der Sprache der Tsagaanan, und Lūuns Geist wandte sich zu ihm. Er zeichnete und malte die Gesten, die ihn Sainaa zur Austreibung gelehrt hatte. »Weiche von hier!«

Seine Worte bewirkten, dass die Gestalt aufleuchtete und durch den Rauchabzug davon stob. Er war sich nicht sicher, ob er es bewirkt hatte oder sie ohnehin vor ihm geflüchtet wäre. Allerdings kehrten geflüchtete Gegner wieder zurück.

»Verfluchte Kunst«, ärgerte er sich. »Gibt es keinen besseren Weg?«

Er zog sein Schwert und betrachtete es, jagte Magie in die Klinge. Es wirkte aus dieser Sicht düster, mehr wie ein schwarzer Spalt als ein Schwert, von dem kleine Blitze wegsprühten. War es in der Lage, Seelen zu vernichten?

Bedauernd schaute er auf Lūuns Leiche. Er musste sich jemand anderen suchen. Eine andere Seele, an der er die Wirkung der Schneide ausprobieren konnte.

Vahidin verließ das Zelt und wandte sich der Behausung zur Rechten zu, öffnete den Eingang und begab sich hinein, ohne zu klopfen oder zu fragen.

Es befanden sich sieben erwachsene Jengorianer in dem Zelt, sie starrten ihn erschrocken an. An den ertappten Gesichtern und der abrupten Stille erkannte er, dass sie von ihm gesprochen hatten, und seine Hand schloss sich fester um den Griff seines Schwertes; das Leder des Handschuhs knirschte leise.

Das ankündigende Geräusch war der Auslöser. Einer der Männer hechtete nach seinem Speer, und Vahidin begann mit seinem Angriff.

Noch immer hielt er die Sicht eines Tsagaan aufrecht. Er sah, dass die schwarze Klinge die Frau vor ihm traf und tötete.

Es entstieg keine Seele.

Vahidin lächelte grausam. »Ich brauche Gewissheit«, sagte er angestrengt und schlug dem Mann daneben, der nach seinem Messer langte, den Kopf von den Schultern.

Wieder geschah nichts, was auf den Auszug des lichterfüllten Schemens hindeutete. Seine von Magie erfüllte Klinge löschte einen Menschen endgültig aus.

Vahidin bezahlte seine Erkenntnis jedoch mit Schmerzen. Magie und jengorianische Hellsicht machten ihn langsamer, merkwürdig ungelenk. So kam es, dass ihm ein Speer in die rechte Seite fuhr.

Aufschreiend machte er einen Schritt zurück, und seine Konzentration schwand. Die Welt um ihn herum verlor ihre Vielzahl an übersinnlichen Eindrücken und Besonderheiten, die normalen Augen verschlossen blieben, und wurde plötzlich erschreckend einfach.

Zwei Männer sprangen auf ihn zu, der eine schwang ein Schwert, der andere eine eisenverstärkte Keule aus einem Hirschknochen.

»Zeit für etwas Magie«, raunte er und hob die schwarze Klinge.

Sainaa erwachte, weil man sie an der Schulter rüttelte. »Steh auf!«, hörte sie Vahidins Stimme in der Dunkelheit des Zeltes. »Die Räuber sind dieses Mal wirklich zurück. Wir müssen fliehen!« Ehe sie die Benommenheit des Schlafes abschüttelte, wurde sie von ihm gepackt und auf die Beine gerissen. Hastig warf er ihr einen Mantel über und zerrte sie hinter sich her zum Zeltausgang, durch den zuckender Lichtschein fiel.

Im Freien traf sie der Schrecken mit ganzer Macht. Das Lager stand in Flammen, es herrschte merkwürdige Stille. Keine Schreie, keine Rufe.

»Was ...?« Sainaa hielt sich die Hand vor den Mund.

»Still!«, herrschte er sie an. »Es sind zu viele, selbst für mich. Wir müssen zu meinen Leuten, ehe die Räuber sehen, dass noch welche am Leben sind.«

Sainaa sah, dass er verletzt war und fremdes Blut an sich trug. Der Kampf musste schrecklich gewesen sein.

Er nahm sie an der Hand und rannte in die Dunkelheit, nach Westen, wo seine Leibwächter ihr Lager aufgeschlagen hatten.

Auf halber Strecke kamen ihnen Schlitten entgegen. Lukaschuk und seine Männer hatten den hellen Feuerschein in der flachen Tundra bereits gesehen und eilten, um nach dem Rechten zu schauen.

Vahidin half Sainaa beim Einsteigen. »Zurück zu eurem Lager«, befahl er ihnen. »Ich erkläre es euch, wenn wir dort sind.« Er drücke die bebende Jengorianerin an sich und wärmte sie. So sah sie nicht, dass er Lukaschuk, der im Schlitten saß, stumm zu verstehen gab, dass alles in Ordnung sei. »Es waren die Räuber«, sagte er dann betont. »Du weißt ... die, die meine Mutter überfallen haben. Es waren zu viele für mich.«

»Tzulan möge sie vernichten.« Lukaschuk befahl, die Pferde anzutreiben, damit sie rasch zurückkehrten. »Wir werden ihnen einen Empfang bereiten, den sie nicht vergessen.«

Sainaa weinte, klammerte sich an Vahidin und sah zwischendurch immer wieder nach hinten, wo der Brand zwischen den Zelten wütete. »Ich habe nichts mehr«, stammelte sie entsetzt. Sie begriff, was der Überfall für sie bedeutete. »Sie sind ... alle ...« Ungeachtet der Spannungen der letzten Wochen überwogen das Entsetzen, die Trauer.

»Du hast mich.« Vahidin barg ihren Kopf an seiner Brust und zog die Decke höher, um sie vor dem Fahrtwind zu schützen. Er lächelte, trotz der Schmerzen in seiner Seite. Der Speer hätte einen gewöhnlichen Menschen umgebracht, doch er fühlte, wie die Wunde von innen nach außen verheilte. Spätestens morgen wäre nichts mehr zu sehen

»Es gibt Neuigkeiten, Hoher Herr.« Lukaschuk ahnte, was hinter der Lüge steckte. »Die Modrak haben Euch Geschenke gebracht. Noch mehr dieser Blöcke.« Seine Augen legten sich kurz auf das Schwert. »*Diese* Blöcke, Hoher Herr.«

»Sehr gut! Wie viele haben wir nun?«

»Acht.«

»Gibt es in eurem Lager eine gute Schmiede?«

»Leider nein, Hoher Herr.«

Vahidin dachte nach. »Dann ziehen wir um, sobald es hell geworden ist. Wir suchen uns eine Stadt in der Umgebung.«

»Dort dürften wir dann auch vor den Räubern in Sicherheit sein«, fügte Lukaschuk hinzu und täuschte die Besorgnis vollkommen vor.

»Ganz recht. Besorge mir, sobald wir dort sind, den besten Waffenschmied, den du finden kannst. Wir machen etwas Neues aus den Blöcken.«

»Sehr wohl.« Der Hohepriester der Tzulani betrachtete die brennenden Zelte. Er war sehr auf die Geschichte gespannt, die hinter dem lag, was sich in jener Nacht offensichtlich ereignet hatte. »Von der Verräterin gibt es nichts Neues.«

»Deine Männer haben sie hoffentlich nicht verloren?«

»Nein, Hoher Herr. Sie sind besser als die Modrak.«

»Ich will dir glauben, Lukaschuk. Aber auch die Modrak haben ihre Vorzüge, wenn man sie einzusetzen weiß. Sie sind schneller als jeder Bote.« Vahidin streichelte den schwarzen Schopf seiner Geliebten.

Ein neuer Gedanke war ihm gekommen.

Wenn sein Vater ihm die Gabe der Magie übertragen hatte, würde er dieses Geschenk dann nicht ebenfalls auf seine Nachkommen weiterreichen? Würden sie ebenso schnell reifen wie er? Er besäße dann Kämpfer an seiner Seite, welche die Besonderheit der Schwerter nutzen konnten.

Die nächsten Wochen in der Stadt würden anstrengend werden. Es galt, viele Frauen zu treffen – ohne dass Sainaa etwas davon mitbekam. Er brachte es nicht übers Herz, sie zu verletzen.

Denn er brauchte sie noch. Für seine Ausbildung.

XIII.

*»Die Qualmwolken, die am Himmel stehen
und von allen gesehen werden, verkünden neues
Unheil. Wir haben lange keine Nachricht mehr
aus Vekhlathi erhalten.
Und ich ahne das Schlimmste.«*

Aufzeichnungen des ehrenwerten Sintjøp,
Bürgermeister Bardhasdrondas,
gesammelt in den Archiven zu Neu-Bardhasdronda

Kontinent Ulldart, Königreich Tarpol, Hauptstadt Ulsar, Frühling im Jahr 2 Ulldrael des Gerechten (461 n.S.)

Lodrik stand vor der Kathedrale. Besser gesagt vor dem, was einst die Kathedrale gewesen war.

Norina hatte den Ort einebnen lassen und das Loch mit dem Schutt verfüllt. Es hatte sehr lange gedauert, bis die einstige Behausung des Wesens, dem sein Sohn Govan in riesigem Umfang Menschen geopfert hatte, vollständig aufgefüllt war. Die Steinbrüche der Umgebung hatten zusätzliches Material liefern müssen, und auf der Plattform darüber erhob sich ein kleiner, schlichter Ulldraelschrein.

Er war sich immer noch nicht sicher, was dieses Wesen gewesen war. Der Kampf gegen es erschien ihm merkwürdig fern, unecht.

»Es wird nie wieder etwas aus der Tiefe emporsteigen, Herr.« Stoiko trat neben ihn. »Es ist schön, Euch zu sehen.«

Lodrik, die Kapuze seiner Robe über den Kopf gezogen, wandte sich zu ihm und reichte ihm die Hand. »Ich freue mich, dich zu sehen. Wir haben von euren Abenteuern auf dem Nachhauseweg gehört.«

»Die Tzulani als Verbündete sind eine zu seltsame Vorstellung.«

»Es wird noch besser.« Lodrik lächelte müde. »Mortvas Sohn, Vahidin, hat die Modrak zu König Perdór gesandt und seine Hilfe gegen Zvatochna angeboten. Er will den Tod seiner Mutter rächen.«

Stoiko schaute in den blauen Himmel. »Die Feinde werden so schnell zu Verbündeten, dass man gar nicht mehr weiß, gegen wen man kämpfen muss und gegen wen nicht.« Er blinzelte ihm zu. »Was hat der König darauf geantwortet?«

»Wir haben es einmal offen gelassen«, meinte Lodrik ausweichend und schaute zu der Kutsche, mit der Stoiko hierhergekommen war. »Bist du allein?«

Er nickte. »Waljakov ist bei seiner Gemahlin. Hantra wird ihm bald schon ein Kind schenken. Sie müssen früh angefangen haben, das zu tun, was Liebende so gern tun.«

»Ich kann es ihm nicht verdenken. Es ist die erste Frau, auf die er sich einlässt, seit ich ihn kenne. Jedenfalls kann ich mich nicht daran erinnern, ihn jemals mit einer Gefährtin gesehen zu haben.«

Stoiko grinste. »Ich auch nicht. Alte Gewässer haben es in sich, sagt man.«

Lodrik lachte. »Das hast du eben erfunden.«

»Möglich. Ich bin sicher, irgendwo gibt es eine entsprechende Volksweisheit.« Er zeigte auf das Gefährt. »Norina lässt nach Euch schicken. Sie berät sich bereits mit Krutor über den ilfaritischen Vorschlag.«

»Die Doppelregentschaft.« Lodrik verzog den Mund, das Quäntchen gute Laune verflog. »Ich weiß, dass sie annehmen wird. Sie fordert zu viel von sich.« Er legte die Hand auf Stoikos Schulter. »Auch wenn sie gute Freunde um sich hat, wird es nicht ausreichen.«

»Sie legt sehr viel Wert auf Eure Meinung. Ihre Entscheidung ist noch nicht gefallen.« Er schlenderte auf die Kutsche zu, Lodrik ging neben ihm her. »Um ehrlich zu sein: Auch ich bin nicht sonderlich angetan.«

»Das verwundert mich.«

»Es hat einen wichtigen Grund: Sie will mich zu einem Kanzler machen, der Tarpol regiert, wenn sie nicht da ist.« Stoiko sah plötzlich ebenso unglücklich aus wie Lodrik.

»Das nenne ich einen späten Aufstieg, alter Freund. Vom Diener und Vertrauten des Tadc über einen Gefangenen hin zum mächtigsten Mann in Tarpol.« Er nickte. »Eine gute Wahl meiner Gemahlin.«

»Aber es wäre Euer Titel, der ...«

»Stoiko, ich weiß dein Zieren zu schätzen, doch dir ist auch klar, dass es mir unmöglich ist, auf den Thron zurückzukehren. Ich habe mit voller Absicht auf alles verzichtet, was mit Macht in Tarpol zu tun hat. Sei du Kanzler. Du weißt, was das Beste für das Volk ist. Du kennst meine Ideen, du warst mein Lehrer, und du kennst die Ideen des Volkes. Es gibt keinen Besseren für diese Aufgabe. Nur dann kann es gelingen.«

Stoiko gab den Widerstand auf. »Wenn Ihr es sagt.«

»Ja, und Waljakov werde ich als Verteidigungsminister vorschlagen.« Lodrik wusste, dass er seine Freunde mit dem Erhalt von Ämtern los wurde und er freie Hand bekam und keinerlei Rücksicht mehr zu nehmen brauchte. Oder sich Sorgen machen musste. Er deutete auf den Palast. »Ich laufe, Stoiko. Richte ihnen aus, dass ich bald bei ihnen sein werde.« Sein Freund stieg in die Kutsche und fuhr davon, während er sich auf den Marsch begab.

Stets lief er im Schatten, die Menschen wichen ihm aus und erkannten ihn wegen seiner Kapuze nicht. Wie immer. Lodrik nahm sie nicht richtig wahr, denn er beschäftigte sich mit dem, was unweigerlich kommen musste: der Kampf gegen seine Tochter.

Er hasste es, untätig auf ein Lebenszeichen von ihr oder einen Hinweis von Vahidin warten zu müssen. Sie war angeschlagen, ihr erstes Ziel, sich ein Heer aus Untoten zu schaffen, war gescheitert. Es wäre wichtig gewesen nachzusetzen. Nachzusetzen und sie zu vernichten.

Lodrik betrat die burggleiche Palastanlage, die er aus seiner frühesten Kindheit kannte. Er zog die Kapuze kurz nach hinten, damit die Wächter ihn erkannten und durchließen. Sie salutierten noch immer vor ihm, obwohl sie es nicht mussten. Trotz seiner vielen Untaten sahen die meisten Tarpoler ihn als Helden. Der Herrscher, der ihnen viele Fesseln genommen hatte, ehe seine beiden wahnsinnigen Kinder gegen ihn angetreten waren und ihm die Macht genommen hatten.

Lodrik durchquerte die Gänge und Korridore, bis er sich in dem Teezimmer befand. *Das* Teezimmer, ein Raum mit enormer, in erster Linie für ihn schöner Vergangenheit, in denen Stunden der Glückseligkeit vergangen waren.

»Vater!« Krutor, der die Uniform eines Tadc trug, stellte die Tasse ab, stand auf und kam auf ihn zu, schloss ihn behutsam in die Arme. Die zurückgehaltene Kraft war deutlich spürbar. Er sah gut aus, wenn man es von dem missgestalteten jungen

Mann mit dem schiefen Gesicht überhaupt sagen konnte. Wer aber in die Augen des Tadc blickte, wusste, dass sich in der überaus abschreckenden Hülle eine freundliche, aufmerksame und hilfsbereite Seele befand. Krutor bildete sich auf seinen Titel nichts ein und war überall in Ulsar zu finden, immer auf der Suche nach etwas, wobei er helfen konnte.

»Vorsicht, mein Sohn«, sagte Lodrik und drückte ihn. »Ich bin zerbrechlicher als du.«

»Seit du dich verändert hast, sowieso«, gab Krutor besorgt und vorwurfsvoll zugleich zurück. Er ließ Lodrik los und führte ihn an den Tisch, schob die Schüssel mit den Keksen zu ihm. »Koste davon. Die Rezeptur stammt von Perdór.«

Kekse. Das weckte noch mehr Erinnerungen. Er rührte das Gebäck nicht an. »Danke, Krutor.« Sodann nickte er Norina zu, die ihn anlächelte und dabei unglaublich hübsch aussah. Sie trug eine festliche tarpolische Tracht in Braun und Weiß, sodass man sie ebenso für eine Brojakin und nicht für die Kabcara hätte halten können. Außer ihr und Krutor befanden sich Stoiko und Waljakov im Zimmer. Eine sehr überschaubare Runde.

»Kapitän Rudgass und Commodore Puaggi sind in ihren Quartieren«, sagte Norina zu ihrem Gemahl. »Sie werden später zum Essen erscheinen.«

»Reden wir zuerst. Reden wir über das, was dir König Perdór dank des jungen, ungestümen Commodore vorgeschlagen hat.« Lodrik gab sich absichtlich ungehaltener, als er in Wirklichkeit war. »Eine Doppelregentschaft. Du weißt nicht, welche Schwierigkeiten auf dich warten, auch wenn du zu Hause einen verlässlichen Kanzler wie Stoiko sitzen hättest.«

»Ihr habt demnach schon darüber gesprochen«, stellte sie mit einem siegessicheren Lächeln fest. »Lodrik, ich habe sehr lange nachgedacht. König Perdórs Vorschlag erschließt sich mir. Durch und durch. Ich bin mir bewusst, dass die Adligen Borasgotans aufschreien werden, aber das wird nur wenig Hall erzeugen. Sie sind durch das Wirken von Zvatochna verunsichert und ohne einen Anführer, der sie zusammenhält.«

Stoiko hob die Hand. »Wir haben Nachricht von der Grenze, dass die Menschen dort es sehr gern sähen, wenn die Kabcara auch sie regierte.«

»Ich sehe schon.« Lodrik wandte sich an Stoiko. »Ich bin der Einzige, der gegen die Doppelregentschaft meiner Gemahlin spricht.«

»Nein, Herr«, sagte Waljakov trocken.

»Du bist nur dagegen, weil dir in Tarpol ein Posten droht«, konterte Stoiko belustigt.

»Ich bin Krieger, kein Verwalter.«

Norina lachte, dann wurde sie ernster und schaute ihren Mann an. »Nenne mir deine Gründe.«

»Du bist eine starke Frau, Norina, und hast in deinem Leben mehr ertragen als die meisten. Auch Tarpol hat viel ertragen und sehnt sich nach Ruhe. Nach einer Kabcara, die für das Land da ist und nicht die überwiegende Mehrheit des Jahres in Borasgotan verbringt.«

»Wer sagt das?«

»Es wird so sein. Zumindest am Anfang, bis du fest auf dem Thron sitzt«, erwiderte er. »Dein eigentliches Land wird dich selten sehen. Und das macht die Menschen unruhig.«

»Es herrschen geordnete Verhältnisse, was man in Borasgotan nicht behaupten kann«, hielt sie dagegen. »Die Menschen dort benötigen raschen Beistand, bevor sich aus den Wirren jemand erhebt, der dem gesamten Kontinent zu schaffen macht. Noch weiß vermutlich niemand, was es mit dem Abgang von Kabcara Elenja der Ersten auf sich hat.« Sie sah ihn abwartend an, seinen ersten Einwand hatte sie abgeschmettert.

»Es ist zwecklos«, meinte Lodrik nach kurzem Zögern. »Du hast dich bereits entschieden.«

»Nein, das habe ich nicht. Doch bislang konnte niemand einen wirklichen Einwand gegen meine Doppelregentschaft erheben.«

»Wie sieht es mit der Tatsache aus, dass deine Mutter Jengorianerin war? Denkst du, es könnte ein Nachteil für dich sein?« Lodrik kleidete das Wissen um ihre Herkunft in einen scheinbar harmlosen Satz. »Welchen Grund hätte es sonst, dass du und dein Vater es vor mir geheim gehalten haben?«

Norina zuckte zusammen. »Woher ... weißt du das?«

»Ich habe es erfahren, als wir durch Borasgotan reisten«, log er sie an.

Stoiko, Waljakov und Krutor schauten sie erwartungsvoll an, keiner sagte etwas.

»Dann will ich es euch erklären. Meine Mutter starb sehr früh, die wenigsten kannten sie überhaupt«, erzählte sie leise. »Sie lernte meinen Vater durch einen Zufall kennen. Er kam bei seinen Reisen in jungen Jahren in ihr Lager, und sie verliebten sich. Allerdings widerstrebte es ihm, sich mit dem Glauben der Jengorianer näher zu befassen, denn er war ein treuer Anhänger Ulldraels. Wie seine Familie. So konnte aus ihrer Liebe nicht mehr als eine schöne, sehr kurze Begegnung werden. Bald darauf kam ich zur Welt, meine Mutter starb. Als mein Vater davon hörte, ließ er mich zu sich holen und zog mich allein auf.«

»Jengorianer«, sagte Waljakov nachdenklich. »Ich hatte nie etwas mit ihnen zu schaffen, aber andere meines Volkes sehr wohl. Wir sind beide Ausgestoßene und Einzelgänger. Der ein oder andere K'Tar Tur suchte in ihren Zelten Unterschlupf vor Schneestürmen und Verfolgungen.«

»Weswegen hat dein Vater es niemals angesprochen?«, beharrte Lodrik. »Stell dir vor, es käme in Borasgotan ans Licht: Was gäbe es zu befürchten?«

Norina legte die Hände zusammen. »Ich weiß es nur aus den Erzählungen meines Vaters. Das Jengorianerlager, aus dem meine Mutter stammte, genoss nicht den besten Ruf. Es war das Lager der Stürme. Die Jäger haben anscheinend lieber die Gehöfte der Umgebung geplündert, anstatt sich ihr Geld mit dem Verkauf von Fellen und Fleisch zu verdienen.«

»Nun, das ist nichts Neues«, brummte Waljakov. »Nachdem die borasgotanischen Herrscher sie um den ihnen zustehenden Reichtum betrogen hatten, mussten sie sehen, wo sie blieben.«

»Es ist nicht gut, wenn ein K'Tar Tur die Jengorianer verteidigt«, gab Stoiko freundlich zu bedenken. »Das ist so, als wolle ein Räuber einen Dieb verteidigen – natürlich nur im übertragenen Sinne und aus der Sicht der einfachen Leute. Du weißt, dass ich von dir anders denke.«

Waljakov rieb sich über die Glatze. »Ich ahne, was du damit sagen willst.«

»Mein Vater sprach nie über die Jengorianer, aber einmal, als unsere borasgotanischen Tagelöhner auf dem Hof waren, belauschte ich ein Gespräch. Einer von ihnen behauptete, es gebe Jengorianer, welche die Seelen der Menschen den Geistern des Waldes und des Windes opferten. Mehr weiß ich nicht. Aber dies wäre ein Grund, warum mein Vater niemals über meine Mutter sprach.«

Stoiko rieb sich über den ergrauten Schnauzbart. »Wie viele Menschen außer uns wissen von Eurer Herkunft?«

»Nicht viele. Wenn es das Lager der Stürme noch gibt, können sich höchstens die ganz Alten daran entsinnen. Ansonsten gibt es niemanden.« Norina wirkte verunsichert. »Außer dem Menschen, der es dir berichtet hat, Lodrik.«

»Er ist schlau genug, es nicht weiter zu verraten. Ich weiß, wo ich ihn finden kann. Nach einer sehr freundlichen Bitte wird er seine Zunge hüten«, versicherte er ihr.

Krutor hatte die Unterredung stumm, aber sehr aufmerksam verfolgt. »Ich komme mit dir, Norina«, sagte er. »Ich beschütze dich vor allen, die dir was Böses tun wollen. Bei mir bist du sicher.«

»Es wäre besser, wenn der Tadc in Ulsar bliebe, Krutor«, meinte Lodrik freundlich. »Die Menschen mögen dich, und solange Norina nicht da ist, wirst du Stoiko dabei helfen, Tarpol zu regieren.«

Der missgestaltete junge Mann runzelte die Stirn. »Aber sie ist viel schwächer als Stoiko.«

»Ich werde immer in ihrer Nähe sein, mein Sohn«, versprach Lodrik ihm und legte ihm eine Hand auf die seine. »Du musst dir keine Sorgen machen.«

Krutor war nicht wirklich damit einverstanden. »Das tue ich aber«, entgegnete er stur und steckte die Hände in die Taschen, wenngleich er einsah, dass weiterer Widerspruch zwecklos war. »Na schön. Aber ich finde es nicht gut«, beschwerte er sich halblaut.

Norina nickte ihren Freunden zu. »Also werde ich König Perdór meine Entscheidung wissen lassen. Danke, dass ihr mich unterstützt habt. Nun bitte ich Euch, bei meiner Aufgabe ebenso an meiner Seite zu stehen. Stoiko als Kanzler, Waljakov als Ausbilder der Truppen und Krutor als Vizekanzler und Tadc, der Tarpol beschützt.« Sie richtete die braunen Augen auf ihren Gemahl. »Und du, Lodrik? Du willst mich also nach Borasgotan begleiten?«

»Ich werde im Schatten stehen und unsichtbar sein, dennoch über dich wachen und dich vor dem schützen, was man dir antun könnte«, antwortete er ihr. »Elenja wird es sich nicht gefallen lassen, dass man ihr die Macht nimmt. Seelen sind schnell.«

Mit Schrecken dachte Norina an die Vorkommnisse in Amskwa, und die Furcht, die Zvatochna ihr bei ihrer Begegnung ins Herz gepflanzt hatte, regte sich. Sie schrumpfte auf ihrem Sitz zusammen und blickte in die dunklen Ecken des Teezimmers.

»Es ist gut, dass du dabei bist«, raunte sie heiser und schaute rasch in ihre Tasse. Darin konnte nichts lauern, Tee war harmlos. Sie trank und versuchte, sich auf andere Dinge zu konzentrieren. »Ich werde eine Liste anfertigen, was ich mit nach Borasgotan nehme und was nicht«, sagte sie mehr zu sich selbst als zu den Männern. »Amskwa wird jedenfalls nicht der Hauptsitz werden«, beschloss sie. »Es ist zu viel geschehen, als dass dort ein glücklicher Neubeginn für Borasgotan möglich wäre.«

»Ihr beginnt bereits weise, Kabcara«, gab Stoiko seinen Beifall. »Welche andere Stadt käme dafür in Betracht?«

»Donbajarsk«, sagte Krutor mit einer Selbstverständlichkeit, als habe er sich eingehend mit dieser Frage beschäftigt. Alle schauten ihn verwundert an, was ihn sehr verunsicherte. »Donbajarsk ist eine schöne Stadt. Sie liegt an der Quelle des

Repol und hat siebenundneunzig Brücken, zwei Hügel, auf denen ein Palast und eine Burg stehen, und den schönsten Ulldraeltempel des Reiches«, erklärte er tapfer.

»Woher wisst Ihr das, Tadc?«, fragte Stoiko verwundert. »Seid Ihr ein Almanach?«

Krutor errötete, aus der Verunsicherung wurde Stolz. »Nein, Stoiko. Ich habe Donbajarsk auf einem Bild gesehen. Es hängt an der Wand des Bücherzimmers, und wenn die Sonne darauf schein, sieht der Repol aus, als fließe er wirklich aus dem Bild. Ein schönes Bild.«

Norina lächelte ihn an. »Da hört ihr es. Der Tadc hat der Kabcara eine schöne Stadt ausgesucht.« Sie nickte, und er grinste zufrieden. »Ich frage Perdór, was er von Donbajarsk hält. Hat er keine Einwände, so stimme ich zu, sie als neue Hauptstadt zu wählen.«

Lodrik wurde schlagartig von den Vorgängen im Zimmer abgelenkt. Ein schwaches blaues Flimmern huschte durch die Fenster und erschien vor ihm, kaum wahrnehmbar, aber präsent. Eine Seele hatte sich freiwillig zu ihm begeben.

»Soscha?«, fragte er. Es war ihm nicht möglich, die Kugel genau zu erkennen. Die Seele stand kurz vor ihrer endgültigen Vernichtung.

»*Ich ...*«, hörte er ihre Seelenstimme matt und gebrochen. »*Hilf mir, Bardriç ...*«

Lodrik griff mit einer Hand nach ihr und schlang ein unsichtbares Band um sie. Ohne eine Erklärung stand er auf und verließ den Saal, rannte durch den Korridor in einen abgelegenen Teil des Palastes.

Dann eilte er all die Treppen hinauf, bis er den Dachboden erreichte. Hier hatte sich die Vergangenheit der Dynastie in verschiedenen Formen versammelt: Alte Gemälde, ungeliebte

Möbel, hässliche Vasen und alles, was seine Familie nicht mehr hatte sehen wollen, warteten verhüllt und verborgen auf eine neue Entdeckung.

Lodrik warf sich auf einen Sessel im dunkelsten Bereich der Kammer und löste die Fessel, mit der er Soscha mit sich gezogen hatte. Ihr Zustand hatte sich verschlimmert, und das musste von einer besonderen Art von Angriff herrühren. Angriffe, die außer ihm nur eine weitere Person auf diesem Kontinent zu führen in der Lage war.

»Wo ist sie?«, verlangte er von Soscha zu wissen.

»Ich vergehe. Tu etwas dagegen, Bardri¢.« Die Ränder der Sphäre zerflossen, kleine Tröpfchen lösten sich aus dem Gebilde und zerplatzen, sobald sie sich weiter von der Kugel entfernten.

Er musste rasch handeln. Lodrik wickelte den Ärmel seiner Robe auf und fügte sich mit dem Nagel seines linken Daumens einen kurzen, aber tiefen Schnitt zu. Es dauerte, bis sich das kostbare Nekromantenblut zeigte. »Komm her und trinke davon. Es wird dir helfen«, lud er sie zum Mahl ein.

Die Seele leuchtete schwach auf. »Ich soll davon trinken? Was wird das Blut mit mir tun?«

»Du wirst stärker, Soscha. Ich gebe dir einen Teil meiner Kraft, und du wirst es lieben.«

»Nein.«

»Dann vergehe für immer. Zvatochna hat dich berührt und dich beinahe vollständig vernichtet. Es gibt nichts, was dich retten könnte.« Er hielt ihr anbietend den Unterarm entgegen, wo ein dicker Tropfen hervorquoll und langsam zur Seite sickerte. Seine weiße Haut ließ das Rot schimmern. »Außer meinem Blut.«

Soscha schrie auf, leise und weit entfernt, wie aus einer

Schlucht oder einem unendlichen Abgrund. Der Zersetzungsprozess schritt voran.

»Dir bleibt kaum mehr Zeit. Entscheide dich schnell.« Lodrik betrachtete den wandernden Tropfen, der eine Bahn über seinen Arm zog.

Sie stieß unvermittelt nieder wie ein Raubvogel auf eine Maus, und der Blutstropfen verschwand. Dafür leuchtete die Kugel auf, Soscha stieß ein überraschtes Lachen aus. »Bei Ulldrael!«, rief sie und klang berauscht. »Was geht mit mir vor? Als hätte ich Kraft wie tausend.« Sie nahm ihre menschliche, durchscheinende Gestalt an, ihre Augen legten sich auf Lodrik. »Das Gefühl, das mich durchströmt, ist unglaublich!«

»Es wird eine Weile anhalten«, schätzte er und drückte die Wunde zusammen, damit der Schnitt verheilte. »Berichte mir.«

»Kann ich mehr bekommen?«, fragte sie gierig und strich um ihn.

»Nein.« Er deutete auf den Boden vor sich. »Bleib stehen und erzähle, Soscha!«

Sie gehorchte mit einem neckenden, überschwänglichen Lachen, wie es Betrunkene gern ausstießen. »Ich kam in die Stadt, diese schreckliche Stadt, in der die Toten überall herumlagen.« Die Erinnerung ließ sie ernst werden. »Viele Tzulandrier waren schon tot, als ich die Mauern erreichte, andere bäumten sich vergebens gegen ihr Schicksal auf. Seelen schossen durch die Gassen und Straßen, jagten alles Lebendige und löschten es aus. Etliche Tzulandrier hatten sich sogar auf die Dächer geflüchtet, andere verendeten zuckend auf dem Pflaster. Ich nehme an, Zvatochna hat sie vergiftet. Keine der Seelen bemerkte mich, ich hatte genügend Zeit, mich in dem

Durcheinander umzusehen.« Sie schaute auf ein verhülltes Bild. »Ich dachte bis jetzt, du seiest das Grausamste, was mir untergekommen ist. Deine Tochter schlägt dich, Bardri¢. Sie schlägt dich um Längen.«

»Sie kommt mehr nach ihrer Mutter, fürchte ich.«

Soscha schüttelte den Kopf. »Nachdem alles vorüber war, befahl sie den Seelen, die Leiber der Toten zu öffnen, damit das Blut herausläuft. Es floss in breiten Strömen durch die Stadt, und sie gab einige Tropfen von sich in diesen roten See. Die Seelen labten sich daran, sogen das Leben und erstarkten an Macht.« Sie deutete auf den Unterarm. »Ich verstehe nun, welche Gefühle sie dabei empfanden.« Ihre Euphorie war verschwunden, und sie schämte sich für die gezeigte Gier.

Lodrik erkannte bei ihren Worten, welchen Fehler sie begangen hatten. Zvatochna hatte niemals beabsichtigt, eine Streitmacht aus *Untoten* zu formen …

»Danach wandte sie sich mit einer Hand voll Überlebender dem Strand zu, wo ein Schiff auf sie wartete. Sie legte ab, und die Seelen folgten ihr, Bardri¢.« Sie zögerte. »Es war, als verfinstere sich bei ihrem Flug die Welt, als schrumpfe das Licht und wandle sich zu einem unansehnlichen Gelb. Reinheit gab es nicht. Sie umkreisten das Schiff, warteten begierig, während die Segel gesetzt wurden und es sich nach Westen aufmachte.«

»Sie hat sich ein Heer aus Seelen erschaffen«, raunte Lodrik abwesend. »Verflucht, wieso bin ich nicht selbst auf ihr Vorhaben gekommen! Die Tzulandrier waren von Anfang an dem Tod geweiht.« Seine Tochter hatte das Handwerk der Nekromantie hervorragend erlernt. Mithilfe ihres wachen Verstandes war sie zu einer schwer zu schlagende Gegnerin herangewachsen.

»Sie sind nach Rundopâl gesegelt«, sagte Soscha.

»Eine gute Wahl.« Es gab genügend kleine verlassene Eilande, auf denen früher die Fischer ihre Hütten aufgeschlagen hatten, um dort die erlegten Wale und gefangenen Fische weiter zu verarbeiten. Tran, Stock- und Räucherfisch, das Ambra – die Fischer hatten viel zu tun. Aber nicht jetzt. Noch nicht. Die Fangzeit begann erst in einigen Wochen, und so lange bildeten die Inseln ein gutes Versteck. »Weißt du genau, wo sie ist?«

»Ich habe sie beobachtet, wie sie auf einer kleinen Insel an Land gingen. Als ich lauschen wollte, was sie mit den Tzulandriern besprach, entdeckte sie mich und ...« Sie brach ab.

»Findest du sie wieder?«

»Jederzeit.« Soscha bekämpfte die furchtbaren Erinnerungen an die Schmerzen. »Sie denkt sicherlich, dass sie mich ausgelöscht hat.«

Lodrik überlegte fieberhaft. »Mag sein. Wir müssen rasch handeln, um nach Rundopâl zu gelangen und sie zu stellen, bevor sie sich zum Angriff entschließt.« Er kannte niemanden, der sich diesem Heer entgegenstellen und überleben würde. Das Problem der auf Ulldart verbliebenen Tzulandrier hatte sich zwar gelöst, aber es war nicht besser oder weniger gefährlich geworden. Er krempelte den Ärmel nach unten und stand auf. »Ich muss los.«

»Möchtest du nicht die Kabcara in Kenntnis setzen?«, meinte Soscha und stellte sich ihm in den Weg. »Es ist nicht allein deine Angelegenheit, Bardri¢.«

»Doch, das ist es. Ich habe bessere Verbündete als Norina und die beiden guten alten Freunde, die nichts gegen die Seelen ausrichten können. Je mehr sie wissen, desto mehr könnten sie störend eingreifen. Es ist besser, wenn sie im Unklaren bleiben, bis es vorüber ist.«

»Dann werde *ich* es ihnen sagen.« Soscha wandte sich um und wollte davon schweben – aber sie bewegte sich nicht! Ihr Kopf ruckte herum, sie schaute den Nekromanten an. »Was hast du getan?«

»Ich habe nichts getan. Du warst es selbst.«

»Wie meinst du das?«

Lodrik fuhr über seinen Unterarm. »Erinnerst du dich an meine Gabe? Damit bist du an mich gebunden und wirst nichts mehr unternehmen können, ohne meine Erlaubnis zu haben. Du wirst dich nicht mehr von mir entfernen können, jedenfalls nicht sehr weit. Es ist der Preis dafür, dass deine Seele noch existiert.«

Sie flog auf ihn zu und hielt dicht vor ihm an. »Ich würde dir gern die Augen aus dem Kopf reißen, Bardri¢«, zischte sie. Unvermittelt veränderten sich ihre Züge, sie wirkten bedrohlich und Angst einflößend.

»Du bist meine erste Soldatin, Soscha. Fühle dich geehrt.«

»Du willst dir eine Streitmacht wie deine Tochter erschaffen? Wen gedenkst du dafür zu töten?«

»Das wird sich zeigen«, sagte er teilnahmslos. »Vielleicht wäre es gut, wenn mir die Könige ihre todgeweihten Kranken senden. Dann tue ich noch etwas Gutes, indem ich Leiden verkürze.«

»Bei Ulldrael! Du meinst es ernst, was du da redest?!« Sie schwebte einen halben Schritt zurück. »Ich habe einst geschworen, dir das Leben unerträglich zu machen. Jetzt wird es einfacher denn je. Du hast mich an dich gekettet und wirst es bald bereuen.«

»Und du hast mir versprochen, mich zu töten«, sagte er gelassen. »Darauf vertraue ich, Soscha. Wenn es vorbei ist. Doch vorerst will ich alles tun, um die letzten Wurzeln des Bösen auszureißen, das ich einst säte. *Alles,* Soscha. Seelen bekämpft man mit Seelen, nicht mit Worten und Schwertern.« Er ging durch sie hindurch zu Treppe, die nach unten führte.

Dieses Mal erschauderte sie.

Kontinent Ulldart, Königreich Tûris, Ammtára, Frühling im Jahr 2 Ulldrael des Gerechten (461 n.S.)

Als Estra erwachte, erwachte auch der Schmerz, den sie in ihrem Schlaf oder der Betäubung – je nachdem, welche Beschreibung zu ihrem Zustand passte – nicht bemerkt hatte. Es war ein unglaubliches Kopfweh.

»Sie ist wach!«, krähte eine helle Stimme neben ihrem Ohr, was sich anfühlte, als schiebe man ihr eine glühende Nadel durch das Trommelfell bis in den Verstand.

»Scht«, machte sie sofort. Sie kannte den Schreihals, es war Spiik, Pashtaks zweitjüngste Tochter, die man als Wächterin an ihrem Bett zurückgelassen hatte. »Bitte sei leise. Mir tut der Kopf weh.« Estra schaute nach unten und sah die Sonnen, die Licht durch die Ritzen in den geschlossenen Läden sandten.

Pashtak öffnete die Tür und trat ein. »Oh, die Schwellung ist abgeklungen«, sagte er leise. »Es hat schlimmer ausgesehen, als es war.«

»Habt ihr ihn?« Estra setzte sich behutsam auf, nahm das Glas Wasser, das neben ihr stand, und trank davon.

»Wen?« Pashtak nahm auf dem Stuhl neben ihr Platz.

»Den Räuber, der mich überfallen hat. Er wollte mein Amulett …« Sie langte an ihre Brust und fühlte – eine Hälfte! »Nein«, raunte sie entsetzt, ließ das Glas in ihrer Aufregung fallen und zog sich die Kette vom Hals.

Tatsächlich besaß sie nur noch die linke Hälfte des Andenkens an ihre Mutter. Schwindel befiel sie, sie schloss die Augen und lehnte sich an die Kopfstütze des Bettes. Sie hob das Amulett in die Höhe, damit Pashtak es sah. »Es ist zerbrochen.«

Sie hörte sein erschrockenes Grollen. »Wir dachten, es sei ein Unfall gewesen. Wir fanden dich auf dem Boden der Schemengasse; um dich herum lagen viele kleine Backsteine, die von der Mauer neben dir stammten. Alle nahmen an, dass sie heruntergefallen seien und dich getroffen hätten.«

»Der oder die Täter waren gewitzt. Auf diese Weise seid ihr nicht auf den Gedanken gekommen, dass ich ausgeraubt worden bin. Die Stadttore wären sofort geschlossen worden.« Estra hob die Lider, das Drehen im Kopf und das Ziehen in den Schläfen waren vorüber. »Wie lange ist es her?«

»Etwas mehr als einen Tag.« Pashtak schnellte in die Höhe. »Ich muss auf der Stelle zurück in die Gasse. Vielleicht gibt es noch eine Spur, die ich wittern kann.«

»Warte.« Mühsam stemmte Estra sich zum Sitzen hoch. »Ich komme mit.«

»Kein guter Einfall.«

»Nein, sicherlich nicht.« Sie legte eine Hand an den Kopf, wo sie eine deutliche Beule fühlte. »Aber ich will es. Den Angriff nehme ich den Ničti übel.«

»Wie kommst du darauf, dass es die Ničti waren, die dich beraubten?« Pashtak half ihr, in ihre Kleider und in den Mantel zu steigen.

»Weil ihnen mehr an dem Amulett als an mir gelegen ist.«
»Würden sie Hand an ihre Heilige und zukünftige Königin legen?«

Ärgerlich über sich selbst, schüttelte Estra den Kopf – und stöhnte unterdrückt auf. Der Schmerz lachte und ritt durch ihr Gehirn. »Nein, du hast Recht. Jedenfalls würde es keiner von denen wagen, die mein Kommen gutheißen.«

Sie verließen das Haus. Langsam, weil Estra sich nicht sicher auf den Beinen fühlte, liefen sie dorthin, wo man die Inquisitorin gefunden hatte.

»Wie hast du das gemeint?«

»Wer sagt uns, dass sich alle Ničti freuen, wenn ich sie in ihre Heimat begleite? Wäre ich derjenige, der für mich den Thron räumen müsste, wäre ich vermutlich nicht gut auf mich zu sprechen. Ich würde ein paar Leute schicken, die mich noch hier auf Ulldart aus dem Weg räumen.« Sie blieb stehen und lehnte sich an eine Hauswand. »Einen Augenblick«, bat sie.

»Deine Einschätzung teile ich nicht.« Pashtak kam es so vor, als verändere sich Estras Geruch. Nicht zum Guten. »Jemand hat dich niedergeschlagen. Bewusstlos geschlagen. Der sicherste Weg wäre gewesen, die Gelegenheit zu nutzen und dich zu töten. Doch du lebst.«

»Gut, aber welchen Sinn macht es?« Sie gingen weiter und gelangten in die Gasse.

Pashtak trat zur Wand, vor der noch immer die Backsteine lagen; an einem haftete das Blut der Inquisitorin. Er ging in die Hocke, roch und schnupperte. Aber etwas Fremdes entdeckte er nicht. Es roch wie an den meisten Stellen Ammtáras.

»Der Räuber nahm sich absichtlich die Hälfte des Amulettes«, sprach er bedächtig und richtete sich wieder auf.

»Das habe ich auch gerade gedacht. Er hatte alle Zeit der Welt, wenn er sich die Mühe gemacht hatte, einen Unfall vorzutäuschen.« Sie schaute auf die Steine. »Ich erinnere mich, dass sie noch nicht hier lagen, als ich durch die Gasse lief. Er muss sie nachträglich abgetragen haben.«

Pashtak betrachtete die Mauer. »Mehr als drei Schritte hoch. Er muss sogar hinaufgeklettert sein.« Er prüfte die Steine, dann erklomm er die Mauer selbst und kam obenauf zum Stehen. Auf der anderen Seite befand sich ein kleiner Innenhof, der zu einem ehemaligen Tempel gehörte und jetzt als Wohnort genutzt wurde. Sein Blick wanderte die vielen Fenster entlang. »Man hätte ihn ganz leicht entdecken können. Sehr viel Wagemut.«

»Den er zeigen musste, um rasch die Stadt verlassen zu können. Wir werden die Torwächter befragen, wer Ammtára gestern nach Einbruch der Nacht noch den Rücken kehren wollte.« Estra hielt die Rechte um den halbierten Anhänger, als könnte sie ihn nachwachsen lassen. »Was mag diese eine Hälfte bewirken?«

Pashtak kehrte mit einem Satz auf den Boden zurück. »Sie kann die Verhandlungen scheitern lassen. Die Auflage war, dass du dich mit dem Amulett in das Land der Nični begibst.«

»Was uns zur Frage bringt, wem daran gelegen sein könnte, dass Kensustria vernichtet wird.« Ihr fiel nur eine Partei ein. »Die Angorjaner, oder?«

»Kaiser Nech, ja. Er wäre der größte Nutznießer am Ende einer Schlacht, die viele das Leben kosten wird.« Pashtak schnurrte zufrieden, weil sie den Nični eine treffende Lösung für den Fall anzubieten hatten.

»Ein Angorjaner wäre in Ammtára sofort aufgefallen«,

grübelte Estra. »Und warum nur die Hälfte mitnehmen, wenn er sich alles hätte rauben können?«

»Eine Art Spiel. Nech möchte uns und den Kensustrianern zeigen, dass er uns absichtlich etwas gelassen hat, uns überlegen war und uns dort getroffen hat, wo wir es am wenigsten vermutet haben.« Pashtak deutete auf das Nordtor. »Lass uns da anfangen und Boten an die anderen Ausgänge schicken. Wir sparen uns die Mühe der Herumlauferei, solange du geschwächt bist.«

Sie marschierten in Gedanken nebeneinander her, beachteten weder die Einwohner Ammtáras noch die Heerscharen an Nični.

»Wir werden es Simar am besten sofort sagen«, befand Estra, als sie am Tor angelangt waren. »Es muss neu verhandelt werden.«

»Ich fürchte, dass die Nični nur dann verhandeln, wenn sie das Amulett zu Gesicht bekommen. Das *vollständige* Amulett.« Pashtak betrat die Wachstube, der Hauptmann verneigte sich vor ihm. Nach einem kurzen Wortwechsel wurde klar: Durch dieses Tor war niemand nach Einbruch der Nacht hinausgegangen. Pashtak sandte Läufer aus, die Erkundigungen bei den anderen Ausgängen einzogen. Er und Estra setzten sich solange in eine Ecke der Wachstube und warteten.

»Wir müssen wohl damit rechnen, dass uns Nech demnächst eine Botschaft zukommen lässt«, lautete ihre Einschätzung. »Er wird eine Gegenleistung verlangen, wenn er seinen Teil des Amuletts an uns übergibt.«

»Nech wollte Kensustria für sich. Was könnte er von uns verlangen? Wohl kaum Ammtára.«

Estra sah ihren Mentor an. »Und wenn er damit die gesamten Königreiche Ulldarts erpresst?«, sagte sie aufgeregt.

»Er weiß, dass der Kontinent der Vernichtung Kensustrias nicht tatenlos zusehen wird. Wenn er diesen Thron nicht bekommt ...«

»... will er einen anderen. Als Ausgleich.« Pashtak pfiff leise. »Perdór hat geschrieben, dass Borasgotan nach der Flucht von Elenja ... nein, von Zvatochna, die Zeit für eine Doppelregentschaft reif sei.«

»Ein unbesetzter Herrschersitz! Er will König von Borasgotan werden.« Sie lachte. »Das wäre ein lustiges Bild. Der Kaiser eines Landes, in dessen Sonnenschein man Äpfel braten kann, würde ausgerechnet dort Kabcar, wo es am kältesten ist.«

»Der Preis ist günstig: ein halbes Amulett. Mehr nicht. Und mit seinen Soldaten kann er Aufstände im Land niederschlagen lassen, wann immer ihm danach zu Mute ist.« Pashtak zog Estra in die Höhe. »Rasch, wir müssen zu Simar. Wir sollten ihm auf jeden Fall von unseren Vermutungen berichten. Auch Perdór soll vom Raub und dem erfahren, was wir uns erschlossen haben. Vielleicht können seine Spione unsere Annahme bestätigen.«

»Aber die Boten ...«, sagte Estra, der die Vorstellung nicht gefiel, Ammtára zu verlassen und vor die Ničti zu treten.

»Es bringt uns nichts. Die Flucht war sicherlich lange vorbereitet, und die Amuletthälfte befindet sich irgendwo auf Ulldart auf dem Weg zu Nech.« Pashtak eilte mit Estra im Schlepptau hinaus, rief einen Wagen und ließ sich zum Lager der Fremden fahren.

Sie sahen die Zeltstadt, die sich um Ammtára gebildet hatte, schon von weitem. Sie bot mehr als zwanzigtausend Ničti Unterkunft; es herrschte ein ständiges Kommen und Gehen der zahllosen Pilger, die von Tûris aus sofort weiter nach Südosten, nach Kensustria reisten. Es war ein beängstigender Anblick.

Zuerst wurde das Gefährt nicht weiter beachtet, aber ein Ničti hatte Estra erkannt. Gleich darauf erhob sich ein Rufen gleich einer Welle von einer Seite des Lagers zur anderen, und noch lange bevor der Wagen auch nur in die Nähe von Simars Zelt gelangt war, lagen die Ničti rechts und links vom Weg im Staub.

»Ihre Heilige kommt zu ihnen«, wisperte Pashtak, der sich der Wirkung der Szene nicht entziehen konnte. Es lag viel Bewunderung und Ehrlichkeit im Verhalten der Fremden, die auf einen Wink der jungen Frau hin vermutlich alles getan hätten. Plötzlich wurde er sich bewusst, welche Macht Estra besaß.

Sie stiegen vor Simars Zelt aus dem Wagen und wurden von ihm empfangen. Er wollte auf die Knie gehen, aber Estra hielt ihn zurück. »Wir müssen mit dir sprechen«, sagte sie knapp zu ihm und deutete auf die Behausung.

Der Ničti spürte, dass es wohl keinen angenehmen Grund für Estras Besuch gab. »Sicher.« Er eilte voraus und hielt den Eingang des Zeltes offen.

Im Innern war es dunkel und warm, zahlreiche Kerzen brannten. Pashtak unterdrückte das aufsteigende Niesen, das in seiner Nase kitzelte und juckte. Zwischen den Stoffwänden roch es aufdringlich nach Räucherstäbchen, wobei die Gemische für seine Sinne vollkommen neu waren. Wieder bemerkte er den Hauch von Tod. Wie bei Lakastre.

Ničti stapelten ihnen Kissen zu gemütlichen Sitzgelegenheiten auf, andere brachten kleine Beistelltische, Häppchen und Getränke wurden aufgetischt.

»Ihr seht besorgt aus sehr«, sprach Simar seine Beobachtung laut aus. Seine Bernsteinaugen verharrten auf dem vom Bluterguss gezeichneten Gesicht der jungen Frau. »Was ist geschehen?«

»Ich wurde niedergeschlagen und beraubt«, erklärte Estra ohne Umschweife und legte ihm ihre Vermutungen über die Beteiligung von Kaiser Nech auf Kensustrianisch dar; dabei zeigte sie ihm das halbe Amulett. »Ich schwöre, dass meine Erzählung der Wahrheit entspricht«, schloss sie.

Simars Gesicht spiegelte seine Verwirrung wider. »Aber Kaiser Nech ist unser Verbündeter.« Er sah zu Pashtak und wechselte in die ulldartische Allgemeinsprache. »Nech wagt nicht es.«

»Nech wird bei dem Stand der Dinge leer ausgehen«, warf Pashtak ein und nieste leise, mehrfach hintereinander. »Er ist auf die Vernichtung Kensustrias angewiesen.«

»Das ist wahr. Erläuterungen sind schlüssig. Sehr schlüssig.« Simar seufzte. »Ich fürchte, wird meinen Freunden nicht gefallen. Die Vereinbarungen sind sicher gewesen. Der Krieg wird weitergehen, fürchte ich.«

»Und wenn ich befehle, dass er endet? Würden sie auf mich hören?« Estra berührte ihre Amuletthälfte.

»Nein. Nicht mit halber Macht«, bedauerte Simar. »Ganz oder gar nicht. So Ihr seid Heilige, aber mit Amulett seid Königin.«

»Dann verschaff uns eine Frist, Simar. Um die andere Hälfte in unseren Besitz zu bekommen«, bat Pashtak. »Wir haben Möglichkeiten, sie aufzustöbern und sie ebenso zu stehlen, wie es Nech tat.«

»Schuld ist nicht bewiesen. Nur eine Annahme von Euch«, machte er sie aufmerksam. »Noch ist Nech Verbündeter für mich und für alle. Brauchen Beweise.« Hilflos hob er die

Arme. »Kleidungsstück? Irgendetwas von den Angorjanern gefunden?«

»Nein, leider«, knurrte Pasthak. »Nicht einmal einen Duft haben wir aufspüren können.«

Simar schwieg, schaute auf die Flämmchen des Deckenleuchters, dann räusperte er sich. »Ich gebe Euch halbes Jahr. Solange unterbrechen wir den Krieg, aber räumen auch Kensustria nicht. Halten die Stellungen, die wir erobert haben. Mehr kann ich nicht zusagen.« Er verneigte sich. »Bedauere furchtbar.«

Pashtak und Estra standen auf. »Wenigstens haben wir die Gelegenheit, die Sache zu bereinigen«, bedankte sie sich bei dem Ničti. »Sagt Kaiser Nech nichts von unserem Verdacht, behandelt ihn wie immer. Er soll sich einigermaßen in Sicherheit wiegen, damit wir ihm das Amulett leichter entwenden können.« Simar verneigte sich, und sie verließen das Zelt.

Die Inquisitorin und der Vorsitzende staunten nicht schlecht, als sie ihren Wagen sahen.

Die Ničti hatten ihn in der Zwischenzeit geschmückt und ihn mit Geschenken beladen, die von Waffen bis hin zu Speisen, Schmuck und undefinierbaren Gegenständen reichten; es blieb kaum noch Platz für die beiden Passagiere.

Der Kutscher saß mit resigniertem Gesichtsausdruck auf dem Bock. »Ich konnte nichts dagegen tun«, verteidigte er sich, sobald er Estra und Pashtak sah. »Es waren zu viele.«

Wieder erklang ein lautes Rufen, und die versammelten Ničti warfen sich auf den Boden. Ein Name wurde unentwegt wiederholt und steigerte sich zu einem anhaltenden, ab- und anschwellenden Laut.

»Sie beten Euch an«, sagte Simar ehrfürchtig. »Nennen Euch Göttin.«

Pashtaks Nackenhaare richteten sich auf, und auch Estra schauderte. »Wir wissen, dass es nicht so ist«, flüsterte sie dem Ničti zu und stieg ein. »In einem halben Jahr wird es sich entscheiden, wie es weitergeht.«

»Ein halbes Jahr«, wiederholte Simar und verbeugte sich.

Pashtak schwang sich in das Gefährt, und sie rollten davon, umgeben von Geschenken und einem Heer aus Fremden. Die Rufe vernahmen sie noch, nachdem sie Ammtára längst wieder betreten hatten. *Was würden die Ničti tun, wenn sie erkannten, dass es keine Göttin gab?*

XIV.

»Die Gewissheit ist schrecklich.
Vekhlathi ist niedergebrannt, vernichtet von den
eigenen Bewohnern.
Sie wussten sich nicht mehr anders gegen
den Qwor zu helfen, der unsichtbar durch die
Stadt schlich und einen Menschen nach
dem anderen tötete.
Wir haben einige Flüchtlinge aufgenommen, und
sie sagen, sie hätten die Umrisse des Qwor im
Qualm erkennen können.
Ich will ihnen nicht glauben, dass die Kreatur
inzwischen eine Höhe von elf Schritt erlangt hat.«

Aufzeichnungen des ehrenwerten Sintjøp,
Bürgermeister Bardhasdrondas,
gesammelt in den Archiven zu Neu-Bardhasdronda

Kontinent Ulldart, Königreich Tersion, Baiuga, Frühling im Jahr 2 Ulldrael des Gerechten (461 n.S.)

Baiuga, die stolze Stadt, starb.

Die Galeeren feuerten ihre leichteren Brandgeschosse bis beinahe in den letzten Winkel der Stadt, und wohin die Katapulte nicht gelangten, sorgte Funkenflug für eine Ausweitung der Katastrophe. Die Angorjaner und der Wind gierten nach der Auslöschung der Hauptstadt.

Lediglich der Palast ragte unversehrt über den brennenden Dächern auf, auch wenn es schwieriger wurde, ihn durch den Rauch hindurch zu sehen. Er erschien den Überlebenden wie ein Zeichen der Götter, wie eine himmlische Zufluchtstätte, in der es keine Flammen, keinen Tod und keine Not gab.

Nech stand auf dem Oberdeck seiner Galeere, die im Nordteil des Hafens unmittelbar an der Kaimauer lag, und verfolgte den Untergang. »Sie haben mich herausgefordert und erhalten eine Lektion, die hoffentlich ganz Tersion versteht«, murmelte er und biss die Zähne zusammen. Die Wunde schmerzte. Wenigstens lebte er, was man von Caldúsin und seinen Begleitern nicht sagen konnte.

Die braunen Augen schweiften über das Inferno, das durch die hereinbrechende Nacht an Faszination gewann. Es war das erste Mal, dass er eine Stadt auslöschte. Eine Feuertaufe, im wahrsten Sinn des Wortes.

»Sie greifen wieder an!«, rief einer der Späher, die in den Masten saßen. »Sie kommen über die Westseite.«

Nech erblickte die vielen kleinen Gestalten, die geduckt über die Reste der Hafenmauer gerannt kamen; jede hatte einen Rucksack oder einen Sack auf dem Rücken, manche trugen einen Gegenstand zu viert oder fünft. »Die Katapulte sollen sie sofort unter Beschuss nehmen«, sagte er zum Tei-Nori der Galeere. »Ich will keine weiteren Verluste.« Dabei sah er hinüber zu den beiden gesunkenen Schiffen, die als kokelnde Wracks im Hafenbecken auf Grund gelaufen waren.

Die Einwohner der Stadt wehrten sich. Mit selbstgefertigten Schleudern, brennendem Petroleum auf dem Wasser und unentwegten Angriffen mit kleinen Booten oder todesmutigen Schwimmern. Bislang mit mäßigem Erfolg.

Die Tatsache, dass sie überhaupt Erfolge verzeichneten,

ärgerte Nech. Er wollte schon lange in Alanas Palast sitzen und die Annehmlichkeiten genießen, wie es die Regentin getan hatte. Nur zu gut erinnerte er sich an die vielen hübschen Dienerinnen, die dort auf ihn warteten.

Ein Schwarm aus Armbrustbolzen surrte zu ihnen herüber und ging auf dem Vordeck nieder; laute Schreie hallten durch die Nacht.

»Sie sollen endlich schießen!«, schrie Nech den Tei-Nori an. »Worauf wartest du?«

»Die Katapultisten sehen sie schlecht«, verteidigte der Mann seine Leute.

»Das ist mir gleich.«

»Wir haben zu wenige Geschosse übrig, Kaiser. Wir können es uns nicht mehr erlauben, blindlings nach den Gegnern zu schießen.« Er schluckte und befahl, die gegnerischen Bolzen einzusammeln, die noch intakt waren. Darunter fielen auch diejenigen, die in den Körpern von Verwundeten steckten.

»Du hast Recht.« Nech schnaubte. »Reißt die Aufbauten ab. Die Schiffszimmerleute sollen daraus Pfeile und Speere schnitzen, und zwar so schnell sie können. Und jetzt schießt! Sie planen etwas, was uns eine weitere Galeere kosten kann.« Er rief einen Tai-Sal aus seinem Stab zu sich, der für die Abstimmung der Fußtruppen verantwortlich war. »Welche Stadtviertel gehören uns?«

Der Mann verneigte sich und zog eine Karte aus seiner Umhängetasche, rollte sie aus und legte sie über das Steuerrad. Die eroberten Gebiete waren mit Kreide umrissen.

»Sehr gut.« Nech sah, dass sich eine Gasse bis zum Palast gebildet hatte. »Schickt nach einem Trupp. Dem besten Trupp.« Er deutete auf die Palastanlage, auf deren Mauern der Widerschein des brennenden Baiuga tanzte. »Ich will dorthin und meine Fahne hissen. Mir reicht es, untätig auf der Galeere zu warten.«

»Höchster Kaiser, es ist sehr gefährlich«, warnte ihn der Tai-Sal. »Die Schneise ist nicht breiter als zweihundert Schritt, und wir wissen nicht, wer sich in der Palastanlage aufhält. Es kann sein, dass Euch dort starker Widerstand erwartet.«

»Deswegen will ich den besten Trupp. Ich will den Tersionern den Palast nehmen.« Nech befahl dem Tei-Nori, dass er die Galeere zum Manövrieren bereit machen solle. »Es ist nicht nur eine Frage der Moral, die Anlage zu erstürmen. Es ist eine strategische Position. Von da oben reichen unsere Katapulte bis auf die andere Seite der Stadt.«

»Wie Ihr befehlt, Kaiser.« Der Tai-Sal verfasste eine Nachricht und sandte einen Melder aus, um die Soldaten zusammenzuziehen. Der Melder kletterte das Fallreep hinab, sprang auf den Boden und eilte davon.

Nech erteilte den Befehl abzulegen und Kurs auf das östliche Ufer zu nehmen

Ni'Sìn presste sich an den kalten Stein und beobachtete, wie die kaiserliche Galeere ablegte. »Schießt noch einmal nach ihr«, rief er seinen Armbrustschützen zu. »Sie sollen denken, dass wir hinter ihr her sind.«

Zehn seiner Truppen sandte er aus, damit sie dem Schiff folgten und es mit Bolzen behakten. Das würde von seinem eigentlichen Plan ablenken.

Er blickte nach rechts und links. Er hatte geschafft, was noch keinem gelungen war: Zum ersten Mal kämpften Baiugas Shadoka gemeinsam für eine Sache. Gewöhnlich standen sie sich in der großen Arena mit den verschiedensten Waffen gegenüber, um die Ehre der verschiedenen Adelshäuser zu verteidigen.

Seit dem Angriff der Angorjaner jedoch gab es Wichtigeres als die blutigen Spiele. Die Shadoka, die mit Abstand besten Einzelkrieger des Landes, hatten sich zu einem kleinen Heer zusammengeschlossen und sich unter Ni'Sìns Befehlsgewalt begeben.

Die bunte Truppe hatte außer Menschen tatsächlich zwei Kensustrianer und drei K'Tar Tur in ihren Reihen. Auch Ni'Sìn gehörte zu den Nachfahren Sinureds; er trug die halblangen weißen Haare mit der roten Blutsträhne unter einem leichten Lederhelm. Schwere Rüstungen und tiefes Wasser vertrugen sich nicht.

»Die einzelnen Säcke zu mir, Nummer für Nummer«, befahl er. Es lief schnell und reibungslos vonstatten, einer nach dem anderen lieferte seine Ladung ab, während Ni'Sìn die einzelnen Teile, die alle aus Metall bestanden, rasch zusammenbaute. Ganz zum Schluss wurden die schwersten Stücke eingesetzt.

»Fast fertig«, sagte er und betrachtete sein Werk: Eine kleine, zerlegbare Bombarde, deren Lauf länger als zwei Männer und dicker als ein kräftiger Männerarm war, stand vor ihm. Eilig fügte er die beiden Visiere an den Markierungen des Laufs hinzu; obenauf kam eine Art Fernglas.

Ni'Sìn winkte den Bombardier zu sich. »Siehst du den Angorjaner, der neben dem Ruder steht?« Er deutete auf die Galeere, die quer vor der Hafeneinfahrt stand; ihre Katapulte sandten die Brandgeschosse in den nördlichen Teil Baiugas. »Das ist der Kommandant. Schalte ihn zuerst aus, danach erledigst du die Katapultisten. Die Feuer an Deck sind hell genug, oder?«

Der Mann nickte.

Daltor, der Shadoka des Hauses Malchios, sah zur Galeere, dann auf die Bombarde. »Das sind geschätzte dreihundert Schritt«, sagte er zweifelnd. »Es wird nicht gelingen. Nicht mit diesem kleinen Ding. Die großen schaffen weite Entfernungen, aber nur mit gewaltigen Pulverladungen.«

Der Bombardier, der ihnen auf Schmuggelpfaden von König Perdór gesandt worden war, prüfte die Visiere und antwortete, ohne Daltor anzusehen. »Es ist eine Nadelbombarde. Wir nennen sie so wegen der ungewöhnlichen Form. Sie verschießt kleine Kugeln, ist dafür aber zielsicher und kommt mit wenig Pulver aus. Trotz ihrer Reichweite. Ihr werdet es erleben.«

Daltor schüttelte den Kopf. Er vertraute wie die meisten Shadoka auf Waffen, die seine Hände führten.

Ni'Sìn klopfte dem Bombardier auf die Schulter und eilte die abgetragene Hafenmauer entlang. Größere Wellen schwappten über die traurigen Überreste und umspülten die Füße der Männer und Frauen; der Untergrund war tückisch glatt.

Sie näherten sich der dümpelnden Galeere, die mit vier Ankern in der Strömung gehalten wurde, welche von See her in den Hafen lief. Der Abstand zur Hafenmauer betrug eine Männerlänge, ein kräftiger Sprung würde geradewegs zum untersten Ruderdeck führen; allerdings waren die Riemen eingezogen und die Öffnungen verschlossen. Eine verhältnismäßig kleine Herausforderung.

Ni'Sìn vernahm einen peitschenhaften Knall. Beinahe zur selben Zeit setzte lautes Rufen auf der Galeere ein. Die Angorjaner konnten sich den plötzlichen Tod des Kommandanten nicht erklären, dessen Kopf einfach zersprungen war. Auf der Suche nach der Ursache begingen sie einen großen Fehler:

Sie entfachten weitere Laternen an Deck. Damit sah der Bombardier noch besser.

Die Shadoka hatten die Stelle erreicht, wo sie nur noch mit einem Satz vorankamen.

»Ihr wisst, worum es geht. Wir versenken die Galeere und verschwinden, ehe sie überhaupt bemerken, was los ist. Keine unsinnigen Heldentaten.«

»Nein, die vollbringen wir lieber in der Arena.« Daltor grinste ihn an und brachte das Kunststück fertig, feindselig auszusehen. Mit ihm hatte Ni'Sìn eine Rechnung offen. Eine Rechnung auf Leben und Tod. »Und meine Heldentaten kenne ich sehr gut.«

Ni'Sìn verzichtete auf eine Antwort. Er machte den Anfang und sprang auf die Galeere, seine kräftigen Finger hielten sich an der Kette fest, mit der die Ruderfenster geöffnet wurden. Seine Füße fanden eine schmale Reling, auf die er mit den Zehenspitzen auftreten konnte. Auf ihr lief er bis zum Heck, wo sich ein kleines rundes Fenster befand. Hier lag die Unterkunft des Sklavenmeisters; die Öffnung war groß genug, um einen Mann durchzulassen.

Ni'Sìn schaute vorsichtig hindurch und sah den schlafenden Mann in seiner Hängematte liegen. Er zog sein Messer, hielt es mit dem Knauf voran schlagbereit erhoben und wartete auf den nächsten Knall.

Die Nadelbombarde feuerte wieder, und mit geringer Verzögerung schlug er das Glas ein.

Der Sklavenmeister schreckte hoch – und bekam im nächsten Augenblick das Messer in die Brust gestoßen. Ni'Sìn beherrschte die Kunst des Messerwerfens wie kein Zweiter unter den Shadoka. Außer vielleicht Daltor.

Er entfernte das Glas aus dem Rahmen, glitt in die Kajüte

und lauschte, ob sein Mord gehört worden war. Als es ruhig blieb, öffnete er die Tür einen Spalt und schaute hinaus.

Sofort schlug ihm der Geruch von Schweiß und Exkrementen entgegen, es war schwül wie nach einem Regen an einem heißen Sommertag. Aus der Finsternis vernahm er leises Husten, ab und zu ein Stöhnen; die Sklaven versuchten auf ihren Ruderbänken zu schlafen.

Ni'Sìn rief die anderen Shadoka zu sich, die nach und nach zu ihm gelangten. Bald reichte der Platz nicht mehr aus, um sie alle in der Kajüte aufzunehmen.

»Wir steigen die Treppe hinab in die Bilge, räumen einige Ballaststeine aus dem Weg und bohren Löcher an verschiedenen Stellen«, wisperte er. »Der Rest macht die Sklaven los.« Er wollte die Tür öffnen.

»Was?« Daltor drückte sie wieder zu. »Das war nicht abgemacht. Was sollen wir mit ihnen? Am Ende verraten sie uns, und unser Plan ist gescheitert. Ich will mein Leben nicht wegen denen verlieren.«

»Ich weiß, du stirbst lieber in der Arena gegen mich als hier, wo du etwas Gutes tun könntest«, gab Ni'Sìn schneidend zurück.

»Du wirst sehen, wer von uns beiden bald tot im Sand liegt. Dein Gönner Caldúsin ist bereits gestorben.« Daltor wandte sich an die Shadoka. »Hört ihr, es war nicht abgemacht, dass wir die Sklaven befreien«, wiederholte er.

»*Ich* bin der Befehlshaber, Daltor. Alle haben mich dazu erkoren. Auch du.« Ni'Sìn hielt blitzschnell einen Dolch in der Hand und legte ihn an die Kehle des Mannes. »Wenn du nicht vor meinen Augen verbluten willst, rate ich dir, dich mir zu fügen.«

Daltor rührte sich nicht. »Erinnere dich an diesen Augenblick, Ni'Sìn«, raunte er zurück. »Es war die einzige Gelegenheit, mich zu töten. Ich werde dich zu Ehren des Hauses Malchios vernichten.«

»Befrei die Sklaven«, sagte er nur und nahm die Schneide vom Hals. »Sag ihnen, worum es geht, und sie werden dir folgen.« Er öffnete die Tür, und ihre Mission begann.

Kaum legte die Galeere an, erschien der Trupp Soldaten, nach denen Nech verlangt hatte. Es waren vierhundert der Besten, ausgerüstet mit überlangen Schilden und Speeren, dazu jeweils ein kurzes und ein langes angorjanisches Bogenschwert.

»Diese Einheit kann es mit einer dreifachen Überzahl aufnehmen«, versprach ihm der Tai-Sal, der seine Krieger stolz betrachtete. »Wenn es eine Truppe gibt, die für Euch den Palast erobert, so kann es nur diese sein.«

Nech ging von Bord und begab sich mitten unter die Soldaten. »Wir wollen den Tersionern zeigen, wozu wir in der Lage sind«, sprach er. »Sie sollen sehen, dass ich, der Kaiser, seinen eigenen Kriegern sein Leben anvertraut und sich persönlich an der Eroberung des Palastes beteiligt.« Er zog das Schwert. »Für meinen ermordeten Bruder!« Im Laufschritt setzte er sich in Bewegung. Der Zug begann.

Die einstige breite Prachtstraße, die vorbei an den wunderschönen Säulentempeln geführt hatte, lag in Trümmern und war von Bruchstücken übersät. Die angorjanischen Geschosse hatten tiefe Löcher in das Pflaster geschlagen; eingestürzte Gebäude türmten sich zu mehreren Schritt hohen Hindernissen auf, die erklettert werden mussten. In der herrschenden Dunkelheit war es kein leichtes Unterfangen, doch Licht setzten sie dennoch keines ein. Die Helligkeit hätte die Neugierde der Baiuganer geweckt.

Nech lief der Schweiß unter die Rüstung und tränkte seine Leinenkleidung. Bald schon erklomm die Einheit den Palastberg und lief auf die Mauer zu, welche dereinst das einfache Volk davon abgehalten hatte, der Regentin zu nahe zu kommen.

»Verteilt euch«, befahl Nech. »Langsam vorrücken. Sobald wir beschossen werden, stürmen wir.«

Der Tai-Sal schluckte seine Einwände hinab. Es oblag ihm nicht, dem Kaiser zu widersprechen, auch wenn dessen Befehl unsinnig war. Wie sollten seine Leute die glatten Mauern nach oben steigen?

Immer noch im Laufschritt näherten sich die Soldaten dem gewaltigen Tor, das nicht vollständig geschlossen war.

»Seht ihr das? Es steht offen. Die Sklaven sind bestimmt geflohen«, rief Nech unzufrieden. Er hatte die Dienerinnen als Belohnung für seine Mühe gesehen und sich auf die Abende mit ihnen gefreut. Stattdessen würde er sicherlich einen leer geräumten Palast finden, aus dem die Bediensteten alles von Wert gestohlen hatten.

Er rannte auf den Durchlass zu. Die Krieger mussten ihm wohl oder übel folgen, auch wenn es mehr als Unsinn war, sich derart sträflich zu zeigen. Es könnte ebenso gut eine Falle sein, und hinter dem Tor mochten vier Dutzend Bogenschützen warten, um sie mit Pfeilen zu spicken.

»Kaiser Nech, wartet«, bat ihn der Tai-Sal. »Lasst einige meiner Soldaten vorgehen, damit sie …«

»Nein. Ich gehe vor.« Nech ließ sich einen Schild geben und eilte durch das Tor. Nach zwei Schritten blieb er stehen. Entgeistert starrte er auf das, was ihm Baiugas Einwohner zum Residieren angedacht hatten.

Sie hatten nur die vorderen Wände des Palasts stehen lassen und mit Balken nach hinten abgestützt; die restlichen Gebäudeteile waren zerschlagen und zersprengt. Sie hatten Nech glauben lassen, er werde einen Palast erstürmen, aber in Wahrheit besaß er nicht mehr als eine Ruine.

»Das ist eine Art von Humor, die ich gar nicht teile!«, schrie er. »Verdammtes Tersionerpack!« Er befahl den Soldaten auszuschwärmen und in den Trümmern nach wertvollen Dingen zu suchen. »Nun gut. Ein zerstörter Palast passt wenigstens hervorragend zu Baiuga.«

Er betrat den Wachturm und erklomm die Stufen; bald darauf stand er auf der obersten Plattform und beobachtete von dort aus, wie seine spielzeuggroßen Galeeren kleine Feuerbälle in die Straßen schleuderten. Nech bedauerte es nicht, die Vernichtung befohlen zu haben.

Er würde den Willen der Tersioner brechen. Ihnen blieb keine andere Wahl, als ihn als Herrscher anzunehmen. Das einzige Haus, das noch über ein wenig Macht und seinen Anführer verfügte, war das Haus Malchios. Taltrin hatte eine Unterredung mit ihm abgelehnt, doch er würde nicht mehr lange umhinkönnen.

»Seht nach Südwesten, Kaiser Nech«, sagte einer seiner Begleiter. »Sind das Galeeren?«

Nech wandte den Kopf und erspähte fünf Umrisse von Schiffen, die sich Baiuga näherten. »Ja. Es sind die Truppen, die an der Eroberung Kensustrias hätten teilhaben sollen.« Er fluchte gedanklich. Sein Plan, sich auf einfache Weise Land auf Ulldart zu beschaffen, wurde wegen des Waffenstillstands zwischen den Ničti und den Kensustrianern einer ungewollten Pause unterworfen. Bis die Kämpfe neu entflammten, brauchte er die Soldaten hier. Tersion gehörte so gut wie ihm.

»Sie unterstützen die Einheiten, die an den Grenzen stationiert sind.« Nech deutete auf die Galeere, die vor der Hafeneinfahrt lag. »Signalisiert ihr, dass die Platz machen sollen. Der Anblick von weiteren Schiffen wird den Widerstand der Städter brechen.«

»Sehr wohl, Kaiser Nech.« Der Mann verneigte sich und gab den Befehl weiter.

Ni'Sìn betätigte den Bohrer mit aller Kraft. Die geschliffene Spitze fraß sich mit einem leisen Geräusch durch das steinharte Holz des Rumpfes.

Es dauerte länger, als er gedacht hatte, und das wiederum machte die Mission von Umdrehung zu Umdrehung gefährlicher. Sicher waren die Shadoka herausragende Krieger, aber gegen die angorjanische Übermacht an Bord war es eine Frage der Zeit, wann sie unterliegen würden. Ein Kampf kam nicht in Frage, höchstens ein Rückzugsgefecht. Ni'Sìn beabsichtigte nicht, im Bauch der Galeere zu sterben.

Plötzlich sickerte Wasser aus dem Bohrloch, und das Werkzeug wurde mit unglaublicher Wucht nach oben gedrückt. Ein Strahl, doppelt so dick wie ein Finger, schoss fontänengleich in die Höhe und spritzte bis an die Decke.

»Ich bin durch!«, rief er erleichtert. »Wie sieht es bei euch aus?«

Drei Shadoka meldeten, dass auch sie es geschafft hatten, aber sieben weitere mühten sich noch immer.

Ni'Sìn horchte auf. Auf einem Deck weiter über ihnen erklang das Trampeln zahlreicher Stiefel, rhythmisches Rattern erklang, eine Kette klirrte laut. Nach und nach gesellten sich weitere dieser Geräusche hinzu.

»Sie lichten die Anker«, rief er. »Rasch, bohrt schneller. Wir müssen runter.« Ni'Sìn hatte keine Ahnung, was sich ereignet hatte. Entweder wollten sich die Angorjaner in eine bessere Schussposition bringen, oder sie gaben den Eingang des Hafens frei.

Der Lärm der Ankerwinden eröffnete ihnen neue Möglichkeiten. »Vergesst die Bohrer«, ordnete er an. »Nehmt die Äxte und schlagt Löcher. Sie werden uns nicht hören.« Er packte die Axt, die er auf dem Rücken hängen hatte, und drosch auf die Planken ein. So anstrengend es auch war, so zeigte sich doch schnell der Erfolg; gluckernd und rauschend flutete das Wasser den Innenraum.

»Und jetzt raus!« Der K'Tar Tur gab den Befehl zum Rückzug. Dabei zerstörten sie die Schotts, mit denen einzelne Kammern gegen einbrechendes Wasser abgeriegelt werden konnten. Diese Galeere würde sinken.

Als sie auf das unterste Ruderdeck gelangten, traute Ni'Sìn seinen Augen nicht. Die Sklaven saßen noch immer angekettet auf ihren Plätzen. Daltor hatte seine Anweisungen nicht befolgt.

»Wo ist er?«, schrie er den nächsten Shadoka an, der zu Daltors Gruppe gehörte.

»Er ging nach oben, um nachzusehen, warum sie die Anker lichten.«

»Warum sind die Ketten nicht weg?«

»Wir bekamen die Schlösser nicht auf«, verteidigte der Shadoka sich und seine Einheit.

»Dann brecht die Halterungen aus dem Holz, los!« Ni'Sìn sandte seine Truppen auf die höher gelegenen Decks, er selbst pirschte mit einer Hand voll Kämpfer weiter nach oben.

Sie befanden sich unterhalb des Decks, wo die Soldaten untergebracht waren, als die Galeere von einem gewaltigen Schlag getroffen wurde. Sie bebte, dann erklangen das Bersten von Holz und das Geschrei von Menschen. Ni'Sìn musste sich an der Wand abstützen, um den Halt nicht zu verlieren.

»Was war das?« Ein Shadoka war auf den Gang geschleudert worden; mühsam richtete er sich wieder auf.

»Die Baiuganer haben ein Katapult abgefeuert und getroffen«, vermutete Ni'Sìn. »Diese Idioten!« Er setzte einen Fuß auf die steile Stiege nach oben – da gab es ein ohrenbetäubendes Krachen, und die Decke stürzte ein.

Unmittelbar neben Ni'Sìn rauschte ein gewaltiger Steinquader herab, riss zwei Shadoka mit sich, zertrümmerte die Planken und stieß durch die Decks nach unten. Die Wucht reichte aus, um den Rumpf zu zerstören; das Loch, das er hinterließ, genügte, um einen Mann der Länge nach hineinzuwerfen.

Ni'Sìn starrte auf den senkrechten Schacht, auf die gezackten Holzränder und das Blut der Männer, das daran haftete. Er wusste, dass es in Baiuga kein Katapult gab, das Geschosse dieser Größe schleuderte. Tosend brandete Hafenwasser durch die Bresche und füllte bereits das unterste Ruderdeck. Das Leben der Sklaven war verwirkt, und für ihn wie alle anderen gab es nur noch einen Ausweg: nach oben.

»Los«, befahl er und erklomm die Treppe.

An Deck tobte ein heftiger Kampf. Die Shadoka um Daltor hielten das Heck der Galeere besetzt, wo die kleineren Katapulte standen, und schossen unentwegt Pfeile und Speere in die Reihen der angorjanischen Soldaten. Diese hatten sich hinter ihren Schilden verschanzt und versuchten, bis zu den Angreifern vorzudringen. Die Verluste waren zu hoch, die Entschlossenheit sank.

Ni'Sìn blickte nach links, wo sich gleich fünf angorjanische Galeeren von der Seeseite her näherten. Sie fuhren nebeneinander her, er hörte das dumpfe Rumpeln der Katapulte und sah helle Flecken, die einen Bogen beschrieben und sich über ihm absenkten. »Vorsicht!«, schrie er Daltor zu und versuchte zu erkennen, wo die nächsten Brocken niedergingen. Sich hinzulegen wäre eine schlechte Idee.

Dieses Mal hatten die gegnerischen Katapultisten besser gezielt. Alle fünf Granitbrocken, groß und mindestens so schwer wie ein Streitross, landeten auf der Galeere und brachten den Tod in die Reihen der Angorjaner und der Shadoka. Noch mehr Löcher entstanden im Schiffsrumpf, das Reißen der Spanten verkündete den nahen Untergang der Galeere. Es machte keinen Sinn mehr, länger auf dem Deck zu verweilen.

»Alles runter«, rief er und gab auch der Truppe, die Daltor unterstellt war, den Befehl zum Rückzug. »Auf die Hafenmauer und sofort in Deckung, solange wir nicht wissen, was vor sich geht.« Ni'Sìn schwang sich über die Bordwand und kletterte daran hinab. Die Galeere bekam unvermutet Schieflage, seine Finger lösten sich, und er fiel ins warme Hafenwasser.

Spuckend paddelte er zurück an die Oberfläche, rings um ihn herum schwammen weitere Shadoka.

Plötzlich fühlte er eine Hand im Nacken, die ihn nach unten drückte, ein heißer Schmerz fuhr in seinen Rücken.

Er beging nicht den Fehler, sich zu wehren, sondern erschlaffte sofort und tat so, als sei er tot. Als die Hand ihn losließ, nahm er einen seiner Dolche, fuhr herum und stach nach dem heimtückischen Angreifer.

Die Klinge traf … Daltor in die rechte Brust! Er ächzte auf und paddelte nach hinten, außerhalb der Reichweite für eine weitere Attacke.

»Du bist ein niederträchtiges Schwein!«, schrie Ni'Sìn und schleuderte seinen Dolch, doch der Shadoka wich aus.

»Du wirst den Fuß nicht mehr an Land setzen!«, versprach ihm Daltor und zückte seinerseits ein Messer, hob es zum Wurf.

Ni'Sìn tauchte unter und schnellte sofort wieder in die Höhe, sah nach dem Feind. Aber Daltor war ebenso getaucht. Der K'Tar Tur wollte nicht warten und schwamm auf die Hafenmauer zu, rückwärts und das Wasser hinter sich im Auge behaltend.

Die Galeere zerbarst in drei Teile. Ni'Sìn beobachtete im Schein der Lichter und der Feuer, die im Inneren brannten, wie die angeketteten Sklaven mit den Wrackstücken in die Tiefe gezogen wurden. Die meisten schrien verzweifelt, andere nahmen das Ende teilnahmslos hin.

Auch Angorjaner schwammen um ihr Leben, lieferten sich noch im Wasser oder auf der Mauer Kämpfe mit den Shadoka. Gelegentlich erklang der Peitschenknall der Nadelbombarde, und angorjanische Soldaten, die sich sicher geglaubt hatten, starben einen jähen Tod.

So oder so, der Plan war gründlich misslungen. Ni'Sìn hatte das Ufer erreicht, zwei Shadoka halfen ihm heraus. Er betastete die Wunde in seinem Rücken. Sie blutete sehr stark, hatte aber anscheinend keine wichtigen Organe verletzt.

»Wir haben neue Verbündete«, sagte eine Shadoka und zeigte auf die Galeeren, die eben in den Hafen einfuhren. An den Masten prangten die serusischen Fahnen und verkündeten, wem die Stadt den Beistand zu verdanken hatte.

Ni'Sìn gelang es nicht, sich richtig zu freuen. »Es wäre besser gewesen, sie hätten sich einen halben Tag mehr Zeit gelassen.« Bedauernd schaute er auf die im Wasser treibenden Leichen der Shadoka.

Nech konnte die Augen einfach nicht abwenden.

Wie in einem Albtraum gefangen, verfolgte er, wie seine eigenen Schiffe Verrat begingen. Sie fuhren in den Hafen ein und bekämpften sofort seine verbliebenen Galeeren, darunter auch seine eigene. Er brauchte keine besondere Vorstellungskraft, um sich auszumalen, wie lange sie dem Beschuss standhielt.

Seine Finger krallten sich in den Waffengurt. »Verflucht!« Er hatte an einer der abtrünnigen Galeeren eine Fahne entdeckt, mit der er erst viel später gerechnet hatte.

»Kaiser Nech, was sollen wir nun tun? Die Galeeren tragen die Farben Serusiens, sie gehören nicht zu uns.«

Nech sah das Signum seines Zwillingsbruders Farkon über dem Banner Serusiens wehen. Ein neues Bündnis hatte sich gegen ihn formiert. »Sendet Boten zu den Truppen. Wir ziehen uns nach Ilfaris zurück.«

»Ilfaris?«

»Das ist sicherer Boden. Dort wird uns beim Einmarsch kein Widerstand entgegenschlagen, Tai-Sal.« Er wandte sich abrupt vom Bild seiner größten Niederlage ab. »Ilfaris wird unser Rückzugsort. Von dort können wir uns zu den Stellungen der Ničti in Kensustria durchschlagen. Wir werden sehen, wie unsere Verbündeten auf meinen Hilferuf hin handeln.« Mit diesen Worten eilte er die Stufen hinab.

Bald darauf verließen er und seine Krieger das vernichtete Baiuga.

Erst der nächste Morgen brachte den Baiuganern zum einen die Gewissheit, dass auch die letzten angorjanischen Truppen verschwunden waren, zum anderen, dass die Galeeren wirklich Freunde nach Tersion gebracht hatten. Das serusische

Banner an den Masten war keine List. Schnell machte das Wort von einem Aufstand in der Heimat des Kaisers die Runde.

Die Wahrheit sah etwas anders aus, und die Ehre, die neuesten Erkenntnisse vor den Überlebenden der Adelshäuser zu verkünden, kam Fiorell zu.

Man traf sich in der teilweise zerstörten Villa von Taltrin Malchios.

Fiorell zählte stumm durch und kam auf elf Teilnehmer an diesem historischen Treffen. Außer ihm. Er saß neben Paltena, der jungen serusischen Spionin, die sich von ihrer Verletzung gut erholt hatte und ohne ihre Freibeuteraufmachung einen sehr ansprechenden Eindruck auf ihn machte. Ihre Maskerade erklärte ihm auch, weswegen er sie von Anfang an anziehend gefunden hatte. Jedes Mal, wenn er mit Paltena sprach, ging ihm das Bild ihrer kleinen, festen Brüste nicht mehr aus dem Kopf. »Wie es aussieht, kamen wir zu spät, um Baiuga vor dem Untergang zu bewahren«, begann er seine Rede und wurde sofort von Taltrin unterbrochen.

Auch er trug Verbände und Schienen am Bein und dem Arm, sein Gesicht war entgegen der Gerüchte verschont geblieben. »Wir sind dankbar, dass überhaupt Hilfe kam. Noch dazu aus dem Land, von dem ich es am wenigsten erwartet hätte«, sagte er. »Der Tod der Regentin und so vieler Unschuldiger ist ein barbarischer Akt, den wahrscheinlich niemand hätte verhindern können. Ich versichere Euch, dass Tersion sich immer erinnern wird, wer ihm aus der Lage half: Serusien und Ilfaris. Die Stadt wird auferstehen und mit Leben gefüllt werden.«

Der Beifall, den ihm die Vertreter der Häuser spendeten, verkündete den neuen Machthaber in Baiuga und damit in

Tersion. Noch war Taltrin nicht erwählt worden, doch wer sollte sich ihm entgegenstellen?

»Meinen Dank, doch Ulldart hat Euch geholfen, Malchios, nicht nur zwei seiner Länder. König Perdór sandte mich im Namen aller Länder nach Angor, um die Lage zu erkunden«, betonte Fiorell.

Taltrin lächelte ihn an. »Und hat er den anderen Ländern auch gesagt, sie sollen nichts unternehmen? Nicht einmal Briefe schreiben und wenigstens Beistand versprechen?« Er winkte ab. »Ich nehme Euren Einwand zur Kenntnis, doch wir alle wissen, wem wir die Rettung verdanken. Fahrt fort.«

Fiorell berichtete von den Ereignissen auf Angor und dem Zwillingsbruder des selbst ernannten Kaisers, der seinerseits Anspruch auf den Titel erhob. »Ihm verdanken wir die Unterstützung. Er hat sie uns heimlich überlassen und ist gerade damit beschäftigt, die angezettelte Verschwörung gegen ihn aufzudecken und Nechs Anhänger auszuheben. Sie wussten von den Vorgängen auf Ulldart. Wir können gespannt sein, wie es endet. Der Süden, so wurde uns gesagt, ist Fark-Land.«

»Das bedeutet, dass es auf Angor zu einem Bürgerkrieg kommt?«, fragte Taltrin und ließ Getränke reichen.

»Unter Umständen. Wenn es uns gelingt, Nech zu fangen und ihn an Farkon auszuliefern, haben wir für eine schnelle Regelung gesorgt und uns das Wohlwollen des rechtmäßigen Kaisers gesichert. Mit Blick auf die Vorgeschichte, den Tod von Lubshá und der Regentin wäre es nicht der schlechteste Zug.« Fiorell bedachte jeden der Adligen mit einem langen Blick. »Das wird die Gemeinschaft der Königreiche entscheiden müssen.«

»Ich bin dafür«, sagte Taltrin sofort. »Nur töten sollten wir ihn nicht. Es floss bereits zu viel angorjanisches Blut auf unserem Boden.«

»Sehr genau. Wir fangen und übergeben ihn. Die Galeeren werden ihn und seine Soldaten zurück nach Angor bringen. Das wäre der Plan.« Fiorell sah in den Gesichtern um sich herum nur Zustimmung. »Wer wird die Geschicke Tersions leiten?«

»Das Haus Malchios«, sagte einer der Adligen sofort. »Das Haus Iuwantor ist zu geschwächt. Wie alle anderen haben sie ihre fähigsten Vertreter verloren. Taltrin ist auserwählt, das Amt des Regenten zu bekleiden.« Da es keinen Widerspruch gab, war diese Frage entschieden.

»Ich bedanke mich für das Vertrauen, wenngleich das Haus Malchios niemals danach trachtete, sich an die Spitze Tersions zu setzen.« Taltrins Stimme klang bewegt und etwas traurig. »Die Umstände sind einfach furchtbar, aber da die Herausforderungen hier und in anderen Teilen des Reiches bewältigt werden müssen, bin ich bereit. Ulldrael und Angor mögen uns beistehen.«

Fiorell gratulierte ihm, Paltena reichte ihm ebenso die Hand. »Ich richte meinem Herrn den Verlauf der Dinge in Tersion aus. Die Galeeren bleiben zu Eurem Schutz hier, während Serusien sich auf den Weg macht, Nech zu verhaften. Viele Krieger kann er nicht mehr um sich haben.«

»Ich wünsche den Männern das Beste.« Taltrin nickte ihnen zu. »Nun verzeiht, ich bin müde. Meine Verletzungen machen mir zu schaffen.«

Die Versammlung löste sich auf, danach eilten Ausrufer in die zerstörten Straßen, um den Namen des neuen Regenten zu verkünden.

Taltrin manövrierte seinen Rollstuhl ans Fenster zum Innenhof und lauschte den Stimmen, vereinzelt hörte er Freudenrufe und erste Gesänge. Die Menschen feierten das Ende der kurzen Besatzung und ihren neuen Machthaber. Er schloss die Augen und genoss den Triumph leise.

Unbemerkt von ihm schwang sich eine maskierte Gestalt in weiter schwarzer Kleidung auf den kleinen Balkon ein Zimmer weiter. Ihre Bewegungen waren kraftvoll und elegant zugleich, sie verursachte kaum einen Laut; über ihre breite Brust spannte sich ein Gurt voller Wurfmesser, und auf dem Rücken hing ein Schwert.

Sie stahl sich durch die offene Tür ins Innere des Gebäudes und näherte sich dem ahnungslosen Taltrin von hinten.

Schritt für Schritt pirschte sie sich heran, nahm im Vorbeigehen eine kleine, aber schwere Statue vom Tisch und hielt sie schlagbereit.

Als sie eine doppelte Armlänge von dem Mann entfernt war, drückte sie sich ab, schlug einen Salto über den Kopf hinweg und landete genau auf dem Sims. Rasch duckte sie sich und hielt die Statuette vor Taltrins Gesicht.

Er hatte den Schatten sowie den Luftzug bemerkt und öffnete die Lider; erschrocken zuckte er zurück. »Was soll das?«

»Ein Geschenk. Für Euer neues Amt.«

»Das ist *meine* Statue.«

»Ich hatte nichts anderes zum Greifen«, lachte die Gestalt und zog die Maske herab. Ni'Sìn grinste breit. »Lief alles so für Euch, wie Ihr wolltet, Herr?«

»Wenn man die Zerstörung von Ḅaiuga und meine Verletzungen einmal außer Acht lässt, ja. Woher sollte ich wissen, dass der Nachfolger für den Kaiser mit an Bord der Galeere ist? Ich musste gehörig schieben und verschieben, bis meine ursprünglichen Pläne griffen.« Taltrin rollte ein Stück zurück und machte dem K'Tar Tur Platz. »Es ist vollbracht. Ich bin Alana und Caldúsin los, habe endlich das Amt, das dem Haus Malchios zusteht, und werde als Held gefeiert.« Er bedeutete Ni'Sìn, vom Sims ins Innere zu kommen. »So gesehen kann man sagen: Doch, es lief so, wie ich wollte.«

»Die K'Tar Tur werden auch in Zukunft darüber wachen, dass Ihr Regent bleibt, geschätzter Malchios. Kein anderes Haus wird Euch den Rang ablaufen. Dafür erhalten wir den Lohn, den Ihr uns versprochen habt.«

»Ich halte mein Wort.«

»Es wird Euch nichts anderes übrig bleiben.« Ni'Sìn sprang ins Haus und verzog beim Landen das Gesicht. »Eine Stichwunde, die mir Euer verdammter Shadoka beibrachte. Er konnte mich nicht leiden«, erklärte er.

»Er ist tot, nehme ich an?«

»Das nehme ich auch an.« Ni'Sìn hielt sich den Rücken und fühlte den Verband.

Taltrin betrachtete den K'Tar Tur, den er als sehr anziehend empfand. »Wie wäre es, wenn ich Euch zu meinem Shadoka mache?«

»Nicht gut. Wir sollten unsere Zusammentreffen zurückschrauben, um keinerlei Verdacht auf Euch fallen zu lassen, dass Ihr etwas mit mir zu schaffen haben könntet. Jeder weiß, dass ich ein K'Tar Tur bin. Die Zeiten unserer Verfolgung sind zwar vorbei, aber wir haben immer noch einen gewissen Ruf. Den Ruf von Verrätern.« Ni'Sìn nahm sich von dem Wein, der auf dem Tisch stand, sein Blick wurde hart und hasserfüllt. »Dabei wurden *wir* verraten. Alana hat bekommen, was sie verdiente. Sie hätte eintausend Jahre auf Angor bleiben können, wir vergessen nichts.« Er trank den Wein auf einen Zug aus. »Einer von meinen Freunden wird immer da sein und auf Euch aufpassen, Malchios. Ihr seid sicher.«

Ni'Sìn stellte den Becher ab und zog die Maske über und schwang sich aus dem Fenster. Er verschwand so schnell, wie er gekommen war. Hätte der leere Becher nicht auf dem Tisch gestanden, so hätte nichts an seinen Besuch erinnert.

Taltrin betrachtete das Gefäß. Unsicherheit beschlich ihn. Mit diesen gefährlichen Verbündeten war er sicher, gewiss.

Aber wer schützte ihn vor seinen Verbündeten?

Er musste sie loswerden. Rasch.

XV.

*»Der Qwor ist auch zu uns gekommen.
Rantsila hat ihn mit Farbe bewerfen lassen, damit
wir ihn wenigstens sehen, aber er hat sich im
Hafen gewaschen und wurde erneut unsichtbar.
Wir erkennen lediglich anhand der Schreie der
Unglücklichen, die der Qwor überfällt, wo er
gerade ist.
Glücklicherweise ist unser Qwor kleiner als
derjenige, der Vekhlathi heimsuchte. Rantsila
meinte, dass wir ihn besiegen könnten.
Ich will ihm glauben und nicht an die andere
Kreatur denken, die sich nach dem Untergang von
Vekhlathi eine neue Stadt zum Plündern suchen
wird.
Was haben wir getan, Bleiche Göttin?«*

Aufzeichnungen des ehrenwerten Sintjøp,
Bürgermeister Bardhasdrondas,
gesammelt in den Archiven zu Neu-Bardhasdronda

Kontinent Ulldart, Königreich Tûris, Ammtára, Frühling im Jahr 2 Ulldrael des Gerechten (461 n.S.)

Wir haben Schwierigkeiten.« Simar schaute zu Pashtak, dann zu Estra. Sie waren allein im Versammlungssaal, da die Unterredung strengster Geheimhaltung unterlag. »Wir müssen nach Süden.«

»Ich dachte, Ihr habt dem Waffenstillstand zugestimmt?« Pashtaks Stimme überschlug sich vor Aufregung, und ihm rutschten immer wieder Pfeiftöne dazwischen. »Es war sehr mühsam, das alles mit den Kensustrianern ...«

Simar hob beschwichtigend die Hand. »Wir gehen nach Ilfaris.«

Estra verstand die Wendung der Ereignisse ebenso wenig. »Was gibt es denn in Ilfaris, was die Ničti zu dem Marsch antreiben könnte?«

»Dinge ereigneten sich in Tersion. Keine guten Dinge für Kaiser Nech.«

»Der Euer Verbündeter ist«, begriff Pashtak. »Was ist geschehen?«

Simar rang nach Luft. »Kurz: Nech wurde aus Tersion vertrieben. Von Serusien und seinem Bruder aus Angor, der auch Kaiser ist. Ist jetzt in Ilfaris und will nach Kensustria. Um sich Land zu sichern.« Er blickte entschuldigend drein, man konnte ihm ansehen, dass es ihm unangenehm war. »Er ist unser Verbündeter.«

»Der das Amulett stehlen ließ, um einen Krieg anzutreiben«, regte sich Estra auf. »Offenbar ist sein Anspruch auf den angorjanischen Thron ebenfalls nicht unumstritten. Seine Handlung macht deutlich, was er will: In Tersion hat er versagt, jetzt sucht er sich einen anderen Platz und will darüber hinaus bestimmt Borasgotans Thron. So ein widerlicher Kerl!«

»Ihr habt immer noch keine Beweise«, bedauerte Simar. »Solange Ihr keine Beweise bringt, sehen wir ihn als Freund. Und verteidigen ihn gegen alles, was schadet. Es sei denn, Ihr könnt Verrat beweisen?«

»Nein. Wir haben Perdór ein Schreiben zukommen lassen,

in dem wir den Raub des halben Amuletts und unsere Vermutungen schildern.« Pashtaks Ohren legten sich nach hinten, er ärgerte sich und wurde ein bisschen wütend auf den Angorjaner, der alle an der Nase herumgeführt hatte.

»Dann wir ziehen nach Süden, um Nech zu schützen. Hoffe, dass es nicht notwendig ist und zweiter Krieg ausbricht. Gegen Ulldart. Wäre unschön, auch für uns.« Simar erhob sich. »Rücken mit fünfzehntausend Kriegern ab, fünftausend bleiben vorsichtshalber hier. Wegen Kensustrianern. Ich traue ihnen nicht.« Er reichte Pashtak die Hand, dann verneigte er sich vor Estra. »Bleibt ein halbes Jahr für ein halbes Amulett. Lakastra möge Euch schützen.«

Er verließ den Saal und stieß dabei beinahe mit einem Boten zusammen.

Der Mann wich sofort aus und machte dem Ničti Platz, dann eilte er hinein und reichte Pashtak einige Schriftstücke. »Hier, Vorsitzender. Das haben wir vergessen, dir zu geben. Es sind Berichte der Torwachen.«

»Richtig. Mir war es vor lauter Aufregung auch entfallen.« Pashtak sah sich die handgeschriebenen Meldungen durch und erkannte nichts Besonderes. »Niemand Auffälliges ist gegangen«, sagte er laut zu Estra.

»Und wie steht es mit den Unauffälligen?«, bemerkte sie und schaute auf die Listen. »Wer würde in deinen Augen keinerlei Verdacht erwecken?«

Pashtak grinste sie überrascht an. »Guter Einfall.« Er deutete auf einen sehr bekannten Namen. »Gàn. Er hat am Abend des Überfalls Ammtára verlassen und um …« Die roten Augen huschten über die Listen. »Nanu? Sein Name ist nicht aufgezeichnet.«

»Nicht für diese Nacht«, verbesserte ihn Estra und nahm sich die Aufzeichnungen vor. Aber auch an den anderen Toren sowie am nachfolgenden Tag suchten sie den Namen des Nimmersatten vergebens: Er hatte die Stadt nicht wieder betreten.

Pashtak pfiff aufgeregt. »*Nein*, oder? Warum sollte *er* es tun?«

Estra entdeckte einen gefalteten Zettel, der ihnen bislang entgangen war. Auf der Oberseite stand ihr Name. »Vielleicht bekommen wir jetzt die Lösung«, sagte sie heiser vor Aufregung.« Sie griff nach der Nachricht, klappte sie auf und las:

Sehr geschätzter Vorsitzender,
sehr geschätzte Inquisitorin,

nehmt den Brief als Beweis meiner Schuld und zeigt ihn den Ničti, denn ich habe Estra niedergeschlagen und ihr die Hälfte des Anhängers geraubt. Damit Ihr mir folgt und Euch ein anderer folgt, der dringend benötigt wird.

Manchmal muss man Dinge tun, über die erst die Nachwelt urteilen kann. Ich habe viel über Seskahins Sorge gehört und seine Angst gesehen, dass jede Hilfe für seine Heimat zu spät kommt.

Die Bedrohung auf Kalisstron kann auch für Ulldart zu einer Gefahr werden. Schon allein deswegen gebietet es die Lage, dort nach dem Rechten zu sehen.

Es ist die Aufgabe eines Ritters, die Aufgabe des Ordens der Hohen Schwerter, sich für die Belange zum Wohle aller einzusetzen. Jedenfalls habe ich die Neuerung nach dem Krieg so verstanden.

Daher begab ich mich – ohne das Wissen von Seskahin – auf den Weg nach Bardhasdronda und nahm etwas mit, um andere zu zwingen, mir zu folgen. Andere, die für das Schicksal der Stadt wichtig sind und gebraucht werden.

Ritter Tokaro wird seine aldoreelische Klinge vermissen und dort finden, wo auch die andere Hälfte des Amuletts ist. Zeigt ihm den Brief. So muss er Euch, Inquisitorin, nicht allein bei den Ničti lassen und reisen, um sein Schwert zu erlangen. Ich achte gut darauf.

Bis er angekommen ist, stelle ich mich den Qwor entgegen und werde sie aufhalten. Ritter Tokaro wird sie endgültig besiegen.

Wir sehen uns wieder, sofern mir Angor beisteht und mir meine Diebstähle verzeiht. Sie geschahen aus einem edlen Grund.

Möge Angor uns alle segnen!
Gàn

Estra senkte den Brief und schaute zu Pashtak. »Du wirst es nicht glauben, aber er war es tatsächlich«, raunte sie. »*Er* hat mich niedergeschlagen!« Sie las ihm den Inhalt vor.

Pashtak girrte und warf die Hände in die Luft. »So ein verdammt gerissener Nimmersatter ist mir selten begegnet«, rief er. »Aber musste er ausgerechnet jetzt diesen Diebstahl begehen?«

Es klopfte, und schon im nächsten Augenblick wurde die Tür zum Versammlungssaal geöffnet. Tokaro stürmte herein, die Wut stand ihm deutlich ins Gesicht geschrieben. Zwar war er gerüstet, wie es sich für einen Ritter gebührte, aber die entscheidende Waffe an seiner Seite fehlte. »Wo ist er?«

Estra hielt ihm wortlos den Brief entgegen.

Tokaro entriss ihn ihr mit zitternden Fingern, überflog die Zeilen wieder und wieder, als könnte er nicht fassen, was er da las. Schließlich warf er das Schreiben auf den Tisch.

»Das wird er mir und Angor büßen«, versprach er mit bebender Stimme. »Wie kann er es wagen, mir mein Schwert zu stehlen?«

»Keine Silbe darüber, ob er mit seiner Begründung Recht hatte oder nicht?«, verteidigte sie den Nimmersatten bissig.

»Er hat einen Diebstahl und einen Raub begangen. Dafür gibt es keine Begründung«, sagte Tokaro abfällig.

»Weil er wusste, wie viel dir die Hinterlassenschaft von Nerestro bedeutet und du nur damit zum Reisen zu bewegen bist.« Estra lächelte. »Wann also machen wir uns auf den Weg nach Bardhasdronda?«

»Auf der Stelle. Und ich schwöre, dass ich den Nimmersatten für seine Taten mit meiner Klinge in dünne Streifen schneiden werde«, tobte Tokaro und schlug mit den geballten Fäusten auf den Tisch. »Danach fahre ich nach Ulldart zurück.«

»Was ist mit den Qwor?«

»Sie können sich von mir aus austoben. Wenn Gàn gedacht hat, ich lasse mich erpressen, wird er einsehen, dass er sich getäuscht hat. Ich nehme mir mein Schwert und verlasse Kalisstron wieder.« Tokaros Hand bewegte sich an die Stelle, wo sich einst der Griff der aldoreelischen Klinge befunden hatte, und fasste ins Leere. »Dieser Narr«, fluchte er leise und wandte sich abrupt um. »Ich reite zur Küste und suche mir ein Schiff. Damit du es weißt«, sagte er über die Schulter hinweg, »ich will weder dich noch Lorin in meiner Nähe haben.«

»Du wirst es nicht verhindern können, stolzer Ritter«, sagte Estra ruhig. »Wir begegnen uns bald wieder.«

Tokaro drehte den Kopf nach vorn und lief hinaus.

Pashtak sah auf den zerknüllten Brief. »Ich werde Simar von dem Schreiben in Kenntnis setzen. So Leid es mir auch tut, wir müssen Kaiser Nech von unseren Anschuldigungen entlasten. Dabei hat alles so wunderbar gepasst.« Er nahm das Blatt und verstaute es unter seiner Robe.

»Mit dem kleinen Makel, dass er es nicht war.« Estra seufzte. »So erhaben Gàns Anliegen auch ist, um so schwieriger wird es für uns, den Frieden auf Ulldart zu bewahren.«

»Er kannte die Hintergründe nicht, sonst hätte er anders gehandelt. Vermute ich zumindest.«

»Andererseits passt sein Verhalten sehr gut zur Selbstgerechtigkeit des Ordens«, sagte Estra mit Verzweiflung in der Stimme. »Wir haben ein halbes Jahr, um die Wesen namens Qwor zu besiegen und mit dem Amulett zurückzukehren.«

Pashtak nahm sie an der Hand und ging mit ihr zum Ausgang. »Wollen wir hoffen, dass es gelingt. Ich möchte mir nicht vorstellen, was geschieht, wenn dir etwas zustößt oder das Amulett verschollen geht.«

»Gàn weiß, was er tut. Er weiß es besser, als wir von ihm annehmen.«

Sie gingen zusammen die Stufen hinab und traten vor das Versammlungsgebäude.

Tatsächlich sahen sie weniger Ničti als sonst. Die Truppen befanden sich mitten in den Abreisevorbereitungen, die Straßen leerten sich und wiesen weniger grüne Haare auf als in den vergangenen Tagen.

Da kam Estra eine Idee. »Es ist an der Zeit, dass ich einen Vorteil aus meinem Rang schlage«, sagte sie zu Pashtak und hakte sich bei ihm unter. »Komm, wir gehen nach Hause, damit ich mich von den Kleinen verabschiede.«

Er musterte sie. »Du riechst sehr zufrieden«, meinte er neugierig.

»Das würdest du auch«, lachte sie und setzte sich in Bewegung.

**Kontinent Ulldart, Königreich Tûris,
Hafenstadt Fril, Frühling im Jahr 2
Ulldrael des Gerechten (461 n.S.)**

Tokaro betrachtete den Hafen, in dem hauptsächlich kleine Schiffe in den sanften Wellen dümpelten. Keiner der Nussschalen traute er zu, die Überfahrt zu schaffen, und allein schon der Gedanke, auf den schaukelnden Planken zu stehen, bereitete ihm Übelkeit. Auf See würde er sich wieder die Seele aus dem Leib kotzen.

»Verdammter Gàn«, grummelte er zum unendlichsten Mal, aber es klang nicht mehr ganz so inbrünstig. Die erste Wut war verflogen, und er kam nicht umhin, Respekt vor der Tatkraft des Nimmersatten zu fühlen.

Er sah einen Fischer und lenkte Treskor auf ihn zu. »He, du. Ich suche ein großes Schiff, das mich sicher nach Bardhasdronda trägt.«

Der Mann, der einen Lastkarren mit Fischen vor sich herschob, sah ihn fragend an. »Wohin?«

»Nach Kalisstron«, verallgemeinerte Tokaro seine Frage.

Der Fischer betrachtete ihn. »Ich sehe, dass Ihr nicht von hier seid, Herr Ritter. Daher könnt Ihr nicht wissen, dass wir nur kleine Boote haben. Mehr als zwanzig Meilen fahren wir nicht raus. Wir sind Küstenfischer.« Er schaute an dem Schimmel vorbei aufs Meer. »Aber bei dem da würde ich es mal an Eurer Stelle versuchen. Das sieht groß aus.«

Tokaro drehte den Kopf. Ein riesiges Schiff ging eine halbe Meile vor Fril vor Anker, der Bauweise nach konnten es sowohl Kensustrianer als auch Ničti sein. »Nein, die haben andere Pläne«, meinte Tokaro, ohne nach dem Fischer zu schauen. »Die sind hier, um Grünhaare nach Ilfaris zu bringen. Wo ich eigentlich auch sein müsste.«

»Weswegen?«, hörte er eine Frauenstimme fragen. Eine sehr bekannte Frauenstimme.

»Du?« Tokaro blickte zu Estra. Neben ihr stand Lorin, und dahinter folgte eine Eskorte aus zehn Ničti. Der Fischer war verschwunden. »Ist das Schiff deinetwegen hier?«

»Du begreifst schnell«, stichelte sie. »Ich habe es mir geliehen, um nach Bardhasdronda zu fahren. Simar meinte, sie kennen den Weg.« Sie ließ ihm zwei Atemzüge Zeit, sich von der Überraschung zu erholen. »Du kannst uns begleiten. Ich garantiere dir, dass wir uns von dir fern halten werden, wenn du es möchtest«, fügte sie in Anspielung auf seine Forderung hinzu, die er in Ammtára erhoben hatte. »Das Schiff ist groß genug, um sich aus dem Weg zu gehen.«

Tokaro wusste, dass es keine schnellere, bessere Wahlmöglichkeit gab. »Von mir aus. Ich werde im Laderaum neben Treskor schlafen«, willigte er ein und gab sich unwirsch, um seine Erleichterung zu verbergen. »Bleibt mir vom Hals.«

»Sicher.« Estra nickte und zeigte auf eine Laderampe. »Von dort aus können wir Treskor ins das Beiboot hieven.« Sie betrachtete ihn abschätzend. »Wieso solltest du in Ilfaris sein?«

»Weil sich der Kaiser von Angor in Bedrängnis befindet.«

»Ah, richtig. Die edelste Schöpfung deines Gottes Angor. Dann habe ich Neuigkeiten für dich.« In aller Kürze berichtete sie von dem Bruderkrieg, der sich um den Kaiserthron anbahnte. »Welchen Kaiser möchtest du nun unterstützen? Denjenigen, der vorgibt, einer zu sein, oder den anderen, der den Titel in Anspruch nimmt?«

Der junge Ritter war verblüfft. »Ich weiß es nicht…«, meinte er. Für den Augenblick war er erleichtert, sich nicht ernsthaft mit dieser Frage beschäftigen zu müssen. »Der Großmeister wird es mir nach meiner Rückkehr sagen«, sagte er ausweichend und lenkte den Schimmel zur Kaimauer. »Zuerst suche ich mein Schwert.«

Lorin warf Estra einen viel sagenden Blick zu, dann folgten sie ihm.

Treskor wurde auf das Boot geführt und benahm sich, wie man es von einem ausgebildeten Schlachtross erwarten durfte. Das Schaukeln machte ihm nichts aus, und die schwankenden Planken bereiteten seinem Herrn mehr Unwohlsein als ihm.

Die Überfahrt zum Schiff der Ničti verlief schweigend. Tokaro starrte angestrengt geradeaus und lauschte doch auf jede Silbe, die Estra und Lorin wechselten.

Er wusste nicht einmal genau, aus welchem Grund er es tat. Wartete er auf neuerliche Beweise für den Liebesverrat an ihm? Oder wollte er den Klang von Estras Stimme hören und sich daran erfreuen?

Er fühlte sich zerrissen. Estra zu lieben und sie gleichzeitig für ihre Untreue zu hassen, bedeutete eine immense Belastung. Außerdem war da das Erbe ihrer Mutter, das in ihr schlummerte, dieses Monstrum mit den grellgelben Augen.

Mit Lorin war es einfacher, mit ihm verband ihn keinerlei Freundschaft mehr. Er hatte ihm genommen, was er als sicher betrachtet hatte. Das ließe sich auch umkehren.

»Ich werde deiner Frau erzählen, was du auf Ulldart getrieben hast«, sagte er. »Sie soll erfahren, wie sich ihr Mann benimmt, wenn sie nicht in seiner Nähe ist.«

Lorin lachte auf. »Er kann es nicht lassen. Versteh es, du von Eifersucht verblendeter Idiot: Estra und mich verbindet Freundschaft. Mehr nicht. Mit deinen verbitterten Worten wirst du bei Jarevrån nichts ausrichten. Gar nichts.« Tokaro hörte, wie er sich bewegte, das Boot schwankte leicht. »Wenn dir etwas an Estra liegt, solltest du einen anderen Weg einschlagen, um sie zurückzuerobern. Diese Angriffe nützen dir nichts. Um es mit Bildern aus deiner Welt zu sagen: Du preschst in die falsche Richtung und hältst sogar die Lanze verkehrt herum, Ritter.«

Tokaro wollte etwas erwidern, da stieg ihm das Essen die Kehle hinauf. Seine Seekrankheit schlug zu und zwang ihn zum Schweigen. Er schluckte den sauren Brei wieder hinab und wagte es nicht mehr, den Mund zu öffnen.

Sie erreichten das Ničti-Schiff, die Passagiere wurden eingeladen, und die gewaltige Galeere nahm Kurs auf Kalisstron.

Tatsächlich verbrachte Torkaro die meiste Zeit in Treskors Stallung.

Das Bett aus Stroh, das er sich baute, war erträglich bequem. Lieber verzichtete er auf die mehrmals angebotene Bequemlichkeit, als das geliebte Gesicht Estras und das verhasste Lorins zu sehen. Nachts kam er an Deck, genoss die klare Luft und den Anblick der Sterne.

Die Überfahrt verlief für ihn quälend einsam, und seine Vorstellungskraft gaukelte ihm vor, wie sich Lorin und Estra vergnügten. Er erinnerte sich sehr gut an Estras Leib, an ihren Geruch, an die wunderschönen Dinge, die sie in jener Nacht in Khômlaìn getan hatten. Seinen Zorn ließ er in Form von Hieben mit dem Stock oder Dolchstichen an den Balken aus. Er übte mehrere Stunden am Tag und hielt sich in Form.

Eines Abends, als er kurz vor dem Einschlafen war, hob Treskor den Kopf und schnaubte.

Tokaro sah auf und erkannte die Umrisse von Estra. Sie

trug ein einfaches Gewand, ihre Füße waren nackt, und das Licht der Lampe ließ ihr halbes Amulett funkeln.

»Lass mich in Ruhe«, sagte er unfreundlich und drehte sich absichtlich weg von ihr. »Geh zu Lorin und lacht gemeinsam über mich.«

Stroh raschelte, sie näherte sich ihm, dann fiel ihr Schatten über ihn. »Mach es mir nicht schwerer, als es mir ohnehin fällt«, bat sie ihn leise.

»Es gibt nichts mehr zu bereden«, wies er sie ab.

»Du hast etwas gesehen und es dir zurechtgelegt, wie es deine eifersüchtigen Augen sehen wollten. Aber es ist nicht so.« Er spürte eine vorsichtige Berührung an der Schulter. »Ich brauche dich, Tokaro«, raunte sie.

Ihr verzweifelter Unterton machte ihn stutzig.

Gegen alle Vorsätze wandte er sich um und schaute sie an. Sie sah schlecht aus, müde und abgekämpft; unter den Augen lagen tiefe Schatten, und sie hatte an Gewicht verloren.

»Du solltest mehr essen«, empfahl er rau.

Sie schluckte. »Ich ... verändere mich. Seit das Amulett zerbrochen ist, verändere ich mich. Als wäre etwas in mir aus seinem Schlummer erwacht ... Es reckt sich, dehnt sich aus und stößt unaufhaltsam in mich vor.« Estra hielt ihre Hand hoch. Sie wirkte knöchern, sehnig, und die Fingernägel bogen sich. »Du hast die Zeichen gesehen. Und ich weiß, was aus meiner Mutter geworden ist. Was sie benötigte, um zu überleben.« Plötzlich schossen ihr die Tränen in die Augen, perlengleich liefen sie die Wangen hinab. »Ich habe Angst. Schreckliche Angst.«

»So zu werden wie sie?«, fragte er und setzte sich auf. Alle schlechten Empfindungen ihr gegenüber schwanden, weil er ihre Qual spürte.

»Ja. Ich will kein mordendes Wesen sein.« Sie schluchzte und hielt sich die Hände vor das Gesicht. »Und ich will nicht, dass es zwischen uns so endet wie zwischen Nerestro und meiner Mutter.« Mit einem Mal weinte sie bitterlich.

Tokaro überwand alle mahnenden Stimmen in sich. Die Zuneigung zu Estra war zu groß, und so nahm er sie in die Arme, drückte sie an seinen nackten Oberkörper und bot ihr den Halt, den sie suchte. Bei ihm suchte und nicht bei Lorin.

Als er ihre Wärme spürte, fühlte er sich seit langer, langer Zeit wieder glücklich, doch irgendwo in seinem Verstand erklang die zweifelnde Stimme wie eine leise Glocke in stiller Nacht.

»Sag, dass du mich nicht aufgibst«, bat sie ihn weinend. »Hilf mir, das Wesen in mir zu überwinden.« Sie senkte die Hände und schenkte ihm einen liebevollen Blick aus ihren karamellfarbenen Augen. »Ich will mit dir alt werden, mein Ritter.«

»Ich auch mit dir«, antwortete er gerührt. »Ich gebe dich nicht auf.«

»Ganz gleich, was andere von dir verlangen?«

»Ganz gleich.« Gegen die bannende Wirkung ihres Blickes kam er nicht an, sein Mund, seine Zunge bewegten sich schneller, als sein Verstand die Worte fand. Er beugte sich nach vorn, gab ihr einen sanften Kuss auf die weichen Lippen und genoss das Prickeln.

Estra erwiderte die Zärtlichkeit, dann wurde sie verlangender und leidenschaftlicher. Sie sehnte sich nach seinen Berührungen, ihre Hände glitten fordernd über seine Brust, bis sie ihn nach hinten ins Stroh drückte und ihr Gewand abstreifte. Darunter war sie nackt. »Wiederholen wir, was wir in Khòmalîn erlebt haben«, raunte sie und neigte sich über ihn.

Tokaro ergab sich der Leidenschaft und genoss es, die junge Frau zu spüren, die sich recht wild gebärdete. Er küsste ihren Nacken, sie seinen Hals.

Dann hob sie mitten im Liebesspiel den Blick, ihre Augen flammten gelb auf. »Ich habe Hunger, Geliebter«, fauchte sie und zeigte gefährlich lange Reißzähne.

»Was …?« Er zuckte mit dem Kopf zur Seite – und krachte gegen ein Hindernis. Sofort verlor er das Bewusstsein …

Tokaro erwachte von lautem Wiehern.

Stöhnend richtete er sich von seinem Lager auf und bemerkte, dass er ganz am Rand, dicht an der Wand lag. Das Schiff hatte Schlagseite bekommen.

Er erinnerte sich, was er gesehen hatte, und betastete seinen Hals. Die Haut fühlte sich bis auf vier kleine Kratzer unversehrt an.

Ein Rütteln ging durch den Schiffsleib, die Galeere drehte sich zur Seite und richtete sich auf, ehe sie nach Backbord rollte. Tokaro wurde schlagartig übel. Es musste ein heftiger Sturm toben.

»Ruhig«, sprach er zu Treskor und wankte zu ihm. Sanft streichelte er die Nüstern und stapfte breitbeinig zur Treppe. »Ich sehe nach, was los ist.«

Mit dröhnendem Schädel erklomm er die steilen Stufen. Dabei sah er Estra vor sich, die veränderte Estra, die nach ihm verlangt hatte – mehr als nur mit Leidenschaft. Gleichzeitig erinnerte er sich an seinen Schwur, sie nicht aufzugeben.

Als er die Regenklappe der Luke nach oben schob, wunderte er sich. Keine Gischtschleier stoben über das Schiff, keine Rufe, keine Schreie erklangen. Der junge Mann trat an Deck und erkannte seinen Irrtum.

Die Galeere war unmittelbar vor einem langen Strand auf ein Riff gelaufen; hinter dem schwarzen Sand erhoben sich steile Klippen, auf denen sich ein Turm befand.

Tokaro schaute sich um. »Hallo?«, rief er. »Niemand da?« Hatten sich die Ničti in Sicherheit gebracht und ihn allein zurückgelassen? »Niemals. Sie brauchen mich«, gab er sich selbst die Antwort. Alles, was er entdeckte, waren Blutspuren. Unmengen von Blutspuren. Sofort dachte er an Estra.

Der Geruch von Feuer ließ ihn den Kopf heben und nach Norden schauen. Dort erhoben sich die Umrisse einer Stadt, aus der dichter Qualm aufstieg. Auch am Horizont waberte Rauch empor; er verdunkelte den grauen Himmel weiter und erweckte den Eindruck, dass der gesamte Küstenabschnitt in Flammen stünde.

Die Rauchsäulen aus der Stadt vor ihm waren gewaltig, es brannte anscheinend lichterloh in den Straßen. Dann stieß ein blauer, gezackter Blitz mitten aus der Stadt senkrecht in den Himmel, und ein lautes, triumphierendes Gebrüll erklang, in das ein zweites einstimmte.

»Die Qwor?«, raunte Tokaro, gefesselt von dem Anblick der anhaltenden Zerstörung.

In diesem Augenblick zerbrach die Galeere in zwei Teile, und er stürzte in das eisige Wasser.

Glossar

Orte und Begriffe

KALISSTRON: Nachbarkontinent Ulldarts im Westen
TARVIN: Kontinent südwestlich unterhalb Ulldarts
ANGOR: 1. Gott des Krieges, 2. südlicher Kontinent; Exil von Königin Alana II. von Tersion
KHÒMALÎN: kensustrianische Stadt und Sitz des Priesterrates
AMSKWA: Hauptstadt Borasgotans
NRUTA: Nebenfluss des Repol
REPOL: Hauptstrom Tarpols
CERÊLER: kleinwüchsiges, magisch begabtes Heilervolk
K'TAR TUR: Nachfahren Sinureds
JENGORIANER: Nomadenvolk im Norden Borasgotans
QWOR: Ungeheuer

HARA¢: Herzog
VASRUC: Baron
SKAGUC: Fürst
TADC: Prinz
KABCAR: König
¢ARIJE: Kaiser
MAGODAN UND DÄ'KAY: tzulandrische Offizierstitel
TEI-SALI, TEI-NORI, TAI-SAL: angorjanische Offizierstitel
TSAGAAN: jengurianischer Geisterseher

IURDUM: seltenstes Metall auf Ulldart
IURD-KRONE: Handelswährung Ulldarts
TALER: Währung Agarsiens
PARR: Währung Borasgotans

Personen

TALTRIN MALCHIOS: oberster Adliger des Hauses Malchios
PRYNN CALDÚSIN: oberster Adliger des Hauses Iuwantor
FURANTA: seine Nichte
IASTYLA WANTOLUS aus dem Haus Wantolus
ALANA DIE ZWEITE: Regentin von Tersion
LUBSHÁ NARS'ANAMM: ihr Gemahl
NECH FARK NARS'ANAMM: angor. Adliger
FARKON NARS'ANAMM: angor. Adliger
BAR'NE CHAMASS: angor. Offizier
NI'SÌN: Shadoka
DALTOR: Shadoka

LŪUN: Jengorianerin
SAINAA: Jengorianerin

IJUSCHA MIKLANOWO: Brojak aus Granburg und Vater von Norina
LODRIK BARDRI¢: einstiger Kabcar von Tarpol, Nekromant
STOIKO GIJUSCHKA: einstiger Vertrauter Lodriks
WALJAKOV: einstiger Leibwächter Lodriks
TAMUSCHA: einstige Dienerin Aljaschas
HÅNTRA: Waljakovs Frau

NORINA MIKLANOWO: Kabcara von Tarpol und Lodriks
   Gemahlin
MATUC: Neubegründer des Ulldrael-Ordens auf Ulldart
BALJA RADOWA: borasgotanische Meilerverwalterin

KALEÍMAN VON ATTABO: Großmeister des Ordens der
   Hohen Schwerter
TOKARO VON KURASCHKA: Ritter im Orden der
   Hohen Schwerter
WARTAN: Knappe im Orden der Hohen Schwerter
MALGOS: einfacher Ritter im Orden der Hohen Schwerter

ALJASCHA RADKA BARDRIĆ: ehemalige Kabcara und einstige
   Gattin Lodriks
ZVATOCHNA: Lodriks Tochter
KRUTOR: Lodriks jüngster Sohn
FJODORA TURANOW: hilfreicher Geist
DEMSOI LUKASCHUK: Priester Tzulans

KÖNIG PERDÓR: Herrscher von Ilfaris
FIORELL: Vertrauter Perdórs und Hofnarr
SOSCHA: tarpolisches Medium
TORBEN RUDGASS: rogogardischer Freibeuter
VARLA: tarvinische Piratenkapitänin und Rudgass'
   Gefährtin
SOTINOS PUAGGI: palestanischer Commodore
PALTENA: serusische Spionin
BRISTEL: König von Tûris
FRONWAR: König von Serusien
FABOK SEILMEISTER: serusischer Kapitän
FÜRST ARL VON BREITSTEIN: serusischer Adliger

ESTRA: Inquisitorin Ammtáras und Belkalas Tochter
PASHTAK: Vorsitzender Ammtáras
SHUI: Pashtaks Gefährtin
SPIIK: eines ihrer vielen Kinder
GÀN: Nimmersatter aus Ammtára
IFFBAL: Nimmersatter und Versammlungsmitglied

IUNSA: Leiter des Priesterrates Kensustria
FIOMA: Priesterin Lakastras
IMISSA: Sprecherin der kensustrianischen Abordnung
ARBRATT: ein Befehlshaber der Ničti
SIMAR: ein Befehlshaber der Ničti

LORIN: Norinas und Lodriks Sohn
JAREVRÅN: Lorins Frau
SINTJØP: Bürgermeister Bardhasdrondas
FATJA: borasgotanische Schicksalsleserin und Geschichtenerzählerin
ARNARVATEN: Geschichtenerzähler und Fatjas Gemahl
KIURIKKA: Kalisstra-Priesterin
RANTSILA: Führer der Bürgermiliz

Von Markus Heitz liegen in der Serie Piper vor:
Schatten über Ulldart. Ulldart – Die Dunkle Zeit 1 (8528)
Der Orden der Schwerter. Ulldart – Die Dunkle Zeit 2 (8529)
Das Zeichen des Dunklen Gottes. Ulldart – Die Dunkle Zeit 3 (8530)
Unter den Augen Tzulans. Ulldart – Die Dunkle Zeit 4 (8531)
Die Magie des Herrschers. Ulldart – Die Dunkle Zeit 5 (8532)
Die Quellen des Bösen. Ulldart – Die Dunkle Zeit 6 (8546)
Trügerischer Friede. Ulldart – Zeit des Neuen 1 (6578)
Brennende Kontinente. Ulldart – Zeit des Neuen 2 (6585)

Als Hardcover-Broschur bei Piper:
Die Zwerge
Der Krieg der Zwerge
Die Rache der Zwerge

Als Hardcover bei Piper:
Die Mächte des Feuers

Noch mehr Heitz gefällig?

Sie wollen noch mehr über die phantastischen Welten **Ulldart** und das **Geborgene Land** wissen und dort vielleicht sogar ihre eigenen Abenteuer erleben? Dann seien Sie selbst der Held in den **Abenteuer-Spielbüchern** von Markus Heitz aus dem Pegasus Press-Verlag. Überstehen Sie Kämpfe und Prüfungen, entdecken Sie Teile der beiden Welten, von denen Sie in den Romanen mal gehört, aber nichts Näheres gelesen haben, und begegnen Sie Figuren aus den Romanen.

Die dritte Expedition
Zwerge-Spielbuch
ISBN 3-937826-46-7

Todesbote
Ulldart-Spielbuch
ISBN 3-937826-47-5

Die Sterne der Tiefe
Zwerge-Spielbuch
ISBN 3-937826-48-3

www.pegasus.de